Vampiros

El mito de los no muertos

Vampiros

El mito de los no muertos

Oscar Urbiola y Noelia Indurain

TIKAL
ediciones

Tikal Ediciones
Plaza Romà Piera Arcal, 4, 3.º A
E-08330 Premià de Mar (Barcelona)
Tel.: 937 521 314
Fax: 937 523 141
tikal.susaeta@nexo.es

Revisión de textos: Mercè Díez
Maquetación: Marta Masdeu
Diseño de cubierta: Paniagua y Calleja
Impreso en la UE

Este libro está dedicado

a todas aquellas "criaturas" de la noche que tan buenos ratos me han hecho y me harán pasar
Noelia Indurain

a mi compañera Noelia
Oscar Urbiola

Índice

Introducción

"Una vida entera no es lo bastante larga para explicarnos qué ocurre en nuestro entorno"
Dong Larson.

Vampiros... ¿sabemos acaso algo fiable sobre ellos?

Remontémonos a nuestra infancia, en la que todos hemos oído hablar de estas criaturas o, mejor dicho, de Él, Drácula –que a fin de cuentas era lo mismo–. Es curioso recordar cómo cuando iban a echar una película de "chupasangres" en la televisión preguntábamos al progenitor de turno aquello de: "¿Puedo ver la peli de dráculas que ponen luego?". A lo que el protector padre o madre solía contestar negativamente.

Y es que Drácula fue para algunos, sino para la mayoría, el vampiro por antonomasia. No había más, o por lo menos eso nos parecía; a excepción, claro está, de las víctimas, que solían ser unas cuantas jovencitas despampanantes que configuraban muy estéticamente su corte oficial.

Drácula era un no muerto que aparecía en la pantalla, pero no entendíamos por qué el mismo señor, con el mismo traje y la misma capa, que vivía en el mismo castillo, no siempre tenía la misma cara. Como tampoco entendíamos cómo podía morir ese hombre, o lo que fuese, por segunda vez. Aunque lo de acabar con él usando una afilada estaca de madera lo comprendíamos muy bien; ¿quién podría resistir semejante "apuñalamiento"? También entendíamos lo de que no soportara el ajo; a muchos nos pasaba, y nos pasa, lo mismo, ese olor es tan fuerte que resucitaría a un muerto...

Además de lo expuesto, poco más sabíamos: que estos seres salían de noche (porque la luz del sol los aniquilaba), que eran muy pálidos y que les daba por morder cuellos con sus afilados colmillos absorbiendo sangre a borbotones.

Luego fuimos creciendo y descubrimos que existían más vampiros (algunos de estos eran incluso de sexo femenino) y que, además de verlos en la pantalla de televisión podíamos leer sobre ellos. Entonces, aquellos que nos sentíamos atraídos por su enigmática presencia, pudimos disfrutar de una amplia gama de criaturas succionadoras de sangre.

El tiempo pasó y con él llegaron novedades. Los vampiros se pusieron de moda, o eso nos pareció al descubrir que en el mercado podíamos encontrar desde videojuegos hasta disfraces, pasando por chicles, gominolas, piruletas, caramelos, camisetas, muñecos, anuncios, series de televisión, cereales para el desayuno, bebidas...

Fue interesante "encontrar" el origen de la novela Drácula en un príncipe rumano del siglo XV llamado Vlad Tepes (al menos en eso coinciden la mayoría de los interesados por el tema). O que existió una versión femenina del mismo; la condesa Erzsébeth Báthory, cuyo método de rejuvenecimiento se basaba en tomar baños de sangre.

Quizás, más terrorífico que estos "descubrimientos" nos resultó el toparnos con asesinos que creían, o eso decían ellos, necesitar la sangre para vivir; sangre que no dudaron en arrebatar. Así conocimos a John Haigh (el vampiro de Londres) o a Richard Chase (el vampiro de Sacramento).

En los medios informativos fueron surgiendo noticias que, de forma aislada, sin contar con otros aspectos y circunstancias, pretendían desvelar el origen y la causa del vampirismo y los vampiros. Y estos fueron tratados de enfermos de porfiria, hematodíxicos, *rabiosos... aunque otras noticias también secuestraban nuestra atención y asombro, sobre todo las que no eran ciertas, las falsas.*

Indagando, supimos que la figura de seres que acechan después de muertos y/o chupan el rojo líquido de los mortales se extendía por, prácticamente, cualquier territorio por el que decidíamos interesarnos. Fue curioso observar que el folklore sobre el vampiro centroeuropeo no siempre era totalmente compartido por los seres de otros lugares.

Nada de capas y castillos, pero sí amuletos y exorcismos, explicaciones físicas sobre los cuerpos incorruptos y estacados, estudio sobre la psicología del fenómeno...

Algunos incluso se informaron sobre el suero vital que otorgaba la inmortalidad. Es fascinante adentrarse en un universo de grupos sanguíneos, plaquetas y glóbulos... además de recorrer religiones y creencias para poder así admirar la fascinación que siempre ha ejercido la sangre sobre el hombre.

Y es que hoy en día, los vampiros ya no son lo que antaño. Actualmente incluso se habla de personas que "roban" energía, y rápidamente han sido encasillados como una nueva versión, light, *de los originales. También se habla de vampirismo intelectual, se dice de algunos políticos que son como vampiros... Mientras, otros prefieren disfrutar del tema haciéndose miembros de clubes o sociedades, donde pueden compartir sus inquietudes sobre los vampiros y el vampirismo. Algunos, con sus canciones, también resaltan esta fi-*

gura oscura. Y los hay quienes aseguran que el vampirismo es un camino oculto de iniciación, una filosofía de vida. Incluso unos cuantos afirman ser un vampiro.

La noticia de un cementerio en el que tenían lugar apariciones vampíricas no convenció a casi nadie, aunque sí fue un caso curioso y, hasta cierto punto, sorprendente e inesperado.

Aunque lo que realmente nadie esperaba era descubrir que estos seres, los vampiros, muy posiblemente ni mordieran cuellos, ni ingirieran sangre, ni salieran solamente de noche... Entonces ¿sobre qué hemos estado leyendo, viendo filmes o disfrazándonos?; ¿qué son?, o mejor dicho ¿qué o quienes eran los vampiros?, ¿por qué esta distorsión de los auténticos acontecimientos?

Siempre nos quedará una seductora opinión ante tan gran y prolongado dilema; que el vampiro, ese ser demonizado y relacionado con el mal, no es más que nuestra sombra, un cúmulo de deseos conscientes e inconscientes que se ha ido haciendo tan grande, tan fuerte, que nos devora cada año, cada siglo, un poquito más.

* * *

La Biblia, en el Eclesiastés, dice: "*Donde hay ancianos sed sobrios en palabras*"; un consejo que hemos intentado seguir, ya que el tema del vampirismo ha sido y es investigado por numerosos estudiosos que llevan muchos más años que nosotros tratando este asunto. Aunque no por ello hemos sido tímidos en nuestras exposiciones.

Con la mayor objetividad de que disponemos en estos momentos hemos intentado explicar, exponer, aclarar... el vampirismo; pero intentarlo no siempre es conseguirlo, y serán los que abran y lean este libro, junto al tiempo, los que juzgarán este trabajo.

Un trabajo en el que, en lo referente al vampirismo, hemos intentado poner los puntos sobre las íes, las comas en su sitio y los puntos y seguido y puntos y aparte también en donde corresponde.

No sabemos si lo hemos conseguido; tal vez queden íes sin puntear o comas sin colocar, y donde hayamos puesto punto y seguido, sea, en realidad, punto y aparte; pero, como se suele decir, "no hay libro tan malo que no contenga algo bueno". Pensamos que este trabajo cumple con la norma.

Deseamos que nadie comience a leer este libro con la intención de contradecir o impugnar, creer o aceptar, lo que en él se expone. Esperamos que la intención del lector al abrir estas páginas sea la de pensar y considerar sobre un fenómeno del cual se habla como si todo se supiera de él. Deseamos que los lectores interesados nos pidan aclaraciones, nos pregunten detalles y nos inviten a definir nuestras tesis con precisión para que juntos aprendamos a escuchar y pensar. Unas tesis que será el tiempo, como ya hemos mencionado, quien las acabe reconociendo válidas o, por el contrario, como sucede con muchas otras, las acabe aboliendo y olvidando. Pero que, acertadas o no, el objetivo que persiguen será conseguido. Nosotros hemos buscado la verdad que se esconde tras un fenómeno, pero no aseguramos haberla encontrado. Aun así, nos ofrecemos a corregir cualquier inexactitud que se nos haya pasado inadvertida en futuras ediciones.

Ha sido inevitable omitir cierta cantidad, bastante, de información. Cada capítulo podría haber sido aumentado en contribución a una mejor comprensión del tema, y este libro hubiese incrementado mucho más su grosor. También ha sido inevitable dejar a un lado la publicación de algunas fotos más, dibujos e imágenes que hubieran podido aclarar mejor lo que en los diferentes capítulos tratamos de expresar. Pero, como decimos, hemos tenido que obrar de modo selectivo; tanto en el aspecto que hoy toma el vampiro y el vampirismo, como respecto a épocas anteriores y su desarrollo histórico.

La selección ha sido inevitable en un modesto volumen como el presente. Lo decimos por aclarar, ya desde un principio, que el tema que este libro abarca es mucho más extenso de lo que hemos podido referir o valorar en las páginas que siguen.

* * *

Algunas personas nos han preguntado cómo es posible escribir sobre un fenómeno tan alejado del tiempo presente y para qué. Las respuestas a estas interrogantes, que pueden plantearse también muchos lectores, podríamos comenzarlas diciendo que, en primer lugar, el vampirismo no es un fenómeno alejado en el tiempo. Aunque ya existía hace dos mil años, se ha conservado hasta hace bien poco, aunque ha ido modificándose y evolucionando. El siglo pasado había zonas en las que el mito seguía todavía vivo. Por ello no es tan difícil escribir sobre un fenómeno cuya creencia era vigente tan sólo hace cien años.

Sin embargo, sí es verdad que sobre la cuestión de los vampiros y del vampirismo, en occidente siempre nos hemos quedado con la parte más morbosa (aunque también es posible que sólo nos haya llegado lo más morboso). Las malas noticias corren más que las buenas, y las muy malas todavía más que las sólo malas. Y todas, las buenas, las malas o las muy malas, se deforman a medida que se extienden. “Fulano declara que Mengano ha dicho que Zutano se enteró en casa de Perengano...” (1). Es evidente que un testimonio que ha pasado por tantas manos tiene que contar con muy poca credibilidad por parte del estudioso, pero permite la manifestación del “efecto bola de nieve”, que actúa cuando cada persona que relata un suceso le agrega un detalle propio que “adorna” el acontecimiento inicial. Siendo conscientes de este efecto nos será posible dilucidar, aunque no siempre acertadamente, algunos acontecimientos. Por ello, una de las pocas formas correctas de investigar y estudiar un fenómeno es, como mínimo, trasladarse al lugar de los hechos cuando el fenómeno todavía se da; en este caso a la zona centroeuropea, por hacer mención de una zona concreta (el mito, aunque con variantes, se extendió por gran parte del continente). Sin embargo, las epidemias de vampirismo ya no suceden; ocurrieron hace mucho tiempo. Por lo que ésta es otra pequeña dificultad impuesta al estudio, aparte de la distancia recorrida por la noticia, pues demostrado está que el paso de los años también deforma los sucesos de determinado fenómeno.

A pesar de los inconvenientes, hay una forma (a falta de otra mejor) que simula bastante cercanamente el traslado al lugar y al tiempo de los hechos. Es la lectura de las crónicas y libros escritos por investigadores y estudiosos de la época, los cuales se dedicaron a recoger y plasmar en sus escritos la realidad, o lo que ellos creían que era la realidad, del fenómeno (aunque sin olvidar que también estos, condicionados por uno u otro aspecto, contribuyeron a la deformación del mismo). Y son estos tratados, aunque en menos cantidad de los deseados por nosotros (y también contemporáneos nuestros), los que nos han ayudado en parte en la confección de este libro.

Para contestar, aunque no totalmente, a la pregunta de “para qué” escribir un libro de vampiros es necesario remitirse a la bibliografía existente sobre el tema. Este libro trata de llenar un hueco, un vacío importante en la bibliografía actual en lengua castellana. Aunque la razón principal de la publicación de este volumen está en que muchos sentimos la necesidad, después de una profunda y fructífera investigación, de dar a conocer los resultados obtenidos. Además de que, después de un extenso estudio, la mejor forma de aclarar nuestras ideas es representar gráfica y materialmente los conocimientos adquiridos.

Pero, bien mirado, tal vez no tengamos razones objetivas suficientes que justifiquen la publicación de este libro. Las razones que podamos tener se suscriben más al ámbito personal, a nuestra propia experiencia de vida, que

(1) Henri Broch. *Los fenómenos paranormales.* Editorial Crítica. Barcelona, 1987

a otra cosa. Y es que a veces ocurre que, por razones que desconocemos, por razones ajenas a nuestra comprensión, nos vemos dirigidos y hasta empujados en una determinada dirección que nos impulsa y obliga a dedicarnos y a interesarnos más por unas cuestiones que por otras. Con los días, con los años, sin darte casi cuenta del tiempo transcurrido, te encuentras enfrascado en una investigación o en el estudio de algo que jamás hubieses podido imaginar en su día, tiempo atrás. Y, casi sin enterarte, escribes y publicas un libro que no formaba parte de tus objetivos en años pasados, resultado de una investigación que si te hubiesen hablado de ella antes de iniciarla no hubieses creído en que pudieras llevarla a cabo, ni siquiera en que existiera la más mínima posibilidad de que se despertase en ti el interés suficiente como para empezarla.

No podemos negar que el mundo, la vida, da muchas vueltas. Y ninguno sabe lo que sucederá el día de mañana, ni qué es lo que será motivo de nuestro interés y nuestra dedicación o de nuestro aborrecimiento.

* * *

Aunque es lo común sistematizar el contenido de un libro dividiéndolo en capítulos se corre el riesgo, a veces, de que esa división no sea siempre la más correcta. En el caso particular de este ejemplar ocurre que al hablar, por ejemplo, de la "psicología del fenómeno", no sólo hablamos de ella en el apartado dedicado, sino a través de casi todos los capítulos. Prácticamente todos ellos aportan un conocimiento en algún fragmento que podría haber sido incluido en el apartado que lleva ese título. Sucede así también con otros temas.

Lo que queremos decir es que, por tal razón, entre otras, todos los capítulos de este libro se complementan. Por lo que recomendamos que el lector no comience a leer un apartado habiéndose olvidado de los ya leídos, sino que tenga en cuenta las páginas que ha ido pasando, que las tenga en mente. Porque ningún capítulo está finalizado por sí solo; ningún capítulo acaba cuando llegamos al final del mismo, sino cuando finalizamos el libro. Únicamente con la última página de este volumen habremos completado no sólo la lectura de este ejemplar, sino también la de sus particulares capítulos.

Parte I

Algunos ejemplos

Un mito tan antiguo como el vampiro, que todavía vive y es prolífico, se debe, entre otras muchas razones, a que el tiempo le ha jugado "malas pasadas" a su original.

–Mamá, ¿qué es un vampiro?
–Pues... un vampiro es... un señor que chupa sangre. ¿Por qué lo preguntas?
–Es que hoy, en el colegio, hemos hablado de monstruos, y uno ha nombrado al vampiro, pero él ha dicho que los vampiros eran hombres muertos que salían de sus tumbas y bebían la sangre de las mujeres.
–Verás hijo; eso es lo que se decía de estos seres tan repugnantes. Yo, cuando ponen una película en la que sale uno me pongo enferma; con toda esa sangre..., esos colmillos tan largos...
–Pero, ¿por qué bebían sangre?
–Pues, para poder vivir.
–¿Cómo?, si ya estaban muertos.
–Ummm, bueno... esto...; mira Jorge, todo eso es ciencia ficción, fantasía... los vampiros no existen.

–Papá, explícame qué es un vampiro.
–A ver cómo te lo explico... Un vampiro es un hombre que después de muerto deja la tumba y busca mujeres jóvenes y guapas para beber su sangre y así alimentarse.
–Pero ¡cómo va a comer si está muerto!
–Pues porque la sangre, creían los pobladores de aquellas tierras donde se decía que había vampiros, tiene poderes especiales.
–¿Qué poderes?
–Mágicos.
–¡Ah!... Oye papá, ¿y dónde hay vampiros?
–En ningún sitio Jorge; los vampiros no existen... Son como las brujas y los fantasmas... cuentos de viejas.

–Pero las brujas existieron. La profesora nos ha dicho que eran mujeres muy viejas y sabias que curaban con hierbas. Además, dicen que los fantasmas existen. El tío de Raquel le ha dicho que hay fantasmas, pero que los científicos no pueden explicarlo y entonces dicen que no hay.
–Mira Jorge, yo no sé qué sabrá el tío de tu amiga, pero lo que yo sé, es que esas cosas no existen... sólo antiguamente creían en ellos en las aldeas y los pueblos.
–Y si no existieron, ¿quién se los inventó?
–Bueno... alguno... alguien para asustar a los niños preguntones como tú.
–Papá, hablo en serio...
–Vale, no te enfades. A los vampiros los castigaba Dios por ser malvados cuando vivían.
–Osea, que ya eran vampiros cuando vivían.
–No, no; se volvían vampiros cuando morían.
–Pero, ¿por qué iba a querer Dios castigar así a esas personas?. Total, volvían a la vida y mataban a mujeres que no habían hecho nada malo, no es justo.
–Pues no lo sé, ya te he dicho que todo es fantasía.
–¿Se les podía matar?
–Sí, clavándoles una estaca en el corazón.
–Por lo tanto, morían dos veces... ¿podían revivir otra vez?
–No, ya no; con la estaca era imposible.
–Y, ¿qué pasaba si te chupaban la sangre y no te mataban?, ¿y cómo chupaban la sangre?
–Si no te morías te convertías en uno de ellos, y te bebían la sangre sacándotela con un mordisco en la yugular (señala el cuello).
–¿Pero no era Dios el que los convertía en vampiros?
–Sí, pero ellos podían convertir a otros también.
–Papá, ¿por qué sabes tanto de vampiros?
–Porque he visto muchas películas sobre ellos. Por cierto, es hora de acostarse, ya es tarde... y ellos, los antiguos, contaban que los chupasangres salían por la noche porque la luz del Sol acababa con sus cuerpos y...
–O sea, que no sólo la estaca los mataba.
–Es verdad, la luz del Sol los convertía en cenizas, y la cruz y el ajo les hacía huir; así que a la cama, no vaya a ser que te vea alguno levantado y le guste tu cuello.
–Pero si no existen.
–Cierto... pero nunca se sabe.
–Buenas noches papá.
–Buenas noches Jorge.
–Umm... papá... deja la puerta del cuarto abierta al salir.

Leo Allatius, en su libro *De Graecorum hodie Quorundam Opinionatubus*, publicado en Colonia en 1645, escribía sobre los *vrykolakas* (nombre con el que se conocía al vampiro en Grecia) que tenían el cuerpo de un hombre que en vida llevó una vida inmoral (a menudo alguien que había sido excomulgado por un obispo). Parecían tener una piel muy rígida, de modo que las articulaciones apenas podían doblarse. El diablo tomaba posesión de esos cuerpos dándoles vida y haciendo que se levantasen y abandonasen sus sepulturas.

En un periódico de París, el *Mercure Galant*, en mayo de 1693, se encuentra una de las primeras descripciones del vampiro europeo (en concreto habla de Polonia y Rusia), y en él se lee que "se trata de cuerpos muertos que se llaman en latín *striges* y en la lengua del país *upierz* y que tienen un cierto fluido que las gentes y varias personas sabias aseguran que es sangre. Se dice que el Demonio saca esta sangre del cuerpo de una persona viva o de algún ganado y que la lleva a un cuerpo muerto, porque se pretende que el Demonio sale del cadáver cierto tiempo, desde el mediodía a la media noche, después de lo cual vuelve a él y le pone la sangre que ha recogido (...)".

John Heinrich Zopfius, en su *Dissertatio de Vampiris Seruiensibus*, publicado en Alemania en 1733, dice de los vampiros que salen de donde han sido sepultados y atacan a las gentes que duermen, extraen la sangre de sus cuerpos y las destrozan. Indica que persiguen tanto a hombres, como a mujeres y niños. Y que aquellos que se encuentran bajo su nefasta influencia experimentan asfixia y una ausencia total de alegría, tras lo cual llegan a morir.

Augustin Calmet da a conocer una carta en la que un conocido le escribe diciendo que una persona empieza por encontrarse débil físicamente, pierde el apetito, aparentemente adelgaza e incluso puede llegar a presentar un aspecto demacrado. Y así ocurren las cosas. Al cabo de unos cuantos días, sin que ninguna enfermedad se le pueda detectar, muere. Y en Hungría (en dicha ocasión se menciona esta zona) se habla de que el causante de tal decaimiento y posterior muerte es un reviniente (otro nombre para identificar al vampiro) que lo persigue y le chupa la sangre. Y concretiza diciendo que la mayoría de los que padecen estos extraños síntomas creen ver un espectro blanco que los sigue por todas partes.

Un tal señor de Vassimont, consejero de la Cámara de Cuentas de Bar, habiendo sido enviado a Moravia, pudo conocer un rumor popular bastante frecuente en esa zona que hacía referencia a unos hombres fallecidos tiempo atrás que, de forma inexplicable, se presentaban en reuniones y asistían a ellas sin decir palabra. Si hacían algún gesto con la cabeza a uno de los presentes, el señalado moría al paso de unos días.

Se ofrecen a continuación unos casos abreviados sobre vampiros que pretenden que el lector vaya haciéndose una pequeña idea de a qué tipo de sucesos nos estamos refiriendo cuando hablamos del vampiro centroeuropeo desde un punto de vista histórico. Relatos que no siempre coincidirán con la idea que todos solemos tener en la cabeza cuando intentamos imaginarnos los "malvados actos" de un supuesto no muerto, pero que sirven para poder "asentarnos" levemente sobre el terreno.

* * *

• Ralf Peter Martin, autor del libro *Los Drácula*, nos narra en éste un episodio relacionado con el vampirismo en los comienzos del siglo XX. Y dice que entre 1910 y 1920 se desenterraron numerosos cadáveres en Bucovina acompañados de macabras historias que se escuchaban en cada hogar.

Por lo visto, cerca de Cusmir, varios miembros de una misma familia fallecieron repentinamente. Enseguida se encontró un sospechoso; un anciano muerto tiempo atrás. Sin demora se fue a la tumba, donde se le halló rojo como un tomate y sentado al más puro estilo turco. Estos signos le delataban, al parecer, como autor de todas las muertes. Intentaron entonces sacarlo del ataúd, pero el anciano opuso una gran resistencia, por lo que tuvieron que emplear un hacha para sacarlo de allí y extraerle el hígado y el corazón para después quemarlos. Acto seguido, con lo que quedaba de dichos órganos, se dio de beber a todos los enfermos, los cuales sanaron.

• El investigador Raymond McNally relató ciertos sucesos de los que pudo ser testigo en uno de sus viajes por la ancestral Rumania.

En una ocasión, recorriendo tierras transilvanas, McNally topó en Rodna con un cortejo fúnebre (curiosamente no muy lejos del famoso Paso Borgo [(2)]). Allí decidió observar el desenlace de la ceremonia al tiempo que era informado por un campesino del lugar de que en el ataúd yacía una joven que se había suicidado (como ya se mencionará más adelante de forma más extensa, los suicidas eran posibles futuros no muertos).

Fue colocado el féretro en una fosa de poca profundidad y después se realizó la ceremonia oficial. Pero al término de ésta, rato después, algunos aldeanos regresaron al lugar, sacaron el ataúd e introdujeron bruscamente en el pecho de la fallecida una estaca.

(2) Mencionado en la novela *Drácula* de Bram Stoker.

• Otro acontecimiento del que McNally pudo ser testigo ocurrió cuando se hallaba en Poenari.

Conoció a una muchacha de raza gitana llamada Tinka, la cual confesó al investigador que su padre era un vampiro. La gitana le narró toda la historia: el padre había fallecido hacía treinta años. Después del deceso, y como es tradición, su cuerpo se expuso para el velatorio. La duración del mismo no superó los tres días, ya que la gente del pueblo se percató de que el rigor mortis aún no había aparecido en el cadáver. Los dos signos que revelaban si un cuerpo era el de un vampiro se habían presentado; las mejillas estaban rosadas y el cuerpo conservaba su flexibilidad.

La joven prosiguió diciendo que ella, aun sabiendo lo que era necesario hacer, había sido incapaz de destruir el cadáver de su padre. Fueron finalmente los moradores del lugar los que tomaron una estaca de madera y la clavaron en el corazón del progenitor de Tinka, de forma que atravesase el ataúd y dejara al muerto clavado en el suelo, impidiendo de esa manera que dicho cuerpo se irguiese.

• B. Cooper habla de un caso que debió ocurrir cerca del año 1725 en Hungría, donde la gente era objeto de unos misteriosos ataques nocturnos, además se producía una gran mortalidad de ganado. La trágica situación se mantuvo durante uno o dos años. Numerosos ataques ocurrieron en las cercanías del cementerio donde un tal Huebner había sido enterrado. Las gentes del lugar llegaron a la conclusión de que quien cometía las agresiones era sin duda alguna una persona de gran fuerza, pues los animales habían aparecido estrangulados. Huebner, en vida, siempre llamó la atención por su comprobada fuerza y el pueblo lo relacionó con los extraños acontecimientos. Su cuerpo fue desenterrado y en él se encontraron las señales clásicas del no muerto. Le clavaron una estaca y quemaron los cadáveres que le rodeaban.

• Tudor Panfila, folklorista, publicó en la revista *Ion Creanga,* dedicada a cultura popular y editada por él, un gran número de historias "reales" sobre vampiros. Sobre una de ellas escribe que en Amarasti, en el condado rumano de Dolj, murió una anciana. Meses después, los niños de su hijo mayor empezaron a morir en cadena, uno tras otro; y después de ellos, los de su hijo menor. Los dos hermanos, desesperados, decidieron desenterrar a su madre y partir su cuerpo en dos mitades, enterrándola otra vez. Pero las muertes siguieron sucediéndose. Volvieron a la tumba y observaron sorprendidos que el cuerpo estaba entero, sin herida alguna. La volvieron a sacar, la destriparon, le arrancaron el corazón (del cual se dice que manaba sangre), lo cortaron en cuatro pedazos y le prendieron fuego. Cuando todo quedó en cenizas las recogieron, las mezclaron con agua y dieron a berber la mezcla resultante a los niños... Tras estos actos, las muertes cesaron.

• Charles Ferdinand de Schertz recoge en su libro *Magia Posthuma* (1706) un acontecimiento que por aquel entonces circulaba de boca en boca. Se trataba de una mujer que habiendo muerto tras recibir todos los sacramentos, fue llevada y enterrada en el cementerio de la manera habitual en el lugar. Pero apenas pasados cuatro días se pudo ver en el pueblo, cuentan los vecinos, un espectro que se aparecía "tanto bajo la forma de perro como bajo forma de hombre". Fueron varias las personas testigos de los acontecimientos y también víctimas de los mismos, pues resultaron atacadas por tal espectro, viéndose apretadas por la garganta y comprimidas por el estómago, quedando en extrema debilidad, "pálidos, flacos y extenuados". Los animales como vacas y caballos no se libraron de sus ataques. Las primeras solían ser encontradas atadas cola con cola, mugiendo de dolor; mientras que los caballos eran hallados "como consumidos de fatiga". Fueron varios los meses que duró esta situación.

• Se dice que el vampiro se convirtió en un nombre y un concepto de conocimiento popular en toda Europa a raíz de los hechos ocurridos en Medvedja (Serbia).

Un tal Arnold Paole [(3)] confesó en numerosas ocasiones haberse visto acosado por un vampiro, pero aclaró que no se había contagiado porque había encontrado la forma de "curarse". Decía que su remedio consistía en comer tierra del sepulcro del vampiro acosador y frotarse con su sangre.

Un buen día Arnold Paole murió aplastado por la caída de un carro de heno. Un mes después de su óbito, cuatro personas murieron de forma súbita. Y los aldeanos, sospechando de Paole, lo desenterraron. Cuál sería su sorpresa cuando, tras cuarenta días enterrado, encontraron su cuerpo bermejo, con los cabellos, barba y uñas crecidas, y con las "venas llenas de sangre fluida". El cuerpo fue atravesado rápidamente por una estaca. Se aseguró que en el momento de introducírsela Paole dio un gran grito. Tras esto, se le cortó la cabeza y fue quemado.

---

(3) Han sido numerosos los autores que han hablado de este caso. Y casi ninguno coincide en el deletreo del nombre del protagonista. Así como tampoco se ha ajustado el lugar en el que se desarrollaron los acontecimientos. Ni tampoco todos han descrito los mismos sucesos. Todo ello evidencia la facilidad con la que es capaz de metamorfosearse una historia. Lo que indica la necesidad de que en terrenos controvertidos hay que andar con extremo cuidado.

A su vez procedieron de la misma forma con los cadáveres de las cuatro personas a las que había quitado la vida, pues se corría el riesgo de que habiendo fallecido por el ataque de un vampiro también se hubiesen convertido en uno. Pero las desgracias no abandonaron el lugar, y cinco años después volvieron a sucederse las muertes por vampirismo. En esta ocasión fueron diecisiete personas las que murieron tras permanecer en extrema debilidad dos o tres días.

Los habitantes del lugar no encontraban una explicación a tal renacimiento del vampirismo en la zona. Tras una "exhaustiva" investigación concluyeron que Arnold Paole no sólo había atacado a las cuatro personas que después fallecieron, sino también a varios animales. La carne de estos animales, contagiada ya, fue comida por algunos habitantes, los cuales se convirtieron en vampiros, siendo los causantes de la nueva epidemia. Tal sucesión de hechos llevó a los aldeanos a desenterrar a todos los fallecidos recientemente. Fueron unos cuarenta los cuerpos exhumados, de los que diecisiete mostraban evidentes signos de su vampirismo. Éstos fueron atravesados por el corazón, les cortaron la cabeza y echaron sus cenizas al río.

• Otro conocido caso fue el citado por el alemán Miguel Rauff. Cuenta que un hombre llamado Pedro Plogojovits (4), enterrado hacía diez semanas, se apareció por la noche a algunos habitantes del lugar. Causó la muerte a nueve personas apretándoles la garganta. La propia viuda, alarmada, dijo que su difunto marido había estado visitándola...

Desenterrando su cuerpo pudieron advertir en el mismo esos signos que lo delataban como vampiro: los cabellos le habían crecido, como la barba y las uñas. Y observaron sangre fresca en su boca, por lo que creyeron que era el fluido de las personas a las que había hecho fallecer. Sin demora le atravesaron el pecho con una estaca, de donde salió cantidad de sangre líquida y bermeja, lo mismo que por la boca y por la nariz...

* * *

Un ser que vuelve del mundo de los muertos a molestar a los vivos es una imagen que ha proliferado en todos los rincones del planeta, en todas las

(4) Christoph Daxelmüller afirma en su libro *Historia social de la magia* que con la publicación de los primeros libros de magia, accesibles a quien quisiera comprarlos y ya de uso popular, llegó el gusto por la lectura sobre este tema. La demanda de este tipo de libros y noticias no se hizo esperar, y piensa que es por esta razón que las historias de vampiros como la de Peter Plogojovits y la de Arnold Paole fueron publicadas en tantas ocasiones.

culturas. El miedo a que el fallecido regrese de la tumba, ya sea en forma de espíritu o físicamente, ha sido un temor generalizado. En lo que respecta a la sangre, enseguida fue hallada su importancia, de tal forma que se pensó que incluso los muertos la ansiaban. El nombre utilizado para identificar a estos "malvados" seres del "más allá", muchos de ellos chupadores de sangre, era muy diverso, dependiendo de la zona que consultemos. En este libro usaremos los términos más utilizados en los antiguos tratados, "sinónimos" o parejos, si no entramos en diferencias cuando no hacen falta, de la palabra vampiro: reviniente, redivivo, *upiro*, *nosferatu*, no muerto, *brucolaco*, *vrycolaca*... Queremos dejar indicado desde el principio que, de forma casi general, cuando en esas líneas hagamos uso de uno de estos nombres queremos hacer referencia con el mismo al término vampiro.(5)

(5) Excepto en el capítulo titulado *Vestigios de vampirismo en la antigüedad*.

Folklore

"El gesto esconde un mensaje que el hombre material no sabe descifrar".
Kabaleb.

"El poder del vampiro radica en que se le suponen facultades muy superiores a las que posee realmente".
Andreu Martín (*Vampiro a mi pesar*).

El estudio del folklore relativo al vampiro nos puede ayudar a descubrir numerosas y desconocidas facetas del pensamiento de quien participa de él. Por ello es importante tratarlo y encontrar un significado del mismo. Porque un significado de los gestos, un porqué de la realización de determinados actos y creencias, es importante para la indagación y profundización psicológica de aquello que queremos llegar a entender.

Es evidente que el significado de un hecho se nos revela por la interpretación que le atribuimos. Es importante, por tanto, interpretar los hechos de aquella época, relativos al vampirismo, si queremos comprenderlos un poco más. En caso de no hacerlo así su existencia se disipa en la incoherencia y el absurdo. La interpretación, eso sí, no es fácil; y a veces el marco de referencia que tomamos para llevarla a cabo puede que no sea el más adecuado.

En este capítulo se pretende dar un repaso a la gran cantidad de tradiciones, creencias y costumbres que en su día, aunque también hoy, acompañaron y acompañan al vampiro. En algunos casos, más que repasarlas, lo que se pretende es rescatarlas, ya que mientras muchas de ellas han sido reflejadas en el cine y la literatura, otras han permanecido ocultas en nuestros días (pero no por ello son menos importantes), aunque en su época eran verdaderos dogmas de fe entre algunos pueblos. Y no sólo ocultas, sino mezcladas y confundidas con otras. Porque el folklore relativo al vampiro está muy contaminado por las incursiones que la literatura de ficción ha hecho en él. Además de la dificultad que entraña recomponer y diferenciar las creencias y supersticiones sobre un ser con tantos monstruos semejantes a él (mirar el capítulo *Vestigios de vampirismo en la antigüedad*).

Deseamos aclarar, en la medida de lo posible, cuáles de las creencias actuales forman parte de las del verdadero vampiro de antaño (aquel que dio origen a la leyenda europea y/o participe de ella) y cuáles son las que más tarde han sido añadidas o suprimidas de las primigenias por películas, novelas y obras teatrales. Actualmente, el vampiro es visto con una serie de "rasgos", de capacidades y de supuestos poderes que, en realidad (o en muchas ocasiones), jamás poseyeron los primeros vampiros. Como bien podrá intuir hasta el más mínimo interesado en este tema, la imagen del vampiro que se muestra en nuestros días, ofrecida principalmente por los medios audiovisuales, aparece retocada y modificada respecto al original. Tal es así que el vampiro moderno no tiene, a veces, nada que ver con el vampiro tradicional. Podría decirse que, en ocasiones, con el transcurrir del tiempo, el folklore de un determinado lugar y época parece olvidarse en parte para, poco a poco pero sin pausa, confundirse, mezclarse e impregnarse del folklore o del pensamiento de la época posterior (el proceso, evidentemente, no es tan claro ni tan sencillo). Nadie se daría cuenta de la potente y a veces radical transformación que sufren las creencias con el paso de los siglos si no fuera porque hay quien se ha encargado de dejarlas escritas. De todas formas, resulta comprensible que en estos tiempos, en una época donde la producción de películas y la edición de libros es tan extensa, ya no se sepa qué hay de cierto o no en un mito o leyenda más o menos lejana. La publicación de novelas, cuentos infantiles o cómics sobre vampiros (no nos olvidemos del cine y del teatro) ha creado una nueva imagen del vampiro, y ha dado lugar a que se elabore un nuevo folklore sobre este personaje. ¿Quién sabe entonces qué hay en la visión actual del vampiro que corresponda con la antigua?

Se buscará, además, la explicación al porqué de tales creencias, su significado psicológico, esotérico, arquetípico... aunque no profundizaremos en todas ellas por igual, haciendo un breve comentario o una mera descripción de algunas y dedicando más líneas a otras.

Para ello hemos tomado como referencia, principalmente, a los vampiros de Europa, a pesar de su variedad. Nos hemos ayudado de la novela de Bram Stoker, ya que en ella encontramos muchas de las creencias sobre este tema que en Europa central, concretamente en Rumania, existían (se piensa que Stoker extrajo muchas de las tradiciones que expone del libro de Emilli Gerard *La tierra más allá del bosque*). Aunque es importante plantearse la posibilidad de que para tratar el folklore relativo a los vampiros haya que tener en cuenta un "antes" y un "después" de la novela *Drácula* de Stoker. Pues éste introdujo en su relato nuevos aspectos que no formaban parte de la creencia y que, sin embargo, calaron hondo en la sucesiva concepción del vampiro.

El cine y la literatura han participado en esta búsqueda de tradiciones y creencias, las cuales salen reflejadas en cantidad de filmes y novelas. Los tratados de la época (manuales sobre creencias supersticiosas) han vuelto a ser utilizados para la confección de este capítulo. Al igual que ha sido imprescindible hacer uso de la Biblia, pues gran parte de los protagonistas, muchos de ellos "víctimas", de los relatos de vampiros eran cristianos y, de una u otra manera, seguro que utilizaron el libro sagrado (6) para hacer frente y dar una explicación "satisfactoria" a los seres con los que, sobre todo de forma psicológica, debían enfrentarse. Y aunque los vampiros ya existían antes de que el cristianismo tomase cierta relación popular con ellos, no podemos negar que cuando lo hizo debió influir notablemente en las creencias y supersticiones ya establecidas, modificándolas o ajustando la explicación de las mismas conforme a su código. Una influencia que no provino de las altas estancias eclesiásticas sino, probablemente, aunque no totalmente, de los párrocos incultos y supersticiosos de aquellos pueblos aislados.

Este capítulo podría haber sido más extenso, pero hemos preferido buscar, en la medida de lo posible, la síntesis.

La estaca en el corazón

De los muchos métodos capaces de acabar con un vampiro, el más conocido o el más recordado, por lo menos hoy en día, es el de atravesar con una estaca su corazón. Numerosos actores han interpretado la escena final de muchas películas en la que el "cazavampiros", ya sea ayudado de un mazo o de la única fuerza de sus brazos, clava una estaca al personaje que en esos momentos duerme en un ataúd.

(6) La Iglesia prohibió durante mucho tiempo la traducción de la Biblia a cualquier lengua vulgar. Hasta la traducción al alemán hecha por Lutero en el siglo XVI sólo los que sabían griego o latín podían acceder directamente a los textos bíblicos. De esto se desprende que todas las asociaciones que los aldeanos de entonces hacían de las Sagradas Escrituras con el tema del vampirismo debió partir o del párroco local, quien presumiblemente conocía y leía los textos, o de los mismos pueblerinos que, de oídas, por su asistencia a misa (en la cual se recitaban los párrafos sagrados) se dedicaban a buscar una explicación y solución al vampirismo en base a los mismos. Con anterioridad a la interpretación bíblica de los acontecimientos existía otra explicación de los mismos, la cual también exponemos.

"El corazón era la única víscera que los egipcios dejaban en el interior de la momia, como órgano necesario al cuerpo para la eternidad" (7).

Las diferentes doctrinas esotéricas afirman que el corazón es el "cuartel general de la voluntad" (8) "y el verdadero asiento de la inteligencia" (9). Los alquimistas dicen, además, que "el corazón es la imagen del Sol en el hombre" (10). Estas enseñanzas nos ofrecen un porqué más amplio al acto de clavar la estaca en el corazón, aparte del ya conocido que dice que éste, el corazón, es el motor del cuerpo, por lo que destrozándolo el cuerpo no se moverá.

Las gentes que se valían de este método querían evitar que aquel ser fuese eterno. Por tanto acababan con el órgano que, de no deternerse, podría eternizar al poseedor del mismo. Al acabar con el corazón eliminaban, además, la voluntad del vampiro (imprescindible para llevar a cabo cualquiera de sus actos). El corazón representando al Sol nos habla de que la misma función que cumple el Sol, la función de dar vida en la tierra, la cumple también el corazón-Sol dando vida al cuerpo, la Tierra humana.

Otro porqué, y más a mano, de las razones que acabaron por justificar que aquellas gentes clavaran una estaca en el corazón del vampiro podemos hallarlo en la Biblia. En el Libro de los Proverbios se dice que las "fuentes de la vida" están principalmente vinculadas, no con la mente humana, sino con el corazón. A lo largo de la Biblia parece quererse indicar que si el motivo no es apropiado, el corazón puede tramar cosas incorrectas y provocar razonamientos erróneos o inicuos (Mc 2:6-8; Mt 5:28; Prov 6:18; Zac 7:10). En otros apartados, la Biblia dice que existen los "malvados de corazón", o los de "corazón belicoso", y otros que de tan "malo e incrédulo" que tienen dicho órgano se "apartan de Dios". Además, se da a entender que el diablo puede influir en el corazón de las personas para así volverlas malvadas, como pasó con Judas Iscariote (Juan 13:2). Estos y otros fragmentos de la Biblia, interpretados literalmente, pudieron motivar a aquellos pueblerinos, la mayoría de ellos cristianos o influidos por el cristianismo, a suponer que los vampiros podían ser esos que la Biblia describe como "malvados de corazón" y que, como el mismo libro dice, el corazón es la fuente de la vida. Así ¿por qué no destruirlo para acabar con esa malvada existencia?, ¿por qué no destruir ese belicoso corazón, ese malvado corazón?

(7) Juan-Eduardo Cirlot. *Diccionario de símbolos.* Ed. Labor, 1992. Barcelona.
(8) Kabaleb. *Interpretación esotérica de los evangelios.* Ediciones de la Transcendentalista Universal Ecclesia, 1986. Barcelona.
(9) Juan-Eduardo Cirlot. *Diccionario de símbolos.* Ed. Labor, 1992. Barcelona.
(10) Ibíd.

Se dice que lo que vemos en las películas, el clavar la estaca solamente hasta el corazón, no es del todo ni en todas las ocasiones correcto. La idea de estacar el cuerpo parece ser bastante anterior a la utilización de los ataúdes. En el ritual antiguo de toda Europa se atravesaba la estaca hasta llegar a clavarla en la tierra, para fijar así el cuerpo a ésta y evitar la reincorporación del cadáver. Además, las estacas solían ser conducidas, también, a través del estómago, por ser ésta una zona más fácil de penetrar que el área del corazón, en la cual hay que romper la caja torácica (la cabeza era otra zona sobre la que se martillaba la madera afilada o un gran clavo). Y también se les clavaba boca abajo, o se ponían pesadas piedras sobre sus tumbas persiguiendo el mismo objetivo. Incluso se han encontrado esqueletos clavados en fosas y/o con los huesos de las piernas rotos para que el vampiro no pudiese caminar. Cuando los ataúdes fueron de uso popular la función de la estaca cambió ligeramente: ya no se trataba de sujetar al vampiro en la tierra para que éste no pudiera ponerse en pie, era el órgano que bombeaba la sangre (quizás porque la sangre es la vida) el que debía ser destruido; y en algunas zonas se impuso este propósito.

Normalmente se aconsejaba que era mejor que la estaca fuera de madera, pues si era de metal el "fluido" del vampiro podría pasar por él. Y decían que si era de madera ésta fuese de espino blanco, por aquello de que, según algunos, debió de ser la madera de Cristo. Sin embargo, la madera más abundante en el lugar solía ser también la más utilizada, fuera o no de espino blanco. De todas formas, en muchas regiones se utilizaba una estaca de metal o un clavo grande a pesar de ser tabú en otras (los gitanos, por ejemplo, pensaban que el hierro tenía propiedades que lograban mantener alejados a los seres malignos, por lo que para acabar con un vampiro atravesaban el corazón de éste con una aguja de acero). El estacamiento como método disponible para acabar con los no muertos era utilizado de manera destacable entre los bosnios, en gran parte de Alemania con el Bluatsauger, entre algunas tribus africanas con el Obayifo, en Polonia, en Rusia con el Eretik, entre los eslavos...

Algunas historias apuntan que la estaca debía ser introducida en el cuerpo de un solo golpe, ya que un segundo golpe reanimaría el cadáver (esta creencia está al margen de otras mayoritariamente compartidas).

* * *

En realidad, casi ninguna de las características de los vampiros, incluidos los métodos utilizados para librarse de ellos, son novedosas. El empalamiento y el estacamiento ya aparecen mucho antes de la principal difusión del vampirismo y antes también de la creación de la propia palabra vampiro. Burcardo, obispo de Worms, ya condenó, entre los años 1008 y 1012, la excesiva credulidad y la extendida superstición de su tiempo; entre la que se encontraba la creencia de que aquellos niños que morían antes de ser bautizados volvían de allá donde estuvieran para ocasionar tormento a los vivos. Esta creencia llevaba a las madres a protegerse contra sus hijos recién fallecidos, a los cuales empalaban y escondían. También ocurría en ciertos lugares que la mujer muerta antes del parto era empalada.

Juan Cristóbal Herenberg (Joanne Christophoro Herenbergio) escribió una pequeña obra (11) sobre pensamientos filosóficos y cristianos referentes a los vampiros en la que muestra que la forma en que se trataba a los upiros ya era utilizada en Esclavonia con los asesinos, a los cuales también se les empalaba y/o atravesaba el corazón con una estaca clavada en el pecho.

Decapitación

Se deduce o se intuye que, por lo menos en teoría, se perseguían dos objetivos matando al vampiro: acabar con sus manifestaciones póstumas y darle la paz.

Distinto método al anterior era la decapitación. Cortar y separar la cabeza para destruir al vampiro era común en Alemania y el este de Europa. Si se sospechaba que tal o cual persona era un vampiro se iba al cementerio, se desenterraba su cuerpo y se le decapitaba. En algunos lugares se temía que el vampiro volviese con la cabeza sujetada por los brazos, por lo que ésta y el cuerpo se quemaban por separado (a veces, junto a la decapitación, se clavaba una estaca en el pecho para mayor seguridad). ¿Qué pretendían las gentes de aquellos lugares decapitando a un vampiro? Se hace evidente que lo que querían es que éste "perdiese la cabeza", pero hay algo más. Nos damos cuenta de ello cuando Cirlot dice que "la decapitación ritual está profundamente relacionada con el descubrimiento prehistórico de la cabeza como sede de la fuerza espiritual" (12), y haciendo desaparecer esa fuerza se hacía desaparecer al vampiro.

Posteriormente, en algunos libros de la Biblia parece que la muerte o destrucción se representa con la expresión "despedazar o quebrar la cabeza"; lo que también pudo incitar, o dar firmeza y solidez, a la práctica de

(11) Juan-Eduardo Cirlot. *Diccionario de símbolos.* Ed. Labor, 1992. Barcelona.

(12) Fue publicada en Gérolferliste en 1733. En la misma, el autor afirmaba que los vampiros no son los causantes de las muertes de los vivos, y que todas las cosas atribuídas a los mismos no son ciertas; y que todo es producto de las turbadas imaginaciones de los enfermos.

cortársela a aquel ser, el vampiro, que querían destruir definitivamente (Freud, por su parte, habla de la cabeza como representación simbólica del genital masculino, considerando la decapitación como un sucedáneo de la castración).

Algunas aldeas ya tenían establecido cuál era el instrumento más adecuado para cortar la cabeza: una pala o una espada, esta última símbolo de evolución espiritual, símbolo de fuego. Los vampiros como el Obayifo de los africanos y el Mullo de los gitanos, entre otros, serían destruidos mediante la decapitación; además de con otros métodos. En el norte de Europa (Polonia y Alemania) la cabeza solía, en algunas zonas, ser colocada entre las rodillas o bajo el brazo.

Cremación

El cine no ha hablado en exceso de este método que antiguamente también se utilizaba para acabar con los revinientes: el de la cremación, en el que, algunos cuerpos, después de ser decapitados, eran quemados para, más tarde, arrojar sus cenizas al viento o al río.

Tanto la palabra fuego como los términos afines (encender, llamaradas, arder...) o las expresiones comunes (el fuego de la pasión, estar caliente, estoy que ardo, estar quemado...) se relacionan figurativamente con el amor, la pasión, la ira y el juicio, así como con las emociones fuertes.

El fuego es un símbolo de transformación y regeneración, de purificación y de sublimación. La "muerte" en la hoguera, que es lo que pretendían estas gentes arrojando al vampiro a ella, representaba "la consunción del sacrificio por el fuego y, desde un punto de vista místico, cualquier clase de cremación, son símbolos de sublimación, es decir, la destrucción de lo inferior para que advenga lo superior, la salvación del y por el espíritu" (13).

El purificar lo corrupto a través del fuego era la principal intención de aquellos creyentes. Acabar con un cuerpo hasta degradarlo a cenizas, que simbolizan que el retorno a lo orgánico es imposible, que el retorno del vampiro ya no podía darse, formaba parte de las intenciones de los ejecutores.

No olvidemos que en la Biblia Dios era simbolizado mediante el fuego. Dios se apareció a Moisés en forma de matorral ardiente que no se consumía. Y cuando los hebreos abandonaron Egipto "iba Yahvé al frente de ellos, de día en una columna de nube (...) y durante la noche en una columna de fuego para alumbrarlos (...)" (Ex.13, 20-22) En el Génesis se puede leer: "Que Yavé, por favor, no se encienda en ira (...)". Estas palabras, que se dije-

(13) Juan-Eduardo Cirlot. *Diccionario de símbolos.* Ed. Labor, 1992. Barcelona.

ron antes de que Sodoma y Gomorra fueran destruidas, hacen clara referencia al fuego que de Dios podía emerger, fuego que poco después destruyó a estas ciudades. En numerosas ocasiones Dios ha sido "retratado" purificando la tierra, en el final de los tiempos, con fuego. Dios ha sido muchas veces fuego, y viceversa; "porque Yavé, tu Dios, es fuego abrasador (...)" (Deu 4:24). Podría resultar comprensible que los aldeanos echasen al fuego a los vampiros; visto de esta forma, los echaban a Dios (aunque esto, seguramente, no lo sabían; no eran conscientes de ello). Ya en el Nuevo Testamento Jesús empleó el término "fuego" de manera ilustrativa para referirse a la destrucción completa de los malvados y perversos (Mat 13:41,42,49,50). Y también dijo que los malditos se apartasen de él para ser enviados "al fuego eterno, preparado para el diablo y sus ángeles". El Apocalipsis de Juan dice que los homicidas, los hechiceros y los idólatras serán arrojados al estanque de fuego. El caer en este estanque o lago de fuego significa, según la propia Biblia, la segunda muerte. Qué mejor, entonces, que una hoguera que asemejase un estanque de fuego para arrojar a un ser malvado (el vampiro) y provocar su muerte definitiva. Ya sea que los echasen a Dios con la idea de purificarlos o al fuego para acabar con el problema de una vez por todas, ambas ideas pudieron prevalecer a la vez.

Los ritos relacionados con el fuego tienen un origen precristiano, no derivando de la Biblia. Sin embargo no se puede negar la influencia de la misma en su mantenimiento. Debe reconocerse también la pobre formación teológica de los curas del pueblo; pero no hacía falta haber estudiado en exceso para, de forma analógica, encontrar en las Sagradas Escrituras métodos de defensa que ayudasen a mantener alejados los males por los que decían verse acechados o que incluso acabasen con ellos.

Será difícil encontrar historias que hablen de actividad vampírica después de la cremación. Y fue esta práctica y la de la decapitación las que más influyeron para que las autoridades se decidiesen a empezar a suprimir la creencia en vampiros en el siglo XVIII. (diferentes familias reñían entre sí por promover, unas, las ejecuciones de los cuerpos de los difuntos familiares de otras). Hay que hacer notar que las brujas también fueron condenadas a morir en la hoguera o a ser decapitadas con la espada, lo que pudo influir para aplicar la misma ejecución a los vampiros (en Lieja, en el concilio de 1585, se denunciaban como heréticos y dignos del fuego a los que practicaban la magia, aunque ya en el Derecho Romano se establecía la posibilidad de arrojar al fuego a los magos).

Por lo menos con los vampiros, estas ejecuciones eran impuestas cuando la persona ya estaba muerta; de no ser así se hubieran cometido cientos de crímenes, echando a la hoguera a personas vivas inocentes. Se habrían cometido tantos asesinatos o más que los llevados a cabo con las brujas.

La cremación era una práctica habitual entre los eslavos. En África, el *obayifo* era condenado también a la hoguera, como el *eretick* y el *mullo*, entre otros. Y casi todas las regiones utilizaban el fuego en aquellos casos en que otros remedios habían sido ineficaces, casi siempre como último recurso.

* * *

También es posible interpretar la ejecución mediante la cremación desde un punto de vista psicoanalítico. Los ejecutores de los vampiros, al igual que los de las brujas, podrían ser considerados como pirómanos, siendo la piromanía el impulso morboso de prender fuego a las cosas. Algunos pirómanos sienten o experimentan cierto grado de excitación sexual mientras contemplan las llamas del edificio, monte u objeto al que han prendido fuego. Bloch hace notar que el color rojo juega un papel importante en la vida sexual, actuando como estimulante sexual el pensamiento o la visión de llamas rojas. Y comparte la opinión de que el fracaso en el logro de satisfacciones sexuales durante cierto tiempo puede conducir al estallido de la piromanía, siendo el acto piromaníaco un adecuado substituto del placer. La piromanía, dicen algunos, es una condición, casi siempre, de represión, regresión e inhibición sexual. ¿Es de extrañar entonces que en una época donde la sexualidad estaba tan reprimida y vedada, siendo casi un tabú, se utilizase con tanta facilidad el fuego? El fuego, visto desde este punto de vista, podría significar esa vía de escape; era la compensación por una sexualidad insatisfecha. Los psicólogos dicen que cuando la sexualidad asume una expresión normal la piromanía disminuye. Posible razón ésta, entre otras muchas, por la cual ya no se quema a la gente, porque actualmente la sexualidad se puede expresar más normalmente. No deja de ser curioso que se quemase a aquellos que precisamente se habían liberado en el ámbito sexual, como las brujas, de las que se decía que asistían a orgías y que mantenían relaciones carnales con el demonio, o a los vampiros, considerados como seres sexuales en muchas zonas. La sentencia al fuego que se hacía a los condenados ¿indica una actitud pirómana en una época en la que la sexualidad estaba reprimida? Esta es una hipótesis que no hemos corroborado y que, por tanto, forma parte de nuestras divagaciones.

* * *

En cuanto al acto de echar las cenizas al río, refleja el deseo de abandonar, de deshacerse, de alejar de nuestro interior la imagen, la idea del vampiro; de que se lo lleve la corriente de la vida hacia ese gran mar del olvido que es el destino final de todas las emociones humanas.

Aunque en un relato ofrecido por el *Glaneur Historique* en abril del año 1733, se puede leer cómo un médico alemán se muestra en total desacuerdo con la práctica de arrojar las cenizas al río porque, según decía, los peces que comen las cenizas del vampiro se convierten, a su vez, en vampiros. Estos peces, además, son comidos por otros que, por "lógica aplastante", también se convierten en vampiros. Estos últimos llegarían al mar y serían pescados por los pescadores de otros pueblos lejanos, los cuales se convertirían en vampiros por comer peces que son vampiros. El médico concluía su teoría diciendo que si la enfermedad llegaba a Alemania sería por esta causa.

Y ya que hablamos de ríos y de agua, recordemos que este líquido incoloro e inoloro es considerado como un agente de limpieza, de purificación, no sólo física, sino también espiritual. En la Biblia, el agua es limpiadora de pecado y no es extraño que, con el tiempo, se pensase que con ella debía ser rociado el vampiro, un pecador.

El vampiro y su relación con los murciélagos

El murciélago tiene la costumbre de dormir colgado en lugares oscuros. Esta debió ser razón por la que el profeta Isaías (Isa 2:20) habló de arrojar los ídolos/dioses de oro y plata a los murciélagos, es decir, a los lugares de oscuridad e inmundicia.

En el Levítico y en el Deuteronomio podemos encontrar cómo el murciélago, entre otras criaturas voladoras, es considerado como un animal inmundo, y se prohíbe comer "por ser cosa abominable". Pero no creemos que esta fuera la principal razón de su asociación con el vampiro, otro ser considerado inmundo. Más bien, es posible que los tiros vayan por otro lado. Y es que el murciélago posee una simbología muy diferente en función de la cultura que se estudie. En Extremo Oriente, por ejemplo, es un símbolo de felicidad.

El cine nos ha dado a entender que un vampiro puede transformarse en un murciélago. Sin embargo, no hay en ello nada nuevo. Numerosas etnias creían y siguen creyendo que ciertas personas, hechiceros y brujos, tienen el poder de sacar el alma de su cuerpo y alojarla en un animal. Esto, más que una transformación, es una transmigración, cuestión de la que también se nos habla en las películas y la literatura de vampiros.

Los malayos, por ejemplo, creen que "el alma de una persona puede alojarse dentro de un animal" [(14)]. En otras tribus, cuando un animal con el que se ha establecido el estrecho vínculo muere, se supone que se produce también la muerte de la persona. Los habitantes de Marruecos creen en *boudas*, hombres que pueden transformarse en hienas al anochecer y reasumir su aspecto humano por la madrugada. En muchas zonas de África se encontraba la creencia de que algunos hombres podían transformarse en leones o en leopardos para así matar a sus enemigos. Los balog de los Camarones piensan que cada hombre tiene varias almas, de las que una está en el cuerpo y otra en un animal. Los ibos, etnia del sur de Nigeria, creen que el espíritu de un hombre puede salir de su cuerpo por algún espacio de tiempo para introducirse en el cuerpo de un animal, el cual será su nuevo soporte físico. "Si aconteciera que matasen al animal mientras tuviese alojada un alma humana, el hombre morirá, y si el animal fuese herido, el cuerpo del hombre prestamente se cubrirá de abscesos" [(15)]. Trasladando estas creencias ancestrales al tema que aquí tratamos veremos una de las muchas razones que hicieron establecer una íntima relación entre el vampiro y el murciélago.

La figura del primero enseguida puede ser asociada con el pequeño animal puesto que los dos son criaturas que han acabado siendo identificadas con la noche. El cine y la literatura nos han mostrado a un personaje, el vampiro, que como tal actúa y tiene poder durante la noche, lo cual lo asemeja al murciélago, que también vive y actúa en la oscuridad nocturna. No hizo falta mucha imaginación para sacar la conclusión de que una persona que de forma general vive de noche deposite su alma en un animal que, como él, vive también de noche, manteniendo una actividad consciente cuando se oculta el sol. (Aunque bien pensado, quizás fuese más lógico depositarse en el interior de un animal diurno para así saber qué ocurre en esas horas en las que no puede salir. Además de que los vampiros no sólo salían de noche).

También está el hecho de que cierto tipo de murciélagos se alimentan de la sangre de algunos animales, por lo que la relación entre ambos seres se hizo, para aquellas gentes, más que evidente. Sobre esto hay que aclarar que, al contrario de lo que mucha gente cree, el nombre de murciélago-vampiro deriva del de hombre-vampiro, y no al revés. Hay quien dice que cuando los españoles llegaron a América y encontraron al murciélago cuya

(14) William Frazer. *La Rama Dorada*. Fondo de Cultura Económica, 1981. México.

(15) Ibíd.

alimentación era básicamente la sangre de sus víctimas, los llamaron murciélagos-vampiro. Pero esto no pudo ser, porque cuando Hernán Cortes llegó a América en 1520 todavía no se había creado ni divulgado la palabra "vampiro" (el naturalista Gonzalo Fernández Oviedo evidencia que en 1526 los murciélagos hematófagos encontrados en Sudamérica fueron identificados sólo con el nombre de murciélagos, y no con el de murciélagos-vampiro). Fue más tarde, cuando la "existencia" de un monstruo al que llamaban vampiro fue de amplio conocimiento, que a los murciélagos chupadores de sangre se los llamó también "murciélagos-vampiro (algunos indican que la palabra vampiro comienza a aplicarse al quiróptero hematófago en 1762).

Las brujas también tenían la capacidad de metamorfosearse, según los demonólogos. Podían ser perros, gatos, turones, ratas, serpientes, aves grises, conejos negros..., cuestión que pudo influir para atribuir la misma característica a los vampiros. Hay que hacer notar que el vampiro nunca se ha transformado en paloma o cordero, además de otros animales, porque son símbolos santos, de luz. "En las tradiciones alquímicas el murciélago es considerado por su ambigüedad un ser de carácter híbrido, una rata-pájaro, que se puede aplicar a la explicación de los signos alquímicos dobles, por ello se une al andrógino y al dragón" (16).

Rafael Pintos nos comentaba que "el símbolo de los iniciados en la filosofía vampírica es el del murciélago, por ser este el animal híbrido entre el mamífero y el pájaro, no dejando de ser un reptil, un pequeño dragón volador que ve en las tinieblas y vive a la inversa del tiempo de los hombres".

Hay quienes dicen que la relación entre vampiros y murciélagos es más frecuente en Rumania que en otros países (desconocemos los datos). Argumentan que ello se debe a que pudo haber existido una conexión con el culto de los tibetanos al dios murciélago, así como el hecho de que gran parte de la población primitiva de Transilvania tenía un origen asiático, como los magiares y los szekelys, razón por la cual pudieron estar en contacto con este tipo de creencias.

Por su vida nocturna algunos ven en el murciélago un símbolo sexual.

¿Duermen los vampiros en un ataúd?

Al igual que parte de lo anteriormente dicho, el ataúd también ha sido unido (aspecto en el que ha influido principalmente el cine) a la imagen del vampiro. Antes de la salida del Sol este ser de la noche bajará a lo más pro-

(16) J. Felipe Alonso. *Diccionario de alquimia, cábala y simbología.* Trigo Ediciones, 1995. Madrid.

fundo de su castillo y se meterá en el interior de un ataúd encerrándose en él hasta la puesta de Sol siguiente.

La relación entre el vampiro y el ataúd, tan popular ahora (no parece formar parte del mito original), da comienzo ante el simple hecho de que los vampiros están muertos, y la gente muerta está enterrada en ataúdes (sin embargo, muchos vampiros, según el saber popular, se originaron en una era previa al uso de ataúdes). Los primeros relatos de ficción sobre vampiros no dicen nada de que éstos tengan que dormir en un ataúd. Lord Ruthven y Varney *el Vampiro*, por ejemplo, no tenían un ataúd como lugar de descanso. Carmilla tampoco llevaba semejante caja con ella (aunque finalmente fue encontrada descansando en su cripta, en su vieja capilla). El Dracula de Bram Stoker no tiene que dormir en un ataúd (aunque necesita descansar en tierra nativa).

Sin embargo, sí hay una historia que, recogida por Afanásiev y publicada junto a otras narraciones de vampiros entre los años 1865 y 1869, podría haber sido el inicio de la tan marcada relación posterior entre el vampiro y el ataúd.

Esta historia habla de un hombre, un *mugik* (un campesino o siervo ruso), que yendo de viaje y encontrándose cansado, decidió tomar reposo en un cementerio que le vino de paso. Se tumbó sobre una de las tumbas con la intención de dormirse, pero como no lo conseguía no le importó seguir en esa posición. De repente, la tumba sobre la que descansaba comenzó a moverse, por lo que se puso en pie. Así pudo observar cómo la tumba se descubría hasta que de ella salió un cadáver, el cual se puso en pie, cogió la tapa del ataúd, y con ella se dirigió a la puerta de la iglesia, donde la apoyó; tras lo cual se dirigió hacia el poblado. Cuando el cadáver ya se había alejado, el *mugik*, sin verse presa del miedo, cogió la tapa del ataúd y se la llevó al carro en el que había llegado de viaje, donde esperó hasta el regreso del muerto. Cuando éste volvió se encontró con que un extraño tenía la tapa de su ataúd. Tras numerosos ruegos el *mugik* sólo accedió a dársela si le decía dónde había estado durante toda la noche. El cadáver le contestó que había ido al pueblo y matado a dos jóvenes. Tras esto, el *mugik* le exigió el secreto para devolverles la vida y cuando lo obtuvo le devolvió la tapa del ataúd. Rápidamente se introdujo en la tumba, pero los gallos cantaron la aparición del amanecer y no tuvo tiempo de taparse adecuadamente. Una esquina de la tapa quedó sobresaliendo de la tierra.

Lo que pasó al final con este resucitado fue que los del poblado, cuando el *mugik* les contó lo ocurrido, fueron al cementerio, abrieron la tumba y le clavaron una estaca de chopo en el corazón.

La pregunta podría ser: ¿fue esta historia la que fundiría al vampiro y al ataúd de tal modo que el primero no podría existir sin el segundo? No lo creemos. Ya hemos dicho que el tándem vampiro-ataúd no formaba parte del mito popular, por lo que es posible que no se hayan dado más historias como ésta (o si se han dado habrán sido pocas y sin trascendecia). La relación entre el vampiro y el ataúd apareció tarde, desaparecida casi la creencia en vampiros. Como ya hemos apuntado, sería el cine quien establecería esta relación, por lo menos de manera más decisiva, ¿pero por qué?

Una posible visión esotérico-psicológica dice que el ataúd ha sido asociado siempre a la muerte. "Y la muerte –dice Cirlot– también es manantial de vida, no sólo de la espiritual, sino de la resurrección de la materia" [17], del cuerpo. La muerte siempre simboliza liberación, por ello muchos iniciados duermen, ocasionalmente, en ataúdes. Porque dormir en un ataúd simboliza morir, nacer al mundo espiritual, resucitar en el mundo físico, finalizar con una dependencia moral y física... como los vampiros. Todo ello lo escenifica el iniciado durmiendo en un ataúd (muriendo) para al despertar, resucitar. Rafael Pintos, iniciado, nos confesó haber dormido, en numerosas ocasiones, en un ataúd.

Las películas, consciente o inconscientemente por parte del director o del guionista, lo que tal vez intentan hacernos ver filmando al vampiro mientras duerme en semejante caja es que la muerte (el ataúd) no es el final definitivo, sino el principio de otra historia, de otra vida, de una resurrección; aunque ésta no sea a nivel físico. Puede ser..., aunque bien es cierto que ya sea por una causa o por otra, el mantener al vampiro junto a su ataúd es ya un hecho totalmente consagrado; es lo que la gente espera ver en las películas y es lo que el director ofrece.

Drácula vive en un castillo

Las películas [18] no han dejado de ofrecernos aspectos, imágenes, que cumplen la misión de dar a entender al espectador lo que el director, al parecer, quiere dar a entender, lo que hace sospechar que tal intencionalidad está basada en unos conocimientos antropológicos, simbólicos, esotéricos... de los cuales hace uso en sus producciones.

Y la escena del castillo donde vive el popular conde Drácula hace que tal reflexión tome cierta importancia.

(17) Juan-Eduardo Cirlot. *Diccionario de símbolos.* Ed. Labor, 1992. Barcelona.

(18) Ya hemos dicho que también las tendríamos en cuenta por considerar que todas las partes del rompecabezas se relacionan entre sí de una u otra forma.

Un castillo sombrío, rodeado de niebla, nos es mostrado como techo del padre de los vampiros. Un castillo que, como dice Cirlot, parece ser la "puerta de acceso a otro mundo... el castillo de irás y no volverás de los cuentos folklóricos" (19). "Según Kappe, es muy posible que el sustrato simbólico de todos los cuentos y leyendas medievales, en que se alude a un castillo propiedad de un «mal caballero» que tiene en cautividad a cuantos se acercan a su domicilio, sea este del castillo siniestro del señor de los infiernos" (20).

Los directores y escritores se han aprovechado de ello con la intención evidente de hacernos ver que el habitante de tal castillo, el protagonista vampírico, no es un ser de luz, sino de sombras, rodeado de niebla, de lo indeterminado. Imagen ésta, la del castillo rodeado de niebla, que cobra cierta importancia cuando uno se hace eco de que los aldeanos de Hungría creían que el mal estaba en el aire, como la niebla, por lo que la gente producía ruidos fuertes, tocando las campanas y música para alejarlo. La niebla, la mezcla de los elementos agua y aire, producen una cortina que no permite ver lo que hay al otro lado, por eso simboliza lo indeterminado y lo impreciso, considerándose que es preludio de la manifestación. Se suponía que las campanas que anunciaban la muerte también asustaban a los vampiros.

El mordisco en el cuello

Hay que decir que en los sucesos atribuibles a los vampiros de la Europa de los siglos XVII y XVIII no había, en la mayoría de ellos, signo alguno de mordedura (21). Han sido las compañías cinematográficas y la gran mayoría de los escritores quienes, sobre todo, han unido inseparablemente al vampiro y al mordisco en el cuello como algo común en tales sucesos; pero en realidad, el mordisco, si lo había, podía darse también en muchas otras partes del cuerpo; "el lugar de la succión no está determinado, tanto puede ser en un sitio como en otro", indica Calmet. Este autor, por ejemplo, sólo cita un caso en el que se menciona que un vampiro había chupado la sangre del cuello (aunque no habla de la evidente marca que, en caso de haber sido mordida la víctima, debería apreciarse en la misma). Por ello, el comentario ofrecido en este apartado no se refiere exactamente al vampiro de antaño, sino a uno más cercano a nosotros en el tiempo, más influenciado por la literatura de ficción.

(19) Juan-Eduardo Cirlot. *Diccionario de símbolos*. Ed. Labor, 1992. Barcelona.

(20) Ibíd.

(21) Para completar la lectura de este apartado remitimos al lector a la introducción del capítulo *La sangre* y al comentario que hacemos sobre la tesis del Dr. Gómez Alonso.

El mordisco en el cuello implica numerosas cosas para interpretar: la boca, los dientes, labios... Y por otro lado estaría, por supuesto, el cuello. Pero vayamos poco a poco.

Una de las preguntas sería: ¿por qué los dientes? ¿por qué el vampiro, en vez de morder a su víctima, no iba con un cuchillo, le hacía una herida y después le chupaba de ahí la sangre?, ¿por qué tenía que "hincar el diente"? Podemos pensar que los directores de cine querían poner un toque de agresividad en estas escenas, y "morder es un acto muy agresivo, expresión de la capacidad de agarrar, sujetar y atacar. El perro enseña los dientes para demostrar su peligrosa agresividad; también nosotros decimos que vamos a «enseñar los dientes» cuando estamos decididos a defendernos" [(22)]. También se utiliza la expresión "voy a enseñar el colmillo", previniendo que se va a dejar salir la bestia o la parte agresiva que hemos ido acallando.

El vampiro nunca lleva armas, sin embargo nunca está desarmado, pues su mejor arma son los dientes, los cuales constituyen "las almenas, el muro y defensa del hombre interior, en el aspecto energético material (...)" [(23)].

Para los iniciados, el mordisco es la impronta del espíritu sobre la carne, y desde este punto de vista el mordisco tiene su razón de ser ya que, con él, el vampiro inicia y domina a aquel al que muerde.

"El cuello representa la capacidad de ser flexibles en nuestra manera de pensar, de ver los diversos aspectos de una cuestión" [(24)]. Y es ahí donde muerde el vampiro a los que están atrincherados en el concepto de una situación, para transmitirles unos valores y hacerles ver el otro lado de las cosas.

No olvidemos tampoco que morder es un acto sexual a otro nivel y que, al parecer, la sexualidad del vampiro cinematográfico y literario no está como en el común de los humanos en las zonas erógenas, sino que está a nivel cerebral, a nivel totalmente mental... Es conveniente recordar las palabras de James Twitchell, quien dice que "el mito es cargado con excitación sexual; todavía no hay mención de sexualidad. Es sexo sin genitales, sexo sin confusión, sexo sin responsabilidad, sexo sin culpa, sexo sin amor; mejor todavía, sexo sin mención" [(25)]. Y siempre son la boca, los dientes y la coloración de los labios los elementos eróticos, no los genitales. Y el típico mordisco en el

(22) Thorwald Dethlefsen y Rúdiger Dahlke. *La enfermedad como camino.* Ed. Plaza & Janés, 1990. Barcelona.

(23) Juan-Eduardo Cirlot. *Diccionario de símbolos.* Ed. Labor, 1992. Barcelona.

(24) Louise L.Hay. *Usted puede sanar su vida.* Ediciones Urano, 1984. Barcelona.

(25) Christopher Frayling. *The vampire: Lord Ruthven to count Dracula.* Ed. Faber & Faber, 1991. Londres.

cuello tendría así mucho que ver con el llamado "erotismo vampírico", el cual también está formado por otras facetas que las películas dejan entrever. Para algunos autores, el "virus" que el vampiro transmite con su mordisco es, en la fantasía, enamorarse; "enamorarse tan profundamente que la vida de uno ha cambiado para siempre, transformación a través de la pasión" (26).

Y es que el acto de mordisquear, como dice Juan García Font, "constituye una pulsión frecuente en la relación y el lenguaje amorosos" (27). Las parejas se muerden mutuamente mientras hacen el amor, de tal forma que la agresividad parece estar íntimamente ligada al comportamiento sexual. Con frecuencia podemos observar las señales negras o azules en el cuello de los adolescentes, sobre todo, y de los adultos-jóvenes. El mordisco se ha descrito como un *beso apasionado* que, rompiendo la piel, ha dejado una pequeña contusión o cardenal, el cual cubrimos con un pañuelo del que sólo nos desprendemos cuando estamos a solas para recordar la pasada noche de pasión. Y es que la lujuria, la excitación sexual y la agresividad moderada o, por llamarla de otra forma, la suave crueldad, son importantes en el acto amoroso. También el hombre del paleolítico practicaba el mordisco agresivo cuando flirteaba, y dicen que el beso de hoy era un mordisco en los primeros tiempos que poco a poco aprendió educación. En la época actual el problema llega cuando tales actos llegan a un estado patológico; pudiendo pensar que las tendencias y brotes de sadismo (morder es un acto sádico para el que da el mordisco y un acto masoquista para el que lo recibe) son atávicas. No olvidemos tampoco que la boca es una zona erógena por excelencia, siendo desde el nacimiento el centro de las sensaciones más placenteras.

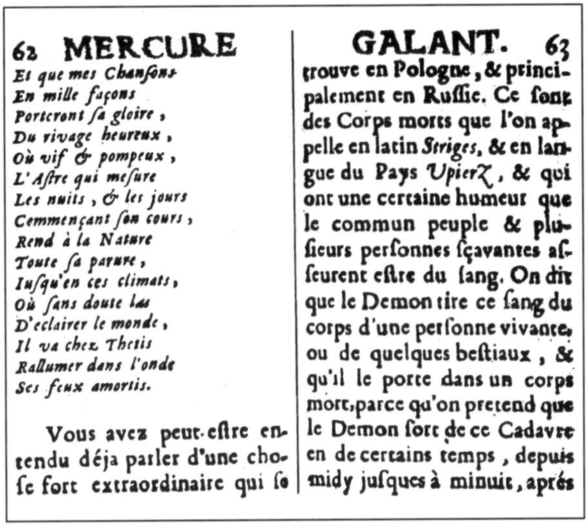

62 MERCURE

Et que mes Chanſons
En mille façons
Porteront ſa gloire,
Du rivage heureux,
Où vif & pompeux,
L'Aſtre qui meſure
Les nuits, & les jours
Commençant ſon cours,
Rend à la Nature
Toute ſa parure,
Juſqu'en ces climats,
Où ſans doute las
D'eclairer le monde,
Il va chez Thetis
Rallumer dans l'onde
Ses feux amortis.

Vous avez peut-eſtre entendu déja parler d'une choſe fort extraordinaire qui ſe

GALANT. 63

trouve en Pologne, & principalement en Ruſſie. Ce ſont des Corps morts que l'on appelle en latin *Striges*, & en langue du Pays *Upierz*, & qui ont une certaine humeur que le commun peuple & pluſieurs perſonnes ſçavantes aſſeurent eſtre du ſang. On dit que le Demon tire ce ſang du corps d'une perſonne vivante, ou de quelques beſtiaux, & qu'il le porte dans un corps mort, parce qu'on pretend que le Demon ſort de ce Cadavre en de certains temps, depuis midy juſques à minuit, aprés

Disertación sobre los vampiros aparecida en la gaceta francesa *Mercure Galant* en 1693

El vampiro representa, lleva a cabo, un arte muy estimulante además del de morder: el de chupar y succionar. Con respecto a esto Miguel Ángel Arenas explica cómo "nada más nacer, nuestras primeras pulsiones son

(26) Carol Page. *Blood Lust.* Ed. Warner Books, 1991. Gran Bretaña.
(27) Revista *Primera Línea.* Febrero 1993.

chupar, succionar y berrear... y lo curioso es que estamos tan preparados para chupar como para que nos chupen" (28). Y sigue diciendo: "Las víctimas de Drácula sienten un placer vicioso, un orgasmo obsceno, entregando la vida en sucesivas mamadas diabólicas; mamadas que causan adicción y representan el sexo más brutal, pues indefectiblemente acaba en muerte y condenación" (29). Por esta razón se dice que el vampirismo tiene connotaciones masoquistas. Krafft-Ebing, al dar una explicación al masoquismo dice que el individuo en un estado de éxtasis sensual no siente dolor, ya sea debido a su estado afectivo (como el soldado en la batalla) de manera que no percibe el efecto físico de sus nervios cutáneos, o bien porque (como en el caso de los mártires religiosos y de los entusiastas) en la preocupación de la conciencia por la emoción sensual, la idea de los malos tratos permanece únicamente como símbolo, sin su carácter de dolor. ¿Sienten las víctimas del vampiro esta sensación cuando son mordidas por él? Parece que sí, o por lo menos eso parece que quieren transmitirnos quienes escriben y dirigen.

Los fenómenos de masoquismo impulsaron a Freud a postular la existencia de un "instinto de la muerte", puesto que en ellos la conducta dolorosa no parece servir los fines de la conservación ni los de la procreación. Sin embargo hay autores que piensan que, en el fondo, la conducta del masoquista puede representar simbólicamente una gratificación sexual del inconsciente, por lo que el concepto primario de masoquismo puede ser tanto innecesario como engañoso.

Resumiendo, el mordisco en el cuello nos habla de agresividad, de vitalidad, de dominio, de nuestras obstinaciones inflexibles, de sexo (sadismo, masoquismo y necrofilia), de erotismo... Y es posible que también nos hable de la demonización de los vampiros o, simplemente, de cómo estos son el resultado de haberlos relacionado con las brujas, pues no debemos olvidar que así como el vampiro de la pronta literatura empezó a dejar marcas de sus incisivos sobre sus víctimas y discípulos, también se decía que las brujas llevaban en su piel la marca del diablo (aunque ésta fuese de diferente tipo creemos que lo importante es destacar que las brujas, víctimas o discípulas del demonio, también estaban "marcadas" por una cicatriz, antojo o tatuaje. Según la creencia de los siglos XVI y XVII, el diablo sellaba el pacto con la bruja imprimiéndole una señal de identificación en el cuerpo).

(28) Revista *Primera Línea*. Febrero 1993.
(29) Ibíd.

Centrándonos otra vez sobre los dientes, en concreto sobre ese par tan afilado que posee el vampiro, Valentí Ferranz agrega: "Más que una razón lógica (sería dificilísimo intentar morder la yugular de cualquier ser humano con nuestra rala dentadura) existe una consecuencia hereditaria, ya que el vampiro es el último avatar del hombre-lobo y de él conserva los caninos" (30). Caninos que seducen eróticamente a unos y, por el contrario, espantan a otros. Y es que sobre gustos no hay nada escrito.

La capa

Volviendo a pisar un terreno más fílmico que folklórico, cabe señalar el aspecto, en cuanto a vestimenta se refiere, que ha ofrecido Drácula en las numerosas películas que se han producido.

Lo más común de su indumentaria en todas ellas ha sido la capa que reposaba sobre sus hombros. Una capa negra por fuera y roja por dentro en la mayoría de las ocasiones. Entre otras cosas, ésta ha podido representar el estatus social al que pertenecía Drácula, el conde; de elevado rango y categoría notoria.

Sin embargo, y dejando a un lado lo que el director quisiera dar a entender o no vistiendo a su personaje así, lo cierto es que los iniciados en la filosofía vampírica hacen uso de esa capa en sus ceremonias. Alguno de ellos nos ha dicho que "el hábito del sacerdote vampírico es la capa roja y negra, o los colores rojos y negros, que son los colores del sacerdocio nocturno, lunar...". En el caso del sacerdocio solar sería rojo y blanco, colores que podemos observar en la vestimenta de cualquier sacerdote durante la celebración de la misa.

Ya hemos dicho que el rojo es el color de la sangre, de la sublimación (mirar el capítulo *La sangre*). En cuanto al color negro, en Occidente suele asociarse con lo peor de la vida. Parece ser, desde un punto de vista bastante superficial, que la mala suerte, la tristeza y todo lo negativo están firmemente relacionados con este color. Empero, al mismo tiempo, también denota elegancia y distinción. En el mundo de la moda se le denomina *el salvador de situaciones,* un valor seguro para ir elegante en todo momento. Pero para hablar del color negro y encontrar en él un significado no tan polar recurriremos a Carl G. Jung, que dice que "el sentido más profundo de este color es ocultación y germinación en la oscuridad" (31), referencia que puede coincidir con parte de lo dicho en el capítulo *Vampirismo: un camino oculto de iniciación.*

(30) Martí Fló, Valentín Ferrán Redero y Jordi Ardanuy Baró. *Vampiros: magia póstuma dentro y fuera de España.* Ediciones Luna Negra, 1994. Barcelona.

(31) Juan-Eduardo Cirlot. *Diccionario de símbolos.* Ed. Labor, 1992. Barcelona.

La luz del Sol destruye a los vampiros

Es muy posible que, entre otros motivos, esto fuese otro intento de cristianizar las novelas, ya que los investigadores de la época relatan casos en los que los revinientes aparecían a plena luz del día. Es decir, que el título de este punto nada tiene que ver o, mejor dicho, poco se corresponde, con las historias originales.

Los vampiros, considerados seres maléficos y diabólicos, fueron rápidamente asociados a la oscuridad e identificados como seres de la noche... Todo ello, relacionado con lo negativo, ha tenido su contraparte en el día, la luz, la seguridad, lo positivo. "Yo soy la luz del mundo" (Juan 8:12), decía Cristo; del cual aseguran que venció en numerosas ocasiones a las fuerzas del mal. Por tanto, Cristo que es la luz del Sol, el Sol es Cristo, vence al vampiro, que es un ser de las tinieblas, un ser de la noche. El esoterismo afirma que el nivel vibracional del planeta es más elevado de día, cuando brilla el Sol; y al vampiro, acostumbrado al de la noche, más bajo, le hacen daño los rayos solares. La primera referencia bíblica que convierte a la luz y a la noche en períodos antagonistas la encontramos en el Génesis 1:4,5 cuando se dice: "Vio Dios que la luz era buena y la separó de las tinieblas, y llamó a la luz día y a las tinieblas noche".

Por qué se acabó identificando al vampiro sólo con la noche es algo que tal vez tenga mucho que ver con el proceso de demonización al que fue sometido. Era la religión la que, en gran medida, dirigía la vida de los pueblerinos. Los cristianos echaban mano de la Biblia y de la tradición para ordenar y explicar los acontecimientos que sobrepasaban a la ciencia de entonces, y el vampirismo era uno de esos acontecimientos. Durante el período de demonización de los vampiros (mirar el capítulo *Cristianismo, brujería y demonización de los vampiros*) las sentencias que la Biblia aplicaba sobre el demonio recayeron también sobre los no muertos. Y el diablo, al ser un miembro de las tinieblas, de la noche, contribuyó con ello a que el vampiro también lo fuera. Pero además, habiendo o no demonizado a los vampiros, la cuestión es que sus propios actos, sus propias acciones los condenaron a la oscuridad, puesto que en los libros "sagrados" todo lo "injusto" es asociado con la noche, y los vampiros no hacían más que incordiar, molestar, hacer enfermar y matar a los campesinos y a su ganado. Fue lo que se contaba de los vampiros, sus supuestas perversidades, lo que les condenó al reino de lo oscuro, un reino donde dicen que suceden con más frecuencia, todo ese tipo de maldades llevadas a cabo por seres alejados de la luz. Platón ya se refería al Sol como ejemplo de Bien y Orígenes escribió que la luz "es el poder espiritual de Dios". En Job 24:14,16 se puede leer que por la noche "se levanta el asesino que mata al mísero y al pobre, por la noche merodea el ladrón (...) y por la noche perforan las casas aquellos que no quieren saber nada de la luz"; ¿qué mejor que la noche pues para un ser, el vampiro, que se dedica a sembrar el pánico? La horas de la noche, según la Biblia, son su mejor momento. En II Corintios 6:14 se recomienda no mezclarse con los paganos pues "¿qué tiene que ver la justicia con la injusticia, y qué de común tienen la luz y las tinieblas?"; así se vuelve a unir la noche, y todo lo que sucede en ella, con lo injusto. El que me siga no andará en tinieblas, dijo Jesús, sentenciando con ello a todos los que no lo hicieran. El demonio era uno de esos desobedientes y al no andar por la luz tuvo que pasear por la oscuridad, y el vampiro, cuando fue asociado con él, también. La primera carta a los tesalonicenses ya indicaba a los aldeanos de la Europa central de los siglos XVII y XVIII (aunque no fue escrita para ellos bien les pudo servir de guía, creyéndose protagonistas de la misma), que eran hijos de la luz, hijos del día; es decir, que los cristianos no eran hijos de la noche ni de las tinieblas. "Vosotros sois la luz del mundo", se puede leer en el evangelio de Mateo; palabras que Jesús pronunciaba a sus discípulos y, cómo no, a todos los cristianos (razón por la cual los paganos y los heréticos eran considerados malvados). En I Pedro 2:9 se habla de "los llamados de la oscuridad a la luz maravillosa de Dios". Y en la segunda carta a los corintios se advierte que Satanás puede disfrazarse de "ángel de luz"; dando a entender con ello que es un ángel de oscuridad, de la noche. Juan también dice que "la causa de la condenación consiste en que la luz vino al mundo, y los hombres prefirieron las tinieblas a la luz, porque sus obras eran malas. En efecto, quien obra mal odia la luz, y no va a la luz (...)" (Juan 3:19,20). Los vampiros acabaron escapando de los rayos solares por temor a ser destruidos; como hacían obras malas, prefirieron las tinieblas. El Evangelio deja bien claro que el fruto de la luz consiste en toda clase de bondad, justicia y verdad. Por consiguiente, declara que todo lo "bajo", lo injusto, lo malvado, lo perverso, pertenece a la oscuridad, que es donde están los "hijos de la desobediencia". Con el amanecer, con la luz del sol, se dispersan y se ocultan los malhechores. Para éstos, la oscuridad es su "luz", pues ellos están acostumbrados a realizar sus "malvados" actos al amparo de la oscuridad; pero esa "luz" figurativa la pierden al brillar la luz literal del amanecer; para ellos esta luz del día será incluso molesta (mirar el libro sapiencial de Job 24:17).

Pero como ya apuntamos, los vampiros de antaño eran vistos tanto de día como de noche, y ha sido más tarde cuando sólo se les ha dejado salir tras ocultarse el Sol (de esto se encargó, en parte, la literatura del siglo pasado, aunque los primeros relatos sobre vampiros ofrecían a estos la capacidad de moverse con facilidad durante el día. Lord Ruthven, Carmilla y Drácula salían durante el día, aunque preferían la noche. En el caso de Drácula, el conde perdía sus poderes sobrehumanos durante las horas de sol, pero el astro no le era dañino ni le suponía un peligro mortal necesario de evitar. Actualmente los escritores y directores han vuelto a dar al vampiro la oportunidad de salir también durante el día.

Métodos de defensa contra los vampiros (amuletos, exorcismos...): cómo alejarlos y evitar que vuelvan a aparecerse

En numerosas ocasiones se hizo referencia a la *epidemia de vampirismo* que se cernía sobre ciertos lugares. Y toda epidemia desencadena o provoca un temor social de contraer la enfermedad. El temor de contraer la enfermedad y de morir del llamado *mal de vampirismo* hizo que surgiesen métodos de defensa o prevención: talismanes, amuletos y numerosos ritos para protegerse así lo más posible del contagio, además de utilizar o desenterrar otros procedimientos ya antiguos. Es evidente que, hablando de supersticiones, el mal, siempre, o casi, se encuentra junto al remedio.

Conocida es ya la escena en la que el vampiro es detenido y rechazado al enseñársele una cruz. El crucifijo (una cruz latina con una figura de Jesús crucificado en ella) es un importante símbolo de la fe cristiana. El crucifijo, como la cruz, no se menciona como método de defensa en los informes sobre vampiros, y hay quien dice que es a raíz de la novela *Drácula* cuando este arma contra semejantes seres de la oscuridad adquiere relevancia. Sin embargo, aunque no quede recogido en los textos de los cronistas de aquel entonces, es seguro que ante el importante significado de la cruz y el crucifijo, junto con la enorme devoción que siempre han mostrado los miembros de la Iglesia sobre los mismos, muchos creyentes lo utilizasen como instrumento protector tanto antes como después de la aparición del *Drácula* de Bram Stoker. Es posible que el uso del crucifijo o de la cruz no fuese iniciado por la novela *Drácula*, sino que algunas ideas populares sobre el "uso mágico" de objetos sagrados por parte de los católicos contribuyeran, con anterioridad, a su utilización. Con la novela el método se internacionalizó. Además, los vampiros fueron rápidamente identificados con el diablo (antes de la publicación de *Drácula*), lo que incitaba también a utilizar el crucifijo para defenderse de los mismos, ya que, según algunas creencias, el diablo y todo lo relacionado con éste no puede existir en presencia de lo sagrado. Los gitanos cristianos, por ejemplo, utilizaban el crucifijo, y los eslavos colocaban uno en el ataúd del vampiro. En Polonia, para evitar que un vampiro se reincorporase y saliese fuera de su tumba se le hacía la señal de la cruz sobre su boca; en otras ocasiones se colocaba sobre la misma una pequeña cruz. El Tlahuelpuchi mexicano podía ser rechazado momentáneamente preparando una rápida cruz con alfileres u objetos de metal.

A pesar de ello hay quien dice que "lo de la cruz es una tontería"; que la cruz no es un freno ni intimida al vampiro. Sin embargo no es casualidad que ésta se haya utilizado como amuleto pues, a pesar de ser otro posible intento de cristianizar el mito, lo cierto es que la cruz es un símbolo solar [(32)], por lo que es posible que, por el significado que ello entraña, haya quedado instaurado que el vampiro huía de ella.

Pero además de la cruz existían toda una serie de amuletos, sellos mágicos, dibujos alegóricos, danzas rituales... con los cuales los mortales de aquella época pretendían protegerse contra las fuerzas del mal representadas, en este caso, por el vampiro particular de cada región.

En un principio, los métodos de protección usados (no sólo contra los vampiros, sino también contra cualquier ser maléfico) eran las palabras mágicas. La pronunciación de la palabra siempre ha estado en alta estima; recordemos que ya en la Biblia se dice que "el verbo es creador". Los platónicos, por su parte, decían que cuando una palabra es formada por la voz empieza a vivir. La oración y la pronunciación en voz alta de algunas notas de la Biblia eran además extensamente utilizadas en todos los rincones del planeta. En algunos pueblos orientales se hacía uso de los exorcismos. Uno de ellos dice así: "Hay en vuestra mansión espadas de pura plata, y conocemos su poder contra ti; márchate, pues. Este lugar es prohibido para ti ¿qué vienes entonces a buscar aquí?".

Otro exorcismo, también procedente de los países orientales, consistía en recitar, sobre la tumba de los sospechosos de haberse convertido en vampiros, las siguientes palabras: "Tú que me adelantas en el sentido de la sombra, que me adelantas entre la muerte y yo; tú que yaces aquí, penetro en tu raíz para que desde ahora no puedas protegerme con tu maldita sombra".

La costumbre de recitar un texto sobre la tumba del supuesto vampiro no era exclusiva de los orientales. En aquellos lugares donde el miedo a estos seres de la noche adquirió más fuerza, sobre todo Hungría, también se pronunciaban, tras echar agua bendita, ciertos párrafos del Génesis, como aquél en el que Jehová dice a Noé: "Todo lo que se mueve y tiene vida os servirá de alimento. Os doy todo ello como la hierba verde. Solamente dejaréis

(32) Se le considera un símbolo solar considerando, como si de radios se tratase, los cuatro brazos de la cruz inscrita en un círculo. En Asiria permanece la simbología solar incluso sin el círculo.

de comer carne con alma, es decir, su sangre" (IX-3-6). Por otra parte, cuando los malayos localizaban a un Pontianak también tenían unas palabras específicas. Y entre los eslavos las agresiones contra el vampiro (un cadáver desenterrado) eran acompañadas de los servicios de un sacerdote, quien solía repetir el servicio funerario que en su día dio al cadáver que en esos momentos tenía en frente, lo rociaba con agua sagrada o realizaba un exorcismo.

Algo también muy común en diferentes pueblos y religiones, era la utilización de imágenes sagradas colgadas al cuello. Ya no sólo era la cruz entre los cristianos. En Oriente, por ejemplo, hacían uso del ojo profiláctico, originario de Egipto, o el conocido escarabajo o *khopir*. También había pueblos donde, fijándolas en los ataúdes, colocaban estatuillas protectoras en las cajas de los sospechosos de vampirismo. Y algunos autores dicen que un espejo colocado en la puerta o una escoba tras ella servían a muchas culturas de escudos protectores.

El espino blanco (símbolo de la corona de espinas que llevó Cristo durante su pasión) [33] era colocado en puertas y ventanas, sobre todo en Hungría. En otros tiempos el espino era usado contra brujas y hechiceras, y luego fue adoptado para luchar contra los vampiros. Se pensaba que una barrera formada de espino que rodease el hogar era capaz de bloquear a los espíritus (las ramas de este pequeño arbusto podían ser colocadas sobre el ataúd para que el vampiro permaneciese dentro). Otros tipos de espinos también fueron usados como protección mágica contra los vampiros y las brujas no sólo en Europa, sino también en Asia y las Américas (el espino no ha tenido mucho auge a través del cine y la literatura de ahora). Junto a éste se colocaban largas ristras de ajos en la entrada y en los huecos del hogar. El ajo, un miembro de la familia de las liliáceas, desarrolló su reputación como un poderoso agente de sanación en infinidad de males y dolencias para, después, empezar a rumorearse su eficacia contra algunas plagas y contra varios seres sobrenaturales malignos. Más adelante esto se hizo afirmación y ya se hablaba de él como un potente recurso defensivo contra la mayoría de estos seres. Y fue, cómo no, incorporado a la leyenda del vampiro (tal vez fuese el fuerte olor ofensivo del ajo, y el hecho de que éste se encuentre en casi todas las partes del mundo, particularmente en climas templados, lo que hizo que culturas tan separadas entre sí le diesen la mis-

(33) Los soldados romanos entretejieron una corona de espinas y la colocaron en son de burla sobre la cabeza de Jesús. Aunque se habla de que la planta en cuestión era el *Paliurus spina-christi*, un arbusto que alcanza una altura de seis metros y cuyas ramas tienen espinas duras, no es posible identificarla con seguridad.

ma utilización. Según algunos estudiosos, por ejemplo Robert Ambelain en su libro *Les Vampires*, el origen del ajo como agente protector pudo deberse a una confusión. Dice que el arsénico, producto muy empleado por los alquimistas y los exorcistas para ahuyentar a los seres malignos, produce un olor durante su quema que es muy similar al del ajo. Y estima la posibilidad de que los campesinos atribuyeran a este la misma utilidad (nos mantenemos al margen de esta opinión). No era necesario tomarlo internamente y se solía machacar para untar con él las hendiduras de las puertas y ventanas. Se creía que una habitación así protegida, con su correspondiente falta de ventilación, podía llegar a ser una barrera infranqueable. Numerosos pueblos lo utilizaron como protección contra el mal de ojo, las influencias nefastas y las agresiones peligrosas. En China lo usaban para mantener alejado al Chiang-Shih. Al Asema sudamericano no le gustaba la sangre amarga que, aseguraban los habitantes, quedaba tras la ingestión del ajo. En 1950, algunos habitantes de Filipinas, tras la retirada de los Huks, comenzaron a preguntarse quiénes serían las próximas víctimas del Aswang, y se dice que algunos comenzaron a llevar collares de ajo. En México el ajo fue uno de los más importantes profilácticos ante la amenaza del vampiro, llamado allí Tlahuelpuchi. Los antiguos egipcios confiaban en el ajo para evitar que las serpientes se acercasen, siendo su penetrante olor lo que hacía que los ofidios se alejasen de él. En zonas como Transilvania existía la creencia de que las vísperas de las fiestas de San Jorge y de San Andrés los vampiros y cualquier tipo de fuerzas maléficas estaban especialmente activas, por lo que en esas fechas las ventanas y otras aberturas de la casa eran untadas con ajo para mantener a los vampiros alejados. En Alemania y Bosnia también se manchaban y embadurnaban con ajo aquellos recovecos de la casa por donde se pensaba que podía filtrarse el vampiro (el ajo también sirvió como ahuyentador y repelente de las brujas). Algunos dicen que en Grecia, la sola pronunciación de la palabra "ajo" ya era suficiente como agente favorecedor.

Todo ello para asegurar la protección de los inquilinos de la casa. Aunque, si era cuestión de protección no se privaban de nada, pues también colocaban, al cadáver sospechoso de ser un vampiro, cruces y madera de sauce bajo el brazo, además de echarle agua bendita para así apartar a los demonios que, según decía una de las teorías que intentaba explicar el porqué de los vampiros, reanimaban el cadáver. También se les llenaba la boca de ajos (a los cadáveres); de esta forma no morderían otra cosa. En algunas comunidades, antes de las vísperas de las festividades ya mencionadas (las de San Jorge y San Andrés), el ajo era mezclado con la comida y dado al ganado.

Existía además la creencia de que era conveniente enterrar a un cadáver sospechoso en una isla, por aquello de que no podían cruzar ríos, así como arrojarlo a un lago, o derramar agua alrededor del ataúd.

Con el propósito de hacer perder el tiempo a los no muertos que salían por la noche a chupar la sangre de los vivos, los aldeanos esparcían semillas sobre la tumba de estos. Una vez crecido el elemento, el vampiro estaría entretenido cortándolo toda la noche. La utilización de las semillas contra vampiros y otros seres parece haber estado casi omnipresente en la mayor parte de las creencias del mundo. Gentes de lugares diferentes y distantes entre sí compartían el ritual de esparcir semillas entre ellos y el sospechoso vampiro, como si de una barrera se tratase. Las semillas eran diseminadas en el terreno porque se pensaba que a los vampiros les fascinaba contarlas (de esta forma llegaría el amanecer sin haberse procurado ninguna víctima). También eran introducidas en el ataúd o dejadas caer por todo el camino que llevaba de la tumba (cementerio) al pueblo, o alrededor de un hogar que se quería proteger. Las semillas más utilizadas con este propósito fueron las de mostaza (tal vez por la mención que Jesús hizo de ellas en una de sus parábolas), arroz, zanahoria, mijo...

Los métodos más violentos para acabar con los vampiros ya los hemos expuesto antes, pero había otro que no hemos mencionado y que consistía en sacar el corazón al upiro y cocerlo en aceite. De esta forma ya no volvería a molestar más.

Existiesen o no existiesen los vampiros, estos recursos para protegerse contra ellos parecían cumplir, más que otra cosa, la función de un tranquilizante. Lo importante para aquellos creyentes, aunque no fuesen conscientes de ello, no era que tales métodos funcionasen, sino simplemente saber que disponían de ellos, saber que disponían de algo a lo que agarrarse. Y diesen resultado o no, cualquier cosa era mejor que quedarse con los brazos cruzados. La necesidad de sentirse seguros les llevó a crearlos; y esos mismos métodos que seguramente no servirían de nada para espantar a los vampiros serían los que, aunque parezca que nos contradecimos, salvaron a muchos de morir de, como ellos decían, vampirismo. Es una paradoja que evidencia que el hallar significados en hechos fortuitos y el ritualizar algunos actos con fines propiciatorios es una reacción frecuente en el comportamiento humano. Se trata de un mecanismo de defensa de la interioridad del ser humano cuando la realidad, o lo que piensa que es la realidad, lo amenaza. Así visto, podemos decir que no sólo es la incultura un terreno abonado para la aparición de actitudes supersticiosas, sino que el estrés emocional, la insatisfacción social, el complejo de inferioridad, el general miedo a lo desconocido y la multitud de conflictos que nos acompañan durante la vida, son también circunstancias propicias.

Es indudable que por aquel entonces (ahora también, aunque en diferente medida) los seres humanos necesitaban la motivación, la autoestima y algo en que creer para poder enfrentar las tensiones diarias que constantemente les amenazaban. El resultado de los talismanes, amuletos y la cantidad de rituales, es decir, la capacidad de responder a lo que es creído y aceptado como verdadero, aunque en el fondo no sirva para nada (el llamado efecto placebo), es sorprendente y, como lo demostró en su día el resultado de la utilización de estos métodos (los cuales salvarían muchas vidas), de gran valor.

Los vampiros no se reflejan en el espejo

Muchos pueblos primitivos "consideraban a su sombra en el suelo y a su reflejo o imagen en el agua o en un espejo, como su alma, o en último caso, como parte vital de sí mismos" (34). En algunos poblados se pensaba que la sombra de una persona estaba tan íntimamente unida con la vida de ésta que su pérdida entrañaba debilitación y muerte. Para unos la pérdida de la sombra suponía la pérdida del alma, es decir, la muerte; para otros, que creían que el alma residía en la imagen reflejada en el agua o en un espejo, el no verse reflejados suponía también la pérdida del alma, el óbito.

"Cuando los motumotus de Nueva Guinea vieron por primera vez su imagen en un espejo, creyeron que lo que veían eran sus almas" (35). Esta creencia se ha mantenido durante mucho tiempo extendida por todo el mundo, incluso hoy hay aldeas que la sostienen. Por lo que el cine y la literatura no han inventado nada nuevo cuando nos muestran que un vampiro no se ve reflejado en el espejo. En éste, como en muchos otros hechos, el tema viene de antiguo, y su razón de ser, también.

Una de las posturas adoptadas por los creyentes en los vampiros consideraba a estos bajo una perspectiva demoníaca. Ésta postulaba que el vampiro, es decir, el cuerpo que una vez muerto y enterrado sale de la tumba para, entre otras cosas, molestar a los vivos, era utilizado y manejado por el propio diablo. No era el alma del difunto quien habitaba el cuerpo, sino el diablo quien lo manipulaba. Se trataba de una posesión de un cuerpo enterrado.

Si con la muerte el alma se separa definitivamente del cuerpo físico para ir al cielo, al infierno o al purgatorio (supuestamente), el cadáver ya no podrá verse reflejado en el espejo pues, según la creencia, lo que vemos en el

(34) William Frazer. *La rama dorada.* Fondo de Cultura Económica, 1981. México.

(35) Ibíd.

espejo es nuestra alma. Los vampiros eran seres (cuerpos) sin alma, y como tales no podían verse reflejados en el espejo.

Suele aceptarse, hablando de gran parte del folklore europeo, que las costumbres y prohibiciones referentes al espejo están originadas en la creencia del "doble" (alma o cuerpo espiritual del que se afirma que también está formado el ser humano). Y se resumen en el temor a los espejos rotos, en la costumbre de tapar los espejos en una casa donde haya un muerto, en la prohibición de hacer que un cadáver se refleje en un espejo...

El vampiro también ha sido llamado "muerto viviente", lo que puede querer indicar la idea de estar o ser identificado como un ser suspendido entre dos existencias. "Esta imposibilidad para estar completamente en algún mundo también está ejemplificada en que no se refleja en el espejo" (36).

Y no olvidemos que el cine nos muestra a un vampiro que no sólo no se refleja en el espejo, sino que además siente aversión a encontrarse frente a uno. Aversión y rechazo que el vampiro mostraba porque, según algunos, se veía obligado a enfrentar y reconocer su naturaleza de no muerto. Como si el espejo simbolizase una fuerza de introspección que exigiese verse tal como se es.

Pero a pesar de lo dicho en este apartado, este incidente del espejo no parece tener ningún precedente en los tratados que sobre los vampiros de antaño se han escrito. La idea, ahora popular, de que los vampiros no se reflejaban en el espejo parece mostrarse, por primera vez, en la novela *Drácula* de Bram Stoker. Antes de ésta, el vampiro folklórico no presentaba esta "cualidad" y/o ""adversidad". Stoker debió informarse sobre las supersticiones y las creencias que ya otros pueblos sustentaban en cuanto al espejo para después aplicarlas a su vampiro protagonista, el conde Drácula. La idea, aunque no compartida por las creencias populares que sobre los vampiros se tenían hasta entonces, fue incorporada al mito.

El espejo refleja la realidad que se posa frente a él. Podría pensarse que si la literatura de ficción acabó por divulgar que el vampiro no se reflejaba es porque, evidentemente, no existía realmente.

Algunas otras características y poderes del vampiro

Como todos los monstruos y seres, ya sean éstos angélicos o demoníacos, el vampiro también fue dotado (todavía lo sigue siendo) de numerosas cualidades. Es como si el hombre creara a los monstruos a los que ha de temer y también los caracterizara con poderosos atributos (todo para después crear

(36) "Rabia y vampirismo en la Europa de los siglos XVIII y XIX". Tesis doctoral de Juan Gómez Alonso, 1992.

los métodos de defensa que amortigüen sus ataques o para inventar los utensilios o rituales que acabarán con sus abominables creaciones). Los que aquí estamos llamando "vampiros de antaño" no poseían tantos "rasgos" en su favor como el vampiro moderno.

• El vampiro que ahora es protagonista de filmes, obras teatrales, novelas, cómics y series de televisión está dotado, por ejemplo (y entre otras características), de una mirada con supuestos "poderes hipnóticos". En muchas novelas los ojos del vampiro han sido la perdición de las víctimas. La mirada del vampiro conseguía embaucarlas y sumirlas en un estado como de trance obediente y fiel. Bajo su mirada obedecerían todas las órdenes que mental o verbalmente les dictara el vampiro. Y sólo cuando por algún momento los ojos de éste dejaran de clavarse en la víctima, ésta tendría la oportunidad de deshacerse de su influencia para poder escapar. El vampiro moderno suele utilizar su poderosa mirada para ordenar, a aquel sobre quien la fija, que aparte las barreras que le impiden llegar hasta sus objetivos. Sin embargo, el vampiro folklórico nunca tuvo (por lo menos de forma evidente y fácilmente identificable) esta cualidad; los cronistas no dan referencias claras de la misma. Aunque no olvidemos que, de forma marginal, podemos leer que el vampiro puede convertir también en vampiro a un niño que no haya nacido si mira fijamente a la madre embarazada.

Con este atributo moderno vemos la insistencia de los escritores y directores de cine en continuar erotizando la figura del vampiro, pues considerado está que la mirada es el primer acto erótico en los seres humanos. Y es que los ojos son tenidos como "una de las zonas erógenas del organismo, debido a la enorme importancia que tienen en la estimulación del deseo y excitación sexual" [(37)]. Incluso algunos ya han dicho que el primer beso no se da con la boca, sino con los ojos. Por lo que otra vez el vampiro se nos muestra como un ser sexual; aunque no olvidemos que nada de esto se decía en pasados siglos.

Y no se nos debe pasar por alto la por todos experimentada "sensación de que nos están mirando", la cual pudo contribuir a la creación de la característica literaria que dotaba al vampiro de una mirada con influencia. Prácticamente todas las sociedades siguen manteniendo la creencia de la influencia transmitida mediante los ojos. En su forma negativa se habla del "mal de ojo", o se utiliza la frase de "apuñalaba con la mirada"; aunque también se habla del aspecto positivo de la mirada diciendo que "lo miró con buenos

(37) Carmela París. *Enciclopedia didáctica de la sexualidad.* Ed. Planeta, 1995. Barcelona.

ojos"... Es muy común la idea de que de los ojos pueden salir influencias. Uno de los primeros artículos que aparecieron sobre la "sensación de que nos miran" lo escribió en 1898 un psicólogo que decía que cada año hallaba cierta proporción de alumnos que estaban firmemente convencidos de que podían sentir que estaban mirándolos desde atrás, y otra proporción que creían que, mirando con insistencia la nuca de un compañero sentado frente a ellos, eran capaces de conseguir que se diesen la vuelta. Y aunque ahora esto tiene una explicación psicológica que parece invalidar cualquier fundamento que abogue por una alternativa misteriosa, en otros tiempos no se tenía tan claro. Sin embargo, hoy en día incluso se siguen llevando a cabo experimentos cuyos resultados, según sus directores, avalan la existencia de una posible influencia paranormal a través de la mirada.

¿Fue esta "sensación de que nos miran", tantas veces experimentada, la que dio lugar al nacimiento de la característica vampírica que hablaba de una mirada con poderes hipnóticos?

• La capacidad para transformarse en determinados animales es una de las virtudes que tanto el vampiro moderno como el folklórico comparten. Serán animales como el gato, el lobo, el perro o el murciélago los preferidos para tales transformaciones y también, aunque fuera del reino animal, en polvo y en niebla (la idea de que los vampiros se transforman en niebla pudo originarse en el folklore ante la inexplicable salida y entrada de la tumba que éstos, sin remover la tierra, llevaban a cabo). Carmilla, de Le Fanu, se transformó en una especie de gato en varias ocasiones y 25 años más tarde Drácula se convertiría en lobo, en murciélago y en niebla (en ésta última para entrar en la habitación de Mina). Desde entonces, los escritores y directores de cine no se han olvidado de esta cualidad y la han incluido en sus obras. Aunque en algunas de ellas, últimamente, más que una transformación física de hombre en animal lo que podemos presenciar es más una transformación interior, de actitud. Es decir, el vampiro moderno, en ciertas ocasiones, adquirirá un comportamiento animal, cualidades del animal, movimientos del animal... pero por lo general no se dará una transformación física.

• Influir sobre las condiciones atmosféricas ha sido otro de los poderes del que los vampiros, a partir del *Drácula* de Stoker, han podido disponer. Cuando Drácula iba en el barco que le llevó hasta Inglaterra la niebla y la tormenta le acompañaron durante prácticamente todo el recorrido, y más tarde el viento volvió a soplar extrañamente para que el barco, sin nadie al mando del timón, entrase limpiamente en el puerto. Van Helsing, la voz con más autoridad para hablar sobre los vampiros, dijo en varias ocasiones que éstos tenían poder sobre los elementos, sobre el rayo, la lluvia, el viento... Sin embargo, el vampiro folklórico no estaba dotado de esta aptitud hacia el tiempo atmosférico, y no encontramos informes en los que, como norma, se haga referencia a la misma (sólo en una historia contada por Charles Ferdinand de Schertz en su *Magia Posthuma*, impresa en 1706, encontramos un caso en el que se levanta una terrible tormenta momentos antes de verse aparecer a un vampiro; sin ningún detalle más, puede parecer que tal tormenta fue provocada por el ser sobrenatural. Sin embargo, insistimos, esta cualidad no se menciona en casi ninguno de los sucesos relatados por los tratadistas).

Ya hemos dicho que Stoker dotó a los vampiros de algunas cualidades que no se correspondían con las del folklore de los mismos. Es evidente que todas esas nuevas cualidades no surgieron sólo de su imaginación, sino que algunas fueron copiadas o estuvieron basadas en lo que sobre otros seres se decía. Y es muy posible que este poder de los vampiros de actuar sobre el tiempo atmosférico lo recogiese de la común y extendida creencia de que las brujas podían provocar tormentas.

• Digno de mención es el hecho de que mientras las brujas eran llevadas a juicio e interrogadas para su posterior e inevitable condenación, ningún vampiro fue llevado nunca ante los jueces y sometido a preguntas.

• Volviendo sobre los dientes, será interesante mencionar cómo en las modernas películas, el no muerto consigue que éstos pasen desapercibidos para los mortales, escepto momentos antes de morder a alguien, pues empiezan a crecerle hasta sobresalir de los demás, como deseosos de hincarse en la carne. Este fenómeno de crecimiento de los colmillos tampoco se menciona en los primeros relatos sobre vampiros.

• Los vampiros modernos reflejados en el cine y la literatura de ficción pueden volar, levitar, moverse por paredes totalmente verticales... Pero el vampiro de antaño (por lo menos el europeo) sólo podía elevarse del suelo si se convertía en algún animal con capacidad de volar, como el murciélago; no bajo su forma humana.

• En los informes tampoco se dice, por ejemplo, que tal o cual vampiro fuese un conde o alguien de la nobleza que vivía en un gran castillo, vestido con elegantes y caros ropajes (muchos vampiros modernos son presentados como personajes de la alta nobleza, cultos, intelectuales...). Más bien era todo lo contrario; los vampiros eran aldeanos pobres, que vivían en una casa como la de sus vecinos y vestían unas ropas que, en muchas ocasiones, ya estaban roídas, sucias y malolientes. De éstos, los había que atacaban de día y de noche (aunque preferentemente de noche); pero si salimos a la calle y hacemos a los transeúntes la pregunta de "¿salían los vampiros de día o de noche?", la respuesta será inevitablemente y de forma mayoritaria, si no total, "de noche". Y todo ese romanticismo del que tanto presumen los actuales vampiros de ficción no es tal en las historias que sobre sus antecesores primigenios se contaban, ya que una cosa es el gran apetito sexual que se decía que éstos poseían y otra el romanticismo y erotismo de los que actualmente están dotados.

• Una primera imagen de la luna llena, en toda su redondez, y haciendo contraste con el oscuro cielo, suele ser preludio de las apariciones vampíricas en algunas de las producciones cinematográficas. Es como si se hubiese convertido en un tópico la relación entre la luna y el no muerto. Pero el folklore no nos habla de la influencia de la luna sobre el vampiro. La luna ha llegado a estar mucho más relacionada con las transformaciones del hombre lobo. Aunque sí es cierto que, parece ser, en algunos lugares existía la creencia de que los rayos de luna podían resucitar o convertir en vampiros a los recién fallecidos. Sobre este punto sólo se puede decir que el vampiro, al ser una criatura nocturna, ha sido asociado con la luna. Prácticamente todos los seres nocturnos, sobrenaturales o no, han sido relacionados con Selene, pues actúan bajo ella, viven y se mueven durante las horas en las que ella es la reina.

• Existía la creencia, no muy difundida, y escasamente mencionada en el cine y la literatura, de que el vampiro (también otros seres) no podía cruzar corrientes de agua.

Algunos argumentan que la incorporación de este defecto al vampiro de ficción en la literatura parece que surgió a partir de una historia que se contaba en el folklore griego. En ella se decía que unos muertos convertidos en vampiros tuvieron que ser desterrados a la isla de Thesalia; cuando alguien pasaba cerca de ella veía caminar a los no muertos en un estado de desespero por no poder cruzar el agua salada.

El agua es uno de los cuatro elementos básicos de la naturaleza; los otros tres son fuego, aire y tierra. Casi todos los pueblos primitivos le han dado un carácter especial, dotado de significados simbólicos, muchos de ellos ambivalentes. Tradiciones posteriores, como la judía y la cristiana, también cargaron con la riqueza simbólica del agua, como si de una herencia se tratara. Para los cristianos, por ejemplo, la inmersión de la cabeza en el agua refleja el renacimiento del ser humano. Agrippa dice que la necesidad del agua no es menor que la del fuego, creencia que puede hallarse sobre todo en los pueblos europeos, quienes siempre han mantenido una correlación entre estos dos elementos, ambos símbolo de purificación y de regeneración.

Ambas iglesias, la latina y la ortodoxa, utilizaban el agua bendecida en los servicios funerarios. No pasaría mucho tiempo antes de ser utilizada también para cuando los cuerpos de los supuestos vampiros iban a ser asesinados por segunda vez (aunque parece ser que no fue una práctica común; la literatura de ficción fue quien le dio el gran auge, ya que en las crónicas vampíricas de la época no se la menciona). Y aunque la utilización del agua sagrada no aparece en *Drácula* de Stoker ha sido ampliamente mencionada en las novelas y películas de ficción posteriores, siendo actualmente, junto con el crucifijo y el ajo, uno de los métodos de defensa más reconocidos y admitidos.

Pero esta no es la única relación de los vampiros con el agua. En algunos sitios (algunas zonas de Rusia) éstos eran arrojados al agua porque se pensaba que la tierra no los aceptaría en su seno. En otras zonas, especialmente en Alemania, se esparcía agua alrededor de la tumba del reviniente para impedir su regreso.

• En *Drácula* se dice que los vampiros tienen la necesidad de descansar rodeados (o próximos) de su tierra natal. Y en la novela vemos cómo el conde llega a Londres con cincuenta cajas cargadas de tierra de su país. En novelas anteriores sobre vampiros (John Polidori, Sheridan Le Fanu...) no hubo mención sobre este hecho, y en los vampiros del folklore tampoco. Esta idea de la necesidad del descanso sobre tierra nativa procedió, seguramente, de la imaginación de Bram Stoker.

• Otra diferencia entre el tradicional vampiro del folklore y el vampiro novelesco es el destino de sus víctimas y la creación de otros vampiros. En los informes sobre éstos se puede apreciar el hecho de que, en general, el primer ataque que el vampiro realizaba sobre una persona raramente era mortal. Lo normal era que la víctima fuese visitada en varias ocasiones, entre las cuales se encontraba fatigada y caía enferma, hasta consumirse y morir. Sin embargo, muy a menudo se ha mostrado en este último siglo en la literatura de ficción (principalmente) a unas víctimas que caían muertas tras su primer encuentro con el vampiro. Además, en el folklore, la víctima se convertía en vampiro tras su muerte, y no en vida, como nos lo muestran muchas películas. Y en algunas "recientes" novelas, para que una persona se convierta en vampiro tiene que haber un intercambio de sangre entre el no muerto y la víctima, cuestión ésta que no existía en el folklore.

Por obra y gracia de Hollywood (aunque no debemos olvidar nunca el mundo de la literatura) el vampiro ha sido convertido, en numerosísimas ocasiones, "en un *dandy* engominado que sale de su ataúd con chaqué y capa de seda negra". Gracias a sus películas todo el mundo sabe (sin darse cuenta de que es un conocimiento erróneo) que los vampiros reposan durante el día ocultos en ataúdes que contienen tierra de su localidad de origen, que no pueden soportar la luz del sol, que viven en un castillo... Pero esta imagen nada tiene que ver con la leyenda del no muerto.

¿Quiénes corrían riesgo de convertirse en vampiros?

Hay quien dice que el vampirismo surgió a partir de los problemas del embarazo, ligándolo así al nacimiento. Pero hay otras opiniones que dicen que el vampirismo "está directamente vinculado a las representaciones de la muerte" (38), siendo éstas, "y no el nacimiento, el ámbito de la etiología vampiresca" (39). Y dentro de la muerte, el vampirismo está profundamente unido a la muerte repentina e inesperada y/o violenta, como morir en un accidente doméstico, suicidarse, ser asesinado... aunque también hay una vinculación con el embarazo y el nacimiento, pues durante este proceso se pueden llegar a dar numerosos problemas, sobre todo en el pasado, que conducen a la muerte violenta, repentina e inesperada de la parturienta y/o del recién nacido.

Las películas no nos dicen nada, pero la verdad es que ni los muertos podían descansar en paz, ya que incluso ellos corrían el riesgo de convertirse en vampiros, aun no habiendo sido atacados en vida.

En la Europa de los siglos XV y XVI se tomaban un sin fin de precauciones para evitar que tal suceso se diera, como la de procurar que la luz del Sol y de la luna no incidiesen sobre el cadáver del difunto ya que a veces se las consideraba fuentes de energía capaces de volver a la vida.

(38) Erberto Petoia. *Vampiros y hombre-lobo*. Ed. Circulo de lectores, 1995. Valencia.
(39) Ibíd.

Tampoco era aconsejable la presencia de animales en el velatorio pues eran un peligro para los difuntos no enterrados. Tal fue así que si un animal saltaba por encima del muerto éste se convertía en vampiro, y era muy posible que el animal, al morir, también se convirtiese en vampiro. A veces se retrasaba seis o siete semanas el entierro de una persona: si no se pudría y permanecía con los miembros flexibles y manejables como si estuviese vivo sería quemado.

Para proteger al cadáver y a la gente que lo velaba eran encendidas antorchas y velas, además de colgar ajos en todas las habitaciones y en sus correspondientes puertas y ventanas, e incluso en los animales. Pero a pesar de todas las precauciones llevadas a cabo durante el velatorio, en algunos casos, las creencias supersticiosas no dejaban descansar a los muertos ni una vez enterrados. De tal forma que se marcaban las tumbas para que fueran claramente percibidas por cualquiera que caminase entre ellas, ya que andar sobre una tumba convertía al muerto que la ocupaba en vampiro.

Los suicidas también eran candidatos a convertirse en vampiros. El suicidio estaba entre las peores acciones sociales que una persona podía cometer, y tenía fama de pecado. Incluso era negado el entierro cristiano por haber cometido un pecado mortal sin el beneficio de la confesión o el perdón previo a la muerte. Lo mismo se decía de los hechiceros, de las personas de vida poco ejemplar, de los abortos de padres ilegítimos... (con la brujería pasó algo similar). Entre algunos pueblos búlgaros también son las personas que no han recibido los últimos sacramentos quienes se convierten en vampiros, o los que no han sido bendecidos con la cruz, o aquellos que no reciben ofrendas en su tumba por parte de los vivos. El descuido de la correcta realización de los actos funerarios hizo creer a muchos pueblos que el difunto tenía motivos para enfadarse y vengarse. En Rumania se pensaba que si un vampiro miraba fijamente a una mujer embarazada su hijo corría el peligro de convertirse en vampiro; o que si un niño nacía dentro de la placenta o bolsa del líquido amniótico, se convertiría en vampiro a las seis semanas de su muerte (aunque había poblados que creían que esto tenía remedio).

El ser salpicado por la sangre del vampiro cuando a éste se le clavaba una estaca también era, en algunas zonas, peligroso para los vivos, que podían convertirse también en vampiros. O el comer carne de animales que habían sido víctimas de estos no muertos...

Todo lo dicho en este punto hace pensar que los creyentes en estos terribles seres no podían descuidarse en un acto, en un gesto, en una palabra... Cualquier “movimiento” podía condenarlos o condenar a otro a ser un reviniente.

Vampiro sobrenatural

"La raíz de la superstición reside en que los hombres observan los aciertos y no los errores, y tienden a recordar los primeros y a pasar por alto los segundos".
Francis Bacon.

"Malos vientos soplan para los mitos de la humanidad en el siglo XX".
Mariano F. Zumel.

"El sueño de un individuo fácilmente se hace delirio de toda una región".
Benito Jerónimo Feijoo.

"Un tipo que no sabe expresarse muy bien, otro tipo que da por sobreentendido lo que no debiera, una conversación de equívocos. Así nacen las leyendas".
Andreu Martín (*Vampiro a mi pesar*).

"Las leyendas tienen vida propia, y nacen, crecen y se reproducen (y probablemente nunca mueren) sin que los seres humanos puedan hacer nada por impedirlo".
Andreu Martín (*Vampiro a mi pesar*).

El cortejo fúnebre dirigía sus pasos en lento peregrinar hacia el cementerio mientras los cuervos, siempre presentes cuando llega la muerte, revoloteaban sobre los abetos y pinos del angosto camino.

Gustav, el hijo mayor de una humilde familia húngara había fallecido. Las lágrimas cubrían los rostros de todos aquellos que en vida le habían amado. Pero el que reflejaba una mayor desesperación y amargura era el de su madre, una mujer entrada en años, con numerosos y terminales achaques, que había consagrado su vida al cuidado de sus cinco hijos, de los cuales Gustav había sido el predilecto.

Alto, corpulento como el padre y con los ojos claros de la madre, siempre había destacado por su honradez y valentía, que demostró al internarse en los bosques una noche para recuperar varias ovejas extraviadas del rebaño de su padre.

En el pueblo todos quedaron sorprendidos al recibir la noticia de su muerte; "un chico tan sano, tan robusto y hermoso". Lo habían encontrado por la mañana en su lecho, lívido, con los ojos abiertos y una mueca horrible en su rostro. Una mueca que parecía indicar un enfrentamiento directo con el ángel maldito, aquel que nos hace dormir para siempre.

Los rumores circularon antes del entierro: que si aquello no era "normal", que era "algo muy raro", que no era "justo para el muchacho". Pero poco después se pasó a la búsqueda de culpables: "puede haber sido mal de ojo", "¡una bruja!, seguro que una bruja lo maldijo", "¿y si han sido los muertos?".

La comitiva funeraria penetró en el campo santo y se dispuso a sepultar los restos del que fuera uno de ellos, uno de los vivos. Iniciaron los ritos, pronunciaron las palabras de descanso eterno y dejaron a Gustav reposando en las entrañas de la Madre Tierra, que todo lo da y todo lo quita.

Dejaron el lugar angustiados, asustados, con el temor a la muerte oprimiendo sus cansados corazones; esos corazones tan humildes como supersticiosos, y se dirigieron a sus casas, hogares míseros, pero a fin de cuentas cobijo para el dolor y el hambre.

"La madre de Gustav se está muriendo", decían las lenguas que todo lo saben, que todo lo oyen, que huelen la agonía. Aquella que lo había parido no podía soportar estar separada de ese hijo. Su esposo contaba que ella decía ser visitada cada noche por el vástago sepultado y que, con cada visita, éste se llevaba un trocito de su vida, dando un paso más para reunirse con él.

Las lenguas que todo lo hablan murmuraban extrañas historias: "El gato del panadero se introdujo en la habitación donde el cadáver residía y saltó sobre él; su madre sonrió porque su hijo regresaría entonces de entre los muertos"; "creo que topó con uno de los que regresan cuando se internó de noche en el bosque"; "se lo dijo su padre, le dijo que no iría, que la noche pertenece a los que se han ido".

El sacerdote acudió un día a la casa para otorgar la paz a la mujer, antes de "marchar" y así permitir a su alma, ya en estado puro, buscar a ese Dios al que todos intentamos hallar y parecemos no encontrar. Pero el alma de la mujer no deseaba encontrar al omnipotente, sino al hombre que fue carne suya. Agarró un instante la mano del representante divino y le aseguró que ese Dios al que representaba le había permitido la visión de su hijo cada noche, y ahora por fin se reuniría con él.

"Ha muerto", fue lo único que se escuchaba aquel atardecer; y era cierto. Tras el velatorio, un nuevo funeral; punto de reunión para aquellas castigadas gentes que se enfrentaban a un riguroso invierno... Y la dejaron allí, con la pena en el alma y el rostro helado por el viento del norte. Regresaron a sus casas y decidieron orar por la que había sido uno de ellos.

Los días pasaron y el sacerdote, no encontrando explicación y sosiego para acallar sus dudas y las de los vecinos habló con el reciente viudo. Habló y rezó, habló e imploró, habló y decidió.

Al amanecer se dirigió el pueblo a los territorios donde los muertos deberían descansar en paz pero que, ya sea por el diablo y sus maldades o por Dios y sus misterios, algunos de éstos no encontraban el sendero al paraíso o el infierno. Y allí nuevamente estaba el pueblo.

Las lenguas tenían miedo, querían irse, huir. Pero el hombre sagrado abrió (que no profanó), la caja mortuoria de la madre del que no debía haberse ido tan pronto. Ella descansaba en paz. Pero Gustav, arrancado injustamente de los brazos de la vida, fue hallado en su ataúd con sangre en ojos, boca y nariz. La mueca de horror estaba impresa en su rostro nuevamente. Algunos, al confirmarse la presencia de un no muerto, guardaron tierra de la tumba para proteger a los suyos. Entonces el sacerdote, al contemplar la escena, lloró.

La paz penetró bruscamente en Gustav, a la altura del estómago, penetrando a la vez en cada hogar de la aldea, en cada apenado corazón, en cada humilde alma...

* * *

Ernes Jones indica que durante el siglo XVIII y hasta últimos del XIX las plagas de vampirismo tomaron gran importancia en Europa y recuerda, de forma cronológica, las más alarmantes, como la desarrollada en la isla griega de Chios en 1708, la de Hungría en 1726, la de Medvedja y Belgrado en 1725 y 1732, en Serbia en 1825 o la de Hungría de 1832. En 1837, en Bulgaria, un extranjero sospechoso de ser un vampiro fue torturado y quemado vivo. En 1855, en la ciudad polonesa de Gdansk, junto al mar Báltico, una epidemia de cólera hizo que otra vez se empezase a hablar de vampiros. En Rhode Island, en Estados Unidos, un hombre creyó que su hija muerta estaba poniendo en peligro la vida de sus familiares, por lo que la desenterró y quemó su corazón. En 1889, y hasta 1899, se tiene constancia de que en algunas regiones de Rusia seguían con la creencia en vampiros, actuando con los muertos de la forma que ellos creían más pertinente. Y acercándonos todavía más a nuestros días, encontramos que en 1909 un pueblo quema un castillo en el sur de Transilvania por pensar que un vampiro entraba y salía de él, y que era la causa de que se hubiese incrementado la mortalidad de los niños. Lawson, en 1910, decía: "Rara vez pasa un año sin que algún pueblo de Grecia no encuentre entre ellos a un *brucolaco* (...)" [40]. Incluso hoy en día se dan casos aislados de individuos que se creen amenazados por un

(40) Christopher Frayling. *The vampire: Lord Ruthven to count Dracula.* Ed. Faber & Faber, 1991. Londres.

vampiro (normalmente un familiar muerto recientemente) o creen ser cazadores de no-muertos. Es decir, en la actualidad, la creencia en el vampiro sobrenatural existe, aunque marginalmente.

En el capítulo *Vestigios de vampirismo en la antigüedad* se podrá comprobar la existencia de entidades vampíricas en numerosas zonas de la geografía terrestre. Con *Vampiro sobrenatural*, sin embargo, nos referimos al reviniente, a aquel que volvía de la tumba con su cuerpo físico; es decir, al del tercer grupo de la clasificación mencionada hacia el final del capítulo *Vestigios de vampirismo en la antigüedad.* Más concretamente, con *Vampiro sobrenatural* nos referimos al vampiro eslavo y áreas próximas, pues la concepción moderna que se tiene del vampiro, aunque ahora errónea y deformada en gran parte, parece que partió de esa zona. Algunos ya han concluido que el mito contemporáneo del vampiro hay que encontrarlo a raíz de las epidemias de vampirismo que surgieron entre los eslavos (por ejemplo, el caso de Arnold Paul y Peter Plogojowitz), aunque de modo general también en toda Europa central. Es, principalmente, del vampiro que estudió Calmet del que tratamos en este capítulo.

* * *

Aunque prodigioso, el hecho de ver en nuestra casa lo que en esos mismos instantes está ocurriendo en la otra cara del mundo (la televisión), no constituye ningún milagro. Como tampoco es ningún milagro que el hombre pueda permanecer bajo el agua durante media hora sin que llegue a morir ahogado (bombonas de oxígeno). Y tampoco es milagro que una persona que viva en España pueda llegar a Londres en menos de dos horas; o que un rayo láser corte a distancia una plancha de acero; o la asombrosa magia de prestidigitación que magos profesionales del ilusionismo llevan a cabo. Sin embargo, si uno de estos "simples" acontecimientos hubiese ocurrido en repetidas ocasiones hace tres siglos habría sido interpretado por la mayor parte de la sociedad de entonces como un fenómeno sobrenatural, diabólico para unos y divino para otros. De esta forma, y como muchos han resaltado ya, parece que las fronteras físicas de los que se han dado en llamar fenómenos sobrenaturales dependen, en gran parte, del nivel de conocimientos propio de la persona que los contempla.

Y así, es posible que las supuestas pruebas de la realidad sobrenatural y diabólica de los vampiros no sean más que tristes parodias de lo que esa realidad, en caso de existir, debería ser. Y de que la creencia en vampiros no sea más que el producto de la ignorancia que padecemos sobre la intimidad de la naturaleza. Ocurriendo con frecuencia que los mecanismos o las causas de los fenómenos que eran observados por las atemorizadas "víctimas" de los vampiros perdían importancia frente a la visión y contemplación de los mismos.

Por lo general, y de momento, el milagro, lo sobrenatural, la intervención divina o diabólica en nuestro mundo físico, mental y sentimental, o se acepta o se rechaza sin dar explicaciones convincentes o totalmente objetivas de por qué se adopta una postura o la otra. Primero está el interrogante no contestado que pregunta sobre la posibilidad de la existencia de alguien divino o diabólico. Y después, en caso de aceptar esa existencia, está si ese alguien tiene la capacidad para intervenir y violar unas leyes por él establecidas e inalterables. Seguidamente se hablaría del determinismo y del indeterminismo, del libre albedrío...

No es uno de los objetivos de este libro disertar sobre la posibilidad del milagro o no, de la intervención divina o diabólica en nuestro mundo, pero para que sirva de guía al lector diremos que este capítulo parte de la opinión de que es muy posible que los milagros no existan, que lo que existan sean tan sólo fenómenos. Fenómenos que, de momento, no tengan explicación alguna debido, seguramente, a una mala interpretación o a una falta de conocimientos teóricos y prácticos sobre diferentes ramas del saber. Fenómenos que, estudiados muchas veces por algunas ciencias de vanguardia, siguen sin ser reconocidos (ni las posibles explicaciones ni muchas veces los fenómenos), conservando así su carácter de extrañeza y de misterio.

* * *

Pasemos a leer cómo uno de los más serios investigadores de los vampiros define a éstos:

> "Son unos hombres muertos desde hace un tiempo considerable, más o menos largo, que salen de sus tumbas y vienen a inquietar a los vivos, les chupan la sangre, se les aparecen, provocan estrépito en sus puertas y en sus casas, y, en fin, a menudo les causan la muerte. Se les da el nombre de vampiros o de *upiros*, que significa en eslavo, según dicen, sanguijuela. Uno sólo se libra de sus manifestaciones más que desenterrándolos, cortándoles la cabeza, empalándolos, o quemándolos, o traspasándoles el corazón" [41].

(41) Augustin Calmet. *Tratado sobre los vampiros.* Ed. Mondadori, 1991. Madrid.

Esta es la descripción del vampiro de Europa central, el que en su día hizo escribir tratados e informes sobre su estudio. En este capítulo, ayudados por diversas ciencias, nos proponemos dar una explicación corroborada a los aspectos físicos de este vampirismo, y una explicación, también ratificada, a aquellos aspectos mentales, psíquicos y, tal vez, parapsíquicos y parafísicos que formarían parte de él.

Pero antes aclaremos y sinteticemos lo que parecen revelar las investigaciones de Augustin Calmet, recogidas en su libro *Tratado sobre los vampiros*, así como el informe de Charles-Ferdinand de Schertz *Magia Póstuma*, por nombrar a dos de los muchos autores:

1. Que los vivos veían aparecer a los difuntos y morían o enfermaban como resultado.
2. Que estos mismos difuntos u otros eran encontrados en estado de conservación en sus tumbas.
3. Que, como regla bastante general, la destrucción de sus cuerpos ponía fin a sus manifestaciones póstumas.
4. Que en la tumba no había signos de que los muertos saliesen físicamente de ella.
5. Que ciertas manifestaciones fuesen acompañadas de fenómenos paracinéticos (42) atribuibles a la influencia de los vampiros.
6. Que las víctimas de estos vampiros llegaban a ser tambiém vampiros después de sus propias muertes.

Si bien es verdad que aceptamos los razonamientos del Marqués de Argens de que las personas "siempre son susceptibles de morir a consecuencia de sugestiones aterradoras" y de que la incorruptibilidad del cuerpo es un fenómeno natural –reflexiones que albergan una gran verdad– no por ello explican todos los casos ni todos los fenómenos que se dan en muchos de ellos. Y por tal razón, a lo largo de este capítulo, intentaremos ofrecer una explicación científica, basada en la experiencia, de los seis puntos ya mencionados y de otros más, por lo que nos ocuparemos primero de aquellos

(42) En terminología parapsicológica se utiliza para hacer referencia a aquellos fenómenos de movimiento, hasta ahora inexplicables, en objetos que no son tocados por nadie (también se conoce como telecinesis el movimiento o la influencia mental a distancia sobre algún objeto, el cual se mueve sin que ninguna fuerza física conocida parezca intervenir en ello). Así mismo se reconoce este fenómeno en aquellos casos en los que el "medium" o "dotado" toca el objetó, aunque no lo suficiente como para dar una explicación satisfactoria al movimiento que ejecuta dicho objeto.

fenómenos físicos que durante años envolvieron con un halo de misterio a los llamados vampiros.

Fenómenos físicos

Después de la muerte, el vampiro era incluso rechazado por la tierra y, de acuerdo con la teología de la Iglesia del Este, su cuerpo permanecería intacto e incorruptible.

Uno de los primeros fenómenos físicos que en siglos precedentes era considerado en Hungría, Moravia, Silesia, Polonia... como signo evidente, claro, de que una persona que había muerto hacía tiempo era un vampiro, fue la incorruptibilidad del cuerpo:

> "...cuando los desentierran, sus cuerpos están enteros, su sangre bermeja y fluida, y sus miembros flexibles y manejables" (43).

Pero la historia demuestra que este estado de incorruptibilidad de los cuerpos no era, ni es en la actualidad, exclusivo de los vampiros. Por ejemplo, la Iglesia cristiana romana consideró durante mucho tiempo signo de santidad el que un cuerpo del clero quedase incorrupto. Más tarde, la ciencia aclaró las razones por las cuales un cuerpo muerto podía conservarse en buen estado y la Iglesia dejó de venerar este fenómeno natural. Pero para ilustración del lector y para ir acercándonos a posteriores conclusiones, hagamos un breve comentario de las causas que dan lugar a la conservación de los cadáveres y si estas tienen algo de sobrenatural.

Un cuerpo incorrupto, es decir, que no se ha corrompido, que no tiene en apariencia evidentes signos de putrefacción, una de dos, o está momificado o está saponificado, presentando en ambos casos un aspecto "como de vivo". Hablemos brevemente de cada uno de estos estados.

El calor, que es peor conservante que el frío, lo que hace es momificar el cuerpo. El cuerpo adquiere así, por lo general, un aspecto seco, acartonado, siendo casi imposible que sea flexible, tomando un color grisáceo. La momificación puede empezar a los quince días o al mes y completarse, a veces, en cuatro o cinco meses (muchos cuerpos que son enterrados en verano en los nichos de los cementerios entran en este estado de momificación).

La otra posibilidad por la cual un cuerpo puede encontrarse al cabo de los días o de los meses, incluso años, sin signo alguno aparente de putrefacción, es la saponificación. La saponificación aparece en un cadáver cuando éste se

(43) Augustin Calmet. *Tratado sobre los vampiros.* Ed. Mondadori, 1991. Madrid.

encuentra en un medio húmedo, muy húmedo o incluso el agua. Un medio ambiental frío, húmedo, impide la putrefacción normal ya que ésta es un proceso bacteriano, y un medio muy acuoso es adverso para la bacteria, provocadora de la descomposición, que difícilmente crece. El cadáver saponificado adquiere un color blanco. En él se conservan mal las vísceras, que se pudren; pero el exterior, la musculatura no. El cuerpo huele de una forma especial, tiene un olor *sui géneris*, curioso, un poquito desagradable, pero no de podrido.

El tiempo en que tarde en aparecer la saponificación es relativo. A grosso modo podríamos hablar de seis meses, ocho meses... pudiendo ser completa al año, para luego durar bastante; dos, seis, diez años. Aunque también conviene decir que así como hay muertes por enfermedades que aceleran la desintegración del cadáver, hay otras que, por el contrario, retrasan la putrefacción. Además, la baja temperatura (por debajo de los diez grados se inhibe el proceso bacteriano) y el enterramiento en una fosa profunda, en un ataúd bien sellado, puede permitir la identificación del cadáver muchos meses después.

* * *

Es difícil que un cadáver permanezca flexible. Normalmente éste se deseca y queda rígido (casos de momificación). Sin embargo, en los tratados de vampiros se repite la circunstancia de que muchos cuerpos desenterrados permanecían flexibles. Por esta razón se puede sospechar que los cadáveres con esta característica estaban saponificados, aun a sabiendas de que un cuerpo en este estado no tiene la blandura del cuerpo humano vivo, pero sí una relativa flexibilidad. Numerosas observaciones de aquel entonces, cuando se procedía a sacar un cuerpo de la tumba, ya hablan de que el cuerpo no estaba "en verdad flexible", haciendo con ello mención a esa relativa flexibilidad que puede observarse en el cuerpo saponificado.

Esta flexibilidad de los cadáveres no sólo es un indicio para saber que éstos estaban en un estado de saponificación. A raíz de esto podemos sospechar que las mayores epidemias de vampirismo darían comienzo en invierno, con el frío, con la lluvia, con la humedad... todas ellas condiciones adversas a la putrefacción. De hecho, una de las mayores epidemias de vampirismo ocurrida en una villa de Serbia, Medvedja, donde los inviernos son muy duros, con temperaturas de hasta 15 grados bajo cero y con nieve durante varios meses, tuvo lugar a finales de enero. Como vemos, el estado de conservación de un cuerpo tiene como origen muchas causas naturales. Ahora incluso se puede provocar a voluntad introduciendo los cuerpos en formol; es decir, que ello nada tiene de sobrenatural, ni divino ni diabólico (el Papa Benedicto XIV, Próspero Lambertini, ya escribió en plena extensión de la creencia en los vampiros, en su libro *De canonizatione Sanctorum*, que la conservación de los cuerpos más allá de la muerte no es un milagro).

Herbert Thurston, jesuita, recoge más de cuarenta casos de personas dedicadas al "santo oficio" cuyos cuerpos quedaron incorruptos, muchos de ellos bermejos, con buen color, flexibles... incluso desprendiendo un aroma muy agradable, el conocido "olor de santidad" que, por supuesto, no sólo se ha dado entre el personal del clero.

¿Tenemos que pensar, como hubo quien pensó, que un cuerpo desenterrado que no mostraba signos aparentes de putrefacción era prueba evidente, reveladora, de que se estaba ante un vampiro?, ¿o tenemos que pensar que se estaba ante un santo? ¿Qué diferencia había entre los "santos" recogidos por Herbert Thurston y los vampiros recogidos por, entre otros, Agustín Calmet?

Para obtener una de las posibles respuestas satisfactorias hay que hacer un poco de historia.

La Iglesia, tras siglos de extenderse como una aparente unidad, acabó dividiéndose hacia el año 1054. Tal división estableció la Iglesia ortodoxa del Este (la griega), y la Iglesia católica romana (la latina). Parece ser que una excomulgaba a la otra y viceversa. Esto provocó que la teología de ambas iglesias, al desarrollarse por separado, mostrase numerosas diferencias. Una de tales la encontramos en los razonamientos que ambas ofrecían ante la incorruptibilidad de los cuerpos muertos. La Iglesia latina, sostenía que, a menudo, el cuerpo muerto de una persona santa no sufría el normal proceso de corrupción que experimentaba un cuerpo ordinario, y que tal cuerpo podía llegar a exhalar un agradable olor. Por el contrario, la Iglesia del Este, la Iglesia griega, optó por la postura de que si el cadáver colocado en la tierra no se descomponía rápidamente era, generalmente, un signo maléfico. Si un cuerpo no se descomponía el fenómeno se interpretaba en el Este creyendo que la tierra, por alguna razón, no lo quería recibir, lo que hacía que el cadáver fuese sospechoso de "algo". No negaban que tal estado de conservación fuese indicio de santidad, pero exigían, entre otras cosas, que el cuerpo así encontrado exhalase buen olor, pues desde el principio se creyó que el hedor del vampiro era compañero de la peste. De esta forma (que ahora pueda parecer, quizás, algo ridícula), y en principio, en aquellas zonas, para saber si el cuerpo incorrupto de una persona era el de un vampiro o el de un santo había que percibir su olor. Si olía bien, santo, si olía mal, vampiro (popularmente, las plagas siempre han sido asociadas con la noción de hedor. De hecho, Leone Allaci dice que el vampiro griego es llamado *brucolaco* por su "asquerosa suciedad").

La idea de que los muertos no se descomponen porque no pueden descansar era fuerte en aquellos tiempos y en aquellos lugares. Parece que la ecuación descomposición igual a inocencia estaba profundamente arraigada en la antigüedad (44). La descomposición normal del cuerpo y su consumición parecía indicar que el difunto estaba en descanso en la tierra, y que su alma estaba en paz. En algunas zonas de Rumania, por ejemplo, los cuerpos de los cadáveres solían ser desenterrados tras un período de siete años si se trataba de personas mayores; de cuatro o cinco años en caso de un joven y de tres años si se trataba de un niño. Si al descubrir el cuerpo tras este tiempo la descomposición era completa, se pensaba que era señal de que descansaba en paz; pero si no era completa se llegaba a la conclusión de que el cadáver era un vampiro.

Se pensaba que la persona fallecida con alguna culpa no descansaba en paz y que, además, la tierra no aceptaba recibir su cuerpo, y lo arrojaba fuera de ella. Agathias cuenta, en su *Historia,* cómo se decía que un hombre muerto explicaba que la tierra le había rechazado por haber cometido incesto con su madre. Y hay que decir que, desde un punto de vista psicoanalítico, esta percepción de la realidad parece querer decir que la reunión con la madre tierra, una reunión incestuosa, pues la tierra simboliza la madre, sólo es permitida cuando se purifica el pecado, cuando el difunto es liberado. Pero, incluso el solo deseo del acto incestuoso ya puede ser suficiente para morir con culpa. Se hace evidente que esta culpabilidad del deseo incestuoso provenía de los vivos que, por proyección, era atribuido a los muertos.

Otra "pista" que llevaba a los creyentes en los vampiros a afirmar que tal o cual persona, muerta hacía ya tiempo, era un vampiro, solía ser el encontrar el cadáver, una vez desenterrado, manchado de sangre. "Prueba" ésta, decían, de que a alguien, animal o persona, le había chupado la sangre y ensuciado con ella:

> "(...) y chupan la sangre de los hombres y animales vivos en tan gran abundancia que a veces les sale por la boca, por la nariz y has-

(44) Tal vez sea significativa la idea de que la muerte ha sido representada, desde hace mucho, con la figura de un esqueleto. Si al desenterrar los cuerpos no se veía el esqueleto de los mismos (lo que indicaba su muerte) el pensamiento que podía surgir de ello era que no estaban muertos. Tal vez.

ta por las orejas, y otras veces el cadáver nada en la sangre que llena por completo su ataúd (...) y se los encuentra todavía con signos de vida, la sangre líquida (...)" [45].

"Cuando sus ataúdes (...) eran abiertos, los Nachtzehrers [un vampiro alemán] eran encontrados tumbados en charcos de sangre, porque los vampiros se atracaban hasta el punto de que ellos no podían retener toda la sangre que habían consumido" [46].

Nosotros abrimos el abanico de posibilidades preguntándonos si el cadáver puede sufrir algún tipo de hemorragia y si la sangre de éste puede permanecer incorrupta durante un tiempo más o menos largo. Las charlas que hemos mantenido con diversos médicos han arrojado un poco de luz sobre este asunto, averiguando que el tiempo durante el cual la sangre de un cadáver permanece líquida, fluida y roja como la de un vivo, depende, sobre todo, de las condiciones ambientales. En buenas condiciones, con temperatura fría, la sangre puede permanecer así tres o cuatro días. Si los cadáveres eran desenterrados dentro de este plazo (quizás un poco más) por "tener sospechas" o "indicios" de su vampirismo, es posible que lo encontrasen con "las venas llenas de sangre". Aunque se dice que también a los muertos por contagio o a los cuerpos de los envenenados se les retrasa la coagulación de la sangre en sus venas, de ahí su falta de rigidez cadavérica.

Cuando se habla de cadáveres manchados de sangre o nadando en ella (suponemos que esto es una exageración, como muchos otros puntos) no nos queda otro remedio que pensar en posibles hemorragias. Derrames cerebrales como otorragia, epistaxis, sangre por la boca... causados por traumatismos, pudieron ser el origen de la sangre en la que, decían, se veía "envuelto" el cadáver (seguramente no fue para tanto; sólo tenemos, como mucho, seis o siete litros de sangre, insuficientes para llenar un ataúd). Un traumatismo es un golpe que, por muchas causas, puede recibir el cuerpo; por ejemplo en el transporte hacia el cementerio, o en su descenso hacia la fosa...

El que salga sangre de un cadáver es algo muy normal, además, en personas muertas por asfixia. En todas las asfixias suele salir sangre por la nariz y por la boca. Estas hemorragias se dan a las tres, a las ocho horas, incluso a los tres días se pueden dar también. En los fallecidos de esta forma se puede observar la persistencia de la fluidez sanguínea porque ésta se coagula más lentamente debido al aumento en contenido de fibrolisina. Razones éstas de por

(45) Augustin Calmet. *Tratado sobre los vampiros*. Ed. Mondadori, 1991. Madrid.
(46) J. Gordon Melton. *The Vampire Book*. Ed. Visible ink press, 1994.

qué se encuentra el cadáver manchado de sangre y de por qué de las comisuras de los labios de éste salen dos regueros o hilillos de sangre; sin querer decir esto que se la haya chupado o succionado a alguien.

Y ahora que sabemos que una persona que haya muerto por asfixia, entre otras causas, puede sangrar en el interior del ataúd, ateniéndose su aspecto a las descripciones hechas por los testigos al desenterrarlo, habría que decir que se puede morir por asfixia antes de ser enterrado, y también se puede morir por asfixia una vez enterrado. Estamos hablando de los enterrados vivos, que tantos y tantos ha habido (más adelante hablaremos de ellos al tratar los fenómenos parapsíquicos y mentales del vampirismo). De tal forma que una persona que haya sido enterrada viva y habiéndose despertado ésta en el interior del ataúd, la principal (y tal vez única) causa de su muerte sería la asfixia. Esta muerte por carencia de oxígeno produciría una hemorragia, pudiendo ser ésta bastante abundante.

No entraremos en más causas por las cuales puede sangrar un cadáver, pero sí mencionaremos otra vez a Herbert Thurston, el cual, en su libro *Fenómenos físicos del misticismo*, nos ilustra con gran cantidad de santos que sangraron una vez muertos. En concreto el cuerpo de Santa Catalina que, después de tres meses muerta, sangró dos veces por la nariz abundantemente. Por lo que, como vemos, este fenómeno tampoco es exclusivo de los vampiros de Transilvania..., también ha sido detectado en aquellas personas consideradas santas como prueba, también evidente, eso decían, de su elevada condición espiritual.

Así que otra vez la pregunta se hace evidente: ¿son diferentes los vampiros de Europa central a los santos católicos, aún produciéndose en ambos los mismos fenómenos físicos sobre sus cuerpos muertos? ¿Por qué unos son considerados seres malvados y otros, por el contrario, son vistos como iluminados? Y la respuesta, que se la dejamos al lector, no queremos que se base solamente en la tradición de las diferentes iglesias y gentes.

* * *

Calmet y otros autores cuentan que las personas muertas hacía tiempo eran desenterradas por ser sospechosas, por pensar la gente que eran vampiros y que estaban ocasionando algún mal. Muchas veces (dependiendo de la zona) los cuerpos eran atravesados con una estaca. Al parecer, cuando ésta penetraba en los cuerpos sin vida, daban un grito. Y esta era considerada, por aquellas gentes, otra prueba de que estaban vivos y de que era después de clavarles la estaca cuando realmente morían, pues la manifestación de estos cesaba.

"(...) hizo clavar, según la costumbre, en el corazón (...) una estaca muy aguda, con la que le atravesaron todo el cuerpo de parte a parte, lo que le hizo dar, según dicen, un espantoso grito, como si estuviese aún con vida (...)" (47).

Pero la explicación de este fenómeno ya era conocida en los tiempos en que existía la creencia en los vampiros. Las personas con estudios lo consideraban como algo normal. El propio Calmet habla de ello al comentar la carta de un espigador de Holanda: "El aire que se encuentra encerrado y que se hace salir con violencia, en el golpe con la estaca, produce necesariamente ese ruido al pasar por la garganta" (48). Es como si se estruja una caja que contiene aire; siempre producirá ruido. Y este ruido, la salida del aire contenido en la caja torácica por la garganta con cierta velocidad, era interpretado como un grito de dolor por parte del cadáver.

La verdad es que, aun sin que se les toque, los cuerpos muertos son capaces de dar pequeños "gritos" (fenómeno que no evidencia el que estén vivos, sino todo lo contrario). Es decir, existe lo que se llama "el grito del cadáver", que se produce en un cuerpo que inicia la putrefacción. Los gases que se dan en éste dilatan el abdomen del cadáver. Por consiguiente, suben el diafragma hacia arriba y entonces se escapa aire de los pulmones a través de la boca, produciendo un ruido capaz de asustar a los que están en el velatorio. Es como un ronquido, un gruñido, que no demuestra que el cuerpo yacente esté vivo.

* * *

Se dijo que al desenterrar los cuerpos, algunos de ellos "olían a azufre", olor que desde antiguo (sobre todo en el medievo) ha sido asociado al maligno. Y esta era otra supuesta prueba de que el cadáver era un vampiro. Pero otra vez aquí los aldeanos "pecaron" de supersticiosos debido, entre otras cosas, a su falta de conocimientos.

Un muerto puede oler a muchas cosas que son producto de la putrefacción; una de ellas el azufre (que aun así huele muy poco, y en tal caso es por desprendimiento de vapores del propio azufre). Pero confesemos que la gente suele confundir el olor a azufre con el olor a huevos podridos. En el huevo podrido, lo que se forma es, por medio de la combinación del azufre

(47) Augustin Calmet. *Tratado sobre los vampiros.* Ed. Mondadori, 1991. Madrid.
(48) Ibíd.

con el hidrógeno, ácido sulfhídrico, lo mismo que se produce en un cadáver normal, que puede oler a azufre también si su última ingestión de alimentos, antes de morir, fue huevos. Algo que no quiere decir que el fallecido sea un ser maligno e infernal.

Y si los vampiros no olían a azufre en todas las ocasiones, sí parecían oler mal en los restantes casos:

> "(...) y cuando se les ha desenterrado, han aparecido (...) sin gusanos ni pobredumbre; pero no sin una grandísima fetidez" (49).

Se sabe que no sólo los procesos de la putrefacción (suficientes para causar esa fetidez) dan lugar a malos olores. El enterrado, vivo o muerto, puede llegar a hacer sus necesidades, por última vez, en el interior del ataúd, ya bajo tierra, razón que puede dar lugar a esa "grandísima fetidez".

* * *

Otro fenómeno que a los antiguos les hablaba, "sin lugar a dudas", de un vampiro, era ver que en el cadáver seguían creciendo las uñas y los cabellos:

> "(...) cuya barba, cabellos y uñas siguen creciendo" (50).

Se podría decir que, por lo regular, el pelo de un cadáver jamás crece. Lo que ocurre es que tras la muerte tiene lugar un desecamiento, deshidratación y retracción de la piel que podría descubrir (más en los hombres) algo de pelo (milímetro y medio más o menos. Los cabellos, además, suelen caer hacia atrás dando la impresión de haber crecido). Esto fue interpretado como síntoma que corroboraba que el cadáver era el de un vampiro.

Lo mismo se puede decir de las uñas que, junto con el cabello y el pelo de las distintas zonas del cuerpo, crecen desde la raíz por multiplicación de las células y se alimentan de la corriente sanguínea. Con el fallecimiento de la persona las células dejan de nutrirse (no hay corriente sanguínea) y el crecimiento de pelo y uñas no se da. Con éstas también ocurre que al retraerse la piel se ven más largas, como el pelo.

Pero no creemos que milímetro y medio que podía llegar a alcanzar el vello corporal tras la muerte física fuese percibible por aquellas gentes. Más

(49) Augustin Calmet. *Tratado sobre los vampiros.* Ed. Mondadori, 1991. Madrid.
(50) Ibíd.

bien pudo ser la idea del exceso de pelo corporal como algo maligno y diabólico lo que les llevó a creer ver, en un ser por ellos considerado como oscuro y peligroso, más pelo del normal. El dios Pan, una representación del diablo, tenía las patas velludas. En algunas tradiciones todo cabello tiene carácter maligno. La hipertricosis (51) fue causa de marginación y persecución para quienes la padecieron.

* * *

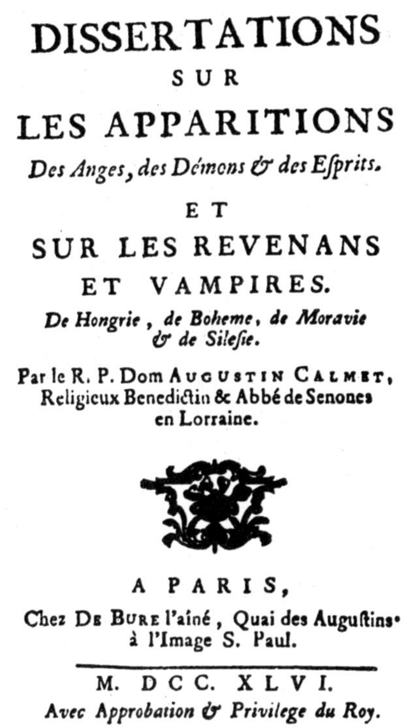

DISSERTATIONS
SUR
LES APPARITIONS
Des Anges, des Démons & des Esprits.
ET
SUR LES REVENANS
ET VAMPIRES.
De Hongrie, de Boheme, de Moravie & de Silesie.
Par le R. P. Dom AUGUSTIN CALMET, Religieux Benedictin & Abbé de Senones en Lorraine.
A PARIS,
Chez DE BURE l'aîné, Quai des Auguſtins à l'Image S. Paul.
M. D CC. X L V I.
Avec Approbation & Privilege du Roy.

Portada del famoso libro sobre los vampiros escrito por el abad benedictino francés Augustin Calmet.

Relatando un caso, un creyente dice: "(...) vieron sobre su tumba [la del vampiro] un brillo semejante al de una lámpara, aunque menos vivo" (52).

Este brillo sobre la tumba se nos hace muy similar a los llamados "fuegos fatuos", que se dan por una inflamación de ciertas materias que se elevan de las sustancias orgánicas en putrefacción y forman pequeñas llamas errantes, las cuales se ven "andar" por el aire a poca distancia de la tierra, especialmente en los lugares pantanosos y en los cementerios. Si el lector se informa más profundamente sobre la presencia del vampirismo en las distintas culturas observará que de las muchas clases de vampiros que existían, gran cantidad de estos no muertos estaban relacionados con extrañas bolas de luz. Es el caso de las brujas-vampiro de África, de las cuales se decía que podían abandonar su cuerpo y viajar durante el periodo nocturno bajo la forma de una brillante bola de luz. Del ser vampírico más conocido en Sudamérica, el Asema, también se decía que se desprendía de su piel para convertirse en una bola de luz azul, y

Portada del libro de Augustin Calmet sobre los vampiros y las apariciones

(51) La hipertricosis es una enfermedad caracterizada por el excesivo crecimiento de pelo que se da en el cuerpo, incluso en aquellas zonas en que normalmente no crece.
(52) Augustin Calmet. *Tratado sobre los vampiros.* Ed. Mondadori, 1991. Madrid.

que bajo esta forma entraba en la casa de sus víctimas y les chupaba la sangre.

También se hablaba de vapores que aparecían sobre algunas tumbas y de los cuales se decía que era la forma que adoptaba el vampiro (forma vaporosa) para salir y volver a entrar en la tumba sin tener que remover así la tierra. Puede ser (ya hablaremos luego de esta posibilidad) sin embargo bien es verdad que estos vapores que salen de la fosa también tienen una perfecta explicación bioquímica.

Fenómenos parapsíquicos

Nadie duda que, por lo menos en apariencia, y si aceptamos la parapsicología como estudiosa objetiva de ciertos sucesos, el vampirismo podría estar cargado de supuestos fenómenos paranormales. Aun así, la parapsicología, al contrario de como ha hecho con otros fenómenos, todavía no se ha pronunciado oficialmente sobre el vampirismo. Y es posible que esta falta de opinión al respecto por parte de la comunidad parapsicológica se deba a que considera gran parte del fenómeno pueril, absurdo y parte de un cúmulo de creencias insostenibles. ¿Hay alguna otra razón? ¿Por qué los parapsicólogos hablan de fantasmas, de ectoplasmas, de infestaciones y/o impregnaciones, de materializaciones, de viajes astrales... y, por el contrario, nada se dice sobre los vampiros que en Europa central tanto se pasearon por el mundo de los vivos? Los vampiros eran considerados y tenidos, además de como cuerpos vueltos de la tumba, también como espectros, como fantasmas...

Tal vez no merezca la pena dedicar tiempo, porque el tiempo es oro, a explicar, "desde un punto de vista paranormal", un fenómeno como el de los vampiros "chupasangre". Sin embargo, no podemos dudar que, para el parapsicólogo convencido de la realidad de los fenómenos paranormales y de las explicaciones parapsicológicas, el vampirismo podría tener un apartado dedicado. Y aunque actualmente no se den "verdaderos" casos de epidemias de vampirismo o que estos no puedan ser estudiados en el laboratorio, es posible aplicar a los antiguos textos y narraciones las explicaciones que, sobre otros fenómenos similares de hoy en día o idénticos, también hacen los parapsicólogos. No se trata de aceptar el vampirismo como resultado de la intervención del diablo, sino de observarlo "desde un punto de vista parapsicológico". El tema del vampirismo es un campo abonado donde se pueden aplicar las teorías que, verdaderas o no, sostienen los parapsicólogos. Y aunque decir "desde un punto de vista parapsicológico" es lo mismo, o por lo menos parecido, que decir "desde un punto de vista dudoso y controvertido", no nos privaremos, aun así, de esa posible explicación; hablando de ella a título de curiosidad.

La parapsicología estudia una serie de fenómenos que, en teoría, extendida o aplicada al tema de los vampiros, podría ayudar a explicar y a entender mejor parte de la pretendida realidad de los mismos. Pero el problema surge cuando la parapsicología, de momento, parece no haber confirmado, de forma definitiva y sin lugar a dudas, la existencia de tales fenómenos. Por lo que la extensión de los mismos al tema de los vampiros se debe hacer con cierta reserva (aunque, tal vez, y como ya hay gente que nos ha recomendado, lo mejor sería no hacerla).Somos conscientes de que ésta podría ser considerada como una forma de razonamiento al revés. Es decir, a continuación se intenta explicar parte de la creencia en los vampiros con teorías parapsicológicas sabiendo de antemano que éstas no han sido corroboradas definitivamente; cuando lo lógico sería, primero, determinar si tales teorías son válidas, y después intentar aplicarlas al vampirismo.

Lo que hacemos en este apartado, es dar una posible respuesta a algunos de los fenómenos que hemos podido encontrar en las crónicas vampíricas, basándonos para ello en los sucesos anómalos que, hoy en día, dice estudiar la parapsicología. Como veremos, en caso de aceptar la parapsicología como ciencia (sólo en este caso), el vampirismo también podría haber estado originado y mantenido, además de por otros acontecimientos, por la manifestación de fenómenos paranormales. Pero esto, desde luego, no es más que una dudosa hipótesis. Por ello, escribimos este apartado para narrar y exponer, y no para probar.

* * *

Y para seguir con el vampiro sobrenatural, haremos ahora mención de aquellos fenómenos que, si bien es verdad que muchos de ellos contienen aspectos físicos, que bien podríamos llamar parafísicos, son, supuestamente, más mentales, más psíquicos, más parapsíquicos, más parapsicológicos o paranormales, que otra cosa.

Para ello, en muchas ocasiones, parecerá que en nuestras explicaciones nos apartamos demasiado del tema principal, que es el estudio del vampiro, pero ese aparente alejamiento no hace más que acercarnos, al final, a la comprensión, en gran medida, del personaje que aquí analizamos. Pero para hablar de estos fenómenos que parecen formar íntima parte de esta clase de vampiros tratemos primero el tema de los enterrados vivos, con el objetivo de abrirnos camino, poco a poco, a las explicaciones finales.

Sin duda, todos habremos oído alguna vez hablar de esos casos en que personas que estaban siendo veladas tras ser dadas por muertas, se levantaron sorprendidas del ataúd para espanto de sus familiares y allegados, incluso para ellos mismos. O esos otros casos acerca de difuntos que han vuelto a la vida dentro de sus nichos, ya enterrados, sin posibilidad de escapar de una muerte que, esa vez, sí será segura y espantosa. Muchos tuvieron la suerte de volver en sí en el último momento y pudieron ser oídos los ruidos o golpes que desesperadamente intentaban provocar desde el interior de la caja cuando ésta iba a ser enterrada.

Los inconsistentes diagnósticos de fallecimiento que antiguamente se realizaban fueron los causantes de estos errores. Se dice que se exagera en exceso al hablar del número de enterramientos prematuros que se daban en tiempos pasados. Sin embargo, si repasamos los viejos métodos que se utilizaban para certificar la muerte, podemos sospechar que, efectivamente, no fueron tantos como dicen, pero sí muchos. Demócrito decía que no siempre existían indicios evidentes de la muerte definitiva en un individuo, y Plinio era de la misma opinión.

El miedo a ser enterrado vivo ha sido, en todas las épocas, una constante en la vida de los hombres. "Pero sería en la Edad Media cuando este temor alcanzó en Occidente su cota más alta" (53); un miedo que tenía su razón de ser, un miedo basado en sucesos reales. El propio Calmet, razonando sobre los vampiros, dice:

> "(...) y además porque a veces se entierra a algunos que no están muertos del todo, del miedo que hay a dejarlos demasiado tiempo sin sepultura y que puedan contagiar a otros" (54).

Además de esto, ciertos estados patológicos pueden y podían confundirse, mucho más en tiempos pasados, con la verdadera muerte, lo que daría lugar a los enterramientos erróneos. Ahí tenemos la llamada "muerte aparente" que puede presentarse, entre otras, en la catalepsia, la letargia, la histeria, en las intoxicaciones, las sofocaciones, las apoplejías... (términos que, en parte, ya están en desuso). Si echamos mano de la historia vemos que los métodos utilizados para asegurarse de la muerte de alguien hacían que el ser enterrado vivo fuese, en algunas ocasiones (no en todas), una cuestión de cara o cruz. Los métodos eran muy variados: "Uno de ellos consistía (...)

(53) Revista *Más Allá*.
(54) Augustin Calmet. *Tratado sobre los vampiros*. Ed. Mondadori, 1991. Madrid.

en colocar al presunto cadáver un trozo de algodón ante la boca o la nariz y observar si, por efecto de la respiración, se movía. Otro sistema era colocar un vaso de agua encima del esternón para ver si se producían movimientos originados por una débil actividad pulmonar. A veces se usaban sustancias irritantes y estornuarios que se le introducían al presunto cadáver por la nariz para provocar su reacción espasmódica. A los cuerpos de los niños solía también calentárseles con paños e insuflarles aire en los pulmones, como suele hacerse con los ahogados. Otra fórmula, ya más cercana en el tiempo, era colocar un espejo ante la nariz para ver si se empañaba" (55). También se solía pinchar la piel en diversas partes del cuerpo o quemar las plantas de los pies u otras partes esperando su reacción.

Con métodos como estos, que con el tiempo se demostraron absolutamente ineficaces, no es descabellado afirmar que, inevitablemente, un número considerable de gente tuvo que ser enterrada viva, y más en algunos pueblos donde no existía un médico instalado de forma permanente.

* * *

El lector no dejará de preguntarse qué tiene que ver todo lo dicho hasta ahora en esta última parte del capítulo con el tema que este libro trata. El objetivo perseguido en lo dicho hasta ahora sobre los enterrados vivos es partir de la base, de la opinión, del conocimiento, de que hubo personas (menos cantidad de las que cuentan los rumores y la superstición popular y más cantidad de la normalmente admitida por la medicina) que fueron enterradas aún con vida.

La cuestión de los enterrados vivos es tan importante que, ante su aparente incapacidad (en el interior de una caja y bajo tierra) es posible que, haciendo caso a ciertas teorías parapsicológicas aparecidas, fuesen ellos el origen de muchas de las pesadillas que tanto aterraron a los que creían en los vampiros.

La posibilidad de ser enterrado vivo no era e un 50 %, pero sí preocupante. Y es precisamente aquí, en estos enterramientos prematuros por falta de conocimientos o por las causas que fuera, donde tal vez daban comienzo los fenómenos más extraños que rodearon durante años al vampirismo, fenómenos que consagraron a éste como algo sobrenatural y terrorífico, como algo espantoso de lo que había que huir o que era preciso destruir.

(55) Revista *Más Allá*.

Reflexionando sobre los vampiros, Dom Augustin Calmet –y cualquiera que haya leído los casos que él y otros autores tenían registrados–, no podía explicarse cómo era posible que un cuerpo, cubierto por cuatro o cinco pies de tierra, amortajado en el interior de un ataúd y, por ello, con una movilidad nula o reducidísima, pudiese salir y entrar de la fosa sin abrir la tierra.

> "(...) cómo salen de sus tumbas, [los vampiros] y cómo vuelven a entrar, sin que parezca que han removido la tierra y que la han vuelto a poner como al principio (...). Si esto es así, ¿por qué regresan a la tumba?, ¿por qué no permanecen entre los vivos?" (56).

Aunque Francois Richard argumentó que el demonio daba energía a los cuerpos y que los vampiros eran más que meros fantasmas, optaremos por la opinión de que estas personas, consideradas vampiros en su día, nunca salieron físicamente de las fosas donde fueron enterradas, ni con la ayuda del diablo ni sin él. Por tanto, la pregunta se hace evidente: ¿cómo es que se les veia fuera de ellas? Intentaremos contestar a esta pregunta desde un punto de vista parapsicológico, teniendo en cuenta que pudieron ser, los enterrados vivos, los que, sin darse cuenta, provocaban tales visiones en las gentes de aquellos lugares (en sus familiares y vecinos).

* * *

Cuando los muertos se aparecen a los vivos se habla de apariciones de muertos, pero en nuestro caso, siguiendo con lo expuesto, los supuestos muertos habían sido enterrados vivos, por tanto tendremos que hablar de "apariciones de vivos". Y para ello diremos que algunos miembros de la sociedad británica de investigaciones psíquicas explicaban las "apariciones de vivos" como simples alucinaciones visuales, auditivas o sensoriales, producidas por actos telepáticos que, para el asunto de los vampiros que aquí tratamos, se desarrollarían de la siguiente forma: el agente (la persona enterrada viva) transmite un pensamiento, una imagen, que de forma telepática llega hasta el perceptor (familiar o amigo). Este mensaje es interpretado por la imaginación del perceptor y, a veces, dramatizado y exteriorizado. De forma que lo que ve la persona que dice haber visto a un difunto no existe fuera de ella, sino que es una alucinación visual provocada por la recepción de un mensaje que telepáticamente ha recibido de la persona que está enterrada viva.

(56) Augustin Calmet. *Tratado sobre los vampiros.* Ed. Mondadori, 1991. Madrid.

Los textos nos dicen que estos vampiros se aparecían, más que a otras personas, a sus amigos y familiares:

> "(...) ¿por qué perturban y atormentan a las personas que deberían serles más queridas y que no las han ofendido? (...)" (57).

Las experiencias (en caso de que nos fiemos de ellas) parecen demostrar que la afectividad representa un papel importante en la intensidad del mensaje telepático, tanto a nivel de la emisión como de la recepción. "Y es evidente que cada hombre está particularmente sensibilizado a los seres que se le asemejan, le complementan, que le interesan y le tocan más de cerca" (58). Sería perfectamente natural, dicen los parapsicólogos, que una persona que ha sido enterrada viva, antes de morir, tuviera un último pensamiento para la persona que más le importe, seguramente familiar o amigo (en tal situación puede que se grite de desespero y se llame a voces a aquellos que pueden estar cerca de la tumba en esos momentos). Ese pensamiento o impresión transmitida por el agente enterrado vivo, llega al subconsciente del receptor (familiar o amigo) y éste lo transforma en alucinación visual.

Esta teoría no explica todos los casos de apariciones de enterrados vivos porque no concreta algunos puntos, pero es importante tenerla en cuenta pues, como algunas experiencias parecen demostrar, la angustia que oprime al individuo en el momento de la agonía, la angustia que padece una persona que ha sido enterrada viva, puede ofrecer un terreno privilegiado para, por lo menos, los fenómenos telepáticos.

* * *

Rene Sudre, que en ningún momento habla de vampiros en su *Tratado de parapsicología*, no está muy de acuerdo con esta teoría explicativa de las llamadas "apariciones de vivos", de las cuales sí habla. Este autor está de acuerdo en que el "coeficiente afectivo de la impresión transmitida favorece la transmisión, pero no crea de ningún modo alucinaciones (...)" (59). Opina, también, que cuando el perceptor carece de imaginación es difícil que transforme una vaga sugestión en una visión compleja, y sostiene que "el hombre sano tiene millares de imágenes autónomas mucho más vivas que la imagen telepática y

(57) Augustin Calmet. *Tratado sobre los vampiros.* Ed. Mondadori, 1991. Madrid.
(58) Hubert Larcher y Patrick Ravignant. *La Parapsicología.* Ediciones Mensajero, 1979. Bilbao.
(59) René Sudre. *Tratado de Parapsicología.* Ediciones Siglo Veinte, 1991. Buenos Aires.

que no se convierten en alucinaciones" (60), por ello concluye diciendo que "para el hombre normal, en estado normal no hay alucinaciones (...)" (61). Sudre menciona casos donde varios testigos ven la aparición al mismo tiempo, haciendo éstos una descripción idéntica de lo que han visto. En casos como estos, en los que se puede excluir la hipótesis de la sugestión verbal, hay que decir que el fenómeno es objetivo, ya que si "el campo de la alucinación individual es bastante restringido, el campo de la alucinación colectiva es más reducido aún, e incluso se puede afirmar que fuera de la hipnosis la alucinación colectiva no existe" (62). Suele decirse que cuando concuerdan en las descripciones las percepciones de diferentes testigos estamos obligados a localizar la manifestación (el vampiro) en el espacio, y a considerarla como algo externo a los perceptores, y no como una alucinación producida por una percepción telepática.

Por tanto, tras esto último, la pregunta se hace inevitable: si la aparición es objetiva ¿es verdad, entonces, que los enterrados salen de sus tumbas? La respuesta a esta pregunta no necesariamente tiene que ser afirmativa, ya que las "apariciones de vivos" también "pueden tener existencia objetiva debido a la facultad de teleplastia del individuo" (63).

Los manuales de parapsicología hablan de la teleplastia diciendo que es un fenómeno parapsicológico en el cual la energía psíquica, para nuestro caso la energía psíquica de la persona enterrada viva, se exterioriza, actuando a distancia y objetivando formas. "Estas materializaciones efímeras se hacen y se deshacen con la rapidez del pensamiento que las crea" (64), un pensamiento que puede ser dirigido, como en el caso de los "dotados", y un pensamiento o una proyección inconsciente, espontánea, como suponemos que podría haber sido, hipotéticamente, en el caso de los enterrados vivos.

Según esto, la persona enterrada viva habría proyectado hasta la casa de sus familiares o allegados su energía psíquica, y una vez allí ésta se habría "condensado", formándose su apariencia. Pero antes de condensarse, el fluido psíquico suele pasar por diversas etapas. La primera suele ser el tipo nebuloso, en forma de niebla, luminosa o no, para después pasar a la fase organizada (cuestión ésta, mencionada más atrás, que nos hace pensar en los vapores que los aldeanos de aquellos lugares decían ver sobre las tumbas de

(60) René Sudre. *Tratado de Parapsicología*. Ediciones Siglo Veinte, 1991. Buenos Aires.
(61) Ibíd.
(62) Ibíd.
(63) Ibíd.
(64) Ibíd.

los que ellos consideraron vampiros). Estas materializaciones, en su fase organizada son a menudo incompletas, y sus formas "presentan distintos grados de consistencia, y van desde el fantasma transparente e impalpable de las leyendas hasta seres completos que parecen organizados y vivientes como nosotros" (65).

Se dice que dentro de la teleplastia experimental hubo muchos teleplastas (dotados) que hicieron materializaciones totales; entre ellos Florence Cook, Eva (66), la señora Salmon... Si bien estas materializaciones, como las de muchos otros dotados, eran provocadas para la investigación de las mismas, las materializaciones que supuestamente pudieron o pueden provocar los enterrados vivos serían, según esta teoría, totalmente espontáneas, inconscientes y accidentales.

* * *

Aún se podría hablar de otra teoría, de otra posibilidad, de otro fenómeno que, aunque estudiado, no ha podido, al igual que los anteriores, ser definido y aclarado en su totalidad, y podría ser, en caso de ser verificada su existencia, el causante de que los supuestos muertos (algunas de las personas enterradas con vida) se apareciesen a los vivos. Estamos hablando de la proyección inconsciente del "doble".

Las experiencias de Albert de Rochas D'Aiglun sobre lo que él llamó "exteriorización de la sensibilidad" podrían relacionarse directamente con el doble. Rochas dijo haber comprobado en algunos sujetos sensitivos que "no sólo la motricidad, o sea, la facultad de proyectar movimientos, sino también la sensibilidad se prolonga fuera del cuerpo" (67) mientras un sujeto está en estado hipnótico.

Afirmaba que la sensibilidad táctil puede trasladarse a varios centímetros de la piel, alcanzando incluso los dos metros. Punzando o quemando el aire en ese lugar, a varios centímetros o metros de distancia, se causaba dolor al sujeto.

Desde la antigüedad, encontramos en los pueblos más diversos la creencia de la existencia de un doble sutil del cuerpo físico. Los ocultistas y esoteristas llaman a este doble "cuerpo astral", y dicen que es una réplica del

(65) René Sudre. *Tratado de Parapsicología.* Ediciones Siglo Veinte, 1991. Buenos Aires.

(66) Eva fue el seudónimo dado a una médium experimental para mantener oculta su verdadera identidad (Marthe Bérard).

(67) César Lombroso. *Los fenómenos de hipnotismo y espiritismo.* Editora Amelia Boudet, 1993. Barcelona.

cuerpo físico, pero compuesta de una materia más sutil, no siendo percibido mediante los cinco sentidos por la mayor parte de las personas.

Las creencias de un 95 % de las culturas hablan de su existencia, dándole, además, la capacidad de separarse del cuerpo físico y de viajar largas distancias. Se trata de la idea de que nuestro cuerpo está "habitado" por un segundo "yo" que en ocasiones puede ser visto como un "doble".

Las investigaciones de Rochas y otros muchos investigadores no demuestran totalmente la existencia de un segundo cuerpo y la salida o el escape de éste, "sino más bien una amplificación e intensificación de las facultades sensoriales" (68) y motrices. Y más cuando se conoce "la poderosa influencia que ejerce la sugestión mental en los sujetos hipnotizados" (69).

Sin embargo, se cuentan casos que vistos bajo la perspectiva de las investigaciones actuales que dicen haber efectuado los parapsicólogos, bien podrían estar hablándonos de la existencia real de ese segundo cuerpo.

César Lombroso relata un caso en el que una mujer quiso poner en práctica lo que había leído en un libro sobre fenómenos psíquicos en el que se decía que si una persona, en el momento de dormirse, fijaba su pensamiento en otra, ésta recibía la impresión. Esa misma noche su marido, en otra ciudad, vio a su esposa al pie de la cama con ropa de casa.

Lombroso informa de otro suceso en el que unas alumnas vieron el doble de su profesora detrás de ellas. En otra ocasión, el doble de esta misma profesora se apareció, en una sala del colegio, sentado en un sillón. "Dos alumnas se aproximaron, y al tocarla les pareció que aquel cuerpo era gaseoso y sin consistencia. Poco a poco se desvaneció" (70). Sin embargo dicha profesora estaba físicamente, en esos momentos, recogiendo flores en el jardín, y no en la sala. Cuando se le interrogó, confesó haber pensado en el sillón vacío, temiendo que si no estaba ella allí las niñas podrían alborotar.

Hans Herlin también relata en su libro *El mundo de lo ultrasensorial* numerosas experiencias de personas que han creído ver o sentir su doble o el de otro, amigo o familiar. En esta obra transcribe un experimento realizado por el profesor Blank, de la Universidad americana de Harvard, el cual relata su experiencia: "Yo había estado hablando con un conocido, A., sobre un libro (...) que trataba esta cuestión del cuerpo espiritual o astral. Pero ninguno de nosotros había insinuado hasta el momento la realización de un experimento.

(68) César Lombroso. *Los fenómenos de hipnotismo y espiristmo.* Editora Amelia Boudet, 1993. Barcelona.

(69) Ibíd.

(70) Ibíd.

Una noche, sobre las diez menos cuarto, o quizá ya casi a punto de dar las diez, decidí, hallándome solo en mi habitación, hacer un experimento: quizá lograra hacerme visible a A (...) Abrí la ventana de mi cuarto... Después acerqué una silla a la ventana. Me senté y, concentrándome con toda la intensidad que me era posible, intenté trasladarme al sitio donde se encontraba A (...) Estuve sentado unos diez minutos frente a la ventana, concentrándome por completo en esta idea. No noté nada especial durante este tiempo" (71).

Al día siguiente sin que el profesor Blank hiciese ningún comentario de su práctica de la noche anterior, A le dijo: "Alrededor de las diez, estaba con B. en el comedor, cenando. De repente, creí verle a usted en la ventana del cuarto (...)" (72).

Sobre la exposición de otro caso dice su protagonista: "Por un momento tuve la impresión de haber perdido el conocimiento. Cuando desapareció este estado, me pareció como si estuviera flotando en el aire; vi al mismo tiempo el cuerpo que estaba en la cama. No se puede describir con palabras lo que experimenté (...), yo estaba aquí, separado de mi cuerpo, con la mente completamente clara y la conciencia de otro cuerpo" (73).

Muchas personas experimentan un "salirse de su cuerpo físico" y moverse fuera de él a voluntad. Dicen ver su cuerpo físico tendido en el sillón, en la cama o en el suelo, pero ellos no están dentro de él, sino dentro de una especie de "cuerpo fantasma". Cuando termina la experiencia "vuelven a entrar" en el cuerpo físico y el cuerpo fantasma se funde con él.

Los chamanes y algunos viejos miembros de primitivos pueblos dicen poder abandonar su cuerpo para desplazarse a lugares que, de hacerlo con su envoltura física, tardarían días. De esta forma pueden saber con antelación quien se acerca al poblado.

Lo curioso, argumentan los parapsicólogos, es que quienes han vivido e investigado la exteriorización o proyección del doble dan descripciones idénticas a las que hicieron los antiguos. Sin embargo, hay que tener en cuenta los posibles mecanismos psicológicos, dejando aparte los parapsicológicos, que pueden intervenir en el fenómeno.

Hay cuatro fuentes de información importantes en relación con las "experiencias extracorpóreas" (EEC), como también se llama al viaje astral o a la exteriorización del doble. La primera implica el análisis de los informes de los individuos que dicen haber pasado alguna vez, accidentalmente, por

(71) Hans Herlin. *El mundo de lo ultrasensorial.*

(72) Ibíd.

(73) Ibíd.

esa experiencia. La segunda está integrada por los relatos descritos por individuos que han pasado repetidas veces por esa experiencia, pueden provocarla a voluntad y pueden enseñar a otros cómo lograrlo. La tercera fuente de información es el resultado de los escasos estudios de laboratorio que sobre la EEC se están llevando a cabo actualmente. Y la cuarta es la que estudia la realidad objetiva o subjetiva de la existencia de los llamados "miembros fantasma" (74) en aquellas personas que tienen algún miembro corporal amputado.

No es posible en este libro entrar en el estudio de estas cuatro fuentes que, sin duda para muchos, estudiadas a fondo, podrían hacer pensar muy seriamente sobre la posibilidad de la existencia real de un doble sutil del cuerpo físico que puede separarse de éste (75).

La EEC se puede producir a voluntad pero, según cuentan, la mayoría de la gente vive esta experiencia de forma involuntaria y espontánea, como consecuencia, casi siempre, de una crisis, un *shock*, un accidente, durante una operación o en el transcurso de una enfermedad, debido al estrés, por excesivo dolor o cansancio o por causa de una situación límite como, por ejemplo, el ser enterrado vivo. Muchas personas que han estado a punto de morir han relatado estas experiencias. Muchas personas que han estado clínicamente muertas y se han recuperado, cuentan haber estado fuera de su cuerpo físico "paseando" por el hospital incluso visitando a familiares lejanos. "Una enfermera inglesa, Mrs. Joy Snell, afirma haber visto con frecuencia «dobles» de los moribundos en la hora de su muerte, figuras borrosas al principio, que luego aparecían completamente claras".

A veces, durante la experiencia extracorpórea, ese doble que supuestamente sale del cuerpo físico puede ser visto por otras personas. No sólo en los casos que hemos mencionado de César Lombroso en este apartado; muchos otros investigadores relatan sucesos similares, en los que el doble de una persona puede ser visto por otros individuos, incluso visto también o sentido por los animales.

¿Es razonable pensar que aquellas personas que decían ver a difuntos enterrados hacía días vieran, en realidad, el doble de éstos? Ya hemos dicho que la experiencia extracorpórea se da en situaciones límite, y el estar ente-

(74) Cuando una persona pierde un miembro de su cuerpo, por lo regular no pierde con él la sensación de su presencia. Le duele, le pica... es como si lo siguiera teniendo. Se habla entonces del "miembro fantasma".

(75) Sin duda el asunto da para hablar mucho más, y estamos siendo injustos al referirnos al mismo de forma tan breve. Recomendamos al interesado la lectura de la bibliografía existente al respecto si quiere formarse y documentarse mejor sobre el fenómeno.

rrado vivo en una fosa dentro de un ataúd podría resultar una situación límite propicia para la salida de ese doble. Desde un punto de vista parapsicológico, y para todos aquellos que estén seguros de la realidad de los fenómenos que estudia la parapsicología, no cabe duda de que lo dicho en este apartado titulado *Fenómenos parapsíquicos* es, sin lugar a dudas, posible. Sin embargo, nosotros no podemos afirmar nada, sólo plantear.

* * *

De esta forma tenemos tres teorías básicas (aunque existirían más) que pueden explicar, parapsicológicamente hablando, el porqué a algunas personas (ya enterradas y supuestamente muertas) se las veía fuera de sus tumbas. Estas teorías, basadas en el postulado de que todos los fenómenos se relacionan con un sujeto que ha sido enterrado vivo, son las siguientes:

1ª. La teoría del mensaje telepático como origen de las apariciones, que serían alucinaciones del preceptor al recibir el mensaje del enterrado.
2ª. La teoría de la proyección y posterior materialización de la energía psíquica, expuesta por Sudre.
3ª. La teoría de la exteriorización del "doble".

La primera de éstas no se puede aplicar siempre por, las cuestiones ya tratadas, y la segunda presupone que cualquier persona puede exteriorizar su energía psíquica y materializarla. Y aunque esto pueda ser cierto, en la práctica hay muy pocos dotados que logren hacerlo. Lo mismo podríamos decir de la última teoría (la segunda y la tercera suelen ser consideradas, por algunas escuelas, como un mismo fenómeno) (76). Hay que ser conscientes de que es mucho suponer que cualquier persona enterrada viva pudiese y pueda provocar tales fenómenos; a pesar de ello hemos considerado importante tenerlos en cuenta porque, como ya hemos dicho en otro apartado del libro, sean válidos o no, lo importante es que el círculo se cierra.

Aceptando estas tres explicaciones como respuesta al porqué a ciertas personas se les seguía viendo a pesar de haber sido dadas por muertas y enterradas hacía días, podemos afirmar que tales apariciones no se darían por mucho tiempo, pues la víctima del mal diagnóstico médico no tardaría mucho en morir, por lo general, asfixiada. El último suspiro depende-

(76) Nosotros aquí, para mejor exposición, y sin entrar en si se trata del mismo acontecimiento o no, las hemos separado.

ría de la profundidad de la fosa, del tipo de tierra (no todas albergan la misma cantidad de oxígeno), de la época del año... Y ya hemos dicho que el cadáver de una persona muerta por asfixia puede sangrar. De tal forma que, cuando aquellas gentes, alertadas por las apariciones del "muerto" (enterrado vivo y fallecido por asfixia en el interior del ataúd) iban a desenterrarlo, se encontraban a la persona, cadáver ya, manchada de sangre. Esto, según los lugareños, no hacía más que corroborar la existencia de un vampiro más.

* * *

Hemos hablado de apariciones de vivos, de personas enterradas vivas que, por las teorías parapsicológicas ya expuestas, eran "vistas" fuera de su tumba, pudiendo colaborar así en el nacimiento y el mantenimiento de la leyenda del vampiro. Sin embargo, no podemos afirmar que todas las personas dadas por muertas y que se aparecían después a algún familiar o amigo eran víctimas de un error médico y, por lo tanto, enterradas vivas.

Leyendo los casos recogidos por conocidos investigadores de la época, tenemos que admitir que había personas muertas, bien muertas, enterradas como tal y que, sin embargo, también se "aparecieron" alguna vez ante los vivos (por lo menos eso es lo que contaban). La pregunta ahora podría ser formulada así: ¿cómo es posible entonces que una persona que haya sido enterrada realmente muerta fuese vista días después del funeral, sobre todo, por aquellas personas con las que estaba unida por algún lazo afectivo?

En líneas anteriores hemos hablado la posibilidad de que estos fenómenos de apariciones fuesen producidos por una persona enterrada viva, pero esta última pregunta planteada nos dice que la persona enterrada está muerta de verdad, ¿quién produce entonces las apariciones?

Extrayéndola de la parapsicología para este estudio, la posible respuesta que nos parece más "adecuada" (a pesar de lo poco creíbles que parecen todas) surge como una ramificación de la primera teoría anteriormente mencionada. Teoría que si bien es verdad, como ya lo hemos dicho, que no podía ni puede explicar todos los casos de apariciones, sí es capaz de abarcar muchos de ellos. Por lo que, otra vez, y supuestamente avalados por las experiencias realizadas, podría decirse que los mensajes telepáticos recibidos por una persona no tienen que ser exteriorizados siempre en forma de alucinación, y en caso de provocarla tampoco tiene la obligación de exteriorizarla siempre en el mismo momento de ser recibida.

Es decir, se habla de que, muchas veces, los mensajes telepáticos que nuestro subconsciente capta no los puede dar a conocer al consciente inmediatamente porque éste no adquiere la disposición adecuada para recibirlos. Entonces, una de dos: o el mensaje se queda allí para siempre o aguarda el momento oportuno para manifestarse, ya sea en forma de alucinación visual, auditiva, de intuición... Y ese momento adecuado suele ser el sueño, o ese estado intermedio entre la vigilia y el sueño. Razón por la cual se decía que los vampiros aparecían con más frecuencia por la noche (se cuentan casos en los que el mensaje telepático no ha pasado a la mente consciente del individuo hasta días después de haberlo captado su subconsciente).

Y ésta sería otra explicación de por qué no es imprescindible que el agente del mensaje telepático esté vivo en el momento en que el perceptor se hace consciente de él.

Ésta podría ser otra de las posibles explicaciones parapsicológicas de algunos, no de todos, casos de vampiros, de personas que una vez muertas, bien muertas, eran vistas fuera de su tumba.

* * *

Calmet habla de otros escritores que citan casos en los que las cosas que habían pertenecido a los difuntos se mueven:

> "Se asegura como cierto que las ropas de estas personas se mueven sin que nadie las toque; y se ha visto hace poco en Olmuz, un espectro que tiraba piedras y causaba grandes inconvenientes a los habitantes" (77). Y sobre otro caso dice: "(...) se ha visto (...) un espíritu, que se manifestó primeramente arrojando piedras y golpeando las paredes de las casas, como en grandes mazazos (...)" (78).

Y aunque siguiendo con el mismo pensamiento que nos ha llevado a escribir lo expuesto hasta ahora en este capítulo (la de creer los hechos, los sucesos que estas personas decían sufrir o padecer), no quiere decir ello que aceptemos las explicaciones que daban a tales vivencias o experiencias ya que, entre otras cosas, sus razonamientos estaban basados en la superstición o la creencia popular.

---

(77) Augustin Calmet. *Tratado sobre los vampiros*. Ed. Mondadori, 1991. Madrid.
(78) Ibíd.

El suceso citado de "un espectro que tiraba piedras" vuelve, como otros tantos de los que ya se habrá percatado el lector, a no ser exclusivo de aquellas zonas del norte de Europa, ni siquiera de aquella época. El fenómeno, bautizado por la parapsicología como *litotelergia* o *paralitogénesis*, ocurrió y sigue ocurriendo, según los investigadores de campo, en diferentes puntos de nuestro mundo.

El 2 de febrero de 1849 la *Gaceta de los Tribunales* publicaba un caso de litotelergia acaecido en París. "La casa recibía periódicamente una verdadera lluvia de piedras, pese a que la policía rodeó el edificio y ejerció una estrecha vigilancia" (79). Otro singular caso lo encontramos en la India, en 1897. Las piedras caían en derredor de una muchacha rompiendo cristales de ventanas y cristalería. La policía pudo ver cómo algunos vasos se deslizaban en las bandejas para caer al suelo sin que nadie los tocase. En 1913, en Francia, encontramos otro caso con amplios detalles ofrecidos por la policía. En 1984, el diario *La República*, de Panamá, ofrecía la noticia de que los inquilinos de una casa se veían atacados por piedras, además de los movimientos de objetos de los que eran testigos sin que nadie los tocase. Este caso fue ampliamente investigado por el Dr. F. Ramón de Aguilar, el cual llegó a la conclusión de que era una de las hijas que vivía con el matrimonio la que provocaba la fenomenología paranormal.

Una fenomenología paranormal que parece estar siempre vinculada a las personas. No quiere decirse que éstas cometan fraude, que lo hay y mucho, sino que ciertas personas, a nivel casi siempre subconsciente, parecen tener la capacidad de provocar movimientos de objetos, apariciones y desapariciones de cosas... Son fenómenos supuestamente estudiados por la parapsicología en el laboratorio que revelan un potencial humano mucho más amplio de lo hasta ahora percibido. Por lo que, si ciertas personas son capaces de provocar tales sucesos ¿qué pensar sobre los mismos acaecidos en siglos precedentes? Es decir, ¿los producía el difunto convertido en vampiro? Obligatorio es que, por lo menos de momento, pensemos en el ser humano como provocador de muchas de las situaciones atribuidas a los fantasmas.

* * *

Dudamos mucho antes de decidir definitivamente incluir este apartado sobre los posibles y supuestos fenómenos parapsicológicos como posibles

(79) J. L. Jordán Peña. *Poltergeist*. Biblioteca básica de Espacio y Tiempo, 1992.

creadores y mantenedores, junto con otros sucesos, de la leyenda del vampiro. Tal vez, la actitud tolerante que hemos tomado hacia la parapsicología al mencionar, en este apartado, los controvertidos fenómenos paranormales que ella estudia no esté justificada más que por la intención de abarcar cuantas más supuestas y/o posibles explicaciones mejor. Por lo menos aquellas que, aunque dudosas, podrían ser admitidas algún día por tener actualmente algún resquicio de probabilidad, aunque sea dudoso. Sin embargo, bien mirado, hay que decir que observar el vampirismo bajo una perspectiva parapsicológica supone aceptar tantas cosas, hasta el momento inexplicables, que no es de extrañar que los parapsicólogos no se hayan metido en camisa de once varas.

Psicología del fenómeno

Como ya decía Rousseau, no hay en el mundo una historia tan bien documentada como la de los vampiros. No le falta de nada: procesos orales, certificados notables de cirujanos, sacerdotes, magistrados... siendo la prueba jurídica de las más completas. Aun así, y como también se preguntaba, ¿quién cree hoy en día en los vampiros? Charles Nodier, en su *Infernaliana*, ya señala que "de todos los errores populares, la creencia en el vampirismo es seguramente el más absurdo (...)" Nodier mostraba su sorpresa ante el hecho, incompresible para él, de que seres racionales hubiesen podido creer durante tanto tiempo que los muertos saliesen por la noche de los cementerios para ir a chupar la sangre de los vivos y después volver a sus féretros.

Las creencias que aquellas gentes tenían sobre la existencia de los vampiros podrían, para una mejor comprensión de ellas, ser consideradas de tres maneras: totalmente verdaderas, no totalmente verdaderas o totalmente no verdaderas.

¿Hay evidencias irrefutables de que tales creencias estaban basadas o reflejaban una realidad "totalmente verdadera" o, por el contrario, reflejaban una realidad "totalmente no verdadera"? Puesto que los pueblerinos y algunos tratadistas de aquel entonces no podían ponerse de acuerdo optaremos por opinar que en aquella época la creencia en vampiros reflejaba una realidad "no totalmente verdadera" (aunque, como ya veremos más adelante, más que la realidad, lo "no totalmente verdadero" era la interpretación de la realidad que se hizo en aquella época y en aquellos lugares).

La pregunta ahora sería: si las evidencias que había sobre la existencia de los vampiros eran "no totalmente verdaderas" ¿cómo es que la gente creía con tanta dedicación, con tanta eficacia y fervor en ellos? Y aunque, de forma general, se dice que existe una "voluntad de creer", que "cree el que quiere creer", esto no contesta a la pregunta de por qué una persona quiere creer lo que cree.

Para adentrarnos en este punto tendremos que tener en cuenta que, a menudo, nos dejamos convencer para aceptar algo que está insuficientemente probado si interviene algún factor externo. Por ejemplo, ese factor externo podría ser un sacerdote católico para un cristiano, la Iglesia, los políticos, el padre o la madre en caso de un niño... Y nosotros nos preguntamos: ¿por qué aquellas personas estaban dispuestas a comprometerse a creer un suceso improbable basado en una evidencia insuficiente? Podríamos enumerar varias razones. Una de ellas se hace evidente cuando es sabido que las creencias suelen convertirse en rígidas normas y, por lo tanto, un requisito esencial, para quienes desean pertenecer al grupo o vivir en la comunidad que tiene tal o cual creencia. Este asunto coloca en un aprieto a quienes cuestionan dicha creencia o no están dispuestos a creer en algo de un modo general sin aceptarlo al cien por cien. Suele ocurrir que en lo irracional (el asunto de los vampiros puede considerarse irracional) quien no participa de una creencia es considerado enemigo, por definición, para el creyente.

En relación a esto, el señor Sliviski, visitador de la provincia de los sacerdotes de la misión de Polonia dice, en una carta enviada a Calmet el 3 de febrero de 1745 que "en Polonia se está tan persuadido de la existencia de los upiros que mirarían casi como a herejes a los que pensasen de otra manera" [80]. Por eso, y con mucha frecuencia, los miembros de un grupo, de un pueblo o aldea, sienten que es mejor manifestar su adhesión total a un sistema de creencias, aun cuando en privado tengan sus reservas al respecto (no siendo en muchas ocasiones conscientes de ello). Esta actitud, ambigua, contradictoria, rinde beneficios de índole personal, ya que una persona que cree o suscribe la creencia general del grupo logra su admisión en éste, lo cual es un atractivo especial para mucha gente, además de ahorrarse enemistades. Pero esto también ocurre ahora. William Grey expone correctamente que, en la actualidad, los escépticos sobre un determinado fenómeno parecen asumir a menudo el "desagradable papel del crítico". Y dice desagradable porque el escéptico, el crítico, es considerado sospechoso de "algo", como con malicia, perverso; y sólo por poner en duda lo que es la creencia popular. Y es que, al ingenuo, el escepticismo suele causarle "mala espina". A quien ejerce ese espíritu crítico y escéptico se le

(80) Augustin Calmet. *Tratado sobre los vampiros.* Ed. Mondadori, 1991. Madrid.

ve como alguien con maliciosa perversidad. El escéptico toma el papel de abogado del diablo, y al diablo se le mira mal, se cree que conspira contra el pueblo; se le persigue. Razón ésta que también contesta, en parte, por qué un individuo es capaz de comprometerse a creer en un suceso improbable. Sobre esto, y también en relación con los vampiros, encontramos la narración de M. Pitton de Tournefort, botánico francés que, durante su viaje a Oriente (haciendo una parada en Grecia) es testigo de la exhumación de un *brucolaco* y de toda una histeria colectiva sufrida por el pueblo que se cree acechado por el no muerto. Dice que, tras unos días de haber intentado acabar con las manifestaciones póstumas del redivivo y no haberlo conseguido, el pueblo de la isla de Micón (Grecia) se había sumido en un penoso estado; todo el mundo parecía haber perdido la razón, todo el mundo tenía la imaginación trastornada. Tournefort cuenta que todo lo que vio durante la exhumación del cuerpo era normal, pero aquellas gentes, ignorantes, no lo habían visto con sus mismos ojos. Aquellas gentes pensaban que lo visto y ocurrido tras desenterrar el cadáver del campesino se debía a que éste era, en realidad, un *brucolaco*. Él sabía las explicaciones de los fenómenos observados pero la irracionalidad llegó a tales extremos que optó por no intervenir, tal como explica: "Tomamos el partido de no decir nada; no solamente nos hubiesen tratado de ridículos, sino hasta de infieles. ¿Cómo hacer volver en sí a todo un pueblo? Los que creían en su interior que dudábamos de la verdad del hecho se acercaban a nosotros para reprocharnos nuestra incredulidad (...)" (81). Es curioso que había quienes ni se avergonzaban del temor que les despertaba la idea del vampiro, argumentando y justificando ingeniosamente con frases célebres ese sentimiento de temor diciendo que "el miedo que procede de los espíritus hace huir incluso a los hijos de los dioses". Con frases como ésta no dejaban lugar a la valentía. Sentenciábanse al miedo. Era como si fuese obligatorio tener miedo.

Existirían más razones por las cuales una persona permite que la comunidad influya sobre sus ideas: razones económicas, beneficios materiales o "simplemente" razones de índole psicológico, como la seguridad en sí mismo y la ausencia de dudas. De esta forma, aunque en principio pueda tener varias serias objeciones, es posible que gradualmente llegue al convencimiento de que en realidad cree en algo. El sentimiento colectivo puede imponerse al personal. La gran masa tiene un enorme poder de influencia sobre las creencias individuales, tal como dice Alfred Still, "Es

(81) Augustin Calmet. *Tratado sobre los vampiros*. Ed. Mondadori, 1991. Madrid.

dudoso que en nosotros haya bastante fe como para mover montañas. Pero si el noventa y cinco por ciento de las personas creyera que la montaña se había movido, eso sería considerado como una prueba de que se había movido. La minoría del cinco por ciento que sabía que la montaña no se había movido podría ser tolerada, pero más posiblemente sería perseguida por la mayoría" (82). Lo mismo podríamos decir refiriéndonos al tema de los vampiros.

Y es que, cuando alguien ve que sus percepciones de la realidad le acarrean la reprensión de otras personas de considerable importancia para él, como los padres, los amigos, los ancianos del lugar... se siente finalmente inclinado a desconfiar de sus propios sentidos. Hará todos los esfuerzos posibles para observar los acontecimientos exteriores con los mismos ojos que los demás. Y al final (si no tiene otros puntos de referencia) lo logrará, convirtiéndose en un fiel creyente, para nuestro caso, de la existencia de los vampiros.

Los estudios afirman que el grupo tiende a presionar hacia la conformidad de sus miembros. La presión se ejerce, en concreto, hacia aquella persona que pone de manifiesto fuertes argumentos en contra o simplemente dudas de las ideas compartidas, objetivos y/o compromisos del grupo. Una presión cuyo interés se basa en que quien así actúa y piensa abandone sus personales opiniones y se sume a las de los demás. Aunque, como ya hemos referido, con mucha frecuencia no es necesaria una presión directa del grupo, ya que la propia persona que observa su diferente modo de pensar y de ver los acontecimientos se autocensurará y negará cualquier idea rebelde, contradictoria o ajena al resto del grupo para así no romper la unidad y cohesión grupal.

Pero la causa que más parece influir para que una persona crea una cosa o la otra se debe a que los individuos somos el resultado de la herencia, la educación y la experiencia, siendo la educación la que más influye en nosotros (tengamos en cuenta que las creencias supersticiosas más difíciles de superar por el hombre son aquellas que provienen de la niñez y que le han sido legadas por sus padres). Una de las tareas más difíciles para cualquier persona, sea cual sea el período en el que vive, es la de sacudirse los pesados dogmas de su propia cultura. De esta forma, no resulta extraño que unos individuos que han escuchado desde niños las "terroríficas" y "verdaderas" historias que sus padres, abuelos, amigos y vecinos les han contado y "vivido", no pongan en duda tal creencia ni que tan siquiera se planteen el buscarle una explicación lógica y natural que no se salte el "principio de Oc-

(82) Alfred Still. *Las fronteras de la ciencia.* Editorial Sudamericana, 1953. Buenos Aires.

cam" [83]. Sobre este aspecto tal vez podría hacerse alusión al comentario de Still que, hablando de un momento donde la ciencia era más intuición que otra cosa, escribe que "las personas que no han acostumbrado a sus mentes a pensar, pocas veces tienen un pensamiento: su punto de vista mental es muy influido por su ambiente social, y por su grado de simpatía con las creencias e idiosincrasias de sus asociados. Para ellos lo que pasa por razonamientos se podría definir como un esfuerzo interior para sostener su fe para formular cómodos argumentos en apoyo de un estado familiar de actividad (o inercia) mental que se ha convertido en un hábito" [84]. Hay que tener en cuenta que cuando un niño es educado en una serie de creencias y en unas prácticas acordes con las mismas (por ejemplo en la creencia que daba por segura la existencia de vampiros y en la eficacia de los actos que podían llevarse a cabo para defenderse de los mismos y/o acabar con ellos) carece de puntos de referencia que le proporcionen una variante del esquema en el que ha sido introducido. Posiblemente, un individuo que desde niño había aprendido a creer en los vampiros (y que jamás salía de la zona rural y pobre de donde nació, por ejemplo) ya no cambiaría su creencia nunca.

Es posible que con frecuencia se dieran los conocidos fenómenos psicológicos de la "exposición selectiva" (elegir lo que queremos ver, oír... o incluso aceptar como verdadero, de manera que nuestras miras queden perfectamente confirmadas por la elección hecha) y de la "validación subjetiva". Este último actúa cuando la información que aparece ante nosotros no se adecua a nuestro modo de pensar y de sentir. Mediante la "validación subjetiva" el sujeto se permite percibir esa información de forma errónea y, aunque equivocadamente, entenderla de tal forma que no haga más que corroborar lo que ya sabía, pensaba o sentía. Era como si las soluciones y respuestas demasiado lógicas provocaran cierto rechazo en quienes tenían que aceptarlas; y casi siempre se prefiere dejar volar la imaginación.

* * *

(83) Este principio establece que cuando existen varias hipótesis para un mismo fenómeno (el fenómeno de este libro es el vampirismo) debemos inclinarnos a adoptar aquella o aquellas hipótesis (pues pueden ser varias que se respalden entre sí) que contengan la menor cantidad de elementos especulativos. Aplicar al vampirismo una explicación de algunos de los fenómenos físicos en los que se vio envuelto, una explicación parapsicológica, y una explicación psicológica significa que mientras las tres explican satisfactoriamente el fenómeno, la segunda contiene muchos más elementos especulativos que la primera y la tercera. El principio de Occam recomienda, en este caso, que rechacemos la explicación paranormal, en favor de las otras dos, más sencillas y comprobadas.

(84) Alfred Still. *Las fronteras de la ciencia.* Editorial Sudamericana, 1953. Buenos Aires.

Tal vez no sea difícil deducir qué tipo de gente asistía a la exhumación de un cadáver-vampiro con el cual se quería acabar definitivamente.

Por comodidad, podríamos dividir a los espectadores del evento en tres categorías (tomando como guía una clasificación que Carlos M. De Heredia hace sobre los asistentes a las sesiones espiritistas):

1ª. Los que creían firmemente en los vampiros y para los cuales cualquier manifestación y fenómeno que veían en el acontecimiento no hacía más que arraigar todavía más su creencia. Éstos podrían haber sido, sino la totalidad, por lo menos la mayoría.
2ª. Los que aún no creían pero estaban dispuestos a creer siempre que los fenómenos les convenciesen mínimamente. Asistían sin saber qué pensar exactamente y necesitaban poco para convencerse.
3ª. Finalmente, los que no creían en nada pero que, como todos, esperaban ver algo fuera de lo común, fuera fenómeno real o fraudulento.

En los dos primeros grupos de personas hay un elemento común: la espera expectante de ver algo extraordinario. Hablamos de los dos primeros grupos porque no creemos que el tercero tuviera siquiera la mínima representación en la mayoría de las ejecuciones realizadas a los cadáveres desenterrados. Sin embargo podríamos incluirlo, ya que también se une con los anteriores compartiendo con éstos el fenómeno de la expectación, aunque la diferencia con los mismos es que los integrantes de este grupo no sabían en qué consistía lo extraordinario del caso, aunque, sin duda, asistían expectantes (tal vez sólo con el objetivo de contemplar a decenas de personas especular y divagar sobre algo cuya explicación ya era conocida por ellos). Como dice Alfred Still: "Pocas dudas puede haber de que percibimos lo que estamos preparados para percibir. Vemos aquello que creemos vamos a ver (...)" (85). Si bien es verdad que puede resultar difícil engañar a quien sabe que va a ser engañado, es muy fácil, por el contrario, engañar a un público que está deseando creer lo que se le cuenta.

Cuando muchos de estos individuos observaban un hecho extraordinario y les era desconocida la causa que lo producía (incorruptibilidad del cadáver, aparente crecimiento de pelo y uñas, sangrado...) se sorprendían. La impresión subjetiva de admiración, pavor o asombro que recibían en aquel momento hubiese sido exactamente la misma tanto si la causa de lo que observaban tenía una explicación natural como sobrenatural. Y la razón de es-

(85) Alfred Still. *Las fronteras de la ciencia*. Editorial Sudamericana, 1953. Buenos Aires.

ta reacción era precisamente que no conocían la causa, ya que "cuando no se conoce la causa de un fenómeno, la impresión que se recibe es la misma, sea real o ficticia" (86).

Es muy posible que en la mayoría de los casos que podemos leer sobre vampiros no sea posible apreciar los hechos tal como ocurrieron, sino las impresiones que recibieron las personas que los presenciaron, lo cual es cosa muy distinta. Podría plantearse que los relatos de los que disponemos no describen lo que determinada persona o personas vieron, sino la impresión que lo que vieron causó en ellos. Una cosa son los hechos y otra la experiencia y la vivencia de esos hechos. Por ello, ¿qué valor tiene exactamente el testimonio humano? Sobre esto, Henri Broch dice que lo que vemos, lo que percibimos y de lo que podríamos «dar fe», está en parte determinado por lo que se piensa en el momento preciso de la observación, por nuestros deseos profundos, por nuestros motivos modulados por nuestras experiencias pasadas...

Señalemos que cuando aquellos aldeanos desenterraban un cadáver podían llegar a encontrarse en una situación de verdadera confusión. Los cadáveres pueden presentar variados y diferentes aspectos capaces de dejar boquiabiertos a los presentes (desconocedores de las causas de tales estados). Lo que se producía entonces era una paralización inicial. La presencia de ese cadáver manchado de sangre, con aparentes signos de vida, creaba un estado de confusión. Y todo estado de confusión desencadena una reacción de búsqueda de causas o motivos que arrojen luz sobre la incertidumbre y la sensación de inseguridad que esta confusión produce. Si esa búsqueda no logra dar con la respuesta adecuada a la situación se amplía el campo a todas las conexiones imaginables e inimaginables y, en muchas ocasiones, se establecerán interrelaciones entre las cosas más insignificantes y absurdas, como que la sangre que mancha al cadáver es, en realidad, del caballo que mató la noche anterior al salir de la tumba. Sangre que, por ejemplo, necesita para mantener su condenada existencia.

No olvidemos tampoco, al hablar de la psicología de un fenómeno que, como dice G. Lanteri-Laura en su libro *Las alucinaciones*, tarde o temprano, todas las historias se convierten en narración, "es decir, en arreglo del relato, lo cual tiene la ventaja de dejar claro lo que al principio parecía informe, aunque también presenta el inconveniente de efectuar una selección dudosa entre la información que conserva y la que descarta" (87). En este hecho

(86) Carlos M. De Heredia. *Fraudes espiritistas y fenómenos paranormales.* Ed. Acervo, 1993. Barcelona.

(87) G. Lanteri-Laura. *Las alucinaciones.* Fondo de Cultura Económica, 1994. México.

suelen incurrir con frecuencia los propios escritores al pasar a papel los acontecimientos que les han sido contados. Y suele llegar a producirse una alimentación autónoma del fenómeno en la que, según palabras del padre Feijoo, "se propagan las fábulas del Vulgo a los Escritores, y de los Escritores al Vulgo, trasladándose a los libros lo que fingen los vulgares, y después creen los vulgares lo que se habla en los libros. De este modo la fábula, que nació en el rincón de una aldea, viene a ocupar todo el ámbito del mundo" (88).

* * *

Hay quien intentó e intenta explicar todos los fenómenos que se presentan en el vampirismo diciendo que las apariciones de éstos no son otra cosa que meras alucinaciones de quienes dicen verlas. Que todo ello, según las conjeturas del espigador holandés (89), estaba provocado y exacerbado por la mala alimentación de esos pueblos, en donde la mayor parte del tiempo no comían más que pan de avena, raíces y cortezas de árbol.

En parte, sólo en parte, no le falta razón. Ahora sabemos que cierta alimentación puede ser alucinógena, y la falta de ésta, el ayuno, también. Y si algunos alimentos diarios podían ser alucinógenos (aunque mínimamente), no es entonces nada asombroso relacionar estas historias de apariciones con la alimentación o con la falta de ésta. Pero que no pretenda nadie que este razonamiento sea la panacea que dé explicación al "misterio" de los vampiros; estaría en un error. No se puede explicar tal asunto diciendo que todo es puro efecto de la imaginación y de la fascinación provocadas por una mala alimentación, ya que con ella no se convence a nadie mínimamente informado.

Sobre esto, el científico y físico napolitano Constantino Grimaldi se preguntaba cuál era la razón de que sólo se hablase de vampiros "en aquellas zonas septentrionales" y no en otros países. Y él mismo responde diciendo que esos sueños y apariciones están provocadas por los alimentos que comían los habitantes de esos lugares. También F. Hoffmann, en su *Dissertazione de Diaboli potentia in corpora*, alude al tipo de alimentación y a la bebida como provocadora no ya sólo de ilusiones o alucinaciones, sino como idónea para recibir las acciones del diablo. Sobre esto dice que las personas que poseen la sangre más grasa son más vulnerables a las ilusiones demoníacas. Y habla de Laponia, de Finlandia y de Suecia diciendo que son regio-

(88) Brujología (Congreso de San Sebastián). Seminarios y Ediciones S.A.
(89) Mencionado por Calmet.

nes en las que se bebe cerveza demasiado rica en lúpulo, se comen alimentos duros, guisantes, habas, pan más denso o carne de cerdo, siendo estos alimentos los causantes de que tanto se hable de espectros.

* * *

Calmet da la posibilidad de que, "de repente, varias personas crean ver lo que no existe, y que además mueran en tan poco tiempo de una enfermedad de pura imaginación. Pero, ¿quién les ha revelado que un vampiro semejante al que han visto esté íntegro en su tumba, que esté lleno de sangre...?" (90).

La posible respuesta a esta pregunta ya ha quedado escrita en anteriores líneas, pero con el objetivo de puntualizar hasta lo más mínimo (a sabiendas de que se nos pasan muchas cuestiones), conviene decir que eso de que el cadáver estaba lleno de sangre y que salpicaba al abrirle las venas es, como muchos otros detalles, una exageración. Un enterrador de la época fue preguntado y comentó que los casos tan escandalosos donde se contaba que al clavar una estaca al vampiro salía de éste sangre a borbotones eran totalmente falsos: "Justamente se podía haber llenado una cucharilla". Podemos darnos cuenta de cómo los verdaderos creyentes, en este caso en los vampiros, podían aceptar las terroríficas historias que desde pequeños habían estado oyendo, basándose en pequeñísimas porciones de probabilidad y evidencia. Aquellas gentes les salía más "rentable", ya sea por una razón psicológica u otra, mantener su creencia y su miedo en los vampiros que desecharla. Basta observar las incoherencias y ambigüedades en las que incurren la mayoría de los informes sobre vampiros para darse cuenta de cuánto estaban dispuestos a creer los verdaderos creyentes con tal de mantener su creencia. Y cuando Calmet se pregunta "quién reveló a esa gente que un vampiro semejante al que han visto esté íntegro en su tumba" hay que decir que, en la mayoría de los casos relatados, los cadáveres eran desenterrados al poco de haber fallecido, no dándoles tiempo a mostrar un evidente estado de descomposición, por lo que se mostraban prácticamente enteros, sobre todo en zonas tan frías como Rumania.

Calmet pide testigos sensatos, serios, sin prejuicios, sin interés, sin pasión, que puedan testimoniar, que puedan asegurar después de serias reflexiones, que han visto, tocado, interrogado, sentido y examinado con sangre fría a

(90) Augustin Calmet. *Tratado sobre los vampiros*. Ed. Mondadori, 1991. Madrid.

los vampiros; que hayan sido testigos de sus operaciones, que puedan asegurar la realidad de su entorno y de los efectos que se les atribuyen. Al mismo tiempo, asegura estar convencido "de que no se encontrará a ninguno de esta clase" (91).

Sliviski, ya mencionado anteriormente, dice: "Me he tomado el trabajo (...) de ir hasta las fuentes, y examinar a los que citan como testigos oculares; he encontrado que no había nadie que se atreviese a afirmar que había visto los hechos de que se trataba" (92), y acaba diciendo que todo son ilusiones e imaginaciones.

En situaciones críticas, como las relatadas por los cronistas de la época, en las que algún vampiro parecía acabar con la vida de numerosos vecinos, ya no había individuos, sino colectividad. Cuando el pueblo se dirigía al cementerio para descubrir y acabar con el reviniente que tantos males estaba ocasionando, no era un grupo de "individuos" quienes armados se dirigían al camposanto, eran una masa (con este término hacemos referencia a la falta de personalidad con la que actuaban sus miembros). Eran un grueso que formaba una mentalidad colectiva. Si hacemos caso a G. Le Bon (que aunque tenía una excesiva opinión negativa de las masas no todo lo que dijo sobre ellas era erróneo) la masa no reflexiona, ni razona; sino que siente y se conmueve sin preocuparse de las contradicciones en las que incurre. Nadie veía con sus propios ojos, eran los ojos del grupo quienes veían. De tal forma que en ocasiones la gente contaba los acontecimientos ocurridos de tal manera que daban a entender que ellos mismos los había presenciado y vivido; cuando, en realidad, muchas veces, aquello que relataban no les había tocado siquiera de cerca, había sido el pueblo vecino el protagonista, o se trataba de una de las múltiples historias traídas de lejos por algún viajante.

* * *

Pero entonces, ¿quién mataba a los vivos?, ¿de qué morían las personas que decían ser mordidas o atacadas por un vampiro?:

> "(...) el mismo día, cinco o seis personas cayeron enfermas en el pueblo, y murieron uno detrás de otro pocos días después" (93), a causa de un vampiro.

(91) Augustin Calmet. *Tratado sobre los vampiros.* Ed. Mondadori, 1991. Madrid.
(92) Ibíd.
(93) Ibíd.

"En el espacio de tres meses, diecisiete personas de diferente edad y sexo han muerto de vampirismo, algunas sin estar enfermas, y otras después de languidecer durante dos o tres días" (94).

Algunos relatos de muertes, como vemos, hacen clara referencia al contagio de enfermedades infecciosas tan fácilmente transmisibles en aquella época. En estos dos textos mencionados podemos ver la impotencia de los lugareños de aquellas zonas ante las epidemias y determinadas infecciones; y más aún cuando, como ya hemos dicho, había pueblos que ni siquiera tenían un médico permanente. Epidemias y enfermedades que no es que viniera una "ola" y después se fuera, sino que estaban casi permanentemente (junto a los problemas económicos y las crisis agrícolas que azuzaban el malestar). Se dice que en el Este de Prusia, en 1710, una epidemia ocurrió simultáneamente con un brote de vampirismo. Numerosas familias sufrieron de tuberculosis en Nueva Inglaterra, en el siglo XIX, y usaron el vampirismo como una explicación a las tantas muertes que se produjeron. Además, algunas gentes del Este europeo pensaban que si bebían la sangre de un vampiro éste no les molestaría más, por lo que mezclaban gran cantidad de la sangre del reviniente con harina para hacer pan, "y este pan comido como de ordinario los inmuniza contra las vejaciones del espíritu, que de este modo no vuelve más" (95). También podemos leer:

"(...) se mojó un pañuelo blanco con la sangre del cadáver (del vampiro), de la que hizo beber a todos los de la casa para que no fueran atormentados" (96).

¿Es de extrañar, entonces, que después de estos actos muchas personas muriesen o contrajesen enfermedades por las cuales había muerto el supuesto vampiro o padecido en vida? Alguien que hubiese muerto por una enfermedad infecciosa contagiaría, de esta forma, a los que bebiesen su sangre. Luego se diría que murieron de vampirismo (aunque también existe la teoría de que precisamente estas pequeñas tomas actuaban como inmunizante contra algunas enfermedades; puede que las pequeñas dosis que tomaban no fuesen suficientes como para contagiarse).

* * *

(94) Augustin Calmet. *Tratado sobre los vampiros*. Ed. Mondadori, 1991. Madrid.
(95) Ibíd.
(96) Ibíd.

"Una persona se encuentra padeciendo de languidez, pierde el apetito, adelgaza a ojos vista, y al cabo de ocho o diez días, quince algunas veces, muere sin tener fiebre ni presentar ningún otro síntoma más que la delgadez y la consunción" (97).

Así se describe cómo morían ciertas personas de las que se diría que tenían el "mal del vampirismo" o una "muerte de vampirismo". La verdad es que si alguien moría de forma parecida a como lo había hecho un fallecido hacía pocos días, con preferencia familiar o amigo, ya se decía que había muerto de vampirismo. Un individuo podía convertirse en vampiro simplemente por ser el primero en morir de una epidemia, pensando el pueblo que tal epidemia había sido ocasionada, iniciada, por éste. El doctor Gerard Van Swieten, protomédico de la emperatriz María Teresa de Austria, relatando en 1775 a ésta el modo en que los aldeanos pensaban que se transmitía el vampirismo dice que éste "se adquiere fácilmente y es tan contagioso como la roña", haciendo así clara referencia a una epidemia. En otro apartado de su informe dice que en 1723, en Olmuetz , hicieron desenterrar el cuerpo de un hombre muerto apenas hacía trece días para quemarlo en la hoguera. La razón de tal sentencia se debió a que la abuela de este hombre no gozaba de buena reputación en la comunidad. Y un año después, en 1724, volvieron a quemar en la hoguera el cadáver de otro hombre tan solo dieciocho días después de su muerte porque era pariente del anterior. El doctor saca la conclusión, ante las evidencias, que bastaba pertenecer a la parentela de un supuesto vampiro para esperar recibir el mismo trato que él una vez muerto.

Pero había muchas razones que explicaban por qué un miembro de la familia moría y, poco tiempo después, el resto de ella o algunos de ellos también fallecían. Había toda una larga serie de enfermedades que, o bien las padecía toda la familia o bien eran infecciosas, y toda ella estaba infectada. De tal forma que primero moría un miembro, pero tarde o temprano irían "cayendo" todos, incluso los conocidos o la gente con la cual se relacionaban mucho. Luego se diría que murieron de vampirismo.

* * *

También se dice que no es de extrañar que unas gentes que estaban todo el día con el pánico en el cuerpo ante la creencia de tales seres (vampiros), su imaginación mal canalizada y el terror, les hiciesen morir, como se suele de-

(97) Augustin Calmet. *Tratado sobre los vampiros.* Ed. Mondadori, 1991. Madrid.

cir, de miedo. Por lo que, dicho lo dicho, a nadie debería sorprender ver en estos relatos de vampiros, y una vez más en la historia del hombre, las llamadas muertes por sugestión.

Las investigaciones antropológicas nos hablan de ellas extensamente, pudiéndose utilizar otros nombres para designarla, como muerte psicógena, tanatomanía, *vudu-death*... Consiste en la muerte de una persona, que tiene lugar, más que en ningún otro sitio, entre los pueblos primitivos, sin causa alguna orgánica o aparente, generalmente como consecuencia de haber transgredido un tabú o ante el temor de haber sido hechizado. Frazer, en su obra *La rama dorada*, cuenta cómo una mujer maorí ingirió un poco de fruta sin saber que ésta había sido cogida de un lugar tabuado (sagrado, prohibido), ella misma "exclamó que el espíritu del jefe cuya santidad había sido profanada la mataría (...) al día siguiente a las doce del día había fallecido" (98).

Entre los aborígenes de Nueva Zelanda está prohibido tocar o comer las cosas o los alimentos que son utilizados por los altos jefes. El saltarse esta creencia puede, para el que está convencido de ella, fulminarlo si la transgrede.

"En cierta ocasión aconteció que un jefe neozelandés, de alto rango y gran santidad dejó los residuos de su almuerzo a lo alto de un camino" (99). Un esclavo llegó al lugar después de haberse marchado el jefe. Estaba hambriento y al encontrarse (sin saber de quién era) con los restos que quedaban del almuerzo, se los comió sin preámbulos. "No había terminado aún cuando un horrorizado espectador le informó que el alimento que había comido era del jefe (...) pero no había acabado aún de oír la fatal noticia cuando fue sobrecogido de las convulsiones y calambres de estómago más extraordinarios, que no cesaron hasta que murió al anochecer del mismo día (...) Esto no es un caso aislado" (100). "Entre los ahusas, Leandra observó que no hay fuerza humana que pueda salvar a quienes consideran que están embrujados y condenados a morir" (101).

Pero, ¿es cierto que se puede morir de miedo? Los estudios dicen que este fenómeno se produce con más frecuencia de la imaginada, especialmente ante catástrofes y, en general, situaciones de extremo peligro. Los médicos han señalado, de momento, que mientras el temor ordinario (por llamarle de una forma) actúa y se deja notar sobre el sistema nervioso parasimpático, provocando así una serie de reacciones fisiológicas bien conocidas y por todos experimentadas, el "miedo mortal" afecta al sistema nervioso simpá-

(98) *La rama dorada*. William Frazer. Fondo de Cultura Económico, 1981. México.

(99) Ibíd.

(100) Ibíd.

(101) Revista *Espacio y Tiempo*.

tico, provocando además una inervación brusca del corazón, con una tetanización cardíaca irreversible.

Ante un temor desmedido o una cólera muy intensa se bloquean todas las sensaciones y, paradójicamente, se percibe el peligro con una agudeza superior a la normal. Se produce un cambio brusco en el nivel de conciencia habitual por el cual se dan profundas implicaciones fisiológicas y que, si en algunos casos puede facilitar la defensa ante el peligro inminente, en otros tiene consecuencias mortales.

Y es que el miedo producido por creencias generalmente aceptadas es la causa de algunas muertes. No dejamos de preguntarnos si ésta fue la causa de otras tantas de las muertes atribuidas a los vampiros. "Entre los primitivos, la muerte por sugestión está íntimamente ligada a sus creencias" (102), pero el poder mental de la imaginación elucubrando a través de los terrores supersticiosos no está confinado a una raza ni a una época, y es muy posible que la creencia en los vampiros, no sólo en su existencia, sino en su capacidad de aparecerse a los vivos y causarles la muerte, fuese una creencia mortal.

Davanzati, en su *Dissertazione sopra i vampiri*, ya alude a los efectos que una mente y una imaginación con miedo, predispuestas a espantajos y temores, pueden causar sobre el hombre. Plantea que la apertura de las tumbas, por sí sola, ya es bastante causa de terror. Y que el salvaje acto de estacar al cadáver o cortarle la cabeza es, por sí mismo, un espectáculo capaz de aterrorizar a cualquiera. Tampoco le sorprende que la visión de semejantes ejecuciones crease en los campesinos terribles ideas sobre los muertos, y que tales escenas fuesen capaces de influir en su imaginación y hacerles ver incluso figuras que no existían acechando por la noche en su habitación (103). Los actos que se llevaban a cabo con los cadáveres considerados vampiros obligaban incluso, así lo cuenta Gerard Van Swieteen, a que las hijas arrastrasen los cadáveres de sus madres para entregárselos al verdugo.

Ya en 1950 F. S. Caprio, interesado en los sentimientos que se manifiestan tras la muerte, pudo comprobar que muchos niños habían experimentado terror en ocasión de algún funeral, y sobremanera cuando habían visto, tocado o besado por última vez al familiar fallecido. Y que después de esto se daba en ellos miedo a la oscuridad, con la sensación de que dormir podía significar no poder despertar jamás, es decir morir. Estos resultados hicieron que Caprio se manifestase en contra de que los niños mirasen, tocasen

(102) Revista *Espacio y Tiempo*.

(103) Fueron muchos investigadores, y también testigos directos e indirectos, quienes aludieron claramente a una muerte por sugestión. Es decir, se aceptaba plenamente el que se pudiera morir de miedo. Calmet muestra a varios partidarios y expositores de esta opinión.

o besasen un cadáver (costumbre muy extendida en Estados Unidos), incluso aconsejó que no se les permitiese asistir a los funerales.

Podemos imaginarnos, hace un par de siglos, a unos campesinos contagiados de una histeria colectiva encaminarse hacia el cementerio con la intención de desenterrar y acabar con el vampiro que ellos creen, con seguridad, está matando el ganado de algunos vecinos. Llegan a la tumba cuyo foso contiene al cadáver sospechoso y empiezan a cavar. Enseguida se ve el cuerpo. Los familiares suspiran, lloran y gritan de horror. Los gritos se contagian. Todos gritan. Algún pariente del difunto se encargará de sacarlo de la tumba; si no será un hombre corpulento quien lleve a cabo esa tarea (en otras ocasiones no se sacará del foso). Un hacha, una azada... puede ser un instrumento adecuado para cortar la cabeza al cadáver; o tal vez una estaca de madera o un gran clavo o barra de metal la que le atraviese el cuerpo. Familiares y allegados, niños y no tan niños, asisten a este ritual para acabar con un ser infernal; el padre de algunos de los asistentes, el cuñado de otros, el amigo de todos, convertido en vampiro. La imagen, por sí sola, de ver el cadáver de una persona que hacía días estaba viva, ya es desconcertante. Tanto para niños como para adultos. Si además se veían obligados a ver el mismo cadáver días o meses después de haber sido enterrado y asistir a la mutilación del mismo, es más que comprensible que no pudiesen abandonar los terrores nocturnos adquiridos desde la niñez, ni a los seres que esa nocturnidad albergaba.

* * *

Un hombre, después de llevar tres días enterrado, se aparece durante la noche a su hijo. Al día siguiente éste cuenta a sus vecinos lo que le ha sucedido. "Esa noche el padre no se aparece; pero la noche siguiente encontraron al hijo muerto en la cama" (104). El espigador holandés dice que en este relato se ve con claridad cómo el temor, el pánico y el miedo que actúan por primera vez sobre la imaginación de la presunta víctima del vampirismo "no producen todavía el efecto completo, y no hacen más que predisponer su espíritu a que sea más susceptible de ser vivamente impresionado; lo que no faltó de suceder y de producir el efecto que naturalmente debía seguirse. Hay que advertir que el muerto no vuelve la noche del día en que el hijo comunicó su sueño a sus amigos, porque, según todas las apariencias, éstos estuvieron velando por él, y le impidieron sucumbir al miedo" (105).

(104) Augustin Calmet. *Tratado sobre los vampiros.* Ed. Mondadori, 1991. Madrid.
(105) Ibíd.

"Una tal Stanoska (...)que se había acostado en perfecta salud, se despertó en medio de la noche temblando y gritando espantosamente, diciendo que el hijo del heiduque Millo, muerto nueve semanas antes, había intentado estrangularla mientras dormía. A partir de ese momento no hizo más que languidecer, y al cabo de tres días murió" (106). Otra vez el espigador habla de esta narración diciendo que en ella se puede apreciar la actuación de una "imaginación alterada". Una muchacha que no ha sido chupada ni estrangulada porque durante las noches restantes no la han dejado sola, sin embargo, muere. "Su terror y abatimiento, la tristeza y languidez que manifiesta advierten con toda evidencia cuánto estaba alterada su imaginación" (107).

Se podrían mencionar muchos casos de sugestión para así darnos cuenta de que cuando se cede al miedo del mal, se experimenta ya el mal del miedo; pero ese no es uno de los objetivos del presente libro. Además, tampoco queremos dar a entender que todas las muertes atribuidas a los vampiros fueron debidas a un poder mental mal canalizado y contraproducente, aunque ya hemos visto que la posibilidad existe, siendo importante que resaltemos que el miedo produce una gran variedad de síntomas, como sudoración, debilidad de piernas, alteraciones de la expresión, palidez del semblante... y otros muy variados que coinciden en bastantes ocasiones con las denominadas "muertes de vampirismo", en las que se decía que muchos de los afectados morían sin estar enfermos, como en las muertes por sugestión.

* * *

Calmet transcribe una carta que uno de sus amigos recibió y donde se habla de un hombre enterrado "hacía unos tres años" que, convertido en vampiro, chupaba la sangre a su sobrina. En una parte de ella se dice: "(...) se le arrojó en una fosa [al vampiro] de cal viva, para consumirlo más prontamente; desde ese momento su sobrina, que había sido chupada dos veces, mejoró visiblemente" (108). ¿Por qué?

En este caso no podemos aplicar la explicación telepática o de proyección psíquica, ya sea de la energía para su posterior condensación o del doble, ya que éstas sólo sirven (en caso de ser demostradas) para aquellos casos en donde el enterrado, ya dentro de la fosa, está vivo, y este hombre llevaba tres años muerto. Tampoco haremos mención, ya lo hemos dicho, de la hipótesis transcendental. Entonces, ¿por qué mejoró la sobrina cuando al vampiro

(106) Augustin Calmet. *Tratado sobre los vampiros.* Ed. Mondadori, 1991. Madrid.
(107) Ibíd.
(108) Ibíd.

se le traspasó el corazón con una especie de lanza y después se le arrojó a la fosa llena de cal?

Casi todas las personas perseguidas por un vampiro dejaban de verse acechadas por él cuando se enteraban que éste había sido desenterrado y decapitado, quemado o despedazado. Parece evidente, entonces, que este acto de desenterrar al supuesto vampiro y "darle muerte" resultaba ser un verdadero reflejo condicionado para aquellas gentes. Era un acto terapéutico. Es como si, en realidad, lo que hacían fuese desenterrar los recuerdos que ese pariente evocaba en ellos para quemarlos y consumirlos definitivamente (simbólicamente hablando). La creencia en los vampiros ocasionaba que los lugareños enfermasen de dolencias imaginarias y/o psicosomáticas. La creencia de que sólo desenterrándolos y clavándoles una estaca (entre otras cosas) se acababa con ellos, era el remedio, siempre mental, que los sanaba de esas enfermedades.

Con esto, el estudio del vampirismo (también de otros fenómenos) nos enseña, entre otras cosas, el grandísimo poder de la mente, las grandísimas capacidades que poseemos, tanto para matarnos y matar, como para curarnos y curar. Que hay que aprovechar nuestra capacidad mental productivamente, y no creando fantasmas que pueden hacer que enfermemos.

* * *

Con frecuencia, la explicación definitiva o más general que algunos pretenden para los vampiros consiste en echar mano de los llamados "enterramientos prematuros", de los que ya hemos hablado brevemente en el apartado *Fenómenos parapsíquicos.* Algunos dicen que los enterramientos prematuros que se hicieron, en los que se llegaba a sepultar a gente aún con vida, dieron lugar, cuando estas víctimas conseguían salir de la fosa, a la creencia en los revinientes. Aunque esto es simplificar mucho la cuestión, reduciéndola exageradamente, no hay que desechar la explicación, pues aunque no fue la única ni principal causa sí que pudo contribuir, junto con otros aspectos, al nacimiento y mantenimiento de la leyenda/mito del vampiro. Es fácil imaginar la reacción de los familiares y vecinos del fallecido cuando éste, enterrado por la mañana por haber sido dado por muerto, volvía al anochecer, tras recuperarse de su paroxismo y haber logrado deshacerse de la tierra que lo cubría. Este hecho ocurrido con cierta regularidad pudo, como decimos, contribuir al nacimiento y permanencia de la creencia.

Esto mismo puede permitir también una explicación para aquellos casos en los que se cuenta que un vampiro asumía a veces una nueva existencia.

Es decir, se relatan casos ocurridos en el este de Europa, principalmente de vampiros masculinos, en los que el no muerto se iba a otra aldea o poblado, allí donde no era conocido, y comenzaba una nueva vida como la de antes de su muerte (hasta el punto de casarse de nuevo y tener otros hijos). ¿Es posible que existiesen vampiros de esta clase? Una de las explicaciones posibles para estos casos puede hallarse en los enterramientos prematuros. Analicemos un hipotético suceso.

Los individuos enterrados aún con vida pasaban por un *shock* inicial, saliendo de las fosas como buenamente podían. Asustados y desorientados por la situación de la que milagrosamente habían salido ponían rumbo a casa, posiblemente buscando refugio, consuelo y una explicación en sus seres queridos. Pero cuando llegaban a su hogar y llamaban a la puerta eran recibidos con lamentos, lloros y amenazas por parte de sus parientes y amigos; incluso serían atacados con cuchillos y numerosas armas blancas, al tiempo que la noticia recorría el pueblo. Él, si tenía suerte, lograría huir, arremetiendo contra todo y todos los que se cruzaran en su camino, aumentando así su fama de agresivo, peligroso y asesino. Su desesperación sería tal que sería capaz de matar a su mejor amigo si intentase detenerlo en su huida o si en una visita por la noche a su casa quisiese delatarlo con gritos.

Si este personaje era consciente de su situación, a la que encontraba una explicación en la incompetencia de sus semejantes para declararlo muerto, trataría de ponerle una solución. Tendría claro que no podía volver a su pueblo y decidiría comenzar una nueva vida en otro lugar, dando por perdida su familia, su ganado, su cosecha..., de seguro irrecuperables. En otra aldea, donde no fuese conocido, no correría peligro y reharía su vida.

Así es como pudieron surgir esos casos que hablaban de cierto tipo de vampiros que se iban a vivir a otras poblaciones o que erraban y vagabundeaban de un lado para otro. Se habló de que algunas personas consideradas muertas desde hacía mucho tiempo se las volvía a ver un buen día presentarse en las posadas del pueblo donde vivieron. No mataban ni atacaban a nadie; aunque se decía de ellos que al sujeto a quien mirasen y le hiciesen un signo con la cabeza moría infaliblemete al cabo de unos días. De los *vrykolakas* griegos (mirar capítulo *Vestigios de vampirismo en la antigüedad*) se decía que algunos iban a vivir a localidades donde no eran conocidos para volverse a casar y tener nuevos hijos.

Calmet se preguntaba por qué los vampiros, dado que habían vuelto de la muerte, no permanecían entre los vivos. Creemos que parte de la respuesta puede encontrarse en las últimas líneas expuestas; la razón era que el individuo dado por vampiro quería evitar que le quitasen su única y verdadera vida. Creyéndose un proscrito, optaría por alejarse de su familia y de sus amigos de siempre, que lo delatarían y prenderían nada más verlo.

Anthony Masters, en su libro *Historia natural de los vampiros*, pone especial énfasis en los casos de defunciones y enterramientos prematuros. Razona que en las zonas afectadas por la peste los muertos podían llegar a andar porque el diagnóstico de fallecimiento no era correcto o podían moverse en el interior de sus ataúdes porque habían sido enterrados vivos. También hace mención de la catalepsia, la cual considera "una importante y lógica base para la creencia en los vampiros". Teoriza diciendo que si se oían gritos procedentes de una cripta (los gritos de alguien enterrado vivo) la gente quedaba demasiado horrorizada para investigar. No se les ocurría que la persona recientemente sepultada podía estar viva, sino que todos coincidían en que se trataba de un vampiro.

Cuando por alguna casualidad decidieran desenterrarlo por resultar sospechoso de haber provocado alguna calamidad ya habían pasado varios días, y el dado por muerto en su momento ya había fallecido, ahora de verdad, en el interior de la fosa. Sin embargo, su aspecto no era el mismo del día del entierro; el cuerpo tenía una posición retorcida, los sudarios estaban desgarrados; las extremidades, los dedos, las uñas, estaban ensangrentadas debido a la infructuosa lucha contra la tapa del ataúd. Y Masters se pregunta: "¿Eran evidencias de vampirismo o, simplemente, la lucha desesperada del cataléptico por librarse de aquella sepultura cuando ya no podía?" En su opinión, mientras duraba el período de asfixia (por la falta de aire se muere en el interior de una fosa) el enterrado prematuramente podía morderse los labios hasta sangrar, razón por la que, posteriormente, los verdugos dirían "ver" el ataúd "lleno de sangre" y considerar al ocupante como un vampiro.

* * *

En este asunto, como en cualquier otro, no debemos olvidar el papel de los embaucadores y de los mentirosos, personajes de los que la reina María Teresa ya hace mención en su rescripto del 1 de marzo de 1775.

Los beneficios que se pueden llegar a obtener manteniendo y divulgando noticias falsas historias fraudulentas hacen que algunas personas sin escrúpulos se dediquen a narrarlas. Aunque no nos extenderemos más sobre este punto, insistimos en que es importante que en el estudio del vampirismo no se nos pase por alto el papel que jugó el mentiroso. Cabe la posibilidad de que hubiera quienes utilizasen el vampirismo para matar, violar y robar, quedando inmunes por estos delitos tras ejecutar el pueblo a unos cuantos cadáveres del cementerio local. Como en todo, el vampirismo pudo llegar a ser un buen negocio.

No olvidemos que en muchos lugares el cuento del vampiro tenía la función, más que de otra cosa, de inculcar miedo. Serían las iglesias quienes lo utilizarían para captar así más fieles temerosos de Dios, y también serían los padres y abuelos de familia quienes contarían estos supuestos sucesos a sus vástagos para que se portasen bien. Algo así como la historia del "hombre del saco" o el "coco", contadas para meter miedo a los niños.

Ilya, víctima y protagonista de la superstición popular en el libro de ficción *Vampiro a mi pesar*, se preguntaba: "¿Qué me hace suponer que los vampiros son como yo imagino?... Las leyendas que me contaron al amor de la lumbre, cuentos para meter miedo, historias de viejas. Ninguno de los que me describieron cómo eran los vampiros se había encontrado con un vampiro de verdad, ni siquiera habían conocido a nadie que hubiera tenido tratos con un vampiro. Y a mí no se me ocurrió preguntar a los charlatanes cómo podían estar tan seguros de lo que decían. Los propagadores de bulos siempre eran ancianos o personas mayores en quienes, por respeto, se da por supuesta la sabiduría y la infabilidad" [109]. No queda mucho más que decir, sólo que, antiguamente, como será evidente para el lector, junto al calor del fuego se debieron crear muchas historias para entretener a los infantes; contadas una y otra vez, con alguna variación más fantástica en cada ocasión en que fueron relatadas, llegarían a ser consideradas como reales con el paso del tiempo, o por lo menos ya no quedaría claro si el abuelo se las inventó o si de verdad fue testigo de la mismas. El vampirismo no surgió durante las noches frías que la gente pasaba junto al fuego, antes de irse a dormir, pero sí es posible que estas tertulias nocturnas contribuyesen a su mantenimiento.

* * *

Deseamos aclarar que con este capítulo no hemos pretendido dar solución definitiva al tema de los vampiros. No fueron los cadáveres incorruptos con apariencia de vida (fenómenos físicos) los que dieron origen a las creencias en la existencia de los mismos. Tampoco fueron los posibles fenómenos paranormales, supuestamente producidos en algunas ocasiones por las personas aún enterradas con vida, los que dieron lugar a la leyenda. No fueron las

(109) Andreu Martín. *Vampiro a mi pesar*. Ed. Anaya, 1992. Madrid.

alucinaciones, las creencias supersticiosas, ni el miedo, ni las posibles muertes por sugestión (psicología del fenómeno) las que hicieron nacer al personaje del vampiro. Sin embargo, es posible que sin la presencia del primer y tercer apartado que hemos mencionado en este capítulo (fenómenos físicos y psicología del fenómeno), los vampiros no hubiesen tenido la trascendencia que tuvieron. Evidentemente, no siempre en todos los casos los cadáveres estaban incorruptos, no siempre se encontraba a los difuntos desenterrados manchados de sangre, no siempre se movían (sin que nadie los tocase) los objetos que pertenecieron al que ya murió, no siempre... pero una vez formado el primer rumor ya no pudo pararse su extensión y ramificación. Así lo que sólo ocurría ocasionalmente (fenómenos naturales) se hizo norma, de repetida aparición, en aquellos lugares. De esta forma, consciente o inconscientemente, se seguía manteniendo la creencia en la existencia de los vampiros.

La creencia en éstos siempre fue sustentada por múltiples factores y acontecimientos (más de los que nos es posible exponer aquí), muchos de los cuales también le dieron origen. Por lo que, como ya argumentamos en otro capítulo, no es posible dejar recaer toda la responsabilidad de su creación sobre un tipo de fenomenología solamente, ni física, ni parapsicológica (en caso de que ésta existiera), ni psicológica.

Lo expuesto en este capítulo, junto con lo dicho en el capítulo *Vampirismo: ¿se trataba de una enfermedad?* y en *Vestigios de vampirismo en la antigüedad* es lo que hasta ahora más nos acerca al "porqué" y al "cómo" del origen de la leyenda del vampiro. Aunque, eso sí, y repitiéndonos, ninguna de las explicaciones dada en los mismos puede, separándose de las demás, sostenerse como la única responsable.

Vampirismo: ¿se trataba de una enfermedad?

"–¿Me han descongelado en una época en la que puede darse tratamiento a mi problema bioquímico familiar?
–Ya ha habido una corrección de la malformación genética que le forzaba a ingerir sangre fresca".
Janet Asimov (*El contagio*).

Todos lo conocíamos, bajaba al pueblo para cambiar leche, quesos y lana a cambio de pan y algo de ropa. Vivía allá arriba, entre la maleza de los frondosos bosques de la montaña, en una cabaña oculta que nadie había podido localizar. Una de las últimas veces que estuvo en la aldea compró dos pollos en la casa que está junto al río, la que pertenece a un pariente lejano de mi esposa. El caso es que le contó a éste extrañas historias sobre la montaña; decía que al caer la noche escuchaba unos ruidos desconocidos que no se asemejaban a ninguno por él antes escuchado. Además, contaba que un gran animal negro, de ojos rojizos, merodeaba cerca de su hogar.

Hace dos semanas lo encontramos cerca de los prados de uno de los pastores. Estaba desnudo, aullando, y corría desesperado de un lado a otro. Había caído la noche, pero eso no evitó que a la luz de las antorchas pudiéramos ver sus ojos, que no eran de este mundo, su mirada reflejaba una furia más allá de lo humano, y su boca... en su boca la espuma caía a borbotones asemejándose vagamente a la pequeña cascada situada en el pueblo vecino.

Intentamos atraparlo, pero fue una labor harto difícil. Lo habíamos enredado entre unas cuantas mantas cuando, repentinamente, y con la fuerza de diez hombres, consiguió escapar de aquel barullo mordiendo y golpeando todo lo que estuviese a su alcance; finalmente fue uno de los granjeros el que tras una larga carrera consiguió darle alcance y empujarlo hasta hacerle caer al suelo. Allí se revolvió frenéticamente y tuvo que ponérsele un palo en la boca para evitar sus mordiscos, mordiscos que habían alcanzado, creo recordar, a dos o tres miembros del grupo de "caza". Lo condujimos al pueblo, en donde lo dejamos envuelto en las mantas, y maniatado, en un establo fuera de uso.

Al día siguiente lo hallamos muerto; debimos reconocer ya por aquel entonces que algo maligno acechaba a la aldea, porque ese cadáver de rasgos animalescos no podía ser otra cosa que un aviso macabro de que algo, nada bueno, se avecinaba. Transcurridos unos días dos de los agredidos por el fallecido montañés comenzaron a presentar el mismo comportamiento, por lo que, para evitar más posesiones diabólicas, se llamó al representante de la Iglesia, hombre anciano que durante su vida había tenido la oportunidad de enfrentarse a casos similares. El venerable anciano reconoció la marca del ser que muerde y chupa sangre, la criatura perversa que, al anochecer, salía en busca de una presa fácil, una presa que parecía buscar en nuestro pueblo.

El clérigo ordenó a unos cuantos labradores, reunidos en el granero donde estaban los posesos, que sujetaran a los mismos. Los hombres llevaban puestos ropajes en abundancia así como guantes y gorros para evitar roces con los "apresados" ya que los espíritus malignos podían penetrar en los cuerpos de hombres y animales por contacto directo e, incluso, solamente con su proximidad.

Aquellas dos víctimas del diablo se dedicarían a sorber la sangre de mujeres y niños a menos que se le impidiera, a la fuerza demoníaca que los poseía, permanecer durante más tiempo en ellos; había que salvar sus almas, puesto que sus cuerpos ya estaban perdidos para siempre.

La ceremonia dio comienzo; el viejo sacerdote recitó unas oraciones en voz alta para, más tarde, lanzar agua bendita sobre los supuestamente poseídos. Estos se retorcieron, gimieron, gruñeron; intentaron desasirse y atacar a sus opresores: el agua bendecida causaba el efecto esperado, provocaba la ira y el dolor a los espíritus que se habían apoderado de aquellos pobres campesinos. Durante horas los rezos resonaron en el aire y el exorcismo fue llevado a cabo entre los gritos inhumanos de los afectados. Había transcurrido la noche y el Sol hacía acto de presencia, asomándose tímidamente detrás de los montes que rodeaban al pueblo. La luz exaltó aún más a los retenidos en el granero, haciéndose casi imposible su inmovilización. Tras el exorcismo los dejaron atados de pies y manos lanzando espumarajos por la boca y retorciéndose como gusanos, siendo en aquel lugar donde no tardarían en morir.

El pueblo había recobrado la paz, parecía que aquel castigo, aquellas criaturas, habían extinguido su existencia para no regresar; los demonios de la noche habían sucumbido a la siempre reconfortante luz del día. Pero, a pesar de que nada hacía presagiar el retorno de lo "oscuro", de la sed de sangre, el mal regresó y, en esta ocasión, bajo la forma de un perro, un perro querido y conocido por los aldeanos durante años. El animal presentaba los síntomas bien conocidos por los habitantes de la zona. No pudimos evitar que mordiese a algunos de nuestros hijos, el futuro de la aldea, nuestra propia sangre. Ellos, como el pe-

rro, debían ser eliminados, ya que con ello erradicábamos la maldición que se cernía sobre nosotros. Lo más duro era el contemplar los rostros de los padres, especialmente las madres, que debían elegir entre una muerte rápida para sus hijos (las maderas ya habían sido afiladas) o una agonía que los transformaría en seres diabólicos.

Y todo por la sangre, el ansia que ciertas criaturas del lado negro, del infierno, padecen por este líquido vital, condenando a las almas y a la carne a un final peor que la propia muerte, la condenación eterna.

Yo también he caído en su trampa, no tuve valor para ejercer mi cometido, no pude condenar y extinguir mi propia sangre, mi única descendencia, y ésta ha sido la que me ha condenado a mí.

Está amaneciendo y el espíritu que ha invadido mi cuerpo se quiere apartar de las ventanas. Contemplo mi rostro en el espejo y la furia me invade. Creo que ya no queda nada del que he sido, sólo resta eliminar al que no deseo conocer...

* * *

Si negamos la existencia física y espiritual de los vampiros tal y como se los describía en Europa central, tal vez la "pregunta del millón" al hablar del tema que este libro trata, podría formularse así: ¿Qué dio origen a la leyenda/mito [(110)] del vampiro?

Es muy posible que, entre otras muchas razones (algunas expuestas en este libro), el vampiro apareciese en el folklore de aquellas gentes como una respuesta a muchos de los problemas que el saber o el conocimiento de entonces no acertaba a resolver. Es un recurso habitual el responsabilizar a alguien externo a nosotros de todo lo malo que nos ocurre, y si no encontramos a ese alguien nos lo inventamos. ¿Fue este el caso del vampiro? En numerosas ocasiones fue culpado de causar enfermedades desconocidas sobre la gente. Sin embargo, no era el vampiro quien les producía desconocidas enfermedades, sino que una desconocida enfermedad ("mala", larga, sin tratamiento efectivo, difícil de diagnosticar, contagiosa ...) era achacada al vampiro precisamente por ser desconocida o poco conocida. Y es que las enfermedades "misteriosas" pueden llegar a inspirar los seres maléficos, los mitos y la base de las creencias de una cultura. Sin embargo, con cada nuevo informe científico parece que los mitos se desmoronan un poco más.

(110) No están bien marcados los límites entre mito, leyenda y cuento popular, y todavía queda por establecer dentro de cuál de ellos está el vampiro.

La antropología ha observado que la creencia en la brujería florece en aquellas sociedades que tienen un conocimiento médico insuficiente, que quizás se encuentren en posesión de algunos remedios simples, pero donde aquellos que caen enfermos no pueden hacer otra cosa que dejar que la enfermedad siga su curso. ¿Fue esta situación de conocimientos médicos precarios que padecían ciertas zonas la que contribuyó en el nacimiento y desarrollo del vampirismo?

Se hablaba de *epidemias de vampirismo*, y en todas las epidemias nadie quiere ser el responsable de su propagación inicial. Se dice que con la aparición del sida los Estados Unidos hicieron culpables a los haitianos y jamaicanos, y que éstos, a su vez, culparon a los ciudadanos naturales del Zaire; por su parte, los africanos responsabilizaron a los chimpancés. Con la sífilis también ocurrió algo parecido: los franceses la llamaban *el mal napolitano* y los italianos, *el mal francés*. Nadie quiere llevar la responsabilidad de ser el foco inicial de la expansión de una epidemia por lo que, actualmente, cuando no sabemos su origen solemos echar la culpa al país vecino (no sería aceptado hoy en día decir que un vampiro es el causante de tal o cual circunstancia). Pero antes había mucha más gente dispuesta a aceptar una explicación sobrenatural para un hecho anómalo; eran más proclives a echar mano de entidades sobrenaturales maléficas que cargaran con la ignorancia que sobre ciertos acontecimientos existía, responsabilizando a los "malos espíritus" que en muchas ocasiones entraban en el cuerpo humano por los orificios naturales. Como decimos, es posible que el vampiro fuese declarado culpable de unos hechos que nunca cometió, culpado de causar enfermedades que no provocó, y sentenciado al reino de los condenados por necesidad de, como fuese, dar una explicación, una respuesta, a algo que los pueblerinos desconocían. Se hace evidente que hubo un tiempo en el que todo tipo de enfermedad mal conocida, pero caracterizada por el progresivo enflaquecimiento, debilidad y palidez del paciente, se atribuía al ataque de algún ser espectral maligno, como el vampiro. De hecho, todo un fenómeno de histeria colectiva daba comienzo cuando algún vecino del pueblo que padecía languidez, palidez y adelgazaba a ojos vista, moría tras pasar en este estado un par de semanas, sin haber mostrado ningún síntoma identificable de enfermedad alguna conocida por ellos.

Un comportamiento similar al que los aldeanos de Europa central tomaban hacia los vampiros se encuentra especialmente claro entre los miembros de la tribu ekoi, en Camerún. En ella, cuando importantes miembros del clan mueren uno tras otro, sin causa conocida aparente y en un corto espacio de tiempo, se busca en la comunidad (aunque no entre los muertos) a una mujer poco sociable y algo retrasada mental para acusarla de bruja. Cuando se la castiga parecen desaparecer igualmente las calamidades del pueblo.

También con las brujas europeas del medievo se adoptó este comportamiento irresponsable. Al culpar de todo lo "malo" a las brujas pasó que la brujería se convirtió en el factor que explicaba todo lo aparentemente inexplicable. Se usó a la bruja como un "comodín" o excusa ante las negligencias, irresponsabilidades e ignorancia de los individuos de entonces. De esta forma, aquellas enfermedades que los médicos no sabían diagnosticar fueron achacadas a las brujas. Entre estas dolencias había una que tiene cierto parecido con los síntomas que presentaban las víctimas de los vampiros: la anemia. En Asturias, por ejemplo, cuando una persona se sentía repentinamente enferma, agotada, sin ningún motivo aparente que justificase tal estado, se decía que había sido una bruja la que había ocasionado semejante decaimiento en su salud.

Es evidente que el fenómeno del "chivo expiatorio" nunca ha dejado de manifestarse. En el medievo, sobre todo, se hizo desastrosamente patente; y es posible que la Iglesia tuviera mucho que ver. Es decir, hoy en día la figura del sacerdote ha perdido el poder y el valor impositivo del que en otros tiempos disponía. En siglos anteriores, el "pastor de Dios", el cura, el sacerdote, controlaba muchísimo más a la comunidad. De alguna manera tenía que justificar que todos aquellos males que existían en este mundo no eran cosa de Dios ni de ellos, sino de "otros", y utilizaba la figura del diablo, el vampiro o la bruja... cumpliendo todas estas representaciones el papel de "cabeza de turco".

* * *

Si bien es verdad que en numerosas ocasiones se ha intentado explicar el origen del vampirismo atribuyéndolo a una determinada enfermedad, este capítulo parte de la opinión de que algunos tipos de enfermedades y epidemias, lo que hicieron, fue "colaborar" en la creación y, sobre todo, en el mantenimiento de la leyenda, pero no crearla. Es decir, que posiblemente, una determinada enfermedad, por sí sola, no pudiese crear la creencia en estos seres sin la ayuda de otras condiciones y circunstancias previas y contemporáneas que no tenían nada que ver con la enfermedad en sí. A pesar de la repetida insistencia por parte de algunos investigadores en querer dejar el asunto zanjado ofreciendo para ello explicaciones que no tienen nada de definitivas, conviene expresar nuestra opinión de que no se puede atribuir el origen del vampirismo centroeuropeo a una única causa, ya que no hay ninguna capaz, por sí sola, de responder o dar solución a todas y cada una de las distintas facetas que lo componen. No se puede pretender que el nacimiento del vampirismo fue debido a tal o cual cuestión en concreto, descartando así todas las demás, ya que, por lo menos de momento, no existe esa "causa" que sea capaz de llevar sobre sus hombros y de forma digna, el peso que supone dar origen a tal fenómeno. Por lo que esos titulares que en algunas revistas y periódicos se pueden leer, del tipo "Descubierto el origen del mito del vampirismo", son, como muchos otros, un engaño.

Actualmente sólo podemos afirmar conocer el origen del vampirismo si aceptamos que éste tiene un origen múltiple. La pluralidad será la mejor respuesta a la pregunta de cómo surgió la leyenda, ya que fueron muchos factores los que poco a poco fueron forjándola, aunque algunos influyesen más directamente que otros. No creemos que la leyenda hubiese podido nacer a partir de un hecho único y localizado. La ignorancia, la predisposición psicológica, la influencia de la Iglesia y numerosos factores más debieron estimular también la aparición y mantenimiento de la creencia en vampiros.

En los capítulos correspondientes ya hemos hablado de esa diversidad de situaciones y fenómenos que, unidos todos ellos, pudieron provocar el comienzo de la leyenda. Pero no hemos hablado de enfermedades. Enfermedades que, aunque a ninguna se le puede atribuir el "privilegio" de haber creado, por sí sola, el origen del vampirismo, sí pudieron contribuir, junto a muchos otros aspectos, en la creación, mantenimiento y difusión del mismo.

Entre ellas se podría hacer mención de esas patologías que se relacionan con la sangre, por ser éstas las que más pudieron hacer pensar a aquellas gentes en una posible conexión con los vampiros. Tendremos que preguntarnos si actualmente existe alguna enfermedad que en tiempos pasados hubiese tenido que ser tratada (por desconocimiento de otro método) mediante la ingestión de sangre. Y nos encontramos con que en la sección de hematología de un hospital cualquiera muchos pacientes son tratados con transfusiones. Muchos pacientes con afecciones hematológicas necesitan fisiológicamente sangre, y si esta no es conseguida, mueren (conocido es el caso, por ejemplo, de aquella persona que por una pérdida abundante de sangre necesita una transfusión). Podríamos suponer que en la antigüedad, cuando no sabían cómo tratar con la sangre, es posible que en algún momento, a determinados enfermos, se les diese por la boca. Pero no lo harían así porque este método (ingerir sangre por la boca) supusiera una ventaja, sino porque no sabrían hacerlo de otra forma e intuían que si no actuaban de tal modo el paciente moriría. Estas situaciones se pudieron dar al no saber inyectarla por la vena o por no tener medios.

Alguien podría preguntarse cómo sabían aquellas gentes, muchas de ellas ignorantes en lo referente a medicina, que un determinado enfermo necesitaba sangre. La respuesta, por lo menos en un principio, sin entrar en excesivas reflexiones, parece evidente: de forma empírica, a través de un razonamiento analógico. Prácticamente todo en esta vida se ha empezado a demostrar empíricamente. A lo largo de la historia se han hecho cosas sin saber la razón de su realización porque parecía que iban bien, que daban buenos resultados, y todavía se siguen haciendo. Ya desde un principio el hombre se dio cuenta de que una persona muerta, de que un cadáver, carecía o iba perdiendo el fluido rojo. Y así, la relación entre sangre y vida adquirió fuerza y evidencia. Además, nuestros antepasados primitivos observaban que un cadáver mostraba un aspecto pálido, un poco blanquecino o ceroso. Y tales síntomas, junto con muchos otros, pudieron hacer pensar que una persona que mostraba palidez (anemia, por ejemplo) y debilidad, necesitaba sangre y que de no tomarla se volvería cadáver.

A partir de esta pseudoconexión, de esta argumentación analógica, o de cualquier otra parecida, muchas debilidades físicas o simples malestares pudieron ser tratados mediante la ingestión de sangre, y más ante la existencia de la creencia de que con la toma de sangre de un determinado animal se adquirían las cualidades de éste. Seguro que en más de una ocasión se tomó sangre de toro, por poner un ejemplo, para estar tan fuerte como un toro, o de caballo, o de cualquier otro animal que tuviese la cualidad de la cual carecía el enfermo y resultaba necesaria para su curación. Sobre la argumentación analógica, Bergen Evans dice que ésta "es uno de los más grandes peligros del pensamiento popular". Este autor señala cómo antiguamente se recetaban nueces para los problemas mentales porque la pulpa de la nuez tiene cierto parecido exterior con el cerebro, aunque en miniatura y cómo también se untaba la cabeza de los calvos con grasa de oso por tener este animal abundante pelo.

Anemia perniciosa

Como decimos, hay muchas afecciones que pudieron motivar la ingestión de sangre para su curación. Como algunas anemias, cuyos síntomas físicos pueden ser el decaimiento del color natural del rostro (volviéndose pálido, incluso amarillo pajizo) y de la piel en general, además de una marcada falta de ánimo, falta de expresión y colorido, es decir, aparente falta de vida.

Tenemos el caso de la anemia perniciosa [111], perteneciente al grupo de las anemias macrolíticas megaloblásticas en las que los hematíes son de tamaño superior a lo normal (macrocitos). Estas anemias se suelen deber a "*déficits diversos como el déficit en vitamina* B_{12} *o en ácido fólico*" [112], aunque algunas veces suelen tener un origen medicamentoso. No es normal la ingestión deficiente de vitamina B_{12}, aunque puede surgir en personas con una estricta dieta vegetariana en la que exista una completa privación del consumo de carne. Pero lo más común suele ser una mala absorción por parte del aparato digestivo de dicha vitamina.

La ausencia del llamado factor intrínseco, que secretan las células del estómago, recibe el nombre de anemia perniciosa; tratándose principalmente de un trastorno que se presenta en la tercera edad. Suele ocurrir que la pared del estómago se atrofia y deja de secretar el factor intrínseco, sustancia que se junta con la vitamina B_{12} presente en los alimentos trasladándose con ella hasta el íleon, en donde la vitamina es absorbida. Cuando el estómago no secreta el factor intrínseco la tan apreciada vitamina no es absorbida por el cuerpo tras la digestión, y se produce la deficiencia.

Addison, en 1849, ya presentó varios casos de esta enfermedad a la que llamó anemia idiopática. Pero sería Biermer, entre los años 1868 a 1872, quien haría la descripción clásica y fundamental de la afección, dándole el nombre actual de anemia perniciosa, también denominada anemia Addison-Biermer.

Como ya se ha dicho, en este tipo de anemia ocurre que el enfermo no puede absorber la vitamina B_{12} debido a las carencias mencionadas, ocasionando que los glóbulos rojos no maduren correctamente, entre otras consecuencias. El afectado por esta anemia, en su fase avanzada, es aquejado por cambios que se producen en la columna vertebral, por debilidad, inflamación de la lengua (la cual puede volverse roja, sensible y lisa), molestias gástricas (como vómitos o desarreglos intestinales, por lo común en forma de diarrea aunque también en forma de estreñimiento o alternando ambos), entumecimiento parestésico en brazos o piernas, dificultad para mantener

(111) En el libro *Vampiros: magia postuma dentro y fuera de España*, de Jordi Ardanuy, Valentín Ferrán Redero y Martí Flo se cita la anemia perniciosa como una de las posibles enfermedades que antiguamente pudieron confundirse con la creencia en vampiros Aunque aquí hacemos mención de ella no creemos que tuviera un papel importante e influyente en la creencia de los no muertos.

(112) Es otra vitamina necesaria para la producción de eritrocitos normales.

el equilibrio, con pérdida del sentido de la posición... Llama la atención de los que rodean al enfermo el color amarillento de la piel, comparado muchas veces al color de la cera vieja, al de la paja y al de los limones, aunque todas estas comparaciones pueden fallar a menudo, pues el tinte cutáneo de los enfermos varía mucho en cada uno de los casos.

Este tipo de anemia no fue empezada a tratar eficazmente hasta 1925, por Minot y Murphy, gracias a la hepatoterapia, que consiste en una alimentación a base, entre otras cosas, de hígado fresco. Una alimentación por la cual no tardan en actuar los procesos de regeneración, que son apreciables en la médula ósea a los pocos días de administrar los extractos hepáticos.

Al principio, cuando se empezó a trabajar con la ingestión de hígado como método terapéutico, casi nunca se lograban normalizaciones completas... En la actualidad, esta enfermedad sigue sin ser erradicada de quien la padece, aunque es tratada por preparados vitamínicos muy perfeccionados que evitan su desarrollo.

Parece ser que en algunos casos graves se sigue utilizando la transfusión sanguínea. "Sirve, sobre todo, para superar los períodos de latencia que transcurren desde que se inicia el tratamiento hasta que aparecen sus efectos, razón por la cual en los moribundos posee importancia vital".

Este suministro de sangre con, en otras ocasiones, la necesaria ingestión de hígado, dicen que pudo convertirse, como pasó con otras enfermedades y en otros tiempos, en motivo de la expansión de la creencia en vampiros como seres que necesitaban alimentarse de sangre para vivir cuando, en realidad, no podrían ser otra cosa que enfermos de anemia perniciosa que se automedicaban. Puede ser...

Porfiria eritropoyética congénita

Otra enfermedad que pudo haber formado parte del nacimiento y permanencia de la leyenda del vampiro es la porfiria eritropoyética congénita. Una compleja enfermedad que en 1964 L. Illis propuso como origen de la leyenda del hombre lobo y que en 1985 David Dolphin la expuso ante la Academia para el Avance de las Ciencias (AAAS) como posible origen, además, de la leyenda del vampiro (el nombre porfiria viene del griego *Porphyos*, que significa "rojo púrpura"). Las porfirias son un tipo de enfermedades genéticas asociadas al indebido funcionamiento de la vía biosintética del hemo. El hemo es una sustancia a partir de la cual se forma la hemoglobina, es una parte de la hemoglobina, un compuesto de hierro de protoporfirina que se encuentra en los hematíes (glóbulos rojos). La porfiria es una alteración en la síntesis de lo que es la hemoglobina que va en los hematíes.

En casi todos los tipos de porfiria la piel se hace muy sensible a la luz solar debido a la acumulación en ella de porfirinas sin metales. Pueden llegarse a producir importantes lesiones en la nariz y los dedos, que incluso se destruyen si la exposición al Sol es muy alargada.

La enfermedad puede producir, en quien la padece, un excesivo crecimiento de vello en zonas del cuerpo que suelen carecer de él, hablándose, en algunos casos, de hipertricosis. Los dientes no crecen, pero los labios, las encías (rígidas y de color rojo) y la piel en general, se contraen alrededor de la boca, los músculos de esa zona se vuelven tensos, lo que hace mostrar los dientes dando la apariencia de que han crecido.

Como vemos, la fotosensibilidad de la piel, la posibilidad de volverse vellosos y la apariencia de tener unos dientes mucho más prominentes de lo que son en realidad, bien pudieron dar origen, entre otras cosas, a la leyenda del hombre lobo. Pero como ya hemos introducido, también se habla de la relación que esta enfermedad tiene con los vampiros. Y es que, actualmente, algunas porfirias son tratadas con una inyección de hemo. Pero antiguamente no era posible una inyección de este pigmento. Lo único que podía reemplazarla era la ingestión de una gran cantidad de sangre que, pasando a través de la pared del estómago al torrente sanguíneo, produciría los mismos efectos que aquélla.

De tal modo que hay quien afirma que los vampiros bebedores de sangre no eran otros que víctimas de porfiria que trataban de aliviar los síntomas de su enfermedad. Tales síntomas y los resultados supuestamente beneficiosos de este antiguo remedio, ingestión de sangre, no son compartidos por todos los médicos, por lo que habrá que esperar al avance de la medicina para confirmarlos; en caso de ser así, los paseos nocturnos debido a su fotosensibilidad, la exposición de sus dientes y la necesidad de beber el fluido vital, bien pudieron colaborar en la creencia sobre la existencia de los vampiros (Paul Barber [113] ya señaló en su día que no había evidencias de que los síntomas de tal enfermedad pudiesen ser remediados bebiendo sangre).

Según se decía, una persona podía convertirse en vampiro si era atacada, a su vez, por un vampiro; creencia que también puede coincidir con la forma de manifestarse de la porfiria ya que "una presión sobre los sistemas (demasiadas drogas, demasiado alcohol o la pérdida brusca de gran cantidad de sangre [¿por un vampiro?]) pueden desencadenar la enfermedad en una persona genéticamente predispuesta" [114]. Se conocen casos de herma-

(113) Paul Barber ha escrito el libro *Vampires, burial and death folklore and reality.*

(114) "Rabia y vampirismo en la Europa de los siglos XVIII y XIX". Tesis doctoral de Juan Gómez Alonso, 1992.

nos que "comparten el mismo gen defectuoso en los que un miembro de la familia muestra síntomas de la enfermedad mientras otro no" [(115)], y dada la endogamia que se practicaba, no era difícil que una víctima de la enfermedad mordiese a otra y se iniciase en esta el mismo proceso. (Sobre esta enfermedad hay muchas controversias, también hay quien dice que la porfiria no puede transmitirse por mordedura).

Y aún queda el ajo, un remedio omnipotente que, cómo no, también sirvió como "antídoto" contra enemigos sobrenaturales, entre ellos el vampiro, es decir, supuestamente el enfermo de porfiria, ya que (se sospecha, aunque no parece haber nada seguro) "el ajo puede aumentar la gravedad de un ataque de porfiria".

* * *

La popularidad dada a la porfiria como hipótesis que explicaba la leyenda del vampiro ocasionó un gran problema en los pacientes que la sufrían. En su día se dijo que algunos de éstos se sintieron ofendidos por la aparición de la relación porfiria-vampiro en numerosos *shows* televisivos.

Si bien es verdad que esta hipótesis, la porfiria eritropoyética congénita como origen del vampirismo, tuvo en su día cierta aceptación, hoy parece poco plausible como teoría que aspira a ser el único origen de la leyenda; ha sido descartada y no tiene exponentes viables en el presente. En parte porque las porfirias no son enfermedades que se dan con regularidad (parece ser que se han publicado menos de 100 casos de porfiria eritropoyética congénita) y, en parte, por las diferentes opiniones que actualmente se ciernen sobre ella en cuanto a la realidad de sus síntomas, de los remedios, etc... Pero, aunque es difícil concebir que una enfermedad tan infrecuente pudiese contribuir a dar lugar a una leyenda como la del vampiro (recordemos que en muchos tratados se utiliza la palabra "epidemia" para hacer referencia a la gran cantidad de casos de vampirismo que se daban), es importante mencionarla, pues un simple caso de su manifestación en los países balcánicos pudo ayudar a mantener la llama que ya había sido encendida por otras circunstancias.

Rabia

Merece una atención, también, por parte de este estudio, la tesis doctoral "Rabia y vampirismo en la Europa de los siglos XVIII y XIX" presentada

(115) "Rabia y vampirismo en la Europa de los siglos XVIII y XIX". Tesis doctoral de Juan Gómez Alonso, 1992.

por el doctor Juan Gómez Alonso en la Facultad de Medicina de la Universidad Complutense de Madrid. Fue leída ante un tribunal constituido por cinco profesores el día 5 de noviembre de 1991 recibiendo la calificación de apto *cum laude* por unanimidad. Está muy bien documentada y creemos que puede servir para iluminar un poco más el asunto que este libro trata de aclarar. Una tesis que intenta dar explicación a todos los fenómenos que acompañan al vampirismo pero que, a pesar de iluminar parte del camino, a pesar de que explica numerosas cuestiones, muchas de ellas hasta el más mínimo detalle, sigue habiendo sombras, preguntas sin contestar y asuntos sin resolver. Aun así, como decimos, es un trabajo que en el camino hacia la resolución de este misterio ha encendido muchas luces, aunque quedan, tal vez, otras tantas por encender.

La tesis se compone de 277 páginas por lo que, como podrá comprender el lector, la cuestión del espacio nos impide tratarla extensamente. Pero siendo fieles al trabajo del doctor Gómez, aun con la brevedad con la que aquí lo podemos tratar, el lector tendrá asegurada una síntesis que le permitirá empezar a formarse una ligera opinión al respecto, aunque para ello siempre recomendamos hacerse con la tesis o con el libro que, posteriormente a ésta, ha sido publicado.

El autor comienza su trabajo haciendo una interpretación médica del vampirismo. Nada más empezar anota y expone que éste (el vampirismo) debió ser en realidad una zoonosis, siendo la zoonosis una enfermedad propia de los animales que, a veces, se comunica a los hombres. Basándose en la creencia, más actual que antigua, según la cual si una persona era mordida por un vampiro ésta se convertía también en reviniente, Gómez concluye que no pudo ser una zoonosis cualquiera, sino una que se transmitiera mediante mordedura. El autor va haciendo una mención de las clases de zoonosis que los animales pueden transmitir al hombre por mordedura, y poco a poco las va descartando evidenciando cómo "la rabia es la zoonosis que mejor podría encajar en las descripciones clásicas del vampirismo por reunir las siguientes características: afectar de forma similar (isosintomática) al hombre y a determinados animales transmisores como el perro, el lobo, el gato o el murciélago; alcanzar también a los animales de cría (bovinos y equinos); tener presentación epidémica y causar la muerte en pocos días y de forma prácticamente irremediable" [(116)].

Siguiendo con la interpretación médica, hace mención de que tanto la agresividad, un "síntoma-guía" que él considera importante a la hora de

(116) "Rabia y vampirismo en la Europa de los siglos XVIII y XIX". Tesis doctoral de Juan Gómez Alonso, 1992.

ahondar en el vampirismo (ya que los vampiros atacaban y mordían a personas y animales causándoles la muerte, siendo esto un acto agresivo), y la hipersexualidad (al vampiro se le otorgaba gran apetito sexual), son indicios de una clara disfunción del sistema límbico. Para aclarar este aspecto, recuerda las palabras de Broca, el cual llamaba sistema límbico a la "parte brutal" de nuestro cerebro, "considerándolo el asiento de «esas facultades inferiores que predominan en el animal» (...)" (117) (el virus rábico elige distribuirse "por la sustancia gris de determinadas estructuras, principalmente el sistema límbico, el tronco cerebral y del cerebelo" (118)).

Según ciertos estudios, hay dos tipos de agresión o ataque cuya base neuroanatómica es diferente: la agresión predatoria o calculada, y la agresión afectiva. El autor resalta la existencia de un conocimiento suficiente "como para considerar que la agresividad afectiva tiene su sustrato en un funcionamiento anormal del sistema límbico" (119), por lo que es de ella, de la agresividad afectiva, de la que se ocupa en la tesis. Lo mismo sobre la hipersexualidad, de la cual dice que tras numerosas investigaciones realizadas en seres humanos "ha sido posible igualmente relacionar las alteraciones sexuales con alteraciones de estructuras límbicas" (120).

Pero el sistema límbico sigue siendo protagonista, ya que una disfunción en él (ocasionada por el virus rábico) puede producir no sólo agresividad e hipersexualidad, sino también un trastorno del ritmo vigilia-sueño. Según Gómez parece que cada vez hay mayor evidencia de que el reloj interno que poseemos, ajustado a un ciclo de 24-25 horas, tiene su localización en los núcleos supraquiasmáticos del hipotálamo (el sistema límbico parece localizarse, entre otras zonas, también en el hipotálamo). Por lo que quienes padecen del sistema límbico pueden incluso mostrar una inversión completa del ritmo, con tendencia a dormir durante el día y a estar activos durante la noche. El autor recuerda que los vampiros eran seres nocturnos; que dormían durante el día y salían por la noche (salida ocasionada por el trastorno del ritmo vigilia-sueño producido por la disfunción de su sistema límbico) a agredir (agresión afectiva) a sus vecinos y a satisfacerse sexualmente (hipersexualidad) con su viuda o amante.

El autor hace mención también de la tradicional relación de los perros con la rabia, sin embargo, "la infección natural ocurre en casi todos los ma-

(117) "Rabia y vampirismo en la Europa de los siglos XVIII y XIX". Tesis doctoral de Juan Gómez Alonso, 1992.

(118) Ibíd.

(119) Juan Gómez Alonso. *Los vampiros a la luz de la medicina.* Ed. Neuropress, 1995. Vigo.

(120) Ibíd.

míferos domésticos y salvajes" [121]. La rabia se transmite al hombre, habitualmente, mediante mordedura de un animal infectado que, como ya se ha dicho, no sólo es el perro, sino casi todos los animales de sangre caliente, siendo los de mayor importancia los carnívoros y los quirópteros (lobos, chacales, murciélagos hematófagos o murciélagos vampiros, murciélagos no hematófagos, mofetas, zorros...), e incluso los animales domésticos.

El doctor Gómez dice que una persona vampiro era capaz de crear a otro vampiro sólo con morderle. Para aclarar este punto y hacer ver al lector lo bien que también concuerda esta característica con su teoría, habla de la transmisión de la rabia entre personas (el vampirismo parecía contagiarse así). Sobre esto dice que existen casos recogidos en la literatura antigua y en varias publicaciones del presente siglo que evidencian que la transmisión de la rabia de persona a persona es posible, aunque también recuerda que hay quien insiste en que tal transmisión no ha sido totalmente demostrada.

Por otra parte, también menciona que, por alguna razón desconocida, la rabia es siete veces más frecuente en los hombres que en las mujeres. Algo que también cuenta con su relación histórica, pues es claro que en los antiguos informes que sobre vampiros se pueden leer, también hay registrados más casos en los que los no muertos eran hombres.

Volviendo otra vez sobre los síntomas, dice que se pueden observar en el afectado de rabia unos períodos de sobreexcitación general durante los cuales "sufre violentos espasmos reflejos de la musculatura facial, laringo-faríngea, respiratoria e incluso de todo el cuerpo (...)" [122]. De forma refleja, tales espasmos se producen también ante muy diversos estímulos; una corriente de aire o un ruido pueden ser los detonantes, o el simple hecho de ver agua o un objeto brillante. Otras veces, o junto a estos, es un olor cualquiera el que ocasiona que el atacado por el virus rábico sufra unas crisis convulsivas muy duras, "durante las cuales amenaza la asfixia cayendo en una desesperación cruel" [123]. También la luz (fotofobia) puede provocar los espasmos en el enfermo, al igual que los espejos, ante los que no se pueden mirar por no tolerarlos. Tal es así que en tiempos pasados, para saber si un enfermo sufría de rabia o no le colocaban ante un espejo, a sabiendas, ante la creencia de que no sería capaz de mirarse ante él. Se ha comprobado que en un 50 % de los pacientes de rabia se da una disfagia o sensación de tirantez en la garganta. Muchos "sienten un gran dolor o sensación de constricción en

(121) Juan Gómez Alonso. *Los vampiros a la luz de la medicina*. Ed. Neuropress, 1995. Vigo.

(122) "Rabia y vampirismo en la Europa de los siglos XVIII y XIX". Tesis doctoral de Juan Gómez Alonso, 1992.

(123) Ibíd.

la garganta que les hace agarrarse a ella, mientras que son frecuentes los trastornos de la respiración que se vuelve penosa y oprimida... irregular, entrecortada por profundos suspiros" [124]. De los síntomas convulsivos mencionados en este párrafo puede hacerse una mejor idea el lector viendo algunas de las películas que sobre vampiros se han dirigido. Cuando en estas producciones el no muerto es alcanzado por la luz del sol, huele a ajo, se le amenaza mostrándole un objeto brillante como una cruz, se le clava una estaca...etc., parece presentar los mismos gestos y movimientos que puede llegar a mostrar un enfermo de rabia. Al parecer, estos espasmos son debidos a ataques de un exagerado terror, durante los cuales el paciente puede sufrir alucinaciones, agitación... llegando un momento en que la agresividad le hace mostrar sus dientes y gruñir como un perro para, hasta en un 25 % de los hombres rabiosos, tener tendencia a morder a los que le rodean, siendo buenos "ejemplos de agresión afectiva".

En el capítulo VII de la tesis se menciona cómo hubo una importante coincidencia histórica (siglo XVIII) de *la Edad de Oro* del vampirismo con una destacable presencia y difusión de la rabia en toda Europa. Bajo el título *Similitud Epidemiológica* el autor hace ver que tanto el vampirismo como la rabia afectan a hombres y animales, recordando que se trata de una zoonosis que además es isosintomática, es decir, que los síntomas son parecidos en los animales y en el hombre, similitud que pudo dar origen a la creencia de que el vampiro era capaz de convertirse o transformarse en diversos animales que también la padecen y transmiten, como el perro, el lobo o el murciélago, contrayendo éstos la forma furiosa de la rabia.

Gómez observa que en los documentos históricos no se menciona que los vampiros se convirtiesen en animales de cría, como bovinos, equinos, ovinos o caprinos, los cuales también contraen la rabia. Este hecho lo explica diciendo que estos animales son víctimas de la infección, pero no transmisores, ya que no atacan a otros. De ahí que, según la leyenda del vampiro, estos animales sean sólo sus víctimas y no un motivo para la transformación.

Los fenómenos postmórtem, según los cuales a tantos vampiros descubrieron, también obtienen una mención especial en la tesis del doctor Gómez. La incorruptibilidad y la flexibilidad de los cuerpos muertos hace un tiempo que son fenómenos explicables. Al igual que la fluidez de la sangre o la coloración de la piel. Aún es más, muestra cómo la rabia puede facilitar semejantes fenómenos, ya que una tercera parte de los infectados por el vi-

(124) "Rabia y vampirismo en la Europa de los siglos XVIII y XIX". Tesis doctoral de Juan Gómez Alonso, 1992.

rus rábico muere de asfixia, "ocasionada por un espasmo reflejo generalizado o por una parada respiratoria o en el curso de una crisis convulsiva (...)". La muerte por asfixia suele ocasionar que el cadáver expulse algo de sangre por sus orificios (por la boca, por ejemplo) y la fluidez sanguínea está bien documentada en el cadáver del rabioso, así como la semierección del pene con secreción de esperma (lo que pudo hacer pensar a las gentes en el interés del vampiro por el sexo), al igual que una buena conservación.

Es interesante el hecho de que el rabioso padezca de insomnio y que presente, cuando duerme, un "sueño agitado, inquieto y perturbado con delirios, sobresaltos y espasmos" [(125)] en el que puede mezclar alucinaciones visuales y auditivas; como la víctima del vampiro, que también suele sufrir, según las crónicas, de numerosas pesadillas nocturnas.

En la tesis también podemos encontrar (como muchos otros puntos que por el ya mencionado tema de la falta de espacio no podemos llegar a tratar), que el autor dice que el vampiro, "considerado como un ser errante que vaga alrededor del mundo" [(126)] se asemeja, también en este aspecto, al rabioso, en el que "son frecuentes los episodios de fuga y la tendencia a huir de su entorno habitual" [(127)].

Haciendo un repaso de los datos expuestos podríamos resumir que el doctor Gómez propone que aquello que los pueblerinos de algunas zonas de Europa llamaban "el mal del vampirismo" correspondía, desde una perspectiva médica, a una zoonosis. Una zoonosis que se transmitía, entre otras formas, por mordedura (dice que el vampirismo también se transmitía así). El virus rábico, tras su introducción en el organismo, elige distribuirse preferentemente por el sistema límbico, sobre el cual ocasiona un trastorno. Y un trastorno en el sistema límbico provoca agresividad (característica que para Gómez los vampiros mostraban en actos como atacar y morder). De semejante trastorno también se deriva una hipersexualidad. Y el autor, basándose en escritos de la época, dice que uno de los motivos por los cuales el vampiro salía de su tumba era por la atracción tan fuerte que sentía hacia el otro sexo. En algunas zonas se veía al vampiro más como un ser sexual que como otra cosa, cuestión ésta que también pudo estar originada por el hecho de que aquellas gentes estaban, sin saberlo, ante un rabioso, ya que entre éstos se encuentran casos de "excitación sexual con erección permanente, eyaculaciones varias, a veces dolorosas y cuando pueden cohabitan

(125) Juan Gómez Alonso. *Los vampiros a la luz de la medicina.* Ed. Neuropress, 1995. Vigo.

(126) "Rabia y vampirismo en la Europa de los siglos XVIII y XIX". Tesis doctoral de Juan Gómez Alonso, 1992.

(127) Ibíd.

varias veces al día" (128). Y si el vampiro atacaba de noche a la gente y al ganado era porque el enfermo de rabia (el supuesto vampiro) que actuaba así, al tener afectado el sistema límbico, había cambiado en él el ritmo normal vigilia-sueño, y acaba durmiendo de día para salir durante la noche. Pero no sólo esto, sino que la fotofobia, otra característica de la enfermedad que puede llegar a manifestarse, podía favorecer también su actividad nocturna. Según el explica Gómez, parte del folklore dice que los vampiros evitan mirarse en los espejos, cruzar corrientes de agua... y muestran aversión a sustancias olorosas como el ajo, el incienso o las rosas silvestres. Todos estos pequeños "defectos" de los vampiros servían a las personas para, de alguna manera, poder defenderse de ellos. Y en estos aspectos también hay similitud con los enfermos de rabia, pues éstos pueden mostrar, al igual que los supuestos vampiros, su prominente dentadura, y de hecho lo hacen, debido a la hipersensibilidad que muestran ante los diversos estímulos citados, capaces de producirles unos espasmos facio-laringo-faríngeos que dejan los dientes al descubierto, haciéndoles emitir "un sonido gutural, junto con una caída de espuma sanguinolenta por las comisuras bucales" (129). La rabia es conocida en terminología científica como hidrofobia, que significa miedo al agua; y el miedo del vampiro al agua, a cruzar corrientes de agua, parecía existir como creencia en algunas zonas. El autor vuelve a insistir más extensamente sobre las coincidencias ya mencionadas entre rabia y vampirismo. En primer lugar destaca la coincidencia histórica espacio-temporal, ya que hubo importantes epidemias de rabia, bien documentadas, en el siglo XVIII en los países balcánicos. Durante estas epidemias la gente y el ganado morían rápidamente. De forma similar al vampirismo, la rabia afectaba fundamentalmente a las zonas rurales y conducía a la muerte en pocos días, una vez que se había declarado la enfermedad. Por otra parte, también señala las similitudes que se dan en los fenómenos postmórtem. La ausencia de sepsis y la deshidratación que se presenta en el rabioso favorecen el retraso de la corrupción, y la muerte por asfixia permite que la sangre se mantenga fluida en el cadáver, que éste presente una buena coloración y una erección peneana.

Como conclusión final, el autor propone que el "vampiro" que aquellas gentes desenterraban y que tenía apariencia "como de vivo" (incorruptibilidad y otros fenómenos físicos) era diferente del "vampiro" que aquellas mismas gentes veían "reaparecer, hablar, infestar las aldeas y maltratar

(128) "Rabia y vampirismo en la Europa de los siglos XVIII y XIX". Tesis doctoral de Juan Gómez Alonso, 1992.

(129) Ibíd.

a los hombres y a los animales..." pero que, aun diferentes, los pueblerinos conectaban a ambos entre sí. "Los balcánicos creían que uno y otro eran el mismo sujeto (un vampiro) y que el segundo no era más que el primero «reaparecido» [130]. El doctor Gómez piensa que ambos "vampiros", el cadáver y el que era visto deambulando por el pueblo, no eran la misma entidad.

Por lo dicho, el autor bautiza a dos tipos diferentes de "vampiros". Al ocupante de la sepultura, aquel que era desenterrado y encontrándosele signos "evidentes" de vida era empalado y quemado, lo llama "vampiro yacente". Al otro, el que se le veía andar, correr y saltar, lo llama "vampiro errante".

Del "vampiro yacente" ya se ha dicho que era el cadáver de una persona que por el tipo de muerte, la época del año o la zona de tierra donde había sido enterrada, el cuerpo se mantenía en buen estado de conservación. Su apariencia "como de vivo" hizo pensar que efectivamente estaba vivo (ya se ha hablado de todos los fenómenos postmórtem que pueden dar lugar a tal apariencia). En cuanto al "vampiro errante" el autor dice que eran enfermos de rabia furiosa, ya que las descripciones de estos vampiros que eran vistos en el pueblo parecen coincidir, como ya hemos expuesto, con los síntomas y comportamientos del rabioso.

El doctor Gómez, adelantándose al lector, plantea: "¿Cómo pudieron pensar los aldeanos balcánicos que el hombre muerto podía haber causado aquellas calamidades que describían?". Es decir, "¿cómo pudieron llegar a pensar que el vampiro yacente y el vampiro errante eran el mismo ser?" [131]. El propio autor contesta diciendo que la única razón de tal conexión debió hacerse al encontrar en uno y en otro cosas en común, como la apariencia. Según los textos, cuando el "vampiro yaciente" era desenterrado se creía que había bebido sangre poque tenía la boca manchada del rojo líquido; al igual que el "vampiro errante" (el enfermo de rabia), que durante los ataques repentinos que sufría podía chorrearle por las comisuras bucales espuma sanguinolenta. O el volumen genital que mostraba el "vampiro yacente" (el cual daba a entender a los aldeanos la obsesión sexual del no muerto) y la llamativa hipersexualidad que mostraba el "vampiro errante" (el rabioso).

Para el autor, lo dicho no sólo explicaría el nacimiento de la leyenda del vampiro "sino que muy probablemente debió servir de base también a la leyenda del hombre lobo" [132].

(130) Juan Gómez Alonso. *Los vampiros a la luz de la medicina*. Ed. Neuropress, 1995. Vigo.
(131) Ibíd.
(132) Ibíd.

Comentarios sobre la tesis del doctor Gómez

La lectura de esta tesis ha suscitado en nosotros una serie de preguntas e interrogantes cuya respuesta no hemos hallado en la misma.

Una de ellas está en relación con la base de la teoría expuesta por el autor, según la cual el vampirismo debió de ser una "zoonosis que se transmitiera por mordedura". Como ya hemos introducido en el capítulo *La sangre* (la lectura de sus primeros párrafos completa este apartado del comentario de la tesis), los investigadores y tratadistas de la época, al relatar los casos por ellos investigados o recopilados en base a los rumores que de boca en boca se transmitían, no detallan ni describen a las víctimas de los vampiros con signos evidentes de haber sido mordidas. Se habló mucho de la palidez con la que quedaba la víctima del vampiro ¿por qué no se detalló también las marcas de dientes que tan fácilmente hubieran sido detectadas en las personas atacadas y/o muertas por un vampiro? (para este apartado tal vampiro sería, supuestamente, el enfermo de rabia). Las descripciones sobre marcas de dientes que el no muerto debería haber dejado sobre la víctima son mínimas, casi ninguna. Por ello, creemos que morder no era una acción típica de estos seres por la cual, y en un principio, se les identificase con facilidad. Sin embargo, Gómez tiene en cuenta esta característica tan marginal de los vampiros de antaño (los no contaminados por la literatura de ficción) y habla de ella como una de las bases de su tesis. Cuando Calmet habla de personas que "han muerto de vampirismo" ¿a qué se refiere exactamente? En el famoso caso de Arnold Paul el abad escribe que "(...) cuatro personas murieron súbitamente y de la manera que mueren, según la tradición del país, los que son perturbados por los vampiros" (133). Y líneas antes la única descripción que da de las víctimas atacadas por un vampiro es que éstas quedan extenuadas a ojos vista. En el caso mencionado, al igual que en muchos otros, se habla de que un vampiro estrangulaba o sofocaba a los aldeanos y que algunos de éstos morían tras "languidecer durante dos o tres días". ¿Por qué no se describió en este caso, como en muchos otros, las llamativas marcas de agresión física por mordedura que de forma evidente tenían que verse en las víctimas? El religioso también dice que los que han sido "vampiros pasivos" en vida se convierten en "vampiros activos" después de su muerte, es decir, "que los que han sido chupados chupan también a su vez". Insistimos, ¿por qué no se dice que los que han sido mordidos morderán? Uno de los signos habituales que revelaban que una persona había sido vampirizada no era encontrarla con alguna marca de un desagradable y vistoso mor-

(133) Augustin Calmet. *Tratado sobre los vampiros*. Ed. Mondadori, 1991. Madrid.

disco, o con magulladuras (posible resultado de haber sido atacado por un enfermo de rabia según Gómez), pues en caso de haber sido así se hubiera mencionado en las descripciones de los cuerpos desenterrados, y también en los de aquellos que por las noches eran atacados en sus casas.

Bien es verdad que en un caso en el que interviene el conde de Cabreras se dice que el vampiro chupó la sangre "del cuello a su propio hermano". Esto parece dar a entender, por la ocasional especificación de la zona corporal, que alguna marca tenía en dicha parte como presunto resultado del supuesto ataque vampírico; aunque sigue sin aclarar y detallar que fuese la marca de unos dientes. Al vampiro se le describe generalmente como un chupador de sangre. Pero nada se dice (nos referimos a nada claro) de cómo lleva a cabo tal extracción, como tampoco se habla de los restos de sangre que, tras haber sido mordida, deberían quedar en la víctima o en las sábanas de la cama.

En otros apartados, empero, nos encontramos que al *mal de vampirismo*, ya en 1733, se lo compara con la mordedura de un perro rabioso, el cual transmite su virus a la persona que muerde. Comparación que avala la conclusión del doctor Gómez, pero no por la teoría del mordisco, sino más bien por la transmisión epidémica del fenómeno.

Un creyente en los vampiros escribía, relatando un caso, que "la persona, después de haber sido chupada, se encontraba en un estado lamentable de languidez, cansancio y debilidad (...)" (134). ¿Por qué tampoco aquí habló de la marca que el mordisco del vampiro debería haber dejado en alguna parte del cuerpo? y más cuando líneas antes contaba que una sobrina de dicho vampiro había sido chupada "dos veces"; ¿por dónde?, ¿cuáles eran las marcas corporales que evidenciaban una succión de forma tan drástica como es a través de un mordisco? Este mismo creyente dice que "en el sitio en que esas personas son chupadas, se forma una mancha azulada;..." (135). Esta es la descripción más detallada sobre una lesión visible recibida tras sufrir el ataque de un reviniente que se encuentra en el libro de Calmet y, sorprendentemente, no hay mordisco ni descripción de marcas de dientes (en este apartado utilizamos como referencia casi continua el libro de Calmet porque Gómez lo considera un texto que ofrece una muy buena idea de lo que debió ser el vampirismo). Si hubiera sido un enfermo de rabia quien hubiera atacado a esas gentes las víctimas hubieran presentado otros síntomas físicos aparte de la conocida y repetida sofocación, delgadez, palidez y con-

(134) Augustin Calmet. *Tratado sobre los vampiros.* Ed. Mondadori, 1991. Madrid.
(135) Ibíd.

sunción; tal vez magulladuras físicas o, por qué no, los mordiscos propinados por el enfermo en un ataque de ansiedad. Pensamos que no hay evidencia suficiente del popular mordisco que el vampiro ejerce sobre su víctima con la intención de succionarle la sangre. Por ello, la afirmación de Gómez de "que el vampirismo debió ser una zoonosis que se transmitiera por mordedura" nos parece demasiado atrevida. Si bien en algunas descripciones de casos encontramos la palabra morder, resulta que éstas son mínimas; demasiado pocas como para hacer del mordisco un acto habitual y general de todas las variedades vampíricas de Europa central. Demasiado pocas, tal vez, para hacer del acto de morder el inicio y pilar de una tesis que pretende explicar todo el asunto de los vampiros.

Los síntomas del ataque vampírico solían incluir pesadillas, apariciones del difunto y la muerte repentina, o lenta en otros casos, de algún miembro de la familia, amigo de ésta o vecino del pueblo. La palidez y la sofocación solían ser comunes. Sin embargo, el verbo "morder" no aparece de forma mínimamente considerable en la literatura vampiresca de no ficción.

Creemos que morder para chupar la sangre de los vivos no era una de las características de los primeros vampiros, sino que el acto de morder les fue incorporado después. ¿Cuándo? Podríamos pensar que fue cuando al desenterrar los cuerpos los encontraban con signos aparentes de vida. Un cuerpo muerto no debería tener sangre, porque la sangre es la que da la vida. La conclusión de que el vampiro era un chupador de sangre pudo aparecer ante la pérdida de color y la palidez de algunas personas que primero enfermaban y después morían, junto con la coloración *bermeja* que algunos cadáveres mantenían durante cierto tiempo. El color de la piel siempre ha parecido ser, para los no doctos en medicina, un indicador de la cantidad de sangre corporal; y la aparente falta del fluido rojo en algunos enfermos (palidez), junto con el aspecto rojizo de algunos cadáveres, pudo hacer que ambos fenómenos se relacionasen entre sí, creyendo que uno perdía mientras otro se llenaba de sangre, y que ocurría así porque el segundo se la quitaba al primero. Esta seudorrelación abrió una laguna: ¿qué medios utilizaba un cadáver que salía de la tumba a molestar e incordiar a los vivos para extraer la sangre de los mismos? Esta laguna tardó en llenarse, siendo finalmente los dientes los elegidos; pero posiblemente no porque fuesen los más adecuados para dicha tarea, sino por, entre otras razones, el aspecto del cadáver al ser desenterrado. De éste se solía decir que le habían crecido las uñas, los cabellos y los dientes. ¿Fue esta descripción la que originó y favoreció la actitud mordedora de vampiro como método para extraer la sangre de los vivos? Los dientes están para morder, y si al vampiro desenterrado le habían crecido era para algo; para morder y, de esta manera, chupar la sangre de sus víctimas. No sabemos si este encadenamiento de hechos es el más correcto, pero bien es cierto que algo del mismo ocurrió. Y no olvidemos la relación entre el lobo y el vampiro que en algunos sitios se hizo, lo que también pudo contribuir al desarrollo de los dientes del no muerto (asemejándose así a los del mamífero carnicero) para morder y chupar la sangre de los vivos. Si el lobo utilizaba sus dientes cuando atacaba, el vampiro, que también podía convertirse en lobo (o aun sin esta conversión), haría lo mismo.

De esta forma, si bien el acto de morder logró formar parte de las características del vampiro (en gran parte gracias a Stoker), bien pudo no haber sido por el acto compulsivo del enfermo de rabia, como argumenta el doctor Gómez, pues las marcas sobre las víctimas no hubieran pasado desapercibidas para los testigos; sino por otras razones. Cuando el Dr.Gómez dice que "el vampirismo debió ser una zoonosis transmitida por mordedura", creemos que se basa más en una concepción moderna del vampiro (cinematográfica) que en los casos relatados por los investigadores de la época. A las pocas referencias sobre el acto de morder que las crónicas cuentan les da demasiada importancia, dando a entender que esas pocas referencias son ejemplo de generalidad cuando, por el contrario, no es así. No existe evidencia física general o regular de que los vampiros mordiesen a sus víctimas. Insistimos en que el instinto mordedor que Gómez dice que se despierta en los rabiosos, el cual lo asemeja al comportamiento de los vampiros de antaño, no habría pasado tan desapercibido en la descripción del comportamiento de los no muertos en caso de haber existido de forma predominante. Pero este autor incluso dice que el vampirismo se transmite "sistemáticamente mediante mordedura". Creemos que esta afirmación es la más extrema que sobre este asunto ofrece en su tesis, pues la palabra sistemática se refiere a que sigue y se ajusta a un sistema; y morder no es un acto sistemático que se pueda encontrar en los textos antiguos que relatan los acontecimientos sucedidos durante las epidemias de vampirismo.

Posteriormente, en su libro *Los vampiros a la luz de la medicina*, Gómez insiste en que un dato de verdadero interés que nos proporcionan los relatos clásicos es que "los atacados por los vampiros presentaban huellas de haber sido mordidos". Y más adelante, en otro apartado, dice que "quedó claramente establecido que los vampiros atacaban y mordían a personas (...)". No sabemos cómo ha podido llegar a esta conclusión, pues como ya hemos venido diciendo no hay evidencias suficientes que permitan lanzar tales afirmaciones, y tampoco el propio autor proporciona al lector las evidencias sobre las que se ha basado; es decir, no proporciona relatos de casos en los que se describan los signos de mordedura que un enfermo de rabia (un vampiro) debería de haber dejado sobre su víctima. Incluso había casos en los que los lugareños no encontraban marca alguna de vampirismo en las personas atacadas por un no muerto [(136)].

Ni siquiera el *Mercure Galant*, periódico de la época editado en París y el cual dedicó varios artículos al tema del vampirismo, habla de los mordiscos que las víctimas debieran haber recibido de los vampiros, ni hace mención de la actitud mordedora de éstos. Y en dos de los casos más conocidos, debido a los cuales se extendieron más rápidamente los rumores sobre la existencia de vampiros (los casos de Arnol Paul y Peter Plogojowitz), tampoco se habla de ello.

Por ello, si la rabia tuvo tan importante papel en el fenómeno del vampirismo como dice Gómez no fue porque esta enfermedad se transmitiera de humano a humano a través de mordiscos (dando así origen a la leyenda), sino porque el contagio de la misma tal vez se produjo de alguna otra forma; una forma en la que el acto de morder por parte del ser humano quedó reducido al mínimo.

La tesis habla de la característica expresión facial que el enfermo de rabia muestra cuando es expuesto a fuentes luminosas o reflectantes, como el espejo..., o cuando percibe olores fuertes como el del ajo; y asemeja esta expresión de horror a la del famoso actor de cine Christopher Lee cuando es alcanzado por la luz solar o al ser traspasado por una estaca de madera. Y dice que esto que se ve en el cine está basado en hechos relatados y recogidos por los cronistas. Pero sobre este apartado vuelve a suceder lo que con el mordisco.

¿Cómo es que algo tan común en los enfermos de rabia (las desgarradoras expresiones faciales de sufrimiento y ahogo en situaciones en las que se ven hiperexcitados) pasaron desapercibidas en la gran y casi totalidad de los relatos sobre vampiros que se escribieron? Un hecho que llama tanto la atención no deja de contarse. No olvidemos que cualquier cosa se exageraba, y que cada vez que se contaba solía destacarse lo más morboso del asunto. ¿Cómo es que este acontecimiento pasó por alto? El mismo Gómez dice que "las fuentes históricas sobre este aspecto son parcas en este tipo de descripciones", pero parece no darle importancia, y utiliza una cuestión no tratada ni relatada en la mayoría de los informes para relacionarla con la rabia.

(136) El lector puede encontrar alguno de estos casos en el libro de Calmet.

Creemos que ha vuelto a generalizar sobre algo, una descripción, poco común, poco frecuente. El doctor se escuda en que Bram Stoker, quien hace detalle de estos gestos faciales en su *Drácula*, se basó en una buena documentación sobre el vampiro legendario para escribir su novela. Pero creemos que ello no resuelve ni aclara este apartado.

Como ya hemos referido, son preguntas que han surgido en el transcurso de la lectura de la tesis del doctor. Y damos la razón al mismo de que las cuestiones planteadas en estas líneas, y otras que nos ayudarían a dar con la respuesta definitiva, podrían resolverse si salieran a la luz muchos de los documentos que existen en bibliotecas particulares, en parroquias y en zonas donde la creencia en vampiros más ha sobresalido.

* * *

Al final de la tesis, Gómez habla del "vampiro errante" y del "vampiro yacente", los cuales relaciona argumentando que uno fue confundido con el otro por los lugareños. Sobre el primero dice que fue un enfermo de rabia furiosa, y sobre el segundo, una persona muerta hacía días.

No se hace fácil entender cómo un individuo podía ser confundido, incluso por sus propios familiares (quienes mejor le conocían físicamente) con uno que estaba enterrado. Si todo el pueblo conocía a Fulano, enterrado hacía días, ¿cómo es posible que lo confundiesen con Mengano, enfermo de rabia, también conocido en el pueblo, y el cual no estaba muerto? Gómez contesta a esto diciendo que tanto el "errante" como el "yacente" mostraban cosas en común. Y si bien es verdad que parece que así es, nada se dice de que el vampiro pueda adoptar la forma de otra persona (pues si esta creencia hubiese estado extendida se podría entender mejor la relación entre el enterrado y el enfermo de rabia). Si un familiar nuestro se muere y días después nos encontramos con un enfurecido y agresivo enfermo de rabia, vecino y conocido del pueblo, diremos que nos hemos encontrado con el vecino enfermo porque lo hemos visto, y no con nuestro pariente.

Pero en muchas ocasiones los vampiros no eran vistos, simplemente se afirmaba su presencia por la muerte repentina y seguida de varios miembros de la comunidad. Ésto es una de las muchas razones por las que pudo atribuirsele a un difunto enterrado la provocación de enfermedades desconocidas o las acciones de otros. Aunque podríamos señalar también que Calmet, en las diversas ocasiones que describe a los vampiros dice: "(...) se aparecen con sus vestidos (...) vuelven con sus propios cuerpos; se les ve, se les conoce (...)". Textos éstos que parecen indicar que no había duda con respecto a las personas (supuestos vampiros) que los aldeanos decían ver. Acogiendo estas frases en su forma literal podríamos concluir que los pueblerinos no confundían al vecino enfermo de rabia con el familiar difunto, y que cuando decían ver a éste último, muerto hacía días, es que en verdad lo veían, pues se especifica que era *reconocido*. Pero como esto no es posible (a no ser que el supuesto muerto no lo estuviese de verdad) no tomaremos tales frases en su sentido literal y optaremos por pensar que tal descripción de los acontecimientos (el que se les *reconociera*) es otro detalle que certifica que las circunstancias que se daban en torno al vampirismo no eran evidencias y retratos fieles de lo que ocurría, sino que muchos episodios de los acontecimientos, simplemente se daban por supuestos, se daban por sobreentendidos. En el relato de los mismos tenía lugar así un mejor perfilado, un embellecimiento y un llenado de lagunas sobre los hechos, un mejor acabado que en realidad no existía.

Bien es cierto que estos pensamientos han surgido en una mentalidad del siglo XX, y que antiguamente todo parecía ser posible, dando la impresión de que, para algunos habitantes de ciertas zonas, no había motivo por el cual no creer en cualquier cosa. No importando que para ello tuviesen que decir que un difunto, levantado de la tumba, estaba merodeando por el lugar en busca de alguna víctima, aunque el origen de este rumor hubiese surgido por haber visto a un vecino en pleno ataque rabioso. Como dice el doctor Gómez, en principio nada tienen que ver el "vampiro yacente" con el "errante", pero la superstición y la necesidad de llenar las lagunas que presentan todos los mitos y leyendas, hizo que ambos estuviesen involucrados en el asunto.

Sin embargo, cuesta entender cómo es que si los enfermos de rabia eran los causantes de incordiar y atacar a la gente ¿por qué desaparecían sus manifestaciones rabiosas cuando los aldeanos desenterraban y acababan con el cadáver yacente en la tumba? En la mayoría de los casos los aldeanos dejaban de verse acechados por el no muerto cuando lo desenterraban y lo estacaban o quemaban. Si el causante real de todos los acontecimientos, de todos los ataques y de todas las muertes, era el enfermo de rabia, ¿por qué se detenían, generalmente, todos los fenómenos y todas las manifestaciones sólo actuando sobre un cuerpo enterrado? El rabioso seguía padeciendo su rabia, por lo que tales manifestaciones no deberían haber dejado de darse con sólo rematar al muerto en el cementerio. Esta cuestión, que tiene muchas respuestas (algunas ya mencionadas) parece tener que ver, mucho más, con la psicología del fenómeno que con una enfermedad.

Conclusión

Paul Barber tiene razón al decir que "un hecho da lugar a múltiples formas folklóricas". Pero, aunque así sea, en el caso de los vampiros ¿de qué *hecho* se trata? ¿qué *hecho* es ese a partir del cual se ha formado la leyenda del vampiro?, ¿la incorruptibilidad del cuerpo nada más, como sugieren algunos?, ¿la manifestación de algún tipo de enfermedad solamente?, ¿cuál?, ¿algún caso de porfiria, de anemia, de rabia... una epidemia de peste?, ¿o fueron los enterramientos prematuros? Es verdad que un hecho da lugar a múltiples formas folklóricas pero en el caso de los vampiros es muy difícil determinar cuál fue ese hecho, diferenciarlo y separarlo de los demás. Sí, es verdad que hubo hechos que tuvieron un papel más importante que otros ¿pero cuál de ellos es el protagonista que, como dice Barber, dio lugar a "múltiples formas folklóricas"? Como venimos diciendo, es posible que en el caso de los vampiros no fuese un hecho nada más, concreto, localizado y separado de otros el que diese origen al nacimiento del vampiro, sino "varios" hechos, sucesos o acontecimientos los que, combinados por analogías remotas o seudorrazonamientos, diesen lugar o se ramificasen, a su vez, en varias o múltiples formas folklóricas, creando así la leyenda del no muerto. Es posible, por tanto, que el origen del vampirismo deba ser considerado como multifactorial, es decir, de una procedencia donde fueron muchos los factores que, combinados entre sí, intervinieron en su nacimiento.

Los niños pequeños, ¿también eran víctimas de los vampiros?

Muchos de los tipos de vampiros descritos en el capítulo *Vestigios de vampirismo en la antigüedad* se alimentaban, con preferencia, de la sangre de niños (al menos eso decían los temerosos creyentes). Tal es así que muchos autores han llegado a formular que el vampirismo es el resultado de los numerosos problemas que en otros tiempos se daban en el embarazo, en el nacimiento y en las semanas posteriores e inmediatas a éste. La lamia, la *strix*, el *alp*, el *adze*, el *obayifo*, el *pontianak* y otras modalidades vampíricas que existían en la creencia general de los distintos pueblos sentían especial debilidad por las almas y la sangre de los niños y recién nacidos. Como consecuencia, para los neonatos también había rituales de protección que pretendían evitar estas muertes prematuras ocasionadas por entidades malignas (Publio Ovidio, en su *Fastos*, habla de uno de estos rituales para proteger y/o curar a los pequeños de los ataques de las *striges*).

Ya que estamos en un capítulo en el que se aborda la posibilidad de que la creencia en vampiros estuviese alimentada por la aparición de enfermedades y la correspondiente mala interpretación de las mismas, una de las primeras respuestas evidentes a la pregunta que da título a este apartado es que los niños también podían contraer enfermedades por las cuales fallecer. Los jóvenes, al igual que los adultos, tienen y tenían un riesgo de adquirir y manifestar alteraciones de la salud más o menos graves, incluso mortales.

Los recién nacidos solían ser las víctimas preferidas y más sabrosas para las entidades vampíricas de algunas zonas. Y si bien se puede aceptar la alta mortalidad que antiguamente acechaba a los neonatos, no aceptaremos por ello la explicación que se daba a tales muertes, es decir, no aceptaremos que fuese un vampiro quien acabara con sus cortas vidas.

Para ello tenemos que considerar las numerosas causas por las cuales un recién nacido puede fallecer. Una de ellas es la asfixia o apnea neonatal. Se trata de una suspensión o falta de la respiración espontánea. Requiere reanimación inmediata para minimizar los riesgos de lesión cerebral y de muerte. Un niño muerto asfixiado, como cualquier adulto muerto por privación de oxígeno, tiende a sangrar. Y esa sangre pudo haber sido interpretada como los restos que el vampiro había dejado al haber estado succionándole el fluido de la vida.

Cuando un lactante era dejado en la cuna por sus padres al anochecer y al día siguiente lo encontraban muerto, sin ninguna causa natural que conociesen y que justificase tal muerte súbita, tendían y se inclinaban a buscar a un culpable para que la incomprensión del suceso no se convirtiese en una interrogante durante el resto de sus vidas. El culpable solía ser algún vampiro de la zona. Las muertes por apnea prolongada durante el sueño suelen darse con mayor incidencia entre los dos, cuatro y seis meses de vida.

Recientemente, el Instituto Estadounidense de Salud Infantil y Desarrollo Humano (NICHD) ha terminado de realizar un estudio en el que apoya la recomendación que ya desde 1992 viene haciendo la Academia Norteamericana de Pediatría, a saber, que los bebés duerman de costado o boca arriba, ya que la postura boca abajo parece tener una mayor incidencia sobre la muerte súbita.

Se decía que algunos neonatos habían recibido ataques nocturnos de vampiros, sin llegar a morir. Y esta creencia también puede tener su explicación médica, pues los bebés suelen sufrir transtornos hemorrágicos en los primeros días de vida a causa de un déficit, por lo que pueden sangrar del ombligo, del intestino, de la nariz... Incluso también existe la llamada "coagulación intravascular diseminada", más grave y menos frecuente, por la cual suelen aparecer también hemorragias espontáneas. Éstas, ante la falta de conocimientos médicos que las explicasen, pudieron hacer pensar a la gente de aquella época que algún ser maligno se dedicaba a extraer la sangre de los recién nacidos.

Estamos hablando de la posibilidad de que un recién nacido pueda sangrar y que debido a este hecho se crea que está siendo atacado por un vampiro, por lo que estamos hablando sobre casos supuestos. No olvidemos que los tratados de la época no hacen mención de que las víctimas de un reciente ataque vampírico estuvieran manchadas de sangre. Además de que los informes de la época que exponen el tema de los vampiros no hablan de casos en los que las víctimas protagonistas fuesen niños. La creencia de que los niños también eran atacados por vampiros era marginal, o por lo menos secundaria dentro de la zona europea que estamos tratando (hablamos de forma general). De lo contrario habría más referencias, más casos, más historias. Hemos introducido este punto para dar unas cuantas explicaciones de cómo pudo surgir o alimentarse la creencia de otro tipo de entidades vampíricas como la Strix, la Lamia, el Adze, el Obayifo, el Pennanggalan, el Langsuir o la Bruxa, y no con referencia al vampiro que hemos estado tratando en este capítulo y en el titulado *El vampiro sobrenatural*. El vampiro del que habla Calmet y otros investigadores de la época no cometía infanticidios, por lo menos no de forma llamativa.

Los problemas surgidos durante el embarazo, el parto y los primeros meses de vida del recién nacido pudieron contribuir al nacimiento, mantenimiento, enriquecimiento y ramificación de las características de los maléficos seres del más allá que cada región albergaba en su interior.

Recordemos también que en algunas zonas existían, además, los futuros vampiros. Personas de las que, por "evidencias" mostradas durante el embarazo o los primeros meses de vida, se creía que tras su muerte se convertirían en vampiros. Niños nacidos con dientes, por ejemplo, estaban destinados a ser vampiros cuando ya de mayores muriesen. Era el caso del Vjesczi, un ser vampírico de Polonia, o el Ohyn. Sin embargo, médicamente está comprobado que algunos bebés pueden nacer con dientes o quistes de inclusión (encía), siendo en realidad cúmulos de queratina, que son absorbidos, drenados.

Otra "evidencia" que hablaba a aquellas gentes de que un recién nacido llegaría a ser un vampiro tras su muerte, era que saliese del útero de la madre envuelto en la membrana amniótica (en Alemania, por ejemplo, era una de las muchas explicaciones que daban a la existencia de su vampiro, el Nachtzehrer; aunque el origen de éste podía ser variado). Pero hoy en día los médicos ven normal que un niño pueda nacer rodeado de dicha membrana (se dice que en otras zonas, y en otras épocas, nacer envuelto en la menbrana amniótica, la cual era llamada "capucha de la suerte", significaba que el niño estaba predestinado a la felicidad).

Comprobamos, con lo dicho aquí y en otros apartados, que cualquier anormalidad no entendida era motivo de especulación sobre la posibilidad de una intervención maligna en la misma.

Bien es verdad que estos vampiros infantiles nunca adquirieron relevancia alguna en las epidemias de vampirismo; los grandes casos no están protagonizados por ellos. Sin embargo es importante que no los olvidemos, pues creemos que todos los aspectos del tema deben tenerse en cuenta si deseamos llegar a aclarar el mecanismo de su engranaje.

La *hematodixia*

Hasta casi la finalización de este libro pensábamos que este apartado sólo iba a interesar en este país. La razón es que fuera de España parecía no conocerse una enfermedad con los síntomas que ésta muestra. Tampoco parecía que hubiese nadie que intentara hacerla pasar por una enfermedad que tiene relación con el vampirismo. Pero para nuestra sorpresa, pudimos estar con personas que, por ejemplo en Inglaterra, la "conocían". Cuál sería nuevamente nuestra sorpresa cuando, interrogando a estas personas sobre tan extraña patología, resultó que sabían menos de lo que sobre ella se dice en la península. Pero tanto fuera como dentro de España no hay médicos que la conozcan; ni con ese nombre ni los síntomas de la misma.

Este apartado pretende aclarar una serie de "rumores" (han llegado a ser algo más que rumores) que han fomentado la confusión.

En su día se "creó" una clase especial de vampiros, los denominados "vampiros nacidos", llamados así por haber venido al mundo con una supuesta enfermedad (la *hematodixia* o *hematodipsia*) que, tal y como se llegó a asegurar en ciertas declaraciones, las personas que la padecen tienen que ingerir sangre en su dieta habitual para mantener así un ritmo de vida adecuado.

Nos llevó un tiempo no corto llegar a la conclusión (mucha gente nos indicó el camino) de que la existencia de este "vampiro", tal y como se le definió en su día y con las características que se le atribuyeron, no existe.

Todo comienza con las declaraciones y publicaciones de varios señores afirmando que el "vampiro nacido" es un individuo igual a nosotros en el aspecto de que no puede atravesar las paredes, se refleja perfectamente en los espejos, come ajos... "pero se diferencia de nosotros en algo muy particular, y es que a nivel metabólico él necesita mucha más cantidad de sangre que nosotros. El vampiro nacido tiene que ingerir, aunque sea a través de los alimentos, una cantidad bastante sustanciosa de sangre" [137].

(137) Programa radiofónico *Espacio en Blanco*, dirigido y presentado por Miguel Blanco.

En una entrevista que la conocida revista española *Interviú* hizo a Angel Gordon, el principal divulgador de esta "enfermedad", éste dijo que esta clase de vampiros sufrían la enfermedad de la hematodixia, añadiendo que era una enfermedad hereditaria debida a una malformación genética que no necesariamente pasa de padres a hijos, sino que puede heredarse al cabo de dos, tres o cuatro generaciones.

La razón de esta enfermedad hemática, según este mismo señor, no parece estar muy clara: "Las investigaciones científicas no están todavía concluidas, se trata de una alteración metabólica del organismo, que necesita regenerar la sangre con frecuencia. El caso es curioso porque, según tengo entendido, la sangre que toman la diluyen en seguida por la orina, no como nosotros, que la aprovecharíamos como alimento si la tomáramos" (138).

Gordon, ayudado por, según dice, un médico que conoce la enfermedad, tiene recogidos seis casos de *hematodixios*. En su día (hace ya diez años), cinco de ellos se encontraban bajo tratamiento médico en un hospital barcelonés. Allí eran "alimentados a base de plasma, que se alterna con comida normal, con el fin de corregir su metabolismo, ya que al parecer ésta es la única curación. Hay un plazo que se cumple el próximo año: si no ha habido éxito, esta enfermedad puede quedar en los textos médicos como incurable... al menos de momento" (139).

Este mismo señor propone que en la Edad Media se pudo confundir al vampiro no muerto (vampiro sobrenatural) con el "vampiro nacido" (el enfermo de *hematodixia*). Pero pasemos a analizar brevemente algunos de los síntomas característicos que, se dice, presentan las personas que padecen esta supuesta enfermedad.

Se dijo en su día que les gustaban mucho los dulces, pues parece que llevan sustancias nutritivas que les hace bien a la sangre. También les encantan las comidas picantes, copiosas. Pero detestan algunas frutas, como la manzana y la naranja, debido al ácido que contienen, que ataca a su metabolismo. El pescado, el marisco, las legumbres y el alcohol son alimentos que tampoco prueban. Se añadió, además, que "su volumen globular es muy diferente al nuestro. Algunos de ellos tienen 16 millones de glóbulos rojos mientras que tú o yo tenemos unos cinco millones" (140). Se dijo, además, que estos "vampiros nacidos" tenían "una facultad muy especial": la de atemperar su cuerpo a la temperatura ambiente, no pasando por ello ni frío

(138) Programa radiofónico *Espacio en Blanco*, dirigido y presentado por Miguel Blanco.
(139) Revista *Interviu*.
(140) Programa radiofónico *Espacio en Blanco*, dirigido y presentado por Miguel Blanco.

ni calor. Son capaces de llevar puestos un abrigo a cuarenta grados de temperatura o de de estar en mangas de camisa en pleno invierno.

A pesar de todos estos detalles, después de diez años de estas declaraciones, y antes de las mismas, no hemos podido encontrar ningún texto médico que recogiese una enfermedad con el nombre de *hematodixia* o *hematodipsia*, ni siquiera la reunión de los síntomas que describe. El caso es que después de estas declaraciones de las cuales su autor no se ha retractado, y de otras que ya mencionaremos, nadie ha vuelto a hacer alusión, de forma seria, de tal enfermedad. Sólo en cuatro libros (141) la hemos visto mencionada (junto a sus características), y el autor de uno de ellos nos dijo que lo escrito en el suyo sobre la *hematodixia* es un error; que lo escribió en su día al hacerse eco de los rumores que sobre ésta se habían dejado correr, pero que después de haber investigado a fondo por cuenta propia se encontró con que la mayoría de lo que se ha dicho del "vampiro nacido" y la misteriosa enfermedad con la que estaba relacionado no existe, empezando por el nombre de la misma, un nombre que no está registrado oficialmente ni es manejado por los hematólogos (142).

Y así parece ser, ya que se han escrito muchas cosas de vampiros en estos últimos diez años (incluyendo tesis doctorales) y ninguna menciona la enfermedad de la *hematodixia* atribuyéndole las características mencionadas (y otras que quedan), ni tampoco como origen del vampirismo. En primer lugar porque *hematodixia* es un término descriptivo que lleva a la confusión, pues alude a un número muy diferente de personas. *Hematodixia* (o *hematodipsia*) viene a significar o a querer decir "sed o necesidad de sangre". Bajo esta definición muchos de los individuos mencionados en el capítulo *Vampiro psicológico* también serían *hematodixios*. Y en caso de que esta sed o necesidad de sangre que caracteriza a esta extraña enfermedad fuese una necesidad fisiológica debido a una verdadera necesidad del organismo por la ingestión o transfusión del fluido habría muchas afecciones por mencio-

(141) Tales libros son: *El gran libro de los vampiros*, de Angel Gordon; *Vampirismo, magia póstuma de los no-muertos*, de Miguel G. Aracil; *Vampiros: magia póstuma dentro y fuera de España*, de Ardanuy, Ferrán y Flo; y *The Highgate Vampire*, de Sean Manchester. No descartamos la posibilidad de que tal "enfermedad" sea mencionada también en otros muchos ejemplares, aunque no en textos de medicina. F. Cortés, en su libro *Vampirismo: un mito desvelado*, también habla de la "hematodipsia", pero lo hace como si un transtorno psicológico se tratase, sin esas implicaciones físicas que Angel Gordon le atribuye.

(142) Miguel G. Aracil escribió el libro *Vampirismo, magia póstuma de los no-muertos*. En el mismo se menciona la enfermedad de la *hematodipsia*. Más tarde pudo darse cuenta de que había sido engañado por los rumores que circulaban sobre ella, y actualmente afirma que todo lo relacionado con este asunto es invención de Angel Gordon.

nar, ya que son muchas las hemopatías que hacen que quienes las padecen necesiten sangre para su curación. El término *hematodixia*, como vemos, tanto se puede aplicar para una enfermedad física como psicológica.

Pero no sólo es confuso el término aplicado a esta enfermedad física. Centrémonos sobre los peculiares síntomas (ya mencionados algunos) que se le atribuyen a la misma, ya que las conversaciones que hemos mantenido con hematólogos pueden aportar algo de claridad, y también de seriedad, a este asunto.

Se dice que los enfermos de *hematodixia* pueden llegar a tener hasta 16 millones de glóbulos rojos en la sangre. Sin embargo, los médicos consultados se asombraron de tal afirmación, ya que los enfermos que más glóbulos rojos tienen son los que padecen alguna policitemia vera [143], con siete millones como mucho. Los hematólogos añaden que nadie puede tener 16 millones de glóbulos rojos, ya que moriría por viscosidad de la sangre, añadiendo que aquellas personas que padecen algún tipo de poliglobulia [144] lo que menos les hace falta es sangre; todo lo contrario, a las personas que padecen alguna policitemia [145] incluso se les extrae sangre, necesitan sangrías.

Otra de las supuestas características de la supuesta enfermedad de la *hematodixia* es que quienes la padecen tienen un pulso elevadísimo. Sin embargo, esto se contradice con su supuesto excesivo volumen globular. Es decir, la persona que tiene un pulso elevado es porque tiene pocos glóbulos rojos en la sangre, razón por la cual está más taquicárdica, ya que su corazón tiene que bombear la sangre más veces para que los glóbulos lleguen a todos los rincones del cuerpo.

Como vemos, sólo hemos expuesto dos de los síntomas de la *hematodixia* y ya se ha podido observar la inexistencia del primero de ellos (no hay personas con 16 millones de glóbulos rojos), además de la incompatibilidad entre los dos, dejando bien claro la imposibilidad de encontrarse al mismo tiempo en una misma persona.

No nos extenderemos sobre las demás características atribuidas a dicha enfermedad, pero sí diremos que unas corresponden a una determinada enfermedad y otras a otra (u otras).

(143) Policitemia vera o primaria: transtorno caracterizado por un notable aumento en el número de hematíes, hematocito, hemoglobina, leucocitos, plaquetas y volumen sanguíneo total.

(144) Poliglobulia: aumento de la masa globular total del organismo, con un aumento de los glóbulos rojos superior a seis millones por milímetro cúbico o una tasa de hemoglobina superior a 18g/dl.

(145) Policitemia: aumento anormal del número de eritrocitos en sangre. Puede deberse a una enfermedad pulmonar, a una cardiopatía o a la exposición prolongada a grandes altitudes.

Cuando preguntábamos a los médicos encargados de la sección de hematología si todos los síntomas descritos podían aparecer en una enfermedad y en una misma persona nos decían que si tal enfermedad existía (cosa que dudaban) ellos no la conocían, añadiendo que toda esta "historia" les sonaba a cuento y a farsa. Algunos incluso se vieron molestos cuando les planteamos este asunto de la *hematodixia*, para ellos totalmente ridícula, opinión que compartimos. Aunque no sabemos si el divulgador principal en España de esta "enfermedad", Angel Gordon, se la inventó con la pretensión de tapar uno de los muchos huecos que existen en el vampirismo, oyó campanas y no supo dónde, o todo fue fruto de una confusión, de una equivocación que más tarde no ha querido reconocer. Nos inclinamos a pensar que, entre otras cuestiones, Angel Gordon se limitó a copiar y hacerse propios los textos que Lajos Gyula expone en su libro *Historia natural de los vampiros* cuando habla del profesor Bekecz. Pero esto no es todo. A estos supuestos enfermos de *hematodixia*, enfermedad también supuesta, se les atribuyen, además, características de comportamiento. Se dice de ellos que les encanta la música fúnebre, los días lluviosos y nubosos, y que son muy nerviosos, lujuriosos, con una gran carga erótica, que generalmente son homosexuales y que suelen tener los caninos más desarrollados.

Si bien es cierto que ciertas enfermedades físicas pueden condicionar la psicología de quienes las padecen, lo expuesto en estas líneas –que sólo es un extracto, porque hay más– nos parece exagerado y ridículo. Un tal profesor Bekecz incluso decía que en la biblioteca de uno de estos "vampiros nacidos" sólo encontraremos libros de terror, y que además son individuos de gran inteligencia y astucia, que nunca encontraremos a un "vampiro nacido" (enfermo de *hematodixia*) entre gente inculta e ignorante.

Pensamos que en este asunto mucha gente ha confundido el tocino con la velocidad y que, por lo único que podría ser tomada en serio esta cuestión es porque Angel Gordon dice que seis personas han sido tratadas de esta supuesta dolencia en un hospital de Barcelona por personal médico. Pero nosotros no hemos logrado encontrar a ese personal, ni siquiera el hospital barcelonés donde supuestamente son tratadas estas personas que tienen *hematodixia*. Tampoco fuera de Barcelona, en España, hemos encontrado a pacientes con una enfermedad llamada así ni con una semejante que reuniera tales síntomas; tampoco entre el personal médico de otros países.

* * *

Nota: En una conversación telefónica que mantuvimos con el mayor divulgador de esta "enfermedad", Angel Gordon, le expresamos nuestro desconcierto por no haber encontrado ningún médico que la conociese, a lo cual repuso que no debíamos preguntar por la *hematodixia*, ya que muchos médicos no la conocían por ese nombre, sino que debíamos preguntar por sus síntomas, sobre todo por el excesivo número de glóbulos rojos que estos "enfermos" padecen. En la misma conversación nos aseguró que nos haría llegar un análisis de sangre de uno de estos individuos enfermos de *hematodixia*, pero todavía estamos esperándolo.

En 1995, este señor seguía hablando de ella y de sus síntomas sin ofrecer a los investigadores que estamos interesados ninguna prueba de su existencia, ni análisis de sangre ni ningún tipo de material que confirme sus afirmaciones. Nos preguntamos si alguien más, aparte de él, conoce a esos supuestos pacientes con esa supuesta enfermedad.

Vestigios de vampirismo en la antigüedad

"Algunos dicen que cerca del final en este período, los Antediluvianos surgieron de sus escondrijos y chuparon la sangre de toda mi especie, pero cada uno dejando un progenitor de su linaje (...)".
Mark Rein Hagen (*Vampiro. La Mascarada*).

"Creo, en efecto, que gran parte de aquella concepción mitológica del mundo que perdura aún en la entraña de las religiones más modernas no es otra cosa que psicología proyectada en el mundo exterior".
Sigmund Freud (*Psicopatología de la vida cotidiana*).

En el capítulo titulado *Vampirismo: ¿se trataba de una enfermedad?* hemos hablado de enfermedades que por la sintomatología que presentaban bien pudieron colaborar en el origen y mantenimiento de la leyenda/mito del vampiro. Sin embargo, no menos cierto es que para que un hecho, como es una enfermedad o cualquier otro fenómeno físico, se desarrolle y ramifique hasta formar una determinada leyenda debe de haber, previamente, una predisposición psicológica que enfoque (o facilite) el acontecimiento en esa determinada dirección. ¿Cuál es esa predisposición psicológica?, ¿de qué se trata?, ¿de qué inclinación psicológica previa estamos hablando en el caso del vampirismo? El "suelo", la "tierra", tiene que encontrarse preparada para que algo se propague, y es posible que esa predisposición psicológica, esa "tierra" adecuada, debamos buscarla en fuentes antropológicas y psicoanalíticas. Una vez dentro de esas fuentes, debemos preguntarnos qué motivaciones psíquicas dieron lugar a la aceptación, por parte de individuos y colectivos, de la imagen de temibles figuras que, bajo su forma o transformándose en lobos, perros, murciélagos o niebla... salían de sus tumbas para chupar la sangre de los vivos. Y es que el estudio de las leyendas no puede ni debe separarse del estudio de la mente humana.

Los vampiros y el tabú hacia los muertos

Es posible que el particular miedo que las gentes de Europa central sentían ante la idea del vampiro formase parte, pueda incluirse dentro, o haya recibido apoyo del tabú general hacia los muertos que, a lo largo de la historia, han mostrado y siguen mostrando casi todos los pueblos; incluso hay quien dice que es un sentimiento de aversión prácticamente universal (aunque también se habla del miedo a la noche, a la oscuridad y a la muerte en general como colaboradores del origen y mantenimiento del mito). Intentemos pues ver la relación de ese miedo general a los muertos y el origen de los vampiros.

El tabú (del polinesio *tapu:* "sagrado y prohibido") suele ser una prohibición de carácter mágico-religioso. Puede afectar a personas, animales, cosas, lugares o circunstancias. Y a pesar de ser propio de los pueblos primitivos (al menos existen más estudios), no por ello deja de estar presente también en la moderna civilización, aunque a veces camuflado (en la actualidad, este término se ha generalizado y es aplicado a todo lo que se considera prohibido por alguna razón, no forzosamente mágica, religiosa o sagrada).

Lo que es tabú no puede tocarse, por ejemplo, o ser mirado o nombrado; es como si estuviera vedado en algún sentido. "Tabú es algo que [por lo general] espanta entrar en contacto con ello, porque por su contacto tenemos efectos desagradables" [146]. Se dice que el tabú tiene un fundamento animista y que puede presentar doble aspecto: el de una cosa sagrada o el de una cosa maléfica/impura (ambos aspectos se manifiestan en prohibiciones y restricciones, siendo el temor un sentimiento general mostrado hacia el tabú). La doble significación debió servir "para designar una cierta ambivalencia y todo aquello que de tal ambivalencia se deducía o a ella se enlazaba" [147].

El tabú de los muertos forma parte, más que de otro, del aspecto maléfico/impuro. Es decir, los muertos han sido, casi siempre, considerados como enemigos, o por lo menos siempre despertaron sentimientos ambivalentes, y por ello se formó su tabú.

En la mayor parte de los pueblos primitivos este tabú hacia los muertos se manifiesta primeramente en las consecuencias que el contacto con ellos trae consigo y en el trato "especial" de que son objeto las personas afines al individuo fallecido. En numerosos grupos, aquella persona que toca al muerto es considerada como "impura", como si tal contacto la hubiese en-

(146) V. E. Freiherr Von Gebsattel. *Antropología médica*. Ed. Rialp, 1966. Madrid.
(147) Sigmund Freud. *Tótem y tabú*. Alianza Editoral, 1968. Madrid.

suciado; por eso nadie hablará con ella durante cierto periodo de tiempo. Todo lo que toque el individuo "impuro" lo convertirá también en impuro. Un hombre "contaminado" así por tocar a un muerto tampoco deberá tocar los alimentos que debe ingerir, por lo que para llevarse la comida a la boca sólo utilizará los labios (aunque puede ser alimentado por otra persona, la cual deberá tener extremo cuidado en no tocar a la "impura"). En estas condiciones permanece el individuo "contaminado" hasta que se considera que ya se ha "limpiado" para volver a la vida normal. En Tonga, por ejemplo, el "periodo de limpieza" a consecuencia de haber tocado a un muerto puede durar diez meses. También en la Biblia se regula el contacto con los cuerpos muertos. Bajo la ley mosaica, tocar una bestia muerta dejaba impura a la persona por todo un día, y tocar a un hombre muerto significaba permanecer impuro durante una semana, siendo necesaria una ceremonia de purificación más complicada.

Otro tabú relacionado con los muertos consiste en la actitud de la comunidad hacia los familiares del difunto. En algunos lugares, durante una semana, la viuda sólo podrá salir de la cabaña por la noche, cuando no hay peligro de que se encuentre con ningún vecino, pues el que la ve corre el riesgo de morir. En otros territorios el "periodo de luto" consiste también en el aislamiento de los viudos y viudas, a los que nadie se acercará, evitando que la sombra de la persona que guarda luto se proyecte sobre ellos, pues caerían enfermos.

Entre otros tabúes hacia los muertos, que a veces forman parte del periodo de luto, estaría el de la prohibición de pronunciar el nombre del difunto. Frazer dice que esta costumbre fue común entre los albanes del Cáucaso, afirmando que muchas tribus salvajes de hoy en día siguen con ella, y que los aborígenes australianos la mantienen con rigidez. Es como si nombrarlo formase parte de un conjuro para llamarlo, llamada que atendería y haría que el espíritu se presentase. La abstención de pronunciar el nombre del difunto se debe al temor de evocar con ello su espíritu. Frazer dice que los aborígenes de Victoria muy raramente hablan de los muertos o pronuncian sus nombres, porque "hablar de ellos nombrándolos se suponía que excitaba la malignidad de Cuit-gil, el espíritu del que se fue, que ronda por la tierra algún tiempo antes de marcharse para siempre hacia el Sol poniente" [(148)]. Entre las tribus de Australia nadie pronuncia el nombre del fallecido "por temor a alterar y molestar al espíritu del hombre que está por allí girovagando en forma fantasmal. Si el espíritu oye mencionar su nombre deduce

(148) William Frazer. *La rama dorada*. Fondo de Cultura Económico, 1981. México.

que sus familiares no le guardan luto debidamente; si su tristeza fuera genuina no andaría rodando su nombre entre ellos. Afectado por tal indiferencia exenta de piedad, el indignado espíritu volverá para perturbarles el sueño" (149). El temor de dicha presencia hace que los vivos se preocupen por evitar todo lo que pueda provocarla.

* * *

Ese tabú hacia los muertos, ese sentimiento hostil que, primitivamente se pensaba, tenían los muertos hacia los vivos, no sólo estuvo presente en "épocas primitivas" de la evolución del hombre. Las razones pueden variar, pero ese miedo a los muertos ha acompañado al hombre desde el principio hasta nuestros días.

En los siglos XVII y XVIII, período de máxima aceptación de la existencia de los vampiros, también se mantenían rituales y creencias que hablaban claramente del miedo, mantenido de tiempos anteriores, que se sentía hacia los muertos; y también del pensamiento general de que éstos querían llevarse a los vivos a su mundo. Uno de estos actos o gestos es el de cerrar los ojos a la persona nada más fallecer. Esta acción era llevada a cabo rápidamente, antes de que la rigidez muscular impidiese juntarle los párpados, pues un retraso vidriaría su mirada, prestándole esa fijeza temida de los vivos, que se creen llamados por él.

Además, el deseo de que los muertos no regresen al hogar se mantuvo también vigente bajo diversos tipos de acciones. En Andalucía, por ejemplo, besaban los zapatos que el muerto llevaba puestos en la sepultura para impedir su posterior aparición.

Enrique Casas Gaspar también dice que "el miedo a las ánimas ha inspirado en todo el universo un sinfín de medidas defensivas" (150). Al igual que los primitivos, el hombre del medievo también reflejaba ese miedo en los actos que llevaba a cabo, haciéndose lo posible para que el alma del recién fallecido partiera hacia su destino lo más rápidamente posible. El deseo de que el alma no se quedara entre los vivos provocaba que hubiese numerosos métodos practicados para facilitar su partida; como el de abrir las ventanas y balcones para que el alma pudiese marcharse, cerrándose después para impedir su temido regreso. "En las Vascongadas quitan una teja para que pase el alma al cielo (...) El cadáver es sacado con los pies por delante (...)

---

(149) William Frazer. *La rama dorada*. Fondo de Cultura Económico, 1981. México.
(150) Enrique Casas Gaspar. *Costumbres españolas*.

Todo el mundo se descubre y habla con elogio del muerto, a quien se adula por miedo a su venganza" (151). Recuerde el lector que ya no estamos hablando de sociedades primitivas, sino de prácticas muchas de las cuales se han mantenido hasta hace un par de siglos.

La ancestral creencia de que el muerto quiere llevarse a su mundo lo que en vida le perteneció, incluso familiares, también estuvo vigente hasta hace un par de siglos. Por ejemplo, en Galicia se soltaba al campo todo el ganado del hogar antes de sacar el cadáver del dueño. "Persiste, como se ve, la creencia antediluviana de que el muerto quiere llevarse lo que es suyo al otro mundo" (152).

El miedo que provocaba la posibilidad de que el muerto regresase a casa una vez enterrado hizo que en algunos lugares fuese frecuente orientar al cadáver de forma que quedase "opuesto a su casa, así se dificultaba su regreso" (153). También se enterró en cruces de caminos a los brujos, hechiceros, asesinos y personas consideradas malvadas. Estas personas que eran un peligro en vida también podían serlo en muerte, y se les enterraba en los cruces de caminos para que, cuando quisiesen regresar al pueblo, no supieran por dónde hacerlo, qué camino tomar. Se creía que el cruce despistaba y hacía que el malvado se encontrase totalmente perdido.

Como decimos, el luto no sólo estuvo presente en las sociedades primitivas, sino que se mantuvo y se sigue manteniendo. Suele afirmarse que fue el *miedo universal* hacia la muerte y los muertos el que le dio origen. Según Enrique Casas Gaspar, el objetivo del luto en las bajas culturas ha sido triple:

> "a) Desfigurar al vivo para que no le reconozca el ánima del difunto.
> b) Mantenerse por los signos exteriores en un apartamiento temporal de la sociedad. La familia está contagiada, dijéramos, de la impureza de la muerte.
> c) Las viudas se han considerado responsables en cierto modo de la muerte de su esposo. Responsabilidad que se les exige en las bajas culturas y que recarga su luto" (154).

Muchos autores piensan que las sociedades primitivas tenían la creencia de que algunas personas, cuando morían, se convertían en un demonio. También se pensaba que los difuntos tenían intenciones homicidas para

(151) Enrique Casas Gaspar. *Costumbres españolas.*
(152) Ibíd.
(153) Ibíd.
(154) Ibíd.

con los vivos, a los cuales intentaban llevar a su mundo. Esta creencia no desapareció, manteniéndose hasta el siglo pasado, donde su existencia se hace evidente por los rituales que, como hemos visto, seguían llevando a cabo nuestros bisabuelos.

Parece ser que, originariamente, el grupo sólo se sentía protegido y fuera del alcance del muerto si se hallaban separados por una corriente de agua, lo que contribuyó a enterrar a los muertos en islas o en la orilla opuesta del río. Remitiendo al lector al capítulo titulado *Folklore*, se mantuvo esta creencia (aunque escasamente) durante los siglos XVII y XVIII como parte de uno de los métodos de defensa contra los vampiros en algunas zonas.

Algunos autores como R. Kleinpaul piensan que en los primeros tiempos se conservaba muy viva la creencia de que todos los muertos eran vampiros; es decir, de que todos aquellos que fallecían se dedicaban a perseguir a los vivos, llenos de cólera, para perjudicarles y quitarles la vida. Y esta parece ser, sin duda, una fiel descripción con la que más tarde se conocería al vampiro centroeuropeo.

Estas conjeturas de que los muertos se transforman en demonios, en seres malignos, en vampiros, tal vez se deba, argumentan algunos estudiosos, a que la muerte es una de las mayores desgracias de las que el hombre se puede hacer acreedor; por lo que se piensa que el difunto no debe estar muy contento de su suerte. En consecuencia, el alma del fallecido, celosa de los vivos, quienes todavía mantienen su cuerpo físico, o deseando una pronta unión con ellos, intenta provocar su muerte haciéndoles enfermar. Marvin Harris señala que para los washos, un pueblo de indígenas de la frontera entre California y Nevada, el alma del difunto estaba furiosa por haber perdido su cuerpo, y era considerada peligrosa, por lo que había que evitar su presencia. Procurando hacer el menor alboroto posible, trasladaban su campamento a otro lugar para que el alma del difunto no los encontrase. Los ludun del norte de Borneo amenazan y advierten al alma del difunto para que se mantenga alejada de la aldea. Y dicen que, de mala gana, el alma parte para el país de los muertos.

Freud consideraba que debía existir otra explicación para la maldad que los vivos atribuyen a los espíritus, y proponía una explicación basada en las *perturbaciones psiconeuróticas*. Cuando las personas han perdido a un ser querido sucede que, con frecuencia, suelen padecer *reproches obsesivos*, penosas dudas y autoacusaciones al preguntarse si no habrían podido hacer algo más por esa persona querida, planteándose "si no habrán contribuido, por alguna negligencia o imprudencia, a la muerte de la persona amada" [155]. Aunque el enfermo haya sido asistido con el mayor cuidado y dedicación, la persona puede no librarse de esos reproches.

Freud argumentaba que estos *reproches obsesivos* no carecen, hasta cierto punto, de justificación. Decía que el psicoanálisis había revelado que se deben a que la muerte de esa persona "ha procurado la satisfacción de un deseo inconsciente del sujeto... Contra este deseo inconsciente es contra lo que el reproche reacciona, después de la muerte del ser amado. En casi todos los casos de intensa fijación del sentimiento a una persona determinada, hallamos una tal hostilidad inconsciente disimulada detrás de un tierno amor" [156]. Freud decía que se trata del típico caso donde, una vez más, se percibe la ambivalencia de la afectividad humana. Una ambivalencia que, cuando alcanza un alto grado, "se manifiesta precisamente en las relaciones del sujeto con las personas que le son más queridas y allí donde menos podía esperársele" [157], siendo esto una neurosis obsesiva. También exponía que si se admite el alto grado de ambivalencia en la vida afectiva de los primitivos, tan alto como en los neuróticos obsesivos, se hace comprensible el porqué se demonizan las almas de las personas muertas recientemente y se siente la necesidad de defenderse contra la hostilidad de las mismas.

Con frecuencia se tienen "malos pensamientos" hacia la gente. No es extraño que alguien desee la muerte de otra persona, la cual molesta por uno u otro motivo; no es nada extraño desear algún que otro mal para aquella persona que no nos cae bien, que nos incordia y que nos hace la vida imposible. Cuando la persona sobre la que se ha pensado y deseado así muere, aunque sea al cabo de mucho tiempo, se cree que esos deseos malignos han sido satisfechos y se piensa que el muerto seguramente regresará de la tumba para vengarse de su "asesino".

Ese malestar consciente de no haber hecho lo suficiente por el familiar fallecido y/o por sentirse culpable por su muerte –sentimientos debidos a la ya mencionada satisfacción inconsciente por la muerte del ser amado– se manifiesta en el individuo primitivo de forma diferente al exteriorizar y atribuir ese malestar al muerto mismo.

Esto es un fenómeno de proyección, en el que observamos en los demás, en nuestro entorno, nuestras propias tendencias internas. Cuando rechazamos y negamos en nosotros un sentimiento, pensamiento o deseo, éste se proyecta al exterior. Cuando no sabemos o no queremos saber nada de al-

(155) Sigmund Freud. *Tótem y tabú*. Alianza Editoral, 1968. Madrid.

(156) Ibíd.

(157) Ibíd.

go que nos pertenece, pensamiento o sentimiento, ese algo es proyectado fuera del mundo interno de la persona y atribuido a otra. Se suele proyectar al exterior, sobre todo, aquello que no nos gusta de nosotros mismos, las llamadas tendencias "perversas". En muchas ocasiones, el "chivo expiatorio" de la proyección de éstas suele ser el demonio, o los muertos que se han convertido en demonios. Es por esta proyección que el difunto se convierte en un maléfico enemigo. El primitivo "se niega haber experimentado nunca un sentimiento hostil con respecto a la persona querida, muerta, y piensa que es el alma de la misma la que ahora abriga este sentimiento contra él" (158). Visto así, la persona que es atacada por el vampiro es la persona realmente afligida por la culpa; es el mismo mecanismo que se da cuando se tiene miedo a las represalias por haber hecho algo incorrecto o por malos pensamientos. Es el miedo a ser castigado por la persona a la cual se ha deseado el mal.

¿Ocurrió esto también en los siglos XVII y XVIII con la creencia en los vampiros? La polaridad de nuestros pensamientos y sentimientos, esa ambivalencia inconsciente, esos sentimientos tan aparentemente opuestos de amor y odio que residen en nuestro interior, también pudieron hacer que los aldeanos de Europa central, al no reconocerlos en su totalidad, es decir, al reconocer sólo los buenos pensamientos y no los malos, exteriorizasen y proyectasen éstos sobre los muertos. Principalmente sobre los muertos recientes de familiares, que es sobre los que más puede llegar a pronunciarse esa ambivalencia afectiva, esa oposición entre el dolor consciente y la satisfacción inconsciente ocasionados por la muerte.

Las epidemias de vampirismo solían ser iniciadas, se decía, por alguien fallecido recientemente. No hay casos (queremos decir que no hay muchos) que hablen de vampiros en plena actividad después de haber estado enterrados unos años. También ocurría esto en épocas anteriores; es decir, se sabe que los demonios y espíritus malignos eran concebidos siempre como los espíritus de personas muertas recientemente. Y la hostilidad hacia el muerto, el miedo, también disminuía a medida que pasaba el tiempo, cuando los vivos conseguían olvidarse y desligarse de los recuerdos que despertaba en ellos el fallecido, llegando así a suavizarse el conflicto creado por la ambivalencia afectiva en el momento de la muerte. "Obtenido este resultado, se atenúa el dolor, y con él el remordimiento, los reproches, y por lo tanto, el temor al demonio" (159), en este caso al muerto.

(158) Sigmund Freud. *Tótem y tabú.* Alianza Editoral, 1968. Madrid.
(159) Ibíd.

Explicada de esta forma la ira de los espíritus, su maldad, no es de extrañar que sean los individuos, amigos o familiares, los que deban temer, más que nadie, su rencor. Característica ésta que también se hace notar por los vampiros de Europa central, ya que éstos también se aparecían, inquietaban, molestaban, hacían enfermar y mataban primero, o con "preferencia", a los parientes y amigos más cercanos (por lo general vivían con él en casa) pues, como ya se ha dicho, esa ambivalencia de la afectividad se manifiesta con las personas que más directamente nos tocan.

Freud decía que es fácil disimular la inconsciente hostilidad hacia los muertos, por lo que han desaparecido los tabúes, los miedos y los métodos de defensa. Sin embargo, esa inconsciente hostilidad sigue existiendo, pero hoy en día *el odio satisfecho y el dolorido cariño* se manifiestan en forma de piedad. Y sólo en los neuróticos coexiste todavía la ambivalencia afectiva de otros tiempos, "el dolor que les causa la pérdida de un pariente próximo con accesos de *reproches obsesivos*" (160). Aparte de la opinión de Freud, es importante fijar la atención sobre la actual despersonalización en el proceso de la muerte. La muerte en el hospital y la preparación del cadáver en el tanatorio rompe la íntima dinámica entre el fallecido y sus familiares, cuestión que predispone una separación más rápida entre el difunto y sus seres queridos.

También habría que apuntar que, al parecer, según se cuenta o se desprende de muchos escritos de la época, era en las zonas rurales donde más extendida y arraigada estaba la creencia en los vampiros. Las grandes urbes solían ver los acontecimientos y narraciones referentes a éstos como meras supersticiones. Para algunos esto también parece coincidir, en parte, con el papel que la ambivalencia afectiva viene desarrollando en esta teoría, ya que dicha ambivalencia es más proclive a darse en la vida psíquica del primitivo y también en la del individuo campestre, que en la del hombre civilizado y culturizado que vive en la ciudad.

* * *

Ernes Jones, psicoanalista de la escuela freudiana, dice que el interés de los vivos en los muertos, cuestión que estamos tratando, puede deberse a dos causas: al deseo de volver a estar con ellos y al miedo que les producen. "(...) los motivos que impulsan a la re-unión, y particularmente desde la tumba, (...) pueden ser llamados amor y odio respectivamente" (161).

---

(160) Sigmund Freud. *Tótem y tabú*. Alianza Editoral, 1968. Madrid.

(161) Christopher Frayling. *The vampire: Lord Ruthven to count Dracula*. Ed. Faber and Faber, 1991. Londres.

Según este autor puede ser que la creencia en vampiros no sólo forme parte del general miedo que hacia los muertos siempre ha existido (cuestión analizada en las líneas anteriores), sino que la continuada relación entre los vivos y los muertos pueda ser vista además como un deseo, por parte de los vivos, de seguir con ellos. Es decir, ya no hablamos de odio, de temor y de miedo, sino que hablamos de amor [162]. Sin embargo, y como bien expone Jones, ese amor u odio hacia los muertos puede llevar a los dos mismos efectos, a saber: ser conducidos hacia los muertos, a su mundo, o que los muertos regresen al de los vivos. Estos efectos pueden darse tanto si uno se asusta de los muertos como si los quiere, aunque el sentimiento de uno y otro grupo de personas son, evidentemente, de diferente grado.

Por ejemplo, cuando dos amantes tienen que separarse porque uno de ellos muere repentina e inesperadamente, es natural que la persona viva quiera la re-unión con su pareja. Este deseo de la re-unión puede ser expresado directamente por parte del vivo o, como en el anterior caso, ser atribuido por la proyección al muerto. El doloroso anhelo de encontrarse una vez más con el que se ha ido es un deseo comúnmente ratificado en sueños, los cuales alcanzan una grandiosa intensidad entre amantes, matrimonios o entre niños y padres. Pero, como ya hemos dicho, el deseo de la re-unión es a menudo adscrito a los muertos por el mecanismo de la proyección. Entonces se cree que son los difuntos quienes sienten un abrumador impulso de regresar de la tumba y visitar a aquellos a los que aman y que han tenido que dejar. Parece ser que esta proyección se debe, en parte, a la idea de que los que han partido no deberían olvidarnos; una esperanza ésta que parece fundada en la niñez, cuando el pequeño es dejado solo en casa por los padres amados. No es extraño pues que el vampiro haya sido visto también como un ser que sale por la noche para reencontrarse con su mujer y copular con ella. Incluso se llegó a hablar de viudas que habían tenido hijos de sus esposos vampiros.

Jones apunta también que el vivo parece pensar y sentir que, si él fuera el muerto, habría demasiados motivos que le obligarían e incitarían a regresar. Parece ser que nunca es el momento apropiado para morirse, siempre le quedan a uno cosas por hacer. Y esas cosas por terminar, harían que el muerto regresase, el cual querría dejar todos los asuntos zanjados.

No olvidemos que el vampiro fue considerado en muchos lugares como un ser sexual, siendo suficiente la sola necesidad de satisfacer su lujuria un motivo justificado como para hacerle salir de la tumba. Cuestión ésta que

(162) Tal vez podríamos habernos extendido hablando de Eros y Thanatos.

parece hablarnos de los deseos sexuales reprimidos que, también por proyección, son traspasados al vampiro. Por eso los revinientes se lo permiten todo, y su sexualidad no tiene los inconvenientes que se presentan en vida, pudiendo acostarse con cualquiera.

* * *

Marvin Harris dice que "este recelo hacia los difuntos recientes no se hace extensivo a los que han muerto ya tiempo atrás, ni tampoco a la generalidad de los espíritus de los antepasados" [(163)].

Con esta observación queremos insistir y extendernos un poco más sobre el hecho de que, por lo general, eran los muertos recientes los que con más frecuencia se aparecían, convertidos en vampiros, a los vivos. Eran los enterrados no hacía mucho los que solían ser acusados de provocar las epidemias y las muertes de sus vecinos. Como ya hemos apuntado líneas más arriba, casi no había casos de vampiros que llevasen enterrados diez o veinte años, por ejemplo. Con esto, el vampirismo evidencia claramente que nadie está verdaderamente muerto mientras lo sigan recordando, amando u odiando. Si una persona muere y, pasado un tiempo, sigue estando en la mente de los vivos hora tras hora, día tras día, esa persona no ha muerto. Es decir, el que fuesen los muertos recientes los que con más asiduidad se apareciesen a los vivos se debe, entre otras razones, a que el lazo de unión entre el fallecido y sus familiares y amigos no puede cortarse de repente. Ese lazo de unión se va deshaciendo y soltando poco a poco.

Existe lo que en psicoanálisis se denomina "duelo" (del latín *dolere*: "sufrir"). Es un término que define el tiempo que se precisa para superar el dolor o la tristeza que causa la pérdida de un ser querido. Este período de duelo es un tiempo crítico en el que la persona que ha sufrido la pérdida experimenta simultáneamente sentimientos de agresividad y culpabilidad, unidos a la angustia que causa el vacío afectivo. Volviendo al tema de los vampiros, si los familiares del difunto lograban superar y pasar por ese periodo de duelo sin ningún percance o imprevisto casual que inculpase al fallecido de alguna tragedia, el pueblo ya no lo convertiría en vampiro. Por ello, cuanto más tiempo hacía que se había muerto una persona, menos "peligro" había de verla convertida en un no muerto. Sin embargo, si estando en ese período crítico se producía algún tipo de acontecimiento que pudiera inducir a sospechar de la persona recientemente fallecida, la reac-

(163) Marvin Harris. *Nuestra especie.* Alianza Editorail, 1995. Madrid.

ción del pueblo no se haría esperar y sería condenada por ser un vampiro. Además, durante este periodo de duelo también se pueden producir alucinaciones. "Una viuda en duelo por su marido puede verlo, u oír su voz, o sus pasos, numerosas veces después de muerto, lo que da lugar al «sentimiento de presencia» que se desvanece con el paso del tiempo" (164). Las personas que experimentan fuertemente este periodo de duelo piensan repetidamente en la persona muerta, "manteniendo vivos" los recuerdos del fallecido.

El difunto reciente está en el pensamiento de todos sus conocidos, por ello era el más propicio para aparecerse ante ellos. Pero el tiempo lo cura todo, y cuando esto ocurre la gente, paulatinamente, va olvidando a la persona fallecida, y también se olvidan del mal que, aun muerta (convertida en vampiro para nuestro caso), puede llegar a hacer. Tras la muerte de alguien el curso normal de los acontecimientos hace que disminuyan los episodios de decaimiento, los accesos de tristeza y también el posible sentimiento de miedo que se despierta en los vivos hacia la persona que se ha ido. Y es que a la persona fallecida hace mucho tiempo no se le tiene miedo. Es al muerto reciente al que se le teme. Éste, todavía no ha muerto en nuestro interior. Como decimos, es con el paso del tiempo cuando los amigos y familiares fallecidos que han muerto a nuestro alrededor van "muriendo" también, poco a poco, en nuestro interior.

Ningún familiar, amigo o conocido fallecido está verdaderamente muerto hasta que no se haya "muerto", también, en nuestra cabeza y en nuestro corazón. Mientras permanezca "vivo" en nuestro interior corremos el "riesgo" de seguir "viéndolo", aunque esté enterrado en el cementerio. Y cuando decimos que el familiar fallecido tiene que "morir" también en nuestro interior, no queremos decir que tenemos que olvidarlo hasta el punto de no acordarnos siquiera de su nombre. Lo que queremos decir es que ese lazo que nos mantenía unidos a la persona muerta tiene que ir aflojándose. Se trata de entender que aunque nos acordemos de ella ya no estamos unidos de la misma forma que cuando vivía, que nuestra vida continúa a pesar de haber perdido su compañía, aún sin su presencia. Podemos y tenemos que acordarnos de los muertos, pero hay que dejarlos marchar.

Como decimos, y repitiéndonos una vez más, nadie está verdaderamente muerto hasta que no se nos haya "ido" de la cabeza y del corazón. Mientras siga en nuestro interior es posible seguir viéndolo en nuestro aparente exterior. Y esto es lo que muy posiblemente ocurría a los creyentes en los vam-

(164) Richard L. Gregory. *Diccionaro Oxford de la mente.* Alianza Editorial, 1995. Madrid.

piros (entre otras cosas), que no superando correctamente el periodo de duelo, veían a los difuntos regresar. "El hecho de que los demonios [y vampiros] hayan sido considerados como espíritus de personas que acaban de morir testimonia claramente la influencia del duelo en el origen de la creencia en los demonios" (y en los vampiros) (165). Cuando los vecinos iban al cementerio a exhumar el cuerpo del pretendido reviniente y lo estacaban, lo decapitaban o lo quemaban, ese acto, acabar con el que creían era un vampiro, era en realidad una liberación emocional gracias a la cual los vivos, en su mente, dejaban marchar definitivamente a los muertos.

Tal vez por este razonamiento podamos ver con más lógica que, según la creencia, uno de los personajes más proclives a convertirse en vampiro después de muerto fuese el suicida.

Cuando una persona se suicida ocasiona en los familiares un gran dolor y un gran interrogante sin resolver. La muerte inesperada y muchas veces la falta de explicación ante el acontecimiento hace que los familiares y amigos no se lo quiten con facilidad de la cabeza. Ese interrogante, esa falta de explicación ante un porqué que justifique el suicidio de su amigo o familiar les "carcome" durante el día, y tampoco les deja descansar durante la noche. Los sueños en los que aparecerá el familiar suicidado serán justificados por la insistente repetición de imágenes y pensamientos que durante el día tendrán los allegados. Repetición de imágenes y pensamientos debidos al incomprensible acontecimiento que recientemente han vivido. Les resulta difícil cortar de repente la conexión emocional con el difunto. Y será esta conexión de la que todavía no se han desligado la que puede ocasionar que en el sueño (o en cualquier otro estado) aparezca la imagen del fallecido.

Es parecido (aunque en diferente escala) a cuando, durante algunos minutos, fijamos la mirada y nuestra atención sobre un objeto. Llega un momento en el que si cerramos los ojos de repente tenemos la capacidad de seguir viendo mentalmente ese objeto y mantenerlo nítidamente en nuestra imaginación durante algunos segundos. En esos segundos con los ojos cerrados vemos el objeto con la misma claridad que cuando los teníamos abiertos.

Esto mismo puede llegar a ocurrir con las personas recientemente fallecidas y con aquellas que han muerto repentinamente, como los suicidas. Pues al dejar de verlas de repente ocurre que, mentalmente, su imagen la tenemos muy fresca, teniendo la capacidad de representarla nítidamente en nuestra imaginación, tanto con los ojos cerrados como con los ojos abiertos en la oscuridad; sin olvidar que esto puede estar inmerso en el periodo de

(165) Sigmund Freud. *Tótem y tabú*. Alianza Editoral, 1968. Madrid.

duelo que ya hemos mencionado, que hace que las visiones y los sonidos sean confundidos y considerados como prueba de su retorno.

Cuando sabemos y esperamos la muerte de una persona, pues lleva tiempo ya enferma y el médico ha dicho que en cualquier momento fallecerá, el lazo de unión que nos mantiene conectados con ella va soltándose poco a poco durante el transcurso de la enfermedad. Su muerte próxima es sabida y, aunque duramente, vamos aceptando que se va a ir de nuestras vidas, y el lazo de unión se va deshaciendo, se va desligando. Tal es así que cuando fallece (aunque pueden llegar a darse los *reproches obsesivos*), el vivo acepta su muerte con distinta cara. Y aunque perder a un familiar o amigo nunca dejará de ser doloroso, no es lo mismo saber que su muerte está próxima, por enfermedad, por ejemplo, a que esa persona muera sin previo aviso, sin saber el porqué, al haberse suicidado (aunque la muerte reciente de alguien, se haya suicidado o no, siempre mantendrá fresca en nuestra mente su imagen hasta pasado un tiempo).

No olvidemos que los suicidas, aspirantes a vampiros según el folklore, habían cometido pecado mortal y no habían recibido los últimos sacramentos. Por eso se los solía enterrar fuera del cementerio, en zona no santa, fuera del terreno sagrado dedicado a los difuntos cristianos. Además, aquellos que se suicidaban morían dejando sin concluir sus negocios, sus deudas... El haberse ido sin aclarar y ordenar antes estos aspectos de su vida era suficiente como para creer que deberían volver.

* * *

Hay quienes, además, ven en los encuentros nocturnos con los vampiros el resultado de una pesadilla, la cual también puede interpretarse freudianamente. Es decir, parte de la psicología argumenta que el miedo, que es el principal elemento de la pesadilla, es el resultado de la represión de los deseos sexuales, y que la pesadilla será más aterradora cuanto mayor sea el grado de represión. Freud ya propuso que el que padece un mórbido y enfermizo miedo o terror tiene deseos sexuales reprimidos. Por su parte, Ernes Jones dice haber comprobado, a través del psicoanálisis, que el reemplazamiento de la sexualidad reprimida por el miedo es un proceso que suele aparecer con frecuencia.

Normalmente, el deseo de realizar el acto sexual que la mayoría de los hombres y mujeres pueden llegar a tener no tiene por qué reflejarse en el sueño en forma de pesadilla, aunque es posible que favorezca los sueños eróticos. “Sin embargo, en las personas con predisposición a la inestabilidad emocional, una fuerte represión de estos deseos eróticos y sexuales produce sueños en los que los seres humanos se sustituyen por personajes sobrehumanos [¿Vampiros?], o por animales desagradables que simbolizan la fuerza y la energía" (166). Jones dice que el deseo original es modificado, que el objeto se vuelve aterrador porque el deseo hacia él es prohibido; el amor se vuelve sadismo, el hecho es temido en vez de deseado, y el individuo o persona motivo de deseo es reemplazada por un ser desconocido (¿por un vampiro?).

El vampiro, ¿se trataba simplemente de una pesadilla? "Ernes Jones define al vampiro «como un espíritu nocturno que abraza al durmiente para chuparle la sangre. No cabe duda de que es el fruto de una pesadilla». Al igual que el conflicto sexual produce el sueño erótico, cuando se reprimen aspectos normales de la sexualidad este conflicto adquiere formas extremas, como el caso del hombre lobo y el vampiro, en quienes «el odio y la culpa desempeñan un papel mucho mayor» y se manifiesta el sadismo oral" (167).

¿Es posible que la visita nocturna del vampiro a la alcoba sea una "visión" que la "víctima" ha tenido durante su *paroximal pesadilla*? ¿Es posible que el vampiro deba su existencia a la represión de los deseos sexuales?

Lo que sí parece haber quedado establecido es que el vampiro, como pesadilla o no, tiene mucha relación con la sexualidad, al menos para numerosos autores del siglo XVIII en adelante. Maurice Richardson dijo que el vampirismo estaba asociado con el incesto, la necrofilia y el sadismo oral y anal, y "esto es lo que da su fuerza a la historia" (168). Ornella Volta, en su libro *Il Vampiro*, comienza diciendo que, en primer lugar y principalmente, "el vampiro es una creación erótica (...) sangre y muerte, erotismo y miedo, son los principales elementos en el universo del vampiro (...) puede violar todos los tabúes y realizar lo que es más prohibido" (169). La relación entre el vampiro y la represión sexual se va haciendo evidente en muchos aspectos. Ornella Volta concluye que, parafraseando a Keirkegaarde, "el cual acusó al cristianismo de haber introducido la sexualidad en el mundo por el simple hecho de tenerla aislada bajo la marca del «pecado», nosotros debemos decir que el vampirismo puede también ser atribuido al cristianismo" (170). Otros han visto en el propio folklore del vampiro numerosos elementos

(166) Rossell Hope. *Enciclopedia de la brujería y demonología.* Ed. Debate, 1991. Madrid.
(167) Ibíd.
(168) Christopher Frayling. *The vampire: Lord Ruthven to count Dracula.* Ed. Faber and Faber, 1991. Londres.
(169) Ibíd.
(170) Ibíd.

con formas o significados sexuales. Tanto como para hacer de la sexualidad uno de los múltiples factores que contribuyeron en la creación de los vampiros. Algunas opiniones hablan de la estaca con la que se traspasaba al muerto como si de un símbolo fálico se tratara. La decapitación, otro método para acabar con el vampiro, es interpretada por Freud en el psicoanálisis como castración. El fuego y su relación con la sexualidad también se ha mencionado. Incluso en el murciélago hay quien ha querido ver un símbolo sexual por su actividad nocturna. La sangre, con su color rojo, también es considerada y valorada por su significado erótico... Y si entramos en un terreno más ficticio, haciendo alusión a las novelas que se escribieron, el vampiro se carga de gran simbología erótica y, en opinión de algunos, pornográfica.

El vampiro centroeuropeo y sus posibles parientes

La cuestión de si el vampiro centroeuropeo tiene progenitores o no parece estar ya saldada. El vampiro no surgió un buen día de repente, sin más, como si de un nuevo tipo de monstruo se tratase, desligado de otros. Por el contrario, todo indica que su aparición fue precedida por sus antecesores, los cuales contribuyeron en su formación. Aunque es difícil decir quiénes fueron exactamente sus padres y abuelos no hay duda de que los tuvo, incluso hermanos. Este capítulo muestra los posibles familiares, ascendientes o contemporáneos, del vampiro centroeuropeo. Entidades, representaciones, circunstancias, que nos sirven para juzgar hechos posteriores. Es posible que en las grandes ciudades los vampiros no empezasen a ser conocidos o a tener relevancia hasta el siglo XVIII, pero ello no quiere decir que no existiesen ya con anterioridad.

* * *

Seres maléficos como los vampiros de los siglos XVII y XVIII también tuvieron lugar en la jerarquía del "más allá" en la Europa de siglos anteriores.

Calmet, en el prefacio de su *Tratado sobre los vampiros* dice sobre estos que "la antigüedad ciertamente no ha visto ni conocido nada semejante. Por mucho que se recorran las historias de los hebreos, egipcios, griegos y latinos, no se encontrará en ellas nada que se le aproxime" (171).

En esta afirmación Calmet podría tener, en parte, algo de razón; es decir, algunas de las características de los vampiros que él estudió parecen ser iné-

(171) Augustin Calmet. *Tratado sobre los vampiros.* Ed. Mondadori, 1991. Madrid.

ditas, pertenecientes únicamente a ellos (como la capacidad de convertir también en vampiros a sus víctimas). Sin embargo, no ocurre así con otras, que encontramos también en numerosos seres (o representaciones de éstos) de las diversas culturas que existen. Muertos que regresan de la tumba, que molestan, inquietan y hacen fallecer a los vivos, como los vampiros, también los encontramos en tiempos anteriores y parejos; y el capricho o necesidad de sangre en su dieta alimenticia también.

Calmet insiste en otro capítulo en que no hay vestigios de vampirismo en la antigüedad, y que tales pretendidos indicios que algunos han creído encontrar no se aproximan en nada a lo que se cuenta sobre los *upiros.* Dice que todo lo que se relata de supuestos seres en algún sentido parecidos a aquéllos no se acerca, ni por aproximación, a lo que se atribuye a los vampiros.

En el prefacio de su libro parece que da una fecha aproximada del momento histórico en el que aparecieron los vampiros e irrumpieron en la vida de la gente. "En este siglo, desde hace alrededor de unos sesenta años, una nueva escena se ofrece a nuestra vida en Hungría, Moravia, Silesia, Polonia (...)" [(172)]. Su libro apareció por primera vez en 1746, lo que nos sitúa, si restamos, en la supuesta fecha aproximada de aparición de los vampiros, en 1686.

Sin embargo, fue hacia la mitad y finales del siglo XIX cuando etnólogos y antropólogos comenzaron a encontrar y reconocer la existencia de seres análogos en el folklore y la mitología de las numerosas culturas que envuelven la tierra. Algo que parecía desconocer el abad.

Entre los no documentados sobre vampirismo (es decir, muchos) existe, cuando existe, y sólo si se les pregunta, la opinión de que el vampirismo tendría como fecha exacta de aparición y nacimiento el siglo XV, a raíz de la vida de Vlad Draculea, un personaje histórico apodado *el Empalador* (Tepes) y protagonista de la historia de Rumania durante una época. Los que opinan así piensan que tras la muerte de este voivoda empezaron a circular las conocidas historias de vampiros. Pero, como ya hemos visto, la investigación antropológica parece dar indicios de, cuanto menos, la existencia de seres semejantes a los vampiros en épocas anteriores a dicho siglo. Al igual que las numerosas referencias históricas, que podrán leerse a continuación, las cuales sitúan al vampiro en posición muy cercana a otros seres con similares o iguales características a las de los protagonistas de este libro. Creemos que Erberto Petoia expresa adecuadamente esta idea cuando dice que

(172) Augustin Calmet. *Tratado sobre los vampiros.* Ed. Mondadori, 1991. Madrid.

las narrativas vampirescas, que alcanzaron su apogeo con el *Drácula* de Stoker, pueden ser llevadas mucho más atrás en el tiempo. "En otras palabras, el Drácula de la historia y la elaboración novelesca no es más que la culminación tardía de una serie de imágenes tradicionales que nacen en el seno de múltiples experiencias humanas, las cuales han sido transformadas en mito por la reconstrucción de la fantasía" (173).

En este capítulo se hará mención de aquellas entidades que indiquen o señalen, aunque a veces indirectamente, algún tipo de antepasado o contemporáneo del no muerto y que compartan alguna de las características del vampiro centroeuropeo de los siglos XVI, XVII y XVIII aproximadamente; principalmente la ingestión de sangre, por ser ésta la que, actualmente, más le define. Seres y monstruos que, aunque con diferente nombre, comparten características significativas con el vampiro que regresa de la tumba para molestar, incordiar o matar a los vivos, por lo que también podrían ser denominados y considerados, por sistematizar y generalizar, como vampiros, o por lo menos pueden ser tratados como entidades similares a éstos (observaremos que bajo la denominación general de "brujas" existen numerosos personajes con aptitudes vampíricas).

Como comprobaremos a continuación, el propio Calmet, en su tratado, no sólo describe y habla de un único tipo de vampiro. Cuando se refiere al *vrykolaka*, o cuando relata tal caso de Polonia o tal otro acaecido en Hungría, aunque él no lo supiera, ya estaba haciendo mención de diferentes tipos de seres, aunque con características semejantes. Los actos de unos eran tan parecidos a los de otros que, con el rumor popular, parecían el mismo personaje. Calmet pensaba que toda Europa central hablaba del mismo ser, del mismo tipo de vampiro. Pero el estudio del folklore relativo a cada región revela que no era así, que aunque en todas las regiones existían creencias y miedos hacia un ser vampírico, no siempre se trataba del mismo. Cada lugar dotaba a sus monstruos de pequeñas particularidades que hoy en día nos permiten afirmar no sólo que hubo vestigios de vampirismo en la antigüedad, sino que la gran plaga del siglo XVII y XVIII estuvo protagonizada por seres diferentes con actividades semejantes que el rumor popular y su correspondiente efecto bola de nieve se encargó de mezclar entre sí.

Es decir, de un hecho sólo se suele contar y recordar lo más morboso. Si la mayoría de las historias sobre vampiros se contaban de boca en boca, relatando sólo lo más morboso y sangriento de las mismas, es lógico pensar que no se hallaran diferencias existentes entre los vampiros de países vecinos.

---

(173) Erberto Petoia. *Vampiros y hombres lobo*. Ed. Circulo de lectores, 1995. Valencia.

Pues el relato básico era que había unos muertos que no morían de verdad, que atormentaban a sus familiares y a sus vecinos ocasionándoles algún mal o incluso la muerte, y que a veces bebían la sangre de alguna de sus víctimas. Esta descripción del muerto que regresa para aterrorizar a los vivos y ocasionarles molestias o la muerte es tan común que no hay lugar donde no se halle una creencia semejante. Y la sangre, como elemento indispensable para la vida, se halla íntimamente unida a lo anterior, aunque tal unión no es tan universal.

Así que, cuando utilizamos la gastada referencia del "vampiro europeo" o del "vampiro centroeuropeo", ¿a qué región y a qué tipo concreto de vampiro estamos aludiendo exactamente con esta expresión? Con vampiro Centroeuropeo nos referimos, por lo general, al vampiro que mantenían las creencias de Rumania, Eslavonia... que es, a su vez, el que más parecido tiene con la concepción popular y actual que Occidente posee del vampiro.

***Alp*:** es un fantasma bebedor de sangre que forma parte de los muchos seres monstruosos que componen el folklore alemán y escandinavo. Se dice de él que chupa la sangre del pecho de los hombres o niños que duermen, además de sustraer la leche del ganado y de las mujeres recién paridas. Puede adoptar varias formas, como la de pájaro, cerdo, gato... Se dice que, a menudo, entra en el cuerpo de sus víctimas bajo la forma de neblina o serpiente.

***Adze*:** en África creen que los vampiros (murciélagos) son portadores, en ocasiones, del alma de las brujas y brujos. Por lo que si alguien consigue atrapar uno de estos animales debe reducirlo a cenizas y dar éstas a beber a conocidos y familiares mezcladas con cierta cantidad de aguardiente. Después de esto no tarda en conocerse al responsable de haber enviado al vampiro; será aquél que al beber el brebaje lo vomite, siendo acusado de brujería por el resto del grupo.

Los ewe están convencidos de que en el interior del cuerpo de un hechicero habitan espíritus (adze) que chupan sangre, beben agua de coco y aceite de palmera, pueden volar y físicamente son como las luciérnagas. De ser atrapados se transforman inmediatamente en seres humanos. Una de sus acciones favoritas es la de desangrar a los niños hermosos durante una sola noche causándoles, en la mayoría de los casos, la muerte.

Otras tribus piensan que los vampiros atacan al hombre con la única finalidad de ingerir su sangre. El porqué de su vagar sobrenatural es debido a los conjuros que los hechiceros realizan o a que el propio *wengwua* (vampiro procedente del África ecuatorial) así lo decide.

Para los bosso el vampiro realiza otro tipo de "actividades" como el desnudarse y salir de su propia piel, dejando tras él una masa de carne roja. Para extraer la sangre de sus víctimas utiliza una especie de trompa, similar a la del elefante, que le sale del ano y que inserta en la boca o nariz de su "presa".

Los massai (África Oriental) y los zulúes (África del Sur) atribuyen las correrías y la existencia de los vampiros a la maldad y el poder de ciertos brujos y hechiceros, exculpando a los muertos de su conducta.

Sobre rituales para evitar a estos seres se conocen varios, dependiendo de la tribu y la creencia que se cierna sobre los mismos. Así pues, los bantúes del norte de Rhodesia aseguran que el espíritu del difunto gusta de beber la sangre que los habitantes del lugar vierten sobre la tumba, de ahí que exista en muchos pueblos africanos el ritual del derramamiento de sangre sobre la tumba del muerto que, de no practicarlo, impulsaría a que el espíritu provocase enfermedades y la muerte en los miembros del poblado. En el Oeste del continente africano, y entre los shans de Burma, el ejecutor bebería una pequeña cantidad de la sangre de la persona ejecutada para protegerse de ser poseído por el fantasma del hombre que acababa de matar.

Los ashanti (Ghana) piensan que los *asanbosam* succionan la sangre de los niños por sus dedos mientras duermen.

Asema: entre las muchas clases de entidades con aspectos vampíricos que conseguían mantenerse de forma desapercibida entre los miembros de la comunidad estaba el asema de Sudamérica. Pero, como también ocurre con otros, durante las horas nocturnas dejaba manifestar su verdadera condición vampírica. Se cuenta de él que se deshacía de su piel y se quedaba con la apariencia de una bola de luz azul. Bajo esta forma era capaz de moverse por el aire hasta penetrar en casa de sus vecinos, a los cuales chupaba la sangre (la lectura de este capítulo revelará que las bolas de luces estaban muy asociadas con los seres vampíricos).

El ajo era utilizado y considerado como uno de los mejores agentes protectores contra el *asema.* Las hierbas de esta planta solían ser ingeridas porque volvían la sangre más amarga, y se pensaba que así no le gustaba al *asema.* Las semillas esparcidas alrededor del hogar, en este caso de sésamo y arroz, vuelven a ser un método de distracción para la entidad, a la cual se le pasarán las horas de oscuridad sin haber conseguido chupar la sangre a nadie (mirar el capítulo *Folklore*).

Aswang: en el océano Pacífico, situadas al nordeste de la isla de Borneo y distantes unos 805 kilómetros. del continente asiático, se encuentran las islas Filipinas. En este archipiélago de la Insulindia pueden distinguirse dos capas étnicas: la aborigen y la malaya; un 80 % de la población total profesa la religión católica, junto a un 13 % que son adeptos de la Iglesia filipina independiente. Allí también tienen, como parte de su folklore, una entidad que puede interesar para este estudio. Se trata del *aswang*, el cual tenía la capacidad de volar, y también chupar la sangre de sus víctimas. La gente de las islas de Filipinas hacían referencia a varios tipos de seres malignos y perturbadores con este término. Uno de ellos era el de una bonita joven que, trasformándose en un gran pájaro, se posaba sobre el tejado de los vecinos. Desde allí sacaría una larga lengua con una especie de punzón en la punta. Un pequeño pinchazo en la vena yugular de los huéspedes sería suficiente para que la sangre fuese succionada y subiese por la lengua del *aswang*, como si de una paja se tratase.

***Baobhan sith*:** ocupando la parte septentrional de Inglaterra se halla Escocia, región de clima duro, húmedo y frío. Mantuvo en su folklore a este ser, el *baobhan sith*, una joven mujer vestida de verde y con unas largas y doradas trenzas que vivía de los cazadores y hombres jóvenes que se perdían al anochecer. A menudo eran encontradas las víctimas con toda la sangre drenada.

***Berbalang*:** en las Islas Filipinas fue encontrado un documento sobre los *berbalangs* (documento hallado en la biblioteca de la Sociedad Asiática, firmado por Ethelbert Forbes Skertchley).

Los Berbalangs tenían la apariencia de un hombre, a excepción de los ojos, que eran rojos y con pupilas hendidas como las de los gatos (se contaba que quizás fuera esto lo que les permitía ver en la oscuridad), aunque algunos apuntaban también que poseían unas alas que les permitían volar. Acostumbraban a profanar las tumbas abriéndolas, y a comer los cadáveres que encontraban en su interior. Se aseguraba que además de devorar los cuerpos de los difuntos también bebían la sangre de los recientemente sepultados. Se les creía capaces de penetrar en los hogares humanos para alimentarse con la sangre de los moradores sin dejar rastro alguno o evidencias que alertasen de su visita.

Contra ellos era de provechosa utilidad un amuleto consistente en una nuez de coco con forma de perla, y si el ataque era muy fuerte se empleaba una piedra preciosa similar al ópalo. También, para impedir que se acercasen a las tumbas se vertía sobre las mismas zumo de lima.

El informe encontrado por el comandante R.T. Gould, que narra los hechos acaecidos en la Isla de Cagayan Sulu (cercana al norte de Borneo), contaba que el propio Skertchley (autor del manuscrito), tuvo un encuentro con los citados *berbalangs* hacia 1890. Más tarde pudo comprobar que éstos habían acabado con la vida de un conocido suyo llamado Hassan, el cual encontraría el propio Skertchley acurrucado en una cama de su cabaña con una expresión de horror en su rostro, además de no tener una gota de sangre en todo el cuerpo.

***Bestardo/a*:** conocido en España como una gran serpiente que por la noche mamaba la leche materna de las recién paridas al mismo tiempo que ofrecía el extremo de su cola al bebé para tenerlo engañado y que no llorase. Por la mañana la madre, sin haberse enterado de lo ocurrido, se sorprendía de no tener leche en sus mamas para alimentar a su hijo, el cual lloraba y lloraba pidiendo alimento.

***Bluatsauger*:** en Bosnia y algunas zonas de Alemania existió la creencia en esta entidad, cuyo nombre significa literalmente "chupador de sangre", por el cual se alude claramente a un vampiro.

El no haber sido bautizado, ser brujo o bruja, o llevar una vida considerada pecaminosa podía ser la causa de que una persona se convirtiese en un *bluatsauger* al morir; no librándose tampoco los suicidas que, como en muchos otros lugares, corrían el riesgo de regresar también de la tumba.

El ajo y el espino eran colocados durante las horas nocturnas en los huecos del hogar por donde se sospechaba que el *bluatsauger* podía colarse. La estaca a través del corazón acababa definitivamente con ellos.

***Bruxa*:** las mujeres vampiro (brujas-vampiro o vampiro-brujas) eran llamadas *bruxas* en países como Portugal, y se las describía como pájaros nocturnos. Al caer la noche, estas brujas se citaban con amantes diabólicos y al regresar a su hogar bebían la sangre de sus descendientes. Entre sus numerosas correrías se dice que también atormentaban a los viajeros que carecían de compañía.

***Chiang-shih*:** los chinos pensaban que el ser humano poseía dos almas: una superior y otra inferior, esta última llamada p'o. Formaba parte de la creencia china que el alma inferior era capaz de habitar en el cuerpo de una persona fallecida para utilizarlo como vehículo físico. Durante el tiempo que duraba tal posesión el cadáver no se descomponía. Y era este cuerpo reanimado por el p'o al que llamaban *chiang-shih*. Algunos dicen que existía la práctica de esperar a que los difuntos empezasen a descomponerse antes de ser enterrados, evitando así que ningún p'o se introdujera en ellos. Incluso que los cuerpos de los fallecidos se ponían al Sol para acelerar la descomposición, y si ésta no llegaba se quemaba el cadáver.

Para los chinos, la cercanía de algún animal al cadáver era aterradora, especialmente los gatos, los cuales eran mantenidos lejos del acontecimiento funerario por creer que si alguno saltaba por encima del difunto éste se convertiría en vampiro, en un *chiang-shih*, pues le transmitiría su naturaleza de tigre. Ningún rayo solar ni lunar podía caer directamente sobre el fallecido posesionado (en diversas leyendas podemos observar que el vampiro chino recibía su fuerza de la luna).

Estas entidades salían por la noche, tenían mucha fuerza y poseían un insaciable apetito sexual que les hacía atacar y violar a las mujeres. Se dice que podían transformarse en lobos.

Se mantiene que esta creencia en los *chiang-shih* se originó ante el descubrimiento de cuerpos sin enterrar que podían llegar a poseer y utilizar el p'o.

El ajo y la general y conocida utilización de las semillas también fueron usadas para la defensa contra este ser. Y se pensaba que la sal corroía la piel del vampiro.

Se dice que en el siglo XIX, y es de suponer que también antes, en China, la sangre de los criminales decapitados era absorbida en bolas de pan y vendidas como medicina. Algo parecido a lo que se haría en Europa con algunos vampiros.

***Dachnavar*:** se dice que era un espíritu que habitaba lugares solitarios de las montañas de Armenia (región de Asia Occidental), lugares que, además, mantenía encantados. Las creencias dicen que atacaba a los pastores cuando éstos descansaban y les bebía la sangre por los pies.

***Dearg-dul*:** este fantasma irlandés cuyo nombre significa, según algunos, "chupador de roja sangre", mantuvo aterrorizados a aquellos que en su día creyeron en su existencia.

***Doppelsauger*:** algunos pueblos del norte de Alemania llaman así a este ser, cuyo nombre parece querer decir "doble chupador".

***Dhampir*:** era el hijo de un vampiro y una mujer viva. Se creía que tenía la capacidad de detectar a vampiros, por lo que en el pueblo o aldea se dedicaba a la labor de localizar a los no muertos que acechaban el lugar y, a veces, de darles muerte (hay quienes hablan de él como si de un cazavampiros se tratase). Es decir, el *dhampir* no amaba a su padre (un vampiro) sino que lo que quería era acabar con él. Algunos investigadores afirman que la creencia en la existencia del *dhampir* se ha ido manteniendo en algunos lugares de Serbia (al parecer, su lugar de origen) hasta casi finalizados los años cincuenta, personaje al que se le solicitaba ayuda y cobraba en efectivo unos honorarios a cambio de prestarla. Parece ser que este cazavampiros actuaba todavía en 1959 en Urbrica, una aldea de la provincia de Kosovo-Metohija. Como pago por sus servicios aceptaba incluso vacas, bueyes, ropas o sumas de dinero entre mil y mil ochocientos dinares.

Ornella Volta, en su libro *The vampire*, escribe sobre el rito que el *dhampir* llevaba a cabo para localizar a un vampiro. Un vampiro que en muchas ocasiones era invisible pero que él tenía la capacidad de ver. El *dhampir* empezaba a silbar como un cazador. Hacía como que intentaba distinguir algo en la lejanía o a través de la niebla y daba comienzo con unos gestos que recordaban a estar jugando al escondite. Poco a poco iba deshaciéndose de la ropa que llevaba puesta. Tras un rato, sin despojarse de su ropa interior, hacía el gesto de haber visto algo. Se trataba del no muerto. Acto seguido entablaba una lucha cuerpo a cuerpo con el invisible vampiro. Y siempre ocurría que salía vencedor de la pelea.

Los gitanos, sobre todo los de tierras eslavas, pensaban que las relaciones entre un vampiro y las mujeres con las que copulaba podían traer una descendencia masculina. Alguna creencia marginal decía que el *dhampir* no tenía huesos, siendo su cuerpo gelatinoso.

***Draugr*:** en algunas regiones se pensaba que ciertos magos, los necrománticos, tenían la capacidad de levantar a los muertos y saber el futuro o actuar a través de ellos. Según algunos, la traducción del nombre de estos muertos (*draugr*) quiere decir "muerte-caminante". Eran utilizados por los magos negros para vengarse o hacer algún mal a alguien.

***Empusa*:** las *empusas*, identificadas como hijas de Hécate, forman otro grupo de criaturas que posee numerosos rasgos vampíricos. Se decía que tenían ancas de asno y llevaban chancletas broncíneas, a no ser que tuvieran una pata de asno y otra pata metálica. Parecían ser un demonio femenino con capacidad para transformarse en perras, vacas o bellas doncellas. Se cuenta que acostumbraban a asustar a los viajeros, pero que era fácil deshacerse de ellas con palabras insultantes, pues cuando las oían se alejaban chillando. Cuando adquirían la forma de hermosas doncellas se acostaban con los hombres por la noche o durante la siesta para chuparles su fuerza vital hasta hacerles morir. El término *empusa* viene a decir "entradora por la fuerza", según Suidas. Son identificadas como seres demoniacos ávidamente seductores, "concepción probablemente llevada a Grecia desde Palestina, donde las llamaban lilim (hijas de Lilith) y se creía que tenían ancas de asno, pues el asno simbolizaba la lascivia y la crueldad. Lilith (búho) era una Hécate cananea (...)" (174).

Aristófanes dice sobre la *empusa* que aparece en una vejiga hinchada de sangre. Y Libiano informa que también se llamaba Empusa a la madre de Esquines, pues desde los rincones oscuros se precipitaba sobre niños y mujeres. Hay quien habla de este ser como el fantasma nocturno de la angustia.

Filostrato, en su *Vida de Apolonio de Tiana,* habla de cuando Apolonio desenmascara a la *empusa* de Corinto. En este relato se dice que a Menipo de Licia, un inteligente y apuesto joven de veinticinco años, mientras caminaba por el puerto, se le apareció una mujer, la cual empezó a decirle que hacía tiempo que lo amaba. Menipo quedó prendado de ella y, dispuesto a casarse con la recién conocida, se lo contó a Apolonio. Cuando llegó el día del banquete de bodas Apolonio preguntó por la novia, y cuando le indicaron quién era dijo de ella, y en público, que se trataba de "una de las empusas, a las que la gente considera lamias o mormolicias. Esas pueden amar, y aman los placeres sexuales, pero sobre todo la carne humana, y seducen con los placeres sexuales a quienes desean devorar" (175). Ella se mostró irritada por lo que oía, pero todo el decorado del banquete nupcial empezó a desaparecer. Las copas de oro y lo que parecía de plata se esfumaron. Tras esto la novia reconoció que era una empusa y que tenía pensado devorar a Menipo, "pues acostumbraba a comer cuerpos hermosos y jóvenes porque la sangre de estos era pura" (176).

En este relato, aunque no se habla de transformaciones, se puede observar las características sexuales que la asemejan a Lamia, con la que más tarde se unió hasta confundirse la una con la otra.

Gul / gulo: el primer contacto con el vampiro al adentrarnos en la cultura arábiga lo hallamos en el libro *Las mil y una noches*, libro en el que, además de narrar historias sobre los mismos, muestra varios sistemas para exterminarlos de la faz de la tierra.

(174) Robert Graves. *Los mitos griegos.* Ed. Losada, 1985. Buenos Aires.
(175) Filostrato. *Vida de Apolonio de Tiana.* Ed. Gredos, 1979. Madrid.
(176) Ibíd.

Uno de ellos sería un método algo "inusual" dentro de las creencias que sobre dicho personaje tiene el folklore europeo. Se trata de asestar un número inconcreto de patadas en las partes viriles del vampiro. Otro sistema, más común, sería la destrucción de la criatura mediante el fuego.

El vampiro hace acto de presencia en la mitología arábiga bajo el nombre de *gul* o *gulo* (aunque también se les conocía por *guzles*, *golos*, *giaots* y *gélô*). Algunos afirman que la raíz de este término es igual al de la palabra *ogoljen* (calificativo eslavo para designar a los vampiros cuyo significado corresponde a "despojo", por aquello de que los vampiros "despojan" a sus víctimas del más preciado don, la vida). Richard F. Burton en su libro *El libro de las mil y una noches* dice que *ghúl* (él lo deletrea así) significa "calamidad, miedo, pánico, y el monstruo es la encarnación del horror de los sepulcros y los cementerios".

El *gul*, de género masculino, tenía una compañera llamada *gola* (también *ghúlah*), una mujer de destacada belleza que poseía unas uñas de los pies que terminaban en poderosas garras. La forma de estas uñas era similar a la cabeza de un dragón por lo que, para no delatarse ante los ojos del ser humano, siempre llevaba calzado cerrado. Según las notas de Richard F. Burton en su libro ya mencionado, la *ghúla* era la hebrea *lilith*, la lamia de los clásicos, las hindúes *yogini* y *dakini*, las caldeas *utug* y *gigim* (demonios del desierto).

La alimentación del *gul* consistía en sangre y cadáveres. Gustaba de atormentar a cualquier mortal mientras la hermosa *gola* se movía entre el cielo y la tierra. Las *golas* se instalaban en las cercanías de cementerios y ruinas y la luz solar no les perjudicaba.

***Kappa*:** se decía que vivía en los ríos, charcas, estanques, lagos..., es decir, en el agua. Es una de las figuras del folklore japonés, pobre en seres tipo vampiro (el *kappa* es la criatura que más afinidad tiene con el clásico vampiro de todos los seres que entran en las creencias japonesas). Este personaje frecuentaba la orilla, desde donde atrapaba vacas, caballos y otros animales para chupar su sangre por el ano. Hay quien habla, dentro de las creencias japonesas, del *jikininki*, pero no hemos encontrado referencias del mismo.

***Krvoijac*:** en Bulgaria, Estado del sureste de Europa, en la península de los Balcanes, se utilizaba la palabra *krvoijac* para identificar a un ser que después de muerto permanecía cuarenta días en su tumba, durante los cuales sus huesos se solidificaban e iba adquiriendo una especie de poder mágico. Transcurrido este tiempo podía llegar a salir de la tumba para chupar la sangre a los vivos.

***Lamashtu*:** los sumerios creían ver seres diabólicos y fantasmales por todas partes, lo que provocó que se preocupasen en exceso de ellos y se apartasen, progresivamente, de sus dioses principales como Isthar o Anu (dioses del cielo). Temían, entre otros, a un demonio llamado *lamme* (*lamashtu* en akadio) del que, se decía, tenía siete formas diferentes con sus correspondientes siete nombres. Los propios akadios serían los que, en sus pinturas y estatuas, representarían a este demonio con forma de mujer, desnuda, cuyas orejas y cabeza solían ser las de un buitre o una leona y, cuyas piernas consistían, en lugar de pies, en garras de ave de presa. Para alejar a este ser de nuestro lado se debía realizar un exorcismo que generalmente se trataba de una invitación que se le hacía para viajar al "más allá", devolviendo así al ser diabólico a su lugar de procedencia.

El *lamashtu* es, además, un vampiro que bebe y come la sangre y carne de las personas, incluyendo a los niños, con los cuales cometía, contaban, verdaderas atrocidades. Como era estéril, el *lamashtu* agredía a las madres y mujeres embarazadas a las que pedía que la dejasen dar de mamar a sus hijos, pero que, al carecer de leche, lo que hacía, era vampirizarlos.

Si un recién nacido temblaba o lloraba sin motivo alguno se creía que aquel llanto era claro indicio de que el *lamashtu* no estaba muy lejos. Christoph Daxelmüller dice que no es de extrañar que en una sociedad para la cual "el tener descendencia significaba prestigio social y aseguraba el culto a los muertos", se hubiesen desarrollado rituales de defensa contra la mortalidad infantil provocada por este ser.

También se pensaba que si las madres rechazaban la oferta de ceder sus hijos para que los amamantara, este ser provocaba enfermedades en los neonatos y abortos en las mujeres en cinta.

***Langsuir, langsuyar*:** las creencias malayas hablan de un ser que poseía un orificio en la nuca. Por ahí chupaba la sangre de los niños. Parece ser que el origen de esta entidad se halla en una mujer muy bella que enloqueció al enterarse del fallecimiento de su hijo durante el parto, por lo que echó a volar convirtiéndose en ave nocturna. Se dice que para acabar con su afición por la sangre hay que cortarle las uñas y los cabellos taponando con ello el orificio succionador.

Si una mujer moría durante el parto, o en el plazo de cuarenta días posteriores al mismo, se creía que podía convertirse en una *langsuir*. Para evitar que esta transformación sucediera William Maxwell relata, hablando de esta superstición, que se introduce "cierto número de cuentas de cristal en la boca del cadáver, se coloca un huevo de gallina debajo de cada uno de sus brazos y se clavan agujas en las palmas de sus manos". De esta forma ya no podría convertirse en el temido ser, pues al tener la boca llena no podía gritar, como tampoco agitar los brazos como si de alas se tratara...

Este vampiro de Malasia, exclusivamente femenino, también podía irse a vivir a otro pueblo, casarse con otro hombre y tener otros hijos. Parece haber existido casos, cuentan los ancianos, en los que la *langsuir* se ha rehabilitado, comportándose como una respetable madre y esposa.

Anthony Masters recoge en unas líneas un hechizo para provocar la desaparición de una *langsuir*, aunque no sabemos si se refiere al aquí descrito. Dice: "¡Oh, nube de mosquitos en la boca del río, cuando tras alejarte un buen trecho, tus ojos son aún agudos! ¡Cuando estás cerca eres duro de corazón! ¡Cuando la roca por sí sola de la tierra surge, entonces (y sólo entonces) se llenan de coraje los corazones de mis enemigos! ¡Cuando el cadáver surge de la tierra por sí solo, entonces (y sólo entonces) se llenan de coraje los corazones de mis enemigos! Quizá tu corazón se ablande cuando me contemple, gracias a esta plegaria, por la que me llaman Silam Bayan".

***Lamia*:** quizás, la "narración vampírica" más conocida en Grecia sea la de lamia [(177)], primero llamada Lamiai, sobre la que también existe más de una versión.

Su leyenda, parece ser, nació en Libia. Hija de Belo enamoró al gran Zeus, por lo que éste no tardaría en unirse a ella, hecho que despertó la ira de la esposa del dios (Hera) vengándose ésta en el fruto de ambos. Hera mató a los hijos que Lamia había tenido de Zeus, con la única excepción de Escila.

Ciertas versiones aseguran que cada vez que Lamia daba a luz un descendiente de Zeus, Hera, diosa del matrimonio, se encargaba de que no sobreviviese. Con el transcurrir del tiempo Lamia, desesperada debido a la situación que padecía, se ocultó en una cueva del monte Cirfis (Grecia central). Pero aquello no fue suficiente para Hera, que mediante un maleficio le privó del sueño durante el resto de su vida. Se dice que Zeus le concedió el poder de sacarse los ojos de las órbitas y volvérselos a poner a su antojo, con el fin de poder ver mientras dormía. Y parece que fue entonces cuando, celosa de la felicidad de las madres y sumida en la locura más atroz, Lamia comenzó a robar niños o a lanzarse sobre ellos con el nefasto propósito de devorarlos o desangrarlos. Erberto Petoia dice que las brujas de las que habla

(177) Hay quienes distinguen hasta cinco seres distintos reconocidos todos ellos bajo el nombre de lamia. Cada uno de los mismos con particulares características.

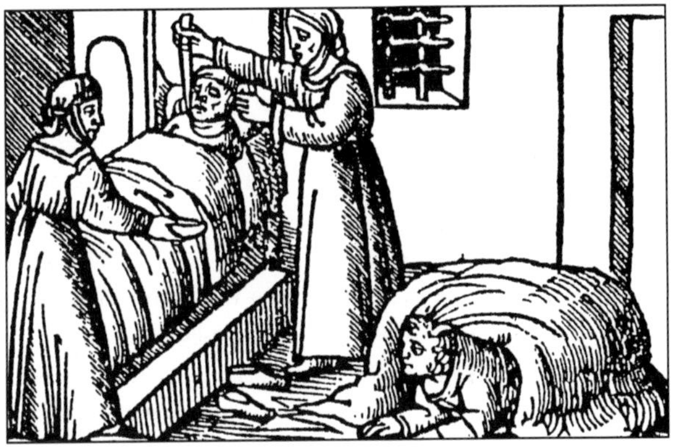

Lamias en el acto de hacerse con la sangre de Sócrates. Xilografía veneciana del siglo XVI

Ovidio en los *Fastos* no son otra cosa que las lamias adaptadas a la tradición latina. Y Robert Graves escribe que la lamia "posteriormente se agregó al grupo de las *empusas* y se acostaba con jóvenes y les chupaba la sangre mientras dormían" (178).

Erberto Petoia dice que "en el ámbito de la cultura latina es donde la lamia encuentra su plena ubicación en el vampirismo, por obra de Apuleyo (...)" (179). En el libro *La metamorfosis*, de Lucio Apuleyo, se narran numerosas historias con fondo vampírico. En una de ellas aparecen dos lamias que, para Petoia, pueden ser consideradas vampiros.

El *gélô* o lamia, alma sin descanso de una muchacha originaria de la isla de Lesbos que, después de fallecer habría regresado del otro lado dedicando su tiempo a raptar niños, era otra de las definiciones que se le aplicaba al término.

Otros autores aseguran que el nombre de lamia proviene de lamios (voracidad). Otros, más fiables, dicen que el nombre "parece ser análogo a *lamyros* (glotón), de *laimos* (garganta o gaznate)" (180). Lo que parece plausible al recibir ese mismo nombre ciertos genios femeninos que se aferraban a los jóvenes hasta ingerir toda su sangre, sangre que tomaban como alimento.

Es de destacar que estas entidades griegas no creaban nuevos vampiros tras atacar a los mortales, sino que éstos morían o sufrían algún daño físico.

Ciertos estudiosos encuentran en Lamia el origen de vampiros de posterior aparición designando, con este nombre, a todas aquellas criaturas vampíricas que, en general, ansiaban la sangre de la juventud y la infancia.

Una opinión no compartida por otros, como Martin Klenk, que dice sobre ella que "resulta difícil ver a un Drácula en tan desdichada madre, que no salía de la tumba, sino de su palacio, para proveerse de jóvenes víctimas con las que calmar su dolor. Lamia no fue un vampiro; aunque sí pudo haberse asociado su maldad a la creencia (...) de que los muertos (...) podían abandonar sus tumbas" (181).

(178) Robert Graves. *Los mitos griegos.* Ed. Losada, 1985. Buenos Aires.
(179) Erberto Petoia. *Vampiros y hombres lobo.* Ed. Circulo de lectores, 1995. Valencia.
(180) Robert Graves. *Los mitos griegos.* Ed. Losada, 1985. Buenos Aires.
(181) Martin Klenk. *25 000 palabras sobre vampirismo.* Ed. Bruguera, 1974. Barcelona.

Pero como lamia se relaciona estrechamente con la brujería y los poderes sobrehumanos debemos exponer aquí, para finalizar lo ya dicho sobre ella, un resumen de la definición que ofrece Russell Hope Robbins en su *Enciclopedia de la brujería y demonología.*

En primer lugar se afirma que *lamia* era un término latino utilizado para designar a una bruja. Según la leyenda clásica Lamia fue una reina libia cuya hermosura había cautivado a Zeus, llegando a tener descendencia con el dios. Entonces se narra que Hera, esposa de Zeus, montó en cólera por la infidelidad de la que había sido objeto y se vengó convirtiendo la belleza de la amante en fealdad. Pero no satisfecha con ello acabó con la vida de los hijos que ésta había tenido con su marido. Lamia se dedicó a matar a los niños de las mortales. Entre sus habilidades y preferencias se encontraba la de seducir a los hombres y beber su sangre, además de recuperar su belleza perdida.

En la versión latina de la Sagrada Escritura (vulgata) se tradujo por lamia a la Lilith hebrea. De hecho, se dice que el origen de Lamia hay que buscarlo en el ámbito de la cultura hebrea, teniendo que relacionarla con la figura de Lilith.

Gervais of Tilbury (1218 aprox.) identificaba el término *lamia*, llamada comúnmente *masca*, con una alucinación que por la noche turbaba la mente de la persona dormida oprimiéndola con su peso. El significado de *lamia* se complica cuando comprobamos que hay quien lo une al de *strix* o *striga* (lechuza), vampiro que se cebaba en los niños. Aunque todos estos términos también se emplean para nombrar criaturas malévolas que trastornan el sueño.

La intrigante anemia que padecían aquellos hombres y mujeres, pálidos sobremanera, fue explicada por los magos griegos, que atribuyeron aquel "extraño" padecimiento al ataque de los vampiros, criaturas que dejaban sus sepulcros al caer la noche para dedicarse a absorber el fluido vital a los vivos.

Lampir: en algunas zonas de Bosnia se cree que una persona fallecida puede llegar a convertirse en lo que ellos llaman un *lampir*. Éste suele regresar de la tumba a su hogar durante la noche para mantener relaciones sexuales con su mujer, o con su marido, y chuparle la sangre. Incluso se habla de embarazos tras las relaciones que un *lampir* ha mantenido con la que en vida era su mujer.

Al hijo nacido de estas relaciones entre vivos y muertos se le conoce con el nombre de *lampijerovic*, y tiene la capacidad, como el *dhampir*, de detectar a los vampiros que aterrorizan el lugar y destruirlos.

***Lilit*:** "Todo lo relacionado con Lilit toma necesariamente como punto de referencia el mundo mesopotámico asirio-babilónico, del que deriva el hebreo" [182]. Se dice sobre ella que fue la primera esposa espiritual de Adán y que se negaba rotundamente a aceptar la autoridad de éste. Adán, cansado e insatisfecho, pidió a Dios que la alejara de ella. Y Lilit fue expulsada del paraíso y en su lugar fue creada Eva.

Otra versión asegura que fue Lilit quien pidió a Dios el poderse marchar. La cuestión es que desde su alejamiento del Paraíso Lilit tomó una actitud furiosa por no poder tener hijos; y se dedicó a atacar a los recién nacidos. Algunos aseguran que chupaba la sangre de los infantes.

***Liougat*:** es un reviniente albanés que es identificado como un muerto que, poseyendo unas enormes uñas y envuelto en sus sudarios, ahoga a los hombres y devora todo lo que encuentra a su paso. En este caso, lo que también ocurre con otros seres, el lobo es su enemigo.

***Mara*:** algo parecido a la conocida Pesadilla y al Efialtes era el *mara*; una bella mujer en apariencia, pues bajo esa máscara se ocultaba en realidad un troll. Por la noche, o a cualquier hora del día, se tumbaban sobre el pecho de los durmientes. Esta proximidad provocaba que la gente encontrase dificultades para respirar durante sus horas de sueño, además de no poder moverse. Encontramos la creencia en el *mara* en tierras escandinavas.

Según Anthony Masters, el único medio de ver la forma humana de la espectral *mara* "era tendiéndose sobre la espalda, empuñando un cuchillo con la mano descansando sobre el pecho y la punta de aquél dirigida hacia arriba. Cuando el espectro adoptaba la forma humana, la punta del cuchilo se clavaba en el cuerpo del *mara*, el cual, lleno de espanto, huía".

***Muroii*:** otro término que en Rumania alude al vampiro es el de *muroii*, que parece significar "no muerto". No se trata de muertos que se levantan de sus tumbas, sino de vivos, de brujos y hechiceras que entran en trance y sacan su espíritu del cuerpo para actuar a través de él. Pueden cambiar de forma, y no sólo roban la sangre de los vivos, sino también su belleza y juventud, roban su energía.

***Mullo*:** se creía que tenía varias posibles formas de manifestación. En Rumania, entre los gitanos de los Balcanes, se hablaba de él como de un cadá-

---

(182) Erberto Petoia. *Vampiros y hombres lobo*. Ed. Circulo de lectores, 1995. Valencia.

ver que se había incorporado, como una figura fantasmal, etéreo, o como manifestaciones luminosas conocidas como *mullo-doods* (luces fantasmas).

Mullo viene a significar "uno que está muerto" o "el que está muerto", y los había con buenas y con malas intenciones. Unos convertían a los vivos también en *mullos*, y otros protegían a sus familiares contra las desgracias. Existían también aquellos que copulaban con sus parejas en vida hasta dejarlas agotadas (se decía esto, sobre todo, del vampiro masculino, que incluso mantendría relaciones sexuales con otras mujeres). El *mullo* (o *mulo*) gitano podía regresar por haber dejado algún negocio sin terminar, para escarmentar a sus familiares por no haberle dado un funeral correcto, por haber muerto inesperadamente... Estos vampiros, al igual que otros, eran vistos tanto de día como de noche.

Los gitanos pensaban que sus vampiros podían mover y lanzar cosas o hacer ruido. Volverían para destruir la propiedad de sus familiares e incluso chuparles la sangre. El *dhampir*, hijo de un vampiro, también existía en la creencia gitana, siendo un individuo que podía frenar y poner punto final a las acciones del no muerto. Además, como remedio, una aguja de acero era clavada en la zona del corazón del cadáver desenterrado, o a través del estómago. Otras veces era decapitado y en otras, en casos extremos, llevado a la hoguera. Algunas familias gitanas del Este ortodoxo, como en Rumania, utilizaban el agua sagrada para lanzarla contra el vampiro. En algunos territorios los gitanos mantenían que el vampiro sólo tenía una vida de cuarenta días.

***Murony*:** al sur de Rumania se halla Valaquia, que se extiende entre los Alpes de Transilvania y el Danubio. Los turcos se posesionaron de ella en 1389, pero con la derrota del Imperio turco en la guerra de Crimea (1877) se reconoció su independencia y, unida a Moldavia, se convirtió en el núcleo inicial de Rumania.

Sería en esta región, que el río Aluta divide en Pequeña y Gran Valaquia, en donde se habló del *murony*, al cual se le conocía por su habilidad para cambiar de forma y transformarse en gato, sapo o insecto chupador de sangre, siendo bajo esta forma cuando se alimentaba de los vivos.

Se solía ir a la tumba del sospechoso. Si en ella se encontraba un cuerpo con largas uñas y sangre fresca en sus venas se le atravesaba la cabeza con un largo clavo de hierro.

***Nachtzehrer*:** se dice que se trataba de una persona que había nacido envuelta en la membrana o placenta roja (algunos bebés nacen con la membrana amniótica cubriéndoles la cabeza). Este individuo estaba destinado a ser un vampiro cuando falleciese. Cuando muere, en el interior de su tumba, va devorando su sudario a la vez que con ese acto van falleciendo todos sus parientes. Algunos dicen que por la noche se transformaba en un cerdo que iba de aquí para allá. En ocasiones subía al campanario y hacía sonar las campanas y se aseguraba que quien las escuchase estaba condenado a morir.

Una vez localizado (se dice que por los ruidos que se oían bajo la tumba al masticar y tragar su propio sudario) le era colocada una moneda en la boca antes de cortarle la cabeza, que era enterrada separada del cuerpo. La creencia en un ser con este nombre estuvo en Silesia, Bavaria y entre algunos eslavos, habiendo quien la sitúa también en Alemania.

***Nelapsi*:** se dice que el *nelapsi* es un vampiro que existió y existe en zonas como Eslovaquia y del cual se cree que tiene dos corazones. Cuando sale de la tumba sube a la torre de la iglesia y toca las campanas. Cuentan que mata al ganado y a sus vecinos. Las semillas de amapola esparcidas en el camino del cementerio a la aldea suelen distraerle y así disminuir su acción destructora. Cuando es detectado suele ser estacado o incinerado.

***Neuntoter*:** se traduce como "nueve asesino" o "asesino de nueve", y está fuertemente relacionado con las epidemias, durante las que, dicen, aparece u ocasiona. Se le suele colocar un limón en la boca para inmovilizarle e impedir que haga sus fechorías. Algunos autores exponen que el folklore lo representaba con un cuerpo cubierto de horribles llagas de las que emanaba un olor repugnante. Es un vampiro que parece haber sido conocido en Alemania.

***Nora*:** el repaso del folklore húngaro, según los estudiosos del mismo, ha negado la común creencia, extendida por Augustin Calmet, Montague Summers y Bram Stoker, de que Hungría fuese una cuna y un territorio lleno de vampiros. Aunque no estuvo vacío, como ninguna otra región, de seres con características vampíricas.

En Hungría se habló del *nora*, por ejemplo, un ser invisible con capacidad de dejarse ver cuando quisiera. Quienes lo veían hicieron una descripción de un ser pequeño, como un duende. La creencia decía que saltaba sobre sus víctimas y chupaba de sus pechos. Su acción hacía que el pecho de la víctima se hinchase. Ésta, como remedio, se frotaría la zona afectada con ajo.

***Nosferatu*:** en Rumania, y sobre todo en Transilvania, se ha hecho uso de este término que ha dado título a varias películas. Se mantuvo la creencia de que el *nosferatu* era el hijo ilegítimo de dos personas que, a su vez, habían sido hijos ilegítimos. Con la capacidad de transformarse en gato negro, escarabajo o mariposa, chupaba la sangre de los vivos mientras éstos dormían. Visitaba a hombres o mujeres dependiendo de su sexo. Si el *nosferatu* era hombre visitaría a mujeres, si era mujer hombres. En este caso, como ocurre con otros seres de la oscuridad, las mujeres podían llegar a quedar embarazadas por la intervención del no muerto. Pero el fruto de esta relación, al contrario que en otras ocasiones, no tenía la capacidad psíquica de detectar vampiros. Los hijos de estas relaciones eran reconocidos por su fealdad y por tener pelo en todo el cuerpo. Algunos afirman que *nosferatu* es una palabra del antiguo eslavo que significa "el que lleva la plaga".

***Obayifo*:** se trataba de un vampiro que, bajo diferentes nombres, existía entre algunas tribus de África. Los dahomeans, por ejemplo, pensaban que el *obayifo* era una bruja que conseguía pasar desapercibida entre los miembros de la comunidad y vivir con ellos. Estas brujas tenían la capacidad de dejar su cuerpo y viajar de un sitio a otro bajo la forma redonda de una luz brillante. Se decía de ellas que atacaban, sobre todo, a los niños, a los cuales chupaban la sangre.

En algunas tribus de África Occidental los espíritus de aquellas personas que han fallecido de forma violenta constituyen poderosos motivos de temor. Se cree que las personas malvadas en vida llegan a ser espíritus perversos en muerte. Además, el no realizar correctamente los ritos funerarios puede ser motivo suficiente para que el alma del difunto se vengue por tales descuidos.

Algunos han comprobado que en otras tribus de África oriental existe el chamán o médico-brujo con la facultad de, al igual que el *dhampir*, identificar al espíritu responsable de la plaga o muerte de algunos miembros de la tribu por no haber logrado el reposo.

***Ohyn*:** se trata de un niño que nace con la membrana y con dientes ya visibles. En Polonia se creía que un *ohyn*, cuando moría, se comía su propia carne en la tumba. De esta forma, sin salir de la fosa, y como si fuera por "resonancia" o "simpatía", iba causando la muerte de sus familiares.

***Penanggalan*:** Decían que eran cabezas desgarradas de mujeres de cuyos cuellos colgaban los intestinos. Se trasladaban volando y les gustaba beber la sangre de los recién nacidos y de las parturientas (de estas últimas en el momento de dar a luz). Para combatirlas se debían untar esos intestinos en vinagre. Aunque otras versiones, las que hablan de personas con capacidad para transformarse en un *penanggalan*, dicen que el vinagre era usado por el propio monstruo para mojar sus intestinos, así éstos podían volver a su lugar después de haberse desplegado fuera del cuerpo. Se trata de una creencia malaya cuyo primer relato dice que cuando una mujer estaba sentada cumpliendo penitencia, un hombre se le hacercó preguntando qué hacía en ese lugar. La mujer, quizás ensimismada e intensamente concentrada en ese momento, se llevó tan gran sobresalto que al intentar huir se golpeó la barbilla con tal violencia que la cabeza, con los intestinos colgando de ella, se le separó del cuerpo. Parece ser que desde entonces esta mujer ha existido bajo la forma de espíritu que, sentada en las ramas de un árbol, esperaba un nuevo nacimiento para beber la sangre del recién nacido. Las hojas de una planta que tiene numerosas espinas servían a los creyentes para protegerse contra este ser. Se pensaba que tales espinas se clavaban en los intestinos colgantes del *penanggalan*, por lo que esta planta se colocaba en puertas y ventanas.

***Polong*:** en Malasia también existe la creencia en otros tipos de vampiros. Así, nos topamos con uno llamado *polong*, que no superaba la longitud de la yema de los dedos de una persona y cuyo plan de ataque consistía en que el *pelesit* (cómplice) hiciera un agujerito en el cuerpo de la presa para que pudiese penetrar por él. Su presencia interna en la víctima ocasionaba a ésta una locura que le producía una incontenible furia. Pero, ¿de dónde surgían ambas criaturas?. La magia, una vez más, era la responsable de su existencia. El *pelesit* era creado con la lengua de un muerto, y el *polong* con la sangre de un hombre asesinado. Esta sangre era conservada en una botella (algunos dicen durante siete días) y se recitaban sobre la misma los conjuros necesarios, tras los cuales el *polong* tomaba vida propia. Después de su creación, tanto el *polong* como el *pelesit*, debían ser alimentados cada día con sangre.

***Pontianak*:** El caso del *pontianak* está ligado al *langsuyar* (ya citado). Se trataba del niño que había nacido muerto. Se pensaba que tomaba la forma de una lechuza o búho de la noche. Para prevenir que un recién nacido muerto se convirtiera en un *pontianak* (también conocido como *mati-anak*) se hacía lo mismo que para evitar la trasformación de una mujer en *langsuyar*, es decir, se clavaba una aguja en las palmas de las manos del niño muerto, se le introducían unos cristales en la boca, y se le colocaba, bajo cada brazo, un huevo de gallina. Un hechizo para lograr la desaparición de un *pontianak* dice: "Oh *Pontianak*, el nacido sin vida, arrastrado serás por el suelo desde el montículo de la tumba. Cortaremos luego el bambú por encima y por debajo de los nudos, el largo y el corto, para cocer en él el hígado del *Djinn Pontianak*, por la gracia de «No hay más dios que Dios»."

***Strige / strix*:** En Italia, como en muchos otros lugares, eran las brujas, y no los muertos, las que acababan con la existencia de los niños al beber su sangre. Los italianos se defendían de semejantes criaturas con unas bolsitas (cuyo contenido estaba compuesto de sal), cruces, leyendo ciertos pasajes de la Biblia, rezando el credo o colocando una estola sobre la cabeza del niño que se quería proteger. Como prevención ponían el cuerpo de un perro o gato muerto colgado delante de la puerta del hogar (con esto conseguían que, de llegar la bruja, ésta se pusiera a contar los pelos del cadáver, por lo que el amanecer la sorprendería y, si no deseaba ser descubierta por la familia del niño, no le quedaba más remedio que huir).

"Existen unos voraces pájaros [dice que son descendientes de las harpías] (...) con una enorme cabeza, ojos saltones, pico adaptado para la rapiña, alas grises, garfios por uñas. Vuelan durante la noche, atacan a los niños que no tienen nodriza y corrompen los cuerpos que arrebatan de sus cunas. Dicen que con sus picos desgarran las entrañas de los pequeñuelos lactantes e hinchan sus gaznates con la sangre que chupan. Se los conoce con el nombre de vampiros (striges), nombre que les viene de que suelen emitir horrendos chillidos en medio de la noche [(183)]. En el texto latino no dice que se los conozca con el nombre de vampiros, como hemos colocado en letra cursiva, sino que establece una relación etimológica entre *striges* (vampiros) y *stridere* (chirriar).

Strix o *strega*; así se llamaba a las brujas vampiros en Roma y en casi toda Italia; un término que pasó a Grecia como *strige* y a Rumania como *strigoi*, aunque todos estos términos también eran mezclados y utilizados en la misma Italia (J. Gordon Melton dice que la *strega* de la Italia medieval fue primero conocida como *strix*, y como *strigoi* en Rumania).

El ave quebrantahuesos (a la que se creía un vampiro) es protagonista de una de tantas leyendas romanas. A esta ave se le llamaba *strix*, y se contaba que había bebido la sangre, durante varias noches, del infante Proca. Los ataques cesaron cuando fueron tocados tres veces con una rama de madroño los dinteles y la puerta de la casa por una venerable dama, al tiempo que la misma recitaba un conjuro.

(183) Publio Ovidio. *Fastos*. Editora Nacional, 1984. Madrid.

Algunos aseguran que de esta leyenda deriva la creencia que tenían en las *striges*, pájaros nocturnos que se alimentaban de la carne y de la sangre de lactantes y de niños de más edad. Aunque de modo más general se habla de que fueron las inexplicables muertes de los niños durante el embarazo y durante los primeros meses después de éste las que le dieron origen. Se las describía con cabeza grande, de la que destacaban unos ojos fijos y un pico amoldado a la rapiña. En lugar de uñas tenían anzuelos y su plumaje era de color blanco. Se les había llamado *striges* debido a que graznaban de una manera que helaba la sangre de las venas (el término *striges* parece derivar de *stridere*, que significa graznar). Quizás debido a la seguridad de que dichos seres existían también a la lechuza terminó llamándosele, al parecer, *estrige* por ser un depredador de la noche, mezclándose así con la tradición del vampiro.

En Roma, en caso de no cumplir alguna celebración relacionada con el culto a los muertos, se decía que los difuntos salían de sus sepulcros corriendo para recorrer toda la ciudad gritando enérgicamente y lamentarse durante toda la noche.

***Tii*:** Los estudiosos han hallado en tierras polinesias una creencia muy antigua referente a los *tii*, término cuyo significado viene a ser "almas de los muertos". Lajos Gyula escribe que los *tii*, según el folklore polinesio, salen durante la noche de sus tumbas para colarse en las casas de los hombres, en donde a aquellos que duermen incautos les beberán su sangre y comerán su corazón. Los vecinos mueren así por las sucesivas sangrías que estos seres les ocasionan.

***Tlahuelpuchi*:** La cultura azteca llama *tlahuelpuchi* a una bruja o brujo que chupa sangre. Se trataba, por lo general, de una mujer con capacidad para transformarse en varios animales, siendo bajo esta apariencia como atacaba a la gente y chupaba su sangre.

Como ocurría en muchas otras zonas, ésta bruja también pasaba desapercibida para los miembros de la comunidad, ya que su detección resultaba muy difícil.

Se decía que una *tlahuelpuchi* comenzaba a disponer de la capacidad de la transformación en animales cuando se daban en ella las primeras menstruaciones, tiempo durante el cual, de forma pareja, se empezaban a despertar en ella las ansias y la sed de sangre. Era creencia que estas brujas tenían que tomar sangre al menos una vez al mes, habiendo algunas que lo hacían hasta cuatro veces al mes.

Las *tlahuelpuchi* tenían una capacidad no muy difundida entre sus semejantes: el poder de hipnotizar a sus víctimas o a cualquiera que en su camino se interpusiese. Podían incluso hacer que la gente se suicidase.

El ajo fue usado como elemento de protección, y a falta de éste, la cebolla podía ocupar su papel. También cualquier objeto en forma de cruz, si era de metal mejor, o medallas sagradas incluso el espejo podía frenar a la *tlahuepuchi.*

Si una de estas brujas era descubierta en el pueblo se apedreaba o apaleaba hasta acabar con su vida. Después sería enterrada fuera del camposanto, en un lugar abandonado.

Algunos investigadores han confirmado que la creencia en la *tlahuelpuchi* ha seguido siendo mantenida hasta no hace mucho (en este siglo) en algunas aldeas de México.

En tierras brasileñas, el *jaracaca* (con aspecto de serpiente) tomaba el lugar del niño cuando la madre lo estaba amamantando, dando al niño su cola para que la chupase. Algo parecido a lo que hacía el *bestardo/a* español.

Ustrel: el *ustrel* es un vampiro búlgaro. Se trataba del espíritu de un niño nacido en sábado y muerto antes de recibir el primer sacramento: el bautismo. Se creía que el noveno día después de su muerte el *ustrel* regresaba del cementerio y atacaba el ganado del poblado para chupar su sangre. Antes del amanecer volvería a su tumba.

Los búlgaros creían también en la existencia del vampirdzhija, algo así como un cazador de vampiros con capacidad para detectarlos.

***Varou*:** en el grupo de las islas del Canal, o Normandas, y sobre todo en la isla Guernesey (que forma parte de las anteriores), se hablaba de un ser de la noche llamado *varou* que tenía que saciar su hambre y su sed con sangre humana. De todas formas, se le relaciona más con el hombre lobo.

***Vieszcy*:** algunos autores aseguran que en Rusia se conocía a estos seres bajo diferentes nombres. El *vieszcy* era un vampiro que durante la noche, exactamente a las doce en punto, acostumbraba a dejar su sepulcro e ir a tocar las campanas de la iglesia, chupaba la sangre al ganado y se mordía los pies y las manos mientras yacía en su tumba. Otros vampiros eran conocidos como *ynóp* o *camnúp*.

***Vrykolakas*:** la escritura de su nombre es variada. Unos escriben *vrykolakas*, otros *brycolacas*, algunos *burculacas*... Calmet los menciona en su *Tratado* *sobre los vampiros*, pero sería Davanzati quien más escribiría sobre ellos. Son los vampiros de Grecia.

Se dice que el término *vrykolaka* deriva de la expresión eslava *vdlk'b dlaka*, que antiguamente significaba "pellejo de lobo". Se cree que el término se desarrolló entre los eslavos del sur para pasar posteriormente a los griegos.

Los *vrykolakas* regresaban de la tumba por varios motivos, entre los que también se encontraba el haber dejado algún negocio o trabajo por acabar, haber sido maldecido en vida, cometer algún acto impuro, morir violenta y repentinamente o no ser enterrado. Estos revinientes, una vez descubiertos, serían quemados, decapitados o estacados. Anthony Masters dedica unas líneas a un texto de 1888 escrito por un monje que habla del *vrykolaka*.

> "(...) la mayoría de los que han muerto en pecado o han sido excomulgados, se convierten al morir en vrykolakas, es decir, poco después de la separación del alma un espíritu maligno se posesiona del cuerpo ocupando su lugar y adoptando el aspecto del cuerpo muerto, transformándolo en vrykolaka u hombre demonio. De este modo guarda el cuerpo como si de su casa se tratara y evita su corrupción (...) La práctica más corriente de los vrykolakas es sentarse sobre el cuerpo de los durmientes a los que causa una gran opresión, pudiendo, incluso, causar la muerte por asfixia. En este caso, la víctima se convierte también en vrykolaka (...)".

Vampiros en otros lugares

Sólo podemos generalizar y mencionar de pasada los seres tipo vampiro que "existen" y las zonas que los albergan o albergaban. Las anteriores líneas y las que ahora siguen sólo pretenden hacer una vista de pájaro por encima de la multitud de entidades que pueden encontrarse en las creencias populares de siglos pasados.

En España, por ejemplo, parece ser que el vampirismo brujeril centró su campo de acción en el norte de la península más que en otras zonas. Y es, concretamente en cuatro comunidades autónomas de la parte norte donde encontramos varios casos relacionados con estas criaturas.

Una de ellas era Navarra, donde las conocidas brujas de Zugarramurdi causaban "estragos" en la población. En el proceso contra dichas brujas (noviembre de 1610) se nos describen ciertos hechos cometidos por las mismas e inducidos por Satanás. La relación nos ofrece los testimonios de Miguel de Goiburu y Graciana de Barrenechea, rey y reina del aquelarre. Sus confesiones tratan muy directamente del vampirismo: "Y a los niños que son pequeños, los chupan por el seso, y por su natura, apretando recio con las manos, y chupando fuertemente les sacan y chupan la sangre (...)".

Además, el propio Miguel de Goiburu confesó haber bebido la sangre de un sobrino suyo hasta causarle la muerte. Otra de las apresadas, María de Iriarte, reconoció haber ahogado y más tarde succionado la sangre de nueve niños y niñas, llegando a matar también a una mujer y tres hombres.

En el País Vasco se recoge un caso acaecido entre 1555 y 1558, en el que un tal Diego de Guinea y María de Guesala, entre otros, habían sido acusados por la niña Catalina de Guesala y denunciados por Juan de Arana y su esposa. Tras la denuncia surgió un testigo imprevisto, Hurtado de Areilza y Torreçar, que afirmó recordar que cuando contaba con cuatro años Diego de Guinea se lo llevaba a su casa y le producía heridas en las muñecas, detrás de las orejas y en las rodillas, chupándole después la sangre. Más tarde le cubría los cortes con un ungüento y lo llevaba a su cama. Para comprobar este testimonio los jueces pidieron ver las cicatrices de tales heridas que, efectivamente, el acusador tenía. Los acusados fueron flagelados por medio del tormento del agua y el cordel.

Asturias también tuvo sus brujas-vampiro, y era aquí donde la llamada *güaxa* atacaba a los niños, utilizando para tal propósito el único diente que poseía, con el cual sustraía la sangre de los pequeños. A esta bruja se la veía como a una vieja de rostro feo en cuyos ojos el fuego refulgía. Además se la relaciona con algunas *coruxas* (búhos) que se comen a los rapaces traviesos (según Braulio Vigón, el origen de *güaxa* es la voz onomatopéyica del grito de esta clase de búho, aunque hemos de apuntar que otros estudiosos no son de la misma opinión).

Ya en tierras gallegas encontramos a unas mujeres, que responden al nombre de *xuxonas*, que chupan la sangre de los infantes dejándolos en un estado denominado *enguenido*, que viene a ser flojera y anemia. Para curar dicho estado se necesitan tres mujeres cuyo patronímico sea María, las cuales deben depositar al niño aquejado del mal mencionado sobre el altar que muestra al santísimo durante la festividad del Corpus. Esto, sumado a ciertos cánticos, parece asegurar la recuperación del enfermo y la desaparición de toda amenaza brujeril.

En la España mediterránea, concretamente en Cataluña, existen varias leyendas e historias relacionadas con el tema, y los nobles Struch y Ugarés parecen haber sido los protagonistas de las mismas, surgidas en plena Edad Media.

Durante el año 1212 (siglo XIII) cabalga, junto al rey don Pedro el Católico, con el propósito de enfrentarse a las tropas de Miramamolín Muhamad el Nasir (que intenta conquistar tierra española), el conde de Struch. Después de vencer junto al rey, el conde Struch (extranjero) deseó instalarse en España, por lo que aquél le obsequió con un feudo cercano a Llers, mostrándole de esta manera su gratitud. Allí fue donde tuvo problemas con unas hechiceras ampurdanesas, las cuales lo maldijeron convirtiéndolo, tras su muerte, en un vampiro cruel y devastador. Pero, según la historia, gracias a la intervención de un mago de Figueres (posiblemente de origen judío) que llevó a cabo un ritual, consiguió descansar en paz el desafortunado conde, admirado y querido en vida, temido y odiado en muerte.

También se dice que en el siglo X llegaron a tierras de España unos salvajes guerreros cuya procedencia se hallaba en las riberas del mar Caspio. Estos guerreros recibían el nombre de *ungulos* o, también, *ungríos* y sus cuerpos inertes, en ocasiones, muchas veces después de las batallas, yacían abandonados a merced de cualquier poder maligno.

Es de creer que fuera uno de aquellos vampiros, que provenía del hogar natal de los Ungríos, el que utilizando extraños ritos volvió a la vida a uno de aquellos cadáveres. Cuentan que el cadáver fue criado en una casa fortificada cercana a Amer y situada en la parte superior de un cerro. Y cuando el reviniente fue instruido en magia póstuma se le envió al otro extremo del valle, concretamente a una montaña en la que destacaba un menhir.

Transcurrieron los años y en el lugar donde se erguía el mehnir se edificó un majestuoso y amenazador castillo que recibió el nombre de Estella (otros escriben el nombre Stella). En éste habitaba un repugnante ser llamado Ugarés (se cita que el término pudiera proceder de *ogres* que viene de *ogro*). A éste se le imputaron tendencias caníbales y vampíricas (la leyenda narra cómo la cocinera le servía un niño secuestrado para comer) que lo convertían en, poco más o menos, inmortal.

En 1427 ocurre un hecho insólito, un terremoto sacude la zona cebándose en el castillo. En el cerro donde se hallaba situado el castillo una enorme grieta se produjo por efecto del temblor, de la cual emanaron vapor de azufre, llamas azuladas y un pestilente olor a huevos podridos que asfixiaba al que se acercase al lugar. Los lugareños huyeron de aquel fenómeno, considerándolo una batalla entre las fuerzas del bien y del mal. El castillo y su morador desaparecieron, pero tiempo después, en 1483, una epidemia asoló a los habitantes de la región que, por supuesto, creyeron ver en Ugarés al responsable de los acontecimientos.

Por otra parte, en Pratdip (un pequeño pueblo situado cerca de Tivissa, en Tarragona) se creía en la existencia de los *dips*, seres extraños alojados en los bosques cercanos a la localidad y que, en ocasiones, durante la noche, llegaban a recorrer las calles del pueblo. Su aspecto era semejante al de los perros, diferenciándose de éstos en la alimentación, que era a base de sangre.

Debió ser importante la presencia de estas criaturas en la localidad, ya que le dan nombre e incluso aparecen en su emblema.

Si nos dirigimos al santuario de Santa Marina, cercano al lugar, podremos contemplar el sitio en el que, antes de la guerra civil, había un altar sobre el que se hallaba la santa y el cual era sostenido por cuatro *dips*.

* * *

En Egipto y Oriente Medio se hablaba de las diosas Baba, Srum y Apop que, con afilados colmillos, se dice que se alimentaban de cadáveres en descomposición. Hay quienes llaman la atención sobre las palabras de Hermes que están recogidas en el famoso *Libro de los muertos* y que parecen hacer referencia al tema en el que este libro se centra: "Las almas bajas y malvadas permanecen encadenadas a la tierra en un estado de no muerte". Los asirios temían al *agazapado* y al *raptor*, que despedazaban a hombres y mujeres y se colaban en las casas penetrando por las rendijas de las mismas. En Babilonia puede encontrarse el *ekimmu* que, al no encontrar el reposo eterno, era obligado a vagar como un espectro; los demonios *utuhhu* o los *rappaganmekhab*. En Israel, por ejemplo, la principal protagonista es Lilith, que no hemos tratado extensamente por estar ya mencionada en multitud de tratados. En la India existía el *râkshara*, un espíritu maligno que posesionaba los cuerpos de los difuntos y practica el canibalismo con víctimas humanas. Los indúes también reconocían al *pisaca* o a los *bhutas*, estos últimos relacionados con Shiva. También hay quien en esta cultura hace resaltar a Kali como una entidad con tintes vampíricos.

* * *

Como se ha podido apreciar, existen muchos seres "maléficos" del más allá y del acá que tienen que ver, ellos o algunos de sus actos, con el vampirismo. Empero no todos pueden recibir la denominación de revinientes o de redivivos, términos utilizados en Europa central para referirse al vampiro.

Es decir, de las muchas entidades tipo-vampiro que pueden hallarse en el folklore de los distintos países podría hacerse una clasificación que, aunque incompleta, nos ayudaría a sintetizar y esquematizar la variedad de seres expuestos en líneas anteriores.

De esta forma, podríamos hablar en primer lugar de aquellos que en vida ya eran vampiros o tenían aptitudes vampíricas, como brujas y hechiceros que, por la noche, ya sea utilizando como vehículo su propio cuerpo físico, transformados en algún animal o bajo su cuerpo inmaterial o espiritual, se acercaban hasta los vivos para succionarles la sangre o la energía. En un segundo grupo podrían incluirse los que han muerto y vuelven "en espíritu" con intenciones hostiles, que molestan y atacan extrayendo también la sangre y la fuerza vital energética de las personas, debilitándolas, causándoles enfermedades y provocando su muerte. Por último, estarían aquellos seres que volvían de la tumba, una vez muertos y enterrados, con su cuerpo físico. Es ésta concepción del vampiro la que en Occidente tenemos actualmente: la del cadáver que camina después de haber salido de su tumba. No en espíritu, sino bajo su forma física. Era a los seres que pertenecen a este tercer grupo a los que, de forma general, también se les denominaba revinientes [(184)] o redivivos, no a los que se incluyen en los otros dos.

Los dos últimos grupos solían mezclarse y confundirse a veces en el folklore de algunas aldeas y regiones para poder llegar a explicar así las numerosísimas lagunas que se creaban al intentar mantener la creencia en seres semejantes. Hay que tener en cuenta que con el tiempo estos seres iban evolucionando y cambiando la forma de aparecerse, los motivos de su regreso... (la concepción que se tenía sobre los mismos iba variando). Llegó un momento en el que no precisamente acabó llamándose *reviniente* a las entidades del tercer grupo, sino que los términos *vampiro*, *upiro*, *reviniente*, *redivivo*, *sanguijuela*, *nosferatu*, *brucolaco*... ya no eran exclusivos de un determinado ser.

(184) Hay quien afirma lo contrario; que el reviniente es, sólamente, el que regresa en espíritu.

La sangre

"Pero al diablo sólo puede tenerle miedo aquel a quien le han metido el miedo en el cuerpo". Chistoph Daxelmüller.

Prácticamente desde el principio, es decir, desde la catalogación del vampiro como "monstruo", se le definió como un ser chupasangre. Ahora es ésta la característica más sobresaliente con la que se le identifica. Sin embargo, esta cualidad tan conocida y difundida de su comportamiento, que se puede leer en cualquier definición que sobre él se hizo y se hace, parece no corresponderse de forma tan clara e intensa con los verdaderos acontecimientos que las narraciones de los sucesos nos cuentan. Es decir, casi no se relatan casos (o por lo menos no en número significativo) en los que se diga o afirme que la víctima, enferma o muerta ya, haya sufrido tal pérdida de sangre y se especifique por dónde. Se decía que la gente moría del *mal del vampirismo*, pero no siempre se especificó claramente que este mal fuese la pérdida drástica del fluido rojo a través del cuello y causado por un mordisco.

Es posible, sólo una posibilidad, que al vampiro se le atribuyera la característica de chupar la sangre a sus víctimas porque, cuando los aldeanos desenterraban un cuerpo y lo encontraban manchado de sangre (mirar las razones de este ensuciamiento en el capítulo *El vampiro sobrenatural*), suponían que semejante cuerpo yacente se había incorporado para chupársela a sus víctimas; sangre con la cual ensució su rostro, sobre todo la zona de la boca, y sus ropas (típica descripción ésta al desenterrar un cadáver-vampiro). Los pueblerinos poco o nada sabían sobre fenómenos posmórtem, ni sobre la incorrupción de los mismos, como tampoco sabían que el cuerpo, una vez muerto, puede llegar a sangrar. Por eso achacaban tales rastros de sangre a las, según su creencia, siniestras actividades del cadáver.

En su día, la "evidencia" del vampiro como un ser chupasangre la encontraron aquellas gentes en los cuerpos de los difuntos que desenterraban, estacaban y decapitaban. Pero tal "evidencia" casi nunca fue respaldada por las víctimas del maligno ser, sobre las cuales no se encontraba mancha alguna de sangre que ofreciera algún indicio de que alguien les hubiera estado haciendo alguna extracción; como tampoco se menciona haber encontrado las marcas que unos dientes, al hundirse en la carne, debieran haber dejado sobre la piel de la víctima. Es posible pensar que, a veces, los síntomas que presentaba el afectado por el *mal del vampirismo* pudieron ofrecer un campo abonado para relacionarlos con la pérdida de sangre, como la palidez. De hecho, algunos pueblos reconocieron que la principal razón por la cual concluían y pensaban que los vampiros chupaban la sangre se debía a que los vivos quedaban *extenuados a ojos vista, mientras que los cadáveres, como si fuesen sanguijuelas, se llenan de sangre con tal abundancia que les sale por los conductos y hasta por los poros.*

Lo que intentamos decir es que, al parecer, lo de chupar la sangre no surgió como una evidencia física que pudo hallarse claramente en la víctima (excepto esos signos de palidez y extenuación, característicos de muchas enfermedades y cuando la persona va a fallecer), sino como resultado de desenterrar al supuesto vampiro y ver que estaba manchado de ella. Nadie comprobó, por lo menos no se menciona, si efectivamente la víctima había perdido alguna cantidad de sangre. Tampoco se encuentra el testimonio de alguien que hubiera podido ver a un vampiro en pleno acto succionador.

Calmet recibe una carta en la que le dicen que esos pueblos son más supersticiosos que los demás, que cuando sospechan de una persona muerta como posible vampiro le cortan la cabeza con una laya, y "si sale alguna gota de sangre concluyen que es la sangre que ha chupado a una persona" (185). Un ejemplo representativo de esto de lo que hablamos es el de Pedro Plogojovits que, muerto desde hacía diez años, se apareció una noche a algunos vecinos del lugar, cuando éstos dormían. Se dice que "les apretó de tal modo la garganta que murieron en 24 horas. Así perecieron nueve personas ... en el espacio de ocho días" (186). Más tarde, cuando desenterraron el cuerpo de este hombre "advirteron también sangre fresca en la boca, que el pueblo creía que el vampiro había chupado a los hombres a que había causado la muerte" (187). En este caso, como en la mayoría, de la víctima casi nunca se dice que ha sido mordida o succionada, y tampoco por dónde; y cuando se dice, no se describen las marcas del mordisco que obligatoriamente deberían de ser evidentes en el cuerpo. Se hace difícil pensar que sobre unos sucesos tan detallados, como son los de los vampiros, las crónicas hayan pasado por alto la minuciosa descripción de las terribles y profundas marcas que unos dientes habrían dejado sobre el cuerpo de la víctima. Esta falta de

(185) Augustin Calmet. *Tratado sobre los vampiros.* Ed. Mondadori, 1991. Madrid.
(186) Ibíd.
(187) Ibíd.

mención se debe a que, como venimos diciendo, los dañados no mostraban tales marcas. Era cuando veían al cadáver manchado de su propia sangre cuando, al no saberlo, pensaban que era el fluido de sus supuestas víctimas. La correlación que hacían era ingeniosa y, en apariencia, lógica, pero la causa no se correspondía con el efecto (las apariencias engañan, por lo que hay que aprender a desconfiar de las asimilaciones rápidas que se hacen con el pretexto de que son una evidencia). Y es que, como casi siempre ocurre tratando el tema de los mitos y leyendas, es importante no confundir correlación y causalidad. Correlacionar es unir o relacionar entre sí dos o más cosas o sucesos; pero ello no quiere decir que esos sucesos correlacionados sean uno la causa del otro. La situación era parecida a la que se nos presenta en la magia de salón, en la cual sólo se nos muestran los efectos, pero no los trucos para lograrlos. Es decir, que el cadáver estuviese manchado de sangre no significaba que esa sangre fuese de otra persona ni que el difunto hubiese salido de su tumba para alimentarse con ella. Hay muy pocos casos que relatan que la víctima fue mordida y succionada su sangre (además de que nadie se preocupaba en determinar cuánta de esa sangre supuestamente perdían los atacados). Insuficientes, tal vez, para que la característica de chupasangre (también de mordedor) formase parte inseparable de la definición del vampiro. Ante esto nos inclinamos a pensar, repitiéndonos, que fueron los cuerpos desenterrados y manchados de este fluido los que, apareciendo primero, dieron lugar a la definición de un ser hematófago; fue después de esta conclusión cuando seguramente aparecieron los rumores y algunos casos de personas que supuestamente habían sido mordidas, siendo el mordisco un acto de aparición inevitable, pues se dejaba abierta una laguna, y de alguna forma tenía que producirse la herida de la cual se procurase la sangre. Aunque tal relación entre el mordisco, el chupar la sangre y el vampiro, también pudo verse reforzada por su rápida identificación con el murciélago; o puede que sea una herencia de sus antecesores. Puede ser... Al no comprenderse quién o qué era el causante de los sucesos todo era igualmente probable, no había ninguna razón para no creer en semejante causa-efecto. De esta manera, la única forma de que aquellas gentes entendieran y comprendieran todo este asunto de los vampiros, para nosotros absurdo, es que creyesen de forma ciega en ellos. No llevaban una dinámica de pensamiento en la que aceptaran y creyeran en aquello que entendían, sino que las contradicciones y lagunas que suponía aceptar la existencia e intervención de los vampiros les obligaban a creer primero para poder "entender" después. Porque, y como dijo un cristiano en cierta ocasión, "si no lo crees no lo entenderás".

Al leer los primeros casos de vampirismo es fácil observar que quienes sufrían los ataques de estos seres no se habían puesto aún de acuerdo en qué tipo de espectro debían de ver, ni tampoco tenían una idea muy clara de cómo atacaba, ni para qué, ni por qué; es decir, el "monstruo" no estaba totalmente definido. Fue más tarde, con el propósito de llenar tales lagunas, como se fue definiendo mejor a este ser. Aun así, siempre quedó sin explicar el asunto de por dónde y cómo succionaban la sangre; razón por la cual (entre otras) no hay pruebas de que así sucediese. Y aunque hay un par de menciones que dicen que "en el sitio donde esas personas son chupadas, se forma una mancha azulada", es la descripción más detallada que se tiene sobre este aspecto tan importante. Y ni siquiera esta descripción se da en la mayoría de los casos ocurridos, encontrándola sólo en unos pocos.

Es curioso, apoyando lo ya dicho, que los estudiosos de la época no se preguntasen siquiera la razón de por qué los vampiros chupaban la sangre a sus víctimas, cuando ésta es una pregunta casi de obligatoria presencia en los pensamientos de toda aquella persona que se dedica a estudiar a estos no muertos. Si ni siquiera los tratadistas de la época insisten en el planteamiento de esta pregunta es posible que, como venimos diciendo, lo de chupar la sangre sólo formase parte del rumor popular (causado por el aspecto de algunos cadáveres) y de la definición inexacta del vampiro. Como es fácil de comprobar no hay evidencias de tal acto en ninguna de las víctimas halladas.

Este capítulo habla de la sangre, y de la teórica relación entre ésta y el vampiro. Algunos de sus apartados podrían parecer fuera de lugar o dudosos de admitir. Pero el objetivo de este capítulo no es ni demostrar ni hacer creer. Es un capítulo que habla brevemente de la sangre y de cómo ésta ha sido y es vista por diferentes grupos humanos o movimientos, en unas épocas y otras. Si la tradición (que no las evidencias), el cine y la literatura han unido al vampiro y a la sangre de forma que ya nunca se separarán es importante, cuanto menos, hacer un pequeño estudio de la segunda para averiguar algo más del primero. Creemos interesante que en el estudio del vampiro no sólo debe ser él, como personaje, el objeto/sujeto estudiado, sino también todo lo que le rodeó y le rodea.

* * *

Urano desterró a los cíclopes, sus hijos rebeldes, al mundo subterráneo, un lugar tenebroso. Después engendró a los titanes en la Madre Tierra. Pero ésta no estuvo conforme con la decisión de Urano, e incitó a los titanes para que le atacaran. Y éstos, encabezados por Crono, decidieron llevar a cabo lo que para la Madre Tierra era una venganza. Crono, armado con una hoz, se acercó hasta Urano cuando dormía, le castró y arrojó los genitales al mar. Sin embargo, unas pocas gotas de sangre que brotaban de la herida cayeron sobre la Madre Tierra, dando a luz a las tres Erinias, furias que vengan los crímenes del parricidio.

Este relato que se encuentra en la mitología griega nos muestra, como muchas otras creencias, la importancia que la sangre adquirió desde el principio de los tiempos en todos los ámbitos de la existencia de aquellos hombres. Su insustituible presencia en todos los animales vertebrados la convirtieron, unas veces, en el símbolo que materializaba la fuerza vital; otras, en el lugar en donde se asentaba el alma y la vida, y siempre en motivo de tabúes, ritos de expiación, fertilidad o alianza. Más tarde, esta visión fue "reduciéndose" hasta asumir sólo un papel biológico. Y este papel es el que primero vamos a tocar, aunque de forma breve, en este capítulo.

¿Qué es?

La sangre, ese preciado "oro rojo", podría ser definida, básicamente, como un tejido viscoso constituido por plasma. En ella se encuentran varios tipos de células, llegando éstas al número de 5.000 por cada milímetro, lo que provoca que la sangre sea una suspensión muy concentrada en volumen. Dichas células, a saber, glóbulos rojos (conocidos también por hematíes o eritrocitos), glóbulos blancos (leucocitos) y plaquetas (trombocitos), se bañan en medio del plasma, líquido rico en proteínas.

La sangre es roja debido a la hemoglobina (del griego *haima* = sangre y *globus* = glóbulo), que es una sustancia coloreada (un pigmento) contenida en las células rojas de la sangre de los vertebrados, aunque la coloración de ésta varía desde el escarlata brillante al color púrpura o rojo oscuro. En caso de encontrarnos con ese tono escarlata, con ese rojo vivo, debido al cambio de oxígeno por dióxido de carbono que se produce cuando la hemoglobina se une al oxígeno, podemos afirmar que se trata de sangre arterial (sangre oxigenada). Si por el contrario presenta una coloración púrpura o rojizo oscura estamos ante la presencia de sangre venosa (sangre "pobre" en oxígeno) que traslada el residuo a los pulmones. A lo largo de 60.000 kilómetros de vasos sanguíneos, una víscera llamada corazón bombea de cinco a siete litros de sangre por todo el organismo del ser humano (llegando a constituir en un adulto el 7 % más o menos de su peso corporal) para que cumpla las funciones de nutrición, inmunización y excreción respiratoria, así como la función de correlación humoral y la de regulación térmica.

Componentes de la sangre

En la sangre se halla una numerosa cantidad de partículas y sustancias de las que se pueden destacar:

Plasma: es una solución acuosa (aproximadamente un 90%) de electrolitos y de sustancias orgánicas como azúcares, proteínas, lípidos, células... Sirve de vehículo a estructuras microscópicas, las cuales configuran elementos sólidos. A éstos los transporta a través de la circulación sanguínea.

Glóbulos rojos (hematíes o eritrocitos): son células de 7'5 a 9 micras de diámetro. Contienen de un 30 % a un 35 % de hemoglobina (cada eritrocito contiene en su citoplasma 280 millones de moléculas de hemoglobina) y su forma es de lente bicóncava. Los hematíes son producidos, junto con las demás células sanguíneas, en la médula ósea, y tras pasar varias fases de maduración expulsan el núcleo y se suman a la circulación sanguínea. La cantidad estipulada en el hombre es de cinco a seis millones de globulos rojos en cada milímetro cúbico de sangre, lo que arroja un total de 25.000 millones en todo el organismo, cantidades que pueden variar en el transcurso de la vida del individuo. Durante sus aproximados 120 días de vida (mueren de envejecimiento) tienen la función de asegurar el transporte y mantenimiento en estado funcional de la hemoglobina, transportan el oxígeno y eliminan el dióxido de carbono para, tras cuatro meses de rodaje, desintegrarse en el hígado, el bazo y la médula ósea.

Glóbulos blancos (leucocitos): son células sanguíneas con núcleo. Además de ser elaborados, como los glóbulos rojos, por la médula ósea, también los producen los ganglios linfáticos (linfocitos). Carecen de coloración y son varias las funciones que llevan a cabo, todas ellas relacionadas con la defensa del organismo ante agentes patógenos y diversas sustancias. En el cuerpo suman una cantidad de 5.000 a 9.000 unidades por milímetro cúbico de sangre, lo que hace un total de 35.000 millones.

Plaquetas: son fragmentos de células que, como las anteriores, también se producen en la médula ósea. Son las células más pequeñas halladas en la sangre (de dos a cuatro micras de diámetro) y viven de cuatro a ocho días. El cuerpo humano dispone de unas 200.000 a 300.000 por milímetro cúbico de sangre. Entre las funciones más importantes que desempeñan están la de detener las hemorragias y la de prevenir la extravasación sanguínea en el vaso intacto.

Hemoglobina: Ya hemos hablado de ésta diciendo que reside en los glóbulos rojos encargándose del transporte de gases, particularmente del oxígeno. Por este motivo recibe el apelativo de "pigmento respiratorio". La hemoglobina es la principal responsable de la coloración rojiza de la sangre, y también determina la forma de las células y sus correspondientes funciones. Realiza, en cierto modo, una limpieza a nivel sanguíneo, ya que lleva el dióxido de carbono hasta los pulmones para que éstos lo expulsen al exterior.

Funciones de la sangre

Función nutritiva: la sangre transporta las sustancias (ingeridas con los alimentos) que han sido absorbidas por el intestino o las ya elaboradas por el organismo. Después, dichas sustancias serán utilizadas por los tejidos o almacenadas como reserva energética.

Función de transporte de hormonas: se encarga de la conducción de hormonas y sustancias nutritivas a los órganos.

Función respiratoria: sirve para transportar el oxígeno desde el pulmón a todo el cuerpo. Quizás sea ésta la función más importante que desempeña ya que actualmente el oxígeno es considerado como una molécula de vida.

Función reguladora de la temperatura del cuerpo: al desplazarse de manera continuada y poseer un elevado calor específico, reparte el calor a lo largo y ancho del organismo.

Función reguladora del pH sanguíneo: del que se ocupan, en parte, las proteínas así como ciertas sustancias diluidas en la sangre, tales como fosfatos y bicarbonatos.

Función excretora: sirve de vehículo a los restos desechables de las sustancias al conducirlos hasta los emuntorios (conductos u órganos del cuerpo por donde se eliminan o evacuan los humores superfluos).

Función defensiva:

a) Inmunidad humoral, que consiste en un sistema de defensa frente a agentes extraños y es realizado por los anticuerpos.
b) Inmunidad celular, en la que son las propias células (linfocitos) las que se ocupan de la defensa frente a las infecciones.

Los grupos sanguíneos

Ya desde 1628, poco después de que el médico inglés William Harvey expusiese su teoría sobre la circulación de la sangre, se intentó hacer transfusiones a personas con sangre extraída de animales como bueyes, corderos o perros. Pero cuarenta años más tarde, en 1668, el Tribunal de Châtelet de París prohibió tal práctica ante el elevado índice de mortalidad que provocaba.

Sería a partir de 1900, tras las investigaciones de Karl Landsteiner y de sus alumnos, cuando las transfusiones empezaron a resultar más seguras. Landsteiner pudo observar que los glóbulos rojos de un sujeto cualquiera, puestos en presencia del suero de otras personas, llegaban a formar pequeños conglomerados que, si aparecían en una persona transfundida, eran el origen de los accidentes y de las muertes. De este modo, poco a poco, y realizando cientos de pruebas, pudo determinar, en 1902, los tipos de suero que aglutinaban a distintos tipos de glóbulos rojos, definiendo así los grupos sanguíneos.

Ahora ya es de conocimiento general que las sangres que pertenecen a un mismo grupo sanguíneo pueden mezclarse. Pero si por el contrario se mezclan las de distintos grupos, éstos reaccionan produciéndose una coagulación. Ello es debido a que los glóbulos rojos, en su superficie, tienen unas estructuras químicas de nombre antígenos que reaccionan cuando hace acto de presencia un "invasor". El resultado del encuentro entre el antígeno y el agente extraño termina con la coagulación de los glóbulos rojos.

- El grupo AB, o "receptores universales", pueden recibir sangre de cualquier grupo sanguíneo al no tener anticuerpos en contra de ninguno.
- El grupo O, o "donante universal", dona a cualquier otro grupo sanguíneo, indistintamente de cual sea su receptor.
- Los grupos A y B pueden donarse con los miembros de sus propios grupos.

Quedaría por mencionar el factor Rh. Seis de cada siete europeos llevan el Rh+ en la sangre. El problema surge, por ejemplo, cuando una mujer Rh– va a dar a luz siendo su marido Rh+. El feto ha heredado el factor del padre y existe el peligro de que la sangre de la madre llegue a mezclarse con la del niño durante el embarazo o el parto, cuyas consecuencias podrían ser fatales para el bebé. Por ello, para evitar un rechazo hacia el niño, se inyecta a las futuras madres que posean Rh– una serie de anticuerpos con anti-Rh que serán capaces de bloquear a los glóbulos rojos Rh+ fetales, con lo que los antígenos quedan cubiertos de una lona biológica y las defensas de la madre no podrán localizarlos.

La sangre y el esoterismo

Mefistófeles tenía razón al decir que "la sangre es un fluido muy especial". Y es que la sangre es la vida y el término vida no se detiene en lo físico. Este líquido tan preciado parece tener una incalculable importancia en lo oculto, lo mismo para el sabio, para el místico, para el brujo perverso, "porque la vida de la carne reside en su sangre" (188).

Si nos remontamos tiempo atrás en la historia observaremos que a los primeros hombres muchas circunstancias pudieron hacerles pensar que sin la sangre no era posible la vida. Incluso nacían ensuciados de sangre.

Cuando se empezaron a organizar cacerías, incluso antes, el hombre primitivo bien pudo observar que cuando una pieza se desangraba el animal quedaba muerto. Y que si a un cadáver se le hacían cortes no manaba sangre del mismo, lo que "evidenciaba" que el fluido rojo de la vida había huido de él. A través de los años se produjeron interminables especulaciones sobre la conexión de la sangre con la vida. La gente le asignó una gran variedad de sagradas y mágicas cualidades, por lo que ha sido empleada en multitud de ceremonias.

Las doctrinas esotéricas siempre han afirmado que la sangre es más que una buena mezcla de agua, sal y elementos en suspensión porque, como señala el Deuteronomio "la sangre es la vida". Es desde esta visión de lo oculto, de lo esotérico, desde donde también queremos hacer mención de la sangre.

Se dice que lo verdaderamente trascendente de ésta es la individualidad que nos da a cada uno. Hay quienes aseguran que en la sangre se encuentra el distintivo individual: el uno en el todo y el todo en una criatura. Insisten en que es la sangre la que nos diferencia de los demás, la que nos hace ser únicos, y ésta es la que hace la vida irrepetible. Los más atrevidos afirman que de todos es conocido que a partir de una célula es posible rehacer la totalidad del ser. Pero esta cuestión sólo puede referirse a la condición orgánica y mecánica, porque la otra, la esencia anímica de la sangre, jamás permitirá tal repetición. Así, aunque el cuerpo celularmente copiado parezca idéntico al original, su sangre no lo será porque habría empezado a circular en un instante muy distinto.

* * *

Algunas enseñanzas dicen que todos nuestros actos, sentimientos y pensamientos se graban y se guardan archivados en nuestro interior. Cuando el hombre muere y llega al "otro mundo" se le presenta la película de su vida y

---

(188) Levítico 17:14.

asiste a su proyección. También las personas que han estado clínicamente muertas y han vuelto de este estado cuentan que hicieron un repaso de toda su vida; ven, como si de una película de vídeo se tratase, todo lo acontecido en sus vidas hasta ese momento. Esa proyección se da, según dicen, gracias a que todo lo que hemos hecho, sentido o pensado ha quedado grabado. Y todas esas imágenes, esos recuerdos, esos reproches que a veces la conciencia hace al hombre hasta el punto de no dejarlo tranquilo hasta que repara su error, se deben a que todo queda grabado en él, en su interior, precisamente en la sangre.

El esoterismo defiende que en nuestra sangre se van grabando nuestras vivencias, las imágenes de la vida, nuestras experiencias con toda su carga emotiva. Cuando morimos, todas estas vivencias y experiencias adquiridas en este mundo físico nos las tenemos que llevar incorporadas en esos otros cuerpos, más sutiles, de los que también estaríamos compuestos, para una correcta evolución por el mundo espiritual. La forma en que estas vivencias y experiencias contenidas en la sangre pasan a estos otros cuerpos se realiza a través del llamado *cordón plateado*. Este cordón une los cuerpos inmateriales al cuerpo físico; y a través de él las imágenes contenidas en la sangre pasan a los cuerpos astral y mental, durando esta operación de uno a tres días. Por eso dicen que no es aconsejable que el cuerpo reciba ningún "atentado" durante los tres días que siguen a la muerte, ya que será dolorosamente sentido por el difunto, tanto si se trata de autopsia, embalsamamiento, incineración o extirpación de órganos. "Sin embargo, el gran daño de estas manipulaciones no es físico, sino espiritual, ya que se impide, de esta forma, al difunto, realizar en condiciones adecuadas el trasvase" (189) de esas vivencias y experiencias de su sangre al cuerpo astral, y eso no es adecuado para la posterior evolución por el mundo espiritual.

Y si, por no desechar estas enseñanzas, los vampiros como los conocemos ahora chupan la sangre; ¿qué buscan exactamente con este acto? Hasta ahora se decía que se llevaban la vida de su víctima, y nunca mejor dicho. Se llevan todas las imágenes, todas las vivencias y experiencias de la persona a la que muerden. ¿Es que el vampiro necesita las experiencias de los demás para su propio desarrollo personal? ¿Y en qué estado queda la víctima? Le han quitado las imágenes grabadas durante su vida, yéndosele también en la sangre derramada. Le han quitado o ha perdido su carnet de identidad. Porque, de todos es sabido que las experiencias nos sirven para evolucionar,

(189) Kabaleb. *Los misterios de la obra divina.* Ediciones de la Transcendentalista Universal Ecclesia. Barcelona.

por lo menos en esta vida, para ser más conscientes... Si a una persona le quitan sus vivencias está como cuando nació, como al principio, por lo que después de una vida no habrá avanzado nada en su propia realización personal, asegurándose que tendrá que volver a reencarnar e impregnar su sangre, otra vez, de las imágenes necesarias. Se dice que el clásico y novelesco Drácula es tan temido porque no sólo se limita a matar, sino porque además se adueña de lo más íntimo y personal de su víctima.

La sangre y su color

> "El simbolismo del color es de los más universalmente conocidos y conscientemente utilizados, en liturgia, en heráldica, alquimia, arte y literatura (...) El simbolismo del color suele proceder de uno de estos fundamentos: 1º la expresión inherente a cada matiz, que se percibe intuitivamente como un hecho dado; 2º la relación entre un color y el símbolo planetario al que la tradición lo adscribe; 3º y finalmente, el parentesco que, en lógica elemental y primitiva se advierte entre un color y el elemento de la naturaleza, reino, cuerpo o sustancia, que acostumbra a presentarlo o que lo presenta siempre en asociación indestructible y capaz, por lo tanto de sugestionar para siempre el pensamiento humano. La moderna psicología y el psicoanálisis parecen dar a esta última fórmula más importancia incluso que a la primera (la segunda es un puente de enlace entre las otras dos) (...)" [190].

La sangre participa totalmente del simbolismo del color rojo. Color relacionado con el fuego, el calor y, en última instancia, el sol, fuente de toda forma de vida. "El color rojo es el color de la sangre palpitante –y del fuego– es el color de los sentidos vivos y ardientes" [191]. El rojo es el color del signo astrológico de Aries. Aries está regido por el planeta Marte, cuyo color es el rojo. Marte, también conocido como el planeta rojo, está asociado con la guerra y rige, además, el metal de los combates, el hierro, y dicen que se impone a los pueblos más belicosos.

No es de extrañar que aquellos objetos o sustancias que poseían un color rojo fueran dotadas en la antiguedad de las mismas potencialidades que la sangre. En particular el vino que, identificado con ella, era bebido

(190) Juan Eduardo Cirlot. *Diccionario de símbolos.* Ed. Labor, 1992. Barcelona.

(191) Ibíd.

en Grecia por los devotos del dios Dioniso en un ritual que simbolizaba su sangre.

El color ejerce sobre la persona que lo observa una triple acción, un triple poder expresivo. En primer lugar, el poder de impresionar, ya que cuando el pigmento se ve, se manifiesta impresionando, llamando la atención, por tanto, del observador. Además, también ejerce un poder de expresión, pues cada pigmento, al manifestarse, expresa un significado y provoca una emoción. Por último, manifiesta un poder de construcción; pues todo color posee un significado propio, adquiriendo así un valor simbólico, capaz de construir por sí mismo el lenguaje comunicativo de una idea.

Cada color tiene "poder" específico, y el del fluido vital que aquí tratamos, la sangre, tiene un gran poder de atracción. En el ser humano "esta atracción salvaje y primitiva está, como todo lo que pertenece a este ámbito, enmascarado y discriminado. Dicho de otra forma: civilizado. Se manifiesta a través del morbo. La gran espectación que puede tener un accidente de tráfico, algunas sangrientas fotografías periodísticas que han gozado de gran difusión..." [(192)], nos muestran la gran atracción que sentimos hacia esa fuente de vida llamada sangre. Ésta, con su color rojo, atrae, excita. Y es que el rojo es un color caliente que emite rayos térmicos, el padre de la vitalidad que calienta la sangre arterial y estimula la circulación sanguínea.

Sangre: método de diagnóstico y terapéutico

Con una gota de sangre los médicos pueden diagnosticar cualquier enfermedad, pueden saber el estado en el que se encuentra nuestro cuerpo. Según se comenta en ciertos círculos, se ha descubierto que en la gota de sangre de un hombre está contenido un holograma del mismo, es decir, todo nuestro ser está constituido por una serie de unidades fundamentales que son las células, y cada célula tiene, en sus genes, todo lo que nosotros somos. De tal forma es así, dicen, que poniendo una gota de sangre de un individuo que esté enfermo en un determinado aparato e influyendo sobre esa gota de sangre, aunque el enfermo estuviera muy lejos, éste sana si su gota de sangre es sanada.

Tal vez sea debido a estas investigaciones de la *radiónica* por lo que algunos afirman tener una base "científica", por lo menos una respuesta más adecuada a nuestro tiempo (no entramos en la controversia sobre si la radiónica es efectiva o no), de por qué el vampiro literario o cinematográfico se nos muestra con poder para influir sobre las personas a las que vampiri-

(192) Revista *Karma-7*.

za, es decir, sobre las personas a las que ha mordido y chupado la sangre, ya que él tiene la sangre de sus víctimas y de esta forma es como si se sintonizara un emisor con un receptor. ¿Qué mejor vehículo que la sangre de una persona para, a través de su fluido, influir en ella?

Hematomancia

Se puede definir la hematomancia como el arte de adivinar por la sangre. La revista *Karma-7* ofreció a sus lectores un trabajo extraído de la revista *L'autre Monde* donde se decía que se podía conocer a una persona por su grupo sanguíneo. "Hoy usted ya puede encontrarse que alguien con quien ha iniciado una conversación le sorprenda diciendo: «se nota que eres una persona con el grupo sanguíneo B»" (193). Al parecer, aunque los rumores ya empiezan a ser exagerados y difíciles de creer, las personas pertenecientes a un mismo grupo sanguíneo tienen características semejantes.

En el libro *La sangre de los hombres*, de Jean Bernard, podemos leer que, según las investigaciones realizadas por Jacques Ruffié y Néguib Taleb en la comunidad libanesa integrada por diversos grupos cristianos y musulmanes (maronitas, griegos ortodoxos, griegos católicos, armenios ortodoxos, sunníes, chiítas, drusos), cada familia religiosa presenta un perfil sanguíneo particular. Los antepasados de toda esta diversidad de familias religiosas son los beduinos del desierto. Todos habitan en un país de dimensiones restringidas y todos ellos están sometidos a las mismas influencias del suelo, del aire y del clima. "El mismo origen y el mismo entorno. Puede pensarse, entonces, que las características de la sangre son las mismas para todos. Mas no es así. Las características de la sangre varían con la religión" (194). Parece haberse observado el predominio de los grupos O entre los griegos ortodoxos, una mayor cantidad de individuos con el grupo A entre los armenios ortodoxos, un predominio del grupo B entre los sunníes...

Actualmente existen dos propuestas para la interpretación de estos hechos. La más verosímil para explicar estas diferencias parece encontrase en las prohibiciones religiosas que, al obligar a la endogamia, impidieron que se renovara la reserva de los caracteres sanguíneos iniciales. La otra dice que cada grupo humano, cada individuo, tiene, por su diferente configuración psicológica, también diferente tipo de sangre.

* * *

(193) Revista *Karma-7*.
(194) Jean Bernard. *La sangre de los hombres*. Ed. Planeta, 1995. Barcelona.

Algunas investigaciones han ido más lejos al llegar a la conclusión de una posible relación entre la pertenencia a un determinado grupo sanguíneo y la predisposición a una enfermedad.

La investigadora que se dedicó a buscar las relaciones existentes entre los diferentes grupos sanguíneos y el temperamento fue Léone Bourdel. Esta profesora declara que "la sangre es un reflejo de nuestra individualidad, de nuestra adaptación o de nuestra inestabilidad y puede ser considerada como una de las características intrínsecas del ser humano" (195).

No sabemos qué base científica tienen todas estas investigaciones, pero nos sirven para darnos cuenta del valor único de cada ser humano. Algunos plantean la posibilidad de que si las impresiones digitales de los seres humanos son distintas entre sí, tal vez llegue un día en que la comunidad científica descubra que también la sangre de un individuo es diferente en relación con la de los demás y pueda constituir una prueba de identificación individual intransferible a través de la cual se pueda conocer al sujeto integralmente, es decir, física y espiritualmente. Tal vez, sólo tal vez. Con respecto a esto, el esoterismo dice que los médicos no han encontrado estas diferencias individuales entre las sangres de las personas porque todavía estamos en el comienzo mismo de esta individualización de la sangre, por lo que, "todavía es posible transfundir sangre de un individuo a otro; pero llegará un día en que eso no será posible. La sangre de una persona matará (si la transfunden) a todos aquellos que están más bajo (es decir, que tengan un nivel vibracional, un nivel de evolución interior más bajo)" (196).

La expresión *¡Qué mala sangre tienes!*, cuando se quiere decir a alguien las malas intenciones y pensamientos que muestra, ¿será respaldada y apoyada algún día por la medicina? Tal vez, sólo tal vez.

La sangre de Cristo

Los esoteristas dicen que la vida se desarrolla en el Mundo del Pensamiento, en el Mundo del Deseo o Astral, y en el Mundo Físico, y que esto significa que todos poseemos un Cuerpo Físico, un Cuerpo de Deseos y un Cuerpo Mental. A la vez, nos dicen que la existencia de tres cuerpos en nosotros supone que "cuando la vida del Cuerpo Físico se agota, nuestra existencia pro-

(195) Revista *Más Allá*.

(196) Estas líneas, escritas por un conocido esoterista en uno de sus libros y cuyo texto, después de leído y transcrito aquí, no hemos podido volver a localizar, son criticadas por algunos como apología de ideas nazis. Nosotros no entramos en el debate, solo exponemos una teoría ocultista.

sigue a través del Cuerpo de Deseos y cuando este muere a su vez, la vida va al Cuerpo Mental" (197).

En la época de Jesucristo el hombre disponía ya de un Cuerpo de Deseos y de un Cuerpo Mental, este último obtenido después de cruzar el Mar Rojo. "Pero este Cuerpo Mental era joven y se encontraba sometido al cuerpo de Deseos, más estructurado por ser más antiguo; de modo que el Mental era utilizado por el Deseo para realizar su política (...). Era preciso potenciar el Mental para liberarlo de la tutela del Cuerpo de Deseos.

"Esta dictadura de los Deseos sobre la Mente tenía como consecuencia que el hombre, al morir, no pudiera elevarse más allá del Mundo del Deseo, ya que en la vida no había desarrollado una actividad mental que le permitiera conectar con el Mundo del Pensamiento (...). De esta forma el hombre volvía al Mundo Físico después de una estancia en el Mundo del Deseo, con un nuevo Cuerpo de Deseos, pero con el mismo Mental que al no disolverse en el Mundo del Pensamiento, tampoco se podía renovar. Así volvía una y otra vez a reencarnarse cometiendo los mismos errores, ya que su Cuerpo Mental no podía asimilar correctamente las experiencias vividas en las bajas regiones del Mundo del Deseo".

Algunas escuelas aseguran que Jesucristo, lo que trataba, era de abrir el camino del hombre hacia arriba. "Cristo vino a limpiar la atmósfera, a quemar las larvas de las bajas regiones del Mundo del Deseo, a fin de que el hombre pudiera elevarse hasta la altura del Mundo del Pensamiento. Para ello era preciso que su sangre fuera derramada".

Ya hemos explicado que, según las doctrinas esotéricas, "la sangre es el vehículo del Cuerpo de Deseos y que en ella se almacenan las imágenes de nuestra vida emotiva. La sangre de Cristo, al derramarse en el Gólgota, liberó su Cuerpo de Deseos y con ello sumergió la Tierra en un baño purificador, puesto que el Cuerpo de Deseos de Cristo vibraba a tal intensidad que se produjo en el Mundo de Deseos de la Tierra una disolución de todos sus contenidos, produciéndose un gran borrón y cuenta nueva".

"El fuego almacenado en el infierno, con las imágenes contenidas en él", se apagó y también se borró lo negativo. "Este fenómeno se conoce en los Evangelios con el nombre de perdón de los pecados, diciéndose que después de su muerte Cristo bajó a los infiernos y liberó a los condenados.

"Al potenciar el Cuerpo Mental, Cristo dio al hombre la posibilidad de que su mente se impusiera a los deseos; la posibilidad de desarrollar una vida in-

(197) Kabaleb. *Los misterios de la obra divina*. Ediciones de la Transcendentalista Universal Ecclesia. Barcelona.

telectual en el Mundo Físico y ascender, después de la muerte, al Mundo del Pensamiento" (198). No hay que pasar por alto cómo Cristo ofrece su cuerpo y su sangre a sus discípulos en la última cena. Añadiendo que quien coma y beba tendrá vida eterna. Julio Ángel Olivares Merino observa que, pensando en este pasaje, el vampiro (demonio) puede verse como una "inversión a los valores cristianos". Si Cristo nos ofreció su sangre para concedernos así el perdón y la vida eterna en ese paraíso celestial del que hablaba, el vampiro hace lo contrario, nos roba el fluido vital para "matarnos" y legarnos una eternidad no de paz y felicidad divina, sino de pesadumbre y persecución en la que se vaga desesperado y esclavizado por la perpetua necesidad de sangre.

Los pactos de sangre con el diablo

Los pactos incluyen a dos o más partes. Pueden ser unilaterales (donde sólo una de las partes tiene la responsabilidad de cumplir los términos) o bilaterales (donde ambas partes tienen términos que cumplir). La historia registra la formulación de pactos entre hombres, tribus, naciones o grupos de personas. Pero parece que los pactos que el hombre pueda llevar a cabo no se reducen solamente a acuerdos entre mortales, sino también con seres "superiores" a él: con Dios y con el Diablo.

En la Biblia se pueden encontrar varios ejemplos de pactos que el hombre es capaz de hacer con Dios, como el pacto que Jehová hizo con Noé, el pacto del arco iris, el pacto con Abrahán... Parece ser que la Iglesia desarrolló el pacto con el diablo al leer el comentario de Isaías 28,15: "Hemos celebrado alianza con la muerte, y con el seol hemos hecho pacto".

Casi obligatorio es hacer mención de la novela *Fausto*, de Goethe, en la que Mefistófeles obliga al protagonista a firmar su pacto con los poderes malignos utilizando su propia sangre.

Rudolf Steiner, en su *Significado oculto de la sangre*, dice que "el profesor Mino hace notar que el Mal es un enemigo de la sangre", y añade que, "como la sangre es la que sostiene y preserva la vida, el Mal, que es enemigo de la raza humana, debe ser, por consiguiente, el enemigo de la sangre" (199). Líneas después, este mismo autor se hace la siguiente pregunta: ¿cómo es que alguien (el Mal, representado por Mefistófeles) desea una cosa (la sangre en la firma) por la que tiene tanta antipatía? Evidentemente no fue por casualidad ni por un acto de indiferencia el que Mefistófeles pidiera que el contrato se firmara, en vez de con tinta ordinaria, con sangre.

(198) Kabaleb. *Los misterios de la obra divina*. Ediciones de la Transcendentalista Universal Ecclesia. Barcelona.

(199) Rudolf Steiner. *Significado oculto de la sangre*. Ed. Kier, 1992. Buenos Aires.

"Puede suponerse –dice Steiner– que el representante del mal cree, o mejor dicho, está convencido de que tendrá a Fausto más sujeto a su poder si puede obtener, aunque no sea más que una gota de su sangre. Esto es evidente y nadie puede dar otra explicación al asunto. Fausto debe escribir su nombre con su propia sangre, no porque el diablo sea enemigo de ella, sino más bien porque desea obtener poder sobre la misma" (200).

Esto nos acerca al punto de este capítulo titulado *La sangre: método de diagnóstico y terapéutico* y a las últimas investigaciones realizadas por la *radiónica*, que dicen que el enfermo es sanado si una gota de su sangre es sanada, por muy lejos que esté el enfermo de su gota de sangre. En el caso de la radiónica se ejerce un dominio sobre la persona sanándola. Pero, parece ser, que también se puede ejercer un dominio sobre la persona para hacerle mal, para controlarla y tenerla sujeta. Al parecer, Mefistófeles ya sabía "que el que obtiene poder sobre la sangre de un hombre obtiene poder sobre el mismo".

Y tal vez sea ésta una de las posibles razones por las que el vampiro domina y ejerce un control sobre aquellos a los que deja con vida tras haber mordido y chupado la sangre, incluso sobre los que mata. El ser de la noche posee la sangre de éstos, por tanto su control, un control que también parece ejercido debido a la entrada, por parte de la víctima, en un estado hipnótico inducido por el vampiro. Tal vez...

* * *

Volviendo a los pactos con el diablo, tan divulgados en otros tiempos; se afirma que eran el elemento esencial de la brujería que le confería carácter herético. "Para todos los demonólogos, católicos y protestantes, ponerse de acuerdo con el Diablo para renegar del Dios cristiano constituía el centro mismo del delito. Gifford, expresando una opinión muy general entre los protestantes ingleses decía que «según la palabra de Dios, una bruja debe morir, no porque asesine a los hombres... sino porque tiene tratos con demonios». El delito radicaba en el pacto, no en los actos malvados" (201).

Pero esto de pactar con las fuerzas del mal no es algo del pasado, sino que está, según dicen, de plena actualidad. Brujos, magos, videntes... "aseguran que los que van en busca de su ayuda piden lo mismo que antes pactaban con el diablo: más amor, más riqueza, más poder..." (202).

(200) Rudolf Steiner. *Significado oculto de la sangre.* Ed. Kier, 1992. Buenos Aires.
(201) Rossell Hope Robins. *Enciclopedia de la brujería y demonología.* Ed. Debate, 1991.
(202) Pilar Salarrullana. *Las sectas satánicas.* Ediciones Temas de hoy, 1991. Madrid.

El pacto es "una especie de convenio laboral de por vida" (203) para el cual se siguen unas normas casi fijas y se deben de cumplir una serie de condiciones, de exigencias, que el diablo presenta a cambio de conceder nuestros deseos. "El interesado hace constar su libre consentimiento, jura cumplir todas las condiciones y estampa su firma con sangre" (204). Los pactos con los demonios se realizan a través de una serie de invocaciones mágicas dentro de un círculo cabalístico. Estas invocaciones o fórmulas las podemos encontrar en los grimorios, y los pactos deben llevarse escritos para que los firmen ambos: hombre y demonio, para lo cual se precisa la presencia personal del diablo. Dicen que resulta difícil librarse del pacto una vez hecho, que hay que obligar al diablo a devolver el pergamino del "contrato", pues está firmado con nuestra sangre, y mientras el diablo posea una gota de ella podrá influir sobre nosotros.

Pilar Salarrullana, en su libro *Las sectas satánicas* incluye el testimonio de una bruja: "Solicité un contacto con Azazel y le pedí poderes a cambio de servirle para siempre y de entregarme a él. Le invoqué tres veces y accedió a mi llamada. Me ordenó que buscara un huevo de gallina negra, donde Él se encarnaría y que debía incubar con mi intención y con mi sangre. Así que me pinché un dedo, hice un agujero en el huevo, metí la sangre y lo llevé cuarenta días debajo del sobaco. Cuando pasó ese tiempo, se presentó Él y firmamos el pacto con una pluma de ganso y escrito con sangre. Es lo más sagrado de mi vida" (205).

La sangre y el vudú

No pretendemos en este punto (tampoco en los anteriores) contestar profundamente a las preguntas de qué es, en qué consiste, quiénes los practican, cuáles son sus orígenes, etc. Se trata de hacer mención, como en los puntos precedentes, de la relación que tiene la sangre con cada subtítulo presentado, ahora bajo el de *La sangre y el vudú*. Y es que son muchos los elementos, aparte de las velas, los inciensos y las muñecas, que entran a formar parte de las ceremonias y ritos vudús. Uno de ellos son los sacrificios necesarios para poder estar en buenas relaciones, dicen, con los dioses. Estos exigen a menudo alimentos, incluso tabaco, mescal, peyote, bebidas como ron y aguardiente o perfumes sagrados. Algunos dioses exigen también sangre de animales sacrificados en uno de los ritos. La víctima, por lo general, es una gallina o un gallo negro; raramente, y como extraordinario, un

(203) Pilar Salarrullana. *Las sectas satánicas.* Ediciones Temas de hoy, 1991. Madrid.
(204) Ibíd.
(205) Ibíd.

macho cabrío y una cabra. Se cree que el rito sangriento es el medio infalible para obligar a los espíritus a manifestarse ante la concurrencia. Luego, el sacerdote hace una aspersión a los fieles con la sangre del animal sacrificado, y pasan a beberla aún caliente. Hans Krofer, en su libro *El vudú*, del cual extraemos un fragmento, nos describe una de estas ceremonias en las que se utiliza la sangre:

> "El oficiante se acerca a la gallina, la coge en alto y de un solo tajo la decapita. La sangre es recogida rápidamente en un cuenco, casi siempre de madera, y el hugán o la mambo gustan y paladean una gota de dicha sangre. A continuación, el cuenco va pasando de mano en mano entre todos los presentes, quienes gustan unas gotas de sangre" (206).

La sangre en la misa negra

Se dice que "la misa negra, considerada como hecho histórico, es uno de los mayores engaños intelectuales que se hayan podido imponer a los no expertos" (207). Sin embargo, ocupa un destacado lugar en cientos de relatos populares. Es a partir del siglo XIX cuando el término *misa negra* empieza a utilizarse. Se dice que es una ceremonia que invierte y parodia el ritual de la misa católica: se santiguan y rezan el texto al revés, se utilizan orines de cabra en lugar de agua bendita, se consagra sangre de animal en lugar de vino, y pan negro hecho de excrementos o una hostia triangular, los ornamentos son negros en lugar de blancos, y dan culto a Satán en lugar de a Dios. Es una misa satánica. Parece ser que algunas mentes enfermizas, obsesionadas o caprichosas, practican actualmente este tipo de liturgia. Y aunque se suele decir que ya no se sacrifican niños parece ser que hay indicios de que sí lo hacen.

La sangre en la misa roja

Como dice Jean-Paul Bourre "la misa negra, tal como se practica en nuestros días, continúa sirviendo a la enfermedad mental, a los apetitos desorbitadamente humanos, que están en oposición a la visión prometéica" (208). En la misa negra el dios es Satán, en la misa roja Lucifer. En el libro *Hijos de Lucifer* Jean-Paul Bourre describe con acierto qué es, quién la practica y qué se pretende en la misa roja:

(206) Hans Krofer. *El vudú*. Ed. Dalmau Socías.
(207) Paul Reader. *Magia negra y hechicerías*. Ed. Seuba, 1994. Barcelona.
(208) Jean-Paul Bourre. *Hijos de Lucifer*. Ed. Latina, 1980. Madrid.

"Cada misa roja tiene su ritual particular según la liturgia de la secta que oficia, pero el principio no deja de ser el mismo: el despertar de la pareja oculta identificada en la doble divinidad masculina-femenina, «Lucifer-Lilit». La misa roja asocia, a menudo, la sangre y la mutación personal del discípulo, siendo la sangre el único elemento biológico portador del poder" (209).

Son las llamadas *Sectas luciferinas* las que practican la misa roja, pues ésta "contiene toda la potencia del Camino Luciferino", camino por el cual "el hombre se compromete tembloroso, para llegar a ser, etapa tras etapa, igual a los dioses que venera" (210). Ven a Lucifer como símbolo de conocimiento y de sabiduría, un camino, como otro cualquiera, de iniciación.

Se dice que los ritos de sangre en las misas rojas, organizadas por numerosos grupos luciferinos, raramente tienen un carácter criminal. En estas misas la sangre se ve como portadora de la vida mágica y a través de ella el adepto despertará en un cuerpo nuevo, "liberado de las ligaduras de la esclavitud, eximido de las leyes del tiempo, presto a acceder a los más altos grados del saber" (211), es el hombre nuevo. Y el animal sacrificado puede ser un lobo, un gato, un gallo negro, una serpiente, un sapo, un águila, un lagarto... aunque hay sectas que emplearon y emplean sangre ritual a partir de víctimas humanas.

La sangre, la magia y los hechizos

La sangre también ha sido y es protagonista en numerosos hechizos y sortilegios. Una receta para volar dice: "Se toma ácaro, pentafilón, perejil, agua de acónito, sangre de murciélago, belladona y hollín. Se envuelve todo en sangre menstrual y se frota con ello las partes del cuerpo hasta que se pongan rojas, se dilaten los poros, la piel se abra y se ponga mórbida. Se añade después aceite y grasa o manteca de niño para que el ungüento penetre más en la carne, y se espera a que salga la luna para emprender el viaje".

Otro nos dice que para atraer a las liebres se mezcla el jugo del beleño con sangre de conejo y se guarda con su piel en determinado sitio, donde todas las liebres de los contornos se reunirán en él y, dicen, no saldrán de allí hasta que se quite el amuleto.

Si se echa sangre de un camello en una piel de tarántula cuando brillan las estrellas, se creerá divisar un gigante cuya cabeza toca el cielo.

(209) Jean-Paul Bourre. *Hijos de Lucifer*. Ed. Latina, 1980. Madrid.
(210) Ibíd.
(211) Ibíd.

Con la sangre de un erizo, bien mezclada con aceite, se hacía un unto que utilizaban los hechiceros para curar por completo a los que quedaban impotentes por maleficio.

Con independencia de que estos hechizos, sortilegios o fórmulas lleguen a funcionar, lo que se intenta es mostrar, aunque de forma breve, la presencia de la sangre en el campo de la magia.

Grupos que utilizan la sangre en sus ceremonias

Por ejemplo la *familia Mason*, de Estados Unidos, una secta satánica cuya motivación, según Jean-Paul Bourre, era la del crimen por el crimen. "En luna llena y luna nueva sacrifican animales cuya sangre derraman sobre las parejas en cópula y beben como estimulante sexual" (212). También los Gypsies-Jokers, que forman una extraña procesión cuando regresan de su caza del hombre. Atan a la víctima sobre una mesa teñida o tapizada de rojo y la someten a terribles torturas hasta que el sacerdote le clava un puñal a la altura del corazón. "Los adeptos beben su sangre, comen el corazón y otros órganos de la víctima recitando antes y durante el banquete himnos caníbales" (213).

Aumentando una lista que no expondremos completa por su extensión, está El Hayyat, donde al novicio, en la ceremonia de iniciación, se le desgarra la carne y debe beber de su propia sangre. "Luego, los demás asistentes pasan por turno a beber la sangre de éste para su regeneración" (214). La Iglesia de Lucifer (The Church of Lucifer), en Inglaterra, también utiliza en sus ceremonias hechizos de sangre. La Ordo Templis Orients hace uso de perros, gatos y seres humanos para sacrificarlos y rociar su sangre sobre la virgen que hace de altar. Los Testigos de Lucifer, en Francia, también hacen sacrificios de animales en sus misas rojas; gatos o gallos, cuya sangre beben...

Douchan Gersi afirma que en Haití existen numerosas sectas de vampiros, y la mayoría dan caza y apresan a seres humanos. "Unas se limitan a extraer el alma o la fuerza vital; otras utilizan la sangre de las víctimas en el transcurso de sus rituales. Algunas matan a sus víctimas para beber su sangre; otras las ofrecen en sacrificio" (215).

Antropología y sangre

Si hacemos un pequeño estudio antropológico de la sangre, enseguida nos daremos cuenta de los diferentes aspectos que ésta ya tenía o representaba

(212) Jean-Paul Bourre. *Hijos de Lucifer*. Ed. Latina, 1980. Madrid.
(213) Ibíd.
(214) Ibíd.
(215) Douchan Gersi. *Sabidurías invisibles*. Ed. Martinez Roca, 1992. Barcelona.

para nuestros antepasados. Por un lado era venerada y vista como el fluido más valioso, llegando incluso a derramarla para ofrecérsela a un dios. Por otro lado era considerada como un tabú, relativo, en muchas ocasiones, al período menstrual de la mujer. Pero, de una u otra forma, siempre fue considerada un fluido muy especial que contenía un gran poder.

Los sacrificios humanos que con tanta frecuencia eran ejecutados se debían, en gran medida, a que las diferentes culturas parecían adorar o estar sometidas a unos dioses sedientos de sangre. Los aztecas, por ejemplo, creían que la sangre era bebida por los dioses, por lo que el sacrificio humano llegó a un límite insospechado. Fray Diego Durán, en su *Historia de las Indias de la Nueva España*, relata que sacrificaron 80.400 hombres en las fiestas de inauguración de un templo. La cifra evidentemente es exagerada pero es muy posible que varios miles de hombres perdieran la vida a manos de los sacerdotes en aquella ocasión.

Una vez situada la víctima sobre la piedra de los sacrificios el sacerdote practicaba una rápida incisión en el pecho; por él introducía la mano y extraía el corazón palpitante del sacrificado. "Lo mostraba en alto a los cuatro puntos cardinales y cuando estaba en dirección oeste, lo bajaba simbolizando la caída del sol. Con la sangre untaba la imagen del dios" [(216)]. Según fray Bartolomé de las Casas, los aztecas sacrificaban a sus dioses lo más preciado que tenían, la propia vida humana. Creían que si los dioses no estaban bien alimentados con, al parecer, sangre, podían dejar de protegerles y, entonces, serían víctimas de grandes catástrofes.

Los aztecas, tomando como suya una leyenda nahua, pensaban que habían existido cuatro edades anteriores, o "soles", que habían terminado con un violento cataclismo. La edad presente era la quinta, y según la tradición este Sol también habría de acabar con una catástrofe. Pensaban que podía ser fortalecido por medio de la sangre, el líquido que mantiene vivo al individuo.

El sacrificio humano también se practicó entre los mayas, pero, a diferencia de los aztecas, realizaban gran parte de los sacrificios ofreciendo a los dioses su propia sangre extraída a través de pequeños cortes en las orejas, la lengua...

La sangre era utilizada para cerrar los tratos y los convenios en algunas culturas. El explorador Henry Morton Stanley cambió sangre con muchos jefes de tribus africanas. Uno bebía unas pocas gotas del otro para así sellar el convenio. Y los kayans de Borneo mezclaban la sangre de los participantes con tabaco, el cual sería liado y fumado.

(216) William Frazer. *La rama dorada*. Fondo de Cultuta Económica, 1981. México.

Frazel, en su *La rama dorada*, refleja cómo en otras culturas el derramamiento y la utilización de sangre no se llevaba tan a la ligera como en Mesoamérica. Relata cómo Marco Polo contaba que en Pekín apaleaban a las gentes declaradas culpables de mala conducta. "Bajo este castigo alguna gente muere, pero ellos lo aceptan así con el objetivo de evadir la efusión de sangre, pues su Bacsïs dice que es mala cosa verter sangre humana" (217). Evitaban derramar sangre humana, como en Sussex occidental, "donde hay gentes que piensen que el terreno donde se ha derramado sangre humana queda maldito y permanecerá estéril para siempre" (218). Y en algunos pueblos primitivos, cuando alguien de la tribu tiene que derramar su sangre, como los muchachos que van a ser circuncidados o a los que se les va a extraer un diente en una ceremonia de iniciación, no se consiente que ésta caiga al suelo, "por lo que se recibe sobre los cuerpos de los compañeros de la tribu" (219). Otros pueblos no beben la sangre de un animal porque creen que contiene el alma del mismo "que de ese modo entraría en su cuerpo" (220). También está el carácter sacro de la menstruación, establecido ya en el libro canónico del Antiguo Testamento, de considerar y declarar a la mujer menstruante (o recién parida) como impura, quedando aislada hasta que se "purificase", es decir, hasta pasado ya el periodo. Entre los judíos, según la Biblia, una mujer con el periodo permanecía inmunda durante la menstruación y los siete días siguientes. Durante este estado de impureza cualquier cosa que tocase o sobre la cual se sentase o acostase, quedaba impura, incluso las personas que tuviesen algún contacto físico con ella. Quizás fue este antiguo tabú lo que hizo decir a Alberto Magno que, durante la menstruación, las mujeres exhalaban por los ojos un vapor nocivo que podía llegar a ocasionar la muerte; o Plinio, que aseguraba que la presencia de una mujer con el periodo provocaba que las semillas se esterilizaran, el vino se picara y las abejas dejaran de hacer miel y se murieran. No olvidemos que hay quienes afirman y defienden la gran importancia que la menstruación de la mujer desempeñó para que ésta (la fémina) fuese la principal víctima de la brujería. Cornelius Agrippa afirmaba que la sangre menstrual era el líquido más valioso para la brujería, y siempre fue considerada como un veneno.

En la Biblia se pueden encontrar muchas referencias a la sangre, sobre todo en el Antiguo Testamento. En éste, la sangre está tan profundamente en-

(217) William Frazer. *La rama dorada*. Fondo de Cultuta Económica, 1981. México.

(218) Ibíd.

(219) Ibíd.

(220) Ibíd.

lazada con los procesos de la vida que dice que el alma está en la sangre. Resumiendo, la mayoría de las ocasiones en las que se menciona la sangre en el citado libro es para insistir en su carácter tabú, repitiendo una y otra vez que la ley de Yavé prohíbe probarla. Estaba estrictamente vedado para los judíos comer la sangre [221]. Y el castigo por violar esta ley era la muerte. Cuando querían comerse un animal dejaban primero que su sangre se derramase sobre el suelo para después cubrirla con tierra. La ley de Yavé sólo permitía un uso apropiado y legal de la sangre: en sacrificio. Dios había dado la vida (la sangre, el alma), y sólo a él se la podían ofrecer. Por eso se derramaba la sangre de los animales sobre el altar como expiación de pecados.

Conclusión

Hemos creído importante dedicar un capítulo exclusivo a la sangre ya que muchos temas, muchas cuestiones, muchos caminos... nos obligan a dirigir nuestra mirada a ella. El personaje del vampiro, tal y como ha llegado y se presenta en nuestra cultura, es uno de esos caminos, volviendo a hacer, como los puntos tratados en estas páginas, que no perdamos de vista el tema de la sangre. Un tema que, entrando en cuestiones trascendentales, adquiere una relevante importancia al aparecer como el aspecto central en todas ellas. Un estudio sobre la evolución del vampiro deberá tener presente y estudiar, también, el papel de la sangre.

Como ya hemos dicho, tal líquido cumple una serie de funciones fisiológicas muy importantes para el ser humano: nutrición, respiración, inmunización... y las ya mencionadas anteriormente. Pero en el caso del vampiro no es así, y su interés por la sangre no reside en la importante labor que ésta pueda desempeñar en su organismo, ya que el de él no es como el de un ser vivo, su organismo está muerto. Cuestión ésta, como las tratadas en este capítulo y otras que por su extensión no hemos mencionado, por la cual podríamos intuir que es muy posible que en la sangre haya algo más de lo que biológicamente acepta la medicina. Para algunos parece muy probable que en la sangre haya, contenga o sea ella misma, algo más trascendental, una sustancia más sutil que cumpla la función más importante de todas, tal vez la única, para que se de la vida. Pero ¿qué es eso que la hace tan especial? Los esoteristas afirman que no es el plasma, ni los glóbulos rojos o blancos, ni las plaquetas, ni tampoco la hemoglobina. Es algo más sutil que las sustan-

(221) Esta prohibición no siempre era respetaba y Yavé se enfurecía por ello. La Biblia lo evidencia en Ezequiel 33:25 y en Samuel I 14:31-35.

cias detectadas hasta ahora, y cuya principal función no parece ser la de alimentar al cuerpo físico. Pero, de momento, no se puede aventurar más, habrá que esperar a que la "objetividad" de las investigaciones que se hagan por instrumentos de precisión (suponiendo que aquello de lo que hablamos se pueda medir y que en realidad exista) y la mente abierta de algunos "representantes" de la "ciencia", sean capaces de contestar por qué la sangre es un fluido tan especial.

Cristianismo, brujería y demonización de los vampiros

"Las bestias demoníacas son sólo imágenes. Lo que de verdad existe son hombres hundidos en el pecado, poseídos por la malicia; la envidia los vuelve venenosos contra sus propios hermanos".
A. Lefèvre.

"Es difícil creer en Cristo Redentor sin al mismo tiempo creer en su antagonista, el Diablo".
A. Lefèvre.

Es común que las diferentes y variadas leyendas, mitos, creencias y supersticiones se han ido mezclando entre sí hasta poseer unas parte de los rasgos y características de otras. De esta forma, tales mitos y leyendas se han ido ramificando, adoptando una versión algo diferente en cada diferente región, adaptándose así a lo que cada grupo humano particular estaba dispuesto a aceptar como parte de su código de creencias en determinado periodo de su historia, condicionado, cómo no, por las ya existentes.

Con la brujería y los vampiros pasó que, en Europa, ambas creencias fueron "entrelazadas" rápidamente. Antes de confeccionarse del todo el conocido vampiro de Europa central, el que presentamos en el capítulo *El vampiro sobrenatural,* numerosas entidades vampíricas aparecieron primero entre los seres demoníacos de las religiones politeístas paganas: como la lamia griega, una bruja con sed de sangre, o la *strix.*

La creencia en vampiros ya existía antes de que el cristianismo se introdujera dentro del sur y el este de Europa. Y cuando los grandes y más altos representantes de la Iglesia oían tales historias raramente les prestaban algo de atención. Un ejemplo es el de los obispos y sacerdotes de Moravia que, en cierta ocasión, habiéndose informado por el rumor público de la creencia en vampiros que existía en el país, consultaron a Roma, de donde no obtuvieron respuesta "porque se consideró manifiestamente todo ello como puras visiones o imaginaciones populares". Otro ejemplo es la irónica carta que el Papa Benedictino IV envió al arzobispo de Leopoli. En un extracto dice: "Debe ser grande la libertad de la cual gozáis en Polonia, que consiente a tantos pasear aún después de la muerte. Aquí entre nosotros, os lo aseguro, los muertos son tranquilos y silenciosos...". Más adelante, tras mencionar el informe que el médico personal de la reina y emperatriz de Hungría, María Teresa, hizo saber a ésta, acaba diciendo que "es por esto asunto vuestro el desarraigar estas supersticiones. Descubriréis, si vais a la fuente de tales patrañas, que las acreditan también sacerdotes. Os recomiendo expresamente interdecir, sin pérdida de tiempo, aquellos que resultasen culpables de una tal prevaricación. Convenceos, os lo ruego, de que en todo este negocio son los vivos los culpables". Por otra parte, la Iglesia incluso utilizó, en determinadas ocasiones, el vampirismo para eliminar el paganismo y tratarlo como una religión falsa. Si las deidades de los paganos eran falsas, los demonios paganos también. Con la brujería sucedió lo mismo, que primero se la ridiculizó, considerándola como mera superstición pagana, ilusiones o fantasías producto de los sueños, e incluso se declaró hereje a quien creyese en la realidad de la misma (san Bonifacio ya predicaba en el siglo VIII que la creencia en las brujas no era cristiana). Más tarde, sin embargo, se cambió de postura, y lo herético era no creer en ella. La opinión de la Iglesia ante las creencias paganas siempre acarreó en su estructura interna numerosas tensiones, diferencias y divisiones. Con los vampiros pasó que si en un principio no llamaron la atención de los eclesiásticos, más tarde fueron ellos los que escribieron numerosos tratados; aunque en la cúpula de la Iglesia nunca ocasionaron tanta angustia como la brujería, manteniéndose más la preocupación y miedo por los mismos entre los párrocos y curas de pequeños pueblos y aldeas.

Parte de la creencia en la brujería y su aparente investigación "científica" podría compararse, entre otras, con la creencia en los vampiros y en la, también aparentemente "científica", investigación de los mismos.

En las *Cartas judías* (carta 137) se relata un caso de vampirismo ocurrido en Hungría del que en el libro de Calmet se dice: "(...) no podemos rehusarnos a creer verídico un hecho atestiguado jurídicamente y por gentes de probidad" (222), es decir, por gentes de bondad, rectitud de ánimo y honradez. En el mismo se hace mención, también, de la creencia en vampiros que existe en un pequeño pueblo, también de Hungría. Creencia de que se levantan de sus tumbas para quitar la sangre a los vivos, sangre que sale por los orificios naturales de aquellos cadáveres que esa gente desentierra. "Esta

(222) Augustin Calmet. *Tratado sobre los vampiros*. Ed. Mondadori, 1991. Madrid.

opinión acaba de ser confirmada por varios hechos, de los que parece que no se puede dudar, en vista de la calidad de los testigos que los han certificado" (223). En el famoso caso de Arnold Paul, se dice que todas las afirmaciones que se hicieron estaban formuladas jurídicamente de la forma correcta, siendo tales declaraciones corroboradas y/o completadas por varios oficiales que estaban defendiendo el país, por los cirujanos mayores de los regimientos y por los principales habitantes del lugar.

Como se puede comprobar, en numerosas ocasiones se alude a los testimonios de personas tan respetables y tan dignas de crédito y de lucidez mental que se insiste en que no hay motivo para no creer en lo que cuentan. Rosseau también dijo que las historias de vampiros eran de las mejor documentadas. Fueron médicos, monjes, abogados, militares, jueces, procesos verbales... los que dieron fe de la existencia de los vampiros.

En este aspecto, algo muy similar ocurrió con la brujería, pues algunas de las más destacadas mentes científicas y filosóficas del siglo XVII se dedicaron a la investigación "científica" de la misma. Como dice José Berruezo, es posible que estas situaciones nos indiquen "cómo la fantasía que ha prendido en el vulgo puede contagiar a las gentes cultas cuando existe –por circunstancias personales, locales o ambientales– una predisposición a dejarse sugestionar por la opinión pública" (224).

Joseph Glanvill estudió en Oxford y en el Lincoln College; nacido en 1636 fue capellán del rey Carlos III. Hizo una exposición de lo que debe ser el método científico, y estaba decidido a alejarse totalmente de los dogmas del pasado. Pero sobre la brujería dijo: "Tenemos los testimonios de miles de ojos y oídos, y no sólo de gente vulgar y susceptible de engaños, sino también de personas sabias y de gran discernimiento, y esto, además, cuando no hay interés para obligarlos a estar de acuerdo en una mentira común" (225). El listón de credibilidad de Glanvill difícilmente podría considerarse científico, pues aceptaba las pruebas presentadas en los juicios por brujería y otros hechos irracionales. Decía: "Cuanto más absurdas e increíbles son estas acciones, más me convezco de la veracidad de estas historias" (226). Y aunque aludiera a los "testimonios de miles de ojos", no se daba cuenta de que éstos, los ojos, no sirven de nada a un cerebro ciego.

Sin embargo, hoy en día, incluso antes, ¿hasta qué punto son convincentes las pruebas reunidas por los que creían en la realidad de la brujería? La mis-

(223) Augustin Calmet. *Tratado sobre los vampiros.* Ed. Mondadori, 1991. Madrid.

(224) Ponencias y comunicaciones del congreso de San Sebastián. *Brujología.*

(225) Robert Sheaffer. *Veredicto Ovni.* Ed. TIKAL, 1994. Gerona.

(226) Rossell Hope. *Enciclopedia de brujería y demonología.* Ed. Debate, 1991.

ma pregunta puede ser aplicada a la creencia en los vampiros. Pero ambos, los que apoyaban la brujería y hechicería, y los que hablaban en favor de la existencia de los revinientes, se basaban sólo en la cantidad de testimonios y en la calidad, no de éstos, sino de los que testimoniaban; considerando más creíble un certificado oficial de un juicio o a un informante de alta posición social que a un informante del pueblo llano, por muy extravagante que fuese la declaración de aquél. No daban asenso al testimonio de las *personas sabias,* sino a la reputación que éstas tenían en diversas áreas de la vida, produciéndose así el conocido "fenómeno halo" (227). El hecho de que en 1732 todavía se "descubriesen" vampiros, que dos físicos alemanes hubiesen escrito dos gruesos volúmenes en latín y en alemán sobre la materia, y que algunas universidades hubiesen tratado el asunto, hizo que mucha gente, dejándose llevar por ese "fenómeno halo", diese por cierta la existencia de los vampiros.

Robert Boyle, físico y químico nacido en Irlanda, considerado como uno de los padres fundadores de la química moderna y recordado ya como inventor de una famosa ley (228), decía que posiblemente un caso entre veinte de brujería podría ser considerado como verdadero. Incluso Pierre Boyle, conocido filósofo francés, creía en la realidad del fenómeno de la brujería. De esta forma, personajes no tan conocidos pero sí tan influyentes en su región o país dieron testimonio y abogaron también por la existencia de los vampiros. Calmet, razonando sobre las *Cartas judías,* ya se dio cuenta de que "hay personas para las que la autoridad de un certificado oficial o un personaje notable (...) parece una demostración evidente de la realidad del cuento más absurdo" (229).

* * *

Los cristianos, en su lucha contra el paganismo, acusaban a todos los dioses antiguos o diferentes al suyo como nocivos, haciéndoles aparecer como representaciones del mal; las funciones y características de éstos eran transferidas a las brujas (y a otros seres).

(227) El efecto halo es un poderoso fenómeno social en virtud del cual la reputación o las creencias afectan al juicio. Se suele creer que las personas experimentadas y conocedoras de un determinado campo saben también mucho sobre otros aspectos. El que alguien sepa mucho sobre determinado tema es aval suficiente, para muchas personas, de que tal individuo puede ser consultado también sobre infinidad de cuestiones. Puede ser considerado incluso como un "profesor" o "guía".

(228) Ley que establece que el volumen que ocupa un gas es inversamente proporcional a la presión que se ejerce sobre él.

(229) Augustin Calmet. *Tratado sobre los vampiros.* Ed. Mondadori, 1991. Madrid.

"La influencia de los sacerdotes era firme en los primeros tiempos, y más bien se dedicaban a la fabricación de falsos milagros para prolongar la ciega veneración del pueblo" (230). Además de esto, la Iglesia estimuló la creencia en la hechicería, en la brujería y, en algunas partes, durante el siglo XVII, en los vampiros, utilizando así otro método de control de las masas; aparte de la fascinación por los ya mencionados "milagros", el miedo. Llegó a decirse que los cristianos convertidos al Islam se tornaban vampiros; de esta forma intentaban mantener siempre, por lo menos, un número mínimo de fieles.

"En el nombre de Dios y, precisamente por eso, considerando que todos los procedimientos son válidos y justos, la Santa Inquisición vino a poner orden en los asuntos del diablo" (231). La bula del Papa Inocencio VIII, *Sumus Desiderantes Affectus,* dictada en diciembre de 1484, reconocía la astucia, prudencia y previsión de los inquisidores Sprenger e Institoris; y aunque durante mucho tiempo fue considerada como "el grito de guerra papal contra la brujería", el análisis del documento revela que no fue para tanto. Peores fueron las órdenes que en 1513 dictaba Julio II al inquisidor de Cremona. O la bula *Dumun uti nobis,* de Adriano VI, sucesor de León X, también dirigida al inquisidor de Cremona. Y el mensaje de este último a otro inquisidor ordenándole perseguir la brujería con gran severidad (la bula de Inocencio VIII tuvo, sin embargo, más relevancia que otras anteriores y posteriores, pues se propagó rápidamente gracias a la imprenta. El *Malleus Maleficarum* traía en su interior esta bula del Papa, y el libro, al ser editado en unas 28 ocasiones, difundió la misiva de Inocencio VIII con más eficacia que ninguna otra anterior). Como resultado se produjeron miles de muertes, asesinatos de, principalmente, mujeres.

Porque, como señala Émile Brouette (doctor en filosofía y letras), la gran víctima del satanismo fue la mujer, siendo el antifeminismo de la época una de las causas principales. Fue durante los siglos XV y XVI que la mujer fue considerada como la parte inferior de la humanidad y el hombre como la parte superior, la razón. La teología siempre fue configurada por hombres y, en tiempos pasados, de forma consciente o no, éstos se enorgullecían exageradamente de su sexo. Johannes Nider, aproximadamente en el año 1435, declaró que las brujas eran más abundantes que los brujos porque tienen la lengua muy larga, contándose entre ellas todo lo que han aprendido. Geiler von Kaysersberg, que compartía esta opinión, añadió además que las mujeres son más crédulas, más impresionables que los hombres y más proclives a

(230) Joaquín Gómez Burón. *Brujería y Satanismo.* Biblioteca Básica de Espacio y Tiempo.
(231) Ibíd.

las alucinaciones. Y no fue necesaria mucha imaginación para que la mujer, tan "sólo una porción de Adán", fuese teológicamente identificada como la intermediaria entre el hombre y el diablo. Incluso el título del libro que más influyó en fomentar la caza y la represión de la brujería hace alusión sólo a las mujeres. Nos estamos refiriendo al *Malleus Maleficarun*, traducido como "Martillo de Brujas", cuando en realidad también se hablaba de brujos. En este libro se dice que la palabra *fémina* (mujer) deriva de *fe* (fe) y de *minus* (menor); es decir, que la mujer tiene menos fe, una traducción etimológicamente errónea. Jacobo I de Inglaterra "calculó" que la relación entre mujeres brujas y hombres brujos era de veinte a uno. Después, Alexander Robert estimó que la diferencia era superior y habló de que por cada cien mujeres brujas había un solo brujo. Y para muchos autores la cifra era absoluta exponiendo que sólo las mujeres practicaban la brujería.

Puede parecer extraño que las mujeres no fuesen también víctimas del vampirismo, es decir, que no se hablase más de vampiras que de vampiros. Pero a pesar de la degradante concepción de la mujer que se tuvo durante algún tiempo (antes de la principal extensión del vampirismo), el sentimiento hacia la varona comenzó a sufrir un cambio dirigido a contemplar a esa parte femenina de la humanidad de una forma más respetuosa (este cambio ocurría a finales del siglo XVI y principios del XVII, y es fácilmente observable en la literatura novelesca de la época). Ese sentimiento más tolerable hacia la mujer que gradualmente se fue formando fue el que, en parte, "salvó" a la fémina de convertirse en vampira, aunque también se relatan casos (los que en su día investigaron el asunto de los vampiros hablan más de hombres que se convertían en vampiros que de mujeres).

El auge de la creencia y las noticias sobre vampiros coincidió con el final de la historia de la magia y la brujería. Christoph Daxelmüller, en su libro *Historia social de la magia*, afirma que la magia llegó a su fin cuando comenzó a ser de conocimiento popular; es decir, cuando se permitieron y publicaron para el alcance del pueblo los primeros libros sobre magia.

Coincidiendo con ello, la Ilustración del siglo XVIII puso todo su énfasis en afirmar que los practicantes y creyentes de semejantes ritos eran simples e ignorantes aldeanos. A raíz de esto ya no se quemaba a brujas, ni siquiera se creía en ellas, y el diablo perdió su temible protagonismo.

El período de creencia en las brujas y en la magia es anterior a la *Edad de Oro del vampirismo*. Ésta, aunque inmediatamente posterior, fue distinta (aunque no hay que dudar de que ambas creencias, reconocidas como problemas, coexistieron durante una larga temporada). La mujer, tristemente protagonista de ese anterior período brujeril y mágico, no fue relevante en las historias de vampiros. Y es que en la última época de quema de brujas, la teoría de que las mujeres eran más proclives a la influencia del diablo y a la práctica de los actos maléficos, experimentó en el siglo XVII una ampliación y una diferenciación, a saber: además de la mujer como sospechosa de brujería, eran las mujeres viejas las que merecían doble desconfianza. Las viudas, las parteras, las nodrizas y, sobre todo las viejas, si eran solteras peor, fueron liberando al resto de las mujeres del estigma social de sospecha brujeril que llevaban desde hacía tiempo. Fue sobre este grupo de féminas sobre el que se centró el foco de atención y acusación. Con el final de este período brujeril y mágico, y la llegada de la Ilustración, se fue reduciendo hasta desaparecer.

Dos predicadores, Heinrich Institoris, inquisidor de la Alta Alemania, y Jacob Sprenger [232], profesor de la universidad de Colonia e inquisidor en Renania (padres dominicos), escribieron el *Malleus Maleficarum*, impreso por primera vez en 1486. Este libro llegó a ser un manual para los inquisidores que trataban de descubrir y acabar con la brujería, poniendo en práctica la orden del Éxodo 22,17: "A la hechicería no la dejarás con vida." El libro introduce una primera parte teorizando sobre la posibilidad de la existencia de las brujas, de si éstas obran por propia voluntad o influenciadas por el demonio; así mismo, intenta hacer general la preocupación que los autores mostraban hacia el peligroso y problemático asunto de las brujas y hablan de íncubos y súcubos. En una segunda parte expone los males que puede sufrir el hombre al ser víctima de la brujería, y muestra un amplio recetario de remedios contra los hechizos de las brujas. En una tercera y última parte del "manual" se habla, entre otras cuestiones, de cómo tratar a las brujas, de cómo iniciar acción legal contra ellas, de cómo interrogarlas y de cómo lograr que las acusadas fuesen condenadas. El *Malleus Maleficarum* "establecía reglas duras y expeditivas para el descubrimiento y proceso de las hechiceras, hábilmente urdidas para asegurar que ningún acusado pudiera escapar a la tortura o a la muerte" [233].

Aunque no sería su época dorada, hacia la segunda mitad del siglo XVI el vampirismo, como también ocurrió en su día con la brujería, empezó a ser tomado algo más "en serio" por algunos miembros de la Iglesia romana, la

(232) Sprenger contaba con cincuenta años en el momento de la publicación del *Malleus*. En 1471 obtuvo su licenciatura en teología, doctorándose al año siguiente. En 1479, en el valle del Rin, se inicia en la práctica inquisitorial, la cual se extiende a Treves, Maguncia, Colonia, Salzburgo y Bremen. Institoris nació en 1430 en Selbstadt, perteneciendo también, con los años, a la orden dominicana. En 1474 es nombrado inquisidor de Germania. Tras una estancia en Bohemia y Roma obtiene el título de doctor en teología.

(233) Alfred Still. *Las fronteras de la ciencia*. Editorial Sudamericana, 1953. Buenos Aires.

cual había visto el asunto, en general, como irreal e imaginario; aunque había quien admitía que el diablo podía estar causando tales imaginaciones en la mente de las personas. Es posible que semejante interés de la Iglesia por los vampiros emergiese de Grecia. El aumento de casos de vampirismo fue uno de los motivos que "obligó" a la Iglesia a tratar y opinar sobre los mismos. Leo Allatius sería el primer miembro del clero que publicaría un libro sobre este tema con su *De graecorum hodie guirundaw opinationibus.*

Allatius nació en 1586, en la isla griega de Chios. Con 14 o 15 años se trasladó a Roma para asistir al Colegio Griego. Al finalizar sus estudios regresó a la isla de Chios con la responsabilidad de asistir al obispo católico romano Marco Giustiniani. Tiempo después volvería a Italia para estudiar medicina y retórica. Trabajó durante algunos años en la biblioteca del Vaticano. A los 60 años completó su libro *De graecorum hodie guirundaw opinationibus,* en el que exponía muchas de las creencias comunes a la gente de Grecia, haciendo también un amplio comentario del vampiro griego, al que llama *brucolaco,* término del que también hace uso Calmet. Allatius, que murió a los 83 años, creía en la realidad de los vampiros.

El efecto de los escritos de Leo Allatius (también conocido como Leone Allaci) y Francoise Richard, jesuita francés, no fue sólo el de popularizar y dar a conocer a otras regiones la creencia del vampirismo en Grecia, sino, además, la unión del vampirismo a la brujería, al exponer que el vampirismo era también el trabajo de Satán, del demonio. A partir de tales libros se llevó a cabo una demonización de los vampiros, los cuales empezaban a ser vistos no sólo como instrumentos del demonio, sino como miembros activos de su legión infernal. De esta forma, si las brujas eran reales los vampiros, tras haber sido unidos a ellas, también.

Así mismo, un conocido periódico francés, el *Mercure Galant,* exponía en un artículo de mayo de 1693 la posibilidad de que fuese el demonio el que extrajese la sangre a las personas vivas para incorporársela después al cadáver, que al ser desenterrado estaría repleto del fluido de vida.

Hubo muchos estudiosos que por aquella época ya trataban con escepticismo la creencia en la brujería y la hechicería. Francis Hutchison, por ejemplo, capellán del rey Jorge I y autor de diversas obras religiosas, ya abogaba "en favor de las víctimas inocentes sacrificadas para satisfacer los deseos de un populacho ignorante al mismo tiempo que se mantenía el poder y el prestigio de clérigos fanáticos y magistrados sin escrúpulos" [(234)]. Además criticaba la distribución de toda aquella literatura que apoyaba o mantenía

(234) Alfred Still. *Las fronteras de la ciencia.* Editorial Sudamericana, 1953. Buenos Aires.

Augustin Calmet

lo más mínimo la superstición de la hechicería. Otro personaje, Balthazar Bekker, teólogo holandés, atacó fuertemente la creencia en la hechicería y en la posesión satánica; incluso se atrevió a poner en duda la existencia del diablo, sin el cual el culto de los hechiceros sería algo absurdo y, por lo tanto, por su posterior conexión con los vampiros, éstos también.

Bekker decía en su libro *El mundo hechizado* que "no hay hechicería donde no hay fe en ella; no creáis en ella, y dejará de existir" (235). Las mismas palabras podrían haber sido aplicadas al vampirismo. De haber sido tenidas más en cuenta que los absurdos testimonios y acusaciones por las que tantas personas murieron en nombre de Dios, otro gallo hubiese cantado. Calmet dice haber recibido una carta del señor barón Toussaint en la que escribe que, tras haber leído y releído los procesos verbales sobre unos casos de vampirismo acaecidos en Moravia no pudo encontrar en ellos "la más mínima sombra de verdad", pero que en aquellos países miraban tales testimonios como el Evangelio.

Aparecieron muchas obras que denunciaban los castigos aplicados a aquellos acusados de brujos; escritos que se alzaban contra la persecución, la tortura y la quema de inocentes. Igualmente, también aparecieron libros, artículos y breves comentarios en libros, que señalaban la incongruencia de los testimonios de testigos o víctimas que decían haber visto a los vampiros. Estas obras hablan por sí solas del valor crítico que coexistía con la simple credulidad en el espíritu humano de la época. Y aunque hay quien dice que no es justo ni lógico juzgar los siglos XVI, XVII y XVIII con las ideas de bien y mal del siglo XX, existe la opción de pensar que en aquella época ya se ofrecía con dichos escritos una alternativa racional, humanista y científica a tales situaciones (hablamos tanto de las brujas como de los vampiros), la cual fue rechazada mayoritariamente.

Si los vampiros ya eran considerados como seres maléficos y oscuros, tras la identificación medieval de éstos con las brujas (incluso hay quien dice que la invasión de los vampiros no es más que un colofón de la era de la

(235) Alfred Still. *Las fronteras de la ciencia.* Editorial Sudamericana, 1953. Buenos Aires.

brujas) y, a su vez, con el demonio, tal relación con el reino de las tinieblas se hizo inevitable. En parte, de esta relación del diablo con los vampiros surgieron, sobre todo en el mundo literario de ficción, las armas de la Iglesia contra ellos: como el crucifijo, el agua sagrada o la hostia eucarística, ya que si los vampiros eran lo opuesto a lo sagrado podrían ser afectados y rechazados por objetos sagrados.

Otro asunto que llevó, poco a poco, a la demonización de los vampiros fue el cómo de su existencia. Corría la creencia de que era el diablo quien manipulaba el cuerpo muerto, haciendo que se moviese, andase e incordiase a los vivos. Repetimos que Leo Allatius escribía que era imposible que un difunto se convirtiera en vrykolakas si no mediaba "el deseo expreso del demonio". Y Francoise Richard aseguraba que era el diablo quien daba "vida y energía" a esos cadáveres.

Ya se ha dicho que los primeros vampiros fueron las brujas, las cuales eran devotas de Satán. Y éstas podían convertirse en vampiros después de su muerte. De esta forma el proceso etiquetaba al vampiro.

Además, en algunas zonas de Rusia, el vampiro era llamado o identificado con la palabra *eretik* (herético). Se denominaba herético a toda persona que se había desviado, apartado, del camino que marcaba el cristianismo, a todo aquel que se había desviado de la doctrina o no creía en el "verdadero" Dios. La Iglesia se encargaba de asociarlos con el diablo, pues la gente que no estaba con Dios, estaba contra Él; y todos los que tomaban este camino eran considerados pactadores con el diablo.

Es importante también señalar a Vlad Draculea (Vlad el Empalador), el histórico Drácula; ya que Dracul, aunque de forma general es traducido como *dragón*, también puede serlo como *diablo*. Tal vez por esto Bram Stoker también sugirió el satanismo como origen de su conde, apoyando con la novela la teoría de un origen demoníaco para los vampiros.

De forma diferente a como lo hizo Stoker en su día, los escritores de ficción de hoy, saliéndose de todo tipo de creencia religiosa y alejándose, más que de otra cosa, de la teología cristiana que con sus prejuicios teorizaba y teoriza sobre la existencia del demonio, hablan del vampirismo como si de una enfermedad se tratara.

A partir de Allatius, que promovió la creencia de que los vampiros eran el trabajo del demonio, ya casi no se habló de muertos que regresaban, sino de cadáveres que se levantaban reanimados por el diablo. Allatius decía que para la existencia de los vampiros eran necesarias tres cosas. A saber: el diablo, un cuerpo muerto y el permiso de Dios. Le Loyes, en su libro *Des Spectres*, sostenía que si el demonio podía provocar los conocidos, incontrolados e involuntarios movimientos en aquellas personas que estaban poseídas por él, en consecuencia podía, con el permiso de Dios, dar también movimiento a un cadáver. Aun así, no todos los interesados en el tema demonizaron al vampiro. Calmet, que ya conocía esta opinión, expresó su razonamiento de que aunque fuese el demonio quien reanimara los cuerpos no había garantía alguna de que también fuese capaz de sutilizar los cadáveres, dándoles con ello la capacidad de colarse por el hueco de la cerradura o de poder penetrar en la tierra y salir de ella sin necesidad de removerla, ya que no hay pruebas de que Dios haya dado al demonio tal poder. En su tratado comenta: "Decir que el demonio sutiliza y espiritualiza los cuerpos de los vampiros es afirmar una cosa sin prueba ni verosimilitud" (236). Insiste en que sólo Dios puede dar la vida a los hombres después de habérsela quitado, aunque admite que es posible que el demonio, incluso un ángel bueno, pueda matar a un hombre si Dios le ha dado permiso o se lo ha ordenado. Sin embargo, puntualiza lo siguiente: "no leemos en ninguna parte que los ángeles, ni buenos ni malos, tengan nunca autoridad suficiente para dar o devolver la vida a nadie" (237). A pesar de estas consideraciones, el demonio, bajo el nombre de Satán, llegó a formar parte "reconocida" de la ecuación del vampiro. De esta forma, el vampirismo pasó a ser otra forma de satanismo y el vampiro un instrumento del demonio.

* * *

Después de Allatius, sería Giuseppe Davanzati quien, de forma destacada, haría llegar hasta el pueblo el asunto de los revinientes con su *Dissertazione sopra I vampiri,* publicado en 1774.

Davanzati, que nació el 29 de agosto de 1665 en Bari, Italia, llegó a ser arzobispo de la Iglesia católica romana. Estudió en un colegio jesuita y a los 15 años entró en la Universidad de Nápoles. Cuando tres años más tarde murieron sus padres, y con la intención de llegar a ser sacerdote, continuó con sus estudios en la Universidad de Bolonia. Más tarde, en París, fue ordenado al sacerdocio. Años después tuvo que representar al Papa en Viena, ante el trono del emperador Carlos VI. Por su eficaz labor en semejante ocasión fue nombrado arzobispo de Trani (238).

Fue durante el periodo transcurrido en este cargo cuando, consultado por otros componentes del clero, empleó cinco años en estudiar los infor-

(236) Augustin Calmet. *Tratado sobre los vampiros.* Ed. Mondadori, 1991. Madrid.
(237) Ibíd.
(238) Ciudad de Italia.

mes que sobre vampiros llegaban a su poder. Los argumentos que presentó en su *Dissertazione sopra I vampiri* fueron los más "escépticos" publicados hasta el momento, concluyendo que todo lo que esas gentes contaban no se debía sino a ilusiones, imaginaciones y fantasía humanas. Resaltó el hecho de que las historias solían ser difundidas por gente de clase baja y sin estudios; opinión que fue bien acogida por intelectuales, políticos y por altos cargos de la iglesia. Se preguntaba por qué los vampiros sólo aparecían en zonas como "la mísera Moravia" y el norte de Hungría, y no en otros lugares como España, Francia o Italia. Decía que las gentes que decían sufrir esas apariciones eran "gente idiota e ignorante (...), gentes de baja condición (...), simple y aficionada al vino". Para él, y aunque sólo sea en parte la historia parece darle la razón, los hombres doctos y de calidad no se dejan engañar tan fácilmente por las apariencias. Y hacía la pregunta de cómo algo que es sobrenatural y diabólico, como las apariciones e intervenciones del vampiro, puede remediarse con simples tratamientos naturales, a saber: cortarle la cabeza, estacarle el corazón... Para él, los fenómenos sobrenaturales y diabólicos no podían ser tratados por remedios naturales porque son de índole espiritual, y la materia no puede influir en el espíritu, el cual es inmaterial. Si con remedios tan naturales como los utilizados para acabar con los vampiros se inutilizaban las manifestaciones póstumas de éstos, era que el vampirismo también se debía a una causa natural.

Davanzati moría a los 90 años de edad, el 16 de febrero de 1755.

* * *

Dos años después de la publicación del libro de Davanzati, sería el reverendo dom Calmet quien, en 1746, publicaba su *Dissertations sur les apparitions des demons et des esprits et sur les revenans et vampires de Hongrie, de Behemie, de Moravie et de Silesie.*

Su estudio se componía de dos disertaciones o tratados: el primero titulado *Disertación de las apariciones de los ángeles, de los demonios y de las almas de los difuntos* y el segundo *Disertación sobre los revinientes en cuerpo, los excomulgados, los upiros o vampiros, brucolacos, etc.*

En la primera de estas dos obras, a modo de introducción, dice que nunca tuvo la intención de estudiar el tema de las apariciones en general. Su propósito siempre fue el de tratar sólo un tipo de éstas, las de los vampiros o revinientes de Hungría. Pero resultó que reuniendo el material se encontró con excesivos casos de apariciones que nada tenían que ver con las de los llamados vampiros, por lo que bajo el mismo título publicó dos tratados:

uno sobre apariciones en general y otro, el que se había propuesto inicialmente, sobre las apariciones de los revinientes.

Calmet nació el 16 de febrero de 1672 en Minil-la-Horgne, Lorraine, Francia. En 1696 fue ordenado sacerdote benedictino y durante algún tiempo enseñó filosofía y teología. Escribió numerosos volúmenes comentando la Biblia.

El libro de Calmet fue un importante legado para aquellos que posteriormente se han interesado por el vampirismo, pues en él no sólo se recogen los sucesos, sino las creencias supersticiosas que los acompañaban, el modo de acabar con los vampiros, el cómo detectarlos, explicaciones religiosas, explicaciones naturales, cartas de amigos y testigos directos de los acontecimientos... Además de dar una buena perspectiva de la relevancia que el "problema" alcanzó en su día, dejando claro que él no fue el único eclesiástico interesado en el tema. Calmet mantuvo un justo escepticismo de las narraciones que exponía y señaló las inconsistencias que, con una mente despejada de creencias supersticiosas, se podían observar en las mismas. Es por ello un libro de punto de partida obligado para cualquier indagación posterior que se quiera realizar sobre el tema. Aunque no es un libro homogéneo en cuanto a una postura crítica en todo su contenido, ya que mientras parece razonar con delicadeza en ciertos apartados, sucumbe en la más profunda irracionalidad cuando habla de las apariciones narradas en el Antiguo y Nuevo Testamento. Ser miembro de la Iglesia influyó en todas sus conclusiones.

Calmet, en su prefacio, ya predice que será criticado tanto por los detractores como por los defensores de las apariciones de los vampiros, pero tal situación en la que sabe que se encontrará no le detiene y publica su estudio por considerarlo "importante para la religión". Esta "importancia" puede entreverse con facilidad dada la propensión de los teólogos de entonces a decir la última palabra sobre cualquier cosa, intentando con ello explicar algo desconocido con algo todavía más desconocido aún. En cuanto a este tema, era evidente que el descuartizamiento de cuerpos de gente cristiana, enterrada cristianamente y que, según la fe, estaban esperando la resurrección al final de los tiempos, podía poner en un aprieto a la Iglesia. Es decir, las apariciones de los redivivos rozaban lo más sagrado de la fe cristiana: la resurrección de los muertos. La cuestión de que algunos difuntos pudiesen levantarse antes de llegado el juicio final era algo que la ponía en apuros. El estudio de los vampiros podía, además, llevar a numerosas conclusiones teológicas concernientes a la naturaleza de la situación en la que una persona se encuentra cuando muere. Sobre esto dice que si las historias de los vampiros son ciertas, es decir, si verdaderamente hay individuos que han resucitado y regresado de entre los muertos, deben saber lo que pasa en la otra vida, y que tal conocimiento deberían compartirlo con los vivos. Calmet se interroga si no les quedará, a los vampiros, algo todavía por expiar en el purgatorio; pero no entiende cómo si necesitan plegarias de los vivos no se preocupan en explicar su estado. Se pregunta por qué Dios les permite permanecer en la tierra dejando que ataquen a familiares y amigos causándoles la muerte. Con estas cuestiones sin contestar, Calmet muere el 25 de octubre de 1757.

Lajos Gyula, en su *Historia natural de los vampiros,* afirma que el libro de Calmet llegó a tal difusión que la opinión pública llegó a preocuparse seriamente. El benedictino, ante esta reacción popular, "asustado por los posibles daños que sus estudios pudieran motivar –muy especialmente habida cuenta de su condición de hombre de claustro– introdujo en sucesivas ediciones, al final de su obra, una larga serie de preguntas y objeciones" a las apariciones de los vampiros (nosotros no hemos dedicado tiempo a la comprobación de esta afirmación que hace Lajos Gyula sobre tales textos añadidos).

Los años que vieron publicada esta obra de Calmet, eran también testigos del clima creado por ese movimiento filosófico y literario caracterizado por la extrema confianza en la capacidad de la razón natural para resolver todos los problemas de la vida humana; de hecho Calmet sacó a la luz su disertación en plena Ilustración. En esos mismos años la reina María Teresa de Austria, entre preocupada y escandalizada por los continuos informes y noticias de profanaciones de lugares y cadáveres, envió a dos de sus consejeros, dos físicos, para que se cercioraran de los hechos que se contaban. De esta investigación se conserva el informe de Gerard Van Swieten, quien afirmaba que no sólo los testimonios no probaban que los muertos se apareciesen a los vivos, sino que, además, tales testimonios sólo se oían de boca de gente inculta, ignorante de la explicación natural de los fenómenos que observaba, como la incorrupción del cuerpo.

* * *

Otros miembros del clero, como Alphonsus Joseph-Mary Augustus Montague Summers, también se interesaron y publicaron sus investigaciones y conclusiones referentes a los revinientes. Summers llegó a pertenecer a la Iglesia anglicana pero después se hizo católico romano y dejó la parroquia donde se le había designado para dedicarse a enseñar en la escuela. Fue en esta época en la que Summers leyó y se informó con numerosos libros de lo oculto y lo sobrenatural. Tras 15 años enseñando en la escuela se mudó a Oxford y allí comenzó a escribir sobre numerosos misterios. *La historia de la brujería y demonología* sería su primer trabajo importante. Fue en 1928 cuando acabó el libro *The vampire: his kith and kin,* en el que estableció la presencia de vampiros o de criaturas semejantes en todo el mundo, desde la antigüedad hasta su presente. Un libro en el que hizo un amplio despliegue de conocimientos y de informaciones. En 1929, un año después, salió a la luz *The vampire in Europe*, en el que trataba varias historias.

Montague Summers.

A pesar de la calidad de sus libros sobre vampiros las inclinaciones y opiniones que Summers dejaba ver en ellos eran, tal vez, demasiado tolerantes. Parecía convencido de la existencia real de los vampiros, y esa opinión no era compartida por sus contemporáneos seglares.

* * *

Pasado un tiempo fue considerado ilegal, y por tanto un delito con su correspondiente castigo, el propagar la creencia en brujas. Luis XIV, por la ordenanza de 1682, hizo cesar en Francia las persecuciones contra los brujos. El mismo paso se dio con los vampiros, tras el cual, poco a poco, se fueron dejando atrás tales mitos. Sería a mediados del siglo XVIII cuando una ley sajona decretó la pena de muerte para aquellas personas que perpetuaran la creencia en la *strix* (bruja vampira).

Los creyentes ortodoxos del Este siempre invitaban al sacerdote a participar en sus esfuerzos contra los vampiros. Recordemos además que Allatius ya recomendaba que cuando "se hallare uno de estos cuerpos, obra del demonio, debéis avisar sin tardanza a los sacerdotes (...) y celebrarán servicios religiosos en memoria del muerto". Pero con la intención de acabar con las creencias referentes a éstos la Iglesia ortodoxa ordenó a sus sacerdotes, bajo la amenaza de excomunión, a no participar en semejantes actividades. La reina María Teresa, sucesora en el trono de Carlos VI, decidió apropiarse del derecho de juzgar los casos de vampirismo que a partir de entonces se diesen en la zona, ordenando que en el futuro la iglesia no tomase ninguna decisión sin antes hacérsela saber a la autoridad política, la cual estudiaría la propuesta. El rescripto que la soberana hizo público el 1 de marzo de 1755 tendría un marcado efecto pues, a su manera, de forma dictatorial, contribuyó a erradicar la creencia en los vampiros. En esta mención sobre el tema, Maria Teresa dejaba sin voz ni voto a las autoridades eclesiásticas, a las cuales no les permitía tomar ninguna decisión al respecto. Entre otras, podemos mencionar también la carta que, fechada el 12 de julio de 1801, el obispo de Siges envió al gobernador de Valaquia (Rumania), en la que pedía que no se continuara permitiendo que los campesinos de Stroesti desenterraran a los difuntos algunos de los cuales ya habían sido desenterrados dos veces con la idea de que eran varcolaci (239). El arzobispo de Nectaire, más interesado y procurando no desaprovechar la creencia en vampiros para extender las costumbres eclesiásticas, envió una circular a sus superiores proponiéndoles y argumentándoles que si llegaban a encontrarse con un caso de vampirismo no permitiesen la cremación del cuerpo, sino que enseñasen a los lugareños cómo debían comportarse según las leyes de la Iglesia.

(239) Nombre con el que también conocían al vampiro.

Parte II

Vampiro psicológico

El "vampiro psicológico", del cual nos ocuparemos en este capítulo junto con todas las tipologías que lo caracterizan, formaría parte del, más extenso, "vampirismo clínico" (por definirlo de alguna manera). Es aquel individuo que, creyéndose o identificándose patológicamente con el vampiro y su mundo, imaginando o cometiendo actos considerados "vampíricos", necesita atención médica, psiquiátrica o psicológica. Es aquel individuo que se ocasiona daño a sí mismo y/o a los demás (aunque no necesariamente), siendo en numerosas ocasiones peligroso para él y para otros (aunque no necesariamente). Podría ser llamado también, atendiendo a otros autores, "vampiro psicopatológico", aunque no creemos que las calificaciones de "vampiro psicológico", "psiquiátrico" o "clínico" difieran mucho entre sí. Todos son nombres que pretenden etiquetar cierto tipo de comportamiento que ayude a poder entendernos mejor cuando se habla del asunto. No hemos podido hallar una definición perfecta, sólo nominal, para este tipo de comportamiento.

Por utilizar un término algo "convencional" y "común" que identifique a este tipo de personas hemos optado por usar el de "vampiro psicológico". Ésta y otras calificaciones como las mencionadas son utilizadas desde hace mucho en círculos psiquiátricos, psicológicos y criminológicos para referirse a estos actos y a sus correspondientes autores.

Creemos que para continuar es necesario tener en cuenta que el vampiro es un "personaje enquistado ya en la mitología erótica de la literatura contemporánea" (240), y los titulares de periódicos, con su sensacionalismo, han venido definiendo de "vampírica" cualquier tipo de agresión sádica. Tal vez por esta influencia periodística, los códigos de policía también han utilizado este término para calificar y clasificar a ciertos individuos. Por ello, en este libro se reducirá el número de personas que los agentes policiales, al igual que los periodistas, con demasiada facilidad y sin mucho miramiento

(240) Introducción de la novela *Drácula*, de Bram Stoker, por Dukardo Hinestrosa. Editorial Rodolfo Alonso, 1971. Barcelona.

(sin reflexión o conexión histórica y/o folklórica), han llamado vampiros. Una reducción que no tiene que ser necesariamente la más adecuada. Aun así, tendremos que ir desmenuzando el tema poco a poco.

* * *

La psiquiatría ha pretendido que el término vampirismo fuese individualizado e identificado, relacionado, con un cuadro patológico caracterizado por la tendencia que presentan algunas personas (principalmente esquizofrénicas) a beber sangre o a mostrar atracción por los cadáveres. No consideramos tal definición muy acertada; quizás demasiado general, demasiado imprecisa. De momento la aceptaremos para mostrar que bajo la misma y por combinación de estos comportamientos podríamos hablar de varios tipos de vampirismo:

1º El que consiste en beber sangre y llevar a cabo actos necrofílicos.
2º El que sólo se basa en bebe sangre, ya sea de animales o de personas, o del propio protagonista del acto.
3º El que sólo muestra tendencias necrofílicas.
4º El protagonizado por algunos excéntricos, mitómanos, movimientos sociales (tribus urbanas)..., que no infringen ninguna ley para conseguir sus fines: ni asesinan, ni profanan, ni agreden físicamente a segundas personas (en los tres grupos anteriores una parte de los que realizan actos vampíricos llega a delinquir).

En estas páginas se ofrece un esquema donde se exponen estos cuatro tipos de vampirismo psicológico con sus correspondientes ramificaciones. Con él se pretenden catalogar, de una forma más precisa, ciertos comportamientos y a sus correspondientes autores (aunque resulte simplista, esta clasificación tiene el interés de sistematizar el estudio y hacerlo más didáctico). Aunque las subdivisiones que se hacen persiguen el objetivo de aclarar, detallar y concretar, cuanto más mejor, la variedad de vampirismo psicológico que existe, bien es cierto que ningún comportamiento es puro y limpio de otros, por lo que la actitud de una persona podrá incluirse, en ocasiones, dentro de varias de las subdivisiones presentes en el esquema o abarcar, en diferentes actos y momentos, más de uno de los cuatro grupos principales (dando lugar así a los "tipos mixtos"). Por ello sólo vamos a presentar ejemplos haciendo referencia a estos cuatro grupos generales, aunque muchos casos, será fácil darse cuenta de ello, es bastante sencillo y evidente incluirlos en las subdivisiones correspondientes.

1– Beben sangre y cometen actos necrofílicos con personas a las que:
  a) previamente han asesinado.
  b) desentierran o encuentran en el depósito de cadáveres.

2– Sólo beben sangre:
  a) de sí mismos.
  b) de vivos (animales o personas); que pueden ser donantes voluntarios, o con los que pueden recurrir a la fuerza (sin llegar a matarlos) o también por la fueza con la intención de asesinarlos después.
  c) de muertos (animales o personas) que previamente han asesinado, que desentierran o encuentran en el depósito de cadáveres.

3– Sólo cometen actos necrofílicos con personas a las que:
  a) previamente han asesinado.
  b) desentierran o encuentran en el depósito de cadáveres.

4– Mitómanos patológicos, excéntricos... Todos sin agredir físicamente a segundas personas.

Las personas reunidas en este capítulo y clasificadas de acuerdo al esquema expuesto están en sus, teóricamente, respectivos lugares en base a la información que tenemos de ellas; pero esta información puede estar incompleta en lo referente tanto a sus vidas como a sus actos vampíricos. Sólo algunos criminólogos o los agentes encargados de los casos disponen de toda la documentación. Por este motivo la hoja esquemática está expuesta a modificación y a corrección, cumpliendo sólo la función de formar una clasificación, una de las muchas que se pueden hacer de los tipos de vampirismo psicológico que existen, para que sirva de guía.

1–Beben sangre y realizan actos necrofílicos

Psiquiátricamente hablando, según la definición ya dada, ésta sería la clase de vampirismo más completo, aunque, quizás por esta misma razón, también el más escaso debido a que describe un suceso que incluye dos actos: beber sangre y disfrutar sexualmente con un cadáver o con parte de éste. Veamos un par de ejemplos de individuos, considerados criminales, que por sus actos han sido incluidos en este apartado:

Richard Chase: nace en 1950. Su familia, de clase media, tiene continuas tensiones internas debido a que su padre, alcohólico, no cesa de pelear con su mujer, la cual imagina que su esposo intenta envenenarla. Chase poseía una inteligencia normal, y fue un estudiante corriente en la escuela secundaria, en la cual se graduó a los 19 años.

Cuando Richard tiene 21 años se va de casa y vive con algunos compañeros en un piso. Drogado y sucio –se afirma que no se lavaba– se cree víctima de un complot hacia su persona, llegando incluso a clavar con tablas la puerta de su cuarto, del cual entraba y salía por un agujero que había abierto en el fondo de un armario de pared. Regresa pronto a vivir con uno de sus progenitores después de que estos se divorciaran. Su comportamiento en esa etapa pendula entre agresivo en ocasiones y apático en otras.

En cierta ocasión acude al hospital porque, según decía, alguien le había robado la arteria pulmonar e interrumpido la circulación sanguínea. Ante tales declaraciones es ingresado durante un corto espacio de tiempo en un hospital psiquiátrico. Pero en breve es sacado de él y se concede su tutela a los padres, a pesar de que los médicos lo consideraban peligroso. Con la pensión por invalidez que recibe y la ayuda monetaria que su padre le aporta alquila un apartamento en el centro de Sacramento (capital de California). Cesa la toma de medicamentos recetados por los médicos y su comportamiento empeora notablemente.

Con 26 años se cree la reencarnación de un miembro de la banda del forajido Jesse James. Ya por aquel entonces pensaba que para poder vivir necesitaba sangre fresca, para lo cual compraba conejos cuyas vísceras comía crudas y sangre bebía. En ocasiones mezcló sangre y vísceras en la licuadora y, en otras, a tal composición también le añadía *Coca-Cola*, ingiriéndolo todo como si de un cóctel se tratara. Ese mismo año, 1976, es visitado por su padre, el cual lo encuentra en un deteriorado estado, por lo que es trasladado al hospital. En éste, los médicos comprueban que se había inyectado sangre de conejo. Como consecuencia se le interna nuevamente bajo el diagnóstico de paranoico esquizofrénico y se le considera muy peligroso. Las enfermeras que se encargaban de él en la institución le temían; conocido con el nombre de *Drácula* se dice que mordía la cabeza de los pájaros que capturaba en el bosque. A pesar de todo, una vez más, Chase sale del hospital y sus padres alquilan un apartamento para él (más tarde, las familias de las víctimas asesinadas por Chase denunciaron a los psiquiatras que le permitieron dejar el hospital mental, reclamando una indemnización por daños).

Ya en 1977 Chase piensa que sus órganos se desplazan en su interior y que el corazón le va disminuyendo de tamaño por, según él, la falta de sangre; le ocurre también algo a su estómago, del cual asegura que se está pudriendo. Ese mismo año acaba con la vida del gato propiedad de su madre por haber discutido con ésta, y ante la misma cubre su rostro con la sangre del minino. Se va a Nevada donde mata gatos y perros para ingerir su sangre y vísceras. Allí es detenido por pasear desnudo y pintado con la sangre de una vaca mutilada por él. A principios de diciembre compra una pistola semiautomática y a finales de mes ya se estaba entrenando con ella. Finalmente mata de dos tiros a un desconocido la noche del 29 de diciembre. Sobre este primer asesinato dice que fue "una especie de accidente".

En 1978, concretamente el 23 de enero, Chase entra en una casa cercana a la suya para robar. El dueño le sorprende y Richard sale corriendo y escapa, no sin antes haber tenido el suficiente tiempo para defecar en la cama de uno de los hijos y orinar en un cajón (este tipo de acciones son consideradas como típicamente fetichistas). Ese mismo día, transcurridas dos horas, ve a la joven embarazada (de tres meses) Terry Wallin, de 22 años de edad. Estaba sacando la bolsa de la basura cuando Chase le disparó en tres ocasiones. Introduce el cuerpo agonizante de la joven en la casa y allí le abre el vientre, le arranca los intestinos y los extiende por el suelo. Apuñala su hígado, corta el pulmón y el diafragma, le extrae los riñones y los coloca sobre una cama. Apuñala el cuerpo varias veces y se pinta el rostro con la sangre derramada. Después coge de la cocina un bote de yogur para beber más fácilmente la sangre que pierde el cuerpo y termina defecando en la boca de éste.

Sólo cuatro días después entra en el hogar de Evelyn Miroth (36 años). Tras disparar a la cabeza de ésta, Chase asesina a Daniel J. Meredith (52 años y amigo de la familia), y a su hijo Jason (6 años). En otra habitación escucha los lloros de un niño con el que acaba de un tiro en la cabeza. Éste (de 22 meses) era sobrino de Evelyn. Tras matar a los cuatro inquilinos coge el cuerpo de Evelyn y lo lleva a un dormitorio. Allí lo desnuda, se desnuda él y se coloca unos guantes de caucho. Acaba la carnicería, sodomiza el cuerpo, le arranca un ojo y bebe su sangre. Cuando estaba vaciando el cráneo del bebé en la bañera llaman a la puerta. Chase se viste rápidamente y llevándose consigo el cuerpo del pequeño huye en el coche de una joven. Ya en casa decapita el cuerpo, bebe su sangre y come el cerebro crudo.

Ese mismo día, por la tarde, la policía descubre los cuerpos sin vida. Al día siguiente, se organiza la búsqueda del asesino en la ciudad, y dos días después, el sábado a las cinco de la tarde, un detective llama a la puerta de la casa de Chase, pero éste no abre. Pasada una hora sale con una caja de cartón bajo el brazo. Tres policías interceptan su paso y al intentar huir Chase les arroja la caja, de donde salen pedazos de cerebro, la ropa ensangrentada del bebé y trapos, también manchados de sangre. Chase es detenido y se registra su apartamento. La policía percibe al entrar un profundo olor a podrido y tanto las paredes como el mobiliario muestran manchas de sangre. Se encuentran huesos humanos y el suelo del dormitorio plagado de materia fecal. En una nevera tenía, dentro de recipientes de plástico, órganos humanos y animales; también ven tres trituradoras de comida con sangre en ellas; collares de perros... Robert K. Resseler y Tom Shachtman detallan que tenía "un calendario colgado de la pared que mostraba la inscripción «Hoy» sobre las fechas de los asesinatos de las familias Wallin y Miroth-Meredith; la misma inscripción figuraba en cuarenta y cuatro días más, diseminados durante todo el resto de año 1978. ¿Habría habido cuarenta y cuatro asesinatos más? Nunca lo sabremos" (241).

Cuando se le preguntó por qué devoraba los cadáveres dijo: "Mi sangre está envenenada y un ácido me corroe el hígado. Era absolutamente necesario que bebiera sangre fresca". Sabía que le estaban envenenando cuando observaba la jabonera. Creía que si levantaba el jabón y la parte inferior de la pastilla estaba seca, todo iba bien, pero si estaba pegajosa quería decir que le envenenaban. Ese veneno hacía que su sangre se convirtiese poco a poco en polvo. Richard Chase, ejemplo típico de asesino psicótico paranoide, fue llamado el *Vampiro de Sacramento*. El juicio comenzó a principios de 1979, en el cual se le acusó de seis asesinatos. Fue encontrado culpable de todas las acusaciones y el veredicto impuesto fue la máxima pena, condenado a muerte en la silla eléctrica. Ingresado en la cárcel de San Quintín no llevaba un año cuando se suicidó con una dosis de medicamentos el 26 de diciembre de 1980. Había estado acumulando las pastillas antidepresivas que le recetaban y luego se las tomó de golpe. Hay quienes no creen que esto llegase a ser un suicidio (pues puede parecer contradictorio que un individuo que llega a matar a otras personas para poder seguir existiendo acabe quitándose su propia vida), sino un accidente al intentar acallar las voces que le habían conducido a cometer los asesinatos, voces que volvían a atormentarlo.

En las últimas entrevistas antes de su muerte que un agente del FBI mantuvo con él se consiguió matizar un poco más el móvil de sus actos. Dijo que su sangre se estaba volviendo polvo, y que necesitaba otra para reponer la suya. Necesitaba sangre para vivir. Habló de que los nazis estaban en contacto con los OVNI, y que habían sido los tripulantes de estas naves quienes le habían ordenado por telepatía matar a esas personas para así poder reponer su sangre. Se consiguió averiguar que Chase no elegía a sus

(241) Robert K.Ressler y Tom Shachtman. *El que lucha con monstruos*. Ed. Seix Barral, 1995. Barcelona.

víctimas, sino que cuando oía "esas voces" que le decían que debía matar sólo se preocupaba de ir llamando a las puertas, entrando en las que le eran abiertas.

Guilles de Rais (*Barba azul*): fue un valiente soldado que destacó por su ferocidad en lo que fuera su carrera militar. Compañero de Juana de Arco, se convirtió en un monstruoso criminal. Jean-Claude Frere dice que de manera indiscutible se pudo probar la muerte de 140 niños, niñas y muchachos por él asesinados. "El 15 de octubre de 1440, Gilles de Rais reconoce oficialmente todos sus asesinatos y da insostenibles descripciones de ellos" (242).

A su lecho solía hacer llevar un niño. Después de algunos mimos y caricias cortaba, por ejemplo (en más de una ocasión se afirma que así ocurrió), la vena del cuello del infante. Gilles solía ponerse como loco ante la sangre que brotaba. Seguidamente tomaba su propia verga y la frotaba apoyándose en el vientre del pequeño. Otras veces decapitaba previamente al muchacho para entregarse después a sus obsesiones eróticas, y besándole lamía su sangre. Luego ordenaba que se deshiciesen del cuerpo. No siempre mataba a los niños antes de abusar sexualmente de ellos. En muchas ocasiones sus actos fueron llevados a cabo cuando éstos estaban aún vivos, sin herida alguna, o mientras agonizaban.

No siempre era él quien ejecutaba mortalmente, por su propia mano, a los jóvenes de los cuales se serviría para, entre otras razones, desahogarse sexualmente; también los solía hacer matar a sus cómplices (Henriet, Etienne Poitou y Gilles de Sillé), convirtiéndolos así en colaboradores de sus horrendas inclinaciones.

En otras ocasiones, las menos, la sangre no era la principal protagonista para él aunque, como dijo uno de sus "ayudantes", Poitou: "El susodicho Guilles de Rais a veces se vanagloriaba de sentir una mayor deleitación en matar o estrangular o hacer matar a dichos niños o niñas, en verlos languidecer y morir, y en ver la sangre, que en ejercer su lujuria sobre ellos" (243). Practicante de la magia negra, corre la leyenda de que Guilles hacía matar a tantos niños (casi siempre mendigos) para recoger su sangre y escribir con ella un libro mágico. Una vez escrito dominaría y se apoderaría de todo el país.

Guilles de Rais, alias *Barba azul* (apodado así por el extraño colorido de su pequeña barba), nació en 1404, y cuando su padre murió ya era uno de los adolescentes más ricos de Europa. Su fortuna se vio enormemente incre-

(242) Jaen-Claude Frere. *Las sociedades maléficas.* Ed. Martinez Roca, 1982. Barcelona.
(243) Ibíd.

mentada cuando se casó con Catherine de Thouars. Se dice que tenía una extensa biblioteca llena, casi toda ella, con valiosos libros esotéricos. Sería debido a su "desorganizada" vida que, reduciéndose su cantidad de dinero considerablemente, se volcó en la magia para invocar diablos y aprender a crear oro. Para ayudarse en sus objetivos se apoyó, cuentan algunos, en supuestos sabios como Guilles de Sillé, un sacerdote renegado, y en Jean de La Rivière, entre otros, que hicieron que la fortuna de Rais fuera a peor.

La Inquisición se hizo cargo de Guilles, y en el juicio se presentaron 47 cargos contra él. El 26 de octubre fue sentenciado a morir quemado, pero su confesión final admitiendo los cargos que se le imputaban y su alto rango le permitieron ser estrangulado hasta morir antes de que su cuerpo fuera colocado en la pira funeraria. Hay numerosos libros que tratan la vida de este noble del medievo y que muestran sus tendencias necrofílicas y el placer que encontraba en beber la sangre de sus víctimas.

2–Sólo beben sangre

Hablando del vampiro psicológico, con frecuencia se ha hecho referencia al llamado "fetichismo de sangre".

Fetichismo es un término creado por Binet para designar a una forma de desviación sexual en la que la provocación del deseo sexual y, con frecuencia, el orgasmo de un individuo, se halla unido a algo que simboliza el objeto de su amor. "Freud enfoca el fetichismo como un caso particular y sorprendente de desviación del objeto sexual junto a una sobreestimación sexual (idealización) del objeto" (244).

En el fetichista, el orgasmo, o únicamente el placer sin éste, parece que sólo puede conseguirse mediante la vista, el contacto o la posesión de un objeto que, por lo general, no es de carácter genital. El fetiche tiene el poder de despertar el deseo sexual en algunas personas. Puede tratarse de objetos inanimados, como un artículo de indumentaria íntima (una media, un *slip*, un sostén, un pañuelo...) o también puede tratarse de alguna parte del cuerpo, como los cabellos, los pies... o la sangre.

El doctor Edward Podolski piensa que, en realidad, todos somos, en nuestras relaciones, algo fetichistas. La elección de un objeto sexual entre el común de la población está determinada, casi invariablemente, por un fetiche; la pareja sexual debe poseer características más o menos determinadas, un color de pelo especial, o esta voz, o aquellos gestos, concretas posturas para el acto, o determinados ambientes, o determinados susurros... En general,

(244) Janice Chasseguet-Smirgel. *Ética y Estética de la perversión*. Ed. Laia, 1987. Barcelona.

se suele decir que el fetichismo es, con frecuencia, un componente normal en la vida sexual de los individuos. Y puede significar desde una fantasía erótica saludable hasta una desviación de la conducta sexual.

Podríamos decir que el fetichismo se torna patológico (o perverso, según autores) cuando el fetiche, el objeto, sustituye real y enteramente al individuo compañero, es decir "a partir del momento en que la necesidad del fetiche se fija y sustituye al objetivo normal, o cuando el fetiche se separa de una persona determinada y se convierte él solo en el objeto de la sexualidad" (245). En estos casos el fetiche es objeto de sobreestimación, desplazándose al amado a un segundo plano. A veces, el objeto es tan sobrestimado que el amante puede incluso llegar a ser molesto para la satisfacción del objetivo sexual del fetichista. Para éste "la pareja sexual es a menudo un incidente respecto a la parte del cuerpo o al sustituto corporal que lo estimula sexualmente" (246).

El doctor Podolski dice que, aunque la mayoría de los fetichistas son individuos pasivos, casi siempre existe en ellos una marcada mezcla de agresión y sadismo, y que sus fantasías suelen ser sangrientas. Opina que estos individuos, los fetichistas patológicos, poseen tendencias criminales, aunque en su mayoría no tienen el coraje necesario para llevar a cabo sus impulsos.

Cuando el objeto fetiche es la sangre ocurre, al igual que con otras fijaciones, que el individuo puede simbolizarla sustituyéndola por otro líquido. De no ser así, en caso de no poder reprimir esa necesidad de sangre real, irá tras ella. Y podrá llegar a matar para conseguirla.

* * *

Centrándonos en la sangre, la cuestión es que la permanente y descarada atracción que por ella siempre ha mostrado el ser humano, puede llegar a provocar en ciertos individuos un insaciable apetito morboso. Un apetito que para algunos tiene que ser saciado, aunque para ello sea necesario alcanzar el asesinato.

Como veremos a continuación, no todos los que muestran esa sed hemática son asesinos, pudiendo satisfacer sus inclinaciones con sangre animal o con sangre humana sin llegar a perjudicar a la víctima. Pero en la mayoría de los casos el hematófago tendrá tendencia a sacrificar a la persona que saciará su apetito y después la "vampirizará". Si no la mata es porque así lo ha

(245) Janice Chasseguet-Smirgel. *Ética y Estética de la perversión.* Ed. Laia, 1987. Barcelona.
(246) Ibíd.

decidido o porque los castigos penales de los que se puede hacer acreedor lo reprimen hasta ese punto. Pero para hacerse una mejor idea de este tipo de personalidades será conveniente leer los casos que sobre ellas se exponen a continuación.

Kuno Hoffmann: vino al mundo en el año 1932. Parece ser, según afirmaba el propio Hoffmann, que su sordera y mudez eran debidas a las continuas palizas que, de niño, había recibido de su padre. Estas deficiencias le condujeron a una institución para sordomudos cuya finalidad era la de proporcionar una educación eficiente. Cuando creció se convirtió en una persona tímida que no se acercaba demasiado a las mujeres. No era muy agraciado físicamente, según dicen; se afirma que era poco atractivo, feo...

Hoffman poseía un libro de magia negra; quizás fuera de éste de donde sacó la convicción de poder incorporarse la belleza de aquellas personas a las que bebía la sangre. Tal vez fuera esto, sumado a su cociente intelectual inferior a la media, lo que le condujo finalmente a cometer sus crímenes.

Fue un asiduo visitante del depósito de cadáveres y del cementerio de Nuremberg-Sur, donde se dedicaba a beber la sangre que yacía en los cuerpos de aquellas personas fallecidas recientemente. Visitaría después los depósitos y cementerios de Hamburg-Ohlsdorf y el de Flensburg. Con tales movimientos pretendía que las profanaciones no se pudiesen relacionar entre sí, hecho que le proporcionaba una considerable ventaja ante las investigaciones de la policía. A pesar de ello excedió sus visitas "vampíricas" al cementerio de Nuremberg-Oeste, y la noche del 5 de mayo de 1972 un guardián estaba esperando el momento de encontrarse con él. Pero Hoffmann iba armado y disparó al vigilante.

Otro suceso protagonizado por el apodado *Vampiro de Nuremberg* se dio cuando éste encontró, en las afueras de Liederberg, a una pareja durmiendo en el interior de un Mercedes. Disparó al muchacho y seguidamente a su compañera. Después, se dice, bebió la sangre de ambos. Fue al abandonar el lugar cuando le vio un guardia forestal, el cual sólo pudo apreciar que el criminal escapaba en una motocicleta roja.

La policía de Nuremberg, tras una ardua búsqueda, dio con un dependiente que informó sobre un mozo de almacén sordomudo que poseía una moto roja y el cual se había despedido del trabajo para ir a otra localidad. Conociendo los datos proporcionados por el dependiente Kuno fue rápidamente detenido. Tenía 39 años cuando esto sucedió, y no opuso resistencia alguna en narrar los crímenes por él cometidos añadiendo, además, que le era necesario beber cada día un litro de sangre. También confesó realizar prácticas mágicas mediante las cuales obtenía la fuerza o apariencia que los cadáveres habían tenido en vida. Su principal objetivo era ser alto, fuerte y hermoso, siendo la magia su medio para conseguirlo.

Con más de 35 violaciones de tumbas que se le atribuyeron fue encerrado en la cárcel. Allí reclamaba, cada día, un litro de sangre originaria de una muchacha virgen. Su cuerpo se debilitaría, argumentaba, si no la ingería. Sin embargo, se le suministraba sangre de buey. Además, en prisión, continuaba leyendo libros de magia negra. Se le juzgó y fue considerado perturbado mental peligroso por lo que, en vez de ingresarlo en un hospital psiquiátrico, acabó interno en la penitenciaría de Straubing.

J. H.: Krafft-Ebing cita, en su *Psychopatia Sexualis,* en el caso 28, a un joven, J. H., de 26 años, que le visitó en 1883. Dice de él que era un compulsivo onanista. Ocurrió cierto día que una de las criadas de su madre se hizo un corte en la mano con un cristal que había roto mientras limpiaba las ventanas. Pero, "mientras ayudaba [a la criada] a parar la hemorragia él no pudo evitar chupar la sangre que manaba de la herida, y en este acto experimentó una extrema excitación erótica, con completo orgasmo y eyaculación" (247). A partir de semejante incidente continuamente intentó saborear la sangre de mujeres jóvenes, para lo cual nunca forzaba u ocasionaba dolor. Al principio, lo conseguía de una joven sirvienta, la cual le permitía que le pinchase en un dedo con un alfiler, pero cuando su madre se enteró despidió a la chica. "Entonces, tuvo que ir a prostitutas como sustituto. Debido a sus dificultades nerviosas visitó muchos sanatorios, y estuvo dos veces de paciente voluntario en instituciones" (248).

Peter Kurten: el año 1883 vio nacer, en Mulheim (Alemania), al que pasaría a los anales de la historia como *el Vampiro de Düsseldorf.* Peter Kurten, su verdadero nombre, era el tercer hijo (algunos dicen el hijo mayor) de una familia numerosa (entre 10 y 13 hermanos, según las fuentes) sumida en la pobreza. El padre, un alcohólico violento, a menudo se encontraba sin trabajo. Éste tenía a la familia sometida y maltratada, sobre todo a su mujer, a la cual pegaba con frecuencia. La madre de Peter, por el contrario, era una mujer tranquila, hogareña, que se dedicaba a las labores de la casa. Se dice que Peter, con sólo ocho años, harto de las palizas que le propinaba su padre tanto a él como al resto de la familia, decidió escaparse; escapada que duró

(247) Dr. Kraff Ebing. *Pschycopatias sexualis.*

(248) Ibíd.

poco, siendo reintegrado de nuevo en su conflictivo entorno familiar. Tiempo después, la familia de Kurten se trasladó a Düsseldorf para instalarse allí. Un año más tarde Peter huiría nuevamente del violento y poco confortable hogar para, esta vez, ya no volver. Desde entonces vivió como los indigentes y subsistiendo a base de pequeños hurtos.

En 1900 fue enviado a la cárcel durante cuatro años por intentar violar y matar a una joven mujer. Cuando salió vivió en las calles. Un año después volvió a la cárcel por robar (más tarde diría haber matado a dos compañeros de prisión envenenándolos). En 1913, con 30 años, asesinó a Christine Kelin, una niña de 13 años (hay quien dice que de 16 años) a la que violó y degolló. En éste, su primer crimen, no parece que hubiera indicios de que llegara a beber la sangre de la joven víctima, pero no sería así en los restantes. En realidad poco se sabe de él desde que se separó de su familia hasta 1923.

En ese año contrae matrimonio con una mujer algunos años mayor que él, Berthe, la cual poseía parecido físico con su madre y, según se dijo, amenazó con matarla si lo rechazaba. Los estudiosos del caso parece que no se pusieron de acuerdo en aclarar qué pudo ver Peter en Berthe para que se casara con ella (es indudable que no iba tras su dinero, pues era tan pobre como él; dicen que tampoco parecía tener ningún tipo de atractivo sexual relevante). Durante el día Kurten conducía camiones (ello formaba parte del oficio que ejercía, aunque hay otras versiones) y parecía ser un esposo correcto ante todo el vecindario. La imagen que ofrecía no levantaba sospechas. Con gafas y un pequeño bigote poseía un cierto afeminamiento casi imperceptible. Usaba polvos faciales, cuyo porqué no está claro, y brillantina. Desde luego era pulcro, y utilizaba una vestimenta que, al ser corriente, no despertaba curiosidad ni sospecha alguna.

Berthe trabajaba durante la noche en la cocina de un café, cercano al apartamento que les hacía de hogar. Cada noche, Peter la acompañaba al trabajo y al amanecer la iba a recoger, por lo que ella no sabía nada de lo que su marido hacía durante las horas nocturnas.

Dos años después de su matrimonio (en 1925), hasta 1930, una oleada de salvajes asesinatos sacudió la ciudad (hay quien dice que su verdadero historial criminal comenzó en 1929, matando en agosto o febrero de ese año a ocho personas). Sus primeras víctimas en el espacio de estos cinco años fueron la niña Rose Obliger, de nueve años, y la señora Apolonia Khun. Esta segunda fue rociada con gasolina y quemada viva mientras el propio Kurter disfrutaba, al parecer, con su agonía (otros dicen que su primera víctima fue un niño, también de 9 años). Asesinó, además, a las niñas Luisa Lenzen, de 13 años, a Gertrud Hamacher de 5, a María Hanh y a Rudolph Scher. Fue a par-

Lugares en los que Peter Kurten cometió sus asesinatos

tir de estos asesinatos cuando se le apodó *el Vampiro de Düsseldorf*. Pero la lista de víctimas no se detiene. Continúa con el asalto a Gertrude Schulte, una sirvienta. Sigue con el asesinato de la joven Elizabeth Donier y después con la violación de Ida Reuter. En octubre de 1929 intentó acabar con la vida de dos mujeres, y transcurrido poco tiempo asesinaría a Gertrud Albermann, de 5 años.

La policía no conseguía atrapar al autor de los crímenes, al cual se le imputaban 14 asaltos y 8 asesinatos. Peter, como si nada estuviese pasando, seguía acompañando a su esposa al trabajo, se vestía de forma impecable, como siempre, se cepillaba los zapatos hasta hacerlos brillar y continuaba oliendo a colonia cara. Berthe, su mujer, no tenía motivos para sospechar de él. Pero fue en 1930, la noche del 14 de mayo, cuando atentó contra María Butlier, a la que no consiguió asesinar. Fue ella la que, librándose de unas manos que tanta sangre habían derramado, que daban muerte a todo lo que tocaban, ofreció a la policía (aunque días después y debido a la casualidad, ya que ella no tenía intención de denunciar la agresión) toda una detallada descripción física de Kurten (hay diferentes versiones sobre su denuncia).

La noticia saltó a los periódicos y Kurten se vio descubierto. Tras leer la prensa, y sin darle importancia alguna, como si fueran hechos que cualquier persona pudiera realizar libremente, narró a su mujer todos los movimientos criminales que, como verdugo, había estado ejecutando durante los últimos cinco años, e incluso alguno anterior. Su mujer, aterrorizada, contó a la policía todo lo que le había confesado Kurten, el cual fue detenido rápidamente. Otra versión sobre su detención dice que su mujer, en un principio, no le creyó, diciéndole que él no era capaz de matar ni a una mosca. Y que, cuando la convenció de la realidad de los hechos Peter trató de que fuera a la comisaría e informase a la policía. Sabía que lo iban a descubrir y si era ella quien lo denunciaba antes cobraría la recompensa que daban por él; así ya no tendría problemas de dinero mientras él permanecía en la cárcel. Sin embargo ella no acudió a la comisaría y hora y media más tarde la policía esperaba en la puerta de la casa de los Kurten.

A estas alturas el lector se preguntará por qué exacta razón hemos incluido a este criminal en un apartado que habla de vampiros. Pues bien, lo que hace que Peter Kurten forme parte de este apartado no es el apodo que en su día se le dio, sino la razón de sus crímenes. Las víctimas eran violadas y rajadas sus gargantas para disfrutar bebiendo su sangre. Sentía placer, una gran satisfacción, al recibir directamente en su boca la sangre que manaba de la herida que previamente les había realizado. Dicen que esta lujuria o codicia de sangre ya se había manifestado primeramente cuando él era más joven, mientras visitaba el matadero local de Mulheim. Allí habría permanecido durante horas observando cómo acuchillaban y mataban a los animales. Entonces, respondiendo a una especie de compulsión interna, empezó a degustar sangre de animales muertos. Su "hambre" creció hasta llegar a sustituir la sangre animal por la humana. Aunque más que la humana en general era la sangre de las mujeres, por la que verdaderamente se sentía atraído y con la cual se sentía claramente satisfecho.

El juicio de Kurten se abría en Düsseldorf en abril de 1931, y su ansiedad por la ingestión de sangre quedó plasmada durante la celebración del mismo. Se cuenta que Kurten se dedicó a escribir cartas de espeluznante contenido a los familiares de sus víctimas durante el tiempo que duró el proceso judicial. Se dice que en una, dirigida a la madre de una niña de corta edad, escribía lo siguiente: "¿Qué quiere señora?... yo necesito sangre del mismo modo que otros el alcohol".

El doctor Karl Berg, psiquiatra alemán que hizo un estudio sobre Kurten antes de que fuese ejecutado, comentó que el asesino llegó a decir "que le gustaría oír el ruido de su propia sangre al morir, lo que le proporcionaría gran satisfacción" (ya desde pequeño, según ciertas fuentes, mostraba sus instintos asesinos maltratando a los animales con el objeto de ver su sangre correr). Berg dijo que Kurten era una persona que encontraba satisfacción en los actos de mutilación, siendo estimulado cuando veía la sangre de sus víctimas y a éstas humilladas. Berg pensaba que Kurten ganaba algo, conseguía como una especie de realización en el acto de matar. El Dr. Krafft-Ebing, por otra parte, dice que "hacer daño a la víctima y ver su sangre puede llegar a ser un deleite y un placer para los hombres degenerados" [249]. Por todo lo dicho po-

(249) Dr. Kraff Ebing. *Pschycopatias sexualis.*

dría considerarse a este personaje como a un asesino vampírico, un asesino que a lo largo de su vida pasó unos veinte años en la cárcel, siendo considerado en su día por psicólogos y criminólogos como el rey del crimen sexual. Fue condenado oficialmente por un total de nueve asesinatos, aunque es posible que fueran unos cuantos más, y su abogado recurrió a la locura del cliente. Fue sentenciado a nueve penas de muerte. Kurten no apeló contra la sentencia y el 2 de julio de 1931, a las seis de la mañana, fue decapitado.

Stanislaw Modzieliewkski: alguien inició una serie de extraños crímenes el 29 de julio de 1952. Era un hombre que llevaba una máscara negra y un sombrero de alas anchas, con traje también negro. Salía de noche y amenazaba con una pistola, golpeaba... La policía poseía algunos testimonios de víctimas que, por casualidad o no, habían quedado con vida.

Una de éstas dijo haber sido agredida y violada. Después, el autor le mordió el cuello y notó, espantada, cómo le sorbía la sangre por esa zona. Cuando lo creyó conveniente, el agresor pasó un hilo eléctrico alrededor del cuello de la mujer que, en ese momento se hizo la muerta. Al parecer, creyéndola fallecida, el criminal se fue. Otra mujer, igualmente acudió a la policía declarando que también había sido atacada y mordida en el cuello.

En septiembre de 1967, quince años después del inicio de su carrera delictiva, violó, "vampirizó" y asesinó con un hilo eléctrico a la dueña de la casa de huéspedes donde vivía. Cuando abandonó el lugar de los hechos olvidó llevarse el hilo. Este detalle fue suficiente para que la policía decidiese registrar su cuarto, donde halló recortes de prensa de todos los asesinatos cometidos.

Su nombre era Stanislaw Modzieliewkski, y trabajaba como basurero municipal. Solía llevar a cabo sus operaciones vampíricas en una de las mayores ciudades de Polonia, concretamente en los suburbios de Galkowick, en Looz. *El Vampiro de Looz,* así se le apodó, confesó haber asesinado a siete mujeres, a las cuales succionó la sangre tras morder profundamente sus cuellos. Lo había intentado en otras siete ocasiones, pero había fracasado.

El porqué de sus crímenes se supo después. Había leído la novela *Drácula,* de Bram Stoker, y creyó de principio a fin lo que en ella se decía, como también creyó, sobre todo, en la verdadera historia de los vampiros. En sus declaraciones decía: "Somos animales. Comemos animales. Eso no conmueve a nadie... La sociedad mata... Hay que vivir".

Joseph Vacher: nacido en Bourg, Francia, mató al menos a una docena de personas mientras recorría el país. Se dice que bebió la sangre de éstas a través de numerosos mordiscos en el cuello. Fue capturado.

Justine Lafayette y Martin Dummoland: con toda seguridad, ninguno de los clientes asentados en la casa de huéspedes que poseía Justine, situada en Lyon, hubiera sospechado de ella. Esta mujer "enorme" cuya apariencia podía llegar a resultar, según dicen, repulsiva, era necrófaga. Junto a su compañero Martin, de aspecto más corriente y más joven que ella, cometió una serie de horribles crímenes.

La primera víctima fue una adolescente de 15 años que se encontraba cerca de un río. Allí fue asaltada por ambos, que le seccionaron la garganta y le cortaron en finas lonchas la parte superior de los brazos. Bebieron su sangre y dejaron su cuerpo en el lugar de los hechos. A lo largo de cinco años se sucedieron los asesinatos, unos 80 en total. Los cadáveres de las víctimas mostraban señales de haber sido asesinadas de la misma manera.

El cómo y el porqué se atrajeron entre sí estos personajes no está muy claro. Se cree que Martin, excesivamente sugestionable y con un carácter de fácil manejo para cualquiera, fue atraído por Justine cuando ésta le hizo creer que tenía cualidades especiales para practicar magia negra, un tema por el que Martin parecía sentir una irremediable atracción. Aunque también se habla de drogas, de la afición que Martin tenía a éstas, afición que pudo haber aprovechado Justine para mantenerlo junto a ella. De cualquier modo se dijo en su momento que ésta se aprovechó de la psicosis de Martin con objeto de manejarlo a su antojo y hacerle partícipe de sus crímenes.

Fueron capturados y llevados a juicio. El veredicto les fue adverso y las penas que sufrieron ambos fueron severas. Martin fue internado permanentemente en un manicomio, donde sobrepasó los 40 años de estancia y en el cual parece ser que "vegetó" tranquilamente a pesar de que, de cuando en cuando, mostraba cierta agresividad. Justine fue condenada a la pena máxima.

Vincenzo Verzeni: estuvo, en 1872, implicado en casos de mutilación e ingesta de sangre, por lo que le condenaron a cadena perpetua. Verzeni, de Bottanaucco (Italia), decía estar satisfecho y encontrarse bien tras llevar a cabo el acto. "Jamás se me ocurrió la idea de mirar o tocar los genitales –decía–. Me bastaba con empuñar el cuello de las mujeres y chupar la sangre para experimentar felicidad y satisfacción". No miraba para nada el cuerpo de la víctima, simplemente se ponía sobre ella y tranquilamente iba sorbiendo la sangre. "Yo tuve un gran placer en beber la sangre de Motta", una chica del pueblo de 14 años de edad. En el momento de ser arrestado dijo: "Yo no estoy loco, pero en el momento de matar no veo nada más". Lombroso dedicó un estudio a este caso, *Verzeni e Agnoletti,* Roma 1873, y el doctor Richard von Krafft-Ebing, en su *Psychopatia sexualis* (1886), definió a Verzeni como "un vampiro moderno".

Estelita Forencio: esta mujer de la provincia de Iloilo, Filipinas, mordía a la gente y chupaba la sangre de las heridas. Finalmente fue arrestada en 1952 por intento de asesinato. Dijo haber adquirido semejante impulso, que se manifestaba a intervalos regulares, de su marido.

Salvatore Agron: residente en Nueva York; fue detenido en 1959, con sólo 16 años de edad, acusado de varios asesinatos cometidos por él cuando, por la noche, se vestía de vampiro. Ante el tribunal dijo ser un vampiro y fue ejecutado por sus crímenes.

Alfred Káser: en enero de 1965, en Munich (Alemania), salía a la luz la noticia del asesinato de un joven de 10 años. El suceso, que se había dado dos años antes, concretamente el 27 de junio de 1963, lo protagonizaba un obrero de 25 años llamado Alfred Káser.

Éste golpeó el cuello del chico. Cuando la víctima todavía no había fallecido, durante su agonía, Káser bebió con ansia y con codicia la sangre que brotaba de la heridas del cuello. Cuando fue detenido confesó haber cometido otros dos asesinatos de adolescentes con el fin de beber sangre fresca.

Vampiro de 22 años: ya eran varios los años durante los cuales este joven llevaba a cabo sus prácticas vampíricas sobre mujeres. Y fue precisamente una de ellas, su última "víctima", la que lo denunció.

Esta jovencita de 15 años de Frankfurt narró a su madre que en casa del joven, éste le propuso extraerle algo de sangre con una jeringa para después tomarla en una copa de licor. A la joven no le agradó tal proposición, siendo entonces cuando él la trató de forma brusca, drogándola para facilitar así su labor. Pero la muchacha, sin caer inconsciente del todo, pudo acordarse de lo sucedido, y se lo contó después a su madre. Esta denunció el caso a la policía, que interrogó al sujeto. En un principio, negó lo ocurrido. A pesar de ello la policía registró el apartamento y encontró un juego de jeringuillas, frascos farmacéuticos (algunos conservaban restos de sangre), cuatro cuchillos de carnicero, drogas suaves y varias obras sobre el vampirismo y la sangre.

El joven estudiante confesó lo sucedido. Dijo que, en ocasiones, llevaba a su casa a jovencitas a las cuales drogaba con el objetivo de extraerles algunos decilitros de sangre. Insistió en que poseía suficientes conocimientos de anatomía como para no dañarlas. Decía que algunas de esas muchachas habían sentido placer ante esta forma de vampirización, y otras incluso habían vuelto para repetir el acto. Otras veces pedía a sus amigas y compañeras de curso que le proporcionaran sangre con la excusa de que estaba realizando experimentos sobre grupos sanguíneos. Admitió que esto último no le proporcionaba tanto placer como el que sentía cuando la joven a la que él mismo extraía la sangre en su casa, era una conquista amorosa.

Marcelo de Andrade: sus padres se separaron y acabó viviendo con su madre, una vendedora de café que, con un salario ridículo, tenía que mantener no sólo a Marcelo, sino también a los tres hermanos de éste; lo cual sumaba cuatro bocas jóvenes que alimentar.

En lo que fue su trágica y terrible infancia, se suele destacar los abusos sexuales que su padre ejercía sobre él. Marcelo sería internado en un colegio donde no consiguió aprobar una sola asignatura. Ahora, tristemente, recuerda esos años escolares diciendo: "Mis compañeros me llamaban retrasado mental". Ejerció la prostitución en el corazón de Río de Janeiro, cuestión por la que, entre otras cosas, estuvo varias veces en el juzgado de menores. Finalmente encontró empleo fijo repartiendo octavillas a cambio de un salario mínimo, unas 5.000 pesetas al mes.

Es interesante mencionar que en su cuarto tenía revistas pornográficas de homosexuales y también revistas religiosas. Algo característico de él, según comentaría su madre, era una risita sin sentido. Se "reía solo, mirando hacia no se sabe dónde". En una ocasión grabó el llanto de unos niños en una cinta y se pasaba horas y horas escuchándola. Cuando su madre le decía que tenía que buscar novia y casarse Marcelo le contestaba que "las mujeres eran criaturas del demonio".

Se le atribuyeron 14 asesinatos de niños entre 8 y 12 años, los cuales confesó y detalló minuciosamente a la policía. Pero en sus declaraciones nunca habló de "matar" o de "muerte", sino que utilizaba la terminología de "mandar al cielo" o de "dormir", añadiendo que cuando los niños morían iban al cielo. Palabras que seguramente extrajo y malinterpretó de alguno de los pastores de la Iglesia Universal del Reino de Dios, que frecuentaba desde hacía nueve años.

Marcelo, con 25 años, fue atrapado porque una de sus víctimas consiguió escapar y denunciarle. Se trataba de un niño, Altair (de 10 años por aquel entonces) que, junto a su hermano Iván (6 años), fue engañado por Marcelo al proponerles que si le acompañaban a poner una vela a San Jorge les daría dinero. Ellos aceptaron, pero no fueron a la iglesia, sino a una playa. Allí, Marcelo derrumbó a Altair y le golpeó la cabeza contra unas piedras. Mientras éste yacía en el suelo, Marcelo abusaba sexualmente de Iván, al que terminó estrangulando. Altair, aunque en el suelo, veía la escena y preguntó qué hacía con su hermano, a lo que el agresor contestó que le estaba durmiendo. A partir de ahí Altair, muy inteligente, siguió la corriente a Marcelo y contestó afirmativamente cuando le preguntó si quería vivir con él. Al día siguiente Altair consiguió escapar y regresó a casa. Si bien no contó lo ocurrido en un principio por miedo a que su madre le pegase, acabó narrando los hechos.

Se denunció el crimen y cuando la policía fue a arrestar a Marcelo, éste dijo que les esperaba. Con frialdad confesó no sólo el asesinato de Iván, sino otros, como el de Odair José Muñiz de Santos (11 años) cuyo cuerpo apareció decapitado en un campo de fútbol, o el de Anderson Gomes Goulart (también de 11 años), cuya cabeza reventó para beber su sangre, violarle y acabar rompiéndole el cuello. Sobre éste dijo: "Bebí su sangre para mantenerme joven y guapo como él".

Wayne Boden: fue arrestado en 1971 por una serie de asesinatos que dieron comienzo en 1968. En cada uno de ellos había esposado a la víctima, a la que había violado, mordido y chupado la sangre de su pecho.

Pedro G. P.: cuando sólo tenía 13 o 14 años "pinchó" a una mujer y, como dijo más tarde, al ver la sangre se puso a beberla.

Internado en un reformatorio no tardó en escaparse para huir a Francia, donde pasó unos meses en un hospital psiquiátrico. Después volvió a España.

En una ocasión, habiendo, colaborado en el traslado de unos muebles, tras acabar con su trabajo, fue a cobrar. Una mujer le abrió la puerta y de forma accidental le golpeó la rodilla. Pasó a la cocina y allí apuñaló a la mujer, de la que bebió su sangre.

José Antonio García Andrade, el médico que lo trató, dice, en su libro *Psiquiatría criminal y forense*, que era muy agresivo y poseía un carácter impulsivo, además de una escasa dotación intelectual que le situaba en la debilidad mental. "Siempre resaltó su exaltación ante la sangre, su extraño desconocimiento ante la hemorragia menstrual de la mujer, su asociación entre sexualidad y sangre, y su necesidad de beber sangre, ya que siempre existió la vehemente sospecha que fueran más sus homicidios o al menos sus agresiones, que gozaron del silencio de su grupo étnico, y el hecho de que sus dos víctimas conocidas, estaban menstruando durante la agresión" (250).

(250) José Antonio García Andrade. *Psiquiatría criminal y forense.* Ed. Centro de Estudios Ramón Areces, 1993. Madrid.

Richard Cottingham: en 1979 fue arrestado por violar, acuchillar y beber la sangre de una joven prostituta. Más tarde se descubrieron otros asesinatos por él cometidos, en muchos de los cuales había practicado el mordisco para lamer la sangre que brotaba.

James P. Rives: en 1980 disparó a su abuela y bebió la sangre que salía de la herida. Cuando fue capturado dijo haber oído, años antes, la voz de un vampiro que le decía qué hacer, y el cual le había prometido la vida eterna.

Jonh Brennan Crutchley: en el vídeo-documental *Do vampires really exist* una mujer relata que un día, siendo las 14·15 de la tarde y no teniendo cigarrillos, salió de casa dirigiéndose a la tienda para comprar algunos.

No habían pasado cinco minutos cuando alguien la empujó bruscamente al interior de una furgoneta donde, después de un breve forcejeo, dice que debió desmayarse, pues lo siguiente que recuerda es estar ya en casa del desconocido. "Me quitó la ropa y me violó. Fue horrible. Entonces él me ató y tapó mis ojos y boca; no pude ver nada". Sigue relatando que notó como pequeños pinchazos o mordiscos en su brazo. "Él me dijo que era un vampiro –cuenta la mujer– que iba a beber mi sangre".

Tras pensar que su secuestrador estaba loco y que, sin lugar a dudas, la iba a matar pudo, en un corto espacio de tiempo en que éste salió de la casa, llegar hasta una de las ventanas y pedir ayuda a los vecinos. Fueron 22 horas las que estuvo en cautiverio.

Otro caso de una chica víctima del mismo personaje lo cuentan Robert K. Ressler y Tom Shachtman. Una joven, de 19 años, desnuda, esposada de pies y manos y en extremo debilitada por la pérdida de sangre, caminaba tambaleándose una mañana del mes de octubre por una calle, intentando que algún conductor se detuviera. Alguien la llevó a su casa y llamó a la policía.

Según contó a los agentes, se encontraba el día anterior haciendo autostop cuando un individuo se paró y se brindó a llevarla. Sin embargo, con la excusa de tener que recoger algo en su casa, el conductor cambió de rumbo y cuando detuvo el coche la estranguló hasta dejarla inconsciente. Cuando despertó ya se encontraba sobre una mesa atada de pies y manos. El sujeto la violó y una cámara de vídeo enfocada hacia ellos grabó la agresión. Con unas jeringas le extrajo sangre de los brazos y muñecas para, acto seguido, beberla. Le dijo que era un vampiro. Al día siguiente, después de haberla violado y extraído sangre en tres ocasiones, el atacante salió de casa. Fue cuando la joven aprovechó el momento para salir por la ventana del baño hasta alcanzar la carretera.

El secuestrador, el bebedor de sangre, el hombre que decía ser un vampiro, se llamaba John Brennan Crutchley, de 39 años; estaba casado y tenía un hijo. Era ingeniero informático de la Harris Corporation, una contratista de la NASA. Fue rápidamente detenido y acusado de agresión sexual, secuestro, lesiones y de posesión de drogas.

Durante el juicio se pudo conocer, por los testimonios de amigos y una ex-esposa, que era un sádico sexual. "Gustaba de una experimentación ilimitada en lo que se refería al sexo. Esta experimentación sin límites era una de las categorías de comportamiento que yo había documentado como frecuentemente asociadas con los asesinos en serie" (251). Fue sentenciado a 25 años de cárcel, y a otros 50 de libertad bajo vigilancia.

Julian Koltun: este polonés fue sentenciado a muerte en 1982 por violar a siete mujeres y beberles la sangre. Mató a dos de ellas.

Gabriel: con 5 años fue hospitalizado de neumonía, y se cuenta que mientras se recuperaba dibujó en numerosos papeles en blanco agujas hipodérmicas que goteaban sangre. Algunos afirman que ya en el jardín de infancia dibujaba brujas, murciélagos y escenas de violencia con armas. Su profesora, preocupada por tales pinturas, llamó a sus padres para hablar con ellos y encontrar un origen a tan atroces escenas.

Parece ser que a los 13 años ya estaba fascinado por los vampiros, comenzando a dibujar mujeres con profundas heridas sangrantes en el cuello. Su madre testificó que Gabriel cocinaba en su cuarto partes de animales con *ketchup*, todo mezclado en ocasiones con aceite para ingerirlo después. A veces, por la noche, se dedicaba a cazar y matar gatos; con el tiempo admitiría haber bebido sangre de los mismos. No tardaría en tomar drogas. Tras ser detenido por robar fue ingresado temporalmente en un hospital mental. No pasaría mucho tiempo internado, y los problemas para dormir que tenía desde hacía tiempo no fueron resueltos.

Durante una temporada al menos creyó estar siendo controlado por algun ser extraterrestre, el cual le había colocado una especie de transmisor en la cabeza. En una ocasión Gabriel llamó a su madre desde otra ciudad para comunicarle que algunas personas estaban intentando matarle. Le comunicó haber conocido a varios vampiros (uno de ellos tenía 200 años), y haber bebido ya algo de sangre.

(251) Robert K.Ressler y Tom Shachtman. *El que lucha con monstruos.* Ed. Seix Barral, 1995. Barcelona.

Sus padres se divorciaron, y el quedó a la custodia del padre; a partir de entonces fue a peor. Una mañana cogió el coche de su padre y fue a casa de su abuela. En el sótano pintó de dorado unas balas y las introdujo en la pistola. Llegó hasta la habitación en la que se encontraba su abuela y disparó cuatro veces en el corazón de ésta. Intentó beber sangre de las heridas producidas (no sabemos con seguridad que lo hiciera).

La razón de este acto era que Gabriel pensaba que su abuela intentaba envenenarle, además de creer que la anciana era un vampiro que por las noches le succionaba la sangre. Dijo a los psiquiatras haber estado oyendo voces que le decían que las demás personas eran vampiros. Las voces le decían que si quería llegar a ser un vampiro como todo el mundo tenía que beber sangre; y Gabriel quería ser como los demás. Dijo haber intentado luchar con esas voces, pero no había podido vencerlas. Éstas insistían en que tenía que matar a alguien para que los demás vampiros le dejasen en paz.

También contó que tenía un amigo vampiro que era alto, con buen cuerpo, de bonitos ojos azules y de pelo rubio. El deseó tan buena presencia y creyó que para adquirirla tenía que beber sangre humana.

En un caso en el que se mezclaron muchas cuestiones y muchas ideas de su protagonista el jurado lo consideró culpable, y fue ingresado en la cárcel con un diagnóstico de paranoico-esquizofrénico. Psiquiatras y periodistas lo han entrevistado con posterioridad y él les ha confesado haber estado bebiendo sangre durante diez años de un total de unas 80 personas. Sangre que le había sido más fácil obtener en la cárcel que en las calles.

Tracy Wigginton: nació en 1965. Pronto fue abandonada por su padre, y más tarde por su madre, hasta quedar, casi exclusivamente, al cuidado de sus padres adoptivos. Maltratada por su nueva madre y objeto de abuso sexual por su padre adoptivo fue haciéndose mayor (con los años llegaría a contraer "matrimonio" lésbico en una ceremonia celebrada por un miembro de la secta Hare Chrisna).

Octubre de 1989, Brisbane (Australia). Tracey Wigginton charlaba con otras tres mujeres (Tracy Waugh, Kim Jervis y Lisa Ptaschinski) en uno de los clubes nocturnos de la zona conocida como Valle de la Fuerza, un barrio de mala fama con numerosas tahurerías, prostíbulos... Las cuatro mostraban interés, unas más que otras, por el ocultismo, y Tracy Wigginton, lesbiana, se enamoró de Lisa Ptaschinski.

Lisa se sorprendió cuando Wigginton, una noche que estaba en la cama con ella, le pidió que le dejara beber de su sangre. Tracy le dijo que tenía hambre, que nunca comía carne, pero que bebía la sangre que recogía de las

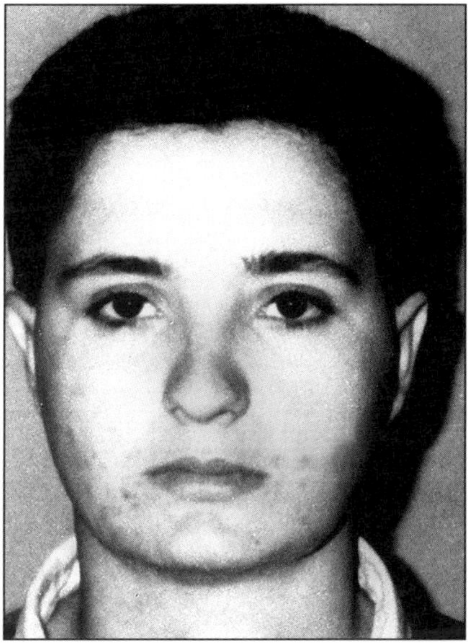

Tracy Wigginton

carnicerías. Lisa quería conservar su relación con Wigginton, quería llevarse bien con ella; era de la opinión de que “si estás saliendo con alguien tienes que hacer lo que sea para darle gusto” (252). Y en la cama, tras la petición de su amante, se hizo un pequeño corte en la muñeca para dejar que Tracy lamiera y bebiera la sangre que manaba.

La personalidad dominante, la vara de mando en el grupo de estas cuatro mujeres, era la de Wigginton, de la cual dijeron que tenía comportamientos un tanto vampíricos al declarar que sólo salía de noche. Tal era la “fuerza” que ejercía sobre ellas que sólo cinco días después de haberse conocido ya estaban en el piso de una de ellas planeando el modo de atraer y asesinar a una persona para satisfacer y apagar la sed hemática de Wigginton.

La prensa informó ampliamente de los asesinatos de Tracy Wigginton

Todo estaba planeado, siete días después de haberse conocido; la noche del viernes 20 de octubre de 1989 ya estaban decididas a colaborar en un asesinato. Cualquier persona podría ser la víctima aquella noche, y sería Edward Clyde Baldock quien ocuparía ese nada deseado papel.

Baldock, de 47 años, salía de un bar bastante bebido. Wigginton y Jervis lo vieron y pensaron que podría ser la víctima idónea. Detuvieron el coche junto a él e hicieron su papel de prostitutas proponiéndole una fogosa noche en su compañía, tras lo cual subió al asiento trasero.

En una zona aislada del río se detuvieron, y Wigginton y Baldock bajaron hasta la orilla, donde se desnudaron. Ella sacó la navaja y le apuñaló. Cuan-

(252) Sumario del crimen nº 87.

do se la acabó de clavar se sentó y le vio morir. Wigginton utilizó dos navajas y prácticamente le cortó la cabeza después de las 15 puñaladas que le propinó en el cuello. Según declararía su amante, Wigginton bebió la sangre del cadáver. Tras su acto vampírico se lavó en el río, regresó al coche y se dirigieron a casa de Jervis.

Todavía no sabían que lo que ellas pensaban que había sido un crimen perfecto sería truncado por una inesperada prueba que delataba su presencia en el lugar del crimen. Una tarjeta de banco a nombre de T. A. Wigginton se había quedado junto al río, junto al cadáver. Unas horas después eran detenidas las cuatro mujeres acusadas de asesinato.

Wigginton fue ampliamente psicoanalizada; el haberse confesado autora del crimen y la necesidad de aclarar si estaba legalmente sana cuando cometió el asesinato hizo que el Tribunal de Salud Mental de Queensland la estudiase, además de pedir a varios reconocidos psiquiatras que también hiciesen su diagnóstico. Algunos de éstos dijeron que sufría de personalidad múltiple (personalidades que salieron y fueron identificadas a través del psicoanálisis y de la hipnosis) y que, legalmente, no era culpable de asesinato. Puede resultar de interés mencionar que Wigginton no confesó ante el tribunal su pretendida afición por la sangre o que hubiese bebido la del muerto. Fueron sus compañeras las que lo declararon. Sí, afirmó su interés por el ocultismo y el satanismo, "pero ni siquiera hipnotizada confesó nunca su papel de vampiro" (253).

Aun así, después de los numerosos análisis, el Tribunal Médico de Queensland dijo que la acusada no podía ser considerada como enferma mental, que era consciente de su comportamiento y responsable de sus actos. Declarada culpable tras el juicio, en enero de 1991, fue condenada a cadena perpetua en la cárcel de mujeres de Brisbane, al igual que Lisa Ptaschinski. Kim Jervis fue sentenciada a 18 años de cárcel y Tracey Waugh salió libre de culpa.

Devora Joan Finch: en 1992 fue acusada de intentar asesinar a un vecino. Apuñaló a la víctima 27 veces y bebió la sangre que brotaba.

Azimov: esta noticia nos llega de Uzbekistan en agosto de 1994.

Con sólo 24 años, Azimov asesinó a, por lo menos, cuatro niños, a los cuales bebió la sangre. Confesó que "robaba niños pequeños y bonitos, sólo varones. Bebía su sangre y los violaba". Dijo que estaba tan acostumbrado a ello que había llegado un momento en que no podía vivir sin hacerlo.

---

(253) Sumario del crimen nº 87.

La comisión médica que lo trató afirmó no encontrar en él ninguna desviación psíquica. Fue condenado a muerte en su país y él mismo se negó a solicitar indulto o revisión alguna.

Sr. X: Krafft-Ebing relata otro caso (el número 23), el del Sr. X, que llegó a su consulta con 25 años, y al que describe como un individuo débil, de constitución neuropática... Este paciente, cuando sólo tenía 10 años, sintió un "peculiar y lujurioso" deseo de ver brotar sangre de sus dedos. Por ello empezó a pinchárselos, por obtener satisfacción. Enseguida, las erecciones acompañaron a estos actos. También sentía placer cuando veía la sangre de los demás. La imagen de la sangre en su vida sexual fue haciéndose con el paso de los días más poderosa, y comenzó a masturbarse imaginando en su mente a mujeres sangrantes.

Autovampirismo

Dentro de los que "sólo beben sangre" podríamos incluir también a aquellos individuos que beben la suya propia. McCully relata el caso de un joven que, con sólo 11 años, aprendió a pincharse las arterias del cuello hasta llenar una taza entera con su sangre, además de cortarse las venas del antebrazo para chuparse, lo que le hacía experimentar una fuerte excitación sexual.

3–Sólo cometen actos necrofílicos

Cleptofilia, ludofilia, pirofilia... La necrofilia es una de las muchas parafilias protagonistas en cantidad de sucesos. El prefijo para –viene del griego *pará*, que significa "junto" o "a un lado"; pero en psiquiatría se entiende como "desviación" (concepción ésta de la que haremos uso aquí). Y Filia (del griego *philéo*: "amar") es un elemento que entra en algunas voces compuestas para indicar afición, usándose como sustantivo femenino para expresar apasionada simpatía por una cosa. El fílico realiza actos anormales (él considera su actitud como normalísima) de una forma especialmente apasionada e intensa. De esta forma, parafilia es algo así como una desviación de la afición cuando ésta es llevada a exagerados grados extremos. Y por necrofilia (del griego *nekrós*: "muerto", y *philéo*: "amar") se entiende la afición apasionada e intensa, excesiva, desviada, por los cadáveres. El necrófilo ama el cadáver, no sólo lo que éste representa en sentido espiritual; un amigo, una amiga, la mujer... sino también en sentido físico. Algunos tratados de sexualidad definen la necrofilia como aquella "perversión sexual que consiste en excitarse y mantener actividades sexuales asociadas a cadáveres. Según los grados, el individuo necrófilo puede acudir al cementerio para masturbarse, desenterrar los cadáveres o matar a sus víctimas antes de copular con ellas" (254).

Algunas personas consideran a la muerte como un proceso y no como un acto, y una vez comenzada una relación sexual con alguien (o simplemente iniciado un interés por alguien), pueden llegar a seguir con tal relación incluso habiendo fallecido la víctima. Es decir, que la muerte no interrumpe la relación sexual, por lo que hablamos de necrofilia (tal relación sexual con el cadáver puede darse en la forma habitual o con sodomía o con masturbación). El lector se preguntará por qué se asocia el vampirismo con el hecho de copular con cadáveres o con disfrutar sexualmente con ellos. Para dar una de las muchas respuestas, habría que comenzar diciendo que el pene de un cadáver, en determinada fase de la descomposición, adquiere un gran volumen, a veces tremendamente grande.

Cuando en siglos anteriores las gentes de los países balcánicos desenterraban un cadáver (cualquier motivo era suficiente) para ver si éste era un vampiro observaban, entre las ya mencionadas características físicas, que el pene de algunos cuerpos tenía unas dimensiones excesivas, lo que pudo contribuir a que los campesinos pensasen que los vampiros eran atraídos por el sexo femenino, con el cual mantenían relaciones carnales durante la noche. Sin embargo, no hemos podido localizar en los textos antiguos la creencia de que se diesen relaciones sexuales entre el no muerto y el muerto, es decir, entre el vampiro y el cadáver. Esta conexión apareció después, mucho más tarde, ante la necesidad de catalogar ciertos actos morbosos e inmorales que ciertos individuos llevaban a cabo, definiéndolos así como actos vampíricos. La seudoconexión entre la natural erección peneana del cadáver y su salida por la noche para desahogarse sexualmente con el otro sexo la hicieron los pueblerinos de siglos pasados (es posible que esta hipersexualidad haya llegado hasta nuestros días "camuflada" bajo el matiz erótico que el personaje del vampiro desprende en las películas); pero la idea del vampiro como un violador de cadáveres, un necrofílico, nunca existió. No existen antecedentes ni referencia alguna (por lo menos de forma general) en este aspecto. Lo que ha pasado es el proceso al revés, es decir, que el violador de cadáveres ha sido llamado vampiro por lo "aberrante" de tal actitud (como vemos, el vampirismo, así como el satanismo, han sido sacos que la humanidad ha ido llenando con aquello que no le gustaba de sí misma. Durante mucho tiempo todo lo extraño, oscuro o dudoso, era considerado maléfico, obra del diablo, satánico. Como vemos, el vampirismo tampoco se ha librado de ello).

(254) Carmela París. *Enciclopedia didáctica de la sexualidad.* Ed. Planeta, 1995. Barcelona.

En el folklore de los eslavos del sur, y más en el de los gitanos, se pensaba que el vampiro era una entidad sexual. Daban por cierto que el vampiro masculino tenía una gran necesidad de sexo y que solamente esta necesidad podía ser suficiente como para hacerle regresar de la tumba. Visitaría primero a su viuda, con la cual se acostaría para satisfacer su "hambre" sexual (se relatan casos de viudas que han llegado a estar embarazadas de su marido vampiro). En otras ocasiones el vampiro regresaría para estar con la mujer de la cual había estado enamorado en vida y con la que no había podido consumir ese amor (la idea del muerto que regresa para llamar a su amante vivo era bastante común en el folklore europeo). El autor griego Flegone Tralliano, liberto del emperador Adriano, cuenta el caso de una joven muchacha que "habiendo muerto y sido enterrada, continuó viniendo por las noches durante cerca de seis meses a ver a su galán, a beber, comer y acostarse con él" (255).

Este tipo de contactos parece traer a la memoria las relaciones sexuales entre los humanos y el diablo, bajo la forma de íncubo masculino y súcubo femenino, que durante la creencia en la brujería debatieron los teólogos. ¿Tiene, esta característica sexual del comportamiento de los vampiros, algo que ver con el proceso de demonización de los mismos? ¿Influyó la brujería en el comportamiento sexual de los vampiros? ¿Heredaron esta característica brujeril?

Pero no olvidemos las epidemias de rabia que tanto se daban en aquellos tiempos, ya que una característica de esta enfermedad es la hipersexualidad que puede llegar a mostrar quien la sufre (con su correspondiente erección peneana posmórtem). El doctor Gómez Alonso afirma que la hipersexualidad atribuida al vampiro tiene su origen en la enfermedad de la rabia, enfermedad que, según él, contribuyó a sostener durante siglos la creencia en los vampiros por confundir a quienes la padecían con malignos seres de la oscuridad.

Seguramente de una mezcla de todo esto y de otros factores es de donde sale la razón de por qué, en el siglo XX, se llama vampiro no sólo al que chupa sangre, sino también al que comete actos necrofílicos (insistimos en que el folklore no nos ha legado relatos de vampiros mostrando un interés sexual por los cadáveres). Sí, es verdad que, como algunos dicen, la necrofilia parece el vampirismo al revés, es decir, "en lugar de un difunto que inquieta el sueño de los vivos buscando darles muerte, es un vivo que turba la paz de las tumbas, que mancilla y mutila los cadáveres" (256). Pero también

(255) Augustin Calmet. *Tratado sobre los vampiros.* Ed. Mondadori, 1991. Madrid.
(256) Alepho Mercurano. *El libro de los grandes misterios.* Ediciones 29, 1992. Barcelona.

hay quien dice que "la necrofilia es de algún modo la sublimación intelectual de esas pasiones sanguinarias", lo que contribuyó a relacionarlo con el vampirismo. Pero, aun así, pisando más un terreno cinematográfico y literario, parece entreverse en la actividad del vampiro un trasfondo claramente sexual con un componente sádico, necrofílico y masoquista. Sádico por las caricias bucales, claramente sádicas por los mordiscos, la actividad lingual y la succión, las cuales suponen una perversión necrofílica al ser, este "amor", con participación de un cadáver. Y masoquista porque, en tal relación, la víctima se complace en su propia destrucción.

La cuestión es que, siguiendo con la actual definición psiquiátrica dada en un principio (tal vez más adelante decidan su modificación), relataremos un par de casos que pueden servir de guía.

El sargento François Bertrand: En 1849, en el cementerio de Montparnasse y en otros de París, se dieron numerosas profanaciones de tumbas. Como no cesaban, el coronel Manselón dispuso una estricta vigilancia con la seguridad de encontrarse con los llamados *resurreccionistas* o ladrones de cuerpos. Pero las condiciones en que eran encontrados los cadáveres hicieron abandonar enseguida esta hipótesis, pues no sólo estaban salvajemente mutilados, sino que además presentaban unas características poco comunes.

La vigilancia se hizo más intensa y una noche explotó una especie de granada, a la cual le siguieron disparos de pistolas. Cuando acudieron al lugar se encontraron rastros de sangre y trozos de traje militar.

Esa misma noche tuvo que ser ingresado en el hospital militar un oficial, el sargento François Bertrand. Éste confesó ser el causante de las profanaciones, después de las cuales violaba y mutilaba los cadáveres (no todas las versiones afirman la violación del cadáver). Dijo que actuaba dominado por un impulso irresistible, aunque dándose cuenta de lo que hacía. De esta forma, un hombre cuya personalidad era agradable, alegre, franca... y del que nada hubiera hecho sospechar de él como autor de tales hechos, fue conocido en Francia desde ese momento con el nombre de *el Vampiro*. El tribunal lo condenó a un año de prisión.

Los casos de Víctor Ardisson y Henri Blot: el primero, también llamado *el Vampiro de Muy*, era necrófago con mujeres que amaba en vida. Robaba los cuerpos de los cementerios y los guardaba.

Sobre el segundo sabemos que tenía 26 años cuando fue procesado por vandalismo y necrofilia en 1886. Decían que era atractivo, de piel cetrina, con pelo caído sobre la frente, ojos negros y con un fino bigote sobre el labio.

En la noche del 25 de marzo de 1886, llegando la media noche, Henri entró en el cementerio de Saint Ouen; se dirigió a una de las fosas en las que eran enterradas aquellas personas que no podían costearse una tumba individual y allí encontró, al abrir un ataúd, el cuerpo de Fernande Mér, de 18 años, enterrada la tarde anterior. Henri sacó el cuerpo de la caja y copuló con la muchacha. Tras consumar el acto se quedó dormido y cuando despertó, a la mañana siguiente, ya no pudo volver a colocar el cadáver en su sitio por temor a ser descubierto. El 12 de junio, otra vez por la noche, volvió a profanar otro cadáver; pero en esta ocasión no se despertó a tiempo, por lo que fue descubierto y detenido. El 27 de agosto declaraba ante el tribunal, y sorprendiendo al magistrado que lo juzgaba dijo: "¿Qué quiere usted? Cada uno tiene sus pasiones y la mía es el cadáver". Fue condenado a dos años de prisión.

* * *

Parece ser que, en algunos casos, el deseo desenfrenado no ve obstaculizada su satisfacción por la idea o la presencia de la muerte. Incluso se dice que en algunos casos puede llegar a mejorarla, pues un cadáver, una forma humana sin voluntad, también puede llegar a satisfacer un deseo anormal en el que el objeto de deseo es visto y sentido como subyugable y sin posibilidad de resistencia; manejable, obediente, fiel...

Debemos mencionar, tratando la necrofilia, el trabajo del profesor de criminología Hans Von Hentig *El hombre necrótropo*. El profesor resalta que no cualquier agresión a un cadáver debe interpretarse o tenerse como pura necrofilia. De esta forma, distingue entre un individuo que agrede a una persona, la mata y después abusa del cadáver, de aquella otra cuyo objetivo principal y primero es el cadáver exclusivamente. Señala esta diferencia porque, en su opinión, "se trata de situaciones psicológicas diferentes". Hay casos en los que la agresión al cadáver no entraba dentro de los planes del asesino pero que, quizás aprovechando la oportunidad, no le importa llevar el acto sexual a cabo. Ocurre otras veces que un hombre ha llegado a excitarse ante una mujer y, dejando paso a sus deseos, no le importa golpearla para, agonizando o muerta ya, violentarla. En este caso, por ejemplo, el homicidio sólo es un medio para no encontrar resistencia ni verse rechazado, pero no por un amor fílico hacia los cadáveres. Al distinguir entre necrofilia y ataque sexual sobre una víctima muerta dice que "necrofilia es la profanación de un cadáver; entre la muerte y el abuso tiene que haber transcurrido un espacio de tiempo mesurable".

Quizás esta reseña invalide en parte la clasificación esquemática expuesta al incicio de este capítulo o, al menos, los casos elegidos e incluidos dentro de cada grupo. Confiamos en que sean otros quienes, quizás con más dedicación, arreglen lo que haya que arreglar.

Asesinos vampiros

La mente humana tiene muchas posibles formas de expresión, y el crimen es una de ellas. El asesinato, a su vez, también se expresa de abundantes maneras, pues la mente del asesino es múltiple, con muchas facetas diferentes.

Casi todos los ejemplos ofrecidos en estos tres primeros grupos para hablar del vampiro psicológico han sido ejemplos de asesinos. Por ello, no todo acaba con el mero hecho de mencionarlos. Antes de introducirnos en el cuarto grupo nos tendríamos que hacer una pregunta sobre los protagonistas de los tres anteriores. ¿Dentro de que categoría de asesinos entra el "asesino vampiro"? En general, los expertos hablan de tres tipos de homicidas:

1º El *spree killer*, que asesina en lugares diferentes en un lapso de tiempo muy breve. Sus crímenes se derivan de una sola acción y su encadenamiento puede extenderse durante cierto tiempo.

2º El *mass murder* (asesino en masa), que en una misma acción mata a cuatro víctimas o más en un mismo lugar.

3º El *serial killer* (asesino en serie), que realiza más de tres acciones distintas, separadas a intervalos de tiempo. En todas ellas mata a alguien; pueden ser una o varias personas en cada acción.

La mayoría de los "asesinos vampiros" pertenecerían a la categoría de los *serial killer*. Las descripciones coinciden en ellos; por ello, expondremos, un breve retrato del perfil psicológico de este asesino en serie para así conocer, también un poco más, al "asesino vampiro".

El serial killer se diferencia de los otros asesinos en que éstos, o matan en una sola ocasión (como suele pasar con el asesino por pasión) o matan en poco tiempo a un gran número de personas (como suele pasar con los asesinos en masa). Del asesino en serie, sin embargo, se dice que es bulímico de asesinatos, que tiene hambre de ellos. Que es un reincidente del asesinato. "No puede dejar de matar y no experimenta el deseo de dejar de hacerlo" (257). Sólo si lo capturan, lo matan o se suicida, dejará de asesinar. Pero

(257) Stéphane Bourgoin. *Asesinos*. Ed. Planeta, 1993. Barcelona.

esto último, el suicidio, es muy raro en esta clase de criminales, a no ser que vean muy cercana su detención. Mientras tanto asesinarán durante meses y años a intervalos de tiempo entre sus crímenes.

Algo característico, por lo menos bastante generalizado, de los asesinos en serie, es el arma que utilizan para sus crímenes. En gran parte de los casos será un instrumento con el cual puedan mantener un contacto físico, o por lo menos bastante cercano, con sus víctimas. Emplean un cuchillo, el estrangulamiento, golpean con un objeto, muerden... A pesar de esto, en las estadísticas podemos observar que se mezclan armas naturales y armas de fuego. Esto se debe a que, como el asesino en serie mata en numerosas ocasiones, a veces cambia de método, detalle que nos muestra a menudo el psicópata que no hace un previo estudio del crimen que pretende realizar, improvisando en el lugar del delito.

El aspecto del asesino en serie inspira confianza. Por lo general, las víctimas siguen de buena gana al que acabará con sus vidas.

"La gran mayoría de los *serial killer* han sido objeto de malos tratos en su infancia" (258). Es casi seguro que no proceden de un ambiente cálido y comprensivo. Seguramente fueron niños desatendidos o víctimas de abusos, sexuales entre otros. Gran cantidad de problemas familiares que fueron acumulando en ellos un número considerable de conflictos. Incapaces de superarlos, ya de niños se convierten en unos individuos aislados, y perciben su entorno, la sociedad, como algo hostil. Algunos elegirán suicidarse, otros responder y enfrentarse a esa hostilidad que representa todo lo que les rodea siendo ellos más hostiles todavía y tratando de vengarse de la sociedad.

En gran parte de los casos, los asesinos en serie consideran su crimen como una especie de ritual. La mayoría afirman haber fantaseado en cantidad de ocasiones sobre las fechorías que tarde o temprano deseaban poner en práctica. Se sospecha que los asesinos en serie "tienen miedo al sexo y no pueden hacer el amor más que con víctimas reducidas a la impotencia, desmayadas o muertas (...) [el sadismo suele ser uno de los últimos recursos de aquellas personas que se acercan por esta razón a la impotencia]. El asesino en serie no considera su víctima como un ser humano, sino como un objeto, un caparazón de cuerpo o como miembros destinados a despertar su deseo. Para él, lo que importa no es la identidad del cadáver, sino lo que representa" (259).

(258) Stéphane Bourgoin. *Asesinos*. Ed. Planeta, 1993. Barcelona.
(259) Ibíd.

Sadismo y vampirismo

"Dentro del sadismo, como un apéndice más de la orgía criminal, es necesario recordar el vampirismo" (260), dice el doctor García Andrade. Y un campo en el que suele actuar el sádico es el sexual. Kraff-Ebing consideraba el vampirismo como una desviación sexual y una manifestación sadística, y aceptaba la relación entre lujuria y crueldad "como un hecho que ha sido reconocido y es frecuentemente observado" (261).

La sexualidad es un importante acto de comunicación. La comunicación entre una pareja se ve potenciada por la sexualidad. Y la relación amorosa en la que interviene la sexualidad está por encima de cualquier otro tipo de relación humana (ya sea familiar, laboral...) "puesto que es la única que reúne los tres elementos esenciales de comunicación (...) y que dan ese carácter diferenciado y global que llega a ser constitutivo del amor: la libertad, la intimidad y la totalidad" (262).

La libertad, uno de esos tres elementos, es esencial, en cualquier otro tipo de trato. Es imprescindible que la relación sexual sea libremente aceptada y llevada a cabo por ambos miembros de la pareja y, por tanto, compartida.

Sin embargo, el sádico lucha y agrede al otro, es como si precisase disponer de su pareja y atormentarla para gozar de su superioridad; es como si su supervivencia dependiera de ello, y ya no sólo en el campo sexual, sino en cualquier otro. Esta reacción del sádico no es un auténtico encuentro ni forma parte de una comunicación. Para disfrutar de su superioridad se convierte en un déspota que no tolera la independencia ni la libertad de la pareja. El sádico solamente quiere dominar. En la relación sexual disfrutará de la pareja cuando ésta se resista, dejando aparte el erotismo para sacar a la luz su deseo de poder. A veces, es su pobre sexualidad la que hace aparecer su comportamiento sádico, sustituyendo el coito por la agresión. Señalan algunos, sobre esto mismo, que el sadismo, al igual que el masoquismo, son normalmente utilizados como el último recurso de personas que son o se acercan a la impotencia. Puede llegar incluso al crimen, debido a su permanente ansiedad de controlar al otro, de controlar y disponer incluso de la vida de los demás. Pero es insaciable, y siempre exige más víctimas sobre las que imponer su voz y voluntad de mando.

(260) Dr. José Antonio Gracía Andrade. *Psiquiatría criminal y forense.* Ed. Centro de Estudios Ramón Areces, 1993. Madrid.

(261) Dr. Kraff-Ebing. *Pschycopatias sexualis.*

(262) Dr. José Antonio Gracía Andrade. *Psiquiatría criminal y forense.* Ed. Centro de Estudios Ramón Areces, 1993. Madrid.

Muchos de los "asesinos vampiros" han mostrado sobradas evidencias de su sadismo. También de fetichismo; incluso han sido llamados "fetichistas de sangre", ya que el fetichista utiliza objetos que le estimulen sexualmente. En el caso del "asesino vampiro" la sangre no sólo le excita, sino que además la integra en sus actos; y mata para obtenerla. En cuanto al descuartizamiento que el asesino hace al cadáver puede deberse a varias razones, como el facilitar la desaparición del cuerpo y dificultar así su posterior identificación. Tal actitud también puede estar hablándonos de un ensañamiento con la víctima, en base a antiguos rencores y como acto de venganza. "Incluso puede suponer una actitud sádica por parte del criminal, que se recrea en su asesinato, al que le puede dar incluso, un carácter ritual, frecuente de encontrar en crímenes satanizados" (263).

* * *

Podemos pensar que muchos de los criminales mencionados en los tres primeros grupos y a los cuales la prensa les ha puesto la etiqueta (a algunos de ellos) de "vampiros", no deberían ser llamados así, puesto que para muchos de los mismos el acto de beber sangre es secundario ante el acto de matar (haciendo con esta reflexión un arraigamiento más fuerte de la concepción que la mayoría de la gente tiene del vampiro como un ser chupasangre). Sin embargo, los tratados antiguos que recogen las historias supuestamente reales de vampiros que acontecieron hace un par de siglos no dicen que el principal objetivo de su regreso fuese exclusivamente el beber la sangre de los vivos. Por el contrario, se hace más mención de su salida para incordiar, molestar y dar muerte a los vivos; en muchas ocasiones ni se menciona la sangre. Pero desde este punto de vista cualquier asesino podría ser considerado o llamado "vampiro", algo que no compartimos.

La dificultad de todo esto está en la definición. Hay tantos tipos de vampiros como definiciones, ni una más ni una menos. Por ello el esquema expuesto en este capítulo intentando catalogar con él la variedad de vampiro psicológico es, como ya hemos dicho, una de las muchas clasificaciones que podrían hacerse. Y no pretendemos que ésta sea la más completa.

* * *

(263) Dr. José Antonio Gracía Andrade. *Psiquiatría criminal y forense.* Ed. Centro de Estudios Ramón Areces, 1993. Madrid.

Fue la psiquiatría quien primero definió e intentó catalogar médicamente los "actos vampíricos". Y posiblemente sea ésta quien mejor cualificada esté para estudiar a los individuos mencionados en los tres primeros grupos por el alcance tan amplio de que dispone.

Es decir, de la Medicina Legal salen la Psiquiatría Clínica, la Forense y la Criminal. Atendiendo las palabras del doctor García Andrade matizaremos que la Psiquiatría Clínica se ocupa de estudiar al enfermo psíquico, al enfermo mental, en su más amplio concepto. A saber: biológica, psicológica y socialmente (ocupándose esencialmente del tratamiento y asistencia del paciente). La Psiquiatría Forense trata al enfermo mental o supuesto enfermo mental que ha violado la ley y precisa de ésta debido a su propia enfermedad (estableciendo así una valoración pericial del enfermo violador o supuesto violador de la ley, más aquellos otros precisados de protección por parte de la misma). Y la Psiquiatría Criminal que, necesitada de las dos anteriores, es la utilización y combinación entre la Criminología y la Psiquiatría, entendiendo como Criminología el estudio del crimen, del delincuente, la víctima y el control social del comportamiento "desviado"; añadido y complementado con el estudio del enfermo mental, formando así la Psiquiatría Criminal.

"Evidentemente la Psiquiatría Criminal es la parcela del saber humano mejor dispuesta para entender el comportamiento atribuido a supuestas anomalías mentales del delincuente" (264). Como decimos, es la rama de la ciencia con mejores atributos y cualidades para estudiar los tres tipos de "vampirismo psicológico" ya mencionados.

Necrofagia y vampirismo

A algunos necrófagos también se les ha llamado vampiros (una persona es necrófaga cuando en su dieta alimenticia incluye cadáveres de personas). Y el lector, al igual que sucedía con la necrofilia, no dejará de preguntarse el porqué de esta relación. Muchos asesinos que se comían a sus víctimas después de matarlas han sido apodados vampiros sin que en sus testimonios apareciese relación alguna con lo que la mayoría de la gente entiende por vampirismo, al no mencionar ni la búsqueda de sangre ni otro tipo de deseos o pensamientos relacionados con él. Sin embargo, la falta de relación parece ser sólo aparente, ya que la analogía entre ambos sucesos la encontramos retrocediendo en el tiempo.

(264) Dr. José Antonio Gracía Andrade. *Psiquiatría criminal y forense.* Ed. Centro de Estudios Ramón Areces, 1993. Madrid.

En Alemania, por ejemplo, corrió la creencia de que algunos muertos comían en sus tumbas y devoraban todo lo que encontraban a su alrededor. Miguel Rauff, que publicó un libro titulado *De masticatione mortuorun in tumulis* (Sobre los muertos que mastican en las tumbas), da como cierto el hecho de que "algunos muertos han devorado las mortajas y todo lo que estaba al alcance de su boca, y que incluso se han comido su propia carne en la tumba" (265). Algunas creencias hablan de vampiros antes incluso de que empezasen a utilizarse con regularidad los ataúdes. Durante algún tiempo estas "cajas de muertos" sólo fueron usadas por aquellos que podían permitírselo. Muchos cadáveres eran enterrados en una fosa poco profunda, envueltos tan sólo en un fino sudario. De esta forma los cuerpos eran objeto de deterioro físico por parte de los depredadores que, escarbando un poco, podían encontrarse ya con parte del difunto. Tal vez fue esto lo que dio origen a la creencia, en algunas aldeas, de que los vampiros devoraban primero sus propias extremidades para, después, extender su hambre a otros cadáveres y también hacia los vivos; aunque en otras, dándose perfecta cuenta de lo sucedido, colocaban sobre la tierra que cubría al cadáver sin ataúd una roca; algo parecido a la "losa" de hoy en día.

A Calmet le llegaron sucesos de muertos que se comían las mortajas de otros muertos. Y varios autores –tal vez de éstos venga la relación entre necrofagia y vampirismo– han registrado "casos de vampiros que tenían tendencia a comerse a las chicas jóvenes" (266).

Estos actos, necrófagos unos y antropófagos otros, que ya creían que mostraba el vampiro de aquellas tierras, han perdurado hasta hoy en día, llamándose vampiros a algunos asesinos, que han cometido este tipo de actos. Además, a veces, bajo la necrofagia y la antropofagia se esconde un no poco disimulado vampirismo cuando, por ejemplo, en ciertas culturas, para proveerse del fluido vital, de sangre, comen el cuerpo, que la contiene en abundancia, sin preocuparse en separarla de éste (algunos dicen que el acto de beber sangre humana ya es necrofagia).

En caso de que asociemos al vampirismo la sola ingestión de sangre, cuestión que, como hemos ido viendo no es así, podríamos decir que una acción necrófaga o antropófaga esconde un fondo vampírico dependiendo de la intencionalidad con la que se haya llevado a cabo. Es decir, si el motivo de la ingestión de carne humana es, únicamente, comer carne humana, no debería considerárselo como un acto vampírico. Pero si el motivo, o uno de

(265) Augustin Calmet. *Tratado sobre los vampiros.* Ed. Mondadori, 1991. Madrid.
(266) "Rabia y vampirismo en la Europa de los siglos XVIII y XIX". Tesis doctoral de Juan Gómez Alonso, 1992.

los motivos de comer carne humana es procurarse de la sangre que ésta contiene, entonces podríamos hablar de vampirismo. Claro está que esta última puntualización y diferenciación sólo se hace, como ya hemos dicho, en caso de restringir el campo de acción del vampirismo a la sola ingestión de sangre pero que, incluso el propio canibalismo es considerado como una forma de vampirismo desde el momento en que no se come al hombre con fines nutritivos, sino bajo la opinión o creencia de que, con la asimilación de su carne, es posible adquirir sus cualidades (en algunas tribus salvajes el jefe era devorado cuando acababa su mandato para adquirir sus poderes y sabiduría. Es posible que esta práctica se base en la creencia de que "somos lo que comemos". Comer a un compañero, a un enemigo o a un jefe es una forma de reivindicar su poder, un modo de asimilar su magia).

Aun así, es muy posible que lo dicho hasta ahora no hubiera sido suficiente para establecer la relación entre necrofagia y vampirismo. Por lo que tenemos que reconocer que, antiguamente, los mitos y las leyendas se entremezclaban entre sí en la fantasía y creencia popular una y otra vez, apropiándose unas de varios aspectos de otras y viceversa. El hombre lobo, por ejemplo, ha sido en numerosas ocasiones confundido con el vampiro y compañero de aventuras de este último.

Los rasgos más destacados de la licantropía, seguramente fruto de alucinaciones, eran:

1° La transformación en animal; condición de la que también se veía dotado el vampiro (éste incluso tenía la habilidad de transformarse en lobo).
2° Excursiones nocturnas por el campo; el vampiro también salía de noche.
3° Ataques a animales y humanos para devorar su carne; en caso del vampiro tales ataques existían con el objetivo, al menos en un principio y según la creencia más generalizada, de beber sangre, y también eran cometidos contra humanos y animales.

Sin embargo, se dice que el vampiro es el descendiente del hombre lobo (entre los eslavos es general la creencia de que el hombre lobo se convierte en vampiro después de su muerte), y como descendiente puede que conserve algunas cualidades y características propias de éste que no sólo son los colmillos, sino también el deseo de comer carne. Además, uno de los animales en los que el vampiro podía transformarse, aparte del conocido murciélago, era en lobo. Y la Biblia habla de los lobos de forma metafórica cuando se refiere a aquella gente que desde dentro pondrán en peligro a la congregación cristiana; a los jefes de la ciudad que derraman sangre y matan a personas para amasar más y más dinero; a los falsos profetas..., es decir, llama lobos a la gente que de una u otra forma se dedica a hacer el mal, siembra la discordia, la confusión... No es de extrañar que los cristianos de los siglos XVII y XVIII viesen en el lobo a un vampiro transformado o viceversa.

Aprovechando lo ya dicho, creemos conveniente extendernos un poco más en este apartado sobre la relación entre el hombre-lobo y el vampiro. Ambos seres han estado presentes en muchas culturas, relacionándose, especialmente, en el sur de los Balcanes. Una relación cuyo punto más cercano, posiblemente, se dio en la utilización del término *brykolaka*, con el que se hacía alusión al vampiro de Grecia.

Freidrich Krauss concluyó que el *brykolaka* era en principio un hombre lobo, o mujer loba, que atacaba al ganado. Posteriormente Harry Senn y otros investigadores han explicado que *brykolaka* deriva de una vieja palabra eslava con la que se aludía a un antiguo ritual que consistía en llevar sobre los hombros pieles de lobo. Parece ser, aunque sólo es una teoría, que con el paso de los siglos, esta alusión y significado de la palabra se fue perdiendo, utilizándose para designar al vampiro (no aseguramos que ésta relación y modificación de significados sea correcta. No nos hemos inmiscuido en dicha investigación. Sólo es una exposición de estudios y conclusiones de terceros).

4–Grupo

En este cuarto grupo, que puede llegar a ser muy variado, hablaremos de dos tipos de individuos: los que creen ser verdaderos vampiros (podrían ser llamados vampiromaníacos) y a los que les gusta o se sienten muy atraídos por la figura del vampiro y forman parte de lo que algunos llaman "movimiento vampírico" (podrían ser llamados vampirófilos). En este apartado, el vampirófilo es un individuo sano. Exteriormente, por su, a veces, extravagante forma de vestir, ambos grupos de individuos parecen compartir los mismos pensamientos y sentimientos, pues visten parecido, si no igual. Sin embargo no es así; las razones por las cuales unos y otros dicen llevar su indumentaria por ejemplo (pues puede ser la misma), son bien distintas, así como su forma de ver y de vivir su interés por los vampiros, el cual también es muy diferente.

Los que creen ser verdaderos vampiros: "Los aficionados a la ciencia ficción tienen una larga, lúgubre historia de caídas en cultos cuasirreligiosos, pseudocientíficos, surgidos dentro de la comunidad de escritores y editores de ciencia ficción" [267]. Quizás muchos escritores "intuyeron" la explosión que

(267) Martin Gardner. *La nueva era*. Alianza Editoral, 1990. Madrid.

en cuanto al tema de los vampiros estaba por venir, y también "intuyeron" que muchos jóvenes se apuntarían a la "movida".

Durante la investigación realizada pudimos conocer a personas, hombres y mujeres, que decían ser vampiros. Además de estos testimonios que recogimos directamente, muchos de los investigadores y estudiosos con los que nos hemos puesto en contacto también dicen haberse encontrado con esta clase de individuos.

Después de habernos entrevistado con algunas de estas personas que dicen ser vampiros (y tras habernos informado también de las entrevistas y encuentros de otros autores) hemos podido observar que la mayoría de ellas comparten una serie de características, pensamientos, sentimientos y vivencias que, grosso modo y muy superficialmente, nos pueden permitir hacer una descripción de cómo son estos individuos que tan estrechamente parecen estar ligados al vampirismo y tan directamente parecen vivirlo:

• Algunos de ellos, los menos, afirman tener cientos de años, capacidad para transformarse en animales como el lobo o el murciélago, o poseer el don de volar. Otros, más precavidos y pensando, tal vez, que eso ya está pasado de moda, dan una versión más *light* y reducen lo de la transformación en animales a un "simple" control sobre los mismos, y sustituyen el vuelo físico por el llamado y tan de moda vuelo o viaje astral.

• Otros, o los mismos, afirman poseer las habilidades psíquicas y las percepciones correspondientes al vampiro (por lo general del vampiro literario de ficción) y confiesan tener las fobias clásicas que sobre estos seres suelen describirse: repulsión hacia el ajo, hipersensibilidad hacia la luz solar... Algunos dicen tener que salir de casa con gafas de Sol porque su luz les daña los ojos; o se dan crema de protección solar en la cara para impedir que los rayos les lastimen el rostro. Sin embargo, muchos dicen no poseer estos molestos síntomas o esos adquiridos "poderes" psíquicos y no creen necesario que un vampiro los tenga. Esta supuesta contradicción entre unos y otros no es tan extraña si nos percatamos de que muchas de las fobias y capacidades sobrehumanas que dicen tener estas personas han sido extraídas, en su mayoría, de la actual literatura de ficción, la cual muy pocas veces tiene alguna relación con el folklore. Mientras unos se basan en este último para adquirir sus características vampíricas, otros se basan en las modernas novelas, en las que no siempre se dota a sus protagonistas de este tipo de capacidades.

• Ninguno de los que dicen ser vampiros ofrece evidencias tangibles de tener alterada su condición humana (al menos la física) debido a su estado vampírico. Ninguno de ellos ha sido examinado debidamente por personal médico. Dicen no creer necesario mostrar ni probar a nadie las transformaciones que a consecuencia de su nueva condición vampírica se producen en ellos.

• Aquellos que creen ser vampiros llegan a vivir de acuerdo con sus conceptos. Queriendo o sin querer, conscientes o inconscientes de ello, acaban por dormir durante el día para estar activos durante la noche. Llegan así a ser más nocturnos, más lunares (debido, entre otras razones, al incremento de sensibilidad que dicen padecer ante la luz solar); siendo más ocultos, más misteriosos en apariencia.

Estos cambios, que ellos creen resultado de la verdadera transformación que su naturaleza está sufriendo, les reafirman, les dan fuerza para creer que la transformación de humano a vampiro se está realizando, comenzando así a vivir una realidad vampírica propia. Sin embargo es muy posible que los cambios, aunque ocurran, sean simplemente causados por la expectación interna que tienen concerniente a como vampiros les corresponde ser.

• Algunas de estas personas que afirman ser vampiros raramente ofrecen entrevistas. Tienen la no grata experiencia de haber sido tratadas como una atracción de feria y no quieren repetir.

• Gran parte de ellos, cuando se les pregunta qué más quieren saber sobre los vampiros, contestan que su deseo es saber si existen más como ellos, si hay más gente que, como ellos, conoce su condición vampírica. La mayoría quiere conocer a más vampiros, pues dicen sentirse solos. Parte de ellos desearían ser aceptados en sociedad y comprendidos.

• Algunos suelen darse a conocer vestidos con ropajes que ellos consideran vampíricos, siendo estas prendas, muchas veces, ropa de época (el cuero y los materiales que imitan el cuero también suelen ser utilizados por estos individuos). Con el pelo teñido de negro, labios y ojos pintados de negro (a veces rojos o morados), rostro blanqueado por el maquillaje y largos abrigos también negros; la mayoría lucirán en sus dedos anillos que muestren algún murciélago, una calavera, un ataúd, un lobo... Algunos vestirán así todos los días y otros sólo los fines de semana. Sobre esto nos preguntamos si un vampiro de verdad, en caso de que existiera, se pintaría la cara o se vestiría de forma particular para parecer un vampiro. Tal vez tengamos que mencionar aquí la, muchas veces utilizada, frase que alude la diferencia entre ser y parecer, para nuestro caso, entre "ser un vampiro" y "parecer un vampiro". Este intento por mostrar a los demás una máscara suele empezar por el maquillaje y la ropa. Sin embargo, una máscara puede llegar a enseñar más de lo que esconde.

• Cada uno de ellos tiene una propia historia que contar que, en muchos casos, incluso contradice la de otro "vampiro", y un gran número lo saben, por lo que cada uno insiste en que cuando habla lo hace de sí mismo, de sus propias vivencias personales. Otros son más radicales y sólo afirman y apoyan su versión de los hechos, descatalogando las opiniones de otros "vampiros" que no comparten la suya.

• Los hay quienes en la exposición de su realidad vampírica tienen un argumento más elaborado y hablan de rangos y jerarquías existentes entre los vampiros, haciendo referencia, con esto, más a una nueva religión creada por ellos que a una simple creencia.

• Unos dicen que ya nacieron siendo vampiros por ser descendientes de vampiros o por ser la reencarnación de alguno. Mientras, otros dicen que fueron mordidos y de esta forma convertidos. Algunos no saben cómo llegaron a serlo, sólo saben que lo son. En los individuos que, más que otra cosa, se dedican a afirmar públicamente que son vampiros se puede observar que, para ellos, parece que es más importante aparentar que ser. El investigador acaba por no saber si la actitud de algunos de estos individuos se debe a su afán de notoriedad, que les puede llevar a mentir conscientemente o a vestir extravagantemente, o si son verdaderos mitómanos que interpretan los personajes de su ficción favorita como una auténtica realidad. Es posible que detrás de ello esté la realidad de que el ser humano a nadie quiere menos que a sí mismo, por lo que cuando nuestra personalidad no nos gusta tratamos de modificarla.

El líder del grupo musical Dark Theater Rock Band, de Chicago, se hace llamar Vlad. Dice ser descendiente de Vlad *el Empalador*. Para ello argumenta que éste violó a una mujer, y que fruto de esa violación nació él en 1431. Cree que el alma pasa de un cuerpo a otro tras la muerte y que eso es lo que le ha venido ocurriendo a él, que desde entonces se ha ido encarnando en diversos cuerpos hasta el actual. Dice beber sangre, y que a través de este acto uno puede recordar parte de sus vidas anteriores.

• Casi todos ellos han sido amonestados, ya sea con miradas acompañadas de risas o verbalmente, con palabras que perseguían el objetivo de ridiculizarlos. Algunos incluso han sido golpeados por causa de su apariencia.

• Tras decidir convertirse en vampiros, o una vez convencidos de que lo son, la mayoría cambian de nombre, adoptando un apodo relacionado en algún sentido con los vampiros o la oscuridad. Aunque los conocidos y vecinos del edificio o del barrio, percatándose de sus diferentes tendencias, suelen encargarse también de apodarlos de alguna forma (un conocido individuo que dice ser un vampiro nos dijo que en el barrio fue apodado *Draculín*).

• Muchos de ellos estuvieron, desde muy temprana edad, fascinados por el movimiento gótico y el mundo de lo oculto y lo esotérico, aunque sus familias no compartieran e incluso se opusieran a estos intereses.

• Algunos pocos tuvieron un accidente que les hizo sangrar y degustar su propia sangre. Ésta suele haber sido relevante, desde la niñez, en la vida de algunos de estos individuos. Así, por la relación que se le ha dado a la sangre con el vampirismo, pudo comentar su interés por el mismo. Como decimos, no es una regla general en ellos que su interés y fascinación por la sangre surgiera en su más temprana edad, pues para otra parte de ellos el deseo de líquido rojo llegó durante su pubertad. En otros casos fue el azar, la casualidad (dicen algunos) lo que, ya de adultos, acabó despertando esa "sed". Otros llegaron a encontrarse y conocer a alguien que ya la bebía y fueron "iniciados" en la práctica.

• La mayoría afirman que nunca beben sangre de personas que no quieran ofrecérsela. Hacerlo en contra de la voluntad de alguien sería, según afirmaba Jack ("vampiro" entrevistado por Carol Page), "como beber leche". Otros sólo tomarán la sangre de aquellos a los que inicien en la "filosofía vampírica", habiendo preparado al adepto para el evento. Pero a casi todos les gusta tomar la sangre fresca, directamente del cuerpo de su compañero/a. Aunque algunos también suelen tomarla mezclada con otras bebidas como café o cerveza.

Muchos dicen que *beber del líquido* los rejuvenece o, por lo menos, los mantiene jóvenes.

• No son pocos (según han concluido algunos investigadores) los que han tenido una infancia que podría definirse de infeliz, tal vez algo traumática, siendo desatendidos por completo en algunos casos u objeto de abuso sexual en otros (algunos de ellos así lo afirman). Esto último puede propiciar el desarrollo de una personalidad propensa a la disociación que hace que, ya de niño, el individuo se cree un mundo imaginario propio donde se siente bien, atendido y seguro. Un mundo donde, por ejemplo, él es un vampiro; un mundo a donde va cada vez que tiene que enfrentarse a una situación de estrés y que a veces puede llegar a mezclar y confundir con la realidad cotidiana.

Muchos han crecido imaginándose ser poderosos vampiros para, a veces sin tardar mucho, empezar a beber sangre que, en principio, suele ser la suya propia. Algunos, ante este acto de beber su propia sangre, pueden sentirse culpables por tener un deseo tan supuestamente "anormal". Pero este sentimiento parece desvanecerse, es relegado y superado, cuando vuelven a sumergirse en la ficción vampírica, ya sea literaria o cinematográfica.

• Unos beben sangre obtenida en comercios cárnicos, otros siempre lo harán de sí mismos, y otros más, de sus compañeros, amantes o correspondientes parejas. En algunos casos incluso son apreciables las cicatrices de cortes que sobre los brazos se han causado para que su amante beba (según parece, el fetichismo de sangre como una parte de la práctica sexual, es más común de lo que podríamos imaginar). Otros, los menos, afirman morder a sus compañeros asegurando no causar dolor. Muchos dicen necesitar físicamente sangre, sin embargo hay muchas necesidades físicas que tienen su origen en la psique.

• Algunos de ellos, a veces tras una visita al psicólogo, admiten ser fetichistas de sangre y no verdaderos vampiros, como llegaron a creer. Muchos, con el problema del sida, han dejado de beber sangre o han restringido su ración habitual drásticamente, con lo que su supuesta necesidad hemática se queda, todavía de forma más evidente, sin base.

• Muchos mantienen sus actividades vampíricas en secreto, pues dicen no querer acabar internados en un hospital mental. Algunos han probado a ir al psiquiatra, pero la experiencia les disgustó tanto que no quieren repetir.

• A veces, algunas de estas personas pueden llegar a recibir peticiones muy curiosas; por ejemplo, aquella que relata una vampira a la cual un joven le rogó que le matara para convertirse también él en un vampiro inmortal. Ella, naturalmente, se negó a acabar con la vida del muchacho.

• No presumen de tener muchos amigos.

• Unos pocos parecen firmar regularmente sus cartas con sangre.

• Los hay que han ido al dentista para afilarse los colmillos o ponerse fundas puntiagudas.

• Algunos acaban por formar o introducirse en grupos, clubes o sociedades donde encuentran a otros con sus mismos intereses, con sus mismas creencias y con sus mismas o parecidas prácticas.

• De no ser por el tema de los vampiros y el vampirismo, ese "oscuro" terreno que hace que se sientan distintas, diferentes, más importantes..., muchas de estas personas no sabrían exactamente cómo situarse en el mundo. Parece que gracias al vampirismo, con el que por casualidad o no toparon un día, mantienen más compacta su personalidad, la cual andaría disgregada por no saber con qué identificarse, por no saber cómo ser diferentes, por no saber cómo llamar la atención. Parece ser que el vampirismo les llena un vacío personal.

• Estos individuos no trabajan en la sección de hematología de los hospitales, como parecería lógico pensar. Los hay mecánicos, albañiles, jardineros; algunos son miembros de grupos de rock, otros tienen trabajos de limpieza, algunos están en la cárcel... Los hay que viven solos, que están casados, divorciados, que tienen hijos... Los hay que no trabajan y viven con sus padres. La inclinación sexual no es típica, pues hay homosexuales, heterosexuales, bisexuales... Es decir, gente que cree ser vampira la hay de todas clases.

* * *

El estudio de por qué la gente hace lo que hace, dice lo que dice y piensa lo que piensa ha sido durante mucho tiempo motivo de comentarios y disertaciones de poetas, novelistas, filósofos, historiadores y de otros muchos, incluso de los chismosos del barrio. No es la intención de este libro responder a esos porqués, en caso, además, de que todos tengan una respuesta satisfactoria. Como ya venimos diciendo, nuestra intención es la de exponer y mostrar las observaciones, los apuntes, que hemos hecho durante nuestro estudio. No pretendemos que sean las más correctas; son simplemente las nuestras, y han estado ayudadas e influenciadas, como no, por otras.

En el grupo de los individuos que se creen vampiros entran, entre otras, todas aquellas personas que por esta creencia se muestran incapaces, en algún sentido, de adaptarse a la vida social y de conciliar con ella sus propios instintos y sus propias tendencias, sin que por ello lleguen a causar daño a nadie. Estaríamos hablando, por ejemplo, de algunos esquizofrénicos que al creerse que son vampiros se comportan como se supone, o como ellos consideran, que se comporta un vampiro, exceptuando, como ya hemos dicho, la agresión física a personas.

Lo más prudente es pensar que en estos casos todo es inventado, fabulado. Una especie de película que pretenden vivir cuyo personaje principal es el vampiro al cual representan. De manera que se visten "como" viste un vampiro o duermen, en vez de en la cama, en un ataúd situado junto a ésta (aunque no hemos encontrado ningún individuo que reúna por completo y de forma clara todas las creencias y características ideológicas o emocionales que hemos mencionado en los puntos anteriores, sí son personas que coinciden entre sí en varias de las mismas). Son personas que creen o están convencidas de ser vampiros. Por lo que tal vez se podría hablar de esa "gente rara", tal vez mitómanos, entre otros, que por una razón u otra su interés por el vampirismo les impide ser ellos mismos, adoptando una personalidad, una forma de actuar, de pensar y de ver la vida, que poco o nada tendrían que ver con la actual si no estuvieran tan influenciados por el personaje del vampiro. Un personaje que, saliendo muchas veces de una película, un libro o un cómic, parece que les mordió, les vampirizó, convirtiéndose desde ese momento, ellos mismos, en vampiros. ¿Sería este el caso de Bela Lugosi, padre de toda una generación cinematográfica de vampiros? Hagamos un poco de historia.

Bela Blasko, que así se llamaba, nace el 29 de octubre de 1882 en Lúgos (Hungría). Con 19 años, en 1901, debuta como actor en una compañía de teatro. Disuelta ésta encuentra trabajo en otra permaneciendo en el anonimato durante cuatro años. Sería a partir de 1912, al entrar a formar parte del Teatro Nacional Húngaro de Budapest, cuando puede representar papeles principales, entre los que destacan el de Romeo, Hamlet, Macbeth, Manfred y Guillermo Tell. Nueve años más tarde, en 1921, desembarcaría en Estados Unidos adoptando, desde el mismo día que pone sus pies en el nuevo continente, el seudónimo Bela Lugosi. "Lugosi es una evidente derivación del pueblo natal de Bela" [(268)], en Hungría, con el cual parecía no querer romper su vínculo.

(268) Edgar Lander. *Bela Lugosi: Biografía de una metamorfosis.* Ed. Anagrama, 1987. Barcelona.

En 1931 la productora Universal decide invertir 400.000 dólares en una versión cinematográfica de Drácula (269), cuyo principal papel sería para Bela. Y tras ésta, su primera película representando al conde, llegarían otra y otra que, como si de pequeños mordiscos se tratasen, fueron "convirtiendo" al actor en un vampiro. Lugosi parecía haber sido absorbido por el oscuro personaje que tantas veces representó ante las cámaras de cine. Tal es así que ofrecía algunas entrevistas tendido en el interior de un ataúd, donde proclamaba: "Yo soy un vampiro".

Respecto a esto, Dianfranco Manfredi opina que cuando Bela decía "Yo soy Drácula", estaba afirmando, en realidad, la ecuación vampiro=actor. Ecuación que no quiere decir que "el vampiro es un actor que interpreta el papel de vampiro; y mucho menos que el vampiro es un actor que interpreta el papel del actor que interpreta el papel del vampiro" (270), sino que había una "total adherencia entre mímica y sentimiento (...), una total ausencia de distanciamiento respecto al papel representado", cuestión que le pudo llevar, tras los años, a creer ser, en realidad, Drácula, el conde, el rey de los vampiros.

A los 74 años, en agosto de 1956, es internado en una clínica de Los Ángeles. Frente a un televisor, en su habitación, decía: "Tendrán que explicarme por qué me consideran loco por el mero hecho de creerme el conde Drácula, ya que todo el mundo que muestran a través de esta caja es mucho más absurdo y está más loco de cuanto pueda estarlo yo" (271). Bela Lugosi moría días después, el 16 de agosto, pronunciando las palabras por las que estuvo gobernado los últimos años de su vida: "Yo soy el conde Drácula, el rey de los vampiros, soy inmortal". Y envuelto en su capa negra forrada de rojo fue enterrado en el Holy Cross Cemetery.

¿Se convirtió realmente en un vampiro o se convirtió realmente en un mitómano? ¿Es un caso de doble personalidad, de esquizofrenia...? (272) Sea lo que sea, se interprete como se interprete, no es el único caso. Sarah Bernhardt, por ejemplo, no se privaba en decir, en las entrevistas de las que era objeto, que solamente experimentaba placer real entre las tablas de un ataúd.

(269) Edgar Lander. *Bela Lugosi: Biografía de una metamorfosis.* Ed. Anagrama, 1987. Barcelona.

(270) Ibíd.

(271) Ibíd.

(272) Hay quien opina, como Jesús Palacios en su libro *Satán en Hollywood*, que esas últimas palabras de Lugosi afirmando que él era Drácula no eran debidas a un estado mental deteriorado o alterado: "no era la culminación de un delirio que le había llevado a creerse una criatura sobrenatural, sino el reconocimiento, en un último instante de lucidez mental, de que, en efecto, él siempre sería Drácula en la memoria de los espectadores de todos los tiempos y, por tanto, inmortal".

También podemos incluir en este apartado a esas personas que han afirmado y afirman no poder vivir sin el consumo de sangre, no teniendo ninguna enfermedad que se lo exija. Afirmación que también han hecho muchos asesinos sádicos pero que, a diferencia de estos, los de este apartado nunca han matado a nadie para conseguirla, no han causado daño a semejantes, obteniendo el fluido vital que saciará su sed de una forma "legal". De esta forma, mientras unos la degustan con sumo gusto consumiendo carne cruda o prácticamente cruda, otros harán sus pedidos a compañeros y amigos, los cuales harán una pequeña donación.

En el documental británico *Do vampires really exist?* aparece una joven que afirma necesitar cierta cantidad de sangre. Incluso matiza la cantidad de ésta dependiendo, en general, de la estación del año: "Necesito, aproximadamente, una copa de sangre por semana en invierno".

La manera en que obtiene el rojo líquido es compartida, frecuentemente, por este tipo de personas. Esta mujer a la que hacemos referencia (no facilita su nombre), confiesa buscar compañía con el propósito de conseguir algunos centilitros de sangre. Para ello entabla, normalmente, una animada conversación con alguien (los temas sobre películas y fantasías sexuales, entre otros, son los empleados con más frecuencia por esta joven) para después, y de forma muy sensual, proponerle su cometido. Ella remarca que nunca obliga a ninguno de sus acompañantes a realizar nada que ellos no deseen, señalando también que padece de "hambre", refiriéndose con esto a su necesidad de ingerir sangre, ya que, al beberla, asegura sentirse con más energía, como revitalizada.

Muchas personas que ingieren sangre con regularidad tienen problemas para conseguirla, sobre todo si la que desean consumir es sangre humana. Algunas de estas personas optan por "seducir" a sus "víctimas" y tomar la sangre que éstas, de forma voluntaria, terminan por ofrecerles. Pero otras, y no las menos, se inclinan más por un intercambio de placeres que resulte beneficioso para ambas partes.

Este sería el caso de otra joven que en el documental anteriormente mencionado, narra también cómo consigue el preciado líquido rojo y qué ofrece para obtenerlo: "Llevo cambiando sangre por sexo desde hace diez años. Yo realmente lo adoro, y también mis parejas... ya ves, yo tomo sangre muy placenteramente".

Esta muchacha afirma que sus parejas sienten placer cuando ella les chupa y bebe la sangre. Dice elegir zonas del cuerpo donde las marcas que deja no son visibles. Le encanta extraer sangre del pecho de su acompañante, pero no es un lugar sobre el que se le deja actuar con facilidad. Para hacer brotar la sangre utiliza una aguja o una cuchilla y dice realizar el corte en el momento adecuado. Comenta que al succionar el líquido vital de sus compañeros siente algo que no puede explicar pero que resulta placentero para ambos.

No olvidemos que "la boca es un órgano de placer (...). Al nacer, el bebé no conoce más placer que el de succionar (...). El destete y el aprendizaje reducen drásticamente este placer, pero el deseo no desaparece, permanece inhibido pero dispuesto a buscar su satisfacción en la primera ocasión que se le presente" (273).

Los que se sienten atraídos por la figura del vampiro: las personas que forman parte de este grupo coinciden con las del anterior, en ocasiones, en la vestimenta, y también parecen mostrar preferencia por la música gótica. Además, como las primeras, también estarán interesadas, aunque por lo general en menor medida, en el ocultismo.

Exceptuando esto, junto con su interés común por el vampiro, una gran franja los separa. Éstos saben perfectamente quienes son, y aunque también pueden imaginarse ser grandes vampiros porque el tema les gusta, saben perfectamente separar lo que en su mente les gustaría ser y lo que realmente son. Saben que son personas mortales y no vampiros.

Su interés por los vampiros puede ser enorme, pero no llega a ser patológico, no les conduce a creerse vampiros. Y aunque tal intenso interés puede influirles en su vida habitual, tal influencia no llega a ser tan extrema como para creer ser el personaje de una película, una novela o un cómic, aunque a veces les gustaría.

Al igual que los primeros, pueden o no pertenecer a clubes de *fans* de vampiros o a alguna sociedad que se dedique a su estudio. Es posible que los fines de semana se junten con personas que compartan sus gustos, se vistan de negro, frecuenten bares donde hay otros como ellos y pongan la música que les gusta para, en ocasiones, adoptar una personalidad un tanto vampírica (siendo su comportamiento normal), siendo conscientes del papel que están interpretando.

* * *

Por extensión del vocabulario o de la terminología que se usa en otras profesiones y oficios podríamos crear un argot que fuese posible utilizar por todos aquellos que nos interesamos en el tema que este libro trata. Un argot

(273) Carmela París. *Enciclopedia didáctica de la sexualidad.* Ed. Planeta, 1995. Barcelona.

que, a diferencia de otro tipo de jerga, pudiese ser entendido por gente ajena al interés hacia los vampiros y el vampirismo. Un lenguaje familiar pero basado en unas bases normalizadas.

De tal forma que algunos ya han hablado de *vampirología* (también de *upirología*) como la ciencia que trata de la existencia y naturaleza de los vampiros. *Vampirólogo*, que lleva la terminación griega *logos* (palabra que significa *estudio*), sería aquel que estudia o profesa la *vampirología* o tiene en ella especiales conocimientos.

Estaría también el *vampirófilo*; palabra formada con el afijo que se usa ya como prefijo (*filovampiro*), ya como sufijo (*vampirófilo*), para indicar inclinación hacia algo o alguien. *Vampirófilo* sería una persona aficionada a los vampiros. De esta forma mucha gente puede ser considerada como vampirófila. Tal vez por ello el término no sea el más adecuado. Aunque, como en todo, dentro de los vampirófilos también habría grados y niveles que diferenciarían a unos de otros; desde el vampirófilo interesado en el tema hasta el vampirófilo obsesionado de forma patológica por el mismo.

Por otro lado podría hablarse también de la *vampirolatría*, que daría lugar al *vampirólatra*; consistiría en la adoración o culto supersticioso que se rinde al vampiro.

De esta forma podríamos hacer mención, además, de la *vampiromanía*; entendiendo como manía una forma de transtorno mental que se manifiesta mediante una exaltación descontrolada, hiperactividad, conducta obsesiva, preocupación caprichosa por un tema o cosa determinada o deseo desordenado. En términos estrictamente psiquiátricos, manía es la exaltación de los estados de ánimo. Podría manifestarse en una persona como la manía de creerse poseído por un vampiro, o de ser ella misma un vampiro (tal vez sea lo mismo un vampirófilo patológico que un vampiromaníaco; tal vez). Quizás *vampirópata* (o *psicovampirópata*) también sería una palabra que pudiese usarse, como si de un psicópata hablásemos, pero relacionado con el tema del vampirismo (un término aplicable, hasta cierto punto, a los que anteriormente hemos llamado asesinos vampiros).

Podría incluirse también el término *vampirofobia*. Entendiendo la fobia como una apasionada aversión hacia una cosa, entra así en la composición de la voz *vampirofobia* y *vampirofóbico*, que sería aquella persona que siente fobia o aversión hacia los vampiros.

La raíz de estas composiciones es la misma: vampiro. Y vampiro tiene muchas concepciones, no sólo la sobrenatural.

Sociedades, clubes, grupos...

No hay duda de que cuando algo o alguien es motivo de interés se forman grupos humanos en torno a él. Unos con motivo de estudio e investigación. Otros con fines divulgativos o periodísticos. Muchos por admiración, algunos por adoración e idolatración y otros para hacer de ello una religión.

El vampiro, y más desde su expansión tan prolífica a través del cine y la literatura, no iba a ser una excepción. Cualquier motivación ha sido suficiente para agruparse en torno a este personaje, y han sido numerosas las personas que, separadas y dispersas en un principio entre sí, se han ido uniendo poco a poco para ir formando grupos, sociedades y clubes.

El presente capítulo pretende, entre otras, que la última página de este libro no sea también la última para el lector. Es nuestro deseo e intención que todos los interesados en este tema tengan la oportunidad de ponerse en contacto con aquellos que, aun en otros países, muestran la misma inquietud; por lo que es un capítulo lleno de direcciones [274] a las que, el interesado por un aspecto u otro de este asunto, podrá escribir. Ofreciendo así, además, una oportunidad para el estudioso o escritor que quiera tomar o hacer sus propias investigaciones, las cuales podrá incorporar, contrastar o comparar con las de este y otros tratados.

Es posible que llame la atención del lector la cantidad de sociedades que se muestran a continuación. Tal vez no se hubiese imaginado nunca el enorme número de las mismas (relacionadas con la figura del vampiro) que hay distribuidas por el globo terráqueo. Pero, para mayor sorpresa, adelantaremos que las expuestas en este capítulo no son todas las que en realidad existen. Hay muchísimas más que no ofrecemos, no sólo por la falta de espacio, sino por la intención voluntaria de sintetizar todo aquello que por su extensión bien merecería un libro aparte.

Con este capítulo se pretende, también, ver una de la muchas pistas a seguir en la ascendente, aunque ramificada, evolución del personaje del vampiro. Una evolución rápida y sin pausa que está llevando consigo a mucha

---

(274) La sede de algunas de estas sociedades suele cambiar con bastante frecuencia de dirección.

gente, pues mucha gente es la que se apunta a la "movida" o "moda" vampírica. Y es que el vampirismo no ha "muerto", y está siendo condicionado, como en su día, por las tendencias reinantes de la época. Tal vez sea posible afirmar que el "vampirismo" existe y seguirá existiendo, aunque, como ya decimos, con matices y formas diferentes, en consonancia con el mundo circundante y la realidad del momento actual.

* * *

Es posible que este capítulo hubiese podido encajar bien dentro del titulado *El vampiro psicológico,* ya que la proliferación de tales sociedades se debe, sin lugar a dudas, a que satisfacen un deseo o una tendencia interna de todos sus miembros, muchos de los cuales forman parte del cuarto grupo expuesto en el citado capítulo *El vampiro psicológico.* La extensión de estas sociedades y la cantidad de miembros que pertenecen a las mismas es una cuestión que compete claramente a la psicología y a la sociología. Aunque no vayamos a pensar que los grupos de este género son los únicos que tienen representación. Sociedades, literarias o no, se pueden contar por miles alrededor de todo el mundo. Desde algunas ya muy antiguas, como la Casanova Society (en donde los miembros parece que tienen que demostrar un número mínimo de "conquistas"), hasta otras como la asociación de los odiadores de perros, o la de hombres de poca estatura, la asociación de jóvenes fracasados, la de amigos del urinario público, la de jóvenes anticuados de Inglaterra, la de perdedores de apuestas, la de portadores de sombreros, la de escritores frustrados o la de grandes mayordomos, mencionando sólo a unas pocas. Aun así, los grupos que se reúnen por el común interés hacia la figura del vampiro son de los más numerosos. Tal vez habría que pensar ya en el "movimiento vampírico" como un movimiento social,-como si de una tribu más se tratara, caracterizada por vestir de negro, pintarse la cara de blanco y con un acentuado gusto por lo oscuro y misterioso, por la parte sombría de la vida; un movimiento que sólo ha aparecido en grandes ciudades, siendo inexistente o prácticamente desapercibido en urbes no tan extensas. Este mundo vampírico, como es fácil apreciar, tiene mucho que ver con el llamado "movimiento gótico".

Hacia finales de la década de los ochenta aparecieron los "góticos". Grupos musicales como Bauhaus, Sister of Mercy, The Cult, Siouxsie and the Banshees, The Cure y otros fueron algunos de los más influyentes para la consolidación del movimiento. Su música celebraba lo oscuro, la cara sombría de la vida, una visión distinta de la muerte. Una música que, como algunos han descrito, suena triste, melancólica, tétrica, oscura como la noche. La imagen del vampiro parecía ser la más apropiada para representar este nuevo mundo gótico. Los hombres vestían de negro y las mujeres, también de negro, exhibían un estilo de funeral victoriano o un *look* vampírico moderno, asemejándose su aspecto al de Morticia Adams o Elvira. Pronto las revistas góticas empezaron a llenarse de dibujos y textos de vampiros, murciélagos...

El interés por los vampiros no surgió a raíz del movimiento gótico, pero sí es verdad que parte de este movimiento abrió un camino por el que han ido andando esos góticos interesados, identificados o enamorados por la presencia del vampiro; hay que tener en cuenta que la imagen de éste se adecúa al estilo de vida gótico. Lo gótico y lo vampírico encajan perfectamente, y aunque no podemos decir que todos los góticos muestren interés por los vampiros, sí podríamos arriesgarnos a afirmar que todos los interesados por los no muertos tienen algo de góticos. Prácticamente todos los entusiastas del vampiro están sumergidos en lo gótico, ya sea de forma literaria, musical o en la vestimenta. Aunque quizás los seguidores y practicantes del movimiento vampírico no estén envueltos en una atmósfera tan tétrica, tan oscura y tan triste como la que impregna el mundo gótico.

Estudiar el vampirismo desde los grupos de *fans* y de culto, ahondar en las razones sociales y humanas que explican su aparición y pervivencia, puede aportar un interesante material que ayude a entender mejor ciertos comportamientos peculiares de nuestros días, comportamientos que parecen ocasionados por la necesidad de buscar fuera del "orden establecido" algunas de las satisfacciones que la sociedad nos niega.

Cheeky Devil Vampire Research

Fue fundada por L. E. Elliott en 1992. Su objetivo ha sido el de investigar sobre la literatura y el saber popular del vampiro. Los temas que exploran son múltiples e incluyen hechos supuestamente verídicos, leyendas, rumores, literatura psiquiátrica, reportajes criminales, arte, ficción..., así como estudios sobre los vampiros en la sociedad contemporánea. Al parecer, con respecto a esto último, el grupo dio comienzo a una operación de contacto con gente que decía ser vampiro o haber tenido encuentros con ellos.

Dicen ser una sociedad estrictamente dedicada a la investigación y publicación de sus estudios, sin participación en actividades vampíricas. Insisten en que su meta principal es la de reunir y dispersar información sobre temas vampíricos.

Publican un periódico anual, el *Dead Records File*, que contiene numerosos artículos sobre arte, ficción, poesía y noticias relacionados con temas vampíricos. Para más información piden que se escriba a su dirección incluyendo sello y sobre para contestar.

> Cheeky Devil Vampire Research
> PO Box 7633, Abilene
> Texas 79608 (Estados Unidos)

Gothic Society of Canada

Fue formada en noviembre de 1993 por Morpheus y Groovella Blak, copresidentes. La principal función de la sociedad es propiciar encuentros, reuniones, excursiones... para sus miembros. Ejemplos de estos acontecimientos serían el *picnic* anual de disfraces en Stratford, las fiestas especiales de la sociedad, el encuentro mensual en Toronto, en una habitación victoriana privada de un *pub* local...

La sociedad fue creada para funcionar en Toronto y alrededores. Actualmente, dice no poseer una publicación para distribuir. Para más información escribir a:

> Gothic Society of Canada
> 463 Queen Street West, Toronto, Ontario
> M5V 2A9. (Canadá)

Bats and Red Velvet

Se trata de una revista que es publicada en unas cuatro o cinco ocasiones al año. En ella se puede encontrar una inclinación hacia lo gótico, además de música con aire vampírico, dibujos de vampiros, horror, ficción, artículos de lo paranormal, tarot...

Admiten suscripciones a la revista desde el extranjero. Para más información escribir a:

> *Bats and Red Velvet magazine*
> Flat 1, 112 St.Georges TCE,
> Newcastle Upon Tyne
> NE2 2DP (Reino Unido)

The Vampire Guild

Phill M.White fundó en 1990 The Vampire Guild tras estar, desde niño, profundamente interesado por los vampiros.

Dice ser una asociación para aquella gente que abraza *las delicias de lo oscuro de la noche* y quien comparte un común interés por el vampiro. Publican una revista trimestral llamada *Crimson* que se distribuye entre sus miembros, y de la cual dicen que, sea cual sea el interés de alguien por los vampiros, encontrará en ella lo que busca.

En *Crimson* parecen tratar toda clase de temas relacionados con el vampiro: estudios de supuestos casos reales, entrevistas con vampiros psíquicos humanos, comentarios y noticias sobre las últimas películas de vampiros, libros, música... e incluso un apartado de poesía y ficción.

A través de *Crimson* los miembros con intereses comunes pueden ponerse en contacto entre sí. También se hacen reuniones, y disponen de material de vestir o decorativo que tienen a la venta, como camisetas con la imagen de Christopher Lee o Bela Lugosi.

El interesado puede hacerse miembro por un año (la afiliación se renueva cada año). Después de un año como socio el permanecer como tal es más barato. Los suscriptores, entre varios beneficios, podrán publicar anuncios de forma gratuita en la revista. Escribir a:

Portada de uno de los boletines informativos de The Vampire Guild, una sociedad que, como otras, une a los interesados por los vampiros

The Vampire Guild
82, Rip Croft, Portland
Dorset DT5 2EE (Reino Unido)

Internacional Vampire

Fue fundada por Rob Brautigam en 1991. Saca a la luz una publicación trimestral que recomendamos por su calidad. Es una publicación donde tienen cabida artículos de todo tipo relacionados con el tema. Sin embargo no es posible suscribirse a la misma ya que la distribuyen gratuitamente por todo el mundo, teniendo tal distribución un límite al cual ya han llegado. Es decir, no tienen ni tiempo ni dinero para incrementar el número de copias para nuevos lectores. Aun así no tienen todas las puertas cerradas y podrán mandar la revista a aquellos que se comprometan en serio a escribir artículos de calidad para la misma, a enviarles noticias que sobre vampiros aparezcan en el lugar de residencia... Es decir, a aquellos que se comprometan a participar activamente en la revista enviándoles información. Se puede contactar con ellos escribiendo a:

Internacional Vampire (Rob Brautigam)
Galileiplantsoen 90-1
1098NC Amsterdam (Holanda)

Vampirism Research Institute

Es un instituto que investiga los rasgos del vampirismo, que incluyen beber sangre, chupar la energía o emociones, vestir de negro, preferencia por vivir de noche o en la oscuridad, dormir en ataúdes, establecer relaciones vampíricas con otras personas... Investigan este vampirismo con la intención de definir las razones que existen para tal comportamiento, preguntándose por qué una persona puede llegar al extremo de llegar a comportarse así o creer ser un vampiro. Para contestar esta cuestión el instituto dice utilizar varias técnicas, como un cuestionario que se envía por correspondencia a determinados individuos, grafología, consejo psicológico y astrología. Fue en 1991 cuando Liriel McMahom leyó el libro de Rosemary Ellen Guiley, *Vampiros among us,* cuando se decidió a hacer esta investigación.

El instituto es dirigido por McMahon, fundadora del mismo el 21 de octubre de 1991. En enero de 1993 tuvo que cerrar sus comunicaciones y puertas para volver a abrirlas cinco meses después, en junio. Dos años después comenzó a editar una publicación mensual llamada *VRI NEWS,* la cual incluye entrevistas, nuevos artículos, noticias pertenecientes al mundo de los vampiros... Tiene pensado publicar un monográfico titulado *Dysfunctional vampire: a therory from personal experience.* Para más información escribir a:

Vampirism Research Institute
PO Box 21067
Seattle, WA 98111-3067 (Estados Unidos)

Vampire Archives

Fue fundada en 1993 por Jule Ghoul para recoger y ofrecer al público las últimas y más recientes noticias vampíricas, ya sea de libros, música, películas, *shows*... La publicación que saca regularmente, cuatro números al año, es recomendable para todos los interesados en el campo que trata (es posible adquirir los numeros atrasados). El ser miembro incluye un carnet y la posibilidad de contribuir en la realización de la revista aportando noticias o artículos.

Jule Ghoul también ha fundado la Ghoul´s Gallery, un tienda de venta por catálogo en la que ofrecen numerosos detalles, objetos, curiosidades de vampiros, ficción, horror, ocultismo, gótico... Tienen un catálogo de unas 50 páginas sobre los objetos que se pueden conseguir en la tienda. Para más información escribir a:

Vampire Archives / Ghoul´s Gallery
2926 W. Leland Avenue
Chicago, IL. 60625 (Estados Unidos)

The Temple of the Vampire

Dicen ser la única religión del culto al vampiro registrada, hoy en día, de forma oficial. Se trata de una organización religiosa que practica "la religión del vampiro". Su sacerdocio está dedicado al servicio de los dioses no muertos, los cuales, aseguran, gobiernan esta tierra.

Uno de sus objetivos es el de ser una religión dedicada a capacitar o permitir a candidatos humanos alcanzar la *condición vampírica*, y a promover la expansión del auténtico Vampirismo.

The Temple of the Vampire es una organización jerárquica donde existen varios niveles. Nada más entrar en The Temple el neófito ya forma parte de un nivel llamado *The Dayside*. En otro nivel, *The Nightside*, se ofrece una intensiva formación para familiarizarse y trabajar en sutiles niveles de experiencia, en los que la conciencia del individuo está conectada con los poderes cósmicos de la oscuridad.

Los miembro activos se introducen en el llamado *First Circle of Initiatión*, que capacita al interesado para adquirir más altos estudios con The Temple y elevarse en su estructura jerárquica. El *Second Circle of Initiation* es el denominado *The Vampire Predator*, en el que se han debido de obtener una serie de resultados positivos en varios aspectos. *El Sacerdocio de UR* es el *Third Circle of Initiation*. El llegar aquí supone haber demostrado de forma exitosa una avanzada aplicación de los principios del vampirismo y haber jurado servir a The Temple. El *Fourth Circle of Initiation* es el llamado *El vampiro hechicero* o *hechicera*, el cual ha llegado a alterar la realidad para conseguir objetivos personales aplicando para ello la hechicería. El *Fifth Circle of Initiation* responde al título de *Vampire Adept*, y es el nivel más alto para un vampiro vivo.

J. Gordon Melton, con alguna información diferente a la nuestra, habla de esta organización diciendo que los vampiros emergen fuera de la humanidad y representan la próxima parada en la evolución. Este grupo cree "que los vampiros crearon las religiones del mundo para asegurar la básica docilidad de la humanidad".

Tienen publicada una "biblia", *The Vampire Bible,* un manual para vampiros que pretenden sacar la fuerza vital de los humanos, realizar ritos antiguos para contactar con los dioses no muertos... También publican mensualmente *The International Vampire Forum,* que se puede conseguir a través de Internet, y *The Vampire Temple Journal,* que es bianual. Para más información escribir a:

The Temple of the Vampire
Box 3582
Lacey, WA 98509 (Estados Unidos)

The Vampyre Society

La Sociedad está actualmente localizada en Londres, a cargo de Carole Bohanan. Es una de las sociedades que más vida social tiene entre sus miembros. Organizan reuniones, fiestas, conferencias, viajes... donde los miembros se pueden conocer mejor. Organizan viajes a Rumania durante trece días. Halloween es celebrado con películas, teatro, charlas con invitados especiales.... Fundada en 1987, la sociedad existe para reunir a gente que tenga un interés común en arte, literatura, películas y teatro dedicado al género vampírico, para lo cual, como ya se ha dicho, se realizan acontecimientos sociales como los ya expuestos y otros como cenas, el baile tradicional, *picnics,* salidas al cine...

La sociedad publica un periódico trimestral, *The Velvet Vampyre,* el cual está completado por los artículos y trabajos de sus miembros. *The Velvet Vampyre* trata temas de ficción, históricos, folklore, arte, revisiones de libros y películas y todo lo que está relacionado con los vampiros, así como los acontecimientos que la sociedad organiza. Se puede silicitar más información en:

The Vampyre Society
PO Box 68
Keighley West Yorksire
BD22 6RU (Reino Unido)

Vampire Information Exchange

Fundada en 1978 por Eric Held y Dorothy Nixon, trata de ofrecer un servicio de correspondencia, suministrando información sobre los muchos aspectos del vampiro real y de ficción, a todos los interesados en el tema. Saca una publicación cada dos o tres meses, *VIE Newsletter,* completada por los artículos y trabajos de los miembros. Para más información escribir a:

Vampire Informatión Exchange
PO Box 328
Brooklyn, N.Y. 11229-0328 (Estados Unidos)

The Gothic Society

Hacerse miembro de esta sociedad supone el recibir cuatro números por año de la revista que publican. Además, según dicen, los miembros pueden reservar los libros y estudios de la sociedad antes de su publicación a un reducido precio. También pueden incluirse en los números de la revista pequeños anuncios, sólo de los miembros, con la intención de establecer contacto con alguna persona o personas en concreto, o bien para solicitar algo. Así mismo, publican los artículos que sus miembros escriben. Se puede solicitar más infromación en:

The Gothic Society
Chatham House
Gosshill Road, Chislehurst
Kent BR7 5NS (Reino Unido)

Club del Viejo Conde

Su formación es reciente y tal como nos dice M.M.G., el club consiste en una estructura basada en jerarquías bien establecidas, teniendo como base los conocimientos en la materia. El club se formó por una necesidad de conocimiento real y verdadero de las cosas, así como también por el buen gusto del tema de los vampiros.

Los objetivos de sus miembros parecen estar claros y bien marcados: analizar y estudiar el vampirismo de forma real y objetiva; mantener siempre la línea cultural en sus investigaciones; ampliar el campo de acción a varios países, apoyados siempre en prestigiosas revistas y en contactos de primera línea; garantizar a sus afiliados que la honestidad, seriedad y veracidad del club son inalterables; no aceptar amarillismos ni el dolo en ninguna de sus investigaciones; y seguir manteniendo el respeto y reconocimiento de los clubes y sociedades con los que están ya en contacto. Para más información escribir a:

M.M.G.
Apartado Postal 113-041
Admón.113 Portales
C.P.03301 (México, D.F.)

Anne Rice´s Vampire Lestat Fan Club

Surgió como respuesta al interés internacional y la numerosa cantidad de admiradores y seguidores que nacieron con las novelas de vampiros de Anne Rice. Parece que los fundadores (Sue Quiroz, Susan Miller y Theresa Simmons), comentaron a Rice su intención y ésta les dio su aprobación.

El club fue formado en octubre de 1988, y de 400 miembros que lo formaban por entonces, se ha llegado a la cantidad actual de 4.000. Tal cantidad de socios supone que no todos puedan asistir a algunas de las fiestas que se organizan por falta de espacio. La suscripción al club le hace al nuevo miembro poseedor de una tarjeta "vampíricamente diseñada" y de las publicaciones que regularmente ven la luz.

Lestat de Lioncourt es uno de los vampiros protagonistas de la serie de novelas que sobre este género ha escrito Anne Rice, y mucha gente se ha "colgado" de los no muertos presentados en las mismas. Todos aquellos *fans* y seguidores de este nuevo tipo de vampiros pueden escribir a:

Anne Rice´s Vampire Lestat Fan Club
Po Box 58277
New Orleans, LA 70158-8277 (Estados Unidos)

The Transylvanian Society of Dracula

Sus miembros dicen que quien quiera saberlo todo, o casi todo, sobre Dracula, debe contactar con ellos. Dicen ofrecer la oportunidad de recordar el famoso personaje recorriendo la auténtica región que le acogió y que fue descrita en la ficción y en la historia. Para ello organizan viajes turísticos por unos trayectos que, según aseguran, están localizados lugares como el sepulcro de Vlad Drácula, su casa natal, el castillo que fue su posterior residencia...

Tienen concebidos dos itinerarios. Uno para los grupos organizados que llegan a Bucarest por línea aérea y otro para todos aquellos turistas individuales, aunque también grupos, que entren en Rumanía por uno de los puntos de la frontera del oeste. Para más información escribir a:

The Transilvanian Society of Dracula
Romania, Bucuresti 1, 47 Primaverii blvd. (Rumania)

Dark Romance

Como las anteriores, es una asociación internacional compuesta por miembros interesados en el amplio mundo de los vampiros y el vampirismo. Este interés abarca desde *fans* de vampiros, hasta gente que dice ser uno de ellos.

Se llaman a sí mismos un *club-vampiro*, y publican una revista, *Dark Romance*, cuatro veces al año, en la que cada miembro tiene la oportunidad de escribir, dibujar o anunciar lo que más le apetezca, interese o motive, siempre que tenga que ver con el tema.

También efectúan, como otros grupos, encuentros irregulares y tienen una red propiade contactos por correo. Para más información sobre esta sociedad alemana escribir a:

Dark Romance
P.L.K. Nr.039366 D,
12203 Berlin (Alemania)

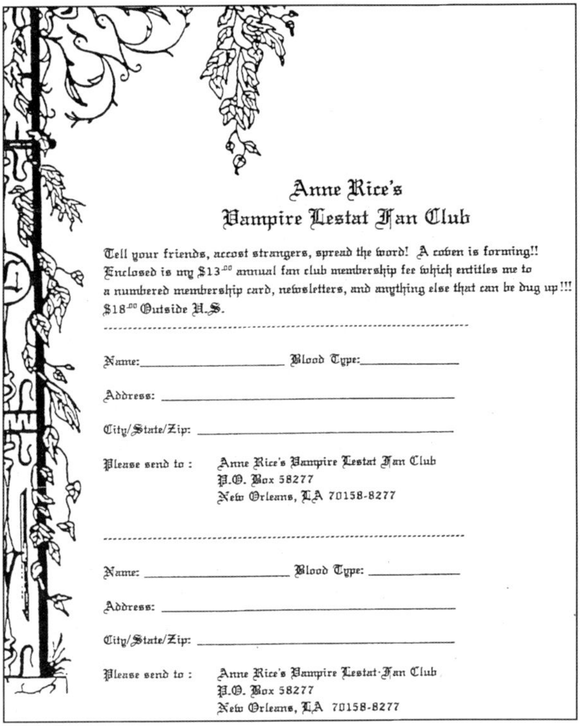

Anne Rice's
Vampire Lestat Fan Club

Tell your friends, accost strangers, spread the word! A coven is forming!!
Enclosed is my $13.00 annual fan club membership fee which entitles me to a numbered membership card, newsletters, and anything else that can be dug up!!!
$18.00 Outside U.S.

Name: ________ Blood Type: ________
Address: ________
City/State/Zip: ________
Please send to : Anne Rice's Vampire Lestat Fan Club
P.O. Box 58277
New Orleans, LA 70158-8277

Name: ________ Blood Type: ________
Address: ________
City/State/Zip: ________
Please send to : Anne Rice's Vampire Lestat·Fan Club
P.O. Box 58277
New Orleans, LA 70158-8277

Hoja de suscripción al club de *fans* del vampiro Lestat, un personaje creado por Anne Rice

The Camarilla: A Vampire Fan Association

Los jugadores del conocido juego de rol llamado *Vampire: The Masquerade* (La Mascarada), formaron un club de *fans* del vampiro gótico a principios de los noventa.

En el juego, los participantes asumen e interpretan el papel de un vampiro. Casi todos los jugadores son vampiros que pertenecen a diferentes clanes.

Este juego de mesa ya ha atravesado la barrera de las cuatro paredes de una habitación y, actualmente, se organizan muchas partidas en vivo. Tuvimos la oportunidad de asistir como meros espectadores a una de ellas, cuyo escenario fueron las calles de la ciudad donde vivían los participantes. Son muchas las comunidades autónomas que han organizado en España una partida de rol con este juego, aunque todavía no hay un club de *fans* del vampiro gótico.

La sociedad a la que nos referimos aquí es americana y, como también ocurre en nuestro país, organizan partidas de roll en mesa y en vivo. Publican una revista trimestral titulada *Requiem*. Para mantener correspondencia con ellos escribir a:

The Camarilla: A Vampire Fan Association
8314 Greenwood Ave.N., Box 2850
Seattle, WA 98103 (Estados Unidos)

The Dracula Society

Como su director manifiesta, la sociedad fue creada en octubre de 1973 por él mismo, Bernard Davis, junto con Bruce Wightman, aunque oficialmente se inauguró en abril de 1974. Perseguía el objetivo básico de permitir a sus miembros encontrarse y viajar juntos a regiones que tuvieran relación o fuesen mencionadas en la novela *Drácula*, como Transilvania. De esta forma comenzaron a organizar *tours*.

Ahora, pasados más de 20 años, la sociedad continúa organizando encuentros, que incluyen charlas, subastas, concursos, investigaciones y viajes. Los miembros son de todas las edades, siempre mayores de 18 años, cuya motivación e interés común reside en la atracción que ha ejercido en ellos esa corriente gótica de la literatura que comenzó a finales del siglo XVIII y que abarcó a Poe, Le Fanu, Stevenson, Bram Stoker... hasta los grandes maestros de nuestro siglo. Se trata de estudiar y apreciar la literatura gótica, de horror, de lo sobrenatural.

La sociedad dedica especial atención a la que considera como la más resistente e influyente novela, *Drácula*, de Bram Stoker. Aunque tiene un programa anual de cuatro encuentros, celebran además una excursión y una cena para celebrar el cumpleaños de Stoker (de todas formas su campo de interés también se extiende a otros autores, vampiros y monstruos de variado tipo). La sociedad ha dedicado esfuerzo y dinero en promocionar *Drácula* y, particularmente, a Bram Stoker. Con esta intención, por ejemplo, pusieron una placa conmemorativa en 1977 en el número 18 de St. Leonard's Terrace y persuadieron a las autoridades para erigir un asiento de madera, de estilo vitoriano, en West Cliff, en Whitby, desde el cual se ve cada parte de la ciudad que Stoker describió en la novela.

La sociedad mantiene un archivo para preservar materiales asociados con Drácula o lo gótico. Un ejemplo de ello serían los papeles completos del actor y *manager* Hamilton Deane (el primero que hizo famoso a Drácula sobre el escenario), o la capa llevada por Christopher Lee en todas sus representaciónes del papel. Cada año se invitan dos nominaciones para dos premios: el *Hamilton Deane Award*, ofrecido para la contribución más excepcional en el género gótico, y el *Children of the Night Award* para el libro más interesante, también relacionado con lo gótico.

Mucha gente piensa que la sociedad se dedica a conseguir y reunir fotos de famosos como Christopher Lee y otros, pero recuerdan que ellos sólo son una sociedad literaria, no un club de *fans* de películas. Bernard Davis insiste en que, mientras el ocultismo y lo paranormal son fundamentales en la literatura, las actividades de la sociedad son puramente sociales y culturales, y no incluyen ceremonias ocultistas o investigaciones psíquicas. Son, esencialmente, un grupo intelectual y social enfocado a hacer cosas juntos. Razón por la cual no animan a gente extranjera a hacerse miembro, pues hay poco que las personas de otros países puedan obtener de su sociedad, aparte de la publicación trimestral de su revista.

Entre los miembros de honor que mantiene la sociedad se encuentran personajes como Ivan Butler, Monty M. Berman, Alexandru Misiuga, Christopher Lee, Radu Florescu, Harry Ludlam, John Burton, Nicolae Padararu y Raymond McNally. Para más información escribir a:

The Dracula Society
11 Harriot Close, Greenwich 213
Londres SE10 0JP (Reino Unido)

The Membership Secretary
The Dracula Society
Wulfstan St
Londres W12 0AB (Reino Unido)

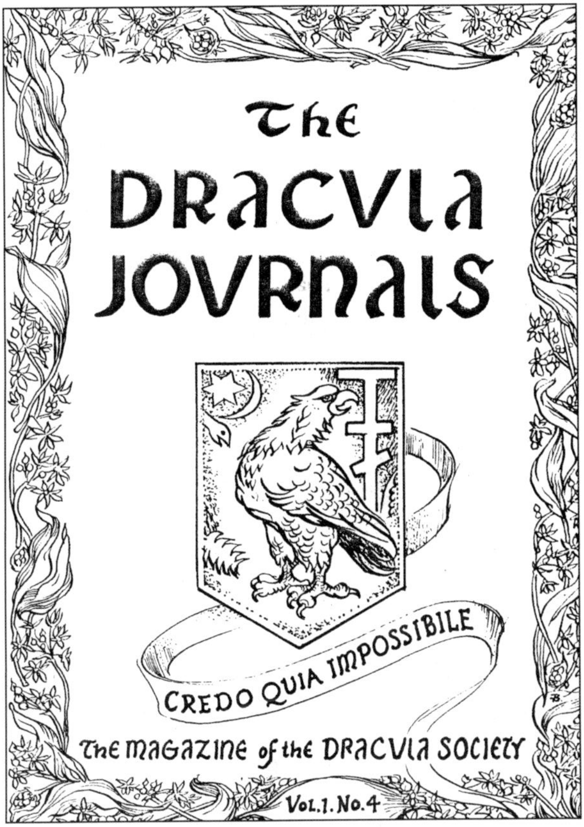

Antigua portada del boletín informativo *The Dracula Society*.

Lee Scott

No se trata exactamente de una sociedad. Lo que hace Lee Scott es ofrecer un servicio a todos aquellos *fans* del vampiro que desean hacerse con algún material concreto relacionado con el tema. Ofrece un catálogo donde aparecen los diversos accesorios que el interesado puede adquirir. Son libros, cómics, vídeos, guiones, pins, juguetes, cartas, pegatinas, máscaras, posters, bandas sonoras y un numeroso y variadísimo mercado dedicado a todo lo que tenga algo que ver con el vampiro, ya sea literario, folklórico, cinematográfico... Nos cuenta que lleva unos 15 años en semejante empresa y que comenzó en ella cuando varios clientes empezaron a solicitarle algunos objetos y libros de vampiros. Al parecer, nadie tenía una tienda dedicada a vender regularmente este tipo de artículos, por lo que comenzó a adquirir mercancía vampírica para revenderla a los *fans* como él. Para más información o para hacer un pedido escribir a:

Lee Scott
P.O. Box 511061
Salt Lake City, UT
84151-1061 (U.S.A.)

Nocturnal Ecstasy Vampire Coven

Su editora, Darlene Daniels, nos escribe diciendo que ella siempre sintió atracción por los vampiros. De niña, a menudo era castigada por morder al chico que vivía en el piso de arriba. Cuenta que su mejor amiga fue una gitana cuyo hogar se hallaba a unas manzanas de su casa, y que fue a través de ella como llegó a adquirir su actual interés por la sangre. En la escuela le resultaba difícil concentrarse en los deberes, siempre estaba dibujando vampiros en lugar de hacer la tarea puesta por la profesora.

Nocturnal Ecstasy fue formado en 1988 (al principio se reunían unos amigos y leían libros de vampiros). No es exactamente otro club u organización de vampiros. Aunque sí publican un periódico que ve la luz tres veces al año y el cual incluye, al igual que otros, historias, poesía, fotos, ensayos, debates, cartas de sus miembros y entrevistas realizadas a escritores, actores o vampiros reales. Incluye concursos y la oportunidad de que sus miembros se pongan en contacto entre sí para encontrarse y compartir intereses comunes. El miembro recibirá un carnet acreditativo. Para más información escribir a:

<u>Nocturnal Ecstasy</u>
P.O.Box 147
Palos Heights, Il 60463-0147 (Estados Unidos)

Shadowdance

Para ser miembro de esta sociedad el interesado está obligado a rellenar un cuestionario diseñado para personas que son vampiros y para las que no lo son. Si el nuevo miembro está de acuerdo se publicará el cuestionario rellenado en la revista que esta sociedad saca, *The Midnight Sun*, para que sea conocido por otros miembros.

La sociedad quiere responder a las necesidades de compañerismo que requieren esos vampiros humanos y esas otras personas interesadas por lo oscuro, manteniendo el contacto con socios que comparten intereses comunes.

El miembro asociado recibirá un carnet y la revista de publicación mensual *The Midnight Sun*. Cada numero muestra los perfiles de los nuevos socios (los cuestionarios rellenados de los recientemente incorporados), así como artículos sobre vampiros y vampirismo. Cualquier miembro puede contribuir con un texto a engrosar la revista. Además, una vez al año es publicada una guía con los nombres, teléfonos y direcciones de todos los socios.

El ISV (International Society of Vampires), junto a Shadowmance, nace bajo la creencia de que hay vampiros por ahí fuera. Vampiros psíquicos, vampiros no muertos, vampiros vivos, dráculas, *lestats*... Para más información escribir a:

<u>Shadowmance</u>
P.O.Box 474
Hinckley, OH 44233
(Estados Unidos)

The Redemption Centre
Ofrecen una gran gama de películas eróticas sobre vampiros en las que la sexualidad femenina es la protagonista. En ocasiones han tenido problemas legales, pues algunas de sus películas han sido censuradas temporalmente en algunos países. Películas de Jesús Franco y Jean Rollin pueden ser encontradas entre los catálogos de The Redemption Centre. Para más información o para pedir el catálogo de ofertas escribir a:

<u>The Redemption Centre</u>
P.O.Box 50, Stroud
Gloucestershire GL6 8YG
(Reino Unido)

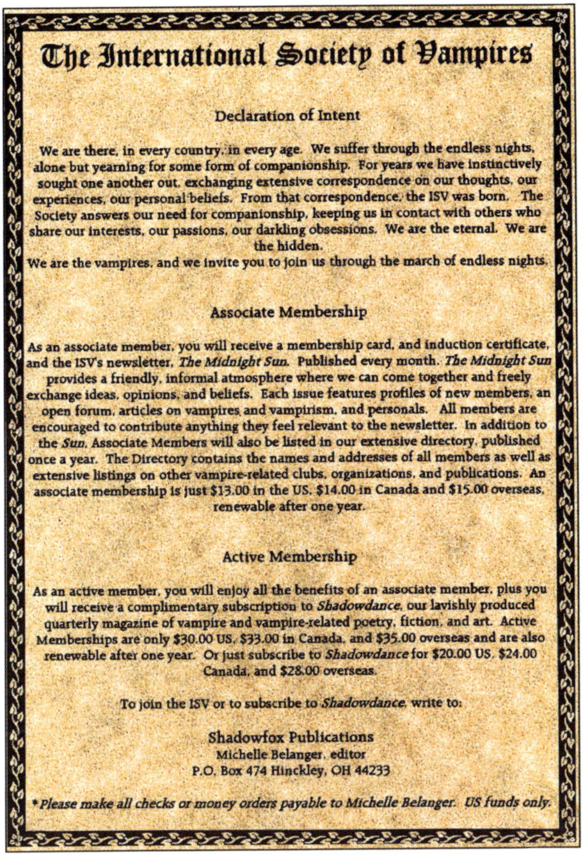
The International Society of Vampires

Declaration of Intent

We are there, in every country, in every age. We suffer through the endless nights, alone but yearning for some form of companionship. For years we have instinctively sought one another out, exchanging extensive correspondence on our thoughts, our experiences, our personal beliefs. From that correspondence, the ISV was born. The Society answers our need for companionship, keeping us in contact with others who share our interests, our passions, our darkling obsessions. We are the eternal. We are the hidden.
We are the vampires, and we invite you to join us through the march of endless nights.

Associate Membership

As an associate member, you will receive a membership card, and induction certificate, and the ISV's newsletter, *The Midnight Sun*. Published every month. *The Midnight Sun* provides a friendly, informal atmosphere where we can come together and freely exchange ideas, opinions, and beliefs. Each issue features profiles of new members, an open forum, articles on vampires and vampirism, and personals. All members are encouraged to contribute anything they feel relevant to the newsletter. In addition to the *Sun*, Associate Members will also be listed in our extensive directory, published once a year. The Directory contains the names and addresses of all members as well as extensive listings on other vampire-related clubs, organizations, and publications. An associate membership is just $13.00 in the US, $14.00 in Canada and $15.00 overseas, renewable after one year.

Active Membership

As an active member, you will enjoy all the benefits of an associate member, plus you will receive a complimentary subscription to *Shadowdance*, our lavishly produced quarterly magazine of vampire and vampire-related poetry, fiction, and art. Active Memberships are only $30.00 US, $33.00 in Canada, and $35.00 overseas and are also renewable after one year. Or just subscribe to *Shadowdance* for $20.00 US, $24.00 Canada, and $28.00 overseas.

To join the ISV or to subscribe to *Shadowdance*, write to:

Shadowfox Publications
Michelle Belanger, editor
P.O. Box 474 Hinckley, OH 44233

**Please make all checks or money orders payable to Michelle Belanger. US funds only.*

Algunos propósitos y objetivos de *The International Society of Vampires*

Otros grupos, sociedades y clubes:

Nosferatu Society of Vampires Fans
P.O. Box 2
Mckean, PA 16426-0002

Elvira Fan Club
14755 Ventura Blvd.,No 1-710
Sherman Oaks, CA 91403 (Estados Unidos)

Van Helsing Society
P.O. Box 602088
Cleveland, OH 44102 (Estados Unidos)

Vampire Archives of Istanbul
c/o Giovanni Scognamillo
Postacilar Sokak 13/13
Beyoglu, Istanbul (Turkey)

Vampires, Werewolves, Ghost &
Other Such Things That Go Bump In The Nihgt
P.O. Box 20167
Seattle, WA 98111 (Estados Unidos)

Realm of the Vampire
P.O. Box 517
Metairie, LA 70004-0517

Vampiros
En la revista *El País semanal* apareció una llamada de tres amigos de 11 y 12 años que querían formar un club infantil llamado Vampiros. Tenían intención de sacar una revista y decían que sus miembros dispondrían de un carnet acreditativo. Querían ser un máximo de 20 socios. Junto al anuncio aparecía un dibujo de un murciélago delante de una gran luna llena realizado por un joven madrileño.

Club Razas de Noche
En 1996 se pone un anuncio en una revista paracientífica para iniciar la formación de un club en el que se investigan criaturas como vampiros y hombres lobo. Además desean formar una biblioteca, una videoteca y una gran base de datos. Dirigirse a:

José Vicente Gil
C/ Pepita nº 23, 3º
C.P: 46009 Valencia (España)

Internet es un medio que ha sido aprovechado por estas sociedades y grupos. En la red se han colocado páginas informativas a través de las cuales el interesado puede conocerlas, incluso hacerse miembro de las mismas. Las direcciones relacionadas con vampiros y vampirismo, y con sociedades que se interesan por el asunto se cuentan por decenas. Merece la pena mencionar algunas con las respectivas líneas introductorias que cada una incorpora para llamar la atención del curioso.

The Vampire Society. Bienvenido. Hola. Eres una persona traviesa, ¿no es así? Si estás aquí probablemente te gustan los vampiros. O jugar al roll...
http://pages.prodigy.com/MA/armand/

The Vampire Society. Bienvenidos niños de la noche. Hola y bienvenidos a la página de la Vampire Society. Espero que disfrutéis y encontréis lo que sois.
http://pages.prodigy.com/Purgatory/unknown7.html

Vampiros. Los vampiros han sido una fuente de tormento emocional más que ninguna otra criatura en la faz de la tierra. Dependiendo a quien hables...
http://www.talamar.com/darkness/vampires.htm

Vínculos vampíricos. Vínculos vampíricos. Sombra. Lujuria de sangre. La página de la guarida del demonio. Galería de los condenados. La conexión vampírica. Nosferatu, el vampiro. Página oficial de Anne Rice.
http://www10.geocites.com/Athens/Acropolis/9744/vamplinks.html

Vínculos vampíricos. Lugares generales vampíricos. Vampiros solamente. La cara oscura de la red. La página del vampiro Emyr. Nuevos grupos...
http://www.io.com/ vampyre/LINK.html

Vampires. Vínculos de la Esfera. Organizaciones de vampiros.
http://links.fantasylink.com/organizations/vampires.htm

Sin título. Miembros adjuntos. Satanismo, canibalismo, vampiros, demonio y lo raro. La guía completa de lo maligno, el vampirismo, satanismo y los lugares extraños.
http://home.power1.net/psi/psyevil.htm

The apocaliptic sunrise vampire link. Aquí están algunos de nuestros favoritos vínculos vampíricos. Vampiros solamente. La tradición del vampiro... Pueblo vampírico. Vampiro: La Mascarada. The vampire society...
http:/www.comspec.com/ julia/vamplinks.html

The vampires. Los archivos vampíricos. Estás caminando hacia el vestíbulo, hay millones de cajas llenas en todos los lados. Ves una en la que pone Vampiros. Decides abrirla,...
http://pages.prodigy.com/Purgatory/unknown/unknown3.html

vrc2. Vampire Research Center. Aprieta aquí. "Entra en el reino donde el misterio y el romance colisionan". Contenidos: A.V.I.A. Snail Mail contactos/ Lectura/ Vampiro.

htto://www.angelfire.com/ca/vampyrresearchcenter/

Teatro de vampiros. Bienvenido al teatro. Si estás buscando información sobre Anne Rice o algo de poesía y contar historias escritas por ti...

http://users.aol.com/mishian/nosferatu/TdV.html

Sociedad y cultura. Mitología y folklore: Criaturas fabulosas: Vampiros. Opciones. Busca sólo en vampiros. Acontecimientos de la red.

http://gnn.yahoo.com/Society and Culture/Mythology_and_Folklore/ Fabulous_ Creatures

Erzsébet Báthory

"Que mi hija tenga el cabello negro como el mío (...) Que tenga la piel como la mía, blanca como esta nieve. Y que tenga mi boca, roja como la sangre".
Tanith Lee (*Roja como la sangre*).

Nos condujeron por unos estrechos y oscuros pasillos cuyas paredes de piedra labrada estaban heladas, de hecho todas nosotras sentíamos su contacto frío y húmedo cada vez que una de las dos encargadas intentaba golpearnos e instintivamente nos apartábamos de ella, impidiéndonos emprender la huida aquellos enormes muros.

Al llegar a los sótanos de la fortaleza la oscuridad era total, exceptuando algo de claridad que se filtraba por las ranuras de un par de puertas de madera. Al otro lado adivinábamos la presencia de alguien que, a la luz de las antorchas, acechaba.

Nos agruparon de dos en dos y teniendo en cuenta que éramos unas 12 o 13 supusimos que las últimas de la fila contaban con unos días o incluso semanas más de vida que las primeras, dos chicas de provincia a las cuales la condesa había prometido convertirlas en sus doncellas. Una de ellas, la más hermosa, apenas tendría 13 años y todas supimos que debido a su belleza y edad no tardaría en ser la "favorita" de la señora.

Yo compartía la celda con una chica de un pueblo bastante lejano que había entrado a trabajar como sirvienta en el castillo debido a que una de las mujeres que trabajaba para Erzsébet convenció a sus padres para que la dejasen partir a cambio de algún dinero y promesas de buen futuro para su hija. No tardaron en llevársela; fueron esas dos horribles mujeres las que entraron en nuestra celda, y mientras una me sujetaba la otra desnudó a mi compañera y la empujó fuera. Algunos minutos más tarde, las que quedábamos escuchamos sus gritos pidiendo clemencia, sus alaridos de dolor durante horas de lenta agonía. Cesaron finalmente los lloros y las súplicas, entonces supimos que le tocaba el turno a otra de nosotras.

No fui yo la elegida pero, con cada una de las que había asesinado la infame condesa, algo dentro de mí, de todas nosotras, también había muerto; la esperanza de sobrevivir a aquello.

Fue aquel día, al caer la noche, cuando los soldados me encontraron, me dieron agua y me sacaron de allí. Yo era la única con vida, la única de un grupo de jóvenes condenadas a morir de la forma más atroz.

Quizás debería sentirme a salvo, lejos ya de todo aquello, lejos de aquel maldito lugar, pero una imagen invade una y otra vez la poca cordura que le queda a mi mente, la imagen que vi cuando tuve que atravesar la sala de la condesa para salir al mundo y dejar atrás aquel espantoso sótano; fue entonces cuando pude contemplar a una hermosa mujer ataviada con elegantes ropajes, postrada en el suelo ante el cadáver desnudo y cubierto de sangre de una de las jóvenes. Dos soldados la custodiaban quietos, inmóviles, quizás temiendo cualquier reacción ante su presencia no requerida, pero ella continuaba allí, arrodillada, relamiendo aquella roja mancha que coloreaba su perfecta boca, la comisura de aquellos perfectos labios, una de tantas manchas que teñían, juguetonamente, su precioso vestido de tela blanca.

* * *

Nació en 1561, en un castillo perteneciente a la rama Ecsed. Sus orígenes eran nobles. La familia Báthory contaba entre sus miembros con personajes de ilustre linaje, entre los que destacaban varios príncipes de Transilvania, palatinos [275] de Hungría e, incluso, un rey de Polonia, formando así una fuerte y poderosa familia húngara protestante. Emparentados directamente con la condesa hallamos que el abuelo de ésta había luchado durante el año 1526 en Mohács y que su padre, György (George) Báthory, también había peleado en el campo de batalla; falleció cuando Erzsébet contaba sólo con 10 años. Su madre, Anna, que tenía otros hijos de sus dos anteriores matrimonios, era hermana de Esteban Bathory, rey de Polonia.

Erszébet creció en una época en la que gran parte del territorio de Hungría había sido conquistado por las fuerzas turcas del imperio otomano, existiendo por ello constantes batallas entre turcos y austríacos; además de una división religiosa de la que la familia Bhatory pertenecería a la parte protestante que se oponía a la tradicional romana católica.

Teniendo en cuenta la noble estirpe a la que pertenecían no era de extrañar que desearan la alianza con la familia Nádasdy, también de orígenes nobles y propietarios de vastos terrenos. El deseo de unir ambas familias culminó con el compromiso de la joven Erzsébet, que tenía por aquel entonces 11

(275) El término *palatinos* se refiere a los que desarrollaban algún cargo importante en los palacios de los príncipes.

años, con Ferencz Nádasdy (heredero de un elevado número de señoríos, lo cual le convertía en uno de los más importantes señores de aquellas tierras). A Ferencz, que desde muy temprana edad participaba en conflictos y luchas, se le conocía también por el apodo de *el señor negro* o *el héroe negro* debido a su piel, barba y ojos que eran de dicho color. También se dice que tales sobrenombres se le atribuyeron por su bravura durante los combates.

Sería el propio Ferencz quien enseñaría a su esposa el "remedio" para que las criadas salieran de las crisis epilépticas o histéricas (remedio utilizado por éste con sus soldados). Ese método consistía en colocar papel mojado en aceite entre los dedos de los pies del afectado para, poco después, prenderle fuego. Un método que Erzsébet, su mujer, varió ligeramente al introducir el papel entre los muslos, llegando así a quemar el sexo de la víctima torturada.

En 1571, Ilosvai Benedictus leyó el epitalamio (276) en el que se hacía oficial el enlace de la pareja. Cuatro años más tarde se celebraría la boda, el 8 de mayo de 1575, en el castillo de Varanno (una de las 17 propiedades de los desposados).

Hubo quien dijo que en 1574, antes de celebrarse el casamiento (justo antes de cumplir los 15 años), la hermosa y joven novia tuvo un hijo (una niña) con un campesino. Como por aquellas fechas ya estaba comprometida con Ferencz y vivía con la madre de éste, pidió permiso a su futura suegra para despedirse de su familia, especialmente de su madre; pretexto que utilizó para alejarse del lugar antes de que su embarazo se hiciera evidente. Sin perder tiempo partió hacia el hogar materno para reunirse con Anna Báthory, su madre, la cual evitó finalmente el escándalo del embarazo de su hija haciendo correr la voz de que ésta padecía una enfermedad contagiosa ya que, de haber salido a la luz la noticia de que la prometida de Ferencz Nádasdy se hallaba encinta, se hubiera suspendido el enlace.

A Erzsébet se la llevaron a uno de los castillos que su familia poseía, situado cerca de Transilvania. Una vez allí y después de dejar bien claro que su hija estaba enferma, Anna la cuidó con la ayuda de una comadrona y una mujer cuya identidad se desconoce. Finalmente trajo al mundo una niña a la que bautizaron con el mismo nombre, siendo entregada, junto con una cuantiosa renta, a la mujer que había acompañado a la joven condesa (aquélla, a la que se le entregó la criatura, terminó instalándose en Transilvania con su esposo). La comadrona presente en el alumbramiento fue enviada a Rumania con la posibilidad de llevar una acomodada vida. Todo ello, seguramente, para mantener el hecho en secreto.

(276) Composición poética del género lírico, en celebración de una boda.

Tras el supuesto parto, Anna y Erzsébet Báthory se dirigieron a Varanno, lugar donde, como ya hemos mencionado, se celebraría el enlace nupcial. Una boda que, se dice, fue la más grande vista en el país durante mucho tiempo. Una vez casada, la condesa tuvo cuatro descendientes; el primero una niña, nació hacia 1585, llegando después Orsolya, Katerine y Pál, este último nacido después de 1596. Algún que otro rumor apunta la existencia de otros hijos, pero hasta el momento no parece confirmarse.

Como nodriza tuvieron a Jó Ilona y, uniéndose a ella más tarde, a Dorottya Szentes (realizando también, entre otras funciones, la de torturar a las jóvenes víctimas de la condesa).

Se afirma que fue un gran impacto para la sociedad húngara el descubrir los crímenes perpetrados por la condesa, perteneciente a la nobleza, y el rey Mattias II ordenó que no se hablase en público sobre los actos cometidos por ella. De esta forma, tuvieron que pasar casi doscientos años para que los crímenes fuesen divulgados. Sería Michael Wagner, de Austria, quien primero reuniría los acontecimientos de la vida de Erzsébet en su libro *Beitrage Zur Philosophischen Anthropologie*, publicado en 1796. Casi cien años antes, Laszlo Turoczy, sacerdote jesuita, localizó algunas copias de parte de los documentos de los juicios originales y reunió varias historias que circulaban entre la gente del lugar donde estaba el castillo de la condesa. En un libro que publicó sobre historia húngara incluyó algún acontecimiento protagonizado por la condesa sugiriendo que pudo haberse bañado en sangre. Más tarde, los escritores harían más pública a Erzsébet adornando y exagerando los acontecimientos en los que se vio envuelta y, por supuesto, surgieron muchas leyendas fruto de la indocumentación, ya que no se disponía de los archivos de los juicios. Seguramente, gran parte de todo lo expuesto en este capítulo es, más que otra cosa, fragmentos de esas leyendas y del rumor popular que sobre ella recayeron. Es importante resaltar que parte de la historia de Erzsébet fue publicada en los años veinte del siglo XVIII, coincidiendo con la ola de vampirismo que se propagaba por el este de Europa. Esta cuestión contribuyó a facilitar la aceptación, aunque sin pruebas documentales, del aspecto vampírico de la condesa que la acusaba de beber la sangre de sus víctimas.

* * *

Adentrándonos un poco más en la vida de *Die Blutgräfin* (*la Condesa Sangrienta*), como fue apodada en Viena, expondremos varios de los acontecimientos que, leyenda o no, han llegado hasta nuestros días.

Según Charles Berlitz, autor del libro *Un mundo de fenómenos extraños*, la condesa ordenó, cierto día, el asesinato de una sirvienta para que la sangre de ésta fuera derramada en una bañera en la que Erzsébet se introduciría y tomaría su "sangriento" baño, hecho tras el cual, se dice, rejuveneció.

A pesar de lo mucho que se ha escrito y discutido sobre las razones por las cuales Erzsébet comenzó su andadura a través de los más crueles crímenes en busca de la sangre rejuvenecedora es posible que no lleguemos a una conclusión definitiva. Alain Monestier menciona en su trabajo *Los grandes casos criminales* que Erzsébet había heredado las taras nerviosas de sus antepasados. Opinión que también es compartida por Charles Berlitz, el cual dice que la condesa estaba mentalmente desequilibrada.

Su pasión por la sangre (según una de las muchas versiones), se despertó un día en que era peinada por una de sus doncellas. El cabello de Erzsébet había sido ya recogido y fue entonces, mientras le era colocada la redecilla de perlas, cuando la criada, sacando mechones a través de cada rombo de la pequeña red, la ahuecó inadecuadamente con la punta de un bastoncillo. La condesa vio el "estropicio" que su dama le había causado y, reaccionando instintiva y violentamente, golpeó a la muchacha en el rostro. El golpe hizo brotar sangre, que salpicó el brazo de Erzsébet y una de sus manos. La sangre se coaguló sobre la piel de la condesa a pesar de la rapidez con que el servicio se ocupó de limpiarla. Y fue al quitar el rojo líquido coagulado cuando Erzsébet se maravilló al observar que la zona de su cuerpo que había sido salpicada se encontraba en un óptimo, por no decir excelente, estado.

Sobre este mismo suceso hay otra versión que varía ligeramente. Michael Wagner cuenta que fue una doncella quien se fijó en algún fallo en el peinado de Báthory, y que ésta, como "recompensa" por tal observación golpeó a la sirvienta en la cara con la caja de unos pendientes. Semejante golpe hizo sangrar su nariz, y la sangre salpicó el rostro de la señora. Cuando las gotas fueron limpiadas, la condesa creyó que su cara aparecía más blanca y transparente donde las manchas habían estado. Y fue este suceso lo que hizo que formase la idea de bañarse en sangre para aumentar su belleza.

La diversidad de opiniones respecto a la atracción que la sangre ejercía sobre ella nos lleva a exponer la teoría que dice que su relación con la misma tuvo su origen en la "magia negra" que realizaba. Añade que Erzsébet llegó a escaparse, mientras su esposo combatía en una de tantas batallas, con un extraño personaje que vestía de negro, de blanca tez y de afilados y blancos dientes. Después de esta escapada la condesa regresó convertida en una auténtica fiera salvaje que gustaba de torturar al componente femenino de su servidumbre.

Al parecer, su esposo se hallaba al corriente de lo que acontecía entre los muros del castillo y, a pesar de que llegó a quejarse por tal conducta, sus demandas no lograron modificar el comportamiento delirante de su mujer.

Esta historia y su consiguiente aportación a la creencia de los orígenes oscuros y mágicos del interés de la condesa por la sangre puede verse reforzada por los hechos descritos en *Los hijos de Lucifer*, de Jean-Paul Bourre, en el que dice que Erzsébet recibió el nombre de Lilith al ser iniciada en el mundo de la brujería por su intendente, y también amante, Thorbes. Éste la esposó con el mismísimo Satán y le enseñó los ritos mágicos de El pájaro negro (sociedad secreta de la que Thorbes era miembro), rituales cuyo objetivo se orientaba hacia la conquista de la inmortalidad.

Thorbes pensaba que el ingreso de Erzsébet en la sociedad no era un hecho común, sino todo lo contrario: había llegado por revelación mística. Y ésta, su nodriza, el mayordomo, dos sirvientas y Thorbes participaban en los sabbats que regularmente llevaban a cabo. No se sabe a ciencia cierta en qué consistían dichos rituales (ni siquiera si se realizaban), pero se cuenta que la condesa llegó a tal extremo que, tras enviudar, expulsó del castillo en el que residía a los servidores de su difunto marido, incluso a su propia madre, con el propósito de poder llevar a cabo con plena libertad la magia y los ritos en los que su amante y maestro la había iniciado. Pero hay que señalar que la mayor parte de los crímenes cometidos por ella no tenían, por lo menos aparentemente, relación alguna con el sacrificio ritual, y sí mucho más que ver con su supuesto "tratamiento rejuvenecedor"; sin excluir, por supuesto, que creyó descubrir en las torturas, concretamente en los mordiscos que les propinaba a sus criadas, la desaparición de los terribles dolores de cabeza que la aquejaban constantemente. Dorottya Szentes, una de sus cómplices, dijo en el juicio que cuando su señora no se sentía bien solía, en ocasiones, coger de repente a una de las chicas para morderle en las mejillas, en los pechos o en los hombros. Pero ya antes, mucho antes de enviudar, le complacía humillar a la servidumbre de su mismo sexo, cebándose en la misma para mitigar sus instintos más oscuros y perversos. Fueron estas declaraciones, donde se decía que mordía la carne de las chicas mientras las torturaba, las que contribuyeron a que fuera acusada de ser una mujer lobo.

Se cuenta que Ferencz, su marido, entró en cierta ocasión en un pequeño jardín privado de la fortaleza donde residía la pareja, quedándose sorprendido al hallar, atada a un árbol, desnuda y cubierta de miel, a una joven pariente suya. Ferencz, impresionado por la escena en la que la joven se encontraba (presa del pánico por causa de los insectos que, atraídos por la miel, cubrían todo su cuerpo), preguntó a su esposa el motivo por el cual la muchacha se encontraba en tan lastimero estado. Erzsébet, respondiéndole altivamente, le dijo que la jovencita había recibido tal castigo por robar una fruta. Teniendo en cuenta la poca frecuencia con la que Ferencz disfrutaba de la estancia en el castillo y de la compañía de su mujer debido a sus constantes ausencias optó, una vez más, en pasar por alto el asunto desinteresándose del mismo. Todo parece indicar que al honorable Nádasdy no le importaba el comportamiento de su esposa con la servidumbre, le bastaba con que ésta no le agobiara con temas tan "superfluos" como los quehaceres o faltas del servicio doméstico (otra versión dice que fue Ferencz, y no Erzsébet, quien cubrió a la muchacha con miel para que fuera picada por los insectos).

Por lo visto, si Erzsébet tenía "buen día" cualquier error cometido por las criadas era pasado por alto sin darle mayor importancia, aunque, eso sí, nada libraba a la "culpable" de ser desnudada por Dorkó (una de las mujeres que ayudaban a Erzsébet en la nada sencilla tarea de atraer y torturar jóvenes) para regresar sin ropa a sus labores, o bien debía permanecer de pie en un rincón, siempre a la vista de la condesa. Este castigo, el ser desnudada y expuesta a la vista de los residentes de la fortaleza, ya era considerado una auténtica aberración por las sirvientas. Incluso los criados, cuando debían entrar por necesidad a las estancias donde se encontraban las castigadas de esta forma, esquivaban la mirada para no contemplar su desnudez.

De cualquier modo, este castigo podía ser considerado como uno (tal vez el único) de los más leves aplicados por la condesa, ya que si ésta, por el motivo o la razón que fuese, no se hallaba "serena", la responsable de la "falta" recibía un desmesurado castigo. Se contaban historias espeluznantes en las que el "escarmiento" propinado superaba cualquier límite sospechado, como el aplicado a las sirvientas que se apropiaban de una moneda que no era suya y desafortunadamente eran descubiertas; se las obligaba a sostener sobre una de sus manos una moneda al rojo vivo.

En el caso de la lencería planchada incorrectamente era la plancha la que, calentada en extremo, se ponía sobre la boca, nariz o cara de la "torpe" planchadora. En una ocasión, no se sabe si por este motivo, Dorkó ayudó a su señora manteniendo abierta la boca de una muchacha del servicio mientras la condesa introducía la plancha hasta la garganta de la joven desafortunada. También se comentaba que si las mujeres encargadas de bordar conversaban al tiempo que realizaban su trabajo Erzsébet atravesaba con agujas los labios de las más habladoras.

Aquella era una época en la que el comportamiento cruel de los poderosos hacia los sirvientes y pobres era bastante común. Aún así, el nivel de crueldad que alcanzaba la condesa era excesivo e inoportuno, no correspondiéndose casi nunca el grado del castigo con el "error" o "falta" cometida. Lo que da a entender que Erzsébet no castigaba los quebrantamientos de las reglas, sino que se dedicaba a encontrar excusas para infringir castigos y deleitarse con la muerte de sus víctimas.

Ilona Harczy era conocida por su espléndida y melodiosa voz, una voz que deleitaba a todo aquel que tenía la oportunidad de escucharla tanto en la iglesia como en el castillo. No pasó mucho tiempo hasta que Erzsébet se la llevó a Viena, donde también quiso disfrutar del placer de oírla. Y parece ser que tampoco pasó mucho tiempo antes de empezar a torturarla. Cuando regresó la condesa a Csejthe lo hizo con Ilona ya cadáver, aunque hubo quien comentó que ésta todavía se hallaba con vida a pesar de las vejaciones y el daño que había sufrido. La cuestión es que, nada más llegar, Erzsébet ordenó la celebración de las honras fúnebres a un capellán, al que también pidió que dijera en el sermón que la muerte de la cantante era el castigo por haber desobedecido. El pastor, llamado Ponikenus, rehusó hacerse cargo de las honras, así como del sermón, hecho que desembocó en un entierro sencillo y una relación bastante tensa entre el capellán y la condesa. Ésta incluso llegó a amenazar al capellán, advirtiéndole que no se inmiscuyera en los asuntos de su castillo ya que ella no lo hacía en los referentes a la iglesia.

Una de tantas historias (verdaderas o falsas, no lo sabemos) que surgieron a lo largo, y también después, de la tumultuosa vida de Erzsébet Báthory cuenta que ésta invitó a un banquete a unas sesenta damas de honor, todas ellas, se dice, muy hermosas. Al concluir la celebración, la condesa ordenó que se cerrasen las puertas y que todas sus invitadas, sin excepción, fueran degolladas. Cuentan que después se dio un "relajante" baño con su sangre.

Si la condesa estaba preocupada o de mal humor ¡ay de aquella muchacha que hubiera cometido algún error en su labor! Dorkó se agachaba buscando algún que otro dobladillo mal cosido, dobladillo que tarde o temprano encontraba. Acto seguido buscaba a la costurera encargada del mismo; en caso de que nadie admitiera ser la autora del trabajo escogía a dos o tres para que fueran torturadas durante horas. Para ello se empleaban sistemas como el de cortar la piel situada entre los dedos o, una vez desnudas, clavarles alfileres en los pezones. Es de suponer que Erzsébet participaba en el asunto, ya fuese de forma directa u observando las cruentas escenas. Al final, el episodio solía acabar de la misma manera, con la "misteriosa" desaparición de las poco afortunadas jóvenes.

Cuando enviudó (en 1604 su marido falleció el 4 de enero a los 49 años), comenzó a quemar distintas partes del cuerpo de las víctimas, a las cuales ejecutaba en su mayoría. Normalmente utilizaba un atizador para quemar

los pechos, las mejillas... aunque no podía resistirse a insertarles alfileres bajo las uñas al tiempo que profería insultos y frases violentas, como la recogida en el libro de Valentine Penrose *La condesa sangrienta*: "Si le duele a esa puta, ¡que se las quite ella" (otra traducción dice: "si te duele, tú, famosa puta, sácatelas"). Pero si la infeliz joven se atrevía a sacarse los alfileres la señora ordenaba que fuera golpeada y que le cortaran los dedos.

De todos modos, estuviese de buen o de mal humor, siempre encontraba tiempo para, de cuando en cuando, abrir a alguna muchacha la boca y tirar con sus dedos arriba y abajo hasta que, finalmente, se desgarraban las comisuras. Viendo la clase de torturas a las que eran sometidas las víctimas, no era de extrañar que la sangre de las mismas llegara a encharcar el suelo del dormitorio de Erzsébet (lugar en donde también gustaba atormentar a las jóvenes), por lo que, frecuentemente, se debían cubrir los charcos con ceniza para que la propia condesa no se manchase de sangre. Según Peter Haining, en los años que siguieron tras su viudez la condesa ejerció sus sexuales y sádicos caprichos a cada oportunidad. Era claro que "disfrutaba infringiendo dolor, siendo inmisericordiosa con las chicas del servicio que no la complacían". Parecía creer, algunos así lo afirman, que al ser una aristócrata tenía el derecho de hacer lo que quisiera con los campesinos, a los cuales, probablemente, nunca miraba como seres humanos. Con 43 años que tenía al morir su marido, las arrugas alrededor de sus ojos y boca ya no podían disimularse. Una mujer que, dicen, no podía estar sin la adulación y atención de los hombres, redobló sus esfuerzos para preservar su apariencia y atraer nuevos pretendientes, demandando todavía más chicas vírgenes para desangrarlas. Se dice que llegó un momento en que morían cinco jóvenes por semana, atraídas al castillo bajo la falsa promesa de formar

Erzsébet Báthory

parte del servicio. “En su obsesión por preservar su juventud Erzsébet bebería también sangre de las heridas” .

* * *

Ya hemos mencionado los castigos que aplicaba con la plancha, pero existen un par de narraciones que, en caso de corresponderse con la realidad, demuestran, sin tapujos, hasta qué extremos era capaz de llegar la noble dama. En uno de ellos utilizó una plancha al rojo vivo que fue colocada sobre los pies de una doncella por ser la responsable de haberla calzado inapropiadamente. Se dice que después de abrasarle los pies a la pobre muchacha le dijo que, de esa manera, ella también tenía unos hermosos zapatos de suelas rojas.

Cierto día que la condesa partió hacia Bicse en carruaje, invitada a la celebración de un enlace nupcial, mandó traer a su transporte a una de las criadas, especificando a cuál de ellas quería ver. La chica acudió llorando, segura de que su inminente futuro no era muy halagüeño. Obligada a entrar en el carruaje, fue pellizcada y mordida por Erzsébet hasta que la misma condesa cayera en uno de sus extraños y numerosos “trances”; por lo que, mientras las damas de compañía se ocupaban de la señora, la sirvienta, víctima de las agresiones, aprovechó el momento para huir y alejarse del lugar sigilosamente. Su primer impulso fue aplicar nieve (circulaba la carroza por el camino real en el que la nieve era abundante) a las heridas que le había ocasionado la condesa Báthory. Desafortunadamente fue sorprendida, teniendo que escapar una vez más a través del campo, pero sin éxito, pues fue atrapada y llevada en presencia de Erzsébet. Los sirvientes sacaron entonces agua helada de los fosos del castillo de Ilava, donde ya habían llegado la condesa y su séquito. La joven fue desnudada y se la mantuvo de pie en el paraje nevado, rodeada por el escaso calor que emanaba de las antorchas que portaban sus verdugos. El suplicio dio comienzo: la empaparon de agua helada que, con las bajas temperaturas, frías en extremo, se le congeló sobre el cuerpo desnudo. Intentó vanamente acercarse al fuego de las citadas antorchas, pero cada vez que lo intentaba era rociada nuevamente con aquella agua glacial. Su muerte, por congelación, no tardaría en darse, siendo enterrada en el mismo borde del camino real.

Todo el proceso había sido atentamente seguido por Erzsébet desde el carruaje, y bien sabía ella la razón por la que el crimen se había cometido antes de dejar Ilava; las tierras contiguas pertenecían a Thurzó, poderoso y justo señor que, según parece, fue amante ocasional de la condesa.

Hanus Ponikenus, uno de los que fueran sacerdotes luteranos en Csejthe, no ocultaba el temor que le inspiraba la bruja Darvulia y sus diabólicos gatos. En el proceso judicial dicho pastor agregó que el castillo siempre estaba lleno de estos animales, uno de los cuales llegó incluso a morderle un pie. Todo parece indicar que las brujas ayudaban con sus ungüentos y pociones mágicas a que Erzsébet no perdiera su belleza. Y fue una de ellas, la bruja del bosque Erzsi Majarona que, como otras, también le ayudaba en su búsqueda incesante de la belleza eterna, la que le dijo, al escuchar las quejas de la condesa al perder su hermosura, que debía bañarse en "sangre azul" para poder mantener su juventud. Era de prever que a pesar de sus crímenes Báthory no conseguiría detener eternamente el proceso de la edad. La sugerencia de que tenía que bañarse en sangre noble, porque la de los campesinos no tenía el poder de regenerar su belleza, sería el primero de los errores que llevarían a su detención. La cuestión es que esta conversación mantenida entre la condesa y la bruja avivó el ansia de sangre de aquélla, la cual mandó secuestrar a las hijas de los campesinos nobles (conocidos como *zémans*), de los caballeros y los barones. Se estima que la cifra de jóvenes de sangre noble que desaparecieron y perecieron a manos de Erzsébet y sus secuaces fue, aproximadamente, unas 25. Otras versiones dicen que Erzsébet, en 1609, incitada por, como ya hemos dicho, la bruja Majarona, aceptó a 25 jóvenes para prepararlas e instruirlas en "gracias sociales", y fue acabando poco a poco con ellas. Pero explicar las desapariciones de estas chicas nobles no era lo mismo que justificar las de los campesinos.

Parece que una misteriosa mujer vestida de muchacho visitaba a la condesa de cuando en cuando, compartiendo con ella las torturas que infligía a las muchachas del castillo y cercanías. En una ocasión una sirvienta sorprendió a ambas torturando a una chica que tenía los brazos atados y cubiertos de abundante sangre (por aquel entonces Erzsébet tenía 45 años). Ambas fueron sorprendidas, condesa y amiga, al menos en dos ocasiones. En una de ellas se las encontró desmenuzando con pinzas el busto de una muchacha en uno de los aposentos del castillo de Erzsébet. El lacayo y la sirvienta que contemplaron la escena por error se alejaron al momento horrorizados. Pero dicho horror no los amedrentó lo más mínimo a la hora de testificar en el proceso judicial contra la condesa, narrando los hechos por ellos contemplados.

Aunque hemos podido observar que la condesa gustaba de la compañía femenina no pensemos que no disfrutaba de la masculina. Se rumoreaba que un campesino al que tuvo como amante fue ennoblecido por el propio Ferencz Nádasdy. Aunque hay quien dice que también pasaron por la alcoba de la hermosa Erzsébet notables señores como Thurzó y Ladislao Bende, este último desaparecido en extrañas circunstancias algún tiempo después. En realidad, se cuenta que para no aburrirse durante las largas estancias durante las que su marido permanecía fuera, Báthory organizaba numerosas orgías lesbianas y heterosexuales.

* * *

Entre los enseres de tortura que empleaba Erzsébet destacaban una jaula de metal con forma cilíndrica y la famosa "doncella de hierro" (una réplica en miniatura de ésta se puede encontrar actualmente en París, en el museo de las Colecciones Históricas de la Jefatura).

El primer "juguete" mencionado era una jaula compuesta por varias láminas de hierro muy brillantes sujetadas por aros. En su interior numerosos pinchos acerados le daban la característica de ser letal para todo aquel que penetrase en ella. Solía ser una sirvienta la que, sin ropa ni modo alguno de defenderse, era arrastrada al sótano por Dorkó. Allí era introducida en la jaula, que se elevaba hasta alcanzar la bóveda baja del sótano mediante una polea. Erzsébet Báthory, vestida de blanco, tomaba asiento justo bajo la misma; entonces daba comienzo el tormento. Dorkó utilizaba un atizador ardiendo o un hierro agudo con el que agredía a la muchacha atrapada y ésta, al retroceder ante el instrumento hiriente, se hincaba las púas internas de la jaula. La sangre que se derramaba en cada intento de la joven por apartarse del hierro caía sobre la condesa que, situada debajo, parecía disfrutar con el "espectáculo". Un espectáculo que, generalmente, se llevaba a cabo durante la noche, cuando nadie rondaba por los oscuros pasillos del castillo, evitando así las inoportunas interrupciones que durante el día se pudieran dar. Mientras la condesa Báthory, con su elegante vestido blanco manchado de rojo volvía en sí y regresaba, junto con sus dos compañeras de suplicio, a su habitación, la muchacha enjaulada moría desangrada a causa de las múltiples heridas que tenía por todo el cuerpo. Cuando todo terminaba, era Kateline Beniezy la que se encargaba de quitar la sangre y dejar limpia la estancia. Y fue ella a quien Erzsébet mandó llamar junto a su lecho un día que estaba enferma, donde la mordió como castigo por haber llevado, en ocasiones, algo de comida a las jóvenes encerradas en los sótanos del castillo. Después de la limpieza llegaba la encargada del entierro, que envolvía el cuerpo muerto de la muchacha en un sudario. Durante la época en la que la condesa permanecía en Viena, las víctimas mortales eran enterradas en los campos cercanos, siempre durante las horas nocturnas (entre las excusas utilizadas para responder a tan extraño proceder cabe destacar la que pretendía hacer creer que había una epidemia en la fortaleza).

La "doncella de hierro", una especie de robot metálico construido, se dice, por un relojero alemán, era un artilugio de metal hueco, del tamaño de una gran persona. En su interior se ocultaban unos afilados puñales. El aspecto externo de esta "doncella" mostraba la desnudez de una joven con un maquillaje bastante llamativo que resaltaba las hermosas facciones del rostro. Pintada de color carne y decorada con varios detalles, lucía una larga cabellera rubio platino que caía sobre la espalda hasta casi alcanzar el suelo. Los rumores apuntan que aquella exuberante mata de pelo claro había sido elegida por la propia condesa. La boca enseñaba dientes humanos, y movía los ojos cuando se activaba cierto mecanismo. Tocando una de las piedras que lucía el collar que tenía sobre el pecho comenzaba a funcionar todo el entramado. Se deslizaban hacia los lados dos grandes planchas rectangulares, los brazos se levantaban y abrazaban por sorpresa, sin posibilidad de desasirse, aquello que se encontrara a su alcance. Al mismo tiempo, los puñales en su interior, cinco, salían lentamente del torso, allí donde los senos habían sido la decoración principal. De esta manera, la víctima, sujeta por el abrazo de la complicada maquinaria de aspecto femenino, era atravesada por los puñales. Existía otra piedra en el collar que, al pulsarla, producía otros efectos: se desvanecía la sonrisa, los ojos se cerraban y los brazos se dejaban caer.

Se contaba que la sangre obtenida mediante este procedimiento, sangre de sirvientas en su mayoría, caía por un pequeño canal que daba a una bañera o similar. Dicho contenedor mantenía una temperatura cálida por lo que la sangre no llegaba a enfriarse. También hay quien dice que la sangre de las muchachas derramada por la "dama de hierro" se recogía en un escalfador para, después, ser volcada sobre Erzsébet, que se hallaría sentada en la sala del oscuro subterráneo.

En Viena, ciudad a la que acudía invitada por la nobleza, no se privaba de continuar con sus crímenes. Tomando como referencia, nuevamente, las crónicas de la época, encontramos que se cuenta cómo las gentes del lugar, al caminar por la Blutgasse (callejuela cercana a la casa donde se hospedaba la condesa) por la mañana temprano decían: "Esta noche han vuelto a ordeñar a alguien", al ver que la sangre hacía acto de presencia en la calle, hecho que sólo significaba una cosa, la condesa había vuelto a las andadas.

Llegando al final de este capítulo, será de interés hacer una mención al modo en que *la tigresa de Csejthe* o *la terrible Ogresa* (como también era conocida la condesa) fue descubierta. Pero como en muchos otros aspectos de su vida tampoco en este podemos concretar, ya que nos encontramos con diversos relatos, fruto de diversas investigaciones.

En el libro *Los grandes casos criminales,* de Alain Monestier, se puede leer que cuatro cadáveres de muchachas que fueron desenterrados por los lobos constituyeron el motivo principal para que la justicia empezase a indagar en el asunto seriamente. Otros dicen que la condesa solía deshacerse de los cadáveres tirándolos tras las murallas del castillo para que los lobos acabasen con ellos. Pero que en cierta ocasión los campesinos encontraron los cuerpos antes que los lobos se deshiciesen de los mismos y denunciaron el suceso.

Charles Berlitz nos informa de que una de las víctimas consiguió huir y denunciar los hechos. Jean-Paul Bourre es de la misma opinión, añadiendo que corría el año 1610, en noviembre, cuando una de sus prisioneras escapó antes de ser asesinada y contó todo lo ocurrido al rey Matías II, el cual dejó el caso de la condesa en manos de Gyorsy Thurzó. Este último partió hacia Csejthe consiguiendo penetrar en el castillo de Erzsébet Báthory el 30 de diciembre de 1610 (algunos dicen el día 3 de ese mismo mes). Allí hallaron vasos en cuyo interior había restos de sangre en estado líquido, encontrando además a una joven agonizante por causa de las múltiples y crueles torturas a las que había sido sometida; también hallaron el cadáver de una muchacha.

Valentine Penrose nos ofrece una versión que, aunque en cierto modo es diferente, comparte con las anteriores los mismos puntos esenciales. Ésta cuenta que soldados encabezados por el gobernador de la localidad abordaron el castillo de Erzsébet, sorprendiéndola junto a unos cuantos acompañantes celebrando la llegada del año nuevo (este asalto al castillo de Csejthe se produjo, dicen, el 31 de diciembre del año 1610). En el preciso momento de la inesperada incursión estaban bebiendo la sangre de una jovencita. Hay quien afirma que fue en ese momento cuando la condesa Báthory lanzó una maldición invocando a 99 gatos en su ayuda, momento en el cual el sacerdote de la zona que acompañaba a los soldados, al subir unos escalones de la fortaleza, fue atacado por seis mininos de los que recibió arañazos y algún que otro mordisco; se cuenta además que los soldados persiguieron a estos animales que se esfumaron como por arte de magia.

Otros autores aseguran que el rey Matias acudió con sus cortesanos al castillo de Csejthe, propiedad de Erzsébet, sin que la misma hubiese tenido notificación previa de tan notable visita. Thurzó, primo y amante ocasional de la condesa, que había llegado junto con Matías, la acusó delante de varias personas. Ella, segura en un principio, lo negó todo, aunque no tardaría en emprender una frenética huida. Las investigaciones realizadas lograron sacar a la luz una libreta en la que estaban escritos los nombres de las víctimas (unas 650), así como los utensilios y aparatos de tortura, prueba que la inculpaba.

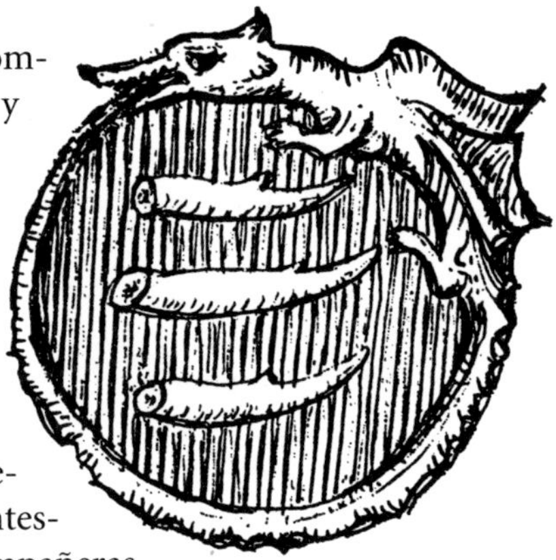

Sello de los Báthory

También se dice que fueron encontradas dos muchachas torturadas hasta lo indecible y, cerca de ellas, el cadáver de una tercera. Destacó el hallazgo de unos pucheros de tamaño considerable con sangre seca en su interior, la cual apareció además en una especie de cuba. Quizás, lo más espantoso fuera el lamentable estado en el que se encontraban las desafortunadas prisioneras, "muertas" de hambre y miedo en aquel escenario dantesco donde la sangre y la carne putrefacta de sus compañeras atormentaban con su nauseabundo hedor a todo aquel que penetraba en aquellas estancias. Seguramente, tras adentrarse en el terreno de la condesa y observar sus obras, los soldados se preguntarían contra qué clase de monstruo tendrían que enfrentarse.

Peter Haining dice que el pastor Ponikenus envió a la corte un mensaje en el cual detallaba los horrores que la condesa estaba llevando a cabo en su castillo, y que tras recibirlo, el conde Gyorsgy Thurzó, gobernador de la provincia (y primo de la condesa), asaltó el castillo de Erzsébet el 3 de diciembre de 1610.

El 2 de enero de 1611 tuvo lugar el proceso contra Erzsébet Báthory (la cual no estuvo presente) y cuatro cómplices acusados de cooperación en las diversas torturas y crímenes. Las identidades de los secuaces fueron reveladas, tratándose de Dorottya Szentes (conocida como Dorkó), Ujvary Yános (apodado Ficzkó), Kataline Beniezsky y Jó Ilona, los cuales tuvieron que contestar a 11 preguntas en lengua húngara. El interrogatorio a cada uno de ellos fue dirigido por el alcalde de Bicse, Gáspár Bajary, y actuaba como escribano Gáspár Kardosh. El juez Teodosio Sirmiensis, procedente de Presburgo, estuvo acompañado de otros jueces cuyo número superaba la quincena. Fueron 13 los testigos que comparecieron y no hubo intervención por parte de la Iglesia, cuyo único representante era Gáspár Nágy, pastor de Bicse. El acta fue redactada por Daniel Erdög y el procedimiento concluyó el día 7 del mismo mes.

La suerte que corrieron los cómplices de la condesa Báthory era de prever. El 7 de enero de 1611 fueron ejecutados. Ficzkó decapitado por el verdugo y su cadáver arrojado a la hoguera; Jó Ilona y Dorkó sufrieron martirio previo a sus ejecuciones (les fueron arrancados los dedos con tenazas) para después ser arrojadas, también, al fuego de la hoguera.

El Tribunal Supremo perdonó la vida a Erzsébet debido a su procedencia noble (se dice que tal perdón no existió, sino que el rango al que pertenecía la condesa impedía al tribunal condenarla a una muerte violenta, directa, declarada y en público; tenía el derecho, o la opción, de no recibir el mismo trato que los condenados pertenecientes al pueblo llano). Su castigo consistió en el emparedamiento, y el lugar escogido, una de las torres de su propio castillo. En el cuarto donde fue emparedada se tapiaron todas las ventanas, dejando en lo alto una pequeña ranura por donde penetraba el agua y la luz, y se construyó un muro ante la puerta dejando una pequeña ventanilla con objeto de introducir comida a la reclusa. En las esquinas del castillo se colocaron cuatro cadalsos, uno en cada esquina, anunciando la presencia, en su interior, de una persona bajo condena de muerte. La condesa pasó allí unos tres años, hasta fallecer durante la noche del 21 de agosto de 1614 (algunos dicen que murió el 14 de ese mismo mes). Fue enterrada en tierra de los Báthory Ecsed.

Los motivos de tal sentencia fueron sacados a la luz en el año 1908. Exponen que Erzsébet había acabado con la vida de 610 muchachas aunque, como en todo, hay quien sugiere que superó dicha cifra alcanzando las 650. El suceso se dio a conocer como el caso de *la Condesa Sangrienta.*

Sobre ella se cernió la leyenda y, según se cuenta, una loba la siguió dócil y sumisa durante su vida. Tras su muerte la leyenda no cesó, incluso algunos decían que el diablo había encargado a un enviado su estrangulamiento.

En 1984, Raymond McNally sacó a la luz un libro fruto de una nueva y minuciosa investigación en el que, detalladamente, desmitifica la vida de la condesa y explica muchos de los problemas que confundieron a investigadores previos.

Para finalizar el presente capítulo sobre la condesa y sus despiadadas actividades, mencionaremos un dato interesante en lo referente a su linaje. En el emblema de los Báthory figuran los dientes del lobo salvaje, propio de una estirpe brava y guerrera, aunque como en toda manada siempre algún que otro miembro extravía el rumbo.

Actualmente se puede contemplar un retrato de Erzsébet Báthory, a los 16 años de edad, en el Magyar Newzet Múzeum, Hungría.

Vlad Tepes

Cabalgábamos durante días enteros hasta encontrar las primeras patrullas turcas. Era entonces cuando Vlad ordenaba la captura de los soldados enemigos, y tras ser llevados ante él encargaba a dos de sus leñadores construir un número de estacas que siempre coincidía con el de guerreros apresados. Estos últimos suplicaban misericordia en su ininteligible lenguaje pero nuestro voivoda los observaba fríamente, haciendo caso omiso de sus lastimeros quejidos. Las estacas se elevaban amenazantes hacia el cielo gris pareciendo demostrar con su presencia el poder y la fuerza del gran príncipe Vlad; mientras, los reos se negaban a morir. Poco después, y siempre bajo la atenta y expectante mirada del voivoda, las nuevas estacas eran introducidas en los cuerpos de los prisioneros que, desesperados, trataban en vano de evitar tan cruento final.

Vlad contemplaba cómo esos cuerpos se insertaban perfectamente al alzarse las estacas pero nunca contemplaba sus muertes, que se producían días después, sino su lenta y dolorosa agonía. De hecho, nosotros, sus soldados, su ejército, temíamos a este nuestro príncipe porque su inhumana venganza parecía no tener límites, cayendo presa de ésta desde recién nacidos hasta bellas mujeres.

Recuerdo especialmente el día que se ensañó con los vagabundos quemándolos vivos tras haber sido invitados a una cena a la que el propio Vlad les había convidado. El olor a carne humana había invadido el castillo pero él parecía no percibirlo y, cuando el hedor se hizo insoportable, ordenó empalar a todo aquel que mostrase cualquier gesto de disgusto por el ambiente enrarecido.

Al final nos ha tocado el turno a nosotros; de sobra sabes que si somos heridos por la espalda el propio príncipe nos ejecuta por cobardes, y lo más triste, quizás, sea el hecho de que a muchos soldados nos hiere el enemigo a traición por detrás. Para nosotros, bravos milicianos que luchamos junto al más grande de los guerreros, ciertamente es un honor cuando nos encuentra postrados con nuestra sangre manando de las heridas, salvajemente abiertas; y será un honor también, compañero, caer bajo el hechizo de su letal espada.

Mira soldado, contémplalo sobre su negra montura, observa cómo arremete contra el traidor herido en combate, disfruta con la imagen del que va a ser tu encuentro con la temible muerte, y alégrate porque no vas a terminar ensartado en un fino tronco de extremo afilado a cualquier lado del camino.

* * *

Fue en el año 1431, en Nuremberg, cuando un noble rumano era nombrado caballero de la Orden del Dragón (277) por Segismundo I de Luxemburgo (rey de Bohemia, Alemania y Hungría). La orden había sido instaurada en 1418 y tenía como objetivo combatir a los turcos. Su lema mostraba claramente para qué y por quién combatían: *Oh, cuán compasivo, justo y piadoso es Dios.*

No parece habérsele hallado una procedencia determinada al sobrenombre de *Dracul* que adquirió aquel caballero rumano. Se habla de tres posibles orígenes. Uno dice que lo recibió debido a su incorporación a la orden, pues *dracul* significa, en lengua rumana, dragón o diablo, por lo que, tal vez, su apellido sólo era un reconocimiento como miembro de la orden, cuya insignia era la serpiente alada o dragón (ambos animales representaban, de forma simbólica, al diablo).

Una segunda vertiente de opiniones estima que el sobrenombre se relaciona directamente con la vestimenta del voivoda, que comenzó a portar una capa y un escudo con sendos dragones estampados en los mismos. Las gentes creyeron que el caballero había vendido su alma al diablo y tal creencia dio fruto al apodo *Dracul.*

Una tercera opinión, bastante más confusa pero compartida por varios autores, habla de que su nombramiento en la orden draconiana fue, en definitiva, el causante de su apodo, aunque se dice que tal apodo (Drac=dragón) deriva del término latino *draco.* Y a partir de aquí comenzarían las confusiones, puesto que en Valaquia dragón no se corresponde en absoluto con esta calificación (con Draco), sino con *balvar* o *zmeu* que significa monstruo, mientras que *drac* alude a diablo. El sufijo *-ul* hace las veces de artículo determinado dando lugar al nombre Dracul=el diablo. Todo ello ha llevado a confusiones atribuyendo finalmente a dicho término (*dracul*) un significado dual, el de diablo y dragón.

Para rizar más el rizo hay quien afirma, como el historiador Raymond McNally, que en lengua rumana *dracul* significa Satanás.

(277) El diccionario de Morat dice que este dragón figuraba la herejía vencida, y que el título real de la asociación era el de la Orden del Dragón Derribado. Extraído de un comentario del libro *Las ciencias ocultas*, de Eusebio Salverte. Ed. Ad litteram. Facsímil de la edición de 1865.

Recordemos que en la Biblia, en el libro del Apocalipsis capítulo 12, se menciona al dragón diciendo que es el diablo y Satanás: "Y fue precipitado el gran dragón, la serpiente antigua, que se llama «diablo» y «Satanás», el seductor del mundo entero, y sus ángeles fueron precipitados con él".

Vlad Dracul fue el hijo ilegítimo del príncipe Mircea (gobernador de Valaquia). Dicen que su madre debió ser la princesa Mara, de la familia Tomaj, de Hungría. Parece que Vlad pasó una época de su juventud en la corte de Segismundo I de Luxemburgo como resultado de una alianza de fe que Mircea (su padre) pactó con éste.

Con los años, Vlad se casó y tuvo un hijo al que llamó Mircea. En 1430 se presentó en Transilvania como un oficial al cargo de la seguridad de la frontera con Valaquia. Con residencia en Sighisoara tuvo, hacia finales de ese mismo año, un segundo hijo, al que quiso llamar como él, también Vlad (más tarde, este hijo sería apodado *el Empalador*).

Vlad Dracul se casó por segunda vez con Eupraxia, la hermana del gobernador de Moldavia. Y en 1436 se mudó a Tirgoviste, la capital valaca. Allí tuvo otros tres hijos: Radu, otro Vlad (al que comúnmente se le conoce con el apodo de *el Monje* o *el Sacerdote*), y otro Mircea.

Vlad Dracul murió en 1447 en una batalla "organizada" por Jonh Hunyadi (gobernador de Hungría) cerca de Tirgoviste. Uno de sus hijos fue capturado durante la misma para después ser torturado y asesinado.

* * *

Pero Vlad Dracul no es el protagonista de este capítulo, sino uno de sus descendientes, Vlad Draculea (apodado más tarde *el Empalador*), del cual también se presentan varios interrogantes ante su sobrenombre, ya que *Drácula* o *Draculea*, como se le llamo, puede querer decir *hijo del que posee la Orden del Dragón* o también *hijo de Dracul*, que viene a ser lo mismo que *hijo del diablo o dragón.*

Vino al mundo en 1430 (hay quien afirma que fue en 1428, o incluso en 1431) en la localidad de Schässburg (Sighisoara), siendo el segundo vástago de Vlad Dracul (precedido por su hermano Mircea).

Vlad Draculea y su hermano Radu (unos cinco o seis años menor que él) fueron rehenes del sultán Murat por motivos políticos (Draculea fue enviado como prisionero, a la edad de 13 años, al castillo de Egrigoz, fortaleza situada entre las montañas de Asia Menor). Se cuenta que allí pasaría cuatro años de su vida: de 1444, año en que su padre lo enviase como rehén, hasta 1448, año de su liberación. Por aquella fecha Vlad Draculea es elevado a pretendiente del trono, al que llegó en 1456; dicho reinado se prolongó hasta 1462. Durante este tiempo, y según el obispo de Erlau, acabó con la vida de unas 10.000 personas. A pesar de haber subido al trono como Vlad III había sido apodado *Tepes* (*el Empalador*), debido a que el empalamiento era el castigo que principalmente utilizaba.

* * *

Pero no todo eran combates y conquistas en la vida de Vlad Tepes, también abundan las historias, las anécdotas, entre las que destacan algunas realmente macabras. Hechos que ponían y ponen los pelos de punta porque, como comprobaremos a continuación, Tepes no dejaba la tortura y la muerte en los campos de batalla sino que las extendía allí por donde pasaba.

Una de estas narraciones nos cuenta que, llegando la Pascua, Vlad quería estar durante las fiestas acompañado, siendo la asamblea de boyardos la elegida para compartir con él los días de celebración. Éstos aceptaron su invitación; se sirvió un banquete apetitoso y, en pleno festejo, Tepes dio comienzo a un juego de adivinanzas. Preguntó a los ingenuos boyardos a cuántos príncipes recordaban. Los viejos consiguieron rememorar unos 30 nombres, otros sólo recordaron 20 y los jóvenes únicamente pudieron mencionar ocho. A continuación Vlad realizó otra pregunta, en esta ocasión les dijo que si no les parecían demasiados príncipes; pero para desgracia de los invitados la contestó el propio Tepes: "*Es por culpa de vuestra infamia, que lo contamina todo*". Acto seguido se suspendió la fiesta y la guardia personal de Vlad Draculea se presentó en el lugar. Los acontecimientos desembocaron en el empalamiento de los 500 boyardos congregados en aquella ocasión (otras fuentes informativas señalan que solamente fueron empalados los viejos y las mujeres, dejando a los jóvenes con vida para realizar trabajos forzados hasta que sus caros ropajes de Pascua se deshicieran).

* * *

Vlad consideraba a los mendigos una carga social puesto que no creaban beneficio alguno y, sin embargo, vivían del trabajo y los bienes de los habitantes del país. Así pues, el príncipe valaco organizó un espléndido banquete al que fueron convidados todos aquellos que pedían limosna. Durante el evento, Vlad les preguntó si deseaban no tener más necesidades ni problemas; todos asintieron, siendo esa respuesta la que les sentenció, pues el voivoda no tardó en ordenar que se prendiera fuego al aposento donde se hallaban reunidos los mendigos, poniendo fin a la existencia de todos los invitados (algunos señalan que en este incidente las víctimas no fueron los mendigos, sino ladrones y asesinos, pues se estaban convirtiendo en un peligro al amenazar la estabilidad del tráfico comercial del país).

Vlad Tepes

Ciertas indagaciones parecen confirmar que en 1462 *Tepes* fue hecho prisionero por el rey de Hungría, Matías, el cual había recibido del Papa Pío II 40.000 monedas de oro que debían llegar a manos de Vlad para que las empleara en la cruzada contra los turcos. Ese dinero nunca fue entregado a este último, pues Matías decidió apropiárselo sin que el Papa se enterase. Sin embargo debía justificar el paradero del mismo, por lo que mandó escribir unas cartas en las que aparecía Tepes prometiendo fidelidad al Sultán, utilizándolas después como prueba para apresarle. Así mataba dos pájaros de un tiro: por una parte ya no tenía que justificar al Papa el paradero de las 40.000 monedas de oro y por otra tenía encarcelado, bajo la acusación de traidor, al propio Vlad Draculea, con el cual no le unían unos lazos amistosos.

Algunos estudios parecen indicar que Tepes fue prisionero de Matías desde 1463 a 1475 aunque, como en todo, no podemos ofrecer una rigurosa exactitud. Fue allí, en la cárcel, donde, parece ser, protagonizó más de una truculenta anécdota. Se contaba que ya en prisión había sobornado al carcelero para que le trajese pájaros del mercado, a los cuales desplumaba vivos y empalaba. Por lo visto los pájaros no fueron sus únicas víctimas durante su estancia en la cárcel, contaba con multitud de ratas y ratones que empalaba en pequeños palos; dichos animales habían sido previamente torturados. En prisión, se decía sobre él que aprendió a encuadernar, gracias a lo cual pudo sobrevivir (en qué medida estos hechos pudieron ser ciertos, es algo que no podemos constatar).

Finalmente sería puesto en libertad en 1475, pero los sucesos que antes y después de ser encarcelado dicen que protagonizó fueron numerosos y, desgraciadamente, dignos de mención.

* * *

En una ocasión fue visitado por un comerciante de Florencia, el cual llevaba consigo mercancías de considerable valor. Como el voivoda se hallaba en Tirgoviste el comerciante no dudo en acudir a su palacio solicitando seguridad para sus bienes. Vlad Tepes sorprendió al florentino al invitarle a que los dejase en la plaza del mercado, ofreciéndole a continuación una habitación en el palacio para que pudiese descansar esa noche. Al día siguiente al mercader le faltaban 160 ducados, suceso que comunicó al príncipe, el cual le aseguró que el dinero robado sería recuperado. El tesorero del príncipe le entregó al comerciante los 160 ducados más uno extra. Mientras, Vlad Tepes ordenaba al alcalde de la ciudad que encontrase al ladrón o de lo contrario arrasaría Tirgoviste.

El comerciante había contado el dinero entregado por el tesorero y percatándose del ducado de más informó inmediatamente al príncipe, devolviéndoselo en persona. Tepes le contestó que marchara en paz y que de no haber entregado ese ducado hubiese sido empalado. Durante esta conversación el ladrón fue llevado a palacio y el castigo impuesto no sorprendió a ninguno de los allí presentes, ya que fue el empalamiento.

En 1462 Tepes llegó a ordenar la muerte de unas 25.000 personas de varias poblaciones, independientemente de sus creencias o rangos. Se dijo que entre los ajusticiados se encontraban hermosas mujeres mantenidas por los miembros de la Corte. Algunas de estas damas afirmaban desear al propio voivoda, palabras que no ablandaron su corazón ni excitaron su carne ya que, finalmente, fueron descuartizadas junto a sus cortesanos.

Un grupo social especialmente aterrorizado por el príncipe Vlad eran los gitanos. En cierta ocasión llegaron a oídos de Tepes las súplicas por parte de este sector de la población, rogándole que los castigos no fuesen tan crueles. Es muy posible que Vlad los ignorase pues no tardaron en escribir una carta al emperador Segismundo solicitando la supresión de la horca. Seguramente estos hechos fueron motivados porque Tepes había ahorcado a un gitano bajo la acusación de robo y, a pesar de que dicha acusación era cierta, sus compañeros creían que no merecía un castigo tan vergonzoso por aquella época (la horca era utilizada en hurtos y fraudes de gran importancia).

Mapas de Europa central y de Rumania en la época de Drácula

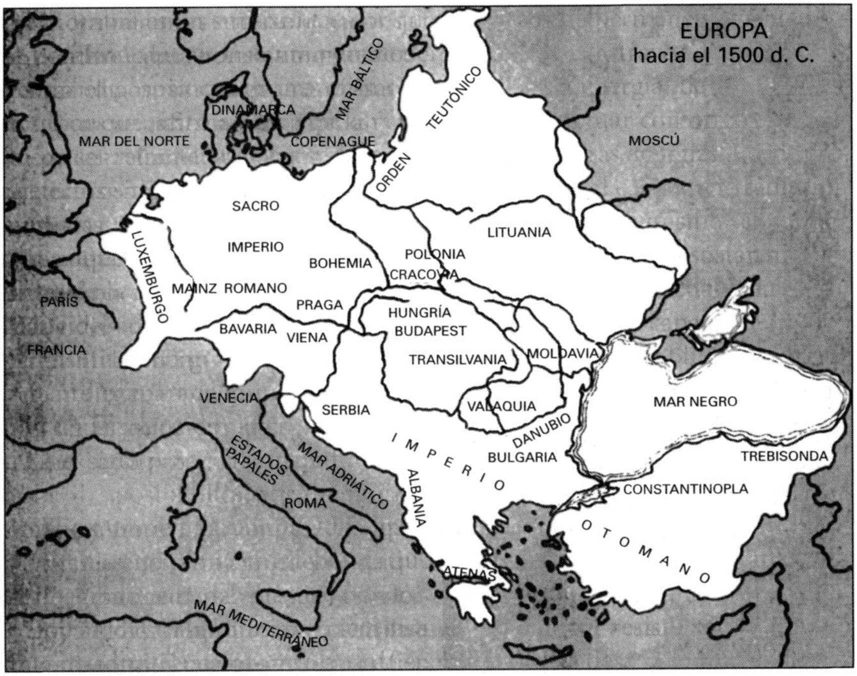

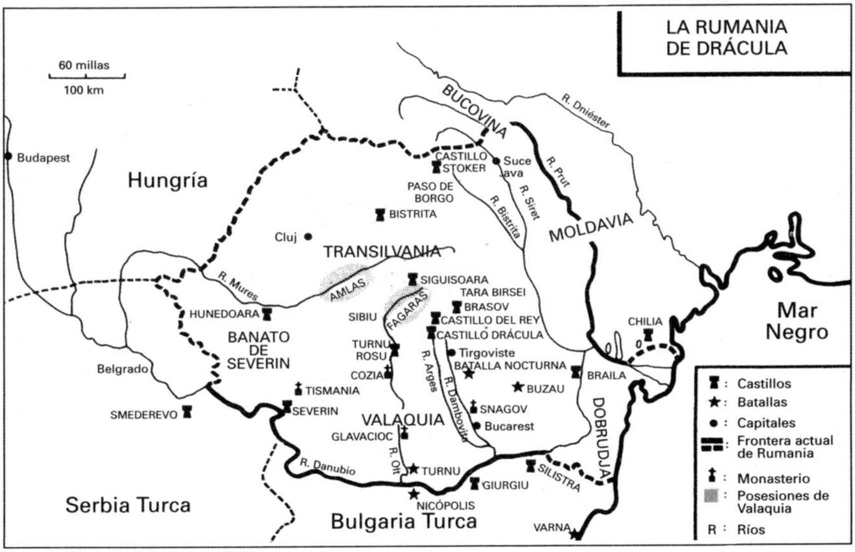

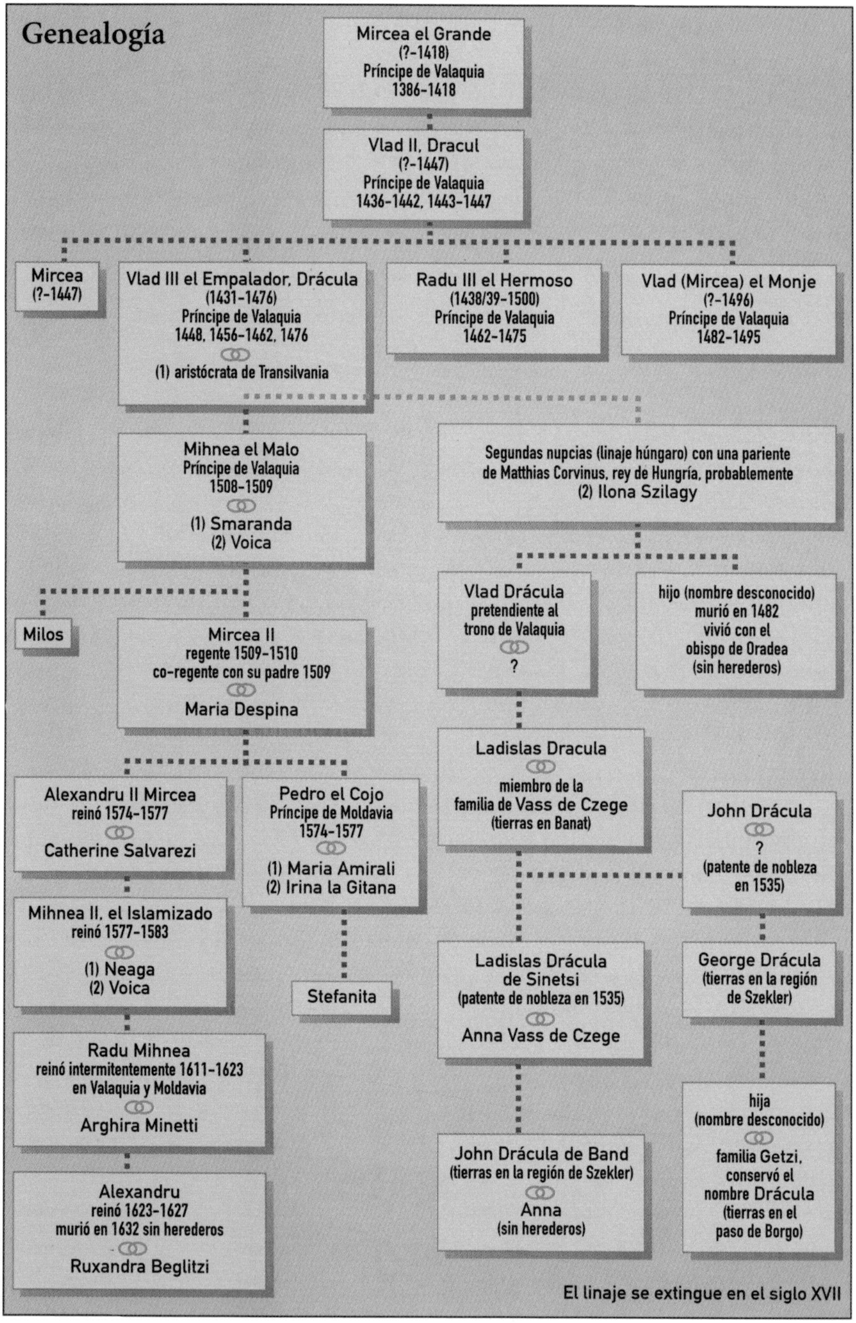
Genealogía
Mircea el Grande (?-1418) Príncipe de Valaquia 1386-1418
Vlad II, Dracul (?-1447) Príncipe de Valaquia 1436-1442, 1443-1447
Mircea (?-1447)
Vlad III el Empalador, Drácula (1431-1476) Príncipe de Valaquia 1448, 1456-1462, 1476 (1) aristócrata de Transilvania
Radu III el Hermoso (1438/39-1500) Príncipe de Valaquia 1462-1475
Vlad (Mircea) el Monje (?-1496) Príncipe de Valaquia 1482-1495
Mihnea el Malo Príncipe de Valaquia 1508-1509 (1) Smaranda (2) Voica
Segundas nupcias (linaje húngaro) con una pariente de Matthias Corvinus, rey de Hungría, probablemente (2) Ilona Szilagy
Milos
Mircea II regente 1509-1510 co-regente con su padre 1509 Maria Despina
Vlad Drácula pretendiente al trono de Valaquia ?
hijo (nombre desconocido) murió en 1482 vivió con el obispo de Oradea (sin herederos)
Alexandru II Mircea reinó 1574-1577 Catherine Salvarezi
Pedro el Cojo Príncipe de Moldavia 1574-1577 (1) Maria Amirali (2) Irina la Gitana
Ladislas Dracula miembro de la familia de Vass de Czege (tierras en Banat)
John Drácula ? (patente de nobleza en 1535)
Mihnea II, el Islamizado reinó 1577-1583 (1) Neaga (2) Voica
Stefanita
Ladislas Drácula de Sinetsi (patente de nobleza en 1535) Anna Vass de Czege
George Drácula (tierras en la región de Szekler)
Radu Mihnea reinó intermitentemente 1611-1623 en Valaquia y Moldavia Arghira Minetti
John Drácula de Band (tierras en la región de Szekler) Anna (sin herederos)
hija (nombre desconocido) familia Getzi, conservó el nombre Drácula (tierras en el paso de Borgo)
Alexandru reinó 1623-1627 murió en 1632 sin herederos Ruxandra Beglitzi
El linaje se extingue en el siglo XVII

Lo cierto es que no cesó de acosar a la raza gitana, a la que consideraba improductiva. Los 300 gitanos que habitaban en sus tierras padecieron en sus carnes las iras del príncipe. Un día, Vlad cogió a tres de los más destacados gitanos y los mandó asar con el espantoso propósito de que fuesen devorados por sus compañeros; incluso les llegó a animar para que se comiesen los unos a los otros bajo la amenaza de enviarlos a combatir al ejército turco. Evidentemente los gitanos optaron por alistarse, proporcionándoles el voivoda las armas y armaduras con las que más tarde se enfrentarían al enemigo.

* * *

El investigador McNally señala sobre este príncipe rumano, que gustaba de tomar el desayuno entre los cuerpos agonizantes de los empalados, procurándose la sangre de éstos que, recogida en cuencos, era llevada hasta la mesa del voivoda, el cual mojaba el pan en ella para, seguidamente, comérselo.

En los enfrentamientos armados era temido por sus propios soldados tanto o más que por el enemigo. Tras el combate, los soldados de su ejército que tenían heridas en la espalda eran empalados (pensando quizás en un intento de huida), y aquellos cuyas heridas se encontraban en la parte frontal eran compensados. Con este procedimiento Vlad mantenía la disciplina entre los soldados.

Una de las más conocidas historias que se cuentan sobre Draculea es la concerniente a un hombre piadoso, según indican ciertos datos, aunque otros coinciden en que se trató de un caballero de la nobleza. Encontramos pues, dos versiones diferentes que parecen compartir una misma base. La versión que apunta a que el desafortunado protagonista de la narración fue un hombre piadoso es respaldada por Ralf Peter Martin (autor de un libro sobre Vlad Dracula y familia), narrando que el citado hombre preguntó a Tepes cómo soportaba el olor mientras paseaba entre los cuerpos empalados, paseo que el voivoda realizaba en el momento de ser interrogado. A modo de respuesta recibió el castigo del empalamiento, pero no en un palo corriente, sino en uno muy alto, con el fin de que muriese donde el aire era más limpio. No satisfecho con ello, Tepes puso punto final a la historia agradeciéndole su preocupación por él. Otra versión sitúa a un noble en la mesa del voivoda. Mientras tomaban la cena, al hallarse situados entre los cadáveres de los que habían sido empalados, dicho noble se tapó la nariz, gesto que no agradó al príncipe, y ordenó inmediatamente que fuera atravesado con un palo muy alto para que así respirase mejor.

Otro suceso supuestamente acaecido fue protagonizado por dos monjes mendigos que sobrevivían gracias a la limosna. Cierto día fueron llamados por Vlad Tepes, quien les dijo, entre otras cosas, que llevaban una vida miserable. Los monjes contestaron (sin imaginar lo que se les avecinaba) que era de esa manera como conseguirían, al morir, alcanzar el cielo. Vlad, dirigiéndose a ellos nuevamente, les preguntó si estaban convencidos de llegar a dicho lugar, a lo que ambos monjes replicaron que era su voluntad, pero que realmente dependía del deseo divino. Como ya era conocida la obsesión, un tanto aversiva, que el príncipe Vlad sentía por aquellos que no producían, a nadie le extraño que mandase empalar a los dos mendigos bajo la acusación de ser parásitos sociales.

En otra ocasión le tocó el turno a un predicador que trataba el tema *el bien injusto no prospera.* Tomaba ejemplos de las Sagradas Escrituras asociándolos, en cierto modo, con los territorios expropiados de los boyardos. No tardaría en recibir una invitación del príncipe para que comiese con él. Durante el transcurso de la comida Tepes quitó miga a su pan y la echó en la sopa del predicador, después de lo cual lo acusó de no ser fiel a sus creencias religiosas, ya que había cogido el pan del propio voivoda para su provecho. Acusación totalmente falsa que dio pie a que el príncipe pudiese castigar al "rebelde" predicador.

Se cuenta que Vlad, en cierta ocasión, ordenó colocar un jarro de oro en el borde de la fuente pública de Tirgoviste (aunque hay quien argumenta que fue una copa de oro la que mandó situar junto un arroyo). El hecho fue que el que robase dicho objeto terminaría con un gran palo atravesando su cuerpo. De este modo el voivoda pretendía erradicar los robos de su país.

En otro episodio fueron los turcos los que quedaron horrorizados al atravesar el conocido "bosque de los empalados". Allí descansaban sobre enhiestos palos los cadáveres de 20.000 personas, entre las que se hallaban alemanes, húngaros, boyardos y turcos, sin excluir recién nacidos, en cuyos abdómenes, se cuenta, los pájaros hacían sus nidos. Todos ellos, eso sí, considerados enemigos, unos declarados y otros no, por el príncipe Vlad.

* * *

Además de su obsesión por la gente improductiva, parece ser que también hizo estragos en lo relacionado con la sexualidad.

Vlad Draculea conoció el embarazo de su favorita por boca de la misma. Desconfiando, obligó a ésta a realizarse una revisión, que dio un resultado negativo según la comadrona, la cual comunicó a su señor que su compañera no estaba encinta. Al conocer la noticia, Draculea rajó desde el pecho hasta la pelvis a su favorita, al tiempo que gritaba que deseaba contemplar ese supuesto hijo engendrado en su vientre para mostrar al mundo el lugar que lo albergaba.

Existe otra versión, la cual parece indicar que Vlad no deseaba heredero alguno y, en cierta ocasión que se hallaba de mal humor su amante le dio la fatídica noticia de que estaba embarazada, echo que disgustó al voivoda que, cogiendo un cuchillo, la abrió en canal.

En sus dominios los castigos por inmoralidad eran crueles en extremo, consistiendo la mayoría de ellos en la mutilación de cualquier órgano sexual, o de todos, según el delito cometido. Este castigo era comúnmente aplicado a las jóvenes que perdían su virginidad y a las viudas carentes de pudor, aunque también eran castigadas sin miramiento las mujeres que buscaban fuera del matrimonio placer sexual, siendo estas últimas, a diferencia de las primeras, penadas con la muerte.

Cierto día vio en los campos de sus dominios a un hombre que llevaba una camisa corta, de tal manera que mientras trabajaba quedaba al descubierto parte de su cuerpo. No sabemos si consideró esto como un acto inmoral cuando, tras observarlo, el voivoda ordenó empalar a la campesina que había confeccionado la prenda, sin escuchar al esposo que intentó en vano defender a la condenada.

* * *

Una de las narraciones que más ha intentado reflejar hasta qué extremos llegaba Tepes es la que cuenta cómo unos embajadores (aunque ciertas crónicas apuntan a un sólo representante extranjero) no se quitaron los turbantes cuando se inclinaron a modo de saludo ante el voivoda, puesto que esa era la costumbre en sus tierras de origen. Vlad, sorprendido por su comportamiento ante un gran señor, como era él, les preguntó quién les permitía tal actitud. Los embajadores contestaron que se trataba de una costumbre entre los de su procedencia y que ante el sultán tampoco se quitaban el turbante. Vlad, encolerizado, ordenó que les fueran clavados los turbantes a la cabeza con clavos pequeños, ¿el propósito?; confirmarlos en sus costumbres. Tras aplicar el castigo les dijo que transmitieran a su amo que él podría soportar esos descuidos, pero que el príncipe valaco no, y que en tierras que no fuesen suyas no debería tratar de imponer a otros grandes señores sus propias costumbres.

Un prior miembro de un convento de franciscanos tuvo la osadía de dirigir un sermón a Vlad Tepes por acabar con las vidas de los miembros de una familia boyarda, asesinando incluso a los niños que acababan de venir al mundo. En su contestación el voivoda le dijo que no podía quedarse a medio camino, que debía cortar de cuajo la raíz de la mala hierba para que no volviese a crecer, ya que creía que si dejaba a los niños con vida, éstos llegarían a vengarse por las muertes de sus padres. Terminada la contestación el prior fue empalado, pero como el atrevimiento del mismo había sido fruto de su cerebro se lo atravesó con la estaca.

Por lo que sabemos de Tepes no era un hombre que advertía, sino que simplemente actuaba. Sin embargo también nos encontramos en su vida con amenazas que no siempre eran llevadas a cabo, utilizando su fama para intimidar en el terreno de la política. Sobre esto, en un encuentro que tuvo con una comitiva enviada por la localidad de Kronstadt constituida por 55 representantes, demostró el temor que se le tenía en numerosas tierras y reinos. Los enviados fueron recibidos excelentemente a su llegada, descansando cómodamente cerca del voivoda. Pero al amanecer del siguiente día pudieron contemplar, estupefactos, cómo frente a sus alojamientos se habían erguido 55 enormes estacas. Tepes pidió disculpas a los integrantes del grupo negociador y, aunque no claudicaron de su cometido, tampoco presionaron durante las conversaciones mantenidas con Vlad, decidiendo finalmente irse del lugar.

En cierta ocasión Tepes preguntó a un monje hasta qué punto era justo asignar castigos excesivos. El monje le respondió que el soberano poseía el derecho de hacer empalar al que por él fuera considerado culpable, por lo que el voivoda era el único responsable y sus actos no debían ser criticados por los súbditos. Esta entrevista no acabó con una orden de empalamiento o cualquier otro castigo sino que, contraviniendo "la norma", el clérigo no fue ajusticiado, aunque suponemos que su contestación buscaba tal objetivo.

* * *

Existen varias historias que relatan su muerte, fechándola unos en 1476 y otros un año más tarde.

Una de ellas cuenta que durante un enfrentamiento con los turcos, a finales de 1476, se vistió con ropas del enemigo para poder examinar el campo de batalla, donde sería sorprendido por un grupo de soldados de su propio ejército, los cuales, suponemos que sin reconocerlo, le atacaron. Vlad acabó con la vida de cinco o seis de éstos empleando su lanza antes de caer herido mortalmente bajo las flechas de sus tropas. La siguiente referencia que se tiene es que su cabeza fue cortada, y entregada a los turcos, concretamente al sultán, que la colocó en los muros del castillo de Topkapi, en Estambul.

Esta narración, incompleta, sobre su muerte, parece inverosímil. Es decir: si fue sorprendido por sus soldados vestido de turco y estos le confundieron con un verdadero enemigo ¿cómo es que no se defendió hablando el mismo dialecto para argumentar que era su príncipe? ¿Es posible que un soldado no reconozca a su capitán, aun cuando esté vestido con otros ropajes? Parece imposible tal confusión, y más cuando tuvo tiempo para identificarse, pues antes de caer víctima de las flechas acabó con, según dicen, cinco o seis guerreros; ¿es que ninguno de ellos le reconoció?

La hipótesis de que miembros de sus tropas le mataron por confundirle con un enemigo no parece ser totalmente fiable, por lo menos con los datos con que se relata el suceso. Sin embargo, sí es posible que Vlad muriese a manos de sus propios hombres, diciendo éstos, después, que todo fue una confusión. No es difícil concebir que Tepes debía de tener muchos enemigos aparte de los turcos, personas de su propio país incluso de su más íntima confianza pudieron querer acabar con él. Hay quien se pregunta si no sería decapitado a traición por algún asesino a sueldo.

Otra narración cuenta que unos cuantos turcos, bajo el mando de Laiota Basarab, penetraron en Valaquia y que Tepes pereció en la lucha contra ellos.

En diversos estudios se explica que en 1476 Vlad fue sorprendido sin su ejército por los turcos, los que le decapitaron, enviando su cabeza a Estambul (de este modo conseguirían tranquilizar a la población que tanto miedo le tenía).

Con una ligera variación, hay quien afirma que durante el mismo año Laiota Basarab atrapó a Tepes por sorpresa cuando sólo contaba con la compañía de su guardia personal, formada por 200 soldados, de los cuales consiguieron escapar 10. En este mismo relato también se menciona que en Estambul se recibió su cabeza, añadiendo además que fue expuesta en una plaza para que los turcos la contemplaran triunfantes.

En 1931 se realizó una excavación en la supuesta tumba de Vlad Draculea, situada en un monasterio cerca de Bucarest, en Snagov. Tras la excavación se encontraron un esqueleto y un cráneo de dos personas distintas que no correspondían con el voivoda.

Su cuerpo no ha sido hallado, como tampoco lo fue el de su padre (Vlad Dracul). Y quizás fuese esto, unido a su supuesta necesidad psicopatológica de sangre (ya sea derramándola o ingiriéndola) lo que favoreció los rumores de que Vlad Draculea dejaba su sepulcro en busca de la misma. No deja de ser curioso el hecho de que ejecutara a la mayor parte de sus víctimas empalándolas o atravesándolas con una estaca, método similar al utilizado por las gentes de aquellas tierras para acabar con la existencia de un vampiro.

La tradición rumana afirma que Drácula nunca murió y que regresará para gobernar Rumania en época de gran necesidad. ¿Tuvo algo que ver dicha creencia con la proclamación de Vlad Tepes como héroe nacional en 1976 por Nicolai Ceaucescu en la celebración del quinto centenario de "su muerte"?

Lo que sí podemos afirmar es que su vida creó una leyenda que creció, y a su manera lo hizo inmortal: mientras unos lo tachaban de justo aunque cruel, otros lo consideraban un criminal. Incluso en un estudio llevado a cabo en 1981 se le asemejó a grandes criminales como Calígula y Adolf Hitler. Por otra parte, investigadores como McNally y Florescu explican que Vlad Draculea tenía una cierta anormalidad en su comportamiento sexual. Éstos suponen una impotencia parcial, lo que le conduciría a satisfacerse sexualmente contemplando cómo la estaca o palo era insertado en el cuerpo del condenado a muerte o mutilando los órganos sexuales de las mujeres. De cualquier forma el biógrafo rumano Nicolai Stoicescu nos señala que Tepes no superaba en crueldad a otros personajes históricos como Luis XI y Mehmed II.

Por último, señalaremos que solamente existe en la actualidad un retrato del voivoda Draculea; una pintura al óleo que podemos contemplar en el castillo de Ambras, cerca de Innsbruck (Austria).

Castigos de la Edad Media

Para concluir el presente capítulo se ofrecen a continuación algunos de los castigos más comunes aplicados en la Edad Media sin ánimo de exculpar o condenar a Vlad Tepes tras la lectura de los mismos, sino para acercar al lector a aquella despótica época en la que multitud de personas sufrían en sus propias carnes la barbarie de multitud de sentencias injustas. El código de castigos utilizado durante el siglo XIII nos muestra algunos de ellos:

• Mutilaciones (castigo aplicado por la realización de delitos menores):
–A los blasfemos y perjuros se les cortaba o arrancaba la lengua. El sistema empleado generalmente consistía en colocar al condenado, de pie, sobre una silla. Se le clavaba en la lengua un gancho que previamente se había suspendido en una cuerda, se retiraba la silla, el individuo caía al suelo, y la lengua quedaba colgada del gancho.

–A los ladrones o a los cazadores furtivos se les aplicaba la más corriente de las mutilaciones, la amputación de la mano. La versión más grave de este tipo de ejecución era la de pies y manos. Se amputaba el pie izquierdo, por ser el más necesario (con éste se pisaba el estribo), y normalmente la mano derecha.

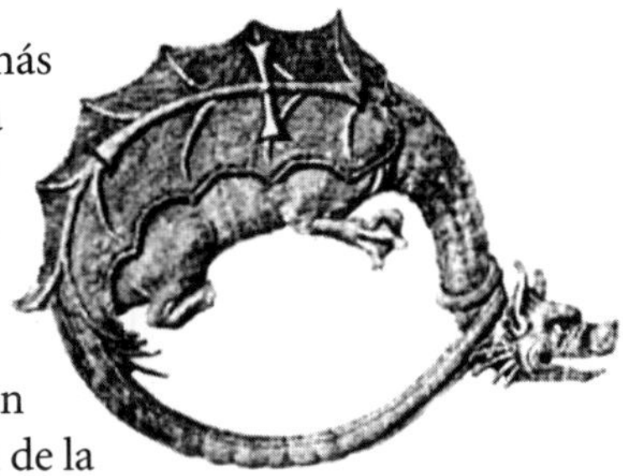

Emblema de la Orden del Dragón

También se vaciaban los ojos, se amputaban las orejas y en casos muy contados se realizaba la castración. La amputación de la nariz era poco frecuente (se podían evitar dichos castigos si el condenado pagaba la fianza conveniente, de ahí que los mismos se aplicaran a la clase baja).

• Penas mortales (castigo aplicado por la realización de delitos mayores):
–Herejes, hechiceros y homosexuales eran ahogados y quemados (siendo la quema más propia del sexo femenino).
–Los ladrones eran ahorcados o decapitados.
–A los judíos (indiferentemente del delito que cometiesen) les era impuesto el castigo de ser colgados por los pies.
–Los asesinos eran decapitados, lo mismo que ciertos ladrones y algunos nobles (al ser esta condena la "menos dura" poseía dicho privilegio debido a su rango dignatario).
–Los falsificadores de monedas eran hervidos en agua, aceite o vino.
–Hacia finales del siglo XIV los que estaban acusados de traición eran descuartizados.
–A el que dañaba un haya se le arrancaban las tripas, se le sujetaba con ellas y era obligado a correr dando vueltas alrededor del árbol en cuestión hasta que quedara enroscado en el mismo.
–Si uno talaba un roble se encontraría con la cabeza separada del resto del cuerpo e insertada en el roble.
–Incendiarios, ladrones y asesinos importantes, eran ejecutados tras sufrir el tormento de la rueda.

Otros tormentos que causaban la muerte eran el enterramiento en vida y el empalamiento. En el primer caso el delincuente era colocado en una fosa que se cubría de tierra. Para alargar el sufrimiento del reo se le colocaba en la boca una caña hueca que comunicaba con el exterior.

Respecto al empalamiento conviene saber que no había una única manera de llevarlo a cabo; mostraremos algunas de ellas.

El castigo daba comienzo situando al desafortunado en el suelo con los miembros superiores e inferiores extendidos todo lo posible. Era entonces cuando se le ataba cada pie a un caballo. Al avanzar éstos lentamente en dirección contraria le era introducido en el ano un enorme palo que previamente había sido preparado para el evento, siendo la punta del mismo redondeada y mojada con aceite. Ya colocado eran cortadas las cuerdas que lo unían a los caballos. Para finalizar tan cruento proceder se elevaba el enorme palo del suelo con la víctima insertada en el mismo, comenzando la lenta agonía del condenado.

Otra variante del empalamiento consistía en atravesar al reo con un palo por el corazón, pero en esta ocasión la víctima yacía en una fosa. Con este método el verdugo daba muestras de compasión y de realizar correctamente su trabajo.

Un tercer sistema (por el cual se inclinaba Vlad Tepes) colocaba al futuro ajusticiado boca abajo para, seguidamente, atar sus manos a la espalda y situar sus piernas de forma que quedasen separadas. Entonces se lubricaba la abertura corporal en la que el palo penetraría irremediablemente. El verdugo cogía el palo con sus manos y lo introducía por el ano (según casos) del condenado. El palo, además de ser insertado en el lugar escogido se golpeaba con un mazo y se introducía unos cincuenta o sesenta centímetros. Acto seguido se erguía la estaca y se clavaba en la tierra.

El prisionero, con su propio peso, iba clavándose más y más en el palo, y al no poder sujetarse para evitarlo, la estaca le terminaba saliendo por el hombro, el estómago o el pecho. Cuando el instrumento de madera tenía la punta redondeada no perforaba los órganos internos, sino que los desplazaba, aumentando con ello el dolor y el sufrimiento. En esta situación un hombre podía permanecer con vida unos tres días.

Para terminar, es importante que el lector sea consciente de que la figura de Vlad Tepes, al igual que ocurrió con la del vampiro y otras, fue y sigue siendo adulterada. Por ello cabe preguntarse ¿son todas las anécdotas relatadas sobre este personaje auténticas? (278)

(278) En algunos periódicos nacionales (como en el *Diario de Navarra* del 2 de mayo de 1998) se pudo leer la noticia del hallazgo de un manuscrito del siglo XV que detallaba las atrocidades cometidas por el príncipe rumano Vlad Tepes. Según explicaba la información, el texto, de siete páginas, se descubrió en la abadía suiza de Saint Gall, donde había permanecido desde hacía siglos. También se decía que fue descubierto por primera vez en 1820, aunque cayó posteriormente en el olvido. El documento era calificado como "uno de más antiguos testimonios de la vida del príncipe".

Vampirismo: un camino oculto de iniciación

"Nadie puede justamente censurar o condenar a otro porque verdaderamente nadie conoce perfectamente a otro". Thomas Browne.

Como se dice en el mundo de los iniciados, todo tiene su otra cara de la moneda, todo tiene su lado oculto, todo tiene una lectura esotérica que sólo algunos saben "leer". De tal forma que no importa lo que ocurre, lo que sucede, lo que vemos, lo que nos afecta... sino que, lo que verdaderamente importa es el comprender por qué ocurre, por qué sucede, por qué está ahí, por qué nos afecta y, en definitiva, qué quiere decir aquello que tenemos ante nosotros.

El vampirismo no iba a ser una excepción. Lo exotérico del tema es por muchos conocido, los puntos médico y folklórico del vampirismo han sido aspectos de algo que, como todo, también tiene su lado esotérico, su lado oculto, el cual muy pocos han sabido hallar. Otra cara de la moneda que no siempre tiene relación con lo que las películas y los libros de ficción nos han ofrecido al respecto.

Pocos se interesan realmente por el papel arquetípico de este personaje "y la mayoría se limita a hacer juicios de valor, en gran parte condicionados por un sistema cultural de siglos, en base a su particular concepto de lo moral y lo inmoral, sin cuestionarse más" (279). Por ello ofrecemos en este capítulo un extracto de una interesante entrevista mantenida con un estudioso y conocedor de ese lado oculto, desconocido por la mayoría, sobre el vampirismo.

El se llama Rafael Ángel Pintos, pero se le conoce, nacional e internacionalmente, con el nombre de Vladimir Basaráv. Estuvimos un fin de semana con él para intentar arrojar, en este libro, algo más de luz sobre una particular parcela de este poco conocido tema.

---

(279) Estas líneas que Manuel Seral Coca escribe acertadamente para la imagen de Lucifer en su libro *Lucifer, símbolo oculto de la iniciación*, las hemos creído aplicables también al vampiro.

—¿Qué es y qué no es el vampirismo?

—El vampirismo parte de una antigua ciencia denominada *luciferina* que fue dada a los hombres para que adquirieran el conocimiento. Los ángeles tuvieron relaciones con las mujeres humanas y de éstas nacieron unos seres, con los que vino el conocimiento, que llegaron a formar muchas de las razas denominadas hoy en día míticas. No se trataba realmente de hombres ni de ángeles, sino de unos seres híbridos entre dos naturalezas, mitad humana y mitad angélica. Y es la sangre de éstos, esta sangre híbrida, la que confiere esa naturaleza y ese poder de pervivencia, de una pervivencia no en este plano físico, sino en el astral, a medio camino entre este mundo y el más allá.

El primer vampiro como tal es denominado por el pueblo magiar, Dracul, pues este hombre es hijo de la sagrada serpiente o dragón del conocimiento, Lucifer. Por ello, en la antigüedad, los dragones u hombres serpientes eran los guardianes y portadores de la sabiduría. De ahí la etimología del nombre Drácula, que viene a decir *hijo del dragón.* De este primer diablo u hombre serpiente surgen todos los posteriores vampiros que, como una hermandad, se transmitirán los secretos de la vida, la muerte y la resurrección de padres a hijos, creando así la mítica estirpe de los *nosferatus*, no muertos, los vampiros inmortales...

El vampirismo, por tanto, y primero de todo, es un camino que nos conduce única y exclusivamente a la transmutación de la materia para hallar la inmortalidad. Es un camino que pretende, como cualquier otro camino que lleva a la iluminación, la transmutación del cuerpo. No en vano, en la misa cristiana también se habla de ello...

En un interesante libro titulado *Encuentros con la sombra* se nos plantea el hecho de vindicar nuestras sombras y canalizarlas a nuestro favor. Que no se trata de moralizar sobre la luz, sino de conocer las sombras y elevarse. Si no conocemos nuestra parte sombría, difícilmente vamos a poder despegar hacia la luz. En este sentido el vampirismo es uno de esos caminos pero que, precisamente, se empieza desde abajo, desde la parte sombría, desde la parte luciferina... y, como dice usted, el vampirismo sería un símbolo, un camino oculto de iniciación hacia la luz partiendo de la sombra. Es un paso de las sombras a la luz. Pero las sombras y la luz son una parte igual, complementaria, no como la visión maniquea que está siempre en combate, sino que no hay sombras sin luz y no hay luz sin sombras. ¿Cómo podemos pretender elevarnos hacia la luz limitados por nuestra ignorancia y llenos de fallos? No podemos alcanzarla hasta que equilibremos nuestras energías y controlemos nuestros egos...

El vampirismo, por otra parte, no es un culto satánico por el cual se prolonga la vida artificialmente a costa de la energía o sangre de los vivos, ni tampoco pretende la manipulación de los seres vivos en contra de su voluntad. No es un robar, en contra de la voluntad de nadie, las esencias vitales. Muy por el contrario, el privilegio de la iniciación sólo se da a personas muy concretas y, por supuesto, con su total y entera libertad, por lo que no es correcto hablar de víctimas, sino de discípulos y adeptos de esta antigua religión. Por supuesto, el folklore popular se ha encargado de deformar, con sus leyendas, la realidad profunda de esta filosofía, la cual no consiste en que un señor se levante físicamente de su tumba, ni en una serie de prejuicios malditos como los que se ven en el Nosferatu de Murnau.

—¿Qué es un vampiro?

—Los vampiros no son unos seres malditos. Todo el prejuicio que se ha vertido y se vierte sobre ellos no guarda ninguna relación. No existe ninguna maldición por la cual la divinidad los condene.

El vampirismo esotérico que yo profeso, la aristocracia vampírica por excelencia, tiene dos fases: el vampiro pasivo y el vampiro activo. El vampiro activo es el no muerto... Desde que era un niño he contemplado la muerte como la vida, realmente todo iniciado lo sabe. La vida verdadera está después, no es ésta. Este es un tiempo transitorio en el que estamos aquí viviendo una autosuperación, una escuela. Aquí estamos de paso. Entonces, esto que se llama vida, los magos póstumos la llamamos no vida, porque no es verdaderamente la vida sino que, para nosotros, la vida empieza después, y es la no muerte. ¿Por qué decimos que esta es la no vida? Porque en ella estamos llenos de limitaciones...

Jesús decía en su día: "Dejad que los muertos entierren a sus muertos". También decía que el que realmente conozca, sea consciente del dios que vive en él, no morirá. Y es cierto... la persona que se hace consciente de qué es, ha sido, y será para siempre, es un iluminado. Ahora, no es fácil llegar allí. Entonces, la persona que muere es la persona que no se conoce, la que niega, la que realmente está atada, embaída en un sistema de ilusión, de cantidades, de prejuicios, de modas, de tabúes, de políticas... que no tiene tiempo para saber quién es, lo que está haciendo, lo que siente... Para ella, ésta es la vida y después viene la muerte. Un vampiro sabe que esa forma de vivir no es vida y le llama no vida y que ésta, la vida, viene tras el umbral, y por eso se llama no muerte...

Un vampiro no es un muerto viviente, en absoluto. Es un no muerto, es un resucitado... Y sobre todo tampoco es ningún maldito de la divinidad, ningún ser despreciable, ningún ser que está relacionado con todo lo que se pinta de él. El vampiro, así como el dragón y la serpiente, es el guardián de la sangre eterna, el que guarda el secreto de la vida eterna. Es también, el que ha pasado por la alquimia de la muerte y de la sangre. Señor absoluto de la noche que ha vivido la autosuperación personal hasta la última fase. El vampiro no contempla la vida como el común de las personas. Al vampiro, este tiempo en el que estamos no le importa absolutamente nada. Su misión es precisamente continuar su culto iniciando a aquellos que participan de él. Está relacionado con Lucifer, con toda la corte de éste, ya que es el otro lado manifiesto de la divinidad, la parte sombría...

Un vampiro pasivo sería el que pretende pasar de nivel por medio de una autosuperación, de una transmutación constante, de una alquimia interior que usa de unas energías y de unos poderes para conseguir nada menos que la inmortalidad...

La persona que por su voluntad ha recuperado su cadáver, es decir, ha habitado de nuevo su cadáver, lo habita consciente y voluntariamente, es un resurrecto, un no muerto. En cambio, la persona que vive en su cuerpo, totalmente inconsciente de lo que le rodea, cree conocerlo y no lo conoce... no vive realmente, es un no vivo.

Porque todo está en el hombre y el hombre está en todo. Es una unidad, es parte del absoluto. Yo al absoluto lo contemplo como una unidad múltiple en la que están todas las cosas y que nosotros somos parte de esa unidad... Si nosotros, algún día, descubrimos que somos uno con ese todo, entonces todas las cosas están ya en nosotros y nosotros estamos en todas las cosas... la iluminación es esto. Y un iluminado sería un hombre que ha animado de nuevo su cadáver, que ha sabido surgir de sus cenizas, ha vencido a la tumba. Jesús ha vencido al sepulcro. Jesús sería un no muerto.

—¿Es usted un vampiro?

—Desde niño he sido consciente sobre el hecho de ser la manifestación de la reencarnación de Vlad Dracul. Mucho antes de tener información sobre estas cuestiones ya existían en mí ciertos sentimientos y sensaciones, recuerdos y tendencias nada convencionales que con el transcurrir del tiempo se desarrollarían de una forma natural.

Durante mucho tiempo antiguas sociedades secretas han hablado del retorno del vampirismo y, en especial, de su líder en el mundo material. En Rumania muchos esperan la vuelta de Dracul que gobernará, dicen, en su pueblo en una época de tribulaciones. Y yo soy ese Dracul, ya que no creo en la casualidad y la vida me lo ha demostrado en infinidad de ocasiones. No sólo me lo han corroborado las ciencias mágicas sino que, cuando me he querido escapar de estas cuestiones, la vida me ha vuelto a poner en el sitio.

Rafael Ángel Pintos (Vladimir Basaráv)

—Usted ha comentado en alguna ocasión que su estirpe es la del primer no muerto, ¿qué quiere decir con eso?

—Pues precisamente que el primer no muerto es el primer sacerdote que pasó el umbral y que consiguió difundir todo ese poder más allá de la tumba. Ese gran sacerdote que fue Vlad Dracul, Vlad *el dragón*, pues los grandes iniciados son considerados en esta filosofía, verdaderos dragones portadores del saber.

—¿Hay alguna relación entre la magia roja y el vampirismo?

—Naturalmente, la magia roja se basa precisamente en los principios vitales por excelencia...

La sangre, en la magia póstuma, no es buscada como un elemento en sí, sino como un vehículo, el vehículo del alma, el vehículo del cuerpo vital, es un cuerpo anímico. En la misa roja se comulga siempre con la paternidad de la sangre... En el caso de Mitra, por ejemplo, ocurre que se sacrifica el toro y esa sangre redime, ilumina y produce unos efectos, es sangre entronizada, solar, y cae sobre el discípulo que está debajo, que lo purifica y le concede unos valores... En la misa roja se sacrifica el gallo solar, el gallo negro, que representa al Sol negro, Osiris... Y el Sol representa nuestro corazón. Por eso los aztecas sacrificaban el corazón al Sol, para que ese Sol continuase en sus ciclos vitales dándonos la vida... Y el animal sacrificado es, en ese momento del sacrificio, parte de la divinidad misma. No en vano, por ejemplo, el cristianismo tiene un cordero pascual que sacrifica y el cual representa al sol...

En el vampirismo ocurre algo muy similar. El vampirismo no es otra cosa que la transmutación de la materia, la iluminación por medio de una energía vital. Desde luego nunca hay víctimas, siempre hay un aceptado, siempre se va por propia voluntad, y siempre se está constantemente viviendo la autosuperación de la muerte.

—¿Se podría decir que en el vampirismo el sacrificio es importante?

—Sí, en el vampirismo se come el cuerpo y se bebe la sangre... Comer el cuerpo es la penetración de los incisivos en el cuerpo, y beber la sangre es comulgar con el alma o atman (espíritu vital). Por lo que el discípulo o discípula se entrega totalmente al maestro en cuerpo y alma. Todo esto para pasar a otro nivel por medio de un bautismo de la sangre. Es decir, una vez que el sumo sacerdote come el cuerpo y bebe la sangre de su discípulo, éste está totalmente unido a él... También está relacionado con el vampirismo el empalamiento. Éste, en el culto a Zalmoxis, es un acto de amor con la muerte. Una ofrenda a la misma. Lo que ocurre es que en la antigüedad los valores de la vida no eran contemplados como hoy, y el sacrificio humano era muy común en cualquier cultura y religión.

—Usted ha dicho antes que el vampiro no es un ser que se levanta de la tumba. Entonces, ¿qué ven las gentes que dicen haber visto a tal o cual persona muerta y enterrada hacía ya días? ¿Qué veían aquellas personas que decían haber sido atacadas por vampiros?

—Ciertos individuos de algunas tribus pueden tomar la apariencia de cualquier animal... Se trata de una materialización astral más que de otra cosa. Muchos iniciados saben tomar la apariencia de cualquier animal a nivel astral y devorar a las personas... En el vampirismo ocurre lo mismo también a nivel astral. Es decir, el vampiro es un reaparecido, pero no como un cadáver andante, no es un cadáver que se levanta de su tumba, tal y como aparece en las películas, eso a mí me da risa. De hecho, en los casos acaecidos en la historia, jamás se ha podido explicar cómo han podido salir de sus tumbas sin remover la tierra... No son esos cadáveres los que se levantan de su tumba, sino que el cuerpo astral se materializa gracias a la sangre ingerida que le permite el don de tomar una apariencia más densa... Entonces, el hombre no puede hacer nada contra el vampiro, las balas no le hacen nada... no puede de ninguna manera destruir ese cuerpo sutil, no hay nada material que pueda destruir a un cuerpo astral.

—¿Hay alguna relación entre el satanismo y el vampirismo? ¿Llevan los dos hacia la iluminación?

—No, el vampirismo es una rama de la ciencia luciferina, y como tal, pretende el retorno divino del hombre a su estado primigenio glorioso. El satanismo es un camino de negación del ser a costa de dar rienda suelta a los impulsos más bajos, que no pretende el saber para ser, sino el ser para el saber. No desmiento que haya sociedades pseudovampíricas profanando de un modo satanista tal conocimiento, pero no pertenecen al vampirismo luciferino por antonomasia (la aristocracia vampírica).

Se dice que el satanista pretende la evolución del mundo por medio del poder. En cambio, el luciferismo pretende la evolución del mundo por medio del conocimiento. Entonces, ¿son los científicos luciferinos y los políticos satanistas? De todas formas, todo lo que sirva para que este mundo evolucione es bueno, y será conveniente tener en cuenta que el amor es, por encima de todo, la mayor fuerza que impulsa al mundo hacia su mejora... Y pienso que cualquier cosa, incluso los estados más bajos de conciencia que nos enseñen, son válidos.

—En Inglaterra, el reverendo Sean Manchester dice ser descendiente de Lord Byron y ser, además, cazavampiros, ¿qué opina?

—Desde que ciertas doctrinas de negación y puritanismo existen no cabe extrañarse de que hayan surgido y surjan inquisidores que en nombre de una muy santa moral se dediquen, de una forma osada, a pretender destruir o controlar cosas que sus mentes primitivas e infantiles no alcanzan a comprender, en un estúpido afán de detener lo inevitable y defender un orden caduco y artificial de las burguesías acomodadas que pretenden el cielo desde el sillón o el reclinatorio, sin arriesgar nada, sin sufrir los procesos que hacen posible su evolución. Ya hemos soportado bastantes siglos de inquisición para permitir que alguien, que a primera vista es un paranoico, pretenda ensuciar nuestro nombre. En él estamos viendo la visión convencional, moralista, del prejuicio del que no conoce, del que no ve más allá de sus narices. De tal forma que el hombre que no es capaz de controlar su parte sombría, su parte sombría lo va a desbordar constantemente en momentos muy determinados. Además, Lord Byron tenía bastantes aptitudes vampíricas, como puede percibirse en su relación con John Willian Polidori, con lo cual todavía se entiende menos el vínculo de este seudorreverendo con él. Y digo seudorreverendo porque la palabra reverendo indica algo reverencial, y a mí no me resulta reverencial una persona que no se conoce a sí misma en profundidad como para permitirse juzgar a unos sacerdotes que están más allá de lo convencionalmente instaurado como racional. Debido al poder eclesiástico se ha estado reprimiendo la parte sombría, no sólo de la vida, sino de la divinidad y de nosotros mismos... Y como ya les he dicho antes, algo que comparto con Jung, no se trata de hacer moralidades sobre la luz, sino de vindicar las sombras y elevarse. Sean Manchester es un inquisidor que pretende que los vampiros somos seres destructivos, que venimos a atentar contra el sistema... y de alguna manera defiende ese estatus burgués en el que se flota en una apatía mediocre, monótona, en la que todo tiene que estar estructurado.

—¿Serviría para llevar a cabo los ritos vampíricos la sangre de un ser que ya ha muerto hace tiempo?

—Ya les dije que, de alguna manera, siempre, en cantidad de culturas se dice que en la sangre está el alma...

Cuando una persona necesita sangre para una transfusión, pues van a operarla o lo que sea, hay una sangre depositada en un banco. Esa sangre, para mí, ya no sirve. Porque la sangre mágica, para nosotros, para nuestra filosofía, tiene que tener el alma. Es decir, la sangre tiene que adquirirse y, de alguna manera tiene que sustraerse o utilizarse, conforme sale del animal. Esa sangre caliente, ese humo, es el principio vital por excelencia. Esa sangre, pasado un tiempo fuera de ese cuerpo, de ese vehículo, no sirve realmente, pierde parte de ese poder, parte de esa magia... Pienso que la sangre acumulada en esos bancos, por mucho que la mantengan caliente artificialmente, no es ya una sangre que pueda servir mágicamente para nosotros... Las morcillas, por ejemplo, son una sangre muerta totalmente, no sirve para nada. Una persona que quiera mágicamente enriquecerse del vehículo vital de la sangre en una morcilla no tendrá nada que hacer, ni en una filloa, ni en sangre frita que venden como "tapa" en el Mediterráneo.

—¿Qué opina de la clasificación que se ha hecho de los vampiros? El vampiro sobrenatural, el energético, el psicológico...

—Yo sólo hago la clasificación que ya les he mencionado antes: vampiro pasivo y vampiro activo. Estos son los que tiene en cuenta nuestra filosofía, el vampirismo *per se*. Es la magia póstuma o lo que yo llamo aristocracia vampírica, es decir, el vampirismo que pretende una inmortalidad, una vida postmórtem, una resurrección. Yo sólo englobo este tipo de vampirismo, que es un vampirismo antiquísimo. Lo demás son derivados... con una carencia de interés para mí, porque no tienen esa importancia, esa transcendencia del hombre consciente que usa de unas energías y de unos poderes para conseguir nada menos que la inmortalidad, o la vida eterna, o vivir para siempre a través de los tiempos.

Los otros tipos, por ejemplo los asesinos psicópatas que se han dedicado a lo lago de la historia a cometer asesinatos cruentos ingiriendo sangre, no tienen nada que ver con el vampirismo. Otros tienen transtornos físicos... y en el caso del vampiro psíquico estaríamos hablando más de parasitismo...

—En un programa de televisión le hicieron una pregunta que nosotros volvemos a formulársela: ¿Qué ocurrirá cuando usted muera?

—Como soy consciente en mí de que la muerte no existe, cabría preguntar más bien: ¿qué pasará cuando vuelva a nacer, es decir, cuando resucite? La respuesta es que pasaré a otro plano, precisamente pasando por el umbral, que es la muerte, e invertiré una cantidad de limitaciones... Entonces será la última fase de la iniciación que debe pasar el verdadero sacerdote para llegar a ser un resurrecto. No apareceré propiamente con este cuerpo, acuérdense de lo que les dije, apareceré materializado. Este cuerpo permanecerá en la tumba, probablemente incorrupto, pero nunca se moverá de ahí. Será el cuerpo astral el que se materializará ahí fuera.

—¿Se ha parado a pensar en la posibilidad de que, como hay quien dice, usted sea un mitómano?

—Esa es una forma común de catalogación práctica de quienes no quieren plantearse ir más lejos y le cuelgan a todo una etiqueta. Muchos psiquiatras dicen que no se puede englobar a una persona con un trastorno sólo por sus creencias, pues estaríamos enjuiciando la mayoría de las cuestiones sociales desde la historia de la humanidad... Aun así, algunos psiquiatras representan hoy en día la moderna inquisición, pues cualquier cosa que no entre a formar parte de unos conceptos establecidos de comportamiento como pautas razonables, automáticamente es considerado como una paranoia, una esquizofrenia...

El mito es necesario en la historia del hombre ya que siempre representa algo. El arquetipo de una cantidad de cuestiones es necesario para que el hombre, de alguna manera, se conozca, se afirme como individuo, como caminante de la búsqueda de sí mismo. El mito y el rito son una constante forma de buscarse a uno mismo tras la forma del arquetipo, en la esencia. Digamos que el mito sirve para recordarnos cuestiones de nuestro ser glorioso, es esa naturaleza divina a la que hemos de regresar, y el mito es una toma de conciencia de esos antiguos misterios, muchas veces deformados por el folklore popular... E inmediatamente le sigue en orden de preferencia el rito, que sirve para hacer evidente y revivir el misterio que encierra el mito en una toma de conciencia. De esta forma, mito y rito son una constante en la evolución de la humanidad en busca de sus orígenes y de vuelta a ellos. Todos somos en cierta medida mitómanos. Yo no soy más mitómano que el resto de la sociedad.

—Tal vez, la opinión de algunas personas de que usted es un mitómano haya sido fundamentada en la llamativa aparición pública que ha hecho, con esa imagen, con esa ropa...

—En el camino de la autorrealización del individuo es importante asumir dos fases básicas. En la primera, uno se identifica profundamente con algo y lo exterioriza hacia fuera para definirse; esto está claramente determinado en nuestra sociedad de una forma institucional, como es el caso de los distintos estamentos: policía, ejército, iglesia... La segunda fase se da cuando uno ya se asume exteriormente como sujeto, así como a su papel social; es la fase en la que se da una introspección de toda experiencia externa.

Mi aparición en los medios de comunicación, por ejemplo en la televisión, no ha sido todo lo acertada que yo hubiese deseado, pero no por mí, sino por el modo en que muchas veces se manipuló mi imagen intentando usarme para vender la clásica y morbosa imagen del vampiro folklórico... Lo único que me ha motivado a acudir a la televisión ha sido la posibilidad de explicar, de una forma clara y concisa, lo que para mí representa el vampirismo. Podría haber aparecido de otra forma, con otras ropas... pero aquí hay una cuestión, y es que soy un romántico y un idealista. La forma externa que más me define es la indumentaria clásica de los caballeros románticos del siglo XIX. Las modas vienen y van y las gentes cambian de chaqueta por nada...

Hay ciertos señores que parecen poseer el privilegio de hacer moda, la diseñan, la lanzan y está bien visto. Pero mi personal modo de hacer moda es tan digno como el que más, aunque digan lo contrario; porque me pregunto yo, ¿dónde quedó la personalidad de toda esa gente que se deja vestir y desnudar conforme al gusto de unos señores y una moda? Es una pena que sólo el uniforme se acepte socialmente...

Soy un sacerdote, y para mí la capa roja y negra que llevo es el hábito sacerdotal, la investidura sacra que confiere al hombre interior un halo de poder sobre la noche y la muerte, con el fuego de la vida y el poder de la sangre. ¡Qué me importa que me juzguen por mi apariencia, si al fin y al cabo lo primero es hacer lo que uno desea y asumirse!... Pero claro, es muy difícil para una persona, a la que además no se le entiende como sacerdote pagano y afirma ser la reencarnación de un personaje no precisamente desconocido, vestir como voy vestido, de época, no conforme al sistema. Porque voy vestido a la vieja usanza del romanticismo en una época estereotipada de vaqueros... y eso se paga a un precio muy caro.

Parte III

Vampiro energético

"Yo tengo un alimento que vosotros no conocéis".
Jesucristo (Nuevo Testamento).

"No sólo de pan vive el hombre".
Deuteronomio VII,4.

Aquel anciano de claros ojos y blanco cabello paseaba una y otra vez por los largos y anchos pasillos del hospital. Su estampa mostraba el pasado, un pasado que, según contaban las enfermeras, había estado repleto de viajes, aventura, experiencias y amores apasionados. Pero todo aquello había sido relegado al olvido; aquella era ahora otra vida, un mundo completamente distinto a aquel del que había formado parte.

Caminaba hasta la cafetería en donde solía entablar conversación con los más jóvenes; decía que con ellos se sentía más cómodo. Éstos se limitaban a escuchar la historia de su vida, una historia tan larga como larga era la cola de espera para ser atendidos en urgencias. Cuando el muchacho o muchacha dejaba al agradable señor que le había invitado a un café mientras mantenían una amena conversación, notaba un cansancio notable, un cansancio debido quizás a... ¿charlar con el viejecito de pelo canoso?

Sí, era verdad que algún que otro celador había observado el proceso. Primero, el anciano se aproximaba a un despistado joven que esperaba en cualquier sala; se sentaba junto a él e iniciaba una charla. El observador iba percatándose, sin dificultad, de la vitalidad que adquiría el señor mayor al mismo tiempo que al oyente se le notaba más cansado, incluso algunos se levantaban, con cualquier pretexto, con el fin de alejarse del viejecito.

Este residía en la habitación número 203, lugar en el que se había instalado hacía ya tres meses. El cáncer que se le había diagnosticado estaba muy avanzado pero él se negaba a morir, quería seguir viviendo y se aferraría a la vida como fuese, del mismo modo que se aferraba a la gente joven y a los niños (a los que obsequiaba con dulces cuando los encontraba en cualquier recoveco de la cafetería). Solamente un niño llegó a comentar a su madre que no quería estar con el "hombre mayor de los caramelos" porque se cansaba mucho escu-

chándolo; sus historias eran divertidas pero... al cabo de un rato se agobiaba, se sentía pesado y tenía la necesidad de dejarle e ir a jugar al jardín del recinto o, lo que era lo mismo, ir a tomar el aire.

En cierta ocasión un doctor llegó a llamarle en tono de broma "Matusalén" porque además de tener noventa años y aparentar sesenta, cada vez que se le pronosticaban unas pocas semanas de vida, cuestión que a menudo solía desconocer, (desde la detección de su enfermedad) se "recuperaba" inexplicablemente aguantando hasta la siguiente recaída, de la que siempre conseguía salir. Cuando sus compañeros de habitación (algunos terminales, por lo que tuvo unos cuantos) le preguntaban cómo hacía para aguantar tanto y además "disfrutar" de un estado "vital", él les respondía que todo se basaba en querer vivir, en amar la vida como a uno mismo, en luchar. Luego añadía que las visitas de sus familiares contribuían mucho, le activaban, le ayudaban a seguir día a día.

Transcurridos los meses y viendo que su estado de salud permanecía estable fue enviado a casa, lugar en donde uno de sus hijos, casado y con tres niños, lo trataba con esmero, siendo atendido constantemente por todos los integrantes de la familia.

Pero en el hospital ya tenían una nueva "inquilina" que se paseaba por los pasillos y se sentaba a conversar con las enfermeras en la cafetería. También le había sido diagnosticado un cáncer pero, como ocurría con el paciente de la 203, no lo aparentaba. Su rostro juvenil y la manera tan ingeniosa con que conseguía captar la atención de cualquier persona que la atrajera se habían hecho conocidos, por no decir famosos, en todo el edificio. Sentía predilección por los médicos, a los que acribillaba a preguntas, narraba sus devaneos amorosos y hacía confidencias.

Un día, uno de los doctores que llevaba toda la mañana acompañando a la anciana se percató de que los compañeros de habitación de la misma fallecían antes de lo previsto, mientras ella alargaba una existencia que parecía imposible prolongar más. Así que comenzó a estudiar el caso, comparándolo con el del señor que había ocupado la habitación número 203 para, más tarde, acabar encontrando algunos pacientes más en la planta de geriatría que presentaban los mismos "síntomas" que aquellos dos ancianos.

Después de un exhaustivo estudio llegó a la conclusión de que "algo" revitalizaba a esas personas, y parecía que la principal "fuente" era la compañía de gente joven y familiares. Así que presentó su estudio a un amigo que trabajaba en el mismo centro para, de estar de acuerdo, pedir una beca de investigación y dedicarse a buscar el origen de ese "algo" que parecía devolver la vitalidad a los enfermos mayores (más tarde averiguaría que aquel "algo", aquella energía, también era absorbida por otros pacientes más jóvenes, incluyendo niños). Finalizado su turno, en vez de dirigirse con el coche a casa, fue a la residencia de la tercera edad en la que una tía suya estaba internada y a la que no veía desde hacía algún tiempo. La mujer se alegró mucho de verlo y poder disfrutar de su compañía durante la hora de la comida. Le contó historias de su hermana (la madre del médico); de cuando él era pequeño... Habló y habló y con cada minuto transcurrido su rostro cambiaba, su espalda se erguía un poquito y parecía como si la vida hubiera regresado de nuevo a su marchito cuerpo. Tras tomar el café el joven doctor se despidió y, como el cansancio no había tardado en invadirlo se dirigió a su piso, en donde se echó a dormir; eso sí, con la grata sensación de haber dado o mejor dicho, "donado", algo de su propia energía a aquella anciana devolviéndole de esa manera parte de una juventud irrecuperable para ella, devolviéndole, sencillamente, un poquito de vida.

* * *

Con este capítulo no queremos ni creemos que estemos contribuyendo a la divulgación de fenómenos o sucesos seudocientíficos. Aunque es un capítulo en el cual tratamos un acontecimiento que, por lo menos de momento, no deja de ser más que un rumor ocultista o parapsicológico, hemos decidido incluirlo en este libro porque, de lejos o de cerca, tiene que ver con el vampirismo, y no sólo en su etimología [280]. Que comprenda el lector que en un libro que pretende abarcar gran parte de lo relacionado con los vampiros y el vampirismo nos vemos obligados, aunque con gusto, a mencionar desde lo más serio y correcto hasta lo más absurdo del tema, incluso lo dudoso y lo falto de demostración y conformidad académica (como es el caso del presente capítulo); todo para ofrecer una más amplia visión de lo que se está analizando.

Que en este libro se mencionen ciertos supuestos fenómenos, como el que a continuación se puede leer, no quiere decir que sus autores comulguen con ellos. Nuestra postura frente al tema del llamado vampirismo energético es de duda y desconfianza ante unos sucesos poco sometidos a control.

Es importante mencionar que, mientras en unos apartados actuamos como divulgadores de nuestra personal investigación, en otros intervenimos como expositores de sucesos y fenómenos de los que no podemos compro-

(280) Muchos casos que hablan del vampiro centroeuropeo de antaño aluden también a una sustracción de energía a la víctima. De un robo de una sustancia invisible que debilita a los vivos hasta hacerles morir. Y no sólo el vampiro centroeuropeo muestra ocasionalmente esta actitud, sino que otros vampiros de otros lugares también.

bar su veracidad; además, en otros actuamos como meros informadores de noticias que no merecen ningún crédito pero que por su curiosidad y su dimensión interesan para el estudio del vampiro y de su evolución. En este libro son fácilmente reconocibles, por lo menos, estas tres actitudes de los autores.

* * *

Existe un vacío documental sobre el llamado vampirismo energético, debido seguramente a la falta de conocimientos sobre el mismo. Sin embargo, en círculos ocultistas y parapsicológicos se habla de este tipo de vampiro con una facilidad y soltura pasmosas, como si todo se supiera de él, como si fuera un fenómeno archicomprobado. Pero, en realidad, es un fenómeno cuya única prueba de su existencia, por lo menos de momento, es una confusa e indocumentada impresión de que parece suceder. Y es posible, sólo una posibilidad, que en lo que se ha llamado "vampirismo energético" se haya vuelto a confundir la correlación de los sucesos con su causalidad.

Lo que a continuación se expone es una recopilación de lo que se dice o rumorea sobre este asunto.

Energía psíquica

Abriremos este capítulo diciendo, directamente, que el vampiro energético es el que chupa, succiona o parasita la "energía psíquica" de aquellos seres vivos que le rodean. Al menos eso se afirma en determinados círculos. Pero antes de profundizar en él conviene hacer un pequeño comentario de qué es eso de energía psíquica.

Al hablar de energía, se la llame como se la llame, hay que tener en cuenta las afirmaciones científicas cuando dicen que la materia no existe, que está compuesta de átomos, que a su vez se dividen en electrones, los cuales son, en sí mismos, energía. Tal como dice Francisco Aniceto Lugo, autor de numerosas publicaciones científicas, "la materia no es sino energía condensada"; el mismo autor sostiene que "en un bloque de cualquier materia sólo hay energía marchando a velocidades espantosas..." (281)

Podríamos hablar de energías conocidas como la energía nuclear, la energía molecular, la energía química... Sin embargo es evidente para los estudiosos del fenómeno paranormal, y aquí entramos en el meollo de la cuestión, que cuando se produce un fenómeno paranormal o parapsicológico,

(281) Revista *Mundo Desconocido* nº 25.

ya sea de emisión o de percepción por parte del ser humano, entra en juego una energía desconocida, o una interacción desconocida entre energías conocidas, que muy poco tiene que ver con la forma de actuar y de manifestarse de las ya mencionadas. Esta energía de la que se habla, que aunque desconocida en su origen y composición, se dice que es bien conocida por los efectos que de su actuación se derivan, ha sido llamada y nombrada de diferentes formas a lo largo de la historia: fluido ódico, energía orgónica, mesmerismo, magnetismo animal... Si repasamos disciplinas tan aparentemente separadas como las medicinas alternativas, las artes herméticas, el pensamiento oriental y muchas otras, nos daremos cuenta de que, lo que más une a unas con las otras es el concepto de energía; una sola energía primaria que, según fuentes herméticas, se manifestaría de múltiples formas, siendo común en toda la creación.

Los chinos, y tal vez de ellos provenga la referencia más antigua que tenemos, hablan de una *energía chi* o fuerza vital, que circula en los organismos vivos a través de unos canales referenciados o meridianos. Sostienen que esta energía interna se relaciona con la energía vital cósmica que rodea a todo ser vivo, y que todo cambio en el sistema energético que rodea a una persona, ocasiona un cambio correspondiente en las energías vitales de su cuerpo.

También las tradiciones hindúes y yogas de la India, por nombrar algunas de las tantas que comparten este conocimiento, dicen que todo el universo está relacionado entre sí a través de una energía que llaman *prana*; y que estamos rodeados de ese *prana*, el cual fluye en todas direcciones, y que lo respiramos, de tal forma que dentro del cuerpo también hay *prana*, gracias al cual estamos vivos.

De estas y de otras formas, lo que hicieron las antiguas filosofías fue darle un nombre a algo, una energía, por la cual todo estaba íntimamente interconectado. Y así hasta nuestros días, donde casi con demasiada facilidad (tal vez nosotros estemos "pecando" de ello) se habla de lo que se ha dado en llamar "energía psíquica", que no se sabe de qué está compuesta y que no es sino otro nombre más moderno, más actual, que se le ha dado a esa energía primaria que todo lo inunda llamada *chi* o *prana* en otros tiempos. De ahí que al vampiro energético también se le llame "vampiro psíquico", haciendo alusión, con ello, al nombre designado a esta energía. Insistiendo en que, como dice David Hammond, "la energía psíquica no es nueva en términos de conciencia humana intuitiva" (282), ya que bajo diferentes nombres, desde

(282) *Boletín de parapsicología* nº 1 (Academia de Parapsicología Rigel).

los primeros tiempos, y condicionada, como no, de acuerdo a un sistema cultural y de creencias personales y sociales, esta energía ha sido representada y tratada como algo que es parte importante de ese universo del cual formamos parte.

La energía psíquica, que incluso hoy en día sigue recibiendo varios nombres dependiendo de las escuelas, sería aquella que, entre otras muchas cosas, produce los fenómenos parafísicos, llamados así por la parapsicología. Estos son fenómenos en los cuales "la persona influye sobre la materia obteniendo efectos físicos sin utilizar ni medios físicos, ni mecánicos, ni eléctricos, sino, simplemente psíquicos" [(283)]. Por ejemplo una "psicocinesis" (movimiento de objetos a distancia inducido teóricamente por nuestra mente), donde se libera una energía que los parapsicólogos llaman *energía psí* y que, aunque invisible en muchas ocasiones, no en todas, sería la causante de tal fenómeno.

Otro fenómeno (aun habiendo muchos otros no es este un libro para hacer mención de todos ellos) sería el de la "impregnación psíquica", del cual se afirma que demuestra, de forma muy clara, cómo lo vamos impregnando todo con nuestra energía. "Como el curandero al imponer las manos, nosotros vamos desprendiendo energía también y no sólo por las manos. La desprendemos con nuestra sola presencia" [(284)]. Se dice que, con más o con menos intensidad la desprendemos, además, al hablar, al gritar, al encolerizarnos... La verdad es que con el "simple" hecho de pensar, o "simplemente" vivir o vegetar, irradiamos energía a nuestro alrededor. Son formas, modos, de desprendimiento natural de nuestra energía, una pérdida permitida, regulada por sí misma y recuperable fácilmente.

Pero algunos advierten que lo que nadie regula es la pérdida de energía psíquica, que podemos sufrir cuando ésta, por la razón que sea, nos es absorbida por alguien que consciente o inconscientemente se dedica a ello. Y se dice que nadie regula esta pérdida porque sus efectos, aunque sean físicos (entre otros), producen una serie de síntomas cuya relación con el vampirismo energético es difícil de percibir, ni siquiera de imaginar, para un profano, requiriendo además conocimientos sobre energía.

No sólo somos seres físicos, también somos seres psicológicos y seres energéticos. Fácil es deducir que somos seres energéticos cuando ya hemos comentado que la materia no es sino energía condensada, y que, efectivamente, ésta puede manifestarse en nosotros en forma de materia (cuerpo fí-

(283) *Diccionario de parapsicología* (apuntes de parapsicología del Instituto Mens Aura).
(284) Revista *Más Allá*.

sico) y también en otras formas más sutiles. Formas que no son percibidas por el ojo humano al no estar tan condensadas.

El hombre es un emisor-receptor que emite y capta permanentemente (285). El hombre capta constantemente energías externas a través de su cuerpo, siendo el propio cuerpo, asimismo, un campo de energía, de una energía psíquica que, afirman "es bipolar y capaz de interactuar con otros cuerpos. Puede ser refractada, polarizada y combinada con otras energías. Puede crear efectos similares al magnetismo, a la electricidad, al calor y a la radiación luminosa, pero en sí y por sí no es nada de esto. Puede asimismo ser conducida por el papel, la madera, el cristal, la seda y muchas otras sustancias aislantes de la electricidad. Puede pasar a través del agua y de cualquier metal conocido" (286). Numerosos dotados aseguran haber sido capaces de recibir y transmitir energía psíquica procedente de una habitación blindada, estrictamente preparada como para impedir la entrada o salida de cualquiera otra onda conocida.

En el siglo pasado, la incredulidad era una postura común cuando se hablaba del posible descubrimiento de energías nuevas, no conocidas hasta entonces. Sin embargo, pasados los años, y tras toda resistencia, se llegó a conocer la energía atómica y otras que los investigadores no eran capaces ni de imaginar.

Hoy en día, la comunidad científica vuelve a poner resistencia cuando se trata de admitir cualquier forma de energía "aún no descubierta" (la energía psíquica).

Probablemente, esta resistencia se deba a que esta "nueva" energía de la que se habla ha sido llamada de forma muy misteriosa y vinculada, en numerosas ocasiones, al ocultismo, además de darle un origen, en algunos casos, casi divino. ¿Pero qué podemos esperar? Los primeros en hacer mención de ella eran gentes pertenecientes, todas ellas, a cultos religiosos en una época muy lejana en el tiempo, donde la religión lo dominaba todo. Todo lo explicaban en términos religiosos.

A pesar de ello, en una época más actual, se dice que los experimentos repetidos de numerosos investigadores individuales, muy separados en el espacio y en el tiempo, han dado descripciones similares de las propiedades y capacidades de esta energía, llegando todos ellos a las mismas conclusiones.

---

(285) Hay quienes afirman que los humanos intercambian energías en todo momento. Por ejemplo, cuando unos hablan y otros escuchan se produce un intercambio, un movimiento de corrientes de energía. Algunos aseguran que si no hay tal corriente de energía no hay comunicación, siendo imposible que se establezca una "conexión".

(286) *Boletín de parapsicología* nº 1 (Academia de Parapsicología Rigel).

"La ciencia suele aceptar la duplicación como prueba de que un fenómeno existe independientemente" (287). Y aunque se insiste en que una gran parte de la experimentación respecto a esas energías se llevó y se lleva con un rigor igual, o incluso superior, a la investigación científica de la época, sigue siendo ignorada y desacreditada.

El doctor Inyushin dice que "todos los seres vivientes no sólo tienen un cuerpo físico constituido por átomos y moléculas, sino que también tienen un segundo cuerpo de energía" (288). Aunque, de momento, nunca se ha expresado de un modo claro y convincente la naturaleza de esta energía psíquica, sí dicen haber comprobado que una carencia o un desequilibrio de ésta repercute en forma de síntoma clínico sobre el cuerpo físico.

De esta forma, el vampirismo energético parecería enseñarnos que el hombre, empeñado en aprovechar unas energías que son perecederas con el paso del tiempo, ha descuidado el estudio y la utilización de sus propias energías, recordándonos que nuestro bienestar físico y psicológico depende de nuestro estado (calidad y cantidad) energético. Un estado el cual lo tenemos que mantener en su nivel adecuado para poder sacar un máximo provecho de nuestro potencial holístico.

* * *

Vampiro energético

En su libro *Autodefensa psíquica*, Dion Fortune (289) dedica un capítulo al vampirismo energético. Al hablar en él de su propia experiencia y la de sus compañeros estudiantes en sus prácticas con el psicoanálisis dice que pronto fueron sorprendidos "por el hecho de que algunos casos eran extremadamente exhaustivos de tratar. No es que fueran problemáticos, sino que simplemente «nos vaciaban», y nos dejaban sintiéndonos como guiñapos fofos al final de un tratamiento" (290).

Todos habremos tenido la experiencia de haber tropezado con cierta persona que, a veces, quizás con frecuencia, después de pasar un rato en

(287) Willian Jon Watkins. *Manual de experimentos parapsíquicos 2.* Ed. Martínez Roca, 1984. Barcelona.

(288) Colección "Lo Inexplicado".

(289) Dion Fortune era una renombrada ocultista inglesa (1891-1946). Su verdadero nombre de nacimiento era Violet Mary Firth. Parece ser que a partir del lema italiano *Dio non Fortuna* (Dios, no la casualidad/fortuna), se asignó el nombre de Dion Fortune. Fundó la Fraternidad de la Luz Interna. Escribió numerosos libros, que algunos consideran disparatados y otros como imprescindibles para el conocimiento de lo oculto y la magia.

(290) Dion Fortune. *Autodefensa psíquica.* Ed. Luis Cárcamo, 1979. Madrid.

su compañía, parece que hace que nos sintamos agotados, reducidos de energía e incluso indispuestos para realizar un esfuerzo hasta un límite normal.

Si descartásemos todas las causas conocidas y aceptadas como "naturales" (consideradas normales) que, en estos casos pueden producir tal bajón (pueden ser muchas y después hablaremos de algunas de ellas), nos quedaría la posibilidad de que la persona que así nos hace sentir cada vez que estamos un determinado espacio de tiempo, más o menos largo, con ella, es lo que se ha denominado un vampiro energético (afirmación ésta de algunos parapsicólogos, esoteristas y ocultistas).

Parece que se trata de un individuo, de aspecto físico normal que por su, se sospecha, configuración psíquica y a través de algún mecanismo todavía extraño, absorbe la energía de los seres vivos que, por lo menos, están cerca de él (a no ser que al percatarse de ello se evite tal succión) dejando a éstos totalmente agotados, entre otras cosas.

Evitando meter a todos los vampiros de esta clase en el mismo saco, lo cual nos puede conducir a malentendidos, podríamos hablar de dos tipos, atendiendo a su intencionalidad o a la falta de ésta durante su acción vampirizante. De esta forma se puede hablar del vampiro energético inconsciente y del vampiro energético consciente.

Vampiro energético inconsciente. Los que dicen saber sobre este asunto afirman no conocer con exactitud cuáles son las causas psicológicas (si es que las hay) que llegan a provocar, o hacer, que una persona sea un vampiro energético o que la identifiquen como tal. Lo que sí se han encontrado son algunos posibles estados físicos, algunos inevitables como la vejez, que pueden llevar a ello.

De esta forma, se dice que los ancianos tienden a ser vampiros energéticos. Tal es así que en algunos sitios hay un dicho que reza que "no es bueno que los abuelos duerman con sus nietos". Este dicho, que es un pensamiento y una norma para mucha gente, es algo conocido y aceptado en muchas partes. Cuando se pregunta el porqué las respuestas suelen ser un poco evasivas, no encontrando en ninguna de ellas una explicación coherente (algunos parapsicólogos ven en este hecho una relación con el tema que este capítulo trata).

Por otra parte, el esoterismo señala que la columna vertebral es la que más cantidad de prana, de energía, capta, y que se encorva cuando llegamos a viejos porque ya no capta tanta de esta energía, que es la que le hace mantenerse erguida.

Es sabido que la "batería" de un anciano no es como la de un joven. La vejez no sólo es la pérdida de la curiosidad, como dice Azorín, es además, la pérdida de la capacidad de recargar esa "batería" automática y rápidamente con la facilidad de años antes.

Esa hipotética "batería" que poseemos los seres vivos se descarga para volverse a cargar con suma sencillez, una y otra vez, durante un periodo de nuestra vida. Pero llega un momento, tras mucho rodaje, en el que tras descargarse ya no se vuelve a cargar con tanta facilidad, y lo que es peor, al hacerlo ya no se llena, ya no acumula tanta energía como al principio, pierde potencia. De esta forma, se argumenta que el anciano necesita, no se sabe muy bien por qué, un método de recarga que no se basa en aprovechar en su mayor parte las energías que le rodean, no se recarga básicamente con ellas, sino que necesita las de los seres vivos, y tiene tendencia a absorber energía a aquella persona que tiene la "batería" nueva, llena, poco rodada, por ejemplo un joven.

Los ancianos, las personas muy mayores, chupan a los jóvenes, les absorben, aquello de lo que andan faltos; fuerza, vitalidad... en una palabra, energía. Si es verdad que uno de los signos de la vejez, sin tener que ser obligatorio, es el sentimiento de soledad, de añoranza de otros tiempos, los ancianos sustraerán, ante la mínima compañía joven, todo lo que puedan de ella. Así, haciendo con esto una referencia a lo que los parapsicólogos enseñan en sus cursos, si una persona joven duerme con un anciano es posible que se levante, a la mañana siguiente, cansada (a pesar de lo reparador que tendría que haber sido el sueño), sin encontrar ninguna explicación a tal estado; inversamente es probable que la persona mayor se encuentre, esa mañana, mejor que ninguna otra, más fuerte, más saludable, como con más energía, como si le hubiesen puesto las pilas nuevas.

El abuelo no suele ser consciente ni provoca de forma voluntaria esta vampirización, aunque sí es consciente que ante una compañía más joven él se siente mejor. Se trata, puede suponerse, de un mecanismo de supervivencia, autorregulador, que todos poseemos. Aunque también cabe la posibilidad de que la energía, al igual que el agua, el aire o cualquier otra sustancia capaz de fluir, pase de aquellos que tienen más a aquellos que tienen menos; a no ser que se tomen medidas para evitarlo, pero que en caso de no hacerlo no hay que preocuparse; algunos aseguran que en la situación mencionada hasta ahora no hay ningún peligro, los jóvenes disponen de mucha energía.

* * *

El profesor Mateo Mateo, ampliando lo ya mencionado, nos dice que para hablar del vampirismo energético hay que hablar también de la mecánica del aura (291).

Es necesario considerar, dice, tres fases del aura: el aura en la niñez, el aura en la edad adulta y el aura en la tercera edad.

Según el profesor Mateo, el niño también es un vampiro energético ya que el aura de la niñez y gran parte de la juventud es deficitaria. Un niño gasta más de lo que come, por lo que está en déficit. Un déficit que compensa vampirizando la energía del aura de papá, de la abuela, de la tía...

Un niño "no para quieto", sube a la silla, baja de ella, va y viene, se agacha, se cae y se vuelve a levantar, corre para un lado y para otro... no para un momento. Tal es así que todos hemos oído a aquella persona que lleva toda la tarde con un niño decir: "Estoy para el arrastre, este niño me agota..." (bien es cierto que el echo de estar todo el tiempo pendiente de él para que no se haga daño ya es suficiente motivo como para cansarse).

Algunas opiniones dicen que el niño, en esos momentos, con su juego, nos quitaría la energía del aura, tomaría de nuestra energía para su desarrollo somático, para el desarrollo de su cuerpo, y de su mente, pues el aura (apuntan algunos) es modulada (es una onda modulada) y contiene información, con la cual desarrollaría su vida intelectual.

Para el profesor Mateo, el vampirismo que ejerce el niño es perfectamente natural e imprescindible para él. Todos los niños chupan; de no ser así no se desarrollan bien.

La comunicación de la energía áurica que se da entre adultos y niños es a través de un canal de cariño.

En la edad madura el aura tiende a estar en equilibrio y la persona, como mucho, puede ser un vampiro circunstancial (292) en determinado momento para, sin tardar, dejar de serlo.

En la tercera edad, nos sigue diciendo el profesor Mateo, el aura vuelve a ser deficiente, pero en esta etapa no puede verse fácilmente compensada como la de un niño (afirma que el aura se crea con los alimentos que tomamos y con las energías que captamos del exterior. El anciano ya no puede reforzar su aura con los alimentos y con las energías que le rodean, el llamado *prana*).

(291) Se dice de ella que es un extraño resplandor, invisible a primera vista para la mayoría de la gente, que "flota" alrededor de todos los seres vivos, y también alrededor de los objetos inanimados. Una luminosidad que rodea el cuerpo entero que algunos creen que es fotografiable a través del sistema Kirlian. Se afirma que el colorido, la luminosidad y la extensión del aura reflejan el estado físico, psicológico y energético de la persona.

(292) Mencionado en líneas posteriores.

Afirma también que hay personas de la tercera edad que, como niños, consiguen chupar la energía de los demás sin saberlo. Aunque considera que es más vampiro el niño, y que más absorberá el niño del anciano que éste de aquel.

* * *

Los "casos registrados" demuestran que no sólo las personas de la tercera edad tienden, de forma natural (y por tanto nada perjudicial) a ser vampiros energéticos, sino que las personas enfermas u hospitalizadas también pueden llegar a ser, hasta que se restablezcan de su afección, esta clase de vampiros; con lo cual todos tenemos, también, varias ocasiones durante nuestra vida en las cuales podemos ser vampiros energéticos.

Ya hemos comenzado a decir en líneas anteriores que la carencia de algo en una persona pone en estado de alerta los mecanismos internos de ésta y saltan, se disparan, para buscar aquello que pueda suplir lo que le falta.

Dion Fortune, otra vez en su libro ya mencionado, y hablando del tipo de vampiro que aquí tratamos, relata cómo una enfermera ocupada del departamento eléctrico le contó que los pacientes "«vaciaban» las máquinas eléctricas y que podían absorber los más sorprendentes voltajes sin mover un cabello" (293).

En nuestra corta experiencia y poco extensa investigación no han hecho aparición casos donde incluso las máquinas se ven afectadas por la presencia de estas personas. Tampoco nadie parece haber corroborado las observaciones de Fortune. Sin embargo, parece ser común el afirmar (tal vez la experiencia diaria y la errónea interpretación de la misma haya inducido a ello) que los enfermos, faltos de energía, faltos de fuerzas, débiles, necesitando toda la vitalidad, toda la energía posible para su pronta y buena recuperación, tienden a vampirizar.

¿Quién no ha salido cansado alguna vez del hospital al ir a hacer una visita? Entre otras, según dicen, cabe la posibilidad de que ello se deba a que alguien ha absorbido nuestra energía, seguramente aquella persona a la que hemos ido a visitar. Los que así opinan insisten en que con esto no quieren

(293) Dion Fortune. *Autodefensa Psíquica.* Ed. Luis Cárcamo, 1979. Madrid.
Vemos necesario comentar que para Martin Gardner, el libro *Autodefensa psíquica* es uno de los más divertidos y paranoicos que ha leído. Opinión ésta que ofrecemos aquí, pues en lo de "paranoico" puede tener algo de razón; por lo que sus afirmaciones en cuanto al vampirismo y/o parasitismo psíquico, aún habiendo sido expuestas aquí por su fama, deberían tenerse en cuenta, pero relativamente.

decir que no debemos ir al hospital. Todo lo contrario; en caso de que lo expuesto en estas líneas fuese cierto, acudir al hospital puede significar hacer de "donante de energía" durante un rato, y eso repercutiría favorablemente sobre la salud del enfermo. Sólo con la presencia de alguien (si es conocido o familiar mejor), aunque este alguien no haga nada, simplemente estar sentado en la butaca de la habitación con una revista en la mano, el hospitalizado se encontrará más a gusto, le dolerá menos su mal... en definitiva, y teóricamente, lo llevará mejor. Nuestra presencia será un alivio, un respiro. Nadie se va a morir porque vaya a visitar a un enfermo (la forma más natural de recuperar la energía que nos han absorbido es descansando). Aunque sí es verdad que parece haber casos extremos, como el que nos relató un conocido investigador, en el que una mujer, cada vez que iba al hospital a ver a su madre, la cual estaba muy grave (tenía cáncer), volvía a casa totalmente agotada, exhausta, excesivamente cansada. La madre, por el contrario, a pesar de su gravedad, acababa encontrándose mejor ante la visita de su hija, pero ésta tardaba varios días en recuperarse de su repentino bajón.

Algunos creen que los enfermos de cáncer son, en el sentido energético, "esponjas" con una tendencia inconsciente bastante acentuada a absorber. Este proceso de absorción es un fenómeno natural en, al parecer, todas las enfermedades degenerativas, ya que una materia que está muriéndose tiende a atrapar la energía de donde pueda y como pueda (no pretendemos que con este rumor se mire mal a las personas que padecen cáncer, ni que haya que alejarse de ellas. Es simplemente un rumor que no tiene actualmente ningún fundamento científico reconocido).

Los mismos médicos dicen, en cuanto a los enfermos terminales se refiere, que la gente que está agonizando y está con parientes tarda mucho más en morir que una persona que está sola; y es posible que este aferrarse a la vida no sólo tenga motivos psicológicos, sino también energéticos. Dice haberse observado, trabajando con fotografía Kirlian, que cuando una hoja de planta sana se coloca junto a una enferma tiene lugar algún tipo de transferencia energética ya que, al tomar más tarde una fotografía Kirlian de la hoja enferma ésta muestra renovadas señales de vida, brillando con más intensidad que antes.

"Ya en la antigua Roma se reunían a enfermos y sanos, viejos y jóvenes, con fines terapéuticos" [294], y también Galeno, autor de más de 300 libros (de los que se conservan unos 80), recomendaba este método. Hasta en la Biblia parece hacerse uso del mismo: "Cuando el rey David se hizo viejo, de

(294) Wernwer F.Bonin. *Diccionario de Parapsicología.* Alianza editoral, 1983. Madrid.

edad avanzada, aunque le cubrían con ropas, no entraba en calor. Entonces le dijeron sus servidores: «Búsquese a mi señor, el rey, una joven virgen, para que asista al rey, lo cuide y duerma en su regazo, y así entrará en calor mi señor, el rey». Se buscó, pues, una joven hermosa por todo el territorio de Israel, y se encontró a Abisag, la sunamita. Y fue traída al rey..." (Reyes 1, 1-4). Según las enseñanzas esotéricas es la energía vital (*prana*) la que verdaderamente da vida al cuerpo, la que verdaderamente lo mantiene caliente. Con la muerte, o con la cercanía de ésta, el cuerpo se enfría porque ya no tiene casi energía que lo sustente. Este párrafo del Antiguo Testamento, sujeto a varias y diferentes interpretaciones, podría hablar de cómo existía la creencia de que, como ya se ha dicho, los enfermos sustraen de los jóvenes o de las personas sanas de su alrededor la energía vital.

Según esto, la causa del vampirismo que se da en los hospitales es circunstancial, es una causa física. Y si se da por válido todo lo mencionado anteriormente, muchos hemos sido y seremos vampiros energéticos circunstanciales en algún momento de nuestra vida.

* * *

Sin abandonar los recintos médicos añadiremos otro rumor (también sin fundamento científico reconocido) que dice que dentro de ellos no sólo existe una vampirización energética a las personas que se acercan de visita. Es muy posible que entre los mismos pacientes se dé este fenómeno, sobre todo entre los enfermos terminales, cuyo vampirismo natural por enfermedad física es alterado, aumentado y acelerado con los procesos internos del instinto de supervivencia al decir: "Yo no me muero...", "Tengo que aguantar más...", "Yo tiro para adelante..." El querer agarrarse a la vida intensifica el proceso de vampirización que se da a la gente que está junto al moribundo. Y muchas veces ya no es la causa de su estado físico en sí la que le lleva a apropiarse de las energías ajenas, sino que además le ha aplicado una carga psicológica, un querer vivir desesperadamente, que puede poner en peligro, en casos extremos, la vida de su compañero, acelerando algún día la muerte de éste si también está moribundo (al menos eso dicen algunos ocultistas).

Es posible que este rumor deba su existencia a los casos en que pacientes en fase terminal se sobreponen contra todo pronóstico mientras que, el compañero de habitación, también en estado lamentable, pero sin que los médicos previesen su paso al "otro mundo" tan pronto, había fallecido, pasando al "otro barrio" sin que, al parecer, le tuviera que tocar.

Con lo dicho, y sin abandonar las palabras de algunos ocultistas, si bien es verdad que en los hospitales y residencias hay zonas donde el riesgo de ser vampirizado es más propenso que en otras, también es verdad que hay zonas donde tal vampirización, a pesar de ser un hospital, no se da. Por ejemplo en la sala de parturientas, ya que el estado de éstas no es de enfermedad. Su propio organismo está en proceso de reciclaje y, además, están emocionalmente altas, y la emoción y la energía están íntimamente vinculadas (siempre que estamos con alguien que está en un estado emocional alto, alegre, contento... su energía es activa, no drena, al contrario, suelta). Por eso Coelius Aurelianus ya recomendaba, en la antigüedad, algo que todavía se utiliza hoy en día: "Si el paciente está triste, que le muestren cosas alegres". Cuestión que nos enseña que podemos recargarnos de energía sin chupársela a nadie, simplemente aumentando nuestro estado emocional (si en una reunión donde todos están apáticos, entra uno y cuenta un chiste, todos se ríen, y si antes de éste todos tenían una energía baja, tras el chiste todos salen irradiando más).

* * *

Los que afirman la existencia del vampiro energético aseguran que éste no sólo se da entre los ancianos y los enfermos. Algunos investigadores dicen haber tratado y estar tratando a cientos de matrimonios, ni ancianos ni enfermos, en que uno de los cónyuges tiene el problema de ser un vampiro energético, y ocurre lo que tiene que ocurrir, que el otro cónyuge, la "víctima", se levanta por la mañana totalmente agotado.

Pero algunos insisten en que no sólo en las relaciones matrimoniales se puede observar el fenómeno del que aquí hablamos. Dion Fortune, durante el curso de su trabajo psicoanalítico dice: "Me crucé con un número de casos en que existía un apego mórbido entre dos personas, lo más común madre e hija, o dos mujeres amigas; a veces también entre madre e hijo, y en un caso que encontré socialmente, entre un hombre y una mujer" (295). De tal relación siempre era "el negativo de la pareja el que venía a por tratamiento" (296). El negativo de la relación siempre mostraba los mismos síntomas, "un temperamento sensitivo, una complexión pálida, forma gastada y debilidad general, sensación de debilidad, y se fatigaban fácilmente" (297). Muy sugestionables y fáciles de dominar. "El punto curioso, sin embargo, era que

(295) Dion Fortune. *Autodefensa psíquica.* Ed. Luis Cárcamo, 1979. Madrid.

(296) Ibíd.

(297) Ibíd.

la ruptura de la relación mórbida causaba una señalada perturbación e incluso un semicolapso del asociado dominante de la relación" (298).

La autora mencionada recomienda la separación de la pareja "si es que ha de efectuarse una cura", lo cual desagrada al asociado dominante. Junto con ella, otros investigadores hablan de matrimonios que tienen que dormir en habitaciones separadas por ser, un miembro de la pareja, un vampiro energético. Es en estos casos, donde la relación vampiro-víctima ya se ha establecido en una pareja, cuando podríamos hablar de parasitismo (término utilizado por Dion Fortune) en vez de vampirismo.

Se comenta que si a este vampirismo energético de parejas o parasitismo energético, en donde un miembro se nutre con las sustancias energéticas del otro al que vive asido, no se le pone remedio, en casos extremos, la víctima puede enfermar y producirse en ella lo que en parapsicología se llama una *paratanatosis* (Tanatos: Dios de la muerte / En Paraps: Muerte de forma paranormal). Se dice que de esta forma muere esa gente que se va "secando" y poco a poco va enfermando. No tienen nada, o por lo menos nadie sabe decirles lo que tienen. Hay quien piensa que lo que realmente les pasa es que se están "vaciando", se están agotando sus energías, pero absorbidas, en muchas ocasiones, por otra persona. ¿Podrían darse estos casos extremos entre los pacientes de un hospital? El rumor ya fue lanzado en su día, y ojalá que investigaciones posteriores lo tengan en cuenta para sacar de dudas.

Vampiro energético consciente. No todos los vampiros energéticos conscientes de su vampirismo son iguales. Estarían aquellos que "simplemente" saben que chupan energías de otros seres vivos y que, como uno de ellos nos dijo en una ocasión: "¿Qué le voy a hacer yo". (299)

Aparte, o juntos, o mezclados con éstos, estarían los vampiros energéticos que, conscientes de su vampirismo y con conocimientos sobre la energía psíquica, "roban" la energía de las personas que los rodean. Sería el caso de muchas (no de todas) de las prácticas psíquicas que se llevaron y se siguen llevando a cabo actualmente.

Algunos dicen haber probado que muchos de los fenómenos físicos generados por las personas "dotadas" (con capacidades paranormales) no podrían concluirse si éstas no absorbiesen parte de la energía de los asistentes y la utilizaran, junto con la suya, para producir el fenómeno deseado. Por

(298) Dion Fortune. *Autodefensa psíquica*. Ed. Luis Cárcamo, 1979. Madrid.

(299) Al decir "uno de ellos" no estamos afirmando la existencia de los vampiros energéticos. Nos referimos a que un individuo que creía ser un vampiro energético.

ejemplo el ectoplasma. La mayoría de los investigadores del fenómeno paranormal hablan del ectoplasma diciendo que es una emanación o eyaculación energética del dotado. Sin embargo, el doctor F. Ramón de Aguilar afirma que para que se produzca el ectoplasma no sólo son necesarias "las energías habituales del sujeto que, mentalmente dirigidas, logren dicho efecto" (300), sino que hace falta que el dotado cree "otras energías suplementarias", no habituales, para complementar el exceso de esfuerzo energético que para la producción de ectoplasma debe realizar. "En tercer lugar –sigue diciendo el doctor Aguilar– debe darse lo que nosotros denominamos «vampirismo bioenergético»" (301) que, coincidiendo con este capítulo, no es otra cosa que lo que ya venimos tratando: la sustracción de energía realizada por el dotado a las personas asistentes a sus sesiones. Y por último, para poder completar su ectoplasmía, el dotado se ayudará además, dice Aguilar, de la energía que existe a su alrededor y que no es la de los asistentes, es decir, de ese *prana* o energía *chi* de la que ya hemos hablado.

René Sudre también comparte ésta opinión cuando dice que "la ley del psiquismo colectivo, extendida a manifestaciones físicas, nos hace presumir que el sujeto sustrae a los asistentes una cantidad de energía que agrega a la suya" (302). En otro apartado, el mismo autor comenta que algunos sujetos pueden "extraer de su organismo y probablemente de los organismos vecinos, una sustancia desconocida..." (303).

W. J. Crawford también dice que el ectoplasma emitido por el sujeto necesita, para mover objetos, incorporarse la energía de los asistentes. "Por eso es conveniente formar un círculo bastante numeroso" (304). Y de nuevo Sudre relata que tal como confesó Eusapia a Ochorowich, "de las manos de la sujeto, como también de los asistentes se desprendía una emanación que se condensaba en haces de hilos rígidos, y estos haces sostenían, atraían o rechazaban los objetos. Cuando se interrumpía la cadena esos soportes fluídicos desaparecían y los objetos caían de golpe" (305).

Óscar González Quevedo menciona esta colaboración de los asistentes transcribiendo parte de un artículo escrito por el barón Carl Du Prel en el que asegura que la fuerza motora que mueve y hace levitar a los objetos

(300) Dr. F. Ramón de Aguilar. *Psicología de la energía.* Impresa en los talleres gráficos de la caja popular cooperativa Tunja-Boyaca-Colombia, 1988.

(301) Ibíd.

(302) René Sudre. *Manual de parapsicología.* Ediciones Siglo Veinte, 1991. Buenos Aires.

(303) Ibíd.

(304) Ibíd.

(305) Ibíd.

emana tanto del médium como de los asistentes: "Así pues, por ejemplo, los objetos que fluctúan en el aire caerán en el momento en que se rompa la cadena. Esto es una buena prueba de que la fuerza para el levantamiento se saca de los asistentes" (306). Y relata el caso de cómo en una sesión una guitarra se movía por el aire, encima de los asistentes, cayendo sobre uno de ellos cuando para tocarla soltó la mano de su vecino, rompiendo así la cadena energética formada por los participantes.

También Schrenck-Notzing dice que la energía tomada de los asistentes se mezcla con la del dotado. Y los psicólogos A. G. Pushkina y V. N. Pushkin hablan de un "donador de energía" que Yermolayev, un dotado, necesitaba tener a su lado cuando pretendía realizar los experimentos con seguridad. "De este amigo, Yermolayev toma la energía que le falta" (307).

César Lombroso, sobre esto mismo, dice que "aquí la gran acción del médium, ayudada por la energía de los presentes, que se sienten debilitados después de la sesión, está probada..." (308).

El doctor Aguilar, haciendo hincapié en lo notoria que es esta vampirización energética a los asistentes a las prácticas psíquicas, habla de Morselli, el cual "llegó a comprobar, en una sesión con Eusapia, que todos ellos (las personas asistentes a la sesión) perdieron una cantidad de fuerza muscular que pudo establecer en seis kilos para la mano derecha y catorce para la izquierda" (309).

De ser esto cierto, es de suponer que muchos de los dotados no saben que sus capacidades dependen, en cierta medida, y entre otras muchas, de la energía que roban a los asistentes que, curiosos unos e investigadores otros, permanecen cerca de él durante la experiencia; pero también es verdad que otros muchos dotados sí serán conscientes de su vampirismo, valiéndose de él para fines no siempre claros.

Para el doctor Aguilar esto es una "depredación" de la energía ajena. Se pregunta si a las personas asistentes a estas sesiones, a estas prácticas, se les informa que van a sufrir una pérdida de energía y si se les dan instrucciones para, después de la sesión, "recuperar las energías que se les sustraen". En caso negativo "estaríamos ante un delito tipificado por nosotros como «le-

(306) *Las fuerzas físicas de la mente* (Tomo I). Óscar González Quevedo. Ed. Sal Terrae, 1974. Santander.

(307) V. N. Pushkin y A. P. Dobrou. *La parapsicología y las ciencias naturales modernas.* Akal editor, 1980. Madrid.

(308) César Lombroso. *Los fenómenos de hipnotismo y espiritismo.* Editora Amelia Boudet, 1993. Barcelona.

(309) Dr. F. Ramón de Aguilar. *Psicología de la energía.* Impresa en los talleres gráficos de la caja popular cooperativa Tunja-Boyaca-Colombia, 1988.

sión psíquica»" [310]. Y pone el ejemplo del dotado que ya hemos mencionado, Boris V. Yermolayev, el cual "no dominaba la técnica de la propia restitución energética y, en consecuencia, sufría crisis lipotímicas y vómitos, cuando efectuaba sus espectaculares psicotelecinesias" [311]. Y si el dotado tenía problemas físicos por el desgaste de energía que le llevaba producir sus fenómenos, el Dr. Aguilar se pregunta: "¿Hasta dónde quedarán lesionados los asistentes...?" [312].

Incluso en una práctica espiritista como la del llamado "juego" de la tabla oui-ja, que no deja de ser una práctica psíquica, se afirma que hay un vaciado de energía en las personas asistentes y participantes. Esta es una de las razones de por qué en los manuales de oui-ja se recomienda (o se debería recomendar) no asistir ni presenciar la sesión a las personas que están pasando o recuperándose de una enfermedad, o con depresiones... ya que si el nivel energético de éstas es bajo debido a su condición física de enfermedad, o por su bajo estado de ánimo, estas prácticas pueden dejar aún más vacía esa "batería" de la que antes hablábamos. Extremando el tema pero, por lo que dicen, sin dejar de ser real, podría llegarse a desarrollar un proceso crónico, irreversible, no sólo físico, sino energético, dándose lo que en líneas anteriores ya hemos mencionado, una paratanatosis.

¿Cómo sustraen la energía, con qué medios, por dónde?

Dicen que un experimento muy sencillo que hará que el lector se de cuenta de una forma visual de la realidad del vampirismo energético y de la situación en que queda nuestro campo de energía (el cuerpo vital según el esoterismo) cuando aquel se produce, consiste en utilizar como instrumento de medición y de registro las modernas cámaras Kirlian. Pero antes de proponer el experimento puede hacerse la práctica al revés.

Cuando una persona enferma acude a la consulta y le miran el cuerpo energético (le sacan una foto del aura) a través de la cámara Kirlian, observan que la tiene débil, poco coloreada y poco extendida. Si a continuación le hacen una terapia energética, ya sea de imposición de manos, con pirámides, cromoterapia... y después de ésta le vuelven a mirar el aura, se dan cuenta de que, una vez medidas y comparadas las dos observaciones (la de antes de la terapia y la de después de ésta), ha habido un aumento cromático y energético en la segunda. Es decir, el halo crece, y también crece la densidad y la in-

(310) Dr. F. Ramón de Aguilar. *Psicología de la energía.* Impresa en los talleres gráficos de la caja popular cooperativa Tunja-Boyaca-Colombia, 1988.

(311) Ibíd.

(312) Ibíd.

tensidad de éste tras el aporte energético. Por este mismo método, pero al revés, se debería poder comprobar la realidad del vampirismo energético y de los efectos que producen sobre la "víctima". Es decir, hacer que el vampiro permanezca un tiempo (minutos) junto a la persona (se recomienda realizar el experimento sin que ninguno de los dos sepa nada de éste, para evitar así el factor autosugestión). Nos preguntamos, por qué no se ha realizado esta prueba para así demostrar la existencia de este tipo de vampiro. Y en caso de llevarse a cabo, ¿es fiable el registro de la cámara Kirlian?

Según las investigaciones de la doctora Shafica Karagulla (313), los succionadores (ella los llama así) tienen diversos sistemas para absorber la energía de aquellos que les rodean. Dice que algunos utilizan la voz; que una persona muy egocéntrica que además sea muy habladora, saca la energía de su víctima obligándola a escucharla, a escucharla sin parar. De esta forma, la víctima se siente "cada vez más desanimada, sus campos vitales y hasta los emocionales y mentales" se van debilitando para acabar "mostrando estado general de cansancio y, posiblemente, de agotamiento" (314).

Otros succionadores, dicen otros investigadores, utilizan los ojos, la mirada, el contacto físico e incluso la respiración. Hay quien dice que cada vez que respira absorbe, con cada inspiración, una cantidad de energía de la persona que está al lado. También se habla de esas personas que "descalifican" a otras haciéndolas sentir inútiles e incompetentes, siendo ésta otra forma de robar energía.

La doctora Karagulla, que en sus investigaciones dijo haber trabajado con sensitivos capaces de poder ver las energías sutiles de las que todo ser vivo está compuesto, pudo concluir que la energía de la víctima salía *del* "lugar donde estaba situado el vórtice más débil" (315), por lo menos eso veían los sensitivos. De tal forma que una persona que tenga un vórtice de poca vitalidad a la altura de la garganta perderá la energía de ese lugar.

---

(313) Shafica Karagulla, neuróloga y psiquiatra turca, residente en Estados Unidos. Presidió la Higher Sense Perception Research Foundation, en California, una fundación dedicada a estudiar los llamados *fenómenos psi*. Colaboradora del doctor Wilder Penfield, de la Universidad McGill, ha trabajado largamente en la investigación de descripciones hechas por videntes de auras de pacientes y en la coordinación de las mismas con diagnósticos. Sus largos años de estudio de las capacidades diagnósticas de los mediums han sido expuestas en su libro *Breakthrough to Creativity*, en el que dice demostrar que muchos videntes no sólo ven energías que emanan del cuerpo, sino también energías que penetran en el cuerpo desde el exterior. Existe un constante intercambio de energías, dice, en el campo que rodea el cuerpo.

(314) Gene Buchanan. *Extraños en la tierra*.

(315) Ibíd.

El profesor Mateo Mateo dice que la comunicación de la energía que se da entre adultos y niños es a través de un canal de cariño, siendo éste un canal natural.

Características comunes de los vampiros energéticos

Como ya hemos mencionado líneas más arriba, los que dicen saber sobre este asunto no han llegado a establecer, de forma clara, una tipología de carácter o un cuadro psicológico característico que ayude a identificar a esta clase de vampiros. Sin embargo, cuando hablamos de encontrar algún rasgo psicológico común en los vampiros energéticos, no estamos hablando de aquellas personas que por enfermedad o por edad se convierten en tales. Estamos hablando de esos que sin ser ancianos y sin estar enfermos, aun así, son vampiros energéticos. ¿Por qué una persona que no está ni enferma ni es anciana (supuestas causas, entre otras, de su vampirismo) es un vampiro energético?

Ya se ha hablado de ese mar, de ese océano de energía psíquica que existe a nuestro alrededor y del cual nos nutrimos. También hemos dicho que unos la llaman *prana*, otros *chi*... Pues bien, según la doctora Karagulla, habría personas "que no consiguen robustecer sus energías en el océano de energías que nos rodea" (316). Debido a ello, estas personas se tienen que "alimentar" de las energías de las personas que tienen alrededor, ya que todos tenemos la necesidad vital de ellas, y de algún lado y de alguna forma las tenemos que conseguir.

La misma doctora Shafica Karagulla, que en sus investigaciones sobre este tema pidió la colaboración de psicólogos y psiquiatras, dice que "los parásitos son, casi siempre, personas egocéntricas" (317). Otros estudiosos dicen, además, que son muy agresivos y que acostumbran a ser el centro de atención de todo, o exigen tal atención. Lo que sí parece ser evidente es que tras un problema energético (el vampirismo expuesto en este capítulo puede llegar a ser un problema) siempre hay una causa psicológica.

Sin embargo, en la naturaleza también existe este tipo de vampirismo, y también el parasitismo de unos que viven a cuenta de otros. Pero es un vampirismo natural, etológico, jerárquico, necesario. Casi todas las formas de vida que conocemos se sustentan "absorbiendo", de alguna forma, parte de la "vitalidad" de otras criaturas, parte de su vida. Tal vez podríamos decir que la mayoría de seres que habitan nuestro planeta llevan marcado, como si de una

(316) Gene Buchanan. *Extraños en la tierra.*

(317) Ibíd.

ley se tratara, el vivir a expensas de la vida de otras criaturas. ¿Podríamos decir que todo es vampirismo porque todo es interdependiente? Si todas las especies interactúan ¿todas son vampiras de las otras? En caso de ser así es algo que forma parte de la naturaleza y que no crea problema alguno. Este fenómeno natural tal vez quede mejor definido con la palabra simbiosis, quedando así separado de su opuesto, el parasitismo. La simbiosis (del griego *syn*: "junto", y *bíos*: "vida") es una relación de mutua interdependencia productiva entre dos o más especies. Es una relación que confiere muchos beneficios a sus miembros. Y más que parasitismo o vampirismo, lo que ocurre en la naturaleza es un fenómeno simbiótico. Se afirma que el vampiro energético que crea problemas tampoco es el enfermo o el anciano, no es el circunstancial, sino el que por una causa psicológica, algún conflicto, acelera ese proceso de chupar, no actuando en la norma natural, alterándola y acelerándola.

Lice Moreno plantea la posibilidad de que este vampirismo problemático, normalmente inconsciente, pueda darse con facilidad en aquellas personas "que se han acostumbrado toda su vida a depender: primero de la madre, luego del hermano mayor, luego de los compañeros del colegio, etc, etc... y son incapaces de asumir papeles de autosuficiencia. En éstos el hábito de dependencia se hace código y toda su voluntad y su cuerpo se doma y acostumbra a ello, siendo un captador natural e inconsciente de las energías de los demás" [318]. Estas personas, ya de pequeños, han estructurado su psiquis en función de la dependencia constante de los que le han rodeado o han estado cerca. Pasados unos años, ya adultos, siguen dependiendo no sólo psicológica, sino también energéticamente de los demás. No son vampiros circunstanciales, sino que su propia experiencia de vida, entre otras cosas una incorrecta educación, ha sido la causa de su permanente vampirismo energético.

El profesor Mateo Mateo, hablando de este vampirismo que también llevan a cabo los ancianos, dice que los caminos por donde se mueven las energías que a todos nos animan son el amor y el cariño. Argumenta que cuando damos cariño a los niños éstos "engordan" (energéticamente hablando. Es decir, aumenta su volumen, su cantidad de energía).

Los ancianos reciben poco cariño de la gente, comenta, y sin embargo lo necesitan, están anhelantes de cariño. Entre todas las razones psicológicas que puedan explicar esa necesidad también hay razones energéticas ya que ese cariño, esa suavidad, esa atención, "pone aura en su aura", es una suave transfusión de energía.

(318) Lice Moreno. *La curación esenia*. Asociación Adonai Navarra.

Parece claro que recibimos la calidad y cantidad de energía que nuestra naturaleza nos permite, y rechazamos la que no podemos asimilar. Se asegura también que los pensamientos y las emociones de tipo "negativo" son bloqueos interpuestos en el libre discurrir de la energía y que, según la filosofía oriental, la energía psíquica se puede activar, almacenar, atraer y dirigir, y que eso se puede llevar a cabo mediante una motivación positiva y el amor, aspectos que propician una acumulación de esta energía.

Con esto, tal vez, la razón de que ciertas personas no tengan contacto con el "océano energético" que nos rodea, sea porque tienen los canales receptores que les permiten captar esa energía congestionados, taponados o bloqueados. Entonces habría que hacer algo para descongestionarlos, para desbloquearlos. Pero, ¿por qué tienen los canales receptores obstruidos? Aparte de lo ya dicho, es posible que se deba, además, a una falta de equilibrio en la alimentación, en el trabajo, en el ocio, en la actitud... pero ya no vamos a volver sobre esta cuestión. Lo que nos mantiene en vilo, el interrogante que se nos plantea ahora es: si son esas emociones negativas las que inutilizan los canales receptores y la falta de motivaciones positivas lo que hace que perdamos contacto con lo que es común en toda forma de vida, es decir, con la energía vital; si una persona no puede saciar toda su demanda de energía (por la razón que sea) de la vasta fuente de la que todos nos proveemos, del cosmos, por tener los canales receptores congestionados, ¿cómo es que puede captar la energía de las personas circundantes? ¿No tendría los canales taponados también para recibir la energía de sus acompañantes? ¿Por qué no recibe la energía que nos rodea, la universal, y la de las personas sí? De momento, a falta de más investigación, sólo se responde a estas preguntas de una forma hipotética, por lo que se plantea que, tal vez, la razón de que así sea se debe a que la situación a la que nosotros nos referimos sea parecida a la del simple hecho de beber un vaso de agua. Es decir: es fácil beber un vaso de agua sin pausa, pero no es tan fácil beber un bidón entero sin pausa.

La energía existe y nos rodea, pero otra cosa es cómo sintonizamos con la energía. El vampiro energético puede estar rodeado de *prana*, de esa energía universal, pero no quiere decir que el *prana* sintonice con él. Es como el que está rodeado de gente y, a pesar de ello, se siente sólo. ¿Cómo es posible? Entre otras facetas, es el estado de ánimo y nuestra forma de pensar lo que hace que sintonicemos o no con la gente de nuestro entorno y que nos compenetremos los unos con los otros. Lo mismo podemos suponer, sólo suponer, que ocurre con el vampiro energético y con ese mar de energía que nos rodea. Él no sintoniza con esa energía porque, tal vez, y por seguir una hipótesis de las planteadas en líneas anteriores, siempre ha dependido de los demás para todo, no aprendiendo a autoabastecerse de aquello que necesitaba, siendo los demás quienes siempre le "hacían el favor" de procurárselo. Hasta llegar a una dependencia energética en donde los demás, inconscientes de que esto suceda, vuelven a "hacerle el favor" de recoger ellos la energía para entregársela a él.

Pero también existiría otra teoría. Se dice que las personas metabolizamos la energía que recogemos del cosmos (el prana). Varios textos de la bibliografía yóguica hindú hablan de los *chakras* (319). Se refieren a ellos como centros que absorben las energías cósmicas para transmutarlas en una forma utilizable dentro de la estructura humana. Los chakras serían transformadores de energía cósmica, la cual reducirían a un nivel energético más bajo. A raíz de esto también se ha llegado a argumentar que los vampiros sólo pueden incorporarse ese tipo de energía metabolizada, la que poseen los individuos, no pudiendo recargarse totalmente con la cósmica.

Los sensitivos que ayudaron a la doctora Karagulla en sus investigaciones dijeron que *"los succionadores poseen campos de energía muy restringidos"* (320). Esto obliga a pensar en otro planteamiento. Es posible que no tengan los canales obstruidos, sino que estando en perfectas condiciones capten la energía tan fácil y rápidamente como la pierden, teniendo que reponerse con la de sus compañeros, que vuelven a perder sin saber retenerlas, por lo que su vampirismo es casi continuo. Tal vez...

Con todo lo dicho, creemos que ya es el momento de decir que "sólo sabemos que no sabemos nada" ya que, en caso de que el fenómeno exista, el conocimiento de su existencia es sólo la punta del iceberg.

Terapias

Cuando no se conoce la causa (o causas) de una enfermedad los médicos la describen enumerando los posibles síntomas y se la suele etiquetar de "síndrome". Por ello, en caso de existir ese supuesto vampirismo energético tendríamos que considerarlo, de momento, como un síndrome, pues no conocemos todavía las causas que lo ocasionan y sólo nos guiamos por los síntomas que hipotéticamente parece provocar.

(319) El término *chakra* viene del sánscrito "rueda, círculo". Se llama *chakras* a los sutiles órganos del cuerpo astral, semejantes a lotos o ruedas. Las doctrinas reconocen siete *chakras* principales. De abajo a arriba estarían situados entre el ano y los genitales, en los genitales, en el ombligo, en el corazón, en la garganta, entre las cejas y en lo alto de la cabeza. Cada cual tendría un color característico. Los *chakras* son conocidos también como centros o ruedas de energía.

(320) Gene Buchanan. *Extraños en la tierra.*

Supongamos que vamos a una reunión y acabamos sabiendo que uno de los asistentes es un vampiro energético. Supongamos que durante una larga temporada tenemos que dormir en una habitación con una persona muy mayor y que da la casualidad que es un vampiro energético. Supongamos que tenemos que permanecer varias semanas junto a un enfermo que temporalmente y dada su situación, es un vampiro energético. Supongamos que su cónyuge, que su pareja, es un vampiro energético. Supongamos que en cualquiera de estas situaciones nosotros, por la razón que sea, no queremos que nos absorban la energía. ¿Cómo podemos protegernos para que tal acción, consciente o inconscientemente por parte de ellos, no se lleve a cabo? Porque parece que ellos son los que tienen el supuesto problema, pero los que estamos a su alrededor somos los que, según dicen, padecemos los síntomas de un problema que, por lo menos en principio, parece que no es nuestro. Y cuando se dice "protegerse" no se habla de estas personas como si de una plaga se tratase, no. Lo que quieren decir los estudiosos es que tenemos que utilizar, hacer uso, de un mecanismo para que no nos tengamos que alejar de ellos, pues muchos serán queridos nuestros. Un método para poder convivir a su lado sin sufrir esa succión de energía que tanto puede llegar a repercutir a nivel físico debilitándonos.

Por ello hablaremos ahora de una serie de terapias que, si bien nosotros no hemos trabajado con ellas, recomiendan que sean tenidas en cuenta.

Tal vez no estemos utilizando un vocabulario correcto al hablar de terapias ya que no sabemos si los vampiros energéticos pueden ser considerados como enfermos y, en caso de ser tenidos como tales, si su enfermedad es de origen físico, anímico o de otra índole. Ni siquiera si en realidad existe tal vampirismo (a estas alturas, y aunque no hemos querido sobrecargar el texto con expresiones como "dicen", "cuentan", "aseguran quienes saben", "algunos afirman"... seguimos manteniendo nuestra desconfianza ante el fenómeno tratado en este capítulo).

Algunos insisten en que sería de sumo interés y beneficio que los métodos a continuación expuestos sean llevados a la práctica tanto por el hipotético vampiro como por las personas que tienen que convivir con él. Más que terapéuticos, cumplen la función de "remedios caseros" para un "mal" o un "problema" (no sabemos como definirlo) que, aunque de momento las investigaciones no nos permiten estar muy seguros de cómo se soluciona del todo, de cómo el vampiro puede dejar de serlo (ni siquiera si existe), sirven, entre otras cosas, para que los implicados sepan, aunque de una manera artificial, cómo recargarse de energías.

Pirámides: una de las formas para cargarnos de energía cuando ésta nos ha sido succionada y, por lo tanto, recuperar nuestro estado de salud físico, mental y energético óptimo, consiste en hacerlo a través de la pirámide. O, por lo menos, eso dicen los que se dedican a la *radiónica.*

Una de las múltiples propiedades de las pirámides, aseguran quienes trabajan con ellas, es que éstas concentran e intensifican energías de carácter desconocido. La física moderna dice que la energía cósmica puede ser captada por la forma piramidal y condensada en ella. Los que la han experimentado dicen que el que la usa alcanza una mayor carga de energía psíquica. Algunas personas que han dormido dentro de la pirámide (una de tamaño grande) dicen que no podían hacerlo más de tres noches seguidas, "pues la carga recibida es tan fuerte que no pueden dominar los efectos cinéticos a que dan lugar" (321). Otras personas que también han pasado largos periodos de tiempo dentro de la pirámide han dicho sentirse sobrecargados, incluso se han quejado de recibir demasiada energía.

Algunos autores han intentado explicar estas sensaciones atribuyéndolas al efecto placebo, diciendo que todo es sugestión. Sin embargo dicen haberse hecho experimentos en los que las cámaras Kirlian han demostrado que la energía piramidal aumenta la viveza del aura de aquellas personas que se mantienen bajo su influencia, aunque éstas no sepan nada del experimento.

Es fácil construirse una pirámide casera utilizando materiales que sean buenos conductores, como el cristal de cuarzo, el cobre... Algunos dicen que tiene que hacerse a escala de la de Keops, para lo cual será suficiente multiplicar la altura que se desea dar a la pirámide por 1´5708 para obtener la base; y multiplicar la altura por 1'494 para obtener la arista. También es posible comprarla en un establecimiento adecuado. Sea como fuere se recomienda permanecer debajo de ella en aquellos momentos que uno necesite recargarse (hay gente que en vez de dormir dentro de una pirámide se coloca una debajo de la cama confesando levantarse llena de energía).

También, afirman algunos, se puede llevar puesto en casa un sombrero en forma piramidal. Después de un tiempo mucha gente ha dicho experimentar un tremendo influjo de energía. El sombrero también puede ser en forma de cono ya que, según el padre Lucas "el cono es una de las formas geométricas más perfectas por sus poderes de energías de formas".

(321) Max Toth y Greg Nielsen. *El poder mágico de las pirámides.* Ed. Martínez Roca. Barcelona, 1977.

La respiración: si, como ya hemos planteado anteriormente, la razón de que chupen energía a sus acompañantes es porque no pueden absorber el *prana* o energía psíquica que nos rodea, y del cual todos nos alimentamos, por tener bloqueados determinados conductos, o por no poder metabolizarla y transformarla, una posible terapia podría consistir en abrirles (a los vampiros) los canales receptores que les van a permitir captar esa energía. ¿Pero cómo? Respirando adecuadamente.

No sólo nosotros, *homo sapiens*, basamos la vida y la salud en el acto de respirar, sino también los animales que están por debajo de nosotros en la clasificación piramidal, incluso las plantas deben al aire su existencia.

Los esoteristas siempre enseñaron que en el aire existe una sustancia o principio del cual derivan toda actividad, vitalidad y vida. Los términos y nombres que definían a esta sustancia fueron muchos pero el principio fundamental es el mismo. De esa sustancia, que en líneas anteriores ya hemos llamado *prana*, se dice que es una energía que lo compenetra todo.

El aire atmosférico, dice la ciencia yogui, contiene mucha cantidad de *prana*, por lo que cada vez que inhalamos aire estamos introduciendo en el cuerpo prana. "Y así como la sangre oxigenada circula por todas las partes del organismo y cuida de su construcción y reparación, así también *prana* circula por todas partes del sistema nervioso, cuya vitalidad intensifica" (322).

"De la misma manera que el oxígeno de la sangre se consume según las necesidades del organismo, la provisión de *prana* se consume por nuestros pensamientos, voliciones, acciones, emociones... y se necesita en consecuencia su constante reposición en el organismo fisiológico (...). Si se tiene en cuenta que la mayor suma de prana adquirida por el hombre le llega por medio del aire inhalado, es fácil apreciar la importancia de la buena respiración" (323).

Evidente es que sin respirar no se puede vivir, y que si no respiramos bien moriremos antes. Un ciudadano normal, en general, usa sólo una quinta parte de su capacidad pulmonar, y numerosos científicos dicen que si respirásemos adecuadamente habría muchas menos enfermedades. Por otra parte, las enseñanzas orientales también nos dicen que la salud física depende principalmente de una respiración correcta. Y es que, el yogui sabe, al igual que los científicos occidentales, los beneficios de una respiración adecuada, pero sabe algo más, "sabe también que hay algo más en el aire que oxígeno, hidrógeno y nitrógeno, y que la simple oxigenación de la sangre no es el único fenómeno que se produce al respirar" (324).

(322) Yogui Ramacharaka. *La ciencia de la respiración*. Ed. EDAF, 1985. Madrid.

(323) Ibíd.

(324) Curso de Bioinformación. Tomo III.

Respirar es una de las funciones cotidianas más simples que realizamos. Sin embargo, generalmente lo hacemos mal, no dejando así que tanto nuestra energía interna, como la que recibimos del exterior, circulen libremente. La respiración, de por sí, produce vitalidad, energía y sensaciones, y en la medida que respiremos mejor más vitalidad, más energía y más placer sentiremos. Lo que pasa es que las formas en que lo hacemos, con excepción de la llamada "respiración completa yogui" (tiene otras denominaciones), no llenan totalmente el aire de los pulmones.

Entre los tipos de respiración más ejecutados existe el que se ha dado en llamar "la respiración alta". La gente que respira de esta manera "eleva las costillas, las clavículas y los hombros, contrayendo al mismo tiempo el abdomen, el cual empuja su contenido contra el diafragma, al que a su vez se levanta" (325). En otra, "la respiración media", el diafragma sube, el abdomen se contrae, las costillas se levantan un poco y el pecho se dilata parcialmente" (326). En "la respiración baja" sólo se hace uso de la parte inferior y media de los pulmones y, aunque es más completa que las dos ya mencionadas, no llena del todo el espacio pulmonar, por lo que también es incompleta.

"La respiración completa" contiene todo lo mejor de la alta, media y baja respiración. Para su correcta realización primero se llenará de aire la zona abdominal. Lentamente, pero sin detenerse, ocuparemos de aire la zona intercostal (zona media de los pulmones) y seguidamente, con un movimiento de clavículas y hombros, llenaremos la parte alta de los pulmones. Después de expirar y vaciarlos por completo volveremos a poner en práctica las tres respiraciones, alta, media y baja, en una.

Un método como éste que llene completamente el espacio pulmonar podría ser de gran valor para el vampiro energético, pues le permitiría absorber el oxígeno en mayor cantidad y almacenar así una mayor suma de prana, de energía, pudiendo dejar de tener la necesidad de chupar la energía de aquellos que le rodean. Además, sirve para las personas que están junto a él y para todas aquellas que, por alguna u otra razón, pierden energía con mucha facilidad. Es un método de recarga rápido.

La ciencia yogui dice que el aire es el principal suministrador de prana, pero le sigue en esta escala el agua bebida a sorbos pequeños. "Al sorber el agua es conveniente dejarla unos segundos en la boca antes de tragarla, pues los nervios de la boca son los primeros en absorber el *prana*" (327), la

(325) Curso de Bioinformación. Tomo III.

(326) Ibíd.

(327) Apuntes de parapsicología (Instituto Mens Aura).

energía. "Si nos encontramos fatigados utilicemos la respiración y el agua para recobrar la energía..." (328).

La geodinámica: al hablar de tratamientos, de modos para "recargarse" uno de la energía succionada o perdida por alguna razón, tenemos que hacer mención de la geodinámica, "que es el estudio de las fuerzas de vida cósmicas y telúricas" (329), también llamada *cosmotelurismo.* Los expertos en este campo dicen que las fuerzas telúricas son las generadas por la propia Tierra a través de micromovimientos en el interior y en la litosfera y, aseguran, poseen una polaridad negativa. Las fuerzas cósmicas, que vienen del espacio, tienen una polaridad positiva.

Una de las muchas cosas que se pueden aprender de esta ciencia es el conocimiento de cómo recargarnos de energías benéficas con técnicas y medios al alcance de todos. Algunos afirman que ya hace 2.000 años eran utilizadas por el pueblo esenio (entre otros muchos) con el mismo objetivo presentado en este apartado. Lice Moreno, en su libro *La curación esenia*, nos habla de uno de estos métodos que se recomiendan, pues aumentan nuestro potencial energético: "Con su cuerpo, a modo de antena, hacían el ejercicio de toma de energía psíquica: con los pies juntos y las palmas de las manos abiertas (mirando al sol), respiraban profundamente y con lentitud, en tres fases: aspirar-retener-expirar. El aspirar lo hacían por la nariz, reteniendo el aire en el estómago –expulsándolo por la boca. Lo realizaban siete veces imaginando cómo la energía psíquica del Sol penetraba por la parte superior de la cabeza.

"Luego, lentamente, lo hacían otras siete veces imaginando cómo esa fuerza entraba por la frente. Otras siete por la nuca, espalda, pecho (donde se juntan las costillas) el ombligo, y por último los órganos sexuales. ¡Siempre siete veces! El número exacto de respiraciones completas era cuarenta y nueve (...)" (330). Los siete puntos a visualizar se corresponden con las siete chakras o centros energéticos del cuerpo.

Este ejercicio, y otros que se pueden encontrar en la extensa bibliografía que existe sobre geodinámica, es recomendado por la eficacia y beneficio que aporta el realizarlo al aire libre, de cara al sol, dejándose penetrar por las energías del sol.

Numerosos autores recomiendan, además, el recargarse periódicamente en lugares de altas vibraciones, asegurando que modernas investigaciones han permitido afirmar la presencia de sutiles energías benéficas sobre deter-

(328) Apuntes de parapsicología (Instituto Mens Aura).
(329) B. Legrais y G. Altenbach. *Salud y cosmotelurismo.* Ed. Heptada, 1990. Madrid.
(330) Lice Moreno. *La curación esenia.* Asociación Adonai Navarra.

minadas zonas. Se asegura que estas energías cosmotelúricas eran ya conocidas por nuestros antepasados, acudiendo a estos lugares privilegiados en busca de energía. ¿Por qué no hacerlo ahora? (pregunta ésta que suele hacerse con asiduidad). Se dice que hay personas que pierden energía por muchas razones. ¿Por qué no ir a estos lugares para recuperarla y volver a casa con las pilas cargadas?

Se afirma que esos lugares donde se crean importantes centros vibratorios, importantes centros de energía, son los menhires, los dólmenes, las catedrales, las pirámides... Bien es cierto que no todo el mundo tiene la suerte de vivir cerca de un dolmen o de una catedral, "pero en numerosos bosques y cadenas montañosas existen zonas benéficas donde el magnetismo cosmotelúrico se irradia sobre grandes superficies" (331). Con el propósito de que el cuerpo pueda recargarse por completo de energías se recomienda pasearse por dichos sitios.

Durante la realización de este libro pudimos leer en varias revistas paracientíficas un método para recuperar las energías que consiste en una toma de contacto con los árboles. Se trata de aplicar las palmas de las manos, abiertas, sobre el tronco de un árbol y abrazarlo (también hay quien promueve el acto de apoyar la espalda en el tronco. Algunos indios de América decían apoyar la espalda en los árboles, estirar los brazos y sentir que la energía se transfería a sus cuerpos). En los círculos ocultistas se dice que los árboles que más energía pueden aportar son el pino y el abeto, aunque también el haya, el roble y el manzano. Se dice que es posible "extraer" energía del tronco de un árbol "comunicándose" con él, por medio de sentimientos. Las sesiones pueden durar entre cinco y diez minutos, al final de los cuales la persona se encontrará, según dicen también, más ligera, con más tono, reconfortada.

Visualización: visualizar es ver con los ojos cerrados. Para visualizar se hace uso de la imaginación, la cual, según Michel Katzeff, "influye en todo: la vida celular, nuestras intuiciones, nuestros deseos más secretos e inconscientes (...)" (332). La visualización como método de recarga y como método que impide que la energía nos sea succionada se basa en la afirmación de que "la voluntad dirige la energía".

Hablando con numerosos cartomantes, nos decían que, según con qué personas, al final de la consulta se sentían muy cansados, agotados. "Al principio –nos comentaba uno de ellos– la mayoría de las personas que entra-

(331) B. Legrais y G. Altenbach. *Salud y cosmotelurismo.* Ed. Heptada, 1990. Madrid.
(332) Michel Katzeff. *Psicología de los Chakras.* Ed. Mandala, 1988. Madrid.

ban en mi consulta me vaciaban, me chupaban la energía y me dejaban hecho polvo (...) después aprendí a poner una barrera, una pantalla mental entre ellos y yo, y el problema se solucionó".

En base a estas experiencias, que parecen no ser exclusivas solamente de los cartomantes, sino de todas aquellas profesiones donde hay un trato cercano o directo con otras personas, como enfermeras, psicoanalistas..., podría hacerse mención de un método semejante para evitar que nuestra energía sea succionada.

Este método consiste, explicado de una forma general, en imaginar nuestro cuerpo rodeado de energía, de nuestra energía. Seguiremos imaginando que cuando nos encontramos con esa persona o esas personas, o con esa situación que hace que nos "vaciemos", se pone a nuestro alrededor (nos envuelve y nos rodea no sólo el cuerpo físico, sino también nuestro cuerpo energético) una pantalla transparente. Esta pantalla va a impedir que nuestra energía psíquica nos sea succionada; hace de barrera, además de evitar que las "malas energías" entren en nosotros.

A la vez que imaginamos esto podemos decirnos las palabras que nosotros consideremos más adecuadas para reforzar. Se afirma que si hacemos esta visualización dos o tres veces al día durante una temporada, al levantarnos, después de comer y al acostarnos, o lo hacemos cuando nos encontramos de repente con uno de estos vampiros y la hacemos con toda la fe del mundo, podremos convivir con personas que, sin saberlo, nos causan una desmejora.

No olvidemos que otras personas influyen en nosotros negativamente en la medida en que nosotros se lo permitimos. Nadie puede hacer "daño" a nuestra psiquis si nosotros no se lo permitimos.

El método de visualización aquí expuesto tiene muchas variantes en cuanto a las imágenes a visualizar, ya que no es tan importante lo que se imagina como la intención (de verdadera fe, de verdadero convencimiento) con la que se imagina.

Más remedios: uno de los sensitivos que trabajaron con la doctora Karagulla pudo observar cómo los campos de energía de una joven eran totalmente succionados por un vampiro energético que tenía al lado. En este caso la muchacha fue la "víctima" y el vampiro su tía, que vivía con ella. Una separación temporal de ambas fue beneficiosa para la chica.

Melita Denning y Osborne Phillips, en su libro *Guía práctica Llewellyn para la proyección astral*, cuentan el caso de una mujer joven, casada, cuyas facultades físicas y mentales estaban en perfecto estado. Trabajaba en la sección de información de una gran biblioteca. Allí le iban toda clase de personas, con sus correspondientes preguntas, a las cuales tenía que escuchar durante horas. Con algunos acababa enseguida, pero otros requerían más tiempo. Y se dio cuenta de que eran personas que simplemente querían hablar. Sin embargo, "después de deshacerse de ellas, siempre se sentía cansada, agotada" (333).

Este caso nos hace pensar en los típicos "palizas". En esa gente que suelta su "bolsa de basura" contándote sus "aventuras", y que cuando parecen haberse desahogado, el que las ha escuchado acaba completamente vacío de energía, reseco. Y es que los seres humanos estamos intercambiando energías en todo momento; por ejemplo, cuando unos hablan y otros escuchan. De tal modo que, como nos decía Manuel Seral Coca, "si en una conversación uno de los presentes no participa de ese intercambio, interrumpe el flujo. Y el que no acepta un flujo de comunicación de doble sentido, el que no hace intercambio real de energía sino que sólo lo aparenta: habla pero no escucha, o al revés, escucha pero no atiende (estando con él como si hablaras con una pared), interrumpe el intercambio energético y, una de dos, o nos vampiriza la energía, o nuestra estancia con él hace que la acabemos perdiendo lo que, para el caso, no deja de ser lo mismo".

Siguiendo con la mujer del caso que relatan Melina Denning y Osborne Phillips, dicen que habló de esto con un ocultista, y que éste le dio una serie de consejos para evitar que al final de la jornada se encontrase tan abatida.

Una de las recomendaciones consistía en que, al mismo tiempo que mantenía una conversación o estaba frente a alguien, cruzase las piernas o los pies. También podía cruzar los brazos a la altura de su abdomen superior (esta recomendación cumple con la función de cerrar el circuito energético. Para recibir energía debemos estar abiertos, sin cruzar ninguna parte de nuestro cuerpo; para evitar recibir o perder nos cruzaremos de brazos y piernas). Otra recomendación fue que no se sentase mirando directamente a las personas con las que hablaba y que, al cruzarse sus miradas, ella se concentrase solamente en su ojo izquierdo. La fijación de la mirada sobre este ojo es con el objetivo de que la "víctima" no sea receptiva de "ninguna sugestión mental que haga cambiar su postura" (334). Y la última recomendación que mencionan los autores es que la víctima hable ligeramente hacia un lado, "y que cuando no hable mantenga la boca cerrada y su cabeza ligeramente inclinada hacia delante" (335).

(333) Melita Denning y Osborne Phillips. *Guía práctica Llewellyn para la proyección astral.* Ed. Luis Cárcamo, 1981. Madrid.

(334) Ibíd.

(335) Ibíd.

Hay quien recomienda evitar, en lo posible, acudir a congregaciones masivas. Es verdad que así corremos menos riesgo de tropezarnos con un vampiro energético, pero por esa misma razón no podríamos salir de casa, y no se trata de eso. Además, se asegura que no pasa nada porque alguien nos absorba parte de nuestra energía durante un rato.

Dicen también que, si a pesar de todos estos remedios ocasionales uno se siente vampirizado (cuidado con la autosugestión), será conveniente darse una ducha fría lo más pronto que se pueda y a continuación realizar algún tipo de ejercicio físico intenso (puede parecer paradójico que el gasto de energía a través del ejercicio pueda proporcionar energía, pero así es).

Pero no olvidemos que con estos remedios mencionados en este último punto lo único que se hace es mantener una especie de lucha constante en la que hay que estar pendientes de no mirar a los ojos del vampiro, de tener las piernas o los brazos cruzados, de... Y con las terapias anteriores, la piramidal, la recarga en lugares energéticos... a pesar de amortiguar la situación, la raíz del problema seguiría sin solucionarse. Sin embargo, a la espera de teóricos "tratamientos definitivos", podría ser recomendable que los aquí expuestos fuesen utilizados tanto por los que succionan como por los succionados.

Donantes y canales de energía: muchas versiones del curanderismo consisten en donar energía al enfermo, al paciente. La imposición de manos, por ejemplo, es una de ellas. En ésta el sanador pasará parte de su energía a la zona enferma del paciente para que ésta se reponga, por lo que después de muchas sesiones con diferentes personas en un mismo día, el curandero puede acabar excesivamente cansado si no sabe reponerse de la energía que ha dado.

Otros, como es el caso de los practicantes de reiki, dicen, aun curando por imposición de manos, no desprenderse de ningún gramo de energía durante las sesiones que realizan. Reiki es una palabra japonesa que significa "energía universal". Se basa en que "el espacio que nos circunda, el universo, está pleno de energía infinita e inagotable (...)" [(336)].

Esta filosofía piensa que la energía pasa de una persona a otra a través de las manos, por lo que sus practicantes las imponen a sus pacientes, actuando así de canales. Es decir, la persona que actúa como canal (el sanador) no transmite toda su energía a la parte doliente del paciente, del receptor. Tal como su nombre indica, actúa de canal, por el cual pasarán las energías que nos rodean y a través de sus manos llegarán hasta el receptor. De esta

(336) Brigitte Müller y Horst H. Günter. *Reiki*. Ed. Obelisco, 1993. Barcelona.

forma, los dadores de reiki, durante el proceso, no pierden fuerza personal, actúan como canales. Por ellos entra y por ellos sale la energía universal de vida. Y dicen que "la persona que desempeña el papel de canal Reiki también se carga con esta energía durante el tratamiento y se llena de esta fuerza curativa" (337).

Dicen que después de unas sesiones de reiki uno se siente como «vuelto a nacer», sin dolores, cargado de energías, armónico y relajado, fortalecido... En el libro *Reiki*, de Brigitte Müller y Horst H. Günter, se muestran dos fotografías Kirlian en las que se puede apreciar el campo biomagnético de una mano antes y después del tratamiento mental de reiki (con el 2º grado), que fue realizado durante algunos segundos sobre la cabeza.

Si tras estas sesiones la persona se encuentra, en general, más fuerte y más sana, físicamente recuperada, mentalmente activa y espiritualmente aliviada, es decir, sencillamente bien, vale la pena practicar con ello y dejarse practicar.

¿Vampirismo energético?, ¿fatiga crónica?

La falta de respuestas al porqué de determinados síntomas en determinadas personas puede llegar a inspirar a menudo las leyendas, los cuentos populares... y los juicios morales de una cultura. Parece ser una manera común, ésta, de enfrentarse a algo que no conocemos. Evidente es que aquellos campos más desconocidos para la ciencia, aquellos campos en los que ésta todavía no logra explicar satisfactoriamente todas sus parcelas, han sido y son un terreno de cultivo muy apropiado para el crecimiento y proliferación de las seudociencias. Seudociencias que, con sus seudoteorías, han intentado explicar con dudosos argumentos el interrogante que sobre determinada cuestión (las enfermedades y sus síntomas, por ejemplo) se cernía. ¿Ha pasado esto con el asunto tratado en este capítulo?

Los síntomas que se dice padece la "víctima" del vampiro energético pueden llegar a ser, y de hecho lo son, coincidentes, en numerosos aspectos, con los síntomas que presenta una persona aquejada de fatiga crónica, astenia profunda (o crónica) o estrés. Según estudios realizados en Inglaterra y Estados Unidos, se estima que la astenia profunda puede llegar a afectar a entre tres y siete personas de cada 100.000. Las enfermedades, los síntomas o las situaciones poco corrientes, también suelen ser campo abonado para el nacimiento de seudoexplicaciones que pretenden llenar la laguna existente. De hecho, la fatiga crónica, como la astenia, es considerada también como un síndrome, del cual se describen los síntomas sin saber con certeza total

(337) Brigitte Müller y Horst H. Günter. *Reiki*. Ed. Obelisco, 1993. Barcelona.

las causas que la provocan (de momento nadie ha demostrado la existencia de una causa y de un trastorno común en los pacientes afectados).

¿Ha sido el desconocimiento sobre el porqué de la fatiga crónica y la astenia profunda lo que ha ocasionado que los síntomas que presentan los aquejados, por ofrecer una explicación y un origen de los mismos, hayan sido considerados como el resultado de una pérdida de energía ocasionada por un vampiro energético? ¿No será que la fatiga crónica y la astenia profunda han dado origen al vampiro energético, siendo éste una explicación momentánea de un fenómeno que no se había identificado médicamente hasta hace poco? [338]. Si es así, y pensamos que sí, es hora ya de abandonar la antigua, e inexplicable, teoría vampírica. Pero centrémonos brevemente sobre esos sospechosos y coincidentes síntomas. Decimos sospechosos porque, e insistimos en ello, nos parece que no se trata de fenómenos diferentes, sino que cuando hablamos de vampirismo energético estamos hablando en realidad, y por tanto confundiéndolo, de fatiga crónica y de astenia. Aunque, ¿quién pude asegurar algo de forma tajante?

* * *

Todos hemos experimentado los brotes ocasionales de cansancio, fatiga y desaliento sabiendo que estos son normales. Lo que no es "tan normal" es que el cansancio, la fatiga... permanezcan semanas o meses, o incluso años, sin ceder con el reposo. Estos son síntomas comunes en la persona que convive con un vampiro (según algunas versiones), pero también en el fatigado crónico, en el asténico, en el depresivo...

Cuando una persona con los característicos síntomas de la "víctima" de un vampiro energético llega a la consulta del terapeuta, éste debe hacer unas cuantas preguntas al paciente intentando no sólo obtener un pequeño historial médico, sino interesarse por el modo de vida actual de esa persona. Todo ello para intentar establecer si se trata, efectivamente, de la "víctima" de un vampiro energético (con lo cual tendríamos que hablar con las personas con las que comparte el piso o casa), o se trata de otra cosa, ya que hasta las personas que trabajan rodeados de aparatos electrónicos, terminales de ordenador... también sufren síntomas parecidos.

Ante una persona con los síntomas característicos, el terapeuta, el lector, el investigador o el mismo paciente, deberán tener en cuenta que existen va-

(338) La existencia de cansancio en sesiones mediúmnicas no tiene por qué avalar a la "fatiga crónica" como síndrome explicatorio de los síntomas que se dan en las mismas.

rias clases de fatiga (fatiga física, fatiga patológica...) que pueden ser las causantes de aquellos supuestos padecimientos vampíricos.

Se deberá tener en cuenta que la falta de sueño, la obesidad, la pobre condición física, una nutrición inadecuada, los problemas emocionales, el trabajo excesivo... todas ellas causas frecuentes de la astenia, corren el peligro de, sus consecuencias, sus síntomas, ser confundidas con las supuestas afecciones del vampirizado. El doctor Óscar Beloqui Ruiz, miembro del departamento de Medicina Interna de la Clínica Universitaria de Navarra dice, hablando sobre la astenia profunda y dando indicaciones para no confundir este síndrome con otra afección, que es importante intentar adecuar la actividad que se realiza con la resistencia personal para no actuar por encima de nuestras posibilidades. De no mantener este equilibrio pueden surgir los síntomas de fatiga, y éstos pueden ser confundidos, por alguien dado a buscar una explicación ocultista a todo, con la acción de un vampiro energético.

Casi dos tercios de las fatigas crónicas presentan mayor severidad del cansancio por las mañanas, al levantarse, con alguna mejoría a medida que avanza el día; algo que, como ya sabrá el lector, es un síntoma que se dice comparten aquellos que duermen con un vampiro energético, aunque también las personas que duermen sobre una zona geopatógena [(339)]. Sin olvidarnos que no debemos dar demasiada importancia a aquellos estados de cansancio y fatiga transitorios, como es la llamada "astenia primaveral", que ocasiona, además de fatiga y cansancio, sensación de debilidad, tristeza y apatía... remitiendo este cuadro cuando el organismo se adapta a la primavera [(340)].

También se deberá saber que la fatiga es un síntoma de muchas enfermedades como la tuberculosis, la esclerosis múltiple, la anemia... Si el paciente presenta una de ellas haríamos bien en achacar tal estado de debilidad a su enfermedad y no a su convivencia con un vampiro energético. Las razones por las cuales pasamos por un período apático o de cansancio son muchas; recomendamos hacer un análisis de por qué se está cansado y cuáles son los factores que han podido influir en tal estado, los cuales pueden ser muchos.

(339) Los radiestesistas llaman "zona geopatógena" aquel terreno o espacio de tierra o suelo del cual emergen o se desprenden "corrientes" nocivas para la salud. Las cuales afectan al ser humano causándole enfermedades. Llamadas también "zonas antivida". Asociadas a los llamados cruces Hartmann y/o provocados por cursos de agua subterránea, fallas geológicas...

(340) Desde un punto de vista esotérico, esta fatiga primaveral sería explicada por la mayor permanencia del Sol en nuestro cielo y por la mayor cantidad de luz que comienza en esta época; pues se dice que el *prana*, le energía vital que da vida en la tierra, proviene del sol, y que tanto un defecto como un exceso de energía solar, de *prana*, puede crear síntomas de cansancio hasta que el cuerpo se acopla a ese exceso de energía.

Aceptar la explicación vampírica significa aceptar demasiadas cuestiones desconocidas; y el principio de Ocamm suele dar buenos resultados.

Por otra parte, algunas enfermedades psiquiátricas crónicas como la depresión, la histeria, la ansiedad o la esquizofrenia, causan también fatiga, con lo cual también las tenemos que tener en cuenta antes de hacer responsable de tal fatiga a un vampiro. De todas formas, cuando decimos que el estado de estas personas no se debe a que alguien les ha succionado parte de su energía, no queremos decir con ello que no deben ser tratadas con elementos que las energeticen. Todo lo contrario: en las depresiones, por ejemplo, los psicólogos recomiendan que en la vida afectiva y social del paciente se debe dar prioridad a los intercambios de relaciones, conocer gente y estar con ella. Y esto, además del beneficio psicológico que aporta, podría contener un beneficio energético, pues se dice que el depresivo tiende a vampirizar las energías de los demás y el estar con ellos, rodeado de gente, les favorece mucho.

Aun así, como decimos, preguntaremos al paciente todo lo necesario buscando la causa de sus síntomas en un posible agotamiento intelectual de fin de curso, o debido a la preparación de unas oposiciones, en una etapa crítica fisiológica como la pubertad, la menopausia, el embarazo, la lactancia, un régimen de adelgazamiento irregular y severo... Es importante que el lector se percate de que en este tema, como en otros, los síntomas pueden confundir.

El vampiro de Highgate

Sobre los acontecimientos ocurridos en el cementerio de Highgate solamente hay dos fuentes principales de información. Se trata de las dos personas "autoproclamadas" protagonistas en los sucesos que allí se dieron. Dos individuos que más tarde escribieron un libro cada uno ofreciendo su personal visión, opinión y experiencia en torno a unos hechos supuestamente misteriosos.

De esta forma, todo lo que se ha dicho sobre Highgate y su presunto vampiro, incluso lo que a continuación ofrecemos, ha partido de David Farrant y Sean Manchester. Dos personajes separados por numerosas diferencias entre ellos y que han pasado unos cuantos años injuriándose mutuamente.

Para muchos, lo que ambos cuentan es ridículo, absurdo e inventado. Sin embargo, y aunque en parte así sea, las dos narraciones, y en consecuencia sus escritores, no deben ser tratadas y consideradas del mismo modo. Cometeríamos una injusticia si a los dos los metiésemos en el mismo saco, pues su forma de ver y enfrentarse al fenómeno, de interpretarlo e interesarse por el mismo, varía de uno a otro. Nosotros no entraremos aquí en la veracidad ni credibilidad de sus narraciones, aunque sí es verdad que no creemos que un "vampiro" salido de una tumba fuese el causante del revuelo formado.

Para que el lector pueda opinar sobre ambos relatos, ofrecemos a continuación un extracto de las dos versiones. Primero la de David Farrant, quien nos invitó a su casa, y después la de Sean Manchester, con el que mantuvimos una conversación en una cafetería. Nuestras investigaciones sobre este asunto no se ciñeron solamente a la entrevista con estas dos personas, pero exponerlas aquí sería demasiado extenso, además de darle excesiva importancia a unos acontecimientos que, en este volumen, no creemos necesario dársela.

* * *

Hay quien ha dicho que el cementerio de Highgate es el único centro de apariciones vampíricas en pleno siglo XX. Corría el año 1970; el área de los acontecimientos era localizada en el norte de Londres, en la zona de Highgate, concretamente en el cementerio de Highgate.

Aunque fue en 1970 cuando se dio la explosión que hizo públicos los acontecimientos, sería un año antes cuando ya empezaron a suceder y aparecer las primeras narraciones, como si de notas preliminares se tratase, de lo que más tarde llegaría a ocurrir.

David Farrant, presidente de la British Psychic and Occult Society (BPOS) (Sociedad Británica Psíquica y de lo Oculto), nos dice que varios informes concernientes a una figura negra y alta que se veía entre las tumbas del cementerio de Highgate, llegaron a su Sociedad. Era marzo de 1969.

Casi todos esos testimonios hablaban de una aparición, una sombra, una figura alta y oscura que *petrificaba* a la gente que pasaba junto al muro o puertas del cementerio. Uno de estos informes interesó a la Sociedad (Farrant no quiere decir el nombre del protagonista porque éste así lo requirió). Se trataba de un hombre, al que llama Thornton, el cual dijo ser "hipnotizado por algo" en el cementerio. Este incidente pasó llegando la noche, cuando se perdió en el interior del mismo (no es difícil perderse en el cementerio de Highgate). Thornton iba en busca de la salida cuando, notando una presencia tras de sí, se dio la vuelta. Se giró y vio la ya mencionada figura, flotando. Incapaz de moverse, dijo notar cómo esa presencia le estaba robando la energía.

Farrant enseguida atribuyó a ese "algo" características malévolas. Fue el testimonio del tal Thornton, al decir que sentía "como si alguien le buscase y le intentase hacer daño", cuando Farrant lo tuvo claro; se trataba de una entidad negativa.

Sin embargo, esto sólo fue el principio. Durante las semanas posteriores, más informes fueron a parar al buzón de la BPOS. Uno de ellos era el de una señora, ya mayor, que dijo haberse asustado cuando al pasar por el cementerio, paseando a su perro, vio a un hombre alto y oscuro que flotaba delante de ella y que le miró con unos "notorios ojos".

Farrant dice que, ante esta lluvia de declarantes con similares testimonios, decidió visitar el cementerio. Nos cuenta que se encontró con tumbas rotas, ataúdes abiertos... Las evidencias de vandalismo llamaban tristemente la atención. En esta visita Farrant encontró un zorro "muerto en extrañas circunstancias"; y decidió que era necesario pasar una noche en el cementerio para atestiguar los informes que habían estado llegando a la Sociedad.

La fecha elegida para la estancia nocturna en el cementerio fue el 21 de diciembre. Sin ni siquiera entrar, alrededor de las once y media, mirando entre los barrotes de la puerta, Farrant vio la misma imagen que ya tanta

David Farrant

gente había retratado; según él de unos "siete pies de alto". Cuenta que se miraron mutuamente. En un momento determinado, la figura desapareció. Farrant sintió, ante la dificultad para haber apartado la mirada, que había estado bajo los efectos de un ataque psíquico, y que la entidad era maligna. Nos lo describe más detalladamente diciendo que "tenía los ojos rojos".

Los miembros de la BPOS optaron por hacer guardias y vigilar el cementerio. Y decidieron enviar un texto al periódico local, el *Hampstead and Highgate Press*, invitando a la gente a contar las experiencias algo extrañas que hubieran tenido en esa zona de la ciudad. De esta forma, hacia enero de 1970 comenzaba la investigación "oficial" de los acontecimientos sucedidos en el cementerio de Highgate.

Repasando la historia londinense, Farrant nos dice que enseguida encontró cuentos e historias similares a las llegadas a la Sociedad que pudieron tener su origen en las sospechas y rumores que ahora se cernían sobre el cementerio. Y dijo ver claro, e interesante, el matiz, "el elemento tipo vampiro", que se dejaba entrever en estas historias.

Los miembros de la Sociedad descubrieron también la realización de misas satánicas en el interior del cementerio. Por ello se plantearon la posibilidad de que estas celebraciones negras hubieran podido influir en la presencia y comportamiento del espectro alto y negro; reconociendo finalmente que la entidad era de naturaleza maligna por ser el resultado directo de un ritual satánico (aunque también admitían la posibilidad de que los satanistas hubieran tenido éxito en despertar al último vampiro, que habría estado inactivo durante mucho tiempo).

Algunos miembros de la Sociedad, durante la vigilancia al cementerio, también pudieron ver el espectro. También fueron descubiertos más zorros muertos, algunos de ellos con "profundas heridas en el cuello". Mientras tanto, mucha era la gente que respondía al llamamiento de la Sociedad tras la nota que ésta puso en el periódico solicitando información sobre experiencias extrañas cerca del cementerio de Highgate.

Una publicación local, el *Ham & High*, se inclinó a escribir que se trataba de un vampiro. Y se dedicó a publicar de forma sensacionalista un artículo titulado *¿Por qué mueren los zorros?* Según Farrant, el grupo satánico que actuaba en el cementerio de Highgate comenzó a enviar cartas a la Sociedad amenazando a sus miembros. Farrant piensa que dejar al descubierto sus actividades no les debió de gustar nada.

Farrant fue entrevistado para la televisión y el 13 de marzo se emitió el programa. Durante la entrevista, otro hombre empezó a molestar y, con carácter teatral, dijo que el misterioso personaje del cementerio era "un rey vampiro". Acompañaba estas palabras mostrando un crucifijo y una estaca de madera, para acabar diciendo que Farrant regresaría al cementerio para realizar la peligrosa misión de acabar con el vampiro.

Tras las declaraciones de este personaje, la noche siguiente a la transmisión por televisión del programa, varios cientos de personas se acercaron al cementerio para poder presenciar alguna hazaña. Incluso hubo individuos que lideraban a pequeños grupos. Los periódicos se hicieron eco de los acontecimientos y los comentarios y titulares fueron de lo más variado y absurdo.

A Farrant le disgustó tanta publicidad, pues interrumpía la investigación que su Sociedad estaba realizando en la zona. Y en el cementerio empezaron a coincidir gamberros, curiosos, buscadores de publicidad, supuestos expertos en el tema...

Farrant opina que tan masivas visitas al cementerio no debieron gustar al "vampiro", pues nada significativo ocurrió durante los meses posteriores. Pero, de repente, volvieron a iniciarse los extraños acontecimientos. En este caso se trataba del cadáver de un hombre que, habiendo sido sacado del ataúd, fue estacado a través del corazón y dejado con semejante presencia en mitad de un sendero del cementerio.

Otro incidente que Farrant encuentra significativo es el que contó una joven mujer, pues dijo haber sido empujada y tirada al suelo con "una tremenda fuerza por una figura alta y oscura con un mortal rostro blanco". Un conductor la llevó a comisaría y la policía buscó en la zona a alguien con semejantes características; pero no pudo encontrar al atacante.

Farrant pensó que la criatura era una amenaza real para la seguridad de la gente. Y los acontecimientos vividos y relatados hasta el momento le convencieron de que era necesario realizar una "sesión psíquica" en el cementerio de Highgate. Utilizando a una médium profesional, intentaría establecer un vínculo psíquico con la entidad para, de esta forma, descubrir su origen y sus propósitos. Farrant pensaba que si se conseguía algún tipo de contacto con la entidad podría realizar después un exorcismo para desterrar al espíritu de nuestro plano terrenal.

La noche del 17 de agosto, con luna llena plena, Farrant entró en el cementerio con algunos miembros de la Sociedad. Eligieron, para realizar la sesión, el lugar donde Thornton había tenido su experiencia, por ser éste un sitio bastante oculto, fuera del alcance de los transeúntes que pasaban por fuera del cementerio.

Cementerio de Highgate

Todo estaba preparado, el círculo mágico, los símbolos protectores, el agua consagrada, la sal... pero tan sólo unos minutos después de comenzar la sesión empezaron a percibir luces de linternas. Alguien se acercaba. Era la policía. Y antes de que pudieran aproximarse los guardias, los reunidos recogieron todo el instrumental preparado para la ceremonia. Los miembros de la Sociedad se separaron dirigiéndose a las diferentes salidas del cementerio. Pero Farrant fue arrestado durante su huida. El cargo de acusación que le fue impuesto fue el de "estar en un área cerrada para un propósito ilegal" (aunque tal propósito no pudo ser clarificado ni definido).

El caso, el arresto de Farrant, fue presentado ante la Corte de Magistrados de Clerkenwelll dos semanas más tarde; pero fue aplazado hasta el 29 de septiembre. La evidencia a la que se aludía para presentar el cargo ya mencionado contra Farrant decía que "había sido arrestado abandonando el cementerio de Highgate con una cruz y una estaca de madera". Sin embargo, según nos contó Farrant, esa supuesta estaca de madera era solamente un palo de madera llevado esa noche para hacer el "círculo mágico", es decir, era el compás.

Farrant se negó a dar los nombres de sus compañeros de aquella noche, y tampoco quiso dar detalles de la sesión psíquica que estaba realizando, lo que contribuyó a que los hechos fuesen deformados. Incluso se dijo que habían abierto los ataúdes para buscar al vampiro. Cuestión ésta que también negó Farrant.

El magistrado dijo que así como hay gente que se gasta el dinero en buscar al monstruo del lago Ness, éstos también tenían derecho a buscar a un vampiro. Farrant quedó en libertad, pero cree que la policía no se quedó contenta con su liberación. Por otro lado, la prensa sensacionalista insistía en catalogar a Farrant de "cazavampiros". Este tipo de noticias atrajo a más gente aún que, o visitaba y paseaba por el cementerio o lo profanaba y cometía actos de vandalismo sobre las tumbas. La policía estaba harta de recibir llamadas que denunciaban a gamberros que se autoproclamaban "cazadores de vampiros".

Pasó mucho tiempo, y en septiembre de 1971 un hombre fue encontrado agonizando en el cementerio. Estaba cubierto de sangre, derramada a partir de unas puñaladas que tenía en el pecho y en el cuello. El informe del caso decía que el hombre se había suicidado, y que las puñaladas se las había autoinflingido él mismo. Un oficial dijo que el hombre, antes de morir, le susurró que él mismo se había causado la heridas con un cuchillo. Finalmente se dijo (o se dio a entender) que el hombre se había suicidado.

Farrant, que se autodenomina "investigador psíquico", también fue arrestado en otro cementerio cuando, según nos cuenta, investigaba un fantasma que se aparecía dos veces al año. La policía lo llevó de nuevo a la Corte y tuvo que pagar diez libras. En esta ocasión fue detenido sin una razón justificada, pues el cementerio estaba abierto al público y, dice, no estaba haciendo nada malo. Farrant insiste que desde la primera detención en Highgate la policía lo estuvo siguiendo, intentando encontrar alguna excusa para mandarlo a la cárcel. Esta segunda detención ocurrió en 1972. Y un año después, en 1973, volvió a ser detenido bajo la acusación de incendiario. Farrant nos cuenta, sobre esta tercera detención, que estaba investigando un fantasma de una casa que había sido destruida por un incendio. Al ser dañada por el fuego, Farrant pensó que estaba abierta al público, y entró una noche con otros compañeros. Era noviembre, y hacía mucho frío, por lo que decidió encender un pequeño fuego para entrar en calor. Nos dice que no sabe si la policía seguía siguiéndolo o si fue una casualidad del destino, pero las autoridades vieron el pequeño fuego y lo acusaron de incendiario, una acusación muy seria. El dijo que estaba investigando, que toda su vida estaba envuelta en investigaciones... y fue absuelto.

En 1974, alguien puso un esqueleto sacado del cementerio de Highgate en el interior de un coche que estaba aparcado junto a la puerta del camposanto. La policía, sin ningún motivo que lo justificase, fue a su piso y lo registró, encontrando unas fotografías de anteriores investigaciones realizadas en el cementerio (según nos comentó y enseñó, se trataba de unas fotografías tomadas en 1973 por un periodista para el que posó. Era un periodista de una revista que le pidió que le dejase sacar unas fotos en el cementerio. Ellos encontraron una tumba abierta por vandalismo y el periodista le sacó unas fotos junto a ella). Estas fotos que conservaba fueron suficientes para hacer pensar al juzgado que Farrant había estado cometiendo actos vandálicos en el cementerio. Por esas fotografías lo volvieron a detener, y dice que la policía lo obligó a decir que el esqueleto había sido puesto en el coche por él con el objetivo de utilizarlo para hacer magia negra. Esto es lo que la policía dijo en el juicio, siendo estas confesiones de los agentes "pura mentira, inventadas". Fue encontrado culpable con una pena de dos años de prisión.

Parece ser que un amigo suyo llamado John fue golpeado en la cabeza por agentes de la policía hasta que le hicieron firmar una confesión que él no había hecho en la que ponía en más aprietos a Farrant. Por esta intimidación, Farrant envió dos muñecos vudú a los oficiales de policía con un letrero en letras grandes que decía: "Dejad a John en paz". Este acto, actualmente, le parece estúpido, y cree que no lo debería haber hecho.

Farrant insiste en que la gente considera a la policía inglesa como la mejor, pero dice que no es verdad. Su experiencia es que cuando la policía tiene el objetivo de coger a alguien, no para hasta conseguirlo. También asegura que desde los acontecimientos ocurridos en 1970 en el cementerio de Highgate la policía tenía instrucciones de atraparlo.

Cuando en 1995 preguntamos a Farrant su opinión de qué creía él que era lo que se manisfestaba en el cementerio de Highgate nos contestó que no sabía; que no pudo concluir sus investigaciones y que tampoco las quiso concluir por los motivos judiciales y legales expuestos. Sin embargo afirma que lo que allí se aparecía era una "entidad inteligente"; no define ni concretiza más. Dice no creer en vampiros que se levantan de la tumba y chupan la sangre de los vivos.

Versión de Sean Manchester

Sean Manchester, quien dice ser descendiente de Lord Byron, aunque confiesa no poder demostrarlo por serlo de un hijo no reconocido de una sirvienta, escribió el libro *El vampiro de Highgate* en 1985, revisándolo en el año 1990.

Para Manchester, los primeros testimonios de que algo extraño ocurría en el cementerio de Highgate le llegaron procedentes de dos chicas de 16 años, quienes tuvieron una terrorífica visión mientras caminaban una noche por Swain Lane. Según el autor, las chicas, mirando por la puerta norte del cementerio oeste (está dividido en dos secciones), pudieron ver tumbas abiertas y cuerpos fuera de ellas. Posteriormente, una de las protagonistas, Elizabeth Wojdyla, sufre una serie de pesadillas en las que una presencia maligna, con rostro pálido, parece intentar entrar en su habitación.

El segundo relato que le llegó a Manchester era el de una pareja de novios que, paseando nuevamente por Swain Lane durante la noche, pudieron ver a través de los barrotes de la puerta del cementerio una figura que no tardó en alejarse de la tenue luz para dirigirse hacia el interior, donde las sombras la ocultaron.

Llegada la primavera, Manchester se encontró con Wojdyla, la cual, según el autor, mostraba un aspecto pálido y cadavérico. La chica le contó el tema de sus pesadillas, los dolores de cabeza que sufría, las náuseas, el sonambulismo... Ket, el novio de Wojdyla, pidió ayuda a Manchester. Por entonces, ella ya mostraba dos pequeñas heridas en el cuello, y el autor sugirió la posibilidad de que estuviese siendo atacada por un vampiro. Manchester y Ket introdujeron gran cantidad de ajo en la habitación de Wojdyla, colocándole además una cruz de plata alrededor del cuello. Se vigiló su sueño hasta su recuperación.

Durante algún tiempo los periódicos dedicaron numerosos apartados a relatar nuevas experiencias vividas por ciudadanos que durante la noche paseaban alrededor del cementerio. El autor cuenta cómo un hombre dijo ser golpeado por una figura alta con rostro de animal salvaje. Y también habla de los animales muertos que se encontraban en el cementerio y en el parque Waterloo, lacerados alrededor del cuello y bebida su sangre. Opinó públicamente que el responsable de semejantes acontecimientos era un vampiro al que había que destruir cuanto antes y de la forma tradicional.

Manchester habla también del caso de una tal Lusia, la cual sufría de sonambulismo, sofocación por la noche y otros comportamientos sospechosos; además de poseer dos marcas en el cuello. Una noche, durante su estado sonambúlico, Lusia comenzó a caminar en dirección al cementerio. Su her-

Sean Manchester

mana llamó a Manchester y ambos la siguieron. Deteniéndose ante una tumba, Lusia se quitó el crucifijo del cuello. Su hermana Ann y Manchester intervinieron y se la llevaron a casa. A la mañana siguiente ella no era consciente de los acontecimientos ocurridos durante la noche.

Brevemente, menciona a Farrant, diciendo de él que incitó a otras personas a entrar en el cementerio. Y escribe que fue uno de los que vio la extraña sombra en cuatro ocasiones.

Un viernes, concretamente el 13 de marzo de 1970, se reunió con algunos individuos para visitar la tumba hasta donde Lusia llegó aquella noche. En el interior de la misma sólo encontraron tres ataúdes vacíos; y en cada uno de ellos pusieron un ajo y una cruz.

Unos meses después, Manchester regresó a la tumba sospechosa acompañado de Lusia y tres personas más. Se sentaron frente a ella y Lusia entró en trance hasta parecer estar dominada por una entidad maligna. El autor consideró la posibilidad de que el vampiro hubiese cambiado de guarida desde la noche del 13 de marzo. Lusia se dirigió a otra tumba, la cual tenía un ataúd de más. Y Manchester supuso que ese ataúd de más en aquel lugar era el que faltaba en la otra tumba que, lógicamente debía de ser el del vampiro. Lo abrió y encontró un cuerpo con aspecto de vivo, en perfecta conservación. Manchester, sin pensárselo, cogió una estaca y un mazo de su bolso y se dispuso a clavársela al cuerpo yacente. Pero sus acompañantes le recordaron que lo que iba a hacer era ilegal. Manchester reconoció que en caso de ser descubierto podría tener serios problemas con las autoridades y desistió. Aunque, a cambio, no se privó de efectuar un exorcismo con ajo, sal y agua bendita... para intentar acabar con el vampiro.

Después de esto, Manchester no estaba satisfecho. Insistía en que el caso todavía estaría abierto hasta no acabar definitivamente con el vampiro de la forma tradicional.

Tras unos meses, Lusia dijo a Manchester que el vampiro había conseguido mudarse a otro lugar.

El tiempo transcurriría hasta 1973, año en el que una mansión del siglo XIX abandonada, se convierte en noticia diciéndose que está encantada. La gente, según Manchester, la llamaba *la casa de Drácula.*

El autor decide visitar la casa con una clarividente, Verónica, y con otro compañero, Arthur. Una vez dentro dice que Verónica comenzó a oír ruidos y voces que no percibían ellos, y que una siniestra niebla los envolvió, a la vez que unos terribles olores comenzaron a expandirse. Manchester dice que los tres estuvieron de acuerdo en que habían descubierto la nueva guarida del vampiro. Decidieron regresar a la luz del día para acabar con él.

El día llegó, y Arthur y él regresaron; esta vez con el material necesario para acabar definitivamente con un vampiro. Llegado el momento, descubierto el ataúd con el cuerpo del vampiro en su interior, Manchester puso la estaca en el pecho de la criatura y la clavó.

Manchester afirma que posee fotos de la criatura en el momento de su rápida descomposición tras el estacamiento.

* * *

Nota: La intención de este capítulo ha sido la de exponer las dos versiones que existen sobre los sucesos ocurridos en el cementerio de Highgate. El estudio de David Farrant y Sean Manchester, de sus motivos, de sus declaraciones primeras y de las que han hecho con el paso de los años (ambas diferentes), y de otros aspectos circundantes, daría lugar a otro interesante y controvertido capítulo. Que sepa el lector que sobre este asunto lo escrito aquí no es todo lo que hay.

Anecdotario

"Y vi a la mujer emborracharse de la sangre de los santos y de los mártires de Jesús, y al verla me quedé estupefacto" (Apocalipsis 17:6).

"En verdad, en verdad os digo que si no comiéreis la carne del Hijo del hombre y no bebiéreis su sangre, no tendreis vida en vosotros. El que comiera de mi carne y bebiera de mi sangre, tiene vida eterna... (Juan 6:53-54).

Las anécdotas son relatos breves de hechos curiosos. Son sucesos singulares muchos de ellos y, a veces, poco conocidos.

Las anécdotas, las "curiosidades" (por llamarlas de alguna forma) que se leen en este apartado sorprenderán a muchos. Este es un capítulo en el que se habla del vampirismo y de los vampiros de una forma más amplia de lo que, estamos seguros, el lector neófito y no tan neófito podrá imaginar. Son noticias que, algunas más directamente que otras, tienen que ver con el tema tratado en este libro. Algunas de ellas, las menos, son de credulidad dudosa, pues las fuentes de donde han sido sacadas se dedican al sensacionalismo y a divulgar noticias basura; otras, también las menos, son sobrada y descaradamente fraudulentas (por la misma razón que las anteriores); otras más se ciñen fielmente a la realidad. Sin embargo, todas ellas se han podido leer o ver en los medios de comunicación.

La gran mayoría de ellas están expuestas para que el lector pueda hacerse una pequeña idea, de hasta dónde ha calado la imagen y la idea del vampiro en la sociedad. No importa que algunas no hayan ocurrido; creemos que lo relevante es que las noticias sobre vampiros y vampirismo no dejan de aparecer. Puede ser otra forma de ir siguiéndole la pista a la evolución que ha ido realizando este personaje.

Aunque éstas no son todas las "curiosidades" y anécdotas que se pueden encontrar en torno a este asunto hemos seleccionado las más representativas.

• A finales del siglo XIX se registraban casos de cadáveres a los que se les clavaba una aguja en el corazón (esto ocurría en las zonas balcánicas). Mientras, en Inglaterra (1824) era abolida la ley que permitía atravesar el corazón de los suicidas con una estaca.

• Se cuenta que fue localizado, trabajando en un banco de sangre, un descendiente del Drácula histórico en tierras rumanas cuando éstas todavía eran comunistas.

• Retomando algunas de las palabras que en Rumania designan al vampiro, como *strigoiu* y *moroiou*, se dice que en su lecho de muerte Bram Stoker pronunció una de estas.

• Durante el transcurso de la II Guerra Mundial (1942), un doctor (de nombre Lythe S. Adams) llegó a proponer al presidente norteamericano Roosevelt equipar murciélagos con pequeñas bombas incendiarias para lanzarlas sobre el enemigo, generalmente en ciudades (suponemos que la idea, en un principio, era viable por la gran cantidad de estos animalitos que residen en el continente americano).

El hecho fue que el proyecto se aprobó, llegando a reunir 10 millones de murciélagos. El sistema era colocar en su pecho una bomba de 12 gramos. Dicha bomba ardería durante ocho minutos; sus llamas alcanzarían, aproximadamente, unos 25 centímetros.

Se dice que esta operación fue suspendida en el último momento debido a la creación de la bomba atómica (recién terminada) que parecía ser un arma más eficaz.

• Fue en 1994 y sucedió en Nueva York. En esta ocasión no se produjo ningún extraño crimen con absorción de sangre, ni un cazador de vampiros enloquecido profanó las tumbas del cementerio. No, en esta ocasión se trató de una subasta; y lo subastado consistía en una caja con un equipo completo para acabar definitivamente con los vampiros.

La caja es de madera y mide unos 80 centímetros de largo. En su interior se encuentra un telescopio, una afilada estaca de madera, una Biblia, el "serum personal del profesor Ernst Blomberg", un molde para fundir balas de plata y, por último, un crucifijo de marfil que se abre y contiene en su interior una pistola.

Semejante caja con todo su instrumental incorporado, datada en el siglo XIX, se subastó y alcanzó la suma de 350.000 pesetas.

• Se creía que unos caracoles que pululaban en los alrededores de las colinas de Perak eran los culpables de chupar la sangre del ganado por medio de sus sombras, por lo que los animales adelgazaban e incluso morían marasmáticos.

• En octubre de 1784 el mundo recibía la noticia que afirmaba que un monstruo trinitario, *El vampiro chileno*, había sido capturado. Este ser tenía parte de león, parte de hombre y parte de murciélago, y fue el zoológico de París el que anunció su idea de subvencionar una expedición con la finalidad de atrapar a la hembra de tal criatura para criar vampiros en cautiverio.

• El término *vampiro* ha llegado incluso hasta el fondo de los mares y océanos, en donde subsiste el *Vampyrotouthis infernalis* (Vampiro del infierno), que puede ser visto a una profundidad de 1.500 metros. Este animal de color negro, de dos pulgadas de largo y con unos prominentes ojos encarnados (de una pulgada de diámetro cada uno), muestra a todo el que lo contempla su boca repleta de blancos y agudos dientes. Aunque, quizás, lo más llamativo del *Vampyrotouthis* sean los cientos de pequeñas luces repartidas a lo largo de su cuerpo que, junto a los diez tentáculos que posee, pueden llegar a mostrar una imagen un tanto "infernal", como su mismo nombre indica.

Esta criatura marina es un molusco que tiene en su parentela, aunque lejana, al pulpo. Se le ha estudiado en el Laboratorio Oceanográfico Bingham, en Yale, y de él sólo se sabe, de momento, que vive en las grandes profundidades marinas, ciertos datos sobre su ciclo vital y que es carnívoro.

• *Desmodus Draculae* es un nombre de evidente inspiración literaria con el cual los paleontólogos han dado bautizado el fósil de un animal de considerable tamaño que vivió en el pleistoceno.

• En España, durante la posguerra, se pudo oír hablar de los "sacamantecas" (criminal que despanzurra a sus víctimas). Aunque en muchas ocasiones sólo se trataba de habladurías, había casos que parecían ser fieles a los hechos que, provocados por la ignorancia, se llegaron a dar. Se trataba de la creencia de que los enfermos tuberculosos, bastante numerosos en aquellos años, recuperaban la salud si bebían sangre fresca de niños.

Se dice que ahora, hoy en día, desaparecen multitud de niños y niñas debido al tráfico de órganos. Son extraídos para ser vendidos y transplantados a aquellas personas dispuestas a conseguir uno de cualquier forma y a cualquier precio. Esto, como hay quien ha dicho, puede ser una realidad o la continuación actualizada de la leyenda de antaño que justificaba la desaparición de niños relacionándola con los "sacamantecas". Los secuestradores a sueldo se habrían puesto al servicio de los enfermos adinerados que pretendían curar su tuberculosis a través del "método vampírico".

• Fue en Boston donde la encargada de la taquilla de un cine acudió a la policía contando, sin reparo alguno, que el conde Drácula solía reservar entradas en su taquilla y que, por sorprendente que pudiera parecer, le había hecho la "extraña" proposición (depende de cómo se mire) de ser partícipe en el asalto, en Massachussetts, a un banco de hemoglobina. Cuando ofreció la descripción de este Drácula aseguró que llevaba un jersey a rayas azules de marinero.

• En Puerto Príncipe se cerró un banco de sangre bajo la sospecha de abastecer a unos cuantos "vampiros" de carne y hueso.

• En 1993 los habitantes de la localidad texana de Austin se alegraban al recibir una "invasión" de murciélagos, a los que desde entonces continuamente acogen colocando unas cajas debajo de los puentes para que puedan instalarse cómodamente y decidan regresar cada año al mismo lugar. ¿Por qué? ¿Para qué? Para beneficiarse de la atracción turística que ello supone.

• El IV festival de cine de terror Dylan Dog celebrado en Milán (Italia) del 30 de mayo al 5 de junio de 1994 tuvo por mascota un murciélago vampiro creado por Michele Guaschino.

• El 20 de julio de 1973 moría, en circunstancias sospechosas, Bruce Lee. Cuenta la verdad oficial que con 32 años, cuando precisamente empezaba a atraer la atención de Hollywood, un dolor de cabeza hizo que se echase en la cama, de donde ya no despertó. Hubo muchos rumores en cuanto a la razón de su muerte. Una de ellas, la que nos interesa, decía que había muerto porque su cuerpo no pudo soportar su riguroso programa de mantenimiento, que incluía "una dieta a base de carne de vaca cruda, huevos y, de vez en cuando, vasos de sangre de vaca".

• El que fuera presidente de Rumania, Nicolai Ceaucescu, nombró héroe nacional rumano al príncipe Vlad Dracula en el año 1976.

• En febrero de 1993 se anuncia en el *Diario de Navarra*, y para esta comunidad, un ciclo de cine titulado *Vampiros de película*, en el que colaboran el Gobierno de Navarra y el Departamento de Educación y Cultura. La exhibición de las proyecciones, con entrada libre, fue en el Museo de Navarra, en Pamplona, y durante cinco días se emitieron las siguientes películas:

Lunes 22, *Nosferatu*, de F. W. Murnau (1921)
Martes 23, *Wampyr*, de C. Th. Dreyer (1931)
Miércoles 24, *El conde Drácula*, de J. Franco (1969)
Jueves 25, *Los ritos satánicos de Drácula*, de A. Gibson (1973)
Viernes 26, *Amor al primer mordisco*, de S. Dragoti (1979)

• En una encuesta realizada hace pocos años, el 27 % de los interrogados respondió afirmativamente a la pregunta ¿cree que es posible que los vampiros existan como entidades reales?.

• Otra encuesta llevada a cabo en numerosas zonas de Rusia preguntaba a los individuos qué era a lo que más temían. Y encabezando la lista de esos temores se encontraba el vampiro.

• Se creía en algunos lugares como Ucrania, que tampoco los pájaros podían escapar al maleficio del vampiro. Se pensaba que si un pájaro había sido mirado por éste, dicho animal no conseguiría alzar el vuelo. Aunque, eso sí, existía una excepción que rompía la norma, la paloma, la cual surcaba el cielo sin afectarle quien pudiera observarla.

• A lo largo del siglo XIX, extraños sucesos ocurrieron en diversas zonas de Inglaterra.

En 1810 se produjo una matanza de ganado (vacas y ovejas) a lo largo de la frontera con Escocia. Una criatura mataba al ganado mordiendo la yugular de sus cuellos para después succionarles la sangre. Cada noche acababa con la vida de ocho o diez animales. Llegado el mes de septiembre se consiguió matar a un perro, con lo que, al parecer, se acabó con las masacres.

• En 1905 encontramos otro caso en Badminton. Tras la masacre de ovejas se acabó con la vida de algunos perros, pero las muertes de ovejas no cesaron.

En las cercanías de Gravesend "la criatura" había matado unas 30 ovejas desangrándolas. Según la opinión de un sargento de policía de Gloucestershire el autor de todo ello no podía haber sido un perro.

• Durante el mes de marzo de 1906 hubo varios ataques como los ya mencionados, nuevamente en Inglaterra. A varios kilómetros del palacio de Windsor, en las proximidades de Guildford, una "criatura" degolló un elevado número de ovejas (51 en total) en el transcurso de una noche.

• Irlanda también padeció una masacre de ovejas, aunque durante el año 1874. En el mes de enero en Cavan aparecían hasta 30 ovejas muertas cada noche. Los cadáveres de las reses mostraban incisiones en la zona de la garganta y había indicios de que algo les había chupado la sangre.

Sobre el ser que realizaba las matanzas se sabía poco; sus huellas eran pisadas alargadas parecidas a las de un perro pero superaban su tamaño. Otro dato sobre éste era que no comía la carne de los animales que mataba.

No fue solamente en Cavan donde actuaría el ser, ya que extendió a otros lugares su territorio de "caza". En el mes de abril del mismo año la "bestia" andaba cerca de Limmerick, localidad situada a cien millas de Cavan, y se dijo en su momento que varias personas habían sufrido el ataque de la criatura, la cual les había mordido.

El *Weekly News* de Cavan (fechado el 17 de abril) resalta que algunas de las víctimas del ataque de este ser habían sido ingresadas en un hospital psiquiátrico debido a su comportamiento.

• En una finca de Cumberland (Inglaterra), durante el verano de 1875, sucedió un hecho "inusual" y bastante extraño. La señorita Amelia Cranswell se hallaba en su cama, despierta, cuando pudo ver una figura fantasmal semejante a un esqueleto que abrió la ventana y penetró en su habitación. La joven gritó desesperada, lo que alertó a sus hermanos que tuvieron que derribar la puerta para llegar hasta ella. La encontraron en un estado inconsciente mientras la sangre surgía de las heridas que en hombros y garganta "alguien" o "algo" le había producido. Fue entonces cuando los muchachos pudieron ver la figura que saltaba fuera de la casa; rápidamente iniciaron la persecución de la misma sin poder darle alcance.

Hubo unas cuantas mujeres del vecindario que describieron ataques por parte de aquel ser huesudo. Por aquella época, en el mismo condado de Cumberland, hubo una matanza de ganado ovino.

• Rusia sufrió en 1893 el acoso de una criatura de actuaciones semejantes. En esta ocasión los ataques los sufrieron niños y mujeres, concluyendo con la muerte de varios de ellos. Algunos de los que pudieron escapar de sus fauces lo describieron como "una criatura larga, negra, con un morro chato, redondo, orejas enhiestas y cola larga y lisa". El ejército inició su búsqueda, aunque parece ser que sin buenos resultados, encontrándose sólo unas huellas de gran tamaño parecidas a las de un perro.

• Ciertas tradiciones ancestrales conservan en su haber una estrecha relación con la sangre. Un buen ejemplo sería la costumbre charrúa del "chupón", consistente en hacer un corte en la yugular de un animal grande (preferentemente caballos y vacas), colocar los labios sobre la herida y sorber la sangre que de ésta brota. El "chupón" era una costumbre normal en la época en la que el primer presidente de Uruguay, José Fructuoso Rivera, gobernaba la nación. El propio Rivera era uno de tantos que llevaban a la práctica dicha tradición. Era una manera de alimentarse sin acabar con la vida del animal, que en tiempos de escasez está prohibido comer.

• Hubo quien dijo que los vampiros tenían un cuerpo elegante, que en su demacrada faz aparecían rasgos nobles. También se comentó que sus modales eran felinos y que en sus delicadas manos era posible contemplar unas hermosas uñas puntiagudas y algo curvadas. Pero había dos pequeños aspectos que parecían estropear la tan "atractiva" imagen del vampiro. Uno de ellos sería el frío glacial que emanaba de su cuerpo y el otro la halitosis que tenían debido al alimento que ingerían.

• Una noticia breve dice que durante el verano de 1995, unos turistas que tomaban el Sol en Rumania pudieron presenciar, estupefactos, un acontecimiento atmosférico insospechado e inesperado en semejante época del año. Se trató de la repentida nevada que cayó sobre 25 escasos metros cuadrados. 25 metros cuadrados que correspondían curiosamente, relata la noticia, con el lugar exacto donde en 1476, los boyardos asesinaron al príncipe Vlad Tepes, Vlad *el Empalador*.

• En el *Daily Telegraph* fechado el 15 de febrero de 1912 aparece publicada una noticia un tanto sorprendente. Cuenta que un granjero había acudido al cementerio local con varios compañeros. Allí desenterraron el cadáver de un chico de 14 años y le colocaron tres piedras y tres ajos en la boca. Después le clavaron una estaca atravesando su cuerpo hasta hincarla en el suelo. Por lo visto, el mencionado granjero era el patrón del chico y tras la muerte de éste creía que su fantasma se le aparecía cada noche. Así que llevó a cabo el ritual con ánimo de que el espíritu le dejase tranquilo. Los participantes en el suceso fueron detenidos.

• En Londres, concretamente en el número 18 de St. Leonards Terrace (Chelsea), fue colocada una placa conmemorativa como recuerdo de que allí Bram Stocker escribió el relato que lo haría "inmortal", la novela titulada *Drácula*. El acontecimiento tuvo lugar el día 8 de diciembre de 1977, organizado por *The Dracula Society*.

• Ernest Hemingway, en la novela titulada *Por quién doblan las campanas*, menciona a unas mujeres viejas, de aspecto no muy agradable, que acudían (en la ciudad de Madrid) a los mataderos, donde bebían la sangre caliente del ganado sacrificado con el objetivo de que ésta restituyera la hermosura y juventud de años atrás.

• El Gobierno del estado de Coahuila, a través del Instituto Coahuilense de Cultura, convocó el Premio Nacional de Cuento de Vampiros "Criaturas de la Noche". Las bases exigían que los participantes fuesen nacidos en México o residentes del país. El premio único constaba de $7.000.00 y un diploma.

• Un relato rumano contaba que un gitano recorría, con su organillo y un mono, las aldeas. En las representaciones que ofrecía, el mono entregaba a las jovencitas un papel que parecía indicar la fortuna de cada muchacha, sin poder evitar dar un beso a las más atractivas; ese beso realmente era un imperceptible mordisco que daba en el delicado cuello a dichas jóvenes. Después de recibir el mordisco del mono-vampiro, las afectadas no cruzaban el umbral de las iglesias durante un periodo de tiempo (un mes aproximadamente). Cuando se les preguntaba el porqué de su obstinado comportamiento, las muchachas respondían que no podían soportar ver los tubos del órgano, ya que esos tubos eran "demasiado afilados en la cúspide".

• Parece ser que el conde Kadam llegó a ser conocido en el mundo entero debido a su afición por la sangre.

La historia tiene lugar en Rusia, exactamente en Moscú, en cuyos teatros el conde Kadam encontraba a muchachas que ejercían de floristas a las que mataba. Antes de su muerte el conde escribió una declaración en la que afirmaba que era un vampiro y entregó él mismo dicha declaración a un representante de alto rango del gobierno ruso.

• Otro conde, en esta ocasión el conde de Cabreras, militar que respondía al grado de capitán, fue encargado por los altos mandos de acabar con la existencia de un vampiro que hacía acto de presencia en una taberna, donde elegía a la persona que sería su víctima.

Después de este caso inicial el conde de Cabreras se especializó en el tema y llevó a cabo diversas investigaciones y, se comenta, alguna que otra ejecución.

• El famoso actor y director de cine Orson Welles, autor de la adaptación radiofónica de *La guerra de los mundos* en el año 1938 (que ocasionó un gran revuelo, incluyendo una serie de suicidios), hizo una adaptación de la obra *Drácula* con el Mercury Theatre.

• La supuesta mujer-vampiro Sarah Ellen Roberts, cuyo cuerpo yace desde 1917 en la población peruana de Pisco, fue nuevamente el centro de atención el 9 de junio de 1993. En su día, antes de morir, dijo que en esa fecha saldría de su tumba para vengarse de quienes la condenaron a muerte en Inglaterra. Su marido, no se sabe exactamente la razón, la llevó a enterrar a Pisco.

Periodistas, curiosos, supuestos expertos en el tema y demás investigadores esperaron el tan singular regreso que ya había anunciado la propia Sarah antes de morir. Otros, sin embargo, acudieron al lugar donde se hallan sus restos para homenajearla.

Se cuenta que la mencionada dama (nacida en 1872) fue la auténtica esposa del conde Drácula y debido a esta relación se la convierte en objeto de conmemoraciones, llegando a ser, prácticamente, una heroína a la que acuden a ver personas de varios países.

En Pisco han sabido aprovechar la "celebridad" de la que goza Sarah Ellen montando negocios en los que cruces, estacas y ristras de ajos son vendidas a los atónitos visitantes.

Es sorprendente que no existiendo el conde Drácula, siendo éste un personaje de ficción creado por Bram Stoker, haya quienes afirman que tal o cual persona pueda ser amante a descendiente del mismo. Pasó el 9 de junio de 1993 y nada anormal sucedió durante la madrugada o el anochecer del mismo, al menos ante los miles de ojos y cámaras fotográficas que allí se congregaron.

• En un periódico sensacionalista español donde las llamadas *noticias basura* proliferan hallamos dos de éstas referentes al mundo de los vampiros.

La primera, bajo el título "Encuentran la calavera de Drácula", "informaba" de que un equipo de arqueólogos había encontrado la calavera del conde en las montañas de los Cárpatos. Este grupo de arqueólogos rumanos, dirigidos por el profesor Radiescu, estuvo durante tres años siguiendo el rastro dejado por Vlad *el Empalador*.

Esperando hallar algunos enseres que probaran su pasada existencia, como el ataúd, su capa o restos humanos de los que caían bajo su poder descubrieron, excavando a diez metros del castillo de Vlad, una galería que, suponen, fue refugio del "vampiro". Allí, dicen, fue donde descubrieron el cráneo de éste con sus característicos colmillos afilados y, cerca, la estaca de madera con la que se le había traspasado el corazón para darle muerte.

Desde el "descubrimiento" la calavera se ha sometido a toda clase de pruebas y estudios, incluido el Carbono-14.

• El equipo de internet de Radio Praga publicaba en la red una nota titulada "¿Vampiros en Chequia?". En la misma se afirmaba que el arqueólogo Jaroslav había descubierto el mayor cementerio de vampiros situado a pocos kilómetros de Praga. Se afirmaba que era una necrópolis en la que sólo fueron sepultados vampiros o, al menos, aquellos que eran considerados como tales por sus contemporáneos. También mencionaba el libro *Las sepulturas de los antepasados*, de otro arqueólogo, Michal Lutovsky, quien dice que de cien sepulturas estudiadas por los científicos una como mínimo suele presentar huellas extrañas que testimonian, al parecer, medidas preventivas antivampiro.

• Mozart, había recibido la recomendación médica de hacer ejercicio, por lo que montaba a caballo por el Prater vienés. Fue allí, en aquel hermoso lugar, donde un hombre (al cual la leyenda ha descrito como hermano gemelo del conde Drácula) se acercó hasta él. Era un mensajero (criado del noble Franz Walsegg von Stuppach) que llevaba la petición de su señor para que el músico le escribiese una misa de réquiem en honor de su esposa, fallecida tiempo atrás. Además, dicho noble requería que el maestro no firmase la obra en cuestión. De hecho, Walsegg pretendía hacerse pasar por el autor de la composición ante sus allegados. Por ello, en el contrato se ofrecía un alto precio a cambio de que la partitura fuese propiedad exclusiva de Walsegg.

• En uno de los documentales televisivos ofrecidos bajo el nombre genérico de *Supervivencia*, encontramos uno con un título bastante sugerente: *Los vampiros del Islote del Lobo*.

A pesar de imaginarse uno, tras leer el título, unos enormes y negros murciélagos, se trata, para sorpresa del espectador, de unos pequeños pajarillos. Éstos, en cuanto tienen oportunidad, beben la sangre que mana de las heridas de cualquier animal, incluso del propio hombre, al que no temen y se acercan descaradamente para conseguir el rojo líquido.

• Nadie podía suponer que Nixon, el que fuera uno de los presidentes de los Estados Unidos, pidiera a sus consejeros que el periódico *The Washington Post* no llegase a manos de sus hijos, al ser, él mismo, protagonista de la tira cómica en la cual aparecía vestido de conde Drácula.

ENCUENTRAN LA CALAVERA DE DRACULA

Un equipo de arqueólogos rumanos ha descubierto en los Cárpatos, la mítica cadena montañosa que atraviesa Rumanía, lo que parece ser la auténtica calavera del conde Drácula, el famoso vampiro.

Por FELIPE ARNAU/ ENVIADO ESPECIAL

"Se encontraba a unos diez metros de profundidad, confundida en las entrañas de esta tierra a la que tanto hizo temblar en vida", explica el profesor Radiescu, arqueólogo jefe de la expedición "Drácula". El equipo dirigido por Radiescu ha dedicado tres años a seguir las huellas de Vlad el empalador, auténtico nombre del vampiro.

"Ciertamente, no esperábamos dar con el cráneo de Drácula. Nos conformábamos con algunas reliquias y pertenencias que probaran su existencia definitivamente: su capa, el ataúd en el que dormía durante el día o, por lo menos, restos de alguna de sus numerosas víctimas", afirma Radiescu.

El equipo arqueológico se puso a investigar en los alrededores del castillo y, excavando a unos diez metros de profundidad encontró una vieja galería que, probablemente, sirvió de macabra residencia al temible vampiro. "Allí fue donde descubrimos este cráneo, con sus característicos colmillos afilados. Junto a él, encontramos además la estaca de madera con la que atravesaron su corazón para darle muerte", asegura el arqueólogo jefe. Según Radiescu, gran conocedor de las ciencias ocultas y el vampirismo, sólo existen dos formas de eliminar a un vampiro: "O se le expone a la luz del día o se le clava una estaca en el corazón. Sabíamos que el conde Drácula había muerto de forma violenta pero nunca nos hubiéramos imaginado encontrar pruebas tan contundentes de su último encuentro con quien fue su compañero a lo largo de toda su existencia: la Muerte".

Desde que tuvo lugar el descubrimiento, hace apenas un mes Radiescu somete el cráneo a todo tipo de estudios, entre ellos el Carbono-14. "No cabe duda de que hemos dado por fin con los restos del verdadero Drácula, un auténtico demonio", asegura orgulloso.

El equipo de arqueólogos rumanos encontró la calavera del famoso vampiro, a los pies del castillo de Drácula, en la cordillera de los Cárpatos.

"JUNTO AL CRANEO ESTABA LA ESTACA QUE LE DIO MUERTE"

Bela Lugosi interpretó varias veces a Drácula.

Grabado de la época.

LOS JAPONESES ESTAN LOCOS POR LA PAELLA

La última locura de los japoneses consiste en comer paella en los restaurantes españoles de Tokio. Son capaces de hacer colas durante horas para degustarla ya que, según dicen, tiene propiedades extraordinarias.

FE DE ERRORES

En la portada de nues tro número 6 decíamos qu Adela Calero, la mujer co tres cerebros, era venez lana, cuando realmente e madrileña, aunque su padres, efectivamente, s son de Venezuela. Perdón

Noticias basura, falsedades de un diario dedicado exclusivamente a este tipo de "informaciones"

• En una nota de la llamada Liga Antidifamatoria del Vampiro sus miembros se quejan del frecuente uso de términos propios de la literatura fantástica que se hace por parte de la población. Las personas, dicen, suelen dar casi siempre un sentido peyorativo o incluso insultante a tales términos. Y recomiendan la utilización de una nomenclatura más neutra y sin implicaciones negativas. De tal forma que para "hombre lobo" sugieren el término *individuo de capacidad transformacional alternativa*; para "zombi", *individuo alternativamente animado de origen haitiano*; para "fantasma", *ser de corporeidad involuntaria alternativa*; para "espíritu maligno", *ser de corporeidad e inclinación moral alternativa*; y para "vampiro", *individuo nutritivo-hematológicamente estimulado.*

• Todos hemos oído, o incluso visto, bodas de lo más extraño: bajo el agua, tirándose en paracaídas... pero una boda celebrada en pleno cementerio y, por supuesto, con dos "vampiros" prometiéndose amor eterno, es un acontecimiento que solamente se puede contemplar cada ciertos siglos.

Fue en las frías tierras de Inglaterra donde una envidiable "pareja de vampiros" contrajo matrimonio. Ella, Penny, vestía de negro raso resaltando, en su largo vestido, algún que otro encaje. La corona y el ramo de rojas flores realzaban su palidez espectral. El, Ian, también había escogido un traje negro para la ocasión, del que sobresalía una blanca camisa con manchas color carmín que causaban la impresión, a cierta distancia, de tratarse de rastros de sangre.

La ceremonia, llevada a cabo en un cementerio, se desarrolló en perfecta normalidad hasta que el oficiante dijo aquello de poder besar a la novia y, ni corto ni perezoso, Ian mordió ardorosamente el cuello de su amada Penny.

Los anillos tenían la apropiada configuración de una calavera con prolongados colmillos, acompañada por dos pequeñas cruces egipcias. La tarta del banquete no fue menos prometedora, estando confeccionada con dos hermosos murciélagos de hielo y una araña de chocolate situada en pleno centro del atípico postre.

• Incluso en los posos de café turco el vampiro hace aparición. Si la imagen en éstos es de un murciélago, al consultante le esperan serios problemas en el hogar, además de correr el riesgo de ser "embrujado". Si la imagen en los posos es la de un vampiro, deberá hacer todo cuanto esté en su mano para evitar problemas con aquellos que no le aprecian.

• En un pueblo de Transilvania, en pleno siglo XX (1972), fueron aplicadas las "medidas" contra vampiros a 135 cadáveres sospechosos (el procedimiento fue llevado a cabo con el apoyo, dicen, de la justicia y el clero). A cada cadáver se le cortó la cabeza y se le clavó una estaca en el corazón para, después, ser incinerado.

• ¿De dónde procede el término vampiro? Hay muchas posturas, aunque ninguna confirmada mayoritariamente. Se dice que procede del término húngaro *vampir*, palabra que sale, a su vez, del término turco *uber* (bruja), o quizás de *upyr*, palabra del vocabulario ruso que derivaría de *pyr* (pájaro), quedando así una conexión entre el vampiro y las aves nocturnas. La palabra que se hará internacional para definir a un ser chupasangre acabará por aparecer en el lenguaje inglés en 1734, en el francés en 1751 y en el español en 1843.

• Pero, ¿existió Robin Hood? Algunos historiadores afirman que Hood era una leyenda estrechamente relacionada con ciertas creencias paganas. Esto parece haber quedado desbancado por completo al hallarse, en registros históricos, una persona que respondió al nombre de Robin Hood.

Robin (cuyo nombre real era Robert) vino al mundo en el año 1290. Se sabe que su padre se llamaba Adam Hood, que trabajaba como guarda forestal a las órdenes del conde de Warenne y que vivía en Wakefield (Yorkshire).

Unos cuantos años después, en 1322, el conde de Lancaster, dueño de las tierras de Robin, se alzó contra el rey Eduardo II llamando a sus arrendatarios en su ayuda; colaboración que, por supuesto, Robin le brindó. Tras ser apresado el conde de Lancaster, Robin se trasladó al bosque de Barnsdale, cerca del bosque de Sherwood (Nottingham), donde comenzaría su vida como salteador, dando lugar así a la leyenda que afecta incluso a su muerte.

La cruz y la espada, revista de caballería dirigida por Ruthwen Glenarvon, puso en su día en marcha una investigación que pretendía descubrir el verdadero motivo que ocasionó la muerte del legendario personaje. Las indagaciones, según dijeron, parecieron indicar que Robin Hood no falleció por causas naturales, sino por una herida que, parece ser, le produjo un vampiro. Pero las informaciones no cesaron con esto, ya que ciertas personas afirmaron poseer datos que confirmaban la anemia que padecía Robin Hood, cuya muerte se había producido por la pérdida de sangre debida al ataque de un licántropo u otra misteriosa criatura que le mordió, enfermándolo hasta afectar su metabolismo para concluir con la muerte del mismo.

Se realizaron nuevas investigaciones con la colaboración del Comité de Investigación de la licantropía, La Sociedad para la Investigación y el Progreso (cuyo dirigente principal era Bárbara Green) y por la Sociedad Robin Hood de Yorkshire. Dichas sociedades solicitaron a Lady Armytage (dueña del bosque de Sherwood, en cuyas tierras, teóricamente, reposan los restos de Robin) un permiso para que un grupo de investigadores –que contaba con biólogos, forenses y antropólogos, entre otros especialistas– exhumase el cadáver de Hood. De esta manera se podría determinar qué enfermedad padeció realmente y qué ser llevó a la tumba (si es que hubo alguno) al famoso personaje inglés. El permiso fue denegado.

• Nada de violaciones, nada de gargantas cortadas, nada de muertes, nada de sangre... Florentino Fernández se colaba por las ventanas abiertas de aquellas casas donde sabía que había mujeres solas. Inmovilizaba a éstas y atándolas a la cama efectuaba sobre ellas su particular vampirización, consistente en un suave mordisqueo por todo el cuerpo, que no llegó a causar herida alguna en ningún caso.

Una noche, al salir por donde había entrado (la ventana), después de una de sus visitas vampíricas, siempre nocturnas, la policía lo capturó. Albañil de 25 años, residente en una población del norte de la República de

Argentina (Manteros), confesó haber vampirizado a unas 15 mujeres. Lo curioso es que no encontró explicación para su conducta. No sabía por qué actuaba así, haciéndolo además, según algunas noticias, en un estado casi de sonambulsimo.

• En noviembre de 1996, en las afueras de Orlando, un matrimonio era asesinado a puñaladas. Algunas informaciones dicen que los asesinos estaban realizando, con semejante acto, una prueba iniciática. Se afirma que en un principio todo empezó como un juego, pero que al final tal juego creó una secta en torno al mismo.

Cinco jóvenes habían sido detenidos en el estado de Florida acusados del asesinato; un asesinato cometido por formar parte de una especie de culto en el que se dice que sus miembros aspiraban a convertirse en vampiros. Primero fueron animales domésticos los sacrificados, más tarde prácticas sexuales de iniciación, seguido de actos en que unos chupaban la sangre de otros... Así hasta que tales prácticas acabaron con la vida de los padres de una de sus miembros, una chica de 15 años.

Las autoridades consideran que el principal "motor" de los acontecimientos fue un tal Roderick Ferrel. Éste se defendía diciendo que tenía amnesia temporal y achacaba el asesinato a una secta de vampiros rival. La identidad vampírica de Roderick era *Vesago*, y se decía que había mutilado a varios perros hasta la muerte, torturando a otros tantos. Algunas informaciones explicaban que su madre fue acusada de solicitar a menores relaciones sexuales.

• En 1990 Mariela Fernández Dávila (de 26 años) tiene una hija en Holanda a la que llama Cristal. Tras el parto las dos se desplazan hasta Venezuela, y después a Panamá, donde la madre deja a su hija bajo el cuidado y custodia de una familia durante tres años. Tras este tiempo, Mariela regresa para llevarse a Cristal. Y a pesar de que la familia adoptiva se niega, los jueces concluyen en juntar a madre e hija de nuevo.

Poco después Mariela mata a su pequeña. Primero la amordaza y la ata. Seguidamente le corta la cabeza con una navaja. Hecho esto deposita el cuerpo en la bañera y espera a que se desangre. Todavía no se ha dado a conocer qué es lo que pasó a continuación, pero las declaraciones de la madre diciendo sobre sí misma que "notaba que se estaba haciendo vieja y tenía que rejuvenecerse" o que "necesitaba un nuevo ropaje, por lo que debía matarla", parecen evidenciar que utilizó la sangre de la pequeña. Algunos ya la han comparado con Erzébeth Báthory.

• ¿Quién ha dicho que los murciélagos son seres odiados? El zoólogo Merlin Devere Tuttle se ha dedicado durante años al estudio de estos animales, a los cuales intenta proteger del acecho humano (recibiendo por ello el simpático apodo de Batman).

Devere explica que en las culturas como la oriental el murciélago es símbolo de fertilidad y suerte, todo lo contrario a la occidental, que los ha relegado al oscurantismo.

Gracias a este científico se va reconociendo al murciélago como miembro activo en el mantenimiento del ecosistema, ya que se alimentan de insectos que perjudican las cosechas. También hay especies de murciélagos que toman como alimento néctar, contribuyendo así directamente en la polinización de plantas, árboles y arbustos.

En 1982, al hallarse en peligro de extinción el murciélago gris, pidió ayuda a organizaciones ecologistas, las cuales le rechazaron. Fundó más tarde la Bat Conservation International en Austin (Texas), cuyo propósito es la prevención de la posible extinción de los murciélagos.

• No mucha gente sabe que el cuerpo humano alberga un hueso que parece la réplica de un quiróptero.

El esfenoides es un curioso hueso situado en la cabeza del ser humano, concretamente en el neurocráneo. Este hueso, observado por su cara anterior, presenta la figura de un murciélago con las alas extendidas. Así pues, si a partir de ahora alguien le dice que "tiene muchos murciélagos en la cabeza" en lugar de la consabida frase "muchos pájaros en la cabeza", no dude en el porqué de su exacta observación, aunque puede matizarle, seguro de sí mismo, que con uno tiene de sobra.

• Podemos observar que existen varias clases de murciélagos que, de una u otra forma, están ligeramente relacionadas con el personaje del vampiro: el murciélago frugívoro Arpía, el falso vampiro de Linneo, el falso vampiro australiano, el murciélago fantasma, el murciélago de las tumbas... hasta llegar al auténtico vampiro común. Hemos seleccionado a éstos por ser, quizás, los que más pueden recordar al vampiro humano, ya sea por su apariencia física, por su forma de cazar, por su nombre...

El murciélago frugívoro arpía (*Harpyionycteris whiteheadi*) mide de 23 a 30 centímetros de envergadura. Habita en Célebes y Filipinas, concretamente en los bosques que se encuentran a unos 1.700 metros (quizás el nombre de *arpía* sea debido a los prominentes incisivos que posee).

Al falso vampiro de Linneo (*Vampyrum spectrum*), del que se creía era una especie chupadora de sangre, se le encuentra en México, Brasil y otras partes de Sudamérica, y con frecuencia en la proximidad de pueblos, ciudades y bosques. Mide de 12´5 a 13´5 centímetros de envergadura.

En los bosques con cuevas rocosas del norte y oeste de la Australia tropical encontramos al falso vampiro australiano (*Macroderma gigas*), cuya coloración pálida hace que se le llame *vampiro fantasma*. Su envergadura es de 46 a 60 centímetros. Suponemos que se le creyó un vampiro por la manera de atacar a las presas: se arroja sobre la pieza y la rodea con sus alas, acabando con ella de un mordisco en la base del cuello.

Desde Asia hasta Madagascar, en zonas de matorrales, palacios en ruinas... y tumbas, podemos toparnos con el murciélago de las tumbas. Mide de 25 a 33 centímetros de envergadura. Hace ya 2.000 años algunas pinturas chinas mostraban a estos murciélagos, lo que las convierte en las impresiones artísticas de estos animales más antiguas conocidas hoy en día.

Los falsos vampiros (familia *Megadermatidae*) se han especializado en la depredación de otros murciélagos. Su apodo de *falso vampiro* posiblemente fuera debido a que se lanza silenciosamente sobre un murciélago de menor tamaño y, aparentemente, lo mastica antes de comérselo, hecho que hizo creer que le succionaba la sangre.

Al vampiro común (*Desmodus rotundus*) lo encontramos en los bosques del norte de México hasta el centro de Chile, en Uruguay y Argentina. Su envergadura es de 16 a 18 centímetros, de los que el cuerpo se lleva de 7´5 a 9 centímetros. No tiene cola.

Caza de noche, le bastan 30 minutos para alimentarse. Puede transmitir varias enfermedades con la saliva, incluyendo la rabia.

Su método de caza consiste en posarse en el suelo a cuatro patas y acercarse a la víctima, a la que practica una pequeña incisión en una zona sin plumas o pelo con sus cuatro agudos caninos. Saca entonces su larga lengua y dobla los bordes de la misma hacia abajo para formar un tubo por el cual vierte saliva que evita la coagulación de la sangre para después chupar la misma.

En algunas publicaciones se nos remite a otras especies de murciélagos vampiros, como el murciélago fantasma, perteneciente a la familia *Phillostoma*. Reside en Sudamérica. Dispone de incisivos muy prominentes y caninos en forma de lanza. Sobre la nariz dispone de una membrana bífida cuya función es la de adherirse a la piel de la víctima, consiguiendo con ello, durante la succión, que no se desaproveche ni una gota de sangre. Tiene el intestino más corto de todos los mamíferos voladores, y su estructura parece indicar que el único alimento que ingiere es la sangre, sangre fresca de animales domésticos, incluso del hombre. En algunas zonas de Brasil se dice que es peligroso dormir al aire libre por causa de estos vampiros, y que el ganado debe ser protegido en cuevas o establos durante la noche.

• La revista *Más Allá*, en su número 13 se hizo eco de que, en Andalucía, algunos murciélagos habían atacado a seres humanos, con alto riesgo de que éstos contrajesen la rabia.

• Durante el mes de mayo de 1994 se pudo encontrar, en varios periódicos españoles, una noticia que afirmaba que en Brasil, concretamente en la población de Italva, habían muerto 350 cabezas de ganado en los cuatro últimos meses al ser contagiadas de rabia transmitida por los mordiscos de murciélagos vampiros.

• En América central y Sudamérica, puntos clave del murciélago hematófago, mueren al año, a consecuencia de los mordiscos que éste realiza, entre 900.000 y un millón de reses (esta información fue facilitada por una investigación llevada a cabo por el gobierno Mexicano y las Naciones Unidas). Con dicho mordisco el murciélago transmite enfermedades mortales como la ya mencionada rabia.

• Se cree que unas 60 personas han padecido hidrofobia (rabia) en los últimos 20 años por causa de los murciélagos vampiros que, al lamer su sangre y ser portadores de la enfermedad, contagiaban a sus desprevenidas víctimas.

Algunos poseen unos pequeños dientes tan afilados que la víctima no percibe la minúscula herida que le está efectuando.

Los seres humanos son mordidos en los dedos de los pies generalmente. En América central los campesinos y viajeros que recorren los montes despiertan al amanecer con los pies cubiertos de sangre. Éstos habían permanecido sin la protección de sábanas o al aire libre, sin abrigo alguno. De hecho, la mordedura no produce dolor, por lo que no es de extrañar que los brazos y piernas descubiertos durante la noche hayan sido también objetivo de este vampiro. Son extraños los casos de ataque al cuello o cara del ser humano.

• ¿Quién ha oído hablar alguna vez de unos extraños hombres alados? y... en concreto, ¿de unos hombres murciélago?

En 1877, el 18 de septiembre, el señor W. H. Smith pudo contemplar en los cielos neoyorquinos, en Brooklyn, una figura de aspecto humano con alas. Pasarían tres largos años antes de que se viera, nuevamente en Nueva York, una criatura tan singular, en esta ocasión sobrevolando Coney Island. Varias personas contemplaron un hombre que dirigía su vuelo hacia Nueva Jersey. Se le describió con figura humana, patas de rana y alas de murciélago.

En Houston, 1953, tres personas se hallaban sentadas en el porche de su casa cuando contemplaron, a las dos y media de la madrugada del 18 de junio, un ser con apariencia humana y alas similares a las del murciélago. Además, llevaba puestas unas prendas de color oscuro bastante ajustadas al cuerpo. Durante unos 30 segundos estuvo sobre un árbol, meciéndose sobre la rama en la que se había posado. Repentinamente la luz del porche comenzó a bajar de intensidad hasta apagarse definitivamente, y el ser se alejó...

El *mothman* (hombre polilla) volvió a hacer acto de presencia en noviembre de 1959 sobre Virginia occidental.

Richard West, ciudadano de Charleston, realizó una llamada el día 21 a las 22·15 denunciando que un "hombre murciélago" se encontraba en el tejado de una casa cercana. Ofreció una detallada descripción del mencionado ser diciendo que tenía el aspecto de un hombre de unos seis pies de estatura y una envergadura de alas de seis a ocho pies, además de tener unos grandes ojos encarnados.

Sería en 1963, en Kent (Inglaterra), cuando apareció una vez más el misterioso ser alado. En esta ocasión fueron cuatro adolescentes los que contemplaron, de regreso a casa (utilizando una carretera rural), la noche del 16 de noviembre, una estrella más brillante de lo normal que se movía sobre ellos al tiempo que descendía. Aparentó detenerse durante un momento para, acto seguido, desaparecer tras unos árboles de las cercanías. Los jóvenes, asustados por los acontecimientos, huyeron del lugar, pero no pudieron escapar de la luz, que apareció acercándose más de lo que hasta ese instante había hecho. Flotaba a 10 pies del suelo aproximadamente y lo hacía sobre un campo para, nuevamente, ocultarse tras los árboles que bordeaban la carretera. Poco después, se escuchó el ruido de ramas que eran partidas y surgió una figura, de color negro y del tamaño de un hombre, que parecía no tener cabeza; lo que sí tenía eran unas enormes alas en la espalda... "como alas de murciélago".

También en España pueden encontrarse relatos en los que esta extraña criatura es protagonista. Una familia de Alcobendas (Madrid) se encontraba disfrutando de una noche estrellada cuando "algo" luminoso que se desplazaba hacia ellos les llamó la atención. Según relatan, se trataba de un murciélago gigante que desprendía luz fosforescente. Los testigos calculan que se trataba de un "animal" con una longitud de tres a cuatro metros; una extraña criatura que aleteando les sobrevoló desapareciendo en unos 20 segundos.

La ONCE (Organización Nacional de Ciegos) también se acordó de Bram Stoker mostrando la imagen de un vampiro en un número de lotería y dedicándoselo al escritor, creador de Drácula

• En 1982 salió a la luz la noticia de una señora, con residencia en Inglaterra, que afirmaba estar en contacto con Bram Stoker y que escribía una nueva hazaña del conde inspirada por él. Esta mujer acusó al autor Peter Tremayne de plagiar el trabajo de Stoker, anunciando que Bram se sentía muy ofendido y que la estaba utilizando para conseguir su venganza.

• Se dice que Aleister Crowley tuvo una insaciable sed de sexo y sangre. Con gran cantidad de amantes, le encantaba mezclar en sus orgías la práctica de rituales ocultistas, llamando a esto "magia sexual". En ellos se sacrificaban animales. Se escribe que Crowley chupaba la sangre de su pareja tras haberla mordido con unos dientes que se había hecho afilar.

• Según el periódico sensacionalista *The Sun* del 23 de agosto de 1994, se ha encontrado el diario de Drácula. Este supuesto diario estaría escrito por Vlad Tepes y fue desenterrado por el cazavampiros de origen americano Carlton Kincaid. La noticia dice que fue hallado bajo una losa, en el castillo rumano del conde. La noticia explicaba que había sido escrito en su mayor parte durante el siglo XVIII, que constaba de 122 páginas y que había sido certificado por ciertos "expertos" como auténtico.

El mencionado diario narra cómo el príncipe Vlad había encontrado el elixir de la eterna juventud, descubriendo la fuente de la inmortalidad. Aprendió también a otorgar este don a algunos neófitos, para lo cual Vlad bebía la sangre de éstos hasta que, casi muertos, les daba de beber de su propia sangre.

A su pareja sexual favorita (una mujer alta, pálida y de cabellos oscuros) la convirtió también en inmortal, creando así una compañera de por vida.

Ambos eran inseparables, llegando a hacer El Gran Tour Europeo iniciando a las personas merecedoras de ello.

A finales de 1800 Drácula decidió extender sus redes fuera de Inglaterra debido, en parte, a causa de la mala calidad de la sangre que poseían las jóvenes inglesas. Ello le llevó a enfrentarse con Van Helsing, quien finalmente puso fin a la nomuerte del conde hace ya unos cien años.

La condesa, teóricamente, sigue con "vida". Ahora ha trasladado sus operaciones a alguna parte de Serbia y Croacia.

• Otra noticia que hace alusión al tema fue publicada en el *Sunday Starledger Travel Section* de Nueva Jersey el 26 de septiembre de 1993. En ella se decía que el señor Reuters confirmó que el cuerpo de Vlad Tepes estaba enterrado en una iglesia bizantina de ladrillo rojo, en una pequeña isla en mitad del lago Snagov, a 25 millas del norte de Bucarest. Allí hay una simple tumba marcada con un retrato del príncipe y un florero de crisantemos.

• En una de las zonas residenciales de Manhattan, en la esquina norte de Central Park con la calle 72, se encuentra El Dakota, un edificio cuyo exterior es una mezcla de estilos medieval y victoriano, sin exceptuar un cierto toque americano. El arquitecto fue Henry J. Handenberg, encargado del diseño de otros importantes edificios. Por su tétrica fachada no tardó en apodársele *Drácula*; quizás por su fantasmagórica apariencia Roman Polanski rodó allí el film *La semilla del diablo.*

• Sin abandonar al cineasta Polanski, es agradable saber que se ha realizado un musical basado en su película *El baile de los vampiros.* Se estrenó en Viena en 1997 (dos años después aún se representaba con gran éxito de público).

• La mansión que fue habitada por Bela Lugosi, un palacio situado en pleno Sunset Boulevard, en Hollywood (California), fue comprada por el conocido actor Johnny Depp para regalársela a su novia, la famosa modelo Kate Moss. La versión oficial dice que la mansión costó 300 millones de pesetas.

• En España, en San Sebastián, se publica una revista de tirada nacional llamada *Nosferatu.* Una interesante revista de cine.

• En el campo de la física también encontramos algo que puede resultar de interés en esta sección. Se trata de las partículas subatómicas. De éstas hay muchas, y bastantes de ellas con una enigmática naturaleza que ha provocado que sean bautizadas con sugestivos nombres, entre los que podemos destacar "hechizado" o "vampiro", partículas con características sumamente extrañas.

• Por un periódico navarro nos enteramos de que el Parlamento rumano ha encargado un documental que restablezca la verdad en torno al histórico Vlad Tepes. Se dice, en dicho periódico, que esta iniciativa por parte de la Comisión de Cultura se debe a que el auténtico Tepes (*el Empalador*) generalmente es confundido en el extranjero con el personaje *Drácula* de Bram Stoker, y esta confusión deteriora la imagen de Rumania.

• Bajo el título de "Monstruos chupa sangre", en una revista de divulgación de temas paranormales, ocultismo, esoterismo y numerosos misterios, se dice que Mozambique parece estar frecuentada por numerosas y siniestras criaturas, y que los habitantes de Quelimane creen que, al llegar la noche, monstruos ávidos de sangre humana entran en las casas en busca de sus víctimas. Sospechosamente, parece ser que los mismos que se han encargado de extender la noticia se están encargando también de la venta de los antídotos que puedan alejar a semejantes entidades.

• Anne Rice y los vampiros creados por ella siguen reclutando seguidores y *fans* que dan a conocer su afiliación en los lugares más insospechados y de las formas más curiosas. El periódico *El Mundo*, en su sección de "Mensajes" dentro del boletín "Campus", ofreció el 28 de junio de 1995 el siguiente texto:

"Lestat, sólo el poder contemplar el amanecer de nuevo me alegraría tanto como tu vuelta. La negrura de la noche es lo que tenemos pero, ¿no es acaso suficiente poder contemplar las estrellas, elevarse a lo más alto y tener el mundo a nuestros pies? Estas líneas son tan cortas..., y desaparecerán con el verano. No quiero perderte tan pronto y pasar sola estos meses. Aunque tú creas que estás condenado a ella, no tiene sentido amar en soledad. ¿Un apartado de correos? ¿Una dirección? Tú decides. Si no da tiempo, esperaré con tristeza a septiembre. Gabrielle ¿dónde estás? Louise de Pointe du Lac."

Recordemos que Louise, quien escribe esta nota, Lestat y Gabrielle, son los vampiros protagonistas que la famosa escritora da vida en una serie de sus novelas.

• Parece ser que el 19 de julio de 1996, en Toula (Rusia), un joven de 20 años fue detenido por la policía mientras bebía la sangre de un borracho al que le había mordido la carótida. Dicen que el detenido, aunque en un principio se negó a ofrecer explicaciones que justificasen su conducta, enseguida reconoció su fascinación por la sangre y por el vampirismo.

• Justin Walker, un inglés de 23 años, siempre fue muy aficionado a las películas de vampiros. Su novia Lilly también comparte su afición. Los dos se casaron y en 1994 tuvieron un hijo al que llamaron Jareth Valan Lestat (volvamos a recordar que así se llamaba, Lestat, uno de los vampiros protagonistas de la serie vampírica escrita por Anne Rice). Vestidos de época, sacan a pasear a su hijo por el cementerio.

• Jose María Mundé (nos situamos en territorio español), de 49 años, dice que en 1987 descubrió que era un vampiro. Afirma que su alma estuvo antes en el cuerpo de Lord Byron. Asegura saberlo gracias a la hipnosis *y* "por intuición directa al subconsciente". Ha escrito dos libros sobre poesía y otro sobre vampirismo. Lleva una cruz de Caravaca y se confiesa católico apostólico romano. Cree en la longevidad, en la larga vida, pero no en la inmortalidad. "Tengo dos conocidos que pueden conseguir la eternidad, pero no me lo han demostrado", comenta con ironía. Nunca ha probado la sangre humana, y asegura que no lo hará, pero le encanta la carne cruda. *Orión* es el sobrenombre con el que es conocido.

• En 1974, el Golden Krone Hotel abrió en Bistritz, Transilvania (tengamos en mente que Golden Krone era el nombre del hotel donde Jonathan Harker paró en su camino hacia el castillo de Drácula). En el moderno hotel, el actual turista puede pedir el llamado *Elixir Drácula*, un licor local rojo hecho de ciruelas.

• En Italia, la A.F.F.Sp.A. de Sona, produjo en 1990 aprox. una bebida (decían que se trataba de vino muy rojo) que en Estados Unidos empezó a ser distribuida en una botella negra con forma de ataúd, llamándolo "el vino vampiro".

• En julio de 1993, Stroh Transilvania sacó a la venta *El Espíritu de Drácula*. La bebida así llamada se compone de una mezcla de vodka con frutas y vegetales más el colorante rojo. En la etiqueta de la botella se puede leer: "La historia ha resistido al héroe sagrado. El mito ha llevado al vampiro sangriento. El héroe y el demonio llevan un nombre: Drácula. Nosotros confiamos en el VODKA DE DRÁCULA".

• Una curiosa práctica iniciada en el condado americano de Greene parece preocupar a algunas instituciones sanitarias. Algunos miembros de dicha comunidad han desarrollado un juego consistente en sorber la sangre del cuello de sus contrincantes. El departamento de salud ya se ha pronunciado sobre el asunto advirtiendo que esta práctica puede contribuir al contagio de enfermedades víricas como la hepatitis y el sida. Parece ser que algunos acusan, como responsables del inicio de este juego, a películas como *Entrevista con el vampiro* por considerar que incitan a la práctica de estos ejercicios recreativos.

• Filipinas, en 1950, estaba presidida por Magsaysay, un líder que poseía la simpatía y el apoyo del gobierno americano; pero un grupo de revolucionarios comenzó a oponerse a este estado de cosas. La guerrilla, los *huk*, se fue haciendo fuerte, llegando a ser molesta para el "orden" establecido.

Como una solución, se dice que los americanos aconsejaron a Magsaysay que creara una guerra psicológica contra ellos. Se trataba de convencer a la unidad *huk* sobre la presencia de un *aswang* en la zona para que, por miedo, abandonasen sus posiciones (recordamos que el Aswang era un ser vampírico entre las creencias filipinas. Mirar el capítulo *Vestigios de vampirismo en la antigüedad*).

La operación fue aceptada y dio comienzo con la fácil tarea de extender en la comunidad amenazada por el ataque *huk* el rumor de la presencia de un *aswang* que estaba frecuentando la zona. Los *huk*, que hacían guardia en una colina cercana, enseguida se hicieron eco del rumor, tal y como se esperaba, dando comienzo con ello a ciertas preocupaciones y miedos entre los miembros del grupo sublevado. Durante esos mismos días se pudo capturar a un soldado *huk* y desangrarlo. Cuando estuvo muerto se le hicieron dos heridas en el cuello y su cuerpo fue dejado a posta en la carretera, allí donde sería rápida y fácilmente localizado por sus compañeros. Cuando fue hallado por éstos la guerrilla se convenció de que un *aswang* había acabado con la vida de uno de los suyos, por lo que abandonaron el lugar.

• Se dice sobre Christopher Lee que es descendiente directo del emperador Carlomagno, y algunos encuentran en este comentario la explicación del porte altivo y "arrogante" que dicho actor siempre ha mostrado tanto en los escenarios como fuera de ellos.

• En la sección "Extrañas Muertes" de la conocida *Fortean Times* hallamos una breve noticia que aludía a un hombre de 75 años que el 4 de abril de

1995 fue atacado por un hombre más joven (43 años) que le mordió en el cuello y que gritaba: "Yo soy Drácula". El transeúnte, en el forcejeo, logró retener al atacante y llevarlo a comisaría. El agresor dijo haber estado bebiendo. La víctima se fue a casa y murió una hora más tarde de un ataque al corazón.

• En 1993, en Serbia, tras la ruptura de la antigua Yugoslavia y coincidiendo con la peor época del conflicto, un individuo apareció en la televisión en varias ocasiones diciendo, con toda seriedad, que la destrucción de Serbia sería evitada gracias a una escuadrilla de vampiros, los cuales se elevarían de sus tumbas para derrotar a los enemigos de Serbia. Para que los oyentes de la nación estuviesen preparados para este acontecimiento recomendaba que guardasen en la mano unos cuantos ajos, pues los vampiros podían atacar a los compatriotas por error.

• J. R.Tolkien, en su mundo lleno de seres mitológicos, no quiso dejar fuera al vampiro. En su enciclopedia el interesado podrá encontrar una descripción del mismo.

• "Ella es más vieja que las rocas entre las cuales se sienta; como el vampiro, ha estado muerta muchas veces y aprendido todos los secretos de la tumba". Un comentario de Walter Pater sobre La Gioconda.

• Existe el rumor, extendido por, dicen, una conocida revista de música, que comienza así: "¿Sabes cuál es la dieta favorita de Ozzy [Ozzy Ousbourne] cuando está descansando en su mansión draculiana? Pues nada más fácil que por las mañanas un zumo de sangre natural, al mediodía murciélagos con patatas y para cenar cuello de gallina al horno con ketchup".

• Conocido popularmente con el nombre de *chupacabras*, apareció primero en Puerto Rico, desplazándose hasta Miami, donde se supo de sus actividades en dicho lugar a principios de 1996. Se trata, dicen los rumores, de una extraña criatura con alas y antebrazos cortos, con tres dedos en forma de garra y enormes ojos rojos; camina erguido, sobre dos patas. Es una criatura parecida a lo que en Cuba se conoce como un cernícalo, aunque con la diferencia de que este extraño ejemplar todavía no identificado tiene una cabeza que podría compararse con la de una serpiente, y chupa la sangre de aquellos animales que mata. Éstos, según cuentan algunos de los testigos, reciben una incisión en el cuello o en el lomo, quedando vacíos de sangre.

Ya han sido muchas las gallinas, cabras y otros animales domésticos, las víctimas de este extraño ser. Se han contabilizado unos 2.000 casos de mutilaciones en el periodo transcurrido de diciembre de 1994 hasta junio de 1996. Incluso ya se habla de que las víctimas de este ser chupasangre no sólo son animales de granja, sino también humanos. Las hipótesis barajadas que intentan explicar el origen de este ser (se dice que son varios ejemplares) son numerosas. Hay quienes relacionan esta criatura con el fenómeno ovni, pues el avistamiento de extrañas luces en el cielo y el ataque de este ser han coincidido repetidamente. Otros creen que detrás de todo esto están algunas agencias norteamericanas, a las que se les habían escapado animales con los que estaban haciendo experimentos genéticos. En algunas revistas se puede leer que el *chupacabras* ha sido herido en alguna ocasión, y que se han podido recoger muestras de su sangre, la cual contiene unas proporciones de magnesio, fósforo, calcio y potasio incompatibles con las de cualquier otro animal.

De momento no se sabe nada más y será el paso del tiempo, acompañado por las correctas indagaciones, lo que aclarará esta serie de, hasta el momento, extraños sucesos.

• La semana del 29 de abril al 5 de mayo de 1996 numerosos periódicos nacionales editaron una breve noticia que, de seguro, interesa darla a conocer en este apartado.

Se decía que, la imagen nítida de un vampiro apareció en la humedad del muro exterior de una ciudadela de Sighisoara donde, aseguraba la noticia, vivió el príncipe Vlad Tepes. Parece ser que el vampiro de la imagen en la pared tenía los ojos hundidos y dientes caninos que sobresalían de una boca que mostraba una risa burlona. El diario *Evenimentul Zilei*, que se encargó de divulgar la noticia, anotaba que junto a la imagen del vampiro, el agua que se había ido filtrando por las paredes había ido representando también imágenes de animales monstruosos.

• En la sección de anuncios de un conocido periódico, en el apartado encabezado por el título de "Relax", donde hombres y mujeres se ofrecen para mantener relaciones sexuales, encontramos uno con el siguiente texto: "MARISEL. La vampiresa del amor más simpática. Arubiona. Llámame..." A continuación se ofrecía el número de teléfono.

• Es posible que el nombre de John Holmes no resulte conocido a mucha gente, pero en su día se dijo que fue el *Elvis Presley del porno.* Nació en 1944 en Ohio y los 35 centímetros de su pene, además de trabajar mucho, lo han llevado a ser considerado por algunos como la primera estrella del cine porno. Se escribe que en 20 años protagonizó más de 2.000 películas, entre ellas la titulada *Drácula chupa.* Murió de sida en 1988.

• Numerosas agencias de viajes ofrecen visitas y viajes organizados con guías "especializados" para visitar Rumania. Algunos de estos viajes aparecen en los catálogos bajo el título *Rumania: Mini Drácula, Circuito del Conde Drácula,* o *Ruta del Conde Drácula.* Tras estos sugestivos títulos se ofrece y promete una visita a aquellos lugares donde el príncipe rumano Vlad Tepes vivió. Los parajes que se visitan en estos recorridos no siempre se corresponden con los verdaderos lugares de estancia de Vlad, aunque no por ello dejan de ser unos trayectos interesantes. Bucarest, Curtea De Arges, Sibiu, Shiguisoara, Bistrita, Snagov... son algunos de ellos. Las agencias de viajes ofrecen estos recorridos durante todo el año.

• Hace más de cien años, concretamente el 4 de febrero de 1862 (según algunas afirmaciones), se puso en marcha la elaboración de un famoso ron, ese licor alcohólico de fuerte olor y sabor sacado por destilación de una mezcla fermentada de melazas y zumo de caña de azucar. Sería Don Facundo Bacardí el que en una destilería de Santiago de Cuba llevaría a cabo tal empresa.

Tras trabajar el áspero ron de la época y destilarlo hasta suavizarlo al paladar, comenzó a venderlo por las cercanías. No pasó mucho tiempo y su ron empezó a desarrollar simpatías y fama. En un principio no utilizó ningún logotipo, pero más tarde quiso identificarlo con un símbolo que permitiera reconocerlo en cualquier parte del mundo.

Como todo el mundo sabe, el logotipo por el cual reconocemos al Ron Bacardí es un murciélago. ¿Cómo es que este animal logró identificar a esta famosa bebida?

La historia cuenta que en el interior de la destilería había una pequeña colonia de murciélagos. Parece ser que fue la esposa de Facundo, doña Amalia, la que propuso a su marido que incluyese la imagen del murciélago en las etiquetas de Ron Bacardí. La idea debió de parecerle bien.

El murciélago utilizado como logotipo ha ido modificando su morfología con el paso de los años en varias ocasiones.

• En el mercado ya podemos encontrar un aspirador llamado por la casa fabricante *Vampyr 6400.* En la breve propaganda que se expone en una revista que ofrece un artículo para que el interesado sepa qué aspiradora elegir dice que incluye tubo telescópico, sistema de seguridad de la bolsa y un cepillo eléctrico opcional.

La imagen del vampiro no ha dejado escapar el mundo de las golosinas

• La marca de cerveza Heyneken también ha utilizado la imagen del no muerto para anunciarse en televisión. Un anuncio que muestra a un vampiro a punto de morder el cuello de una joven cuando en su vista se cruza una camioneta de cervezas Heyneken. Y, sin dudarlo, abandona a la chica para ir tras el deseado cargamento. El *sketch* termina diciendo: “Heyneken, la preferida de los que se acuestan al amanecer”.

• Incluso la famosa bebida *Red Bull* ha incluido en su propaganda televisiva a un vampiro el cual tras ingerirla, le salen alas; pues ya se sabe: *Red Bull te da alas.*

• 1997 parece haber sido el año preferido para que diferentes marcas hayan elegido la imagen del vampiro como reclamo publicitario pues, además de cerveza y bebida *energética*, también la casa de coches Citroën, con su modelo Citroën Saxo, hace uso de una vampira reproduciendo escenas de la película *Abierto antes del amanecer*.

• A lo largo del libro hemos intentado aclarar o dar a entender que “existen” muchas más clases o tipos de vampiros de los, hasta ahora, clasificados por la cultura popular, por la medicina o por la psicología por separado. Entrecomillamos la palabra “existen” porque, en realidad, no es que existan más tipos de vampiros de los hasta ahora imaginados o clasificados, sino que el término *vampiro* ha sido aplicado y ampliado a otros ámbitos de la vida y a otros personajes que no necesariamente han tenido que morir y después volver de la tumba para hacerse con tal apodo. Es decir, es un problema semántico, ya que el término *vampiro* es aplicable, actualmente, a muchos más individuos y circunstancias de las definidas por él hace un par de siglos. De tal forma es así que, en un sentido amplio del término, sin restricciones, se podría afirmar que, actualmente, el vampirismo es múltiple y polimorfo.

Hay, por ejemplo, quienes hablan de *vampiros estelares*. Se dice que este tipo de succionadores utilizan una metodología instrumental altamente sofisticada. Suele denominárseles vampiros estelares por su, por lo menos aparente, relación con el fenómeno ovni, en el supuesto de que éste, a su vez, esté relacionado con cualquiera de los cuerpos celestes que pueblan el universo (aunque existen otras sugestivas teorías).

Desde hace años han estado apareciendo más y más artículos acerca de extrañas mutilaciones de ganado. Comprobada está, dicen, en muchas de ellas, la intervención directa de los ovnis y de sus tripulantes que, aunque silenciosos, no pasan desapercibidos.

El misterio de estas mutilaciones de ganado viene intrigando y preocupando a rancheros y autoridades locales de todo el mundo. Y no las hubiésemos mencionado en este libro si simplemente se tratase de animales que presentan órganos extirpados. Además de ello, hay quienes afirman que en tales sucesos se observa, con extremada frecuencia, que en los animales mutilados no hay ni una gota de sangre, ni en el cuerpo ni en su proximidad. De aquí (aunque sin parecer causa suficiente) la relación que se le ha dado con el vampirismo.

En cuanto a su vínculo con el tema ufológico convendría señalar que "en numerosas ocasiones estas muertes se han producido en el mismo periodo de tiempo en que sobre los ranchos afectados eran vistos ovnis" [(341)].

Un caso típico sería el del ranchero que, al levantarse por la mañana, encuentra algunos ejemplares de su vacada, muertos. A éstos les han podido ser mutilados los órganos sexuales, los ojos o cualquier otra víscera corporal. No hay huellas o signos de lucha alrededor de los cadáveres, a los cuales, curiosamente, se les ha extraído toda o por lo menos gran cantidad de sangre. Con frecuencia alguien dirá que durante la noche se han visto unas extrañas luces sobrevolar la zona.

En Puerto Rico, en 1973, se habló de vampiros cuando salieron a la luz las más de cien muertes misteriosas de cerdos, vacas, cabras y hasta conejos que se dieron, no habiendo sangre, como comentan algunas noticias, en la mayoría de los cadáveres; cosa que requiere métodos drásticos de extracción.

* * *

(341) Revista *Más Allá.* Número monográfico (ovnis).

La primera teoría propuesta para dar explicación a las mundialmente conocidas mutilaciones de ganado no es, ni fue en su día, completamente satisfactoria. Explica una serie de casos, pero se deja muchos más sin hacerlo.

Esta teoría afirma que todo es obra de depredadores naturales como perros, gatos, águilas, osos, ratas... Sin embargo, en 1975 el gobernador de Colorado dijo al público que ya no era posible "Culpar a los depredadores naturales de las mutilaciones" (342). Y es que en estos animales muertos no aparecen zarpazos, arañazos o mordeduras, sino cortes de precisión por los cuales son extraídos ciertos órganos o la totalidad de la sangre. Además, no hay rastros de pelea.

La Facultad de Medicina Veterinaria de la Universidad de Colorado realizó autopsias a seis cabezas de ganado de las muchas que fueron mutiladas en 1975. "Una –concluyeron– fue víctima de animales depredadores, pero las otras cinco lo fueron de una forma de vida más inteligente" (343). Y una forma de vida más inteligente somos nosotros, los humanos. Esto nos lleva a considerar una segunda teoría, la de los grupos satánicos.

El ganado vacuno ha sido tradicionalmente utilizado para el sacrificio. "Los órganos que se extirpan pueden indicar que el culto quiere incorporar el poder del animal... A menudo, algunas partes serían devoradas por los adoradores y otras ofrecidas a su dios" (344). Además está la sangre, una sustancia que, como ya hemos podido leer en el capítulo dedicado a ella, es indispensable en la mayoría de los ritos o ceremonias que celebran estos creyentes.

Con toda seguridad, los responsables de algunas de las mutilaciones de las que hablamos serán grupos de un culto u otro que, por la razón que sea, se valen de ellas para sus fines. Pero, aun recurriendo a ellos, existen muchas lagunas, casos que no pueden ser achacados a tales gentes. Y es que, no deja de resultar extraño el hecho de que, en la mayoría de los casos no queden nunca rastros o evidencias de las ceremonias llevadas a cabo. "Un grupo de hombres o mujeres danzando alrededor de un cadáver de vaca debe dejar algún tipo de huella. Sin embargo no se han encontrado huellas de pisadas, ropa, ni tan siquiera colillas, y esto en el caso de miles de mutilaciones reportadas en años recientes...Es difícil, como dicen muchos, imaginar a una congregación semi-histérica de adoradores del diablo que llega y desaparece sin dejar huella" (345).

(342) Revista *Contactos extraterrestres*, nº8.

(343) Ibíd.

(344) Revista *Contactos extraterrestres*, nº15.

(345) Revista *Contactos extraterrestres*, nº8.

Pero existe una tercera teoría para la explicación de estas mutilaciones. Ya la hemos expuesto en líneas anteriores, y dice que, tal vez, la clave del misterio reside en la relación, aún inexplicable, entre aquéllas y los ovnis. Parece, en muchas ocasiones, que hay demasiadas coincidencias entre las mutilaciones y, como ya hemos dicho, unas extrañas actividades aéreas todavía no explicadas. En Nebraska, por ejemplo, durante 1974 fueron reportados continuamente avistamientos de ovnis y mutilaciones de ganado.

Linda M. Howe relata cómo el 2 de febrero de 1991 recibieron, ella y sus compañeros, muestras de tejido de un animal mutilado de la manera descrita hasta el momento. "Confirmamos –dice ella– que aquel tejido había sido cortado con algo muy caliente, por lo menos a 175 grados centígrados" [346]. El Laboratorio de Diagnóstico del estado de Oregón, después de estudiar y analizar dos muestras de un ternero mutilado en iguales condiciones dijo que éste también había sido cortado con algo extremadamente caliente. "Desde 1989 –dice Linda M. Howe– hemos examinado por lo menos 12 animales, encontrando siempre el mismo rastro calórico. Esto no prueba que estas mutilaciones estén siendo realizadas por formas de vida alienígenas, pero sí excluyen la posibilidad de animales depredadores y también, a mi parecer, de grupos satánicos" [347]. Sigue diciendo que actualmente se poseen muchos testimonios de personas que han observado "terneros siendo elevados por un rayo de luz, o que han visto grandes discos voladores en los campos donde estas mutilaciones están teniendo lugar" [348]. Mutilaciones en las que, según investigaciones de Salvador Freixedo, se "extraen con meticulosidad de cirujano ciertas vísceras dejando el resto del animal intacto" [349], como si buscasen algo en concreto.

No siempre se llevan los mismos órganos, aunque sí parecen predominar unos más que otros. Sin embargo, Freixedo señala que "se puede decir que en todas las muertes de animales hay un común denominador, y este es la falta total de sangre con la que suelen aparecer los animales que han sido víctimas de estas extrañas matanzas. No importa que se lleven una víscera u otra, lo que siempre se llevan sin excepción es la sangre, haciéndolo además de una manera meticulosa y limpia, de modo que aún en animales de piel blanca o plumaje extremadamente blanco (conozco el caso de dos gansos totalmente blancos) nunca se ve ni una sola gota de sangre man-

(346) Revista *Más Allá*. Número monográfico (ovnis).

(347) Ibíd.

(348) Ibíd.

(349) Salvador Freixedo. *Israel: pueblo contacto*. Quintá, 1985.

chando el plumaje, la piel o el suelo, como si los que la extrajeron fuesen avaros de ella" (350).

Y si el fenómeno de las mutilaciones es interesante para este capítulo, mucho más lo es el de las mutilaciones de seres humanos. En realidad no se tratan en sí de mutilaciones sino, como la mayoría de los casos "evidencian", succiones de sangre. Sobre éstas, Salvador Freixedo vuelve a ofrecernos una serie de casos investigados por él que, por más que lo evitemos, no dejan de producir en nosotros un escalofrío y un profundo acto de reflexión.

Dicho autor tuvo conocimiento del primero de estos casos en el año 1977, en la ciudad de San Luis Potosí. Allí, un niño recién nacido se había hallado muerto, faltándole la sangre de todo el cuerpo. Pero este caso no era el único. Se trata, dice el mencionado investigador, por lo general, de bebés recién nacidos o con muy pocos meses de vida; suelen presentar "hematomas o magulladuras en la piel, como si a través de ella les hubiese sido succionada la sangre; porque el común denominador es que todos ellos estaban completamente vacíos de sangre. En algunos casos daba la impresión de que la sangre les había sido succionada a través de la boca, ya que no había heridas ni marcas de ninguna clase en la piel" (351). "También es frecuente que las mamás de estos niños estén sumidas en un sueño profundo del que, en algunos casos, no han salido hasta pasados varios días; cuando despiertan sienten un gran cansancio, como si alguien les hubiera dado una droga para aturdirlas mientras se realizaba la operación de succión de la sangre de sus bebés" (352). Otra vez la gente de la zona, no muy extensa, comenzó a hablar de vampiros. Se llevaron a cabo algunas investigaciones por parte de las autoridades, sin poder llegar a ninguna conclusión, y menos a la causa de las extrañas muertes.

"Uno podría achacar estas muertes a causas naturales, sin embargo, hay ciertas circunstancias extrañas que nos hacen sospechar que estamos en presencia de algo que tiene mucho que ver con los casos de mutilación de ganado... Una de estas circunstancias que dice mucho a quien conoce a fondo el fenómeno ovni es el hecho de que por aquellos días, los habitantes veían por las noches luces que se movían lentamente en el aire; encima de los cerros cercanos, sobre los árboles y con unos movimientos muy extraños" (353).

¿Qué es? ¿Cuál es la identidad de aquel o aquellos que parecen mostrar tanto interés por la sangre? ¿Verdaderos vampiros? ¿Tripulantes de ovnis?

(350) Salvador Freixedo. *Israel: pueblo contacto*. Quintá, 1985.
(351) Salvador Freixedo. *La granja humana*. Plaza y Janés. Barcelona, 1989.
(352) Revista *Mundo desconocido*, nº 23.
(353) Ibíd.

Sea lo que sea, humano o no humano, una cosa parece segura, y es que vienen del aire.

• *Larvas* y *artificiales:* el ocultismo habla y reconoce a un tipo de entidades a las cuales llama *larvas*, de las que dicen que *son entes energéticos creados por pensamientos obsesivos.* El esoterismo, haciendo referencia al mismo tipo de seres los llama *artificiales* diciendo, también, que son creaciones humanas.

Algunos estudiosos nos comentaban que el conocimiento oculto y esotérico dice que cada deseo que el hombre vivo emite crea una forma en el mundo astral. Una forma que se diluye con el tiempo si no es alimentada por el mismo deseo. Pero si ese deseo, sentimiento o pensamiento es repetido una y otra vez, día tras día, esa forma adquiere más consistencia, pudiendo llegar a convertirse en permanente y llegando a tener, en casos extremos, cierta "vida propia" en el mundo astral.

Estas enseñanzas dicen que, cuando una persona sufre mucho, ya sea porque está sola, porque está enferma, porque sus hijos le han abandonado, porque no tiene amigos..., y permanece en ese estado depresivo durante años, pasándolo mal y alimentando día tras día ese sentimiento de sufrimiento sin luchar contra él, incluso regodeándose en él, colgándose de él, llega a fabricar "algo", sin darse cuenta, en ese mundo astral.

Ese sufrimiento, esos pensamientos y sentimientos bajos, depresivos, de negación, repetidos una y otra vez, llegan a tomar cierta consistencia astral y acaban por crear una entidad. Esas entidades no son absolutamente inteligentes pero pueden tomar, hasta cierto punto, decisiones (siempre en términos de su naturaleza, nunca saliéndose de ella) y elaborar planes o actitudes para su propia subsistencia. Su nivel de inteligencia (el de esta creación) le permite saber que necesita que le alimenten para seguir con vida, y también que su alimento para mantenerse es el mismo que el alimento que lo creó, es decir, sufrimiento (por seguir el ejemplo ya comenzado), dolor, tristeza, pensamientos y sentimientos negativos de su creador. Esta entidad va a hacer que la persona que lo ha fabricado vuelva, una y otra vez, sobre sus conflictos, que los remache, para que siga sufriendo y así chupar de él el tipo de energía que el cerebro crea durante los estados caracterizados por una tristeza profunda e inmotivada, energía de la cual se alimenta. De esta forma, la entidad se convierte en un "vampiro" creado por una persona, a la cual drena la energía poco a poco hasta acabar con su vida. La meta final de este vampiro es alimentarse, sin tener en cuenta que la fuente de su alimento, su creador, pueda llegar a morir por su causa. No son lo bastante inteligentes como para entender que si "matan" al que los fabricó se van a quedar sin posibilidades de seguir viviendo, de seguir existiendo.

También se dice que si esta entidad es muy fuerte, es decir, si ha sido creada por alguien cuyo sufrimiento ha durado muchos años durante los cuales su estado de ánimo siempre ha sido bajo, pasando el tiempo autocompadeciéndose de sí mismo..., al morir el creador puede, esta *larva*, permanecer en el ambiente. No sería el alma de la persona, sería el residuo psíquico de sus pensamientos, sentimientos y deseos, de su sufrimiento y de su dolor. Un residuo psíquico que si no encuentra quien lo mantenga acabará por disgregarse, por morir, por disolverse. Puede ser que, en la casa donde haya quedado tal residuo, pase a vivir otra persona que es medianamente sensitiva o que es parcialmente depresiva o simplemente que está "abierta". La *larva* encontrará en ella un nuevo núcleo de energías del cual chupar. ¿Cómo? Obsesionando a esa persona débil, aumentando sus paranoias, sus miedos, sus melancolías, sus tristezas, sus dolores, sus frustraciones... para que poco a poco vaya entrando en un estado de depresión cada vez mayor, estado del cual se recargará. La persona languidecerá y no sabrá por qué, se querrá morir y no sabrá por qué... llegando incluso a facilitar a la víctima la tendencia al suicidio.

Esta clase de vampiros, de *larvas*, de *artificiales*, no sólo son creaciones humanas compuestas de bajos pensamientos y de penosos sentimientos. Según el esoterismo también hay *artificiales*, *larvas*, formadas con los anhelos sublimes de los hombres. Entre estas creaciones se podría destacar a las vírgenes, la Virgen de Tal, la Virgen de Cual... Las plegarias de los fieles crean en el mundo astral esas imágenes que tienen vida propia, las cuales se alimentan de las oraciones que los creyentes, día tras día, recitan arrodillados ante un altar. Son este tipo de artificiales creados por millones de personas los que podríamos denominar "vampiros de masas", puesto que han sido creados por la masa y por la masa son alimentados.

• *Vampiro sobrenatural y ocultismo:*[354] este es un apartado que, desde un punto de vista ocultista, hace una teorización que propone explicar parte de la posible existencia del vampiro sobrenatural. Para el mismo hemos consultado a quienes decían saber sobre el asunto.

Empezaremos planteándonos qué ocurre cuando una persona que está muy apegada a la tierra, a la vida, a lo físico, a lo material..., muere. Lo que esa persona era, deja de ser y su cuerpo desaparece. Lo que queda de él son los cuerpos energéticos de los que, se dice, todos estamos formados. Y pasa

(354) Manuel Seral Coca nos aportó de sus estudios e investigaciones para este apartado.

a vivir al mundo astral con su cuerpo astral (de energía), cuerpo inmediatamente posterior al físico (el plano astral está muy directamente conectado con nuestro plano tridimensional, con nuestro plano físico).

Y, así como después de un período de estancia en el mundo de la materia nuestro cuerpo más denso, nuestro cuerpo material, muere; también después de un período de estancia en el mundo astral debe morir nuestro cuerpo astral, también tiene que disgregarse para que los demás cuerpos sutiles sigan su camino por los diferentes planos de existencia, donde también morirán hasta que el principio vital (el átomo germen) que a todos nos anima, la esencia, "el alma", se libere de todos ellos.

Siguiendo con el ejemplo, imaginémonos que una persona que acaba de morir, apenas pasar al mundo astral, decide que no quiere perder los lazos con el mundo físico y que, aunque muerto (sin cuerpo material) quiere permanecer entre los vivos (las razones de esta decisión pueden variar, pero raramente el que permanece entre los vivos lo hace de forma voluntaria. Por lo general, según las enseñanzas esotéricas, son gente que no sabe que ha muerto y que anda "perdida", otros tienen miedo...).

Sin embargo, el permanecer, una vez muerto, ligado al mundo físico implica un constante proceso de absorción y liberación de energía, un proceso anabólico y catabólico constante. En la materia noviva no existe tal actividad funcional y su metabolismo energético es solamente catabólico. Pero nosotros, que formamos parte de la materia viva, disponemos de una carga energética que nos hace funcionales al tener un metabolismo anabólico y catabólico. Y se afirma que el fallecido, con su cuerpo astral, también.

La fórmula de tensión-carga, descarga-relajación que nos mantiene vivos, se expresa en cualquier acto y es la que constantemente nos hace coger y soltar energía. Energía que nos proporcionamos a través de diversos medios (comida, bebida, respiración...) para poder seguir con vida aquí.

Sin embargo, esta persona que acaba de morir y quiere mantenerse en este plano físico, no tiene cuerpo material, por lo que tiene que buscarse otros medios, no físicos, que le proporcionen la energía necesaria. No puede comer ni beber (una fuente de energía anulada). Como no tiene cuerpo no puede tomar energía del Sol (el llamado *prana*). Tampoco puede tomar y alimentarse de aire, donde también hay *prana*, pues no tiene pulmones para respirar. Así que de todas las formas de alimentación que tiene un ser humano ¿cuál le queda? Sólo una, y es tomar energía de las personas. Esta es, siempre en teoría, su única fuente de subsistencia.

Esta energía sólo la puede obtener de la emoción. Por tanto no la va a encontrar en cualquiera que pase por la calle. Tiene que ir necesariamente a las personas que le quieren, familiares y amigos que todavía se acuerdan de él y piensan en él. Mientras haya alguien que piense en él (ya muerto), que sufra por él (por su pérdida), que le llore y que, en definitiva, mediante ese proceso le envíe energía, él tiene ahí una fuente de la cual nutrirse.

* * *

Otra cosa es cuando hablamos del individuo que, una vez muerto, no quiere quedarse en este plano y está de acuerdo en desligarse del mundo físico, pero que no puede hacerlo porque una persona está obsesionada con él.

Todos nos habremos juntado alguna vez con esa persona que obsesionada por la pérdida de un ser querido le sigue llorando y llorando, recordando, pensando en él y deseando que vuelva aún pasados diez años del fallecimiento. Esa persona que guarda todos los objetos personales del difunto, los mira todos los días y está sumida en un estado de desespero constante por la persona que se fue.

Esta actitud por parte de la persona viva, en lugar de beneficiar al "espíritu", al fallecido, lo que hace es impedir que siga su proceso de desapego y de paso a otros planos de existencia al sentirse atraído hacia éste, atracción que es provocada por los lloros, rezos y recuerdos excesivos de la persona viva. Ese amor posesivo de esta persona por el difunto es perjudicial, para el desencarnado. Pero éste, víctima por ser atraído y atado a este mundo por algún familiar o amigo, se convierte, a su vez, en verdugo, ya que necesita alimentarse, y lo hará de aquel que no le deja partir hacia el más allá.

De esta forma, tanto el que no quiere alejarse del mundo físico por propia voluntad, por miedo o por otros motivos, como el que se siente atraído y ligado a éste porque algún vivo no se lo permite, se convierten en vampiros, en vampiros energéticos, pues su cuerpo astral tiene que ser mantenido con energía sutil. El lector tal vez se pregunte qué tiene que ver lo dicho hasta ahora con el moderno vampiro que salía por la noche a matar a las personas, capaz de convertirse en diferentes animales y temeroso de cruces y otros símbolos. Ahora llegamos a ello, de momento hemos descrito el nacimiento de lo que se pudo creer era un vampiro; ahora hablaremos de su forma de manifestarse y de actuar.

Este cuerpo astral del individuo, que por una razón u otra queda atado momentáneamente a este mundo físico, puede ser visto por los vivos si consigue la cantidad suficiente de energía como para adquirir más densidad, razón por la cual a algunos difuntos se los podía, y puede, ver aparecer y desaparecer de la nada, tal y como se decía de los vampiros.

El cuerpo astral tiene la "virtud" de adoptar diferentes formas ya que, en realidad, el cuerpo astral no tiene forma. El hecho de que reproduzca nuestra forma física es un convencionalismo. Reproduce nuestra forma física porque es a la que estamos acostumbrados, pero los estudios sobre el cuerpo astral parecen indicar que es amorfo; algunos ni siquiera hablan de cuerpo, diciendo que es algo que flota.

En muchas tribus, los chamanes, cuando proyectan esa forma astral adoptan, por lo general, formas de animales; águilas, panteras... Visto así, ese cuerpo también puede adoptar la forma de un lobo, de un murciélago o de niebla, formas que, se decía, adoptaban los vampiros.

Ya hemos dicho que ese cuerpo astral no puede alimentarse de la energía solar. Pero no sólo eso, sino que parece ser que las energías solares no le son nada beneficiosas. Parece ser que todo lo que es material psíquico (como el cuerpo astral) no está preparado para recoger directamente fuerza solar. De ahí que la mayoría de los viajes astrales se realicen en el sueño, por la noche, siendo todo un fenómeno nocturno (no es que los viajes astrales se den siempre de noche, pero la tendencia es esa, ya que las capacidades psíquicas son lunares y se dan mejor, por ejemplo, en un ambiente iluminado por velas que con luz eléctrica o a pleno sol). El Sol es una forma demasiado potente, demasiado directa como para que un cuerpo astral, que es una forma lunar, lo pueda aguantar, corriendo el peligro de no procesarla bien y disgregarse. Razón ésta, tal vez, por la que ha llegado hasta nuestros días la creencia de que los vampiros no pueden salir durante el día al ser destruidos por la luz.

Entre los métodos de defensa que tenían los aldeanos para impedir la presencia de un vampiro en la casa aparecen los ajos. Éstos también harían daño a este cuerpo astral. Parece ser que todo olor picante, por ser marciano, tiene un tipo de efluvios, de vapores, de emanaciones que son, se sospecha, tóxicas para este tipo de fuerza, para el cuerpo astral. Y tal vez fue esta la razón por la cual se decía que los ajos ahuyentaban a los vampiros.

Los vampiros de la literatura (sobre todo de ficción) parecían echarse hacia atrás ante la presencia de una cruz, algo que nos puede parecer ilógico, pero que pudo tener su fondo de realidad y relevancia esotérica, ya que las cruces son símbolos solares; y no es por el hecho de ser cruz la razón de su rechazo (aquí es donde la gente vemos absurdo el asunto), sino precisamente por el significado solar que representa.

Un método muy utilizado para acabar de forma definitiva con un vampiro era clavarle una estaca de madera. Si nos detenemos a considerar este punto nos daremos cuenta que una estaca, por el simple hecho de ser de madera, es un disruptor de un campo energético, un disruptor del cuerpo astral (un disruptor es algo que interrumpe, es un interruptor). Si en un campo eléctrico ponemos una madera, ésta sirve de aislante.

El agua bendita también parecía ser un remedio contra ellos, pero parece ser que temían a cualquier tipo de agua, ya que se decía que no podían atravesar un río. El agua tiene efectos muy curiosos con la electricidad. Si se coge un cable eléctrico y se introduce en el agua, la electricidad se reparte por toda ella. Y si se echa agua sobre un cable eléctrico se provoca un cortocircuito.

El cuerpo astral es un cuerpo energético, de una energía que ya se ha comprobado, dicen, que tiene propiedades eléctricas. Por tanto, parece lógico pensar que clavándole una estaca (un disruptor) se acabe con sus manifestaciones póstumas. Y también parece lógico el miedo que tenían al agua, a los ríos...

Otra cuestión que es importante señalar, pues por alguna razón se instauró después, es que el vampiro, para entrar en una casa, tiene que ser invitado, si no no puede hacerlo. De ahí que la mayor parte de los vampiros vampirizaban energéticamente a los familiares y seres queridos que pensaban en ellos después de muertos. Si el vampiro se alimentaba de la energía de sus seres más cercanos se debía, en parte, a que ellos tenían algún vínculo con él que los demás aldeanos del lugar no poseían; un vínculo emocional, un vínculo energético que hacía que tuviesen las puertas de su casa psíquica abiertas.

Pero, ¿chupaba el vampiro del que hablamos en este punto la sangre de sus víctimas? Ya hemos dicho que el vampiro al cual nos estamos refiriendo en este apartado no tiene cuerpo físico, por tanto la sangre como líquido no le sirve para nada (ya se ha comentado en líneas anteriores que este vampiro se "alimenta" de la energía de los vivos). El interés que éste pueda mostrar por la sangre reside en que ésta es el vínculo de algo, de energía vital. El calor que desprende la sangre recién derramada lleva consigo mucha energía por lo que, si hay algún tipo de cosa que sorba o derrame sangre no es con otro objetivo que el de la búsqueda de la energía que ésta contiene. Se dice incluso que de ella podrían sacar la suficiente cantidad de "combustible" para materializarse y así hacerse visibles. Sobre esto, Héctor Hacks dice que la sangre contiene los elementos indispensables para la materialización de las entidades del astral...

¿Pudieron deberse muchos de los casos relatados de vampirismo en zonas como Serbia, a este tipo de vampiros? De hecho, la mayoría de ellos parecen aludir más a una pérdida de energía (recordemos las descripciones de palidez, agotamiento y extenuación referidas a las víctimas) que a un desprendimiento o robo de sangre.

* * *

Sobre este mismo tipo de vampirismo, Dion Fortune dice que en algunas tropas de la Europa del Este había ciertos individuos que al morir (seguramente en combate), sabían cómo evitar la segunda muerte, es decir, sabían cómo evitar la desintegración del cuerpo astral. Éstos lograban mantenerse con su doble etérico vampirizando a los heridos. El alma que así queda ligada a la tierra puede adherirse a una persona, a veces permanentemente o por lo menos durante mucho tiempo, si tiene éxito en hacer de ella un buen vampiro, es decir, si consigue extraer con facilidad la energía necesaria para mantenerse con vida en el mundo astral y su víctima, a su vez, tiene también la facilidad de recargarse a sí misma a partir de otros; aunque, con el tiempo, esta persona viva morirá "de exhaustión [sic] como lo hacen ordinariamente las víctimas de los vampiros".

• *Duendes vampirizantes:* los esoteristas y ocultistas dicen creer (no todas las escuelas tienen las mismas creencias) en la existencia de los *elementales.* La denominación de *espíritus elementales* es un término amplio que alude a todos esos seres de la naturaleza como hadas, elfos, ondinas... que están asociados a los cuatro principios "fundamentales" de la vida: aire, fuego, tierra y agua. Aunque también se los conoce como duendes o geniecillos.

Numerosas escuelas afirman su existencia argumentando que todo aquello que podemos imaginar y nombrar existe por el solo hecho de nombrarlo e imaginarlo, ya que con el verbo y la imaginación legamos realidad. De esta forma, hablan del evangelio de San Juan, el cual comienza diciendo: "Al principio era el Verbo (...)". Así consideran que el verbo es creador, razón por la cual los encantamientos y los conjuros se dicen a viva voz, porque el verbo crea. Aunque también se dice que tienen una existencia independiente de la nuestra y que la realidad de los mismos va mucho más allá de lo que podamos imaginar.

De entre toda la variedad de *elementales* que el folklore ha identificado, estarían los denominados *duendes vampirizantes*, también conocidos con el nombre de *efialtes*, del griego *ephialtes* (saltar sobre). Se trata de una familia de duendes caracterizada por posarse en el pecho de los durmientes, produciendo en éstos una sensación de ahogo. Son duendes que, según cuentan, no sólo viven con los seres humanos, sino también de ellos.

> "Los efialtes suelen tener una forma predeterminada, aunque en un principio son más bien una especie de masa energética, y, por lo tanto, invisible, que se puede materializar momentos antes de perturbar al durmiente (...)" (355).

Los mitos españoles hablan de varios tipos de duendes vampirizantes, como los *tardos*, conocidos con este nombre en Galicia y Castilla. Dicen que "se alimentan de nuestra energía vital, que nos roban sentándose por las noches sobre nuestro pecho cuando dormimos (...)" (356). También estarían, bajo la calificación de vampirizantes, los *ingumas* del País Vasco, las *pesantas* o las *manomas.*

Los *elementales* podrían ser uno de los temas más extensos a tratar, incluso ser motivo, por sí sólos, de una enciclopedia de varios volúmenes, pues son muy viejos en la memoria del hombre y del mundo. Pero no es nuestra intención extendernos tanto, sino la de introducir al lector en unas investigaciones que tal vez puedan corroborar parte de lo que a través del conocimiento popular y, más tarde, la literatura folklórica, se ha ido contando sobre estos seres.

Mateo Mateo desarrolló durante muchos años su profesión de profesor de Educación Especial en Cataluña, y durante los mismos, paralelamente, investigó el campo de la psicofotografía y la fotografía paranormal. Actualmente posee una extensa colección en esta materia que muestra al público en sus conferencias.

Una parte de su investigación resulta de interés para este capítulo del libro, pues habla de cierto tipo de *elementales* que se alimentan de nuestra energía, aunque en ningún momento utiliza la palabra vampiro.

> "Los elementales son muy abundantes en la naturaleza, están prácticamente en todas partes, hay una gran variedad de los mismos, que vamos descubriendo poco a poco, a medida que avanzamos en nuestra búsqueda. Los hay con actitudes y costumbres muy dispares entre sí, no todos parecen ser agresivos con el hombre, se han observado elementales con fines ecológicos (...) para su alimentación, no precisan de proteínas, ni de hidratos de carbono, ni lípidos, ni minerales, ni agua..., ellos se alimentan del aura..., de nuestros cuerpos o energías sutiles, para el sostenimiento de sus «cuerpos energéticos»".

(355) Carlos Canales y Jesús Callejo. *Duendes.* Ed. Edad. Madrid.
(356) Ibíd.

Mateo Mateo, tras cientos de fotografías, dice haber podido captar en algunas de ellas la presencia de estos seres elementales. Aportándonos información para este apartado nos decía en una conversación:

> "Vamos llenos de parásitos... están sobre nuestro cuerpo, son muy abundantes... Estos seres son energías que tenemos sobre nosotros con la genuina y curiosa propiedad de automodelar su sutil cuerpo a voluntad, en un continuo trasformismo, imitando objetos de su entorno o hábitat con increíble rapidez, de ello se deriva el sobrenombre de *mutantes*, como también se les conoce. Yo les llamo *elementales* porque es un nombre genérico, aunque el nombre es lo de menos, lo importante es haber registrado su presencia y empezarlos a estudiar.
>
> "Como digo, ellos cambian constantemente de forma. Creo que es un procedimiento de enmascaramiento a fin de pasar desapercibidos, como un posible método de autoprotección. De no ser así habría mucha gente «sensible» que los vería. Pero con su condición etérea (son como humo) y su constante cambio de forma, la retina de nuestro ojo no fija la imagen, y si no fija la imagen la conciencia no se entera de su presencia. He conseguido fotografiarlos con el, ya en vías de extinción, antiguo Super ocho, porque yo soy de la época del super ocho".

Mientras nos enseña unas fotos nos seguía diciendo: "Como veis en estas tomas, en esta secuencia, empieza a formarse algo difuso, como unas manchas, para luego transformarse. El cuerpo del *elemental* es de energía, y ellos mismos se automodelan el cuerpo como si fuera de plastilina. Yo digo que son de una naturaleza parafísica, no espiritual, ya que el hecho de que se puedan fotografiar ya indica que tienen una base más o menos próxima a la nuestra".

Es generalizada la opinión de que algunos *elementales* son *auróbagos*, es decir, se alimentarían del aura humana, del aura de los animales... y de otras energías sutiles. De ser cierta esta aseveración, su influencia sobre la salud de los humanos sería preocupante. Los *elementales*, parásitos, comedores de aura, se alimentan de ésta porque el aura es la vida... y ocasionan en nosotros un déficit energético. Como consecuencia de un déficit energético se produce en nosotros algún trastorno. Por lo que, tal vez, podríamos decir que son los causantes de algunos de nuestros males físicos.

Su posible identificación sobre la placa sensible o fotográfica se hace difícil, y hay que recurrir a otras técnicas complementarias para su correcto seguimiento. En contra de esto está, a favor del investigador, el que son muy abundantes en la naturaleza y la captura de su imagen se puede obtener con relativa facilidad, ya que están en todas partes."

Parte IV

Cine, televisión y teatro

"La descripción del estado en que los actores
cinematográficos caen después de que su imagen
ha sido impresionada en la película es
sorprendente por su semejanza con las condiciones
en las que se halla un individuo mordido por un vampiro".
Luigi Pirandello.

"Había mucho sexo, cierto, especialmente en sus
películas de vampiros, que solían basarse en
alguna clase de fantasía sexual, pero siempre
se lo trataba de una forma más implícita que declarada".
Roy Ward Baker (refiriéndose a las producciones de la Hammer) .

Los capítulos dedicados al cine, la literatura y la música en esta cuarta parte del libro están descaradamente incompletos. El lector interesado en los mismos echará en falta una mayor profundización y dedicación. La superficialidad y brevedad con las que hemos tratado las páginas que siguen ha sido obligada, pues cada capítulo ya mencionado (cine, literatura y música) puede dar lugar a un libro por sí sólo.

El estudio del vampiro en el arte es algo que todavía queda pendiente.

* * *

Mi primera "experiencia" con los vampiros se remonta a mi infancia. Por aquel entonces las películas de Christopher Lee avasallaban la pequeña pantalla y Lee aterrorizaba a todo aquel infante que osara no obedecer a sus progenitores, quedándose a ver la película "de miedo" que había sido prohibida por éstos.

Cuando el film daba comienzo el niño, sólo en casa mientras sus padres iban al cine, parecía demostrarse a sí mismo que era un adulto o, lo que creía era lo mismo, un incrédulo que se reía de todo lo fantasmagórico y en apariencia irreal. Pero, poco a poco, a medida que la película avanzaba, el indefenso joven se iba sumergiendo en la butaca del salón, más muerto de miedo que otra cosa, mientras lanzaba miradas agonizantes a la pantalla deseando que el "perver-

so" caballero de la capa negra y colmillos afilados fuera, de una vez por todas, "aniquilado"; eso sí, siempre por los consabidos buenos de la película.

Cuando por fin la estaca, siempre de madera, atravesaba el corazón del pobre vampiro poniendo punto final al asunto, se planteaba un nuevo problema: el de cómo alcanzar sano y salvo el dormitorio. Un oscuro pasillo parecía contener toda clase de monstruos y fantasmas; así que muchos decidían descansar en el sofá, en la mayor parte de las ocasiones con el volumen del televisor bien alto, creyendo, quizás, que el ruido de voces ahuyentaría a cualquier extraño ser de la noche. Otros, los más atrevidos, se aferraban al crucifijo que les había sido regalado en la primera comunión y que colgaba de sus cuellos para, lentamente, recorrer el pasillo hasta que el crujir de algún mueble provocaba el pánico, momento en el que el infante salía despedido hacia su cuarto y se sumergía en la seguridad de las sábanas del lecho.

Pero yo no fui así. La primera vez que me hablaron sobre Drácula me pareció un señor de lo más simpático; a fin de cuentas, pensaba, te otorgaba la inmortalidad.

Recuerdo que el mismo día que me descubrieron su "existencia", al caer la noche, miraba sin cesar la ventana con la impresión de que en cualquier momento aparecería ante mis ojos. Finalmente no pudo ser y tuve que conformarme con verlo repetidas veces en televisión.

Ya de adolescente me encandiló Nosferatu. Parecía un ser fascinante, algo siniestro, pero en lugar de provocar en mí una sensación de angustia o desasosiego, me inspiró tristeza; sí, tristeza. Yo veía en él un ser condenado a la soledad que, desesperado, anhelaba el calor humano, el amor (siempre le perdoné que acabase con la joven a la que deseaba, pero por algo existe el dicho "hay amores que matan").

Curiosamente, como en el caso anterior, fue una noche cuando conocí a Bela Lugosi encarnando al conde Drácula; ¡qué puedo contaros! Fue maravilloso. Aunque algo "fuera de época", conservaba todavía el encanto y erotismo de los años treinta, una atmósfera difícilmente superable y una interpretación del "conde" que dejó huella.

No sería hasta algunos años más tarde cuando me "enamoraría" del Drácula Coppoliano, atractivo, educado e infinitamente salvaje. En esta ocasión lo pude disfrutar en pantalla grande y, a pesar de las risas de algunos de los espectadores en ciertas escenas, salí una vez más "fascinada" con el personaje del vampiro (hemos de comprender a aquellos que en Bram Stoker's Drácula *esperaban sangre y encontraron en lugar de ello romanticismo).*

Después de mis agradables "citas" con estos vampiros tuve el gusto de conocer a Lestat, Louis, Armand y Claudia, protagonistas todos ellos de Entrevista *con el vampiro y, aunque he de reconocer que ya era seguidora de la serie de novelas* Crónicas Vampíricas, *con Lestat como protagonista, no fue así con la película; al fin y al cabo, todo aquel que lee un libro antes de ver su versión cinematográfica ha caracterizado de forma personal a los protagonistas del mismo. Pero eso sí, he de reconocer que algunos de ellos, como Armand, despertaban, no sólo en mí, algo más que admiración, y es que los vampiros (esos seres tan temidos antaño) son actualmente eróticos, inteligentes, perversos o románticos, y la mayor parte de las ocasiones, humanos.*

* * *

La pantalla (pequeña y grande) es uno de los medios informativos más utilizados, y por tanto más influyentes, en la actualidad.

Muchos de los jóvenes de hoy en día sólo conocen al vampiro surgido de la televisión y el cine; no han leído una novela, un cómic o, ni siquiera han visto una representación teatral del género. Y mucho menos han leído un tratado o estudio que hable de ellos. De esta forma, el mito original se ha ido deformando (pues las películas, como cualquier otro medio, pocas veces han ofrecido una versión acorde con los vampiros de antaño). Las intenciones, los objetivos y el porqué del no muerto se modifican y, en fin, el folklore de una época denominada "siglo de oro del vampirismo" se va perdiendo. Se crea así, sin que nadie parezca percatarse de ello, un nuevo tipo de folklore vampírico, originado por la creatividad que cada escritor y director incorpora a su protagonista particular.

De esta forma, no sólo el cine, sino también la literatura de ciencia ficción se convierten, por una parte, en serios responsables del deterioro de la primigenia imagen y concepto del vampiro, en serios responsables de la modificación, añadiendo o suprimiendo pequeños cambios, del mito/leyenda del vampiro de antaño. Sin embargo, al mismo tiempo, también se convierten en los grandes salvadores, en los grandes mantenedores del mismo, pues sin la literatura, el cine y el teatro, los mitos, las leyendas, las historias a medio camino entre la realidad de lo que ocurrió y lo que en su día se interpretó, no habrían llegado tan prolíficamente hasta el conocimiento popular.

Es posible que un mito no pueda pervivir en el tiempo si no es expuesto a modificaciones, si no es moldeado conforme a los patrones culturales de las sucesivas épocas que le va tocando vivir. Es posible que la modificación y evolución de un mito sea inevitable si no quiere acabar siendo olvidado, como ha sido el caso de muchos. La palabra clave tal vez sea "adaptación". O el mito se adapta o se relega al olvido.

El vampiro ha sabido adaptarse a los tiempos que corren, manteniéndose junto a nosotros desde su aparición, haciendo con ello, tal vez, alusión a su característica de inmortal. Y en esta inmortalidad del vampiro han contribuido principalmente, como ya decimos, el cine, la literatura y el teatro; aunque pagando un alto precio por ello: el del constante cambio, manteniendo tan sólo algunas características de las que en su día poseía e incorporándose otras que nunca hubiera imaginado tener.

Sería interesante realizar un estudio de las razones por las que el vampiro permanece todavía en la imaginación popular mientras otros mitos ya han desaparecido de ella.

* * *

En este capítulo se ha seleccionado un grupo de actores, actrices y películas que nos muestran la evolución que ha "sufrido" el no muerto a lo largo de todo un siglo de rodajes. Así pues, la actriz Theda Bara y el actor húngaro Béla Lugosi, nos engatusan con la "frialdad" y encanto de los vampiros de principios de siglo; Ingrid Pitt y Christopher Lee son las criaturas más eróticas que han regresado de la tumba; y Cassandra Peterson, junto a Gary Oldman, nos obsequian con unas interpretaciones tan intensas como sorprendentes, expresando el vampirismo en términos completamente exóticos.

A continuación, una serie de producciones cinematográficas son catalogadas por años; habiendo sido seleccionadas algunas de las más representativas.

Actores

Béla Lugosi: El 20 de octubre del año 1882 (otros señalan el 29 del mismo mes de 1884), viene al mundo el que fuera uno de los actores del cine de terror más conocido de todos los tiempos, Béla Blaskó. Natural de Lugos (Hungría), tomaría el nombre artístico del lugar que le vio nacer, llamándose, años más tarde, Bela Lugosi.

A la edad de 16 años ya estudiaba la carrera de arte dramático en Budapest, pero no debuta en el teatro hasta principios del siglo veinte, concretamente en 1901. La compañía Pesti-Iharz Lajos (en la que debutara como actor teatral destacando por la manera en que interpretó el papel de un criado) se disuelve y comienza a trabajar o, mejor dicho, a actuar, para la compañía de Polgar-Karoly, permaneciendo en ella cuatro largos años. Algún tiempo después el conocido y popular Krecsanyi Ignac lo contrata para actuar en el teatro de Szeged.

En septiembre de 1911, diez años después de su debut teatral, Lugosi actúa por vez primera en el teatro Magyar Szinhaz de Budapest con la obra *Ana Karenina*. Su papel correspondía al del conde Wronsky.

Desde el año 1912, Béla es miembro activo del Teatro Nacional Húngaro de Budapest, interpretando personajes literariamente conocidos como Manfred, Guillermo Tell, Hamlet o Macbeth.

La carrera de Béla progresa y salta de los escenarios teatrales al mundo "recientemente creado" del cinematógrafo. Utilizando el seudónimo de Arisztid Olt, trabaja para la compañía de cine Start es Phoenix. Pero su futuro profesional se ve truncado al estallar la Primera Guerra Mundial, ya que se incorporó a filas en 1916 en el 43º regimiento de Infantería de Línea Húngaro, donde llegó al grado de teniente. Al terminar la guerra retorna a Budapest y ayuda a la organización del Sindicato de los Actores.

Nuevamente, Lugosi hace acto de presencia en unas cuantas películas alemanas, incluyendo una versión de la novela de James Ferimore Cooper *El último de los Mohicanos.*

Tras esta etapa residiendo en Berlín decide emigrar (aunque algunos biógrafos apuntan que tuvo que huir) a los Estados Unidos. Su debut en este país se da cuando interpreta el papel de Fernando en la obra titulada *La amapola,* en el Greenwich Village de Nueva York. Continuando con sus interpretaciones teatrales mencionaremos que participó en las obras *Murder at the vanities, Arsénico y encaje antiguo, The werewolf* o *Arabesque*, llegando a tener algún que otro percance en estas dos últimas. Cuando Lugosi interpreta el papel del jeque de Hamman, en *Arabesque,* la crítica se muestra dura con el espectáculo, al que acusa de "perderse en la suntuosidad de la escenografía y el escenario", además de considerarse las escenas de amor del jeque (interpretado por Lugosi) con sus favoritas beduinas "al límite de lo soportable" debido al grado de erotismo que suscitaba en el público. Tres semanas después del estreno la obra se suspende.

En la comedia *The werewolf*, en la que las referencias sexuales se intentaban mostrar al espectador de manera prudente, Lugosi cometió un error que le costaría su papel al transformar dichas alusiones sexuales, de simples e inofensivas, en explosivas, debido a la carga sexual que mostraba en su interpretación, que fue calificada de *intolerable* en aquella época.

En 1927, durante el mes de octubre, estrena la obra teatral *Dracula*, obteniendo con ella un notable éxito que provocó una gira de dos años por Estados Unidos.

Transcurrido bastante tiempo y después de una prolífica carrera en teatro y cine, Lugosi realiza una nueva gira teatral que recorre Boston, Filadelfia,

Buffalo, Cleveland, Washington y Pittsburgh. Es entonces cuando empieza a consumir morfina, según unos para calmar el dolor de una lesión producida en la Primera Guerra Mundial, según otros para escapar de los numerosos problemas que le acosaban.

Remontándonos nuevamente a su llegada a Norteamérica señalamos la inscripción de Béla en la Central Casting Office, encargada de tener los datos de todas aquellas personas que en los Estados Unidos se dedican a la interpretación como medio de ganarse la vida. Gracias a dicha inscripción consiguió varios trabajos hasta que, finalmente, le ofrecen un papel de secundario en *The thirteenth chair*, dirigida por Tod Browning en 1929. A raíz de esta película, Browning y Lugosi entablan una buena relación además de cierta admiración del primero por el segundo, hecho que se demuestra en la afirmación que el director hizo sobre el actor húngaro al verlo interpretar: "Chaney no habría podido hacerlo mejor".

Por fin llega su gran oportunidad. En 1931 la Universal busca un actor que encarne al conde Drácula. Se presentan varios actores conocidos como Willian Courtney o Paul Muni, pero será Lugosi quien se haga con el papel, consiguiéndolo, en parte, al lograr que la viuda de Stoker, heredera de los derechos de autor, rebajara el precio de los mismos de 200.000 $, como exigía inicialmente, a 40.000 $, tras una correspondencia con Béla de varios meses de duración.

El maquillaje empleado por Lugosi para representar al conde transilvano consistía en carmín para los labios, polvo blanco para el rostro y un remarque de sus cejas en negro, todo ello, por supuesto, acentuado con un elegante frac y una vistosa capa negra.

Drácula marcaría su vida para siempre, y sería después de algún tiempo cuando Lugosi y su personaje se unirían hasta formar una sola persona. David Manners, que encarnaba a Jonathan Harker, aseguraba que Lugosi, en los descansos del rodaje, repetía ante un espejo constantemente: "Yo soy Drácula, yo soy Drácula...". Y es que, según el propio actor, el papel de conde Dracula sólo impactaba en el público cuando él se creía realmente que lo era, cuando asumía sus poderes, su hechizo. Tras el rodaje del film *The mark of the vampire*, donde interpreta a otro vampiro, el conde Mora, tiene lugar el nacimiento de su hijo Béla jr.

Participa en la creación del Hungarian Anti-fascist Commitee cuya ascendencia corresponde a otra asociación: la Hungarian Comunity, encargada en el pasado de difundir la cultura magiar en los Estados Unidos, utilizando para el fin mencionado al equipo de fútbol Soccer League. El cometido de Béla es el de realizar ciertos espectáculos para la primera de

Algunas de las películas interpretadas por Béla Lugosi

The Leopard	—
Az Elet Kiralya	—
Sklaven Fremdes Willens	—
Prisoners	1929
Der januskopf (*La cabeza de Jano*)	1920
Dracula	1931
The Black Camel	1931
Murders in the rue Morgue (*Doble asesinato en la calle Morgue*)	1932
White Zombie (*La legión de los hombres sin alma*)	1932
Chandu the magician	1932
Island of lost souls (*La isla de las almas perdidas*)	1933
The dead kiss (*El beso de la muerte*)	1932-1933
The wispering shadow	1933
Night of terror	1933
The black cat (*Satanás*)	1934
The return of Chandu	1934
Misterious Mr. Wong	1935
The raven (*El cuervo*)	1935
Murder by television (*Asesinato por televisión*)	1935
Mark of the vampire (*La marca del vampiro*)	1935-1936
Ther invisible ray (*El poder invisible*)	1936
Shadow of Chinatown	1936
Son of Frankenstein (*La sombra de Frankenstein*)	1939
The gorilla (*El gorila*)	1939
The phantom creeps	1939
Dark eyes of London	1939-1940
Black Friday	1940
The devil bat	1941
The black cat (*El gato negro*)	1941
The invisible ghost	1941
Spooks run wild	1941
The wolfman (*El hombre lobo*)	1941
Ghost of Frankenstein	1942
The corpse vanishes (*El ladrón de cadáveres*)	1942
Bowery at midnight	1942
Night monsters	1942
Frankenstein meets the wolfman (*Frankenstein y el hombre lobo*)	1943
The ape man	1943
Ghost on the loose (*La casa encantada*)	1943
Return of the vampire	1943-1944
Voodoo man	1944
Return of the ape man	1944
One body to many	1944
The body snatcher	1944-1945
Zombies on Broadway (*Zombies en Broadway*)	1945
Scared to death	1946-1947
Abbott and Costello meet Frankenstein (*Abbott y Costello contra los fantasmas*)	1948
Old mother Riley meets the vampire	1952
Bride of the monster	1955
The black sleep	1956
Plan 9 from outer space	1959

estas asociaciones, cuyas recaudaciones apoyan a la resistencia europea, ayudando también a los que caen víctimas del nazismo. También Lugosi apoya la causa de la libertad participando en la película *The return of de vampire* que, según el autor del libro sobre el que está basada, contiene un mensaje anti nazista.

Tras rodar su último film se traslada a Las Vegas, donde lleva a cabo el espectáculo *Bela Lugosi review* representado en el Night-Club.

Respecto a su vida privada no parece haber sido, según cuentan, muy feliz. Tuvo cinco esposas y su obsesión, cada vez más fuerte, de que él era el auténtico conde Drácula, lo llevó a un hospital psiquiátrico. En un artículo de *Ciné-Miroir* se describe el hogar del actor de esta manera: "Sirve de aldabón un vampiro de plata con las grandes alas desplegadas. En el jardín hay lápidas de mármol blanco... Según un cronista de Hollywood interiormente la casa es «lujosamente gótica» y «fétida y fúnebre» en opinión de Jean Boullet, unos cuantos robustos murciélagos cuelgan del techo, cabeza abajo..."

Como datos biográficos curiosos se encontrarían que, en el mismo año que se estrenó *Drácula* (1931), se convirtió legalmente en ciudadano norteamericano, o que participó junto a Greta Garbo en *Ninotchka*, interviniendo en el papel de comisario soviético.

A comienzos del mes de agosto de 1956, Béla es internado en el Hospital Metropolitano de Los Ángeles. Parece ser que la ingesta de drogas fue el motivo de su ingreso en el citado hospital. Había llegado un momento en que Béla Lugosi no existía como tal, sino como Drácula. Descansaba en un ataúd pidiendo a su familia que por las mañanas colocasen telarañas frescas cerca de él. Además, expresó su deseo de ser inhumado con el traje del famoso conde, compuesto por el frac y la negra capa. Lugosi falleció el 16 de agosto de 1956 pronunciando, dicen, las siguientes palabras: "Yo soy el conde Drácula, el rey de los vampiros, soy inmortal".

Algunos afirman que el último de los visitantes que fueron a contemplar los restos del actor, al dirigirse hacia la salida, pudo observar a un enorme murciélago negro siguiéndole silenciosamente por el pasillo del hospital. Cuando este sujeto abrió la puerta con intención de salir al exterior el murciélago escapó hacia el cielo, en el cual se comenzaba a percibir el anochecer.

Sus restos embalsamados descansan en la actualidad en el cementerio Holy Cross de Los Ángeles. Fue sepultado envuelto en la capa negra, de reluciente forro rojo, que marcó su vida, dejando, quizás en el aire, la pregunta de quién está enterrado allí; si un actor húngaro llamado Béla Blaskó o un personaje conocido como conde Drácula.

Christopher Lee: este actor londinense de orígenes italianos vino al mundo el 27 de mayo de 1922, bajo el nombre de Christopher Frank Carandini. Cursó sus estudios en el Wellington College y el King´s College de Eton para, poco después, alistarse en la Fuerza Aérea Británica.

Debuta en el cine con el film *Corridor of mirrors* (1947), pero no sería hasta 1957 cuando interpretará a uno de los monstruos ya clásicos del cine: *Frankenstein*. Debido al éxito alcanzado por Lee con dicho papel, la Hammer le ofreció interpretar al mítico conde vampiro en el film *The horror of Dracula*, aunque parece ser que también influyeron, como él afirma, su estatura y corpulencia. Éste fue el primer filme de ocho que le seguirían interpretando al conde Drácula como protagonista. Entre dichos filmes se encuentran siete producciones de la Hammer, una adaptación de una novela del director Jesús Franco y, finalmente, hace acto de aparición en un documental titulado *In search of Dracula*.

Desgraciadamente, la carrera del actor se vio marcada por el personaje de tal modo que se le encasilló con el vampiro indefinidamente. Lee dejó claro lo que esto había supuesto para él en su profesión (de hecho, durante los años setenta, pedía a los periodistas que se refiriesen a las películas del con-

Christopher Lee

de Drácula como una parte de su historial interpretativo). Pero, como bien supo reconocer en una de tantas entrevistas, Christopher encontraba satisfactorio el poder haber hecho creíble al conde transilvano ya que, al enfrentarse a un conde tan cargado de leyendas y al mismo tiempo con cierta dosis de realidad, convencer durante la película al espectador de que todo el mito pudo ser como el actor lo representaba era todo un logro.

Por otro lado, el vampiro interpretado por Lee posee una gran fuerza visual que radica, en parte, en la energía que irradia el personaje, en lo salvaje de sus gestos en contraposición a su escueta comunicación verbal. Así como Lugosi utiliza la palabra como una de sus armas, Lee utiliza la expresión corporal como arma fundamental, trasmitiendo su poder a través de su esbelto y corpulento cuerpo, mostrando el mal que anida en su interior bajo la mirada de loco al contemplar la sangre, y su sexualidad latente reflejada en los prominentes colmillos que inserta en el cuello de la mujer que ha escogido como víctima. Es comprensible por qué se fundió, aun sin quererlo, con el afamado conde; y es que el aura de gran caballero que parece ocultarnos algo "oscuro" es innato en este actor que supo, a su manera, impregnarlo en el personaje del conde Drácula.

Christopher Lee también ha hecho su incursión personal en la literatura, colaborando junto a Michael Parry en una antología de historias de terror titulada *Christopher Lee´s X certificate*, de 1975 (reimprimida como *From the Archcomments in the films of Christophe Lee*), que trata, además, de su carrera cinematográfica. También ha escrito su autobiografía *Tall, dark, and gruesome*, de 1977.

Algunas de las películas interpretadas por Christophe Lee

Corridor of mirrors (*La extraña cita*) 1947-1948
Curse of Frankenstein
(*La maldición de Frankenstein*) 1957
Dracula, horror of Dracula (*Drácula*) 1958
Corridors of blood 1958
The hound of the Baskervilles
(*El perro de los Baskervilles*) 1958-1959
The mummy (*La momia*) 1959
The man who could cheat death 1959
City of the dead 1960
Hands of Orlac (*Las manos de Orlac*) 1960
The two faces of Dr. Jeckyll
(*Las dos caras del doctor Jeckyll*) 1960-1961
Scream of fear (*El sabor del miedo*) 1961
Terror of the Tongs (*El terror de los Tongs*) 1961
Tempi duri per I vampiri
(*Agárrame ese vampiro*) 1961
Ercole al centro della terra
(*Hércules contra los vampiros*) 1961
Sherlock Holmes und das Halsband des todes
(*El collar de la muerte*) 1962
La vergine di Norimberga (*El justiciero rojo*) 1963
La frusta e il corpo 1963
Il castello dei morti vivi 1964
La cripta e l'incubo
(*La maldición de los Karnstein*) 1964
The gorgon 1964
Dr. Terror's house of horrors
(*Dr. Terror y la casa de los horrores*) 1964-1965
She (*La diosa del fuego*) 1965
The face of Fu Manchu
(*El regreso de Fu Manchu*) 1965
The skull (*La maldición de la calavera*) 1965
Dracula, prince of darkness
(*Drácula príncipe de las tinieblas*) 1965
Rasputín the mad monk (*Rasputín*) 1965-1966
The theatre of death
(*El teatro de la muerte*) 1965-1967
Brides of Fu Manchu
(*Las novias de Fu Manchu*) 1966
Circus of fear 1966-1967
Vengeance of Fu Manchu
(*La venganza de Fu Manchu*) 1967-1968
The curse of the Crimson altair
(*La maldición del altar rojo*) 1968
Dracula has risen from the grave
(*Drácula vuelve de la tumba*) 1968
Taste the blood of Dracula
(*El poder de la sangre de Drácula*) 1969-1970
Scream and scream again
(*La carrera de la muerte*) 1969-1970
The private life of Sherlock Holmes
(*La vida privada de Sherlock Holmes*) 1970
Scars of Dracula (*Las cicatrices de Drácula*) 1970
The house that dripped blood
(*La mansión de los crímenes*) 1971
Pa jakt efter Dracula (*In search of Dracul*).
Documental 1971-1976
Horror Express (*Pánico en el Transiberiano*) 1972
I, monster (*El monstruo*) 1972
Dracula A. D. 72 (*Drácula 73*) 1972
The creeping flesh 1972-1973
The wicker man 1972-1973
The satanic rites of Dracula
(*Los ritos satánicos de Drácula*) 1972-1973
Man with the golden gun
(*El hombre de la pistola de oro*) 1974
To the devil... a daughter (*La monja poseída*) .1975-1976
Dracula pére et fils 1976
Airport 77 1977
Return from the witch mountain 1978
1941 1979
House of the long shadows 1982-1983
Howlings II (*Aullidos II*) 1982-1986
Dark Mission
(*Dark Mission: Operación Cocaína*) 1987
Los tres mosqueteros, veinte años después 1988
Murder story 1989
Gremlins II: the new batch
(*Gremlins II: la nueva generación*) 1990
Shogun Mayeda 1993-1994
Cyber Eden 1994

Gary Oldman: otro actor que ha interpretado al conde Drácula ha sido el también británico Gary Oldman en el film *Bram Stoker´s Drácula.*

Sobre Oldman hay tanto que contar, a pesar de su juventud, como de sus predecesores Lugosi y Lee.

Nacido en Londres, en Bermondsey, el 21 de marzo d 1958, se crió en el barrio de New Croos, donde pasaría su infancia, nada favorecedora, al abandonar su padre el hogar cuando Oldman contaba tan sólo con siete años. Esto provocó en el seno de la familia una escasez económica notable y las consecuencias no se hicieron esperar; el joven Oldman dejaba el colegio para comenzar a trabajar, lo que no le impediría años más tarde estudiar arte dramático en el Rose Bruford Drama College, llegando a interpretar en teatros de aficionados.

Algunas de las películas interpretadas por Gary Oldman

Remenbrance	1981	*Criminal law (Ley criminal)*	1989
Honest, decent and true	1985	*State of grace (El clan de los irlandeses)*	1990
Sid and Nancy	1986	*J.F.K.*	1991
Prick Up yours ears (Ábrete de orejas)	1987	*Bram Stoker's Dracula*	1992
We Think the world of you	1988	*Romeo is bleeding*	1993
		The fifth element (El quinto elemento)	1996

Con el tiempo consiguió acceder a la conocida compañía teatral Royal Shakespeare Company, y entre sus numerosos premios se halla el concedido por la British Teather Association Drama para el mejor actor de 1985.

Su carrera no se limitó al teatro, comenzando su incursión en el cine de la mano de Alex Cox, quien lo dirigió en el film *Sid y Nancy* (1986). Aquí, Oldman encarna a uno de los miembros del famoso grupo punk Sex Pistols, Sid Vicious, protagonizando una de las más dramáticas historias de amor en el mundo del rock and roll.

Entre otros trabajos destacan *El clan de los irlandeses,* de Phil Joanouy, *J.F.K. Caso abierto,* dirigida por Oliver Stone, en la cual interpreta a Lee Oswald, el supuesto asesino del presidente americano John F. Kennedy. Recientemente ha trabajado en *Beethoven, La rosa escarlata y El quinto elemento.*

El conde llevado a la pantalla de la mano de Oldman ha trastocado el concepto que sobre este personaje se había tenido en el cine, encasillado hasta el momento en papeles, por lo general, del "malo de la película". Filmado por Coppola el vampiro de "toda la vida", Drácula, parece "vivir" una existencia injusta. Y acaba convenciendo al espectador de que su condición de vampiro ha sido debida a la crueldad de su Dios, pues al renegar de su fe reniega también de la existencia junto a ese Dios tras su muerte, culpando a éste del arrebato de lo único que amaba, su compañera. Desde ese punto de vista ¿es su estado vampírico condenable? Oldman nos convence de tal manera que al concluir el film muchos lloran la muerte del vampiro, trasformando al supuesto verdugo en víctima y a las supuestas víctimas en verdugos.

Actrices

Theda Bara: ha pasado inadvertida dentro del género vampírico, pero Theodosia Goodman (nombre auténtico de esta actriz) fue la primera mujer vampiro de la historia del cine; y dicho sea de paso, la primera *vamp*, la primera mujer fatal de la gran pantalla.

Theda Bara nació en Cincinnati, Ohio, en 1890. Ya desde joven mostró una gran vocación artística, hecho que la condujo a estudiar escultura y dibujo, además de interpretar varios papeles en el teatro. Para esto último utilizaba el sobrenombre de Theodosia De Coppet (apellido materno).

Algunas de las películas interpretadas por Theda Bara

The Stain • Frank Powell 1914
A fool there was • Frank Powell (*Habla un necio*) ... 1914
Carmen • Raoul Walsh 1915
Under two flags • James Gordon Edwards (*Entre dos banderas*) 1916
Cleopatra • James Gordon Edwards 1917
The tiger woman • James Gordon Edwards (*La vampiresa*) 1917
A woman there was • James Gordon Edwards (*Bajo nombre supuesto*) 1919
The unchastened woman • James Young (*Una buena elección*) 1925

En 1914 actuaba en la que sería su primera película, *The Stain*, dirigida por Frank Powel, el mismo director que la elegiría como protagonista del film *A fool there was*, película basada en el poema dramático *The vampire*, de Rudyard Kipling. Para el papel principal se barajaban otros nombres: Virginia Pearson, Valesca Suratt y Madeline Traverse; pero Powel recordó a la joven morena que había aparecido en su anterior film (*The Stain*) realizando un insignificante papel. William Fox, productor de ambas películas, quedó fascinado con la hermosura de Theda; quizás fuesen sus largos cabellos negros cayendo sobre su pálida piel o sus profundos y penetrantes ojos del mismo color; el hecho fue que la contrató.

Había comenzado la carrera de uno de los mitos cinematográficos más grandes de todos los tiempos. El departamento de publicidad de la productora se encargó de crear una imagen y una historia de acuerdo con el prototipo de actriz que deseaban lanzar al estrellato. En primer lugar se cambió el nombre de Theodosia Goodman por Theda Bara, diciendo que se trataba de un anagrama: Arab Death (Muerte Árabe). Anagrama que parecía tener relación directa con la fabulosa historia que inventaron como su pasado. Se dijo que su padre era un guapo oficial francés y su madre una beduina escapada de un harén, y que Theda había venido al mundo en tierras del Sahara, falleciendo su madre en el parto y heredando los "poderes" de ésta.

Los espectadores quedaron encantados con su biografía (ignorando su verdadero origen anglo-suizo), así como con el eslogan que acompañaba su actuación: *La mujer más perversa del mundo*.

Theda Bara representaría desde entonces a mujeres eróticamente fatales, mujeres como Cleopatra, Salomé o Madame Du Barry. Bara sintetizaba los arquetipos del cine italiano y danés, era la *vamp* cinematográfica por excelencia, alma madre de una larga lista de sucesoras: Mae West, Pola Negri, Alma Rubens, Marlene Dietrich, Jean Harlow... mujeres siempre enredadas en aventuras amorosas de infeliz desenlace, pasiones incontroladas y deseos prohibidos.

Pero, en ocasiones, el mito se torna, en parte, realidad. Theda se rodeaba de admiradores a los que "hechizaba" (se comentaba que la actriz practicaba el ocultismo y el espiritismo). Además, sus excentricidades no parecían tener límite. Un buen ejemplo de ello sería cuando paseaba en tiempo de calor con un abrigo de piel, afirmando que debido a su lugar de nacimiento (refiriéndose a su ficticio hogar natal, en el Sahara), se le hacía muy difícil aclimatarse a la temperatura de California.

Estuvo varios años casada con el productor Marcus Loew, del que terminaría divorciándose, contrayendo un segundo matrimonio con Charles J. Brabin, realizador de seriales.

Tras varias películas y una gran popularidad comenzó su descenso, que se produjo al término de la Primera Guerra Mundial. Será en 1920 cuando realice un intento, aunque fallido, por recuperar su carrera sobre los escenarios teatrales.

Theda Bara

Theda Bara, la primera vampiresa del mundo cinematográfico, falleció un 7 de abril, a los 65 años de edad, en el transcurso del año 1955.

Ingrid Pitt: Ingrid Pitt, cuyo nombre real es Natasha Petrovana, nació en 1943 en un tren que se dirigía desde Alemania a un campo de concentración en Polonia. Su infancia transcurrió en el Berlín Este, y de joven escapó al Oeste con el propósito de convertirse en actriz y modelo.

Fue descubierta por un miembro de la Hammer (Jimmy Carreras), llegando a intervenir en varios filmes para dicha productora y realizando películas que la identificarían con el género de terror. En "*The vampire lovers*" (1970), una de sus mejores interpretaciones, un obvio toque de lesbianismo impulsó todavía más el filme. A partir de ahí se le ofrecieron papeles en producciones en las que el vampiro era protagonista, ofertas que rechazó por considerarlas películas que explotaban la sexualidad.

Una segunda película de vampiros fue *Countess Dracula* (1971), en la que encarnó a la famosa condesa Báthory.

Algunas de las películas interpretadas por Ingrid Pitt

The sound of horror	1964
Were eagles dare	1969
The vampire lovers	1970
Countess Dracula	1971
The cloak (Incluido dentro del film: *The house that dripped blood*)	1971

Además de realizar otros filmes, comenzó a escribir y se colocó detrás de la cámara. Escribió una novela titulada *The cuckoo run* (1980) y un trabajo *The Perons* (1982). Desde comienzo de los ochenta ha dedicado su tiempo a la producción y la escritura, apareciendo ocasionalmente como invitada en televisión y cine.

Cassandra Peterson: conocida por su papel de vampira Elvira en la década de los ochenta, creció en Colorado Springs (Estados Unidos), y comenzó su andadura dentro del mundo del espectáculo en Las Vegas como *showgirl.* Intentó abrirse camino apareciendo en varias producciones y series televisivas. Después de no conseguir ningún éxito destacable en su carrera como actriz, estuvo considerando la posibilidad de abandonar el mundo de la interpretación. Fue entonces cuando le ofrecieron ser la protagonista del programa *Movie macabre.*

El personaje de Elvira fue creado a raíz de la interpretación que Peterson llevó a cabo en Los Ángeles, en el programa de películas de terror anteriormente mencionado y presentado por ella. Elvira es el resultado de la conjunción de varias fuentes de inspiración, entre las que encontramos hermosas y atractivas "mujeres vampiro". Ahí están Morticia Addams (La Familia Addams) o Vampira (Maila Nurmi). De hecho, ésta última acusó a Peterson de haber copiado su personaje, pero el caso fue finalmente desestimado por los tribunales.

En 1982, Elvira hace acto de presencia en varios programas televisivos, recibiendo incluso la nominación al Emmy por el mejor *show* televisivo local. Tres años después comienza a aparecer en la serie *Thriller Theatre*, y recibe el *Count Dracula Society Award*, premio anual otorgado por la Academy of Science Fiction, Fantasy and Horror Films. En 1987 aparece por vez primera anunciando *spots* publicitarios para la marca de cervezas *Coors Beer*, siendo la primera mujer de fama que anuncia dicha clase de bebida. A raíz de estas y otras actividades Peterson funda Queen B. Productions. Esta misma compañía realiza el film *Elvira, mistress of the dark*, que tuvo un notable éxito en su lanzamiento en video.

El personaje de Elvira es la esencia misma de los ochenta; es sexy, atrevida, liberal, coqueta... Es una mujer vampiro que carece del misterio de la interpretada por Theda Bara y de la sensualidad de la encarnada por Maila Nurmi (357), pero tiene una fuerza y un pícaro encanto de hembra mortal, que subsana la carencia básica del oscurantismo del personaje vampírico. Elvira se codea con toda clase de personas, desde niños hasta abueletes marchosos a los que cautiva con su característica sonrisa "ingenua".

En la imagen de esta vampiresa sobresale una marcada palidez (acentuada por un exagerado maquillaje), un ajustadísimo vestido negro de gran escote que deja entrever un voluminoso busto y una larguísima cabellera también negra que parece continuar con la tradición de las mujeres vampiro, convirtiendo a *Elvira*, junto a su caracter seductor, en una de las criaturas vampíricas más deseadas tanto por los seguidores del tema como por los ajenos a éste.

Cassandra Peterson (Elvira)

Películas

***Nosferatu*:** bajo el título original *Nosferatu, eine symphonie des grauens*, F. W. Murnau dirigió a Max Schreck en el papel de el conde Orlock, el vampiro más terrorífico y elegantemente maligno de la historia del cine.

Orlock era un ser monstruoso de afiladas uñas, descomunales incisivos, orejas puntiagudas y una poco lustrosa calva. Ejercía poder sobre las ra-

(357) Maila Nurmi: nacida en Finlandia en 1921; afincada a edad temprana en Estados Unidos. Llegó a disfrutar de cierta popularidad, no siempre favorable, gracias a su papel de Vampira en un programa televisivo de la cadena americana KABC TV en el que era la encargada de la presentación de viejos filmes de terror. Dicen que su interés por las ciencias ocultas motivó a James Dean para mantener una cierta "relación" con ella. Una relación que finalizó con enfrentamientos verbales por parte de ambos a través de los medios de comunicación. Sea como fuere, la repentina y violenta muerte de James Dean desató entre los periodistas especuladores rumores de todo tipo, incluyendo el que acusaba a Maila de haber provocado por artes mágicas la muerte del actor.

tas, las cuales llevaban consigo la peste, el dolor y el temor (los hechos transcurren en Bremen, Alemania, durante el año 1838, año en que la plaga asoló realmente dicha población).

Este conde, a diferencia del Drácula de Stoker, sucumbiría si la luz del Sol iluminase su evanescente cuerpo; y, de hecho, es el amanecer el que finalmente termina con su solitaria no existencia. El personaje, distante completamente del que sería interpretado años más tarde por el actor Bela Lugosi en *Dracula* (1931), no atrajo tanto al público como lo haría la criatura interpretada por el húngaro. Quizás tuviese que ver con el aspecto de Orlock, aspecto de un auténtico no muerto, a diferencia del de su sucesor, cuya imagen de aristócrata europeo parecía fascinar en los años treinta.

Hay quien, hablando del conde Orlock, va más allá y asegura que el actor que lo encarnó, Max Schreck, no era otro sino el propio Murnau (director del filme), que se ocultaría bajo una doble máscara, la de Nosferatu y la de su intérprete.

La idea de llevar al cine la novela de Stoker fue de uno de los co directores de la compañía Prana-Film, Albin Grau (del que se dice que era espiritista). Éste había leído la obra y vio la posibilida de hacer una buena producción cinematográfica. Fueron contratados Henrik Galeen como guionista y F. W. Murnau como director. Curiosamente, *Nosferatu* fue la única producción finalizada por esta compañía alemana fundada en 1921.

Como ya se ha mencionado, *Nosferatu* se basa en el *Dracula* de Bram Stoker, y a pesar de haber introducido ciertos cambios con respecto a la misma (desde el título hasta el dramático final en el que la protagonista pierde la vida, pasando por retrasar la localización temporal de la historia, situándola a comienzos del siglo XIX), la viuda de Stoker llevó a los tribunales una denuncia contra Murnau por "plagiar" la novela de su esposo. El juez resolvió que las copias del film fueran quemadas. Sólo unas pocas, clandestinamente, consiguieron salvarse del fuego castigador.

Murnau utilizó el expresionismo (esa tendencia o intento de presentar la vida interior de la humanidad en lugar de su apariencia externa) para mostrar los sentimientos que surgen en el hombre frente a la muerte, el amor y el mal que parece esconderse tras la primera y amenazar al segundo. Para llevar la historia ante las cámaras y sumergir al espectador en la misma se echó mano de ciertos recursos técnicos, como el del ralentí o el uso de la película negativa para marcar el paso de la dimensión ultraterrena al mundo real. De especial mención es el aprovechamiento de la luz y el juego de sombras del que se hace uso. La silueta de Orlock proyectada en la pared o apareciendo en la penumbra enriquece a la película.

Lo cierto es que a pesar de la controversia originada por la viuda de Stoker y al "anonimato" de Max Schreck, dejando en el aire la incógnita de si se trataba del propio Murnau, éste dirigió una película que continúa captando la atención y seduciendo al público ochenta años después.

Año: 1921-1922
Nacionalidad: Alemania
Productora: Prana-Film
Director: F. W. Murnau
Intérpretes: Max Schreck, Greta Schröeder, Gustav von Wagenheim

Drácula: en 1930, la Universal Pictures decidió hacerse con los derechos de la novela *Drácula* para producir un film basado en la misma. Si quería obtenerlos debía comprárselos a la viuda de Stoker.

Florence Stoker pidió a cambio de dichos derechos una elevada suma, 200.000 dólares, que los estudios no estaban dispuestos a pagar. Por ello, el actor Béla Lugosi (que representaba el papel de conde Drácula en la versión teatral de la obra) fue utilizado por la productora como negociador. El húngaro consiguió finalmente los derechos por 40.000 dólares.

Se barajaron varios nombres para el papel principal, entre ellos los de Paul Muni, John Wray y Chester Morris. Pero fue finalmente Lugosi quien se hizo con la interpretación del conde. La compañía, aprovechando el gran deseo de éste por encarnarlo, le pagó un sueldo muy por debajo de lo que debía cobrar (3.500 dólares).

Drácula se estrenó un viernes 13 de febrero (1931) en el Roxy Theater de Manhattan.

El film destaca por sus sombríos decorados góticos y por las actuaciones de Lugosi y Dwight Frye, este último en el papel del "desquiciado" Renfield (cuya risa, en la escena en que es encontrado en la goleta que encalla en costas inglesas, puso los pelos de punta a más de un espectador).

Hay varias secuencias que se han llegado a clasificar de brillantes, como en la que, sentados a la mesa Drácula y su invitado, éste último pregunta: "¿Usted no bebe?", a lo que el conde contesta en un tono de voz un tanto preocupante: "Yo nunca bebo... vino". O aquella en la que el conde, situado majestuosamente a las puertas de su castillo, escucha el aullido lejano de los lobos y recita poéticamente: "Escúchalas. Las criaturas de la noche, ¡qué música hacen!".

Fue dirigida por Tod Browning e interpretada por el célebre actor húngaro Bála Lugosi, que adquiriría fama y popularidad gracias a su papel de conde Drácula en esta película. El vampiro, en este caso encarnado en el personaje de la nobleza transilvana, representa la esencia del "mal" en el ya clásico film de terror gótico; el malvado y pérfido seductor de damas victorianas (débiles e indefensas) que finalmente son transformadas en seres diabólicos a sus órdenes, o incluso asesinadas, sin una gota de roja y cálida sangre en los brazos de aquellos apuestos y jóvenes galanes que arriesgaban sus vidas por ellas. Es un vampiro refinado, de apariencia humana normal, con el pelo peinado hacia atrás, bien vestido... No muestra colmillos, ni tiene mal olor de boca, no mata a sus víctimas de forma brutal. Su mirada, iluminada por un haz de luz proyectada sobre sus ojos, hipnotiza y domina a quien cae bajo la misma.

Quizás, sobre el personaje encarnado por Lugosi, lo que más capta la atención del espectador sean sus movimientos teatrales en conjunto con las frases que cita, en una mezcla bien avenida del fin del cine mudo y el comienzo del sonoro, que se beneficia en esta ocasión de los retorcidos gestos de Lugosi y el acento eslavo de sus palabras, otorgando ese aura de extrañeza y sueño irreal ante la presencia del conde.

En este caso concretamente, lo representaría un educado, seductor, distinguido y peligroso caballero que "corrompía" la inmaculada alma de las jóvenes damas sometiéndolas a su "poder" sobrenatural. Como anécdota, cuando Lugosi encarnó al erótico (en aquel entonces) conde, miles de mujeres sucumbieron a sus encantos transilvanos, confirmando "lo real" de la situación si ésta se hubiera producido.

Año: 1931
Nacionalidad: Estados Unidos
Productora: Universal
Intérpretes: Béla Lugosi, Hellen Chandler, David Manners, Dwight Frye.

El vampiro de Düsseldorf: con el original título de *El vampiro de Düsseldorf*, Fritz Lang nos muestra la crueldad de la vida, ya que está basada en las andanzas reales del psicópata Peter Kurten. Este individuo, que durante el día conducía un camión, era un ciudadano más; pero cuando caía la noche se dedicaba a raptar y asesinar, cortando el pecho de sus víctimas para beber la sangre que brotaba de la herida.

Rompe el estereotipo del vampiro al que estamos acostumbrados ya que, en este caso no se trata de un ser sobrenatural, no se trata de una criatura que emerge de las tinieblas; todo lo contrario, es uno de nosotros, un miembro "apacible de la sociedad" que, al anochecer, sufre una transformación convirtiéndose en un asesino psicópata.

En el film, son los niños sus víctimas, a los que seduce comprándoles globos y caramelos para después acabar con sus vidas fría y vilmente.

La interpretación de Peter Lorre es soberbia, y aunque cambiado el enfoque sobre el personaje real (Peter Kurten), el asesino interpretado por Lorre es un reflejo de la clase de vampiro que la sociedad teme realmente, uno de carne y hueso que se camufla entre nuestros amigos y vecinos; aquel del que menos sospechamos, el más tímido e "inocente" en apariencia y acciones, aquel que en cualquier momento puede acabar con nuestras vidas.

Año: 1930-1931
Nacionalidad: Alemania
Director: Frizt Lang
Intérpretes: Peter Lorre

El largometraje, en blanco y negro, rodado en unos escenarios realistas que muestran una Alemania de ladrones y clase obrera, consigue dar el toque final a una obra ya clásica del cine basada, como ya hemos dicho, en un caso real acaecido en la Alemania de los años treinta.

***Drácula, príncipe de las tinieblas*:** *Dracula, prince of darkness*, "resucita" al Conde interpretado una vez más por el consagrado actor en el papel Christopher Lee. El argumento nos muestra el regreso del vampiro de manos de su fiel criado, quien asesina a uno de los integrantes de un grupo de cuatro personas que acuden al castillo buscando refugio. No escucharon los consejos dados por el padre Sandor, aparente sustituto del científico Van Helsing (¿quién mejor que un miembro de la Iglesia para sustituir a la ciencia?) y mucho más humanizado que su predecesor. Él es el encargado de poner un cierto orden en las creencias de la región, además de prevenir los futuros peligros ligados al castillo. Castillo que no es ninguna ruina de colores sombríos, sino un acogedor lugar donde resguardarse de los peligros de la noche, al menos eso es lo que piensan las dos parejas que deciden pernoctar allí a pesar de las rotundas advertencias. Es en esta residencia del vampiro donde éste someterá a una de las jóvenes, cuyo marido ha sido víctima del criado, a su poder; y la recatada y temerosa mujer se transforma en una salvaje vampira que rezuma erotismo por todos sus poros, exigiendo a su nuevo amo dedicación absoluta que, por otra parte, éste no desea otorgar, ya que, lo que verdaderamente le interesa, es apoderarse de la compañera de ésta. La joven vampirizada es una baza fundamental a la hora de analizar la película; y es que podemos observar que Drácula es el detonante de la conversión de la chica, recatada y sexualmente inhibida, en una criatura ávida de placer, exponiéndose claramente en el cambio de posturas, ropajes, y el mismo rostro de la dama se transforma de la severidad de lo austero a una expresividad salvaje, que bien pudiera recordar a ciertos animales en celo.

Año: 1965
Nacionalidad: Gran Bretaña
Productora: Hammer/Fox
Director: Terence Fisher
Intérpretes: Christopher Lee, Barbara Shelley, Francis Matthew, Suzan Farmer.

Otro dato curioso y notable, puesto que el film en general no aporta ningún elemento realmente destacable a excepción de esta significativa intervención de la mujer y la ya mencionada sustitución del sacerdote en el papel de científico, es la "ejecución" de Drácula, que es arrinconado entre el hielo del río y dejado a su suerte y supuesta muerte bajo las aguas heladas del mismo. Aquí, en la escena final, no se ha jugado con las siempre omnipresentes armas "mortales" contra los no muertos, la luz solar, el fuego o la estaca.

Martin: el protagonista de este film, Martin, es un joven vampiro emigrante. Sus víctimas son mujeres a las que, generalmente, primero duerme y después asesina, en ocasiones con cuchillas de afeitar.

George Romero nos sorprende con un moderno no muerto consciente de su "problemático estado", dejando entrever el problema sexual que padece Martin; problema por el cual los crímenes se cometen contra mujeres que Martin desea, mujeres con las que mantiene contacto sexual antes de ser asesinadas por él. Víctimas, además, de su ansia de sangre, que parece calmar y saciar sus instintos sexuales y agresivos.

El joven protagonista consigue satisfacer su libido haciendo el amor con una mujer que le desea, acto que supone un escape emocional intenso para éste; así como participar telefónicamente en un programa de radio en el cual se le conoce bajo el sobrenombre de conde Drácula.

Los hay que también dicen ver en el film a un individuo que la propensión a las manifestaciones psicosomáticas le conduce a ingerir sangre, y cuya existencia parece carecer del encanto de la duda de ante quien realmente estamos, si ante un vampiro real o un enfermo mental. La escena de su final, cuando un pariente suyo (su tío Kuda) que sabe lo que es, acaba con él clavándole una estaca en el pecho, es tan fría, real y violenta (aun cuando no hay resistencia por parte de Martin, ya que es sorprendido durmiendo), que a muchos espectadores llega a impactar sobremanera. Aparentemente, Romero y su vampiro muestran el alcance del deseo

Año: 1977
Nacionalidad: Estados Unidos
Productora: Laurel Group/Libra
Director: George A. Romero
Intérpretes: John Amplas, Lincoln Maazel, Christine Forrest

sexual frustrado; deseo que lleva, ocasionalmente, al homicidio, sin tener que ser el ejecutor un vampiro con capa y colmillos necesariamente.

***Nosferatu, vampiro de la noche*:** magnífica adaptación de aquella primera versión de Murnau. El filme, desde su comienzo, envuelve al espectador en una atmósfera cargada de quietud y sombras. Una amenaza sobrenatural se percibe en cada escena, un halo de malignidad embarga cada secuencia. El observador percibe enseguida una "presencia" extraña que no es del todo ajena a los hechos que transcurren lentamente, hasta que hace acto de presencia, apareciendo como una criatura extravagante, una metáfora del aspecto interno del hombre. Es el monstruo que todos llevamos dentro pero que, a pesar de su aparente deformidad, deja asomar un leve atisbo de ternura, una tristeza debida a la soledad obligada a lo largo del tiempo, una búsqueda de lo imposible, del amor.

Año: 1979
Nacionalidad: Alemania
Productor: Werner Herzog
Director: Werner Herzog
Intérpretes: Klaus Kinski, Isabelle Adjani, Bruno Ganz, Roland Topor, Walter Ladengast

Werner Herzog juega con las imágenes, con el silencio; esculpiendo escena a escena una visión patética y dramática, sin carecer, en ningún momento, del hálito débil que imprime al filme el romanticismo más gótico y condenado.

La música parece ser, más que nunca, testimonio de los sucesos, plasmando, entre otras cosas, la desesperanza del pueblo asolado por la peste en unas notas que producen un alto en el tiempo, un motivo para reflexionar sobre un destino imposible.

Un actor que imprime una gran fuerza a los papeles que interpreta, Klaus Kinski, es el encargado de dar vida a Nosferatu, convirtiéndolo en ocasiones en un personaje de leyenda, en un personaje eternamente condenado.

La historia es similar a la del *Drácula* literario, pero se incluyen varias excepciones (como ocurrió con su antecesora, dirigida en 1921), entre las que destaca la peste que el vampiro extiende en la ciudad de Bremen. Pero, a diferencia de la dirigida por Murnau, en esta versión se incluyen los nombres utilizados en la novela de Stoker, así como una variación total del final de la historia de la versión cinematográfica de 1921 con la desaparición del vampiro, de la víctima y la consagración de un nuevo vampiro, parece defender aquel viejo dicho de "mala hierba nunca muere", perfeccionando aún más, si cabe, la visión personal de la obra de Werner Herzog.

Año: 1982-1983
Nacionalidad: Estados Unidos
Productora: Metro Goldwyn Mayer
Director: Tony Scott
Intérpretes: Catherine Deneuve, Susan Sarandon, David Bowie

El ansia: esta película dirigida por Tony Scott (adaptación de la novela del mismo título del escritor Whitley Strieber, autor de *Communion*) nos presenta algo no del todo usual dentro del género cinematográfico de vampiros; el papel protagonista se lo lleva una mujer, Catherine Deneuve, que encarna a una sensual vampira, origen, en sí misma, de la maldición de los no muertos.

A lo largo del filme se expone claramente el tema de la libertad sexual, muy de moda durante la década de los ochenta. Ya en el propio comienzo del mismo, el intercambio de parejas es un hecho consumado, dando paso, posteriormente, a la bisexualidad marcada en la existencia de los vampiros.

Quizás, la idea que propone el director insinuando que el mal del vampirismo pueda ser atribuible a una enfermedad sanguínea de origen desconocido y relacionada, en cierta manera, con el sexo, intente explicar una teoría sobre la posibilidad de alcanzar la inmortalidad; pero, a cambio, se debe pagar un alto precio: la ingestión de sangre humana; sangre que, en ocasiones, parece no surtir el efecto deseado al no poder evitar en un momento determinado una inversión en el estado del no-muerto, el cual comienza a envejecer repentinamente. Esta acelerada vejez, después de siglos de juventud, causa definitivamente la muerte del cuerpo, no así del alma, que continuará atrapada en el interior de aquél hasta que alguien rompa el "hechizo".

Aunque pueda parecer un tema novedoso y de reciente aparición en el cine, ya se había expuesto en películas como *House of Dracula* de 1945, en donde se plantea el hecho de que el vampiro pudiera ser un enfermo que debiese ser tratado de ciertas patologías sanguíneas, utilizando el rojo fluido para poner remedio a tales males.

Miriam, la atractiva vampira que seduce a sus amantes otorgándoles la vida eterna es, a la vez que ejecutora, víctima, al sufrir una soledad forzada, ocasionada por esa vejez que sin avisar destruye a sus compañeros, vejez a la que ella parece inmune.

Intercambiando planos que muestran, de forma furtiva, el nacimiento de la supuesta enfermedad, y reiterando su directa relación con el sexo, descubrimos en esta película una de las más innovadoras dentro del cine dedicado a esta criatura.

***Vamp*:** un ambiente de erotismo, aderezado con la presencia de la siempre enigmática Grace Jones, nos involucra en un club de *striptease* donde una excitante y exótica vampiresa hace las delicias de unos adolescentes un tanto ingenuos.

Típica producción americana donde la vampira es, en sí misma, la representación de la mujer fatal. Esta *femme fatale* disfruta de los jóvenes que buscan en ella placeres sexuales para terminar quitándoles la vida transformándolos en vampiros.

Es curioso ver a una fémina de color en el lugar del vampiro clásico, hecho muy poco frecuente, y que ésta, además, se encargue de un extraño garito de *striptease*. El personaje de la no-muerta, a pesar de su fundamental intervención en la historia, no es el centro de la misma; y es que, como en muchas producciones secundarias, el vampiro es el enemigo de los auténticos y "buenos" protagonistas.

El director, Richard Wenk, nos traslada al mundo de los bajos fondos americanos, naturalmente camuflados bajo la supuesta impresión de no estar en un plano esencialmente terrestre, sino en una dimensión paralela a la nuestra. Además, incluye un "original" final; la muerte de la mujer vampiro en las alcantarillas de la ciudad, quizás la escena más destacable del filme, junto a la de la danza erótica interpretada por la propia Grace Jones, quien seduce al espectador con su belleza y sensualidad felinas.

Año: 1986
Nacionalidad: Estados Unidos
Productora: New World Pictures asociada con Balcor film Investors
Director: Richard Wenk
Intérpretes: Grace Jones, Sandy Baron, Chris Makepeace, Robert Rusler.

***Jóvenes ocultos*:** Joel Schumacher plasma el corazón de la juventud americana de los ochenta; sexo, drogas y rock and roll, en este film, que marcó un giro en la visión de la figura o arquetipo vampírico: jóvenes con cazadoras de cuero, motos, jovencitas seductoras y ganas de "vivir eternamente".

¿Qué haría una pandilla de vampiros adolescentes en la época actual? Seguramente ocurriría como lo plantea el director en la película. Los jóvenes no muertos, atractivos, autosuficientes y modernos, sustituirían las capas y trajes por peinados *punk*, pendientes en la oreja y, por supuesto, los antiguos carruajes de caballos, por flamantes motocicletas último modelo.

Cargada de una dosis de humor y reflejando las tendencias americanas de la citada década, este filme es protagonizado por jóvenes promesas de antaño como Corey Feldman o Corey Haim, que no pasaron de interpreta-

Año: 1987
Nacionalidad: Estados Unidos
Productora: Warner Bros
Director: Joel Schumacher
Intérpretes: Kiefer Sutherland, Jason Patric, Corey Haim, Corey Feldman, Dianne Wiest

ciones adolescentes. No ocurrió así con su principal protagonista, Kiefer Sutherland (hijo del también actor Donald Sutherland), que llegaría a ser cotizado por protagonizar filmes como *Línea Mortal* o *Los tres mosqueteros.*

A pesar de lo actual del film, no se han descartado en el mismo los típicos remedios contra los vampiros; el agua bendita, la luz del sol, los ajos y las estacas, son bazas difíciles de dejar a un lado a la hora de enfrentarse con estos malignos seres. Además, se incluye la "necesaria" invitación al interior del hogar por parte de la víctima al vampiro. Así como la actualizada versión de cazavampiros aficionados representados por dos jóvenes que trabajan en una tienda de cómics, de los cuales han extraído la información para acabar con los no-muertos.

A destacar el enfrentamiento de la secuencia final donde mortales y vampiros se ensañan mutuamente, no siendo muy habitual contemplar la exterminación de los últimos a ritmo de rock and roll.

***Vivir mata*:** desapercibida producción sudamericana que tiene como objetivo retomar el tema del vampirismo fusionando el ambiente y la narración clásicos con las tendencias *underground* actuales.

La película está dividida en dos estilos muy diferentes. Comienza la acción a finales del siglo XIX en Argentina. Allí, un joven recibe la orden de viajar a Europa con la misión de abrir oficinas que permitan la emigración de argentinos a la Europa oriental. El joven llega a Valaquia y es allí donde conoce a una hermosa mujer, llamada Mircalla, que lo convertirá en vampiro. A su regreso, Blas empieza a cometer extraños crímenes; sus víctimas, todas ellas mujeres, son encontradas con un mordisco en la garganta. Éste, sospechando de su condición, pide ser enterrado vivo.

Año: 1990
Nacionalidad: Argentina
Director: Bebe Kamin
Intérpretes: Cecilia Roth, Mauricio Dayub, Alejandro Urdapilleta, Osvaldo Santuro, Soledad Villamil.

La segunda parte del filme da comienzo cuando Blas sale de su ataúd y se encuentra con que han transcurrido cien años desde que fuera sepultado. Será entonces cuando se verá sumergido en el mundo de la noche, la bebida, las tribus urbanas, la droga... El desenlace inesperado de la historia y la sonrisa que con facilidad surge en numerosas ocasiones a lo largo de la película, como cuando Blas esnifa droga por los colmillos en vez de hacerlo a través de las fosas nasales, cautivan al espectador que habrá visto una de las mejores películas del tema realizadas en Sudamérica.

Resumiendo, interesante e irónico filme que apuesta por un estilo propio e innovador pocas veces visto en la filmografía sudamericana sobre el tema del vampirismo.

***Bram Stoker´s Dracula*:** continuaremos en este apartado sobre cine con la que fue, sin duda alguna, una de las películas más esperadas sobre el tema, *Bram Stoker´s Dracula*, del reconocido Francis Ford Coppola, director, entre otras, de *Apocalipsis Now*.

La historia se basa en la novela gótica de Bram Stoker y, aunque se dijo en un principio que era una fiel adaptación de la misma el público pudo comprobar que no había sido así. Se añadió incluso un fastuoso y trágico comienzo, en el que un desesperado Vlad Drácula renuncia a Dios al perder a su amante, clavando su espada de guerra en la cruz de la cripta en la que el cuerpo de su amada yace. Es entonces cuando de la enorme y fría cruz de piedra mana sangre, sangre que ingerirá el temido voivoda rumano, rompiendo de esa manera su alianza con Él. Este inicio del filme parece querer mostrar al espectador el "cómo" y el "porqué" de su conversión en vampiro, aparentando, en ocasiones, justificar el desenlace de tan estremecedora historia.

Durante el transcurso de la película todos los personajes comparten protagonismo, todos sin excepción se ven inmersos en los dramáticos acontecimientos.

A pesar de que la crítica se ocupó de la obra y sus intérpretes, entre ellos, el que destacó fue un Gary Oldman encarnando al legendario conde Drácula. El actor cargó adecuadamente a su personaje con las dosis necesarias de pasión y dolor, tan sinceros, que la figura del vampiro, generalmente observada desde un punto negativo, da un giro en este filme de ciento ochenta grados, anteponiendo una causa justa a tal observación, convirtiéndose pues en víctima, relegando el papel de ejecutor al ser humano mortal y, en cierto modo, a Dios.

En el papel de su amada Elizabetha y en el de Mina hallamos a la joven Winona Ryder, que destaca por su trabajo en *Sirenas*, *La casa de los espíritus* o *Mujercitas*. Su pareja en el filme es Keanu Reeves, que personifica al prometido de Mina, Jonathan Harker (ha sido Siddharta en la película de Bertolucci *El pequeño Buda* y ha protagonizado la taquillera *Speed*). Lucy, la excitante

Año: 1992
Nacionalidad: Estados Unidos
Productora: Columbia
Director: Francis Ford Coppola
Intérpretes: Gary Oldman, Winona Ryder, Anthony Hopkins, Keanu Reeves, Sadie Frost, Tom Waits

fémina que cae en las "fauces" del conde, es interpretada por la actriz Sadie Frost, que sensualiza a un personaje que de por sí ya rezuma una notable cantidad de erotismo. En tan magnífico reparto, también se encuentran el músico Tom Waits encarnando al loco Rendfield, y al excepcional Anthony Hopkins, que convierte al sabio profesor Van Helsing en un científico algo desquiciado (Hopkins ganó un Oscar en 1991 por su espléndida interpretación del psicópata Hannibal Lecter en la magistral película *El silencio de los corderos*).

El diseño de producción se basa en planos de composición operística. Los trucos antiguos de Méliès o la decadencia de Gustav Klimt se hacen notar en más de una ocasión. El vestuario corrió a cargo de la diseñadora japonesa Eiko Ishioka (que recibió un Oscar por el mismo). No menos interesante y sorprendente es la arquitectura de látex presente en algunas partes del filme. Los efectos especiales los realiza Roman Coppola, la fotografía es de Michael Ballhaus y la banda sonora de Wojciech Kilar (que incluye la canción *Love song for a vampire* de la ex componente del dúo musical Eurythmics, Annie Lenox).

cabe destacar las diversas metamorfosis del conde a lo largo de la película, pasando de adoptar la forma de un íncubo, a la de un lobo, de mitad hombre mitad murciélago a viejo príncipe rumano o, la más atractiva de todas, la de joven aristócrata victoriano. Pero, tal vez, sin su transformación vaporosa no sería un auténtico Drácula.

Esta producción, que en numerosas ocasiones cae rendida ante el erotismo sugerente de la narración de Stoker, tiene un punto que no coincide con la mayoría de películas rodadas sobre la misma, y es la brusquedad y poca delicadeza con la que lleva a cabo sus planes el doctor Van Helsing, que en lugar de ser el típico caballero europeo dedicado a la ciencia y educado en las buenas maneras, es un médico de bastos modales al que no parecen preocuparle los sentimientos de todos aquellos involucrados en los ataques del vampiro.

Como dato curioso, puede apuntarse que el rodaje solamente duró 68 días y que tras ser nominada a los Oscar recibió tres de las preciadas estatuillas.

Darkness: podría definirse con una de las escasas frases pronunciadas por el vampiro protagonista del filme: "Es la hora de la sangre". Y es del todo cierto, porque la verdadera protagonista de este largometraje, *gore* cien por cien [358], es la sangre. *Darkness* comienza teniendo como escenario la noche, la cual encubre los ataques de un ser con apariencia humana; una criatura salvaje que se alimenta de sangre; un vampiro que está más en la onda estética de *Lost Boys* o *Subespecies* que del Drácula Coppoliano.

Este no muerto, enfundado en un guardapolvo de cuero negro, con rubios y largos cabellos y ojos azules, se dedica a mordisquear a todo al que encuentra a su paso; y extiende su condición de vampiro a los por él atacados, aunque éstos parezcan estar muy alejados de su creador pues, se asemejan más a una pandilla de zombis escapados de algún filme de George A. Romero.

La película basa su potencial en los efectos especiales de las masacres ocasionadas por los sub vampiros, pues, en lo referente al argumento, en lo elemental, nos encontramos con una clásica historia de vampiros. Tenemos un no muerto, contagia su estado a sus víctimas... aunque cuando se trata de que éstas ingieran el preciado alimento no se limitan a morder recatadamente el cuello de cualquier hermosa doncella; más bien despedazan y desgarran a todo ser humano viviente bebiendo entonces las sangre que mana abundantemente (en este aspecto, el director no ha escatimado en gastos) de las heridas abiertas, de los miembros amputados... Si existiesen los vampiros, estas escenas en las que se observa cómo se alimentan, podrían ser las más reales vistas hasta el momento.

Año: 1992
Nacionalidad: Estados Unidos
Productor: Leif Jonker
Director: Leif Jonker
Intérpretes: Gary Miller/ Michael Gisick/ Gena Donham

También hacen acto de presencia elementos de defensa típicos de películas del género, como el agua bendita y la luz solar, siempre como eficaces remedios contra tan insistentes depredadores. Aunque dichas "mortíferas armas" ningún valor tendrían de no ser conocidas por el cazavampiros de turno, que no evita hacer acto de presencia como un moderno y aficionado Van Helsing obligado por las circunstancias; la "muerte" de su familia a manos del cabezilla de los no-muertos.

El filme fue rodado imitando el estilo documental ya utilizado dentro del género *gore*, y que tan buenos resultados ha dado en el mismo; haciendo parecer lo ficticio auténtico, y lo auténtico, ficción. Son de destacar, por lo clásicas, las escenas en las que los ojos del vampiro líder son iluminados,

(358) Gore significa, literalmente, *sangre*. Según Jesús Palacio en su libro *Goremanía*, es "el género de sangre y tripas, de higadillos o como se quiera clasificar en puro y duro castellano".

evocando así aquellas otras recogidas en el film de Tod Browning 30 años antes, en las que los sombríos ojos de un actor llamado Bela Lugosi se iluminaban mostrando el poder y supremacía del que disponía el vampiro ante sus víctimas.

El largometraje es amenizado ocasionalmente con música rock, que aporta celeridad a ciertas escenas que lo requieren.

Darkness, producida por su también director, obtuvo favorables críticas que incluyen las de *Deep Red Magazine* y Don Coscarelli (director de *Phantasma*).

***Entrevista con el vampiro*:** Anne Rice crea en los setenta la saga *Crónicas vampíricas*, y es en 1994 cuando se lleva al cine, bajo la dirección de Neil Jordan, el primer volumen de la colección, *Entrevista con el vampiro*.

Un filme que ha causado revuelo en gran parte de las salas de cine donde ha sido proyectado. Principalmente por escenas un tanto "fuertes", carentes, al parecer de algunos sectores del público, de cierta sensibilidad a la hora de mostrar cómo los protagonistas consiguen su alimento: a través del mordisco vampírico. Además, ciertos planos están cargados de un contenido obviamente sexual aludiendo al tema de las relaciones homosexuales.

El reparto de la película cuenta con estrellas del mundo cinematográfico. Actores como Tom Cruise, Brad Pitt y Antonio Banderas nos ofrecen una amplia gama de personajes vampíricos. Mientras que Lestat (Cruise) es un vampiro carente de escrúpulos que disfruta con la agonía de sus víctimas, torturando a las mismas psicológicamente antes de acabar con ellas (lo que le proporciona, al parecer, un placer más intenso a la hora de asesinar), Louis (Brad Pitt) representa todo lo contrario. Diferente por completo de su creador, Lestat, Louis es un vampiro extremadamente sensible que, a pesar de amar a éste, desaprueba las masacres que lleva a cabo entre los mortales. Es un vampiro que sufre en su propia inmortalidad, que se aferra a la desesperación del hombre que ha dejado de ser.

Antonio Banderas (Armand) encarna a uno de esos seres sedientos de sangre, es un no muerto con clase, un no muerto que goza de popularidad entre sus numerosos seguidores, además de ser un seductor "nato" que se rinde, a su manera, a los encantos "humanos" de Louis al verse fascinado por el sentimentalismo del atormentado vampiro que lucha contra su nueva naturaleza, naturaleza que incita a la "caza", al crimen, a la incesante búsqueda de sangre...

Obligado es mencionar a la jovencísima actriz Kirsten Dunst, que interpreta el papel de la vampira con cuerpo de niña y mente de mujer, Claudia.

Año: 1994
Nacionalidad: Estados Unidos
Director: Neil Jordan
Intérpretes: Tom Cruise, Brad Pitt, Antonio Banderas, Stephen Rea, Kirsten Duns

Para ella sí supone una condena el hecho de ser inmortal ya que, al ser convertida en criatura de la noche en su niñez, con el transcurrir del tiempo su mente crece, se desarrolla, evoluciona hasta alcanzar la madurez de una mujer, pero su cuerpo continúa siendo el de una niña, frágil, menudo... estancado en el pasado. Claudia destaca por su astucia e instintos asesinos ocasionados por la incontenible pasión que la sangre despierta en ella.

La película refleja la visión que tiene el vampiro de su propio mundo y del humano, de las sensaciones que experimentan, los sentimientos que se dispersan, el erotismo... de su particular concepción de Dios, de su papel en la creación, de la enigmática razón de su existencia.

Los ritos y creencias sobre ellos y el cómo combatirlos se evaporan en este filme. Solamente la luz, que simbolizaría lo vivo, lo bueno y puro, puede terminar definitivamente con su corrompida nocturnidad, su conciencia oscura.

El guión corrió a cargo de la propia Anne Rice, que protagonizó uno de los más sonados escándalos en la historia del cine actual. La escritora se opuso firmemente a que Tom Cruise interpretara el personaje de Lestat argumentando que Tom Berenger o Rutger Hauer serían más acertados, más que un joven dedicado a seducir durante años a las adolescentes de todo el mundo. Los *fans* de la novela apoyaron a Rice y llegaron a pasearse con pancartas contra Cruise en la presentación de *Lasher*, el último libro de la popular escritora. Se recogieron incluso firmas con la intención de boicotear el estreno en los Estados Unidos.

Además de los problemas con el reparto, Rice no estaba muy convencida de que Neil Jordan dirigiese la película, mencionando a la productora directores como David Cronenberg y Ridley Scott, los cuales rechazaron la propuesta. Meses después, la autora de *Crónicas vampíricas*, tras ver la película concluida, expresó su arrepentimiento por haber juzgado a Cruise apresuradamente. En nuevas declaraciones y anuncios publicados a toda página en diferentes periódicos y revistas le pidió disculpas por sus precipitadas críticas.

La excelente fotografía es de Philippe Rousselot, el montaje de Mick Audsley y la música de Elliot Goldenthal (que incluye en la banda sonora el tema de los Rolling Stones *Simpathy for the devil* versionada por el grupo Guns´n´ Roses).

Concluimos añadiendo que Jordan consiguió su principal objetivo: que el filme, con polémica o sin ella, fuese un resonado éxito comercial.

Series

***La familia Monster*:** fue la cadena CBS, en el año 1964, la que emitió por vez primera un capítulo de *La familia Monster* (el 24 de septiembre), llegando a alcanzar un notable éxito con cada una de sus emisiones, lo que obligó a que éstas se prolongasen durante dos largos años.

El porqué de la aceptación inmediata del programa tiene mucho que ver con la correcta combinación de los problemas que se presentan en la serie. Bajo un ambiente clásico de las películas de terror, nos topamos con los contratiempos que también se dan en el seno de una familia "normal".

Este grupo de monstruos está constituido por un padre que es, nada más y nada menos, que un auténtico Frankenstein, la esposa es una sensual mujer vampiro, el hijo un peludo niño lobo y el abuelo, que además de inventor, es la perfecta réplica de un no muerto rumano. A ellos se une su sobrina, una nada extraña joven que se dedica a sus estudios y a compartir el tiempo libre con su curiosa familia.

Todo como en una familia más, una familia que sedujo y seduce desde los años sesenta, y de la que se han realizado varias secuelas e, incluso, alguna que otra aparición cinematográfica. Los Monster tienen todos los ingredientes para hacer pasar un buen rato al espectador, porque además de ser una divertida comedia, la rutina no hace mella en la gran tirada de episodios que se produjeron a raíz de las numerosas versiones de que ha sido objeto.

Años: 1964-1965-1988-1991
Directores: Varios

***Salem´s Lot*:** basada en la novela del mismo título escrita por el conocido autor de novelas de terror y misterio Stephen King. Además de *Salem´s Lot,* también han sido llevados al cine otros títulos de King como *Carrie; Christine; Mísery* o *It,* alcanzando todas ellas un considerable éxito.

En esta ocasión, el director Tobe Hooper lleva a escena a un vampiro cuyo aspecto recuerda vagamente al de Murnau. Será esta criatura nocturna la que expanda la epidemia del vampirismo a lo largo y ancho de Salem´s Lot.

Presentada en cuatro capítulos, en los que progresivamente el telespectador va sumergiéndose en los extraños acontecimientos, la serie cuenta con la atmósfera ya típica de las películas de terror; enmarcada en un pueblo apartado de los turistas y curiosos, donde una tenebrosa mansión guarda un oscuro secreto.

El protagonista es un escritor que regresa a la que fuera su población natal con la intención de escribir sobre una impresionante casona supuestamente maldita, situada a las afueras del pueblo. Poco tiempo después da comienzo la desaparición de niños en el lugar, seguida, inmediatamente, por la de adultos. Todo ello relacionado estrechamente con la misteriosa mansión, recientemente ocupada por un nada corriente inquilino. El ser que se aloja en el lugar dedica sus noches a transformar en vampiro a todo aquel que encuentra en su camino.

Año: 1979
Director: Tobe Hooper
Intérpretes: David Soul, Lance Kerwin, James Mason, Reggie Nalder.

David Soul, el que fuera uno de los integrantes del duo policíaco en la serie *Starsky y Hucht*, encarna al desafortunado escritor que pierde, además de a su compañera, su libertad, al ser perseguido constantemente por los vampiros que "sobreviven" a la quema del pueblo vampirizado.

***Forever Knight*:** surgió a raíz de un film televisivo titulado *Knick Night* (estrenado en agosto de 1989).

En la película (utilizada como programa piloto para dar lugar a una posible serie) Nick Knight, interpretado por Rick Springfield, es un detective californiano de cuatrocientos años que investiga la aparición de unos cadáveres a los que se les ha extraído la sangre.

Tras el éxito alcanzado se produce una serie televisiva en la década de los noventa, *Forever Knight*, que incluye varios cambios con respecto a la versión original; entre ellos el cambio del nombre del protagonista Jean-Pierre por Nicolas; así como su confidente humano, que no es la arqueóloga Alyce Hunter, sino la doctora Natalie Lambert, una forense que intenta ayudarle a encontrar el camino de regreso a la mortalidad.

La serie transcurre entre dos objetivos primordiales: conseguir que Nicolas recupere su constitución humana y resolver los numerosos casos que como investigador se le irán presentando episodio tras episodio.

Sus vivencias e identidades pasadas son mostradas en flashes, siempre y cuando algo o alguien hacen recordar a Nick un hecho vivido tiempo atrás, hechos que, uno por uno, nos ofrecen una perspectiva de su larga existencia como vampiro.

Curiosidades cinematográficas

Son hechos desconocidos por la mayoría, pero no por ello dejan de ser importantes porque ¿cuántos sabíamos que el filme calificado como "el peor realizado" en la historia del cine tiene como protagonista a Vampira (*Plan 9 from outer space*); ¿o que el director de la misma, Ed Wood, mantuvo una relación con Béla Lugosi como si de padre e hijo se tratase?

¿Quién conocía el hecho de que el director Tod Browning tuviese estudios de psicología, así como que mantenía en su poder una de las colecciones más importantes de Hollywood sobre ocultismo y magia?

Estos pequeños datos conforman los mitos y las leyendas dentro del género cinematográfico, siendo de un "valor" realmente importante, ya que en multitud de ocasiones nos muestran el porqué y el cómo de numerosos rasgos y comportamientos de actores y actrices; o el hecho de que un filme sea catalogado de magistral o relegado al olvido. En ocasiones, la interpretación de un artista ha salvado más de una obra y, viceversa, un buen papel en una película concreta ha lanzado al estrellato a más de uno, incluyendo al director de la misma.

¿Acaso era de conocimiento popular... que el actor elegido para interpretar el papel de conde Drácula en el film dirigido por Tod Browning fue Lon Chaney, pero que tras el fallecimiento de éste en agosto de 1930 el personaje recayó (también por otros motivos) en Lugosi?

La directora de *Tale of a vampire* (*Diario de un vampiro*), Shimako Sato, llevaba algún tiempo deseando rodar una película sobre vampiros. Y fue durante uno de sus cumpleaños cuando le regalaron el libro *Confesiones de un vampiro* (de Anne Rice). Curiosamente, ese mismo día, y con dicho libro bajo el brazo, fue atracada. El agresor le hizo un corte en la oreja y la sangre se derramó sobre el libro. Shimako lo interpretó como un presagio, decidiendo dirigir la película que tanto deseaba.

¿Cuántos sabíamos que Béla Lugosi interpretó en el teatro al conde Dracula en 261 ocasiones? o ¿que el autor dramático Garay escribió una obra de teatro sobre la condesa Báthory?

Estos pequeños datos en apariencia, queramos o no, conforman los mitos, las leyendas de la historia del cine y el teatro, y como muestra veamos a continuación lo que parece ser el origen cinematográfico del término *vamp* que definiría a la mujer de encanto irresistible y algo siniestro.

La actriz Theda Bara (Theodosia Goodman) era una de esas mujeres cuya belleza fría y sombría encendía la pasión de los hombres. De largos cabellos negros que caían sobre su pálida piel y ojos penetrantes del mismo color, encasillado todo ello en un cuerpo ondulante, encandilaba a todo aquel que veía sus películas: *La eterna Safo, La tigresa* o *La serpiente.* Pero no sería hasta 1915 cuando encarna a una misteriosa mujer en el filme *A fool there was*, de Frank Powell. Dicho filme se inspiró en el poema *The*

Vampire, de Rudyard Kipling, y fue de esta interpretación realizada por Theda Bara de donde nació el término *vamp*, creado para definir a esa clase de mujer irresistible y originalmente de rasgos y comportamiento siniestros.

Dwight Frye, aquel trastornado Renfield en el film *Drácula* (1931), no pudo superar aquel encasillamiento al que se le sometió tras la interpretación de dicho papel. Su carrera estuvo repleta de actuaciones teatrales en las que noche tras noche, aquella risita de loco que había sobrecogido en las proyecciones de la película, no cesaba de resonar sobre el escenario.

Lugosi llegó a exigir que los rodajes de sus películas se llevaran a cabo durante la noche, atemorizado por la luz del Sol que, creía, podía herirle.

El cine erótico y pornográfico también ha utilizado la imagen del vampiro/a para sus producciones

El filme *Nosferatu eine symphonie des garuens* recibió un premio (marzo de 1922) en el Marble Gardens, del Berlin Zoological Gardens. Para la gran mayoría será un descubrimiento saber que, mientras se rodaba *Drácula*, de Browning, en los mismos escenarios y durante toda la noche, se rodaba la versión hispana de la misma, dirigida por George Meldford. La protagonista femenina de esta versión, Lupita Tovar, señalaba una única diferencia en el físico de Lugosi y Carlos Villarías (intérprete del personaje del conde); y es que las manos del primero eran más grandes que las del segundo. Muchos críticos afirman que el *Drácula* de Meldford supera con creces el film de Browning.

El metraje original del Drácula de Browning contaba con 27 minutos de más, que incluían varias escenas cómicas. Éstas fueron finalmente suprimidas a pesar de la oposición del director. Sin embargo, el Dracula de George Meldford, también de 1931 (la versión hispana del rodado por el director americano), conserva dichas escenas intactas.

Además de los ensayos en *Bram Stoker´s Dracula*, dirigida por Ford Coppola, los intérpretes realizaron otro tipo de preparaciones: los protagonistas tuvieron que vivir en el lugar donde se iban a rodar las escenas y permanecer durante un tiempo en el rancho del propio Coppola, situado al norte de California. Se dice que estos métodos empleados por el reconocido director buscaban la profundización a la hora de representar los papeles. Aunque también se habla de la falta de fondos.

Teatro

Han sido numerosas las ocasiones en las que el vampiro ha pisado los escenarios de todo el mundo, algunas de ellas bajo el nombre de conde Drácula; en otras, bajo diversos apodos y personalidades. Así pues, comenzaremos este breve recorrido por el mundo teatral que, aunque no ha sido tan prolífico como el cine en obras sobre vampiros, éstas tampoco han sido escasas.

Las primeras obras dedicadas al vampiro eran las basadas en la novela *El Vampiro* de J. W. Polidori. La primera representación de la novela tuvo un marco destacable al ser llevada a escena en el teatro Porte Saint–Martin de París el 13 de junio de 1820, corriendo a cargo de Charles Nodier la adaptación melodramática bajo el título *Le vampire, mélodrame en trois actes.*

Unos cuantos años más tarde, en 1851, Dumas contaría con la colaboración de Maquet para escribir una nueva adaptación que llegaría a estrenarse el 20 de diciembre del mismo año en el Ambigu-Comique.

También impulsaron la figura del vampiro marcando su leyenda obras como *The devil among the players* de 1826 y *Frankenstein or the vampire´s victim* de 1849.

A finales del siglo XIX se produjo una innovación dentro del ámbito teatral francés: la aparición del Gran Guiñol. Lo que tuvo un gran efecto sobre la figura del vampiro. El encargado de abrir el teatro del Gran Guiñol fue Max Maurey, en 1899. Aquí se representaría, entre otras obras (todas ellas viejos temas del romanticismo oscuro), un drama titulado *Le vampyre.*

Adentrándonos en el siglo XX, las obras teatrales cuyo personaje principal es un vampiro dejan de basarse en Lord Ruthven (de Polidori) como protagonista para centrarse en el Drácula de Stoker.

Desde del presente siglo las adaptaciones de novelas y realizaciones de guión original dieron rienda suelta a la imaginación, aportando cierta libertad de expresión a los actores. Como sucedería en el cine, el vampiro llega a tener mil caras, encarnado en Vlad *el Empalador* en la obra *Dracula tyrannus: the tragical history* (1982), de Ron Magid (primera representación teatral que utilizó el nuevo material del histórico Drácula), o en las *vamps*, las mujeres fatales de los años veinte que lucían cuerpo en Hollywood o en la actual ciudad de Las Vegas, lugares y épocas donde transcurre la representación *Vampire lesbians of Sodom*, de Charles Busch (1984). De las últimas producciones, destacan las de *La Commedia del Sangría*, compañía dirigida por Tony Sokal, que con su obra *Vampire theatre* se cuestiona la existencia de Dios y la condición vampírica. En esta producción se observa ya el gran salto evolutivo desde aquellas representaciones de comienzos del pasado siglo (cuyo objetivo era infundir miedo entre el público) hasta la concepción actual del vampirismo sobre el escenario como un reto, un desafío al porqué y al cómo de tan tratado y estudiado tema.

Cartel publicitario sobre la representación teatral de *Nosferatu*, de Francisco Nieva

En España solamente han llegado hasta nosotros tres referencias, entre las cuales se halla un teatro de calle. En 1978 se estrena una adaptación de *Drácula* en el teatro La Comedia, teniendo como protagonista, en el papel del conde, a Jose Luis Pellicena. Quince años después se estrena *Aquelarre y noche roja de Nosferatu*, escrito por Francisco Nieva en 1961. Y por último la compañía de teatro *Visitants* presenta un espectáculo de calle titulado *La familia Vamp*, inspirado en los personajes típicos del cine de terror.

Pasando ya a las versiones teatrales del Drácula de Stoker, hemos de comenzar señalando que fue el propio escritor el que invirtió parte de su tiempo tratando de convencer a Henry Irving (actor de la época) para que interpretase al conde transilvano en el teatro Lyceum. Pero Irving se rió de Stoker a modo de contestación. Finalmente, el escritor utilizaría el Lyceum (situado en Londres) para leer su novela y establecer de forma oficial los derechos de autor, consiguiendo, en 1897, la primera representación de su obra (en el cuadro de la página siguiente exponemos los datos de interés sobre la misma).

Año: 1897
Título: Drácula
Producción: Henry Irving
Director: Henry Irving
Adaptación: Bram Stoker
Estreno: Royal Lyceum Theatre, Londres 18 de mayo de 1897
Intérpretes:
Drácula –Jones
Jonathan Harker –Passmore
Seward –Rivington
Van Helsing –Reynolds
Quincy P. Morris –Widdicombe
Holmwood –Innes
Renfield –Howard
Capitán Swales –Gurney
Guardacostas –Simpson
Enfermero –Porter
Westerna –Gurney
Lucy Westerna –Foster
Mina Murray –Caring ó Edith Craig
Sirviente –Conford
Mujer vampiro –Daly

Años más tarde, ya fallecido Stoker, su viuda Florence se hizo cargo de la concesión y supervisión de permisos sobre la novela de su esposo. Como consecuencia, muchas obras sin permisos fueron destruidas. Entre los desafortunados que tuvieron que invalidar o destruir sus trabajos se encuentran el director Murnau (con el *Nosferatu* de 1921) y una adaptación (desconocemos más datos al respecto) no autorizada en Norteamérica, exactamente en Canadá.

En 1899, Hamilton Deane (productor teatral y actor) se topa con Bram Stoker y lee su novela *Drácula.* Pero no sería hasta 1918 que Deane comienza a buscar autores que convirtiesen el texto en una obra teatral, sin obtener éxito en esta empresa. Finalmente, durante un periodo de enfermedad, es cuando pone en práctica la sugerencia de una de sus actrices, y escribe el drama él mismo; trabajo que realiza en un breve tiempo, en sólo cuatro semanas. Poco después obtendría los derechos dramáticos de manos de Florence Stoker (1924). Parece ser que fue Deane el responsable de que el conde Drácula sufriese un cambio con respecto al original de la novela. El auténtico era de aspecto cadavérico y carente de atractivo, hecho que Deane suprimió para dotarlo con la seducción, la educación, el acento continental y la capa de un noble europeo. Además, Hamilton dotó al personaje de una salubridad, suprimiendo el mal aliento del que era víctima en el relato original. Modernizando la imagen del conde y transformando la novela en obra teatral obtuvo como resultado un melodrama de misterio que causó gran impacto, a pesar de haber sido reducida para poder representarse sobre el escenario en un tiempo razonable (por ello, Deane decidió cortar la parte que transcurre en Transilvania, desarrollando el drama enteramente en Inglaterra). La gira de Deane comenzó en Derby (Inglaterra) y fue representada durante tres años antes de ser estrenada en el Little Theatre de Londres. Se dice que allí se tenía contratada a una enfermera

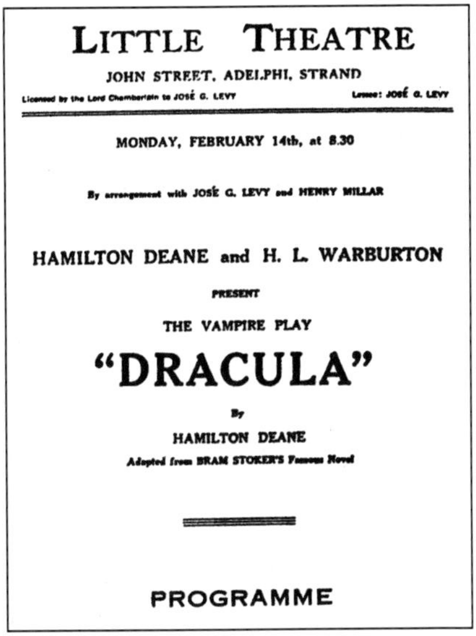

LITTLE THEATRE

JOHN STREET, ADELPHI, STRAND

Licensed by the Lord Chamberlain to JOSÉ G. LEVY — Lessee: JOSÉ G. LEVY

MONDAY, FEBRUARY 14th, at 8.30

By arrangement with JOSÉ G. LEVY and HENRY MILLAR

HAMILTON DEANE and H. L. WARBURTON

PRESENT

THE VAMPIRE PLAY

"DRACULA"

By

HAMILTON DEANE

Adapted from BRAM STOKER'S Famous Novel

PROGRAMME

Royal Lyceum Theatre.

Sole Lessee and Manager:

HENRY IRVING.

DRACULA

OR

THE UN-DEAD.

FIRST TIME.

Los vampiros y el teatro, inseparables desde el principio

para que atendiese los continuos desmayos que ciertas mujeres sufrían al acudir a la obra (al final de una de las actuaciones 39 personas habían sido atendidas por la misma) y, quizás fuese esto, sumado a la desfavorable crítica de la que fue víctima la obra, lo que llevó al diario británico *The Thames* a mostrar una negativa opinión sobre la adaptación de Deane (crítica fechada el martes 15 de febrero de 1927).

Posiblemente, la imagen ofrecida por el conde fuese familiar a los espectadores puesto que Deane recurrió a la figura del vampiro inspirada en Lord Byron que ofreció Polidori.

Pero no sería el hecho del "parecido" con el polémico poeta y escritor lo que causaba el desmayo de las damas; probablemente fuese el truculento final que el propio Deane había creado. Ordenó construir un ataúd con el mismo funcionamiento que los armarios de los magos produciendo el efecto de desaparición ante los espectadores para dejar tras ésta una nube de polvo que confirmaba al observador que algo o alguien había reposado allí. A pesar de resultar un impactante final Deane había elegido otro no menos sorprendente pero que, desafortunadamente, había sido censurado por el departamento encargado de tales fines el cual, a no ser que se realizaran ciertas modificaciones, no lo permitiría. Deane pretendía que un torso ficticio lleno de sangre hiciese de cuerpo del vampiro y sangrase en el momento oportuno. Pero la censura solamente consentía tal final si los actores se colocaban entre el público y el vampiro, impidiendo ver la llamati-

Datos de interés:
Año: 1924
Título: Dracula
Producción: Hamilton Deane
Director: Hamilton Deane
Autor: Bram Stoker
Adaptación: Hamilton Deane
Estreno: Grand Theatre, Derby junio de 1924
Intérpretes:
Drácula –Edmund Blake
Van Helsing –Hamilton Deane
Renfield –G. Malcom Russell
Mina –Dora May Patrick

Tres años después:
Año: 1927
Título: Dracula
Producción: Hamilton Deane
Director: Lodge Percy
Autor: Bram Stoker
Adaptación: Hamilton Deane
Estreno: Little Theatre, Londres 14 de noviembre de 1927
Intérpretes:
Drácula –Raymond Huntley
Van Helsing –Hamilton Deane
Seward –Stuart Lomath
Jonathan Harker –Bernard Guest
Quincey P. Morris –Frida Hearn
Lord Godalming –Peter Jackson
Renfield –Bernard Jukes
Mina –Dora May Patrick

va agonía del mismo. El director, como hemos mencionado anteriormente, escogió la primera de las opciones, la transformación del vampiro en una nube de polvo.

Como se puede apreciar, entre el estreno de Derby y el de Londres, ciertos componentes de la obra desaparecieron de "escena", dando paso a otros actores y componentes de la compañía en su lugar.

También en 1927, Horace Liveright (editor y productor teatral) estrenaría en Nueva York la obra del mismo título. Antes había adquirido los derechos para Estados Unidos y, ya en su poder, encargó una modificación del libreto a John L. Balderston.

Raymond Huntley fue seleccionado para interpretar una vez más sobre el escenario al conde rumano, pero el contrato no lo dejó satisfecho y ya un tanto cansado de realizar el papel de Drácula rechazó la oferta. Fue un actor de origen húngaro el nuevo protagonista. Su nombre, Béla Blaskó, conocido también como Béla Lugosi. Lugosi no conocía prácticamente el idioma inglés por lo que los diálogos fueron aprendidos de memoria. Liveright deseaba un ser de ultratumba para la obra y lo consiguió gracias al maquillaje de color verde y a la dicción del propio Lugosi. Tras unas pruebas llevadas a cabo en New Haven y Hartford se estrenó en Nueva York en octubre de 1927 (apuntaremos que otras fuentes de información afirman que en dicha obra también actuaría Huntley, que lo haría en las representaciones desde Boston hasta Denver, dejando a Lugosi la costa Oeste. Parece ser, además, que Huntley actuó encarnando al conde a pesar de que las fotografías de Lugosi se utilizaban en la gira. Según ciertos entendidos, éste llegó a realizar prácticamente la gira completa). A pesar de ciertas críticas negativas llegó a recaudar unos dos millones de dólares en dos años, hecho que provocó el interés de la Universal, que compró, en 1930 y por la cantidad de 40.000 dólares, los derechos de la novela y la obra teatral.

Datos de interés:
Año: 1927
Título: Dracula
Producción: Horace Liveright
Director: Ira Hards
Autor: Bram Stoker
Adaptación: Hamilton Deane y John Balderston
Estreno: Fulton Theatre, Nueva York 5 de octubre de 1927
Intérpretes:
Drácula –Bela Lugosi
Wells –Nedda Harrigan
Jonathan Harker –Terence Neill
Seward –Herbert Bunston
Van Helsing –Van Sloand
Renfield –Bernard Jukes
Lucy Harker –Dorothy Peterson
Vigilante –Alfred Frith

En 1977, y después de 50 años del estreno de la adaptación de Balderston y Deane (producida por Liveright), se repuso en Broadway la versión de los mismos. Esta producción fue premiada con dos Tony Awards: uno al mejor diseño de trajes y otro por la mejor producción de un reestreno. Además sirvió de base para el film *Dracula,* con Frank Langella como conde Drácula (también actor principal en la versión teatral), en 1979.

En Noviembre de 1994 otra versión teatral de Drácula se representó en el Strand Theatre, en Lakewood, Nueva Jersey.

Este teatro, donde hasta hace poco sólo se emitían películas pornográficas, recibió 2.5 millones de libras para su renovación, y el clásico de Stoker fue escogido para el día de estreno. El guión fue escrito por el director artístico David J. V. Meenan, quien viajó por la Europa del Este para sentir al viejo país. Como estrella, John Digaletos.

> *"Aquelarre y noche roja de Nosferatu: para mí representa el vampiro de Europa y lo hago portavoz de su decadencia. Nosferatu se alza como representante máximo de la «cupiditas», la sensual concupiscencia y el desenfreno de los instintos"*

Quizás estas palabras del propio creador de la obra sean las más acertadas para definirla. Francisco Nieva ve en Nosferatu la vieja Europa de sus padres y abuelos que termina para dar paso a otra Europa, otro mundo no menos degradable.

Considerada una obra fundamental en el teatro español contemporáneo, nos muestra una historia que ronda la excentricidad, sumergiéndose en el expresionismo alemán como referencia, expresionismo que tanto apasiona al director de la obra, Guillermo Heras.

Nosferatu es un rebelde, un revolucionario, un soporte para el caos, un provocador juguetón. Un personaje que ejerce de ministro de Pompas Fúnebres con el único fin de continuar "picando" a su víctima predilecta, la reina Kelly. Promueve de esa manera el desorden y el libertinaje a lo largo y ancho del reinado de ésta, a la vez que hace renacer en cada uno que topa con él la rebelión interna contra lo establecido y lo moral.

Reparto:
Nosferatu Pitiflauti –Nancho Novo
Reina Kelly –Amparo Pascual
El Gran Marcial –Alfonso Vallejo
Azul –Lola Mateo
El aprendiz –Juan Matute
Greta –Resu Morales
Ottilia –Susana Martins
La Aurora –Marina Andina
El agonizante/ Mikey –Pepón Nieto
Fiacro –Juan Rico Cantero
Marciales –Ovidio Ceñera, Ángel Sardá, Bosco Solana
Nenas del madrigal –Esther Bellver, Yolanda García, Mireia Olivet, Gloria Vega
Música –Manuel Balboa
Ortofonía y voz –Concha Doñaque
Coreografía –Mónica Runde
Escenografía –Álvaro Aguado y Guillermo Heras
Figurines –Rosa García/ Ayte. Silvia García
Iluminación –Miguel Ángel Camacho
Dirección –Guillermo Heras

Entrevista a Nancho Novo
"*18 de febrero de 1994. San Sebastián*"

—¿Cómo describirías al personaje que interpretas?

—Este Nosferatu es un vampiro que se sale bastante de lo que es la tónica general de los vampiros. No es el personaje romántico que vive solitario y condenado a esa vida de muerte. En esta obra el vampiro es un poco el espíritu del mal, pero en el sentido más jocoso, más divertido, más anarquista de la palabra. Digamos que el vampiro Nosferatu de Nieva, en vez de chupar sangre, lo que chupa es alma. Al que muerdes, lo que haces, es cambiarle la vida, no vuelve a ser el mismo nunca más.

—Has comentado que esta obra no tiene nada que ver con la clásica historia del vampiro, ¿echas en falta el romanticismo que caracteriza a la misma?

—Cuando empecé la obra, al principio, lo eché en falta, porque cuando me dijeron que iba a interpretar a Nosferatu me ilusioné con la idea romántica del vampiro, y al ver la función, me dije: "esta es otra historia".

Lo que ocurre es que ahora me divierto mucho haciéndolo. En la función debo contar cosas bastante fuertes sobre la condición humana, pero en una clave, en un expresionismo, que está muy cerca del esperpento.

—Nos has mencionado que te comentaron hacer la obra, ¿te la ofrecieron a ti por tener alguna cualidad especial para el papel o fuiste tú el que se presentó?

—Yo estaba con Guillermo (el director) en una obra llamada *Como los griegos* y un día me enteré que iba a montar Nosferatu; le dije que me hiciera una prueba y fui elegido, aunque imagino que el físico, el ser alto y delgado, también influye ¿no?

—¿Cambia este Nosferatu del de 1922?

—Si veis la obra, veréis que lo que es la apariencia física es la misma, siendo igual al de Murnau.

Lo que cambia es la historia... no es la historia del vampiro que repentinamente se enamora de una mujer y, por el amor de ella finalmente se le atrapa matándolo después, no; el vampiro de esta obra es el amo de la calle durante la noche.

—¿Consideras a tu vampiro erótico, como lo ha presentado el director Francis Ford Coppola en *Bram Stoker´s Dracula*?

—Considero a este Nosferatu super erótico, lo que pasa es que aquí, en la obra, lo erótico lo llevamos a un plano bastante lúbrico, pero de cachondeo... Digamos que el vampirismo y todo lo que son asuntos así, de "pasiones bajas", aunque sean las más altas, están bastante hundidas...

El vampiro es el que vive en la muerte, en lo desconocido y, al fin y al cabo, lo que se plantea es eso. Tomemos lo desconocido y dejémonos de la rutina diaria y de lo que ya conocemos y sabemos está "muy bien"... Vayamos a por aquello que decimos está "muy mal".

—¿Qué te hace sentir el representar este papel?

—Siento muchas ganas de juerga... Este vampiro es un payaso con muy *mala leche*, porque tiene muy *mala leche*, pero sigue siendo un payaso, y me lo paso muy bien.

—¿Sabe tu Nosferatu que es un ser de la noche, es consciente de la situación que vive, sufre por ello?

—Sí, sí, eso está claro. El problema de la luz..., esto de salir a las ocho de la mañana de la discoteca y... *¡es de día!, noooo...* lo vivimos muy de cerca mucha gente...

—Parece que te encuentras identificado...

—Sí, yo he sido más vampiro en la vida real que en el escenario. Además me identifico con el mundo de la noche, pero dominado por la luz del sol, que representa todo lo bueno.

—¿Has realizado antes algún papel relacionado con el tema?

—He hecho de vampiro cuando hacía teatro de calle, pero no sobre un escenario.

—¿Cómo crees que acoge el público tu personaje?

—Bien, lo acogen bien porque me hago cómplice de ellos, busco bastante la complicidad con el público. Represento, quizás, la rebeldía que todos llevamos dentro, el espíritu anarquista, eso es en cierta manera lo que representa este vampiro.

—¿Encasillas al personaje del vampiro generalmente en hombres o también en mujeres?

—Yo te podría decir que, por lo que a mí me toca, conozco a más vampiras que me han chupado la sangre, metafóricamente hablando... Siempre se asocia al vampiro con que tiene que ir a comer a una... cuando, en realidad, muchas veces son ellas las que vienen a por nosotros. Nos extraen todo lo que tenemos. Con perdón, no es machismo, si fuera mujer diría lo contrario.

—¿Crees que en el papel de Nosferatu que estás interpretando ahora hace falta algo especial, o cualquier actor podría hacerlo?

—Yo creo que cualquier actor que se precie de serlo podría hacerlo. Haría otro Nosferatu, su Nosferatu. Yo interpreto mi Nosferatu, el que yo he visto.

Al igual que si haces un Hamlet haces tu propio Hamlet; otro hará el suyo. Yo creo que mi Nosferatu difícilmente lo podrá hacer otro actor, porque es algo muy personal; igual que para mí sería muy difícil representar un Nosferatu que ha creado otro actor... Además hay unas condiciones físicas en este Nosferatu, estirado, flaco... pero también se puede crear un Nosferatu bajito... luego encontramos el enfoque psicológico que le dé el propio actor al personaje.

—¿Mostráis la obra desde el punto de vista del vampiro más que desde el de la víctima?

—En esta obra el guión reparte lo que es el protagonismo de la función, lo reparte mucho y ofrece bastantes puntos de vista. Uno es el de Nosferatu, otro sería el de la víctima, en este caso la reina que al aparecer en la función ya ha sido mordida... con lo cual, al haber sido mordida por el vampiro cambia todo el orden establecido en su reino, y se imponen leyes absolutamente ácratas y libertinas. Creo también que se enfoca bastante el personaje del aprendiz. Es un personaje que siempre aparece en las películas de Drácula. El aprendiz de vampiro que ha sido mordido pero que, todavía, no ha llegado a ser un demonio... En la obra termina vampirizándose todo el mundo...

—¿Qué clase de público es el que viene a ver la obra? ¿Qué crees que esperan encontrar?

—El público que viene es más bien joven, creo que es un tema que conecta más con la juventud...

Lo que representamos es un mito más moderno que antiguo. Para la gente mayor el tema de Dracula siempre ha sido la típica película de terror que veían de niños que daba miedo, y nunca les ha parecido una cosa muy seria, como Flash Gordon... algo así como un cómic. Para nosotros, para la gente más joven, Nosferatu, Drácula, es un personaje que nos llega bastante más, a lo mejor por lo de la nocturnidad y el chupar... no sé... Pienso que prestamos más atención los jóvenes al tema del vampiro que las personas mayores, las cuales te dicen: "¡Bah!, déjate de supercherías".

En relación a lo que espera encontrar la gente, en principio, tampoco sabe qué es lo que se le ofrece, a no ser que se haya informado mediante alguna entrevista, programa de radio...

—¿Cuál es el actor que mejor ha interpretado a Drácula? ¿crees que este personaje, con el paso del tiempo, ha evolucionado en algún sentido?

—Hay muchas formas... El de Murnau es genial, me parece el mejor. Me gusta mucho el de Gary Oldman en la película de Coppola. Y luego los vampiros de siempre, Béla Lugosi...

Respecto al personaje de Drácula, el vampiro de toda la vida, la técnica y la perspectiva del tiempo han hecho crear unas cuantas obras maestras...

El argumento de la película *Cielo líquido* (una mujer de otro planeta que necesita la energía de los hombres para sobrevivir) es una muestra de la evolución del vampirismo, ya que en esa forma de vampirismo hay mucho de humano; seres que para sobrevivir necesitan vampirizar el espíritu, el hálito de vida...

—¿Crees en los vampiros?

—En Sudamérica existe un animal llamado vampiro que te chupa la sangre si te coge por banda ¿no? También ha existido el conde, llámale Drácula o de cualquier otra manera, que empalaba a gente y que incluso bebía la sangre de sus rivales. Ahora bien, de eso a que fuesen muertos vivientes..., eso ya no lo puede saber nadie. Pero prefiero creer que sí existen ¿sabes?, es más divertido.

Algunas obras teatrales

- *The vampire; or, the Bride of the Isles: A Romantic Drama in Three Acts* • J.R.Planché ... 1820
- *Les Trois Vampires, ou le Clair de la lune* • Brazier, Gabriel, Armand ... 1820
- *Les Etrennes d'un Vampire* • Pere-Lachaise ... 1820
- *Lord Ruthven ou les vampires* • Cyprien Bérard ... 1820
- *Le Vampire Comedie (Vaudeville en un Act)* • Eugene Scribe ... 1820
- *Le Vampire* • Pierre de la Fosse ... 1820
- *Cadet Buteux, Vampire avec relation véridique du prolongue et les trois acts de cet épouvantable mélodrame* • Désaugiers ... 1820
- *The Vampire: A tragedy in five acts* • St. John Dorset ... 1821
- *Polichinel Vampire* ... 1822
- *The Devil among the players* ... 1826
- *The Vampire: A drama in three acts* • William Thomas Moncrieff ... 1829
- *Encore un vampire* • Emile B.L. ... 1829
- *Frankenstein or the vampire's victim* ... 1849
- *Le Vampire* • Alexandre Dumas y Auguste Maquet ... 1851
- *The Vampire* • Dion Boucicault ... 1852
- *The Vampire Bride, or wake not the dead* • George Blink ... 1854
- *The Phantom: A Drama in two Acts* • Dion Bucicault ... 1856
- *Guten Abend Herr Fischer! oder, Der Vampyr* • G.Belly y G.Löffler ... 1860
- *Le Vampire* • Paul Féval ... 1867
- *The Vampire: An original Burlesque* • Robert Reece ... 1872
- *Ein Vampyr* • Ulrich Franks ... 1877
- *Dracula* • Bram Stoker ... 1897
- *The Vampire: A Sensational Four act Melodrama* • Fitzgerald Murphy ... 1901
- *The Vampire* • adaptado por Jose G. Levy del francés Mme. C. le Vylars y Pierre Souvestre ... 1909

The Vampire cat: A play in one act from the japanese legend of the Nebeshima Cat • Chicago: Dramatic Publishing Company 1918
Miss Todd's Vampire: A Comedy in One Act • Sally Shute 1920
Dracula: The Vampire Play • Hamilton Deane 1924
Dracula • Hamilton Deane y John L. Balderston ...1927
Dracula • Charles Morrel 1927
Dracula, The Comedy of the Vampire 1930
The Vampire Bat: A Mystery Melodrama in Three Acts • Robert St. Clair 1940
I Was a Teen Age Dracula • Gene Donovan 1958
The Camel and the Vampire • Malcom La Prade ..1961
Dearest Dracula • Margaret Hill, Charlotte Moor y Jack Murdock 1965
Dracula Sucks • Jerry B.Wheeler 1969
Dracula, Baby • Bruce Ronald 1970
Dracula: Sabbat • Leon Katz 1970
I'm Sorry, the Bridge is Out, You'll Have to Spend the Night • Sheldon Allman 1970
Count Dracula • Ted Tiller 1972
Dracula • Stanley Eveling 1972
Carmilla • David Campton 1973
Dracula • Larry Ferguson 1973
Seven Wives for Dracula • Tim Kelly 1973
Beast of a Different Burden • Faith Whitehall 1974
Count Dracula • Ted Miller......................1974
Count Dracula; or, a Musical Mania from Transylvania • Lawrence Outwore 1974
Monster Soup; or, That Thing in My Neck Is a Tooth • Denver, CO: Pioneer Drama Service ..1974
Carmilla • Wilford Leach 1975
Death at the Crossroads • Stephen Hotchner 1975
Dracula's Treasure • Dudley Saunders 1975
E from Dracula's Castle • Stephen Hotchner 1975
The Possession of Lucy Wenstrom • Stephen Hotchner 1975
Young Dracula, or the Singing Bat • Tim Kelly 1975
Bride of Frankenstein • Tim Kelly 1976
Dracula • Crane Johnson 1976
Dracula • Kingsley Day 1978
Dracula • Stephen Hotchner 1978
Dracula: a Modern Fable • Norman Beim 1978
Dracula, the Vampire Play • Tim Kelly 1978
The Passion of Dracula • Bob Hall y David Richmond 1978
The Vampire; or, the Bride of death: a melodrama • Constance Cox 1978
The vampire's bride, or, the perils of cinderella • Maureen Exter 1978
The Devonshire demons • John Murray 1979
Mors Dracula • Warren Graves 1979
The vagabond vampires • John Murray 1979
Almost the bride of Dracula; or, why the Count remains a bachelor • Dennis Snee 1980
The Count will rise again; or, Dracula in Dixie • Dennis Snee 1980
Countess Dracula! • Neal DuBrock 1980
Dracula • John Mattera 1980
The Dracula doll • Jeanne Youngson 1980
Lady Dracula • Tim Kelly 1980
Blood pudding • Jeanne Youngson 1981
The children of the night • Paul Ledoux 1982
Dracula: the musical • Rick Abbot 1982
Dracula tyrannus: the tragical history of Vlad the Impaler • Ron Magid 1982
Vampire tower • John Dickson 1983
The Dracula school for vampires • Leonard Wolf ..1984
The mystery of Irma Vep • Charles Ludlam 1984
Vampire lesbians of Sodom • Charles Busch 1984
Going down for the Count • Peter Elliot Weiss 1985
The vampires strike out • Peter Walker 1985
Out for the Count; or, how would you like your stake?: a vampire yarn • Martin Downing 1986
The vampyre • Tim Kelly 1988
Bats in the basement • Richard Booth 1989
Dracula • Liz Lochhead 1989
Dracula • Richard Sharp 1990
Varney the vampire; or, the feast of blood: a ghoulish spoof in two acts • Tim Kelly 1990
Decodanz: the dilemma of Desmodus and Diphylla • Brown Adaptors 1991
Dracula: the death of Nosferatu • adaptada por: Christopher P. Nichols 1991
Dracula/Sabbat • Leon Katz 1991
Vampires in Chicago • Patrick Covillard 1991
Aquelarre y noche roja de Nosferatu • Francisco Nieva 1994

Literatura

"Un buen libro es un regalo precioso
que hace el autor a la humanidad".
Joseph Addison (político, literato y autor dramático inglés).

Sigilosamente, y bajo la luz de una linterna, abrió el libro. No quería que sus padres se enterasen de que, en vez de dormir, iba a sumergirse en una de las novelas más excitantes de todos los tiempos.

Parece que el más leve ruido producido durante la noche es ampliado por el eco de la oscuridad; y mientras la jovencita iba recorriendo Transilvania junto a Jonathan Harker o acompañaba a Lucy en sus intrigantes delirios nocturnos, no cesó de escuchar los más extraños sonidos cuyo origen se hallaba en el interior del armario y el hueco bajo la cama, aunque también le pareció oír los golpes intermitentes, y casi inaudibles, de "algo" acurrucado fuera, junto a la ventana.

Conforme avanzaba en su lectura sentía que no se hallaba sola. Parecía como si alguien la observara atentamente, sin quitarle el ojo de encima, sin dejarla sola ante el peligro subyacente en la novela.

En más de una ocasión levantaba los ojos del texto y buscaba la presencia que percibía se hallaba próxima, pero nunca veía nada fuera de lo normal, exceptuando la imagen del Conde, elegantemente vestido, en los dibujos a carboncillo que ocultaba el libro.

En una ocasión creyó distinguir una silueta negra al fondo de la habitación, pero se desvaneció tan pronto ella alzó la vista. Decidió dejar el libro, continuaría al día siguiente; aunque no estaba segura de hacerlo al caer la noche, aquella lectura le había impresionado bastante.

Apagó la linterna y se dispuso a dormir, pero su cerebro parecía no estar de acuerdo. Lúgubres imágenes venían y se iban de su cabeza, tres bellas mujeres de hermosa dentadura y prominentes colmillos parecían caminar por el dormitorio, Lucy agonizaba en el lecho, Mina presentía asustada que algo terrible le iba a suceder y... un fuerte sonido casi hace estallar su robusto corazón. Abriendo los ojos, mientras la sangre helada en las venas parecía no querer circular "observó" el cuarto sumido en la oscuridad; todo indicaba estar en orden pero, ya que el sueño se negaba a invadir su frágil cuerpo optó por encender la luz, esta vez la de la mesita de noche, y continuar leyendo la tenebrosa historia.

Cuando llegó al capítulo en el que Mina es "bautizada" por Drácula casi creyó desmayarse, aquella era una narración demasiado exhaustiva pensó, demasiado para ella, aunque empezaba ya a sentirse atraída por aquel noble demoníaco que nunca moría.

Al amanecer su madre entró en la habitación, sorprendiendo a su hija con la luz encendida y un libro entre las manos. Al cogerlo y leer el título no pudo reprimir una sonrisa, momento en el que la joven lectora despertó sobresaltada por la presencia de su madre.

* * *

Después de cenar rehusó la propuesta de ver uno de aquellos tontos programas televisivos, teniendo aquel libro la noche se había transformado en un reto, un enfrentamiento entre ella y lo oscuro.

Tomó un baño, se puso el camisón y se lanzó en picado sobre la novela. Era consciente de que iba a batir su propio récord, terminar un libro en dos noches era una hazaña, al menos para ella y sus amigos. Lo iba a conseguir pues necesitaba, mejor dicho, ansiaba conocer el final de la historia. ¿Acaso Mina se convertiría en la compañera del conde? ¿El noble rumano caería en manos de los cazadores de vampiros o, serían estos los atrapados por el no-muerto?

Continuó leyendo, hoja tras hoja, capítulo tras capítulo, observando atentamente los dibujos, los rostros de los protagonistas, sus ropajes... Y llegó al final, lo saboreó plácidamente pero, como alguien que toma una fruta dulce sin estar madura, le supo ácido aquel revés sufrido por el conde. El hombre había acabado con la inmortalidad, con lo poderoso y sobrenatural, con la poesía de lo prohibido.

Cerró el libro malhumorada, no le parecía del todo justa aquella conclusión, ¿no era incluso, absurda? Apagó la luz y reinventó un final en el que Drácula vencía a sus perseguidores y Mina aceptaba su nueva constitución vampírica.

Ya no sentía miedo, había aprendido algo muy importante: que el monstruo, realmente, era el propio ser humano, con sus creencias, sus convicciones, sus innumerables "causas justas"...

El viento susurraba frases incoherentes en el exterior; la luna iluminaba ligeramente la estancia de la joven y ésta, en un acto que muchos hemos realizado, ocultó los crucifijos por si alguien llamado Drácula decidía otorgarle la inmortalidad, la vida eterna... Pero al llegar la mañana siguiente comprobó que de existir los vampiros estos debían tener cosas más importantes que hacer, más importantes que perder el tiempo con ella y su pálido cuello. Acto seguido bajó las escaleras, tomó el desayuno en la cocina y se despidió para acudir al colegio.

Regresó cuando la tarde cedía el mundo a las tinieblas y al ir a la cama añoró el libro, decidiendo visitar al día siguiente la biblioteca y buscar alguno más sobre vampiros.

Se metió en la cama y optó por dormir. Fue entonces cuando se abrió la puerta de su dormitorio, cuando de entre las sombras surgió una silueta esbelta que se acercó sigilosamente a ella. Gritó, y la presencia, asustada, encendió la luz. Su madre, era su madre, y su corazón se tranquilizó, volviendo a latirle con fuerza al comtemplar los "perfectos y afilados colmillos" que lucía su madre cuando con una sonrisa irónica le dijo: "Buenas noches", alejándose lentamente sin hacer ruido alguno. "Buenas noches mamá" contestó la jóven mientras sacaba del joyero el crucifijo de oro (regalo de su tía) y se lo colgaba al cuello.

* * *

A veces, una serie de televisión o una película se convierte en un fenómeno que traspasa los límites de la pantalla. Lo mismo podría decirse de la literatura, la cual es capaz, en ocasiones, de abarcar más campo del que ocupa un libro, extendiendo su influencia e impregnando de su contenido a todo aquel que comienza su lectura.

Algo así ha ocurrido y sigue ocurriendo con los vampiros, los cuales parece que han desplegado su capa para albergar bajo la misma a mucha gente. Y así como las modas o las oleadas de interés parecen ir y venir caprichosamente, colocando de protagonistas a aquellos que meses después caerán en el olvido, los vampiros no se ven afectados. Aunque no lo parezca, el vampiro siempre ha estado muy alto, motivo de interés perpetuo para muchos más individuos de los que podríamos imaginar.

El vampiro no se ve destruido ni envejecido con el paso del tiempo; tal vez porque, como dicen algunos, vive fuera de él. Y por ello es un ser inmortal. El tiempo ni le importa ni le afecta, aunque muta para adaptarse a cada época. Es una continua existencia que, hasta el momento, no se ha visto interrumpida por nada. Y es que el vampiro es un ser con mucha fuerza; y nos preguntamos si no acompañará para siempre, a modo de ángel de la guarda, a toda la humanidad. ¿Habrá sido el propio hombre quien ha hecho inmortal al vampiro, al no dejar que muriese y desapareciese de su imaginación?

La literatura, por razones que serían muy interesantes de analizar, ha dedicado una buena y generosa parte de su trabajo a hablar de vampiros; a relatarnos sus atroces perversidades, por una parte, su penosa y solitaria vida inmortal, por otra... Repasaremos algunas de las obras más sobresalientes del género haciendo una parada previa para comentar parte de la vida y trabajo de los escritores, pues será interesante apreciar las distintas personalidades y ambientes de los que las obras surgieron. Unas obras que hemos expuesto de forma cronológica con la intención de poder seguir una evolución progresiva hacia la novela actual.

* * *

Johann Wolfgang von Goethe —*La novia de Corinto*

Nace en Frankfurt en 1749. Acude a la Universidad de Leipzig en 1765, año durante el cual también escribe su primera obra: *Consideraciones poéticas sobre el descenso de Jesucristo a los infiernos.* Tres años después regresa a Frankfurt debido a un estado de salud delicado, hecho que no le impide terminar sus estudios de leyes en Estrasburgo (1771), aunque se establecerá en su lugar de nacimiento para ejercer.

En 1774 concluye el primer fragmento de *Fausto.* Ese mismo año su padre intenta casarlo con la joven Ana Sibila Münch, resultando un intento fallido.

El Duke Karl August le invita a permanecer durante una temporada en Weimar (1775), localidad en la que residirá de por vida.

Su vida amorosa fue tan fructífera como sus escritos, y de entre sus numerosas relaciones solamente tendrá un hijo llamado Augusto, que viene al mundo en 1789.

En 1808 se publica la primera parte de *Fausto*, obra que no completará hasta 1831. Finalizado el libro que le dará la fama, fallece un año después de la terminación del mismo, dejando atrás numerosos escritos, entre los que destacamos *La novia de Corinto.*

Entre el 4 y 5 de junio de 1797 escribe el relato *La novia de Corinto*, que erróneamente se pensó que estaba basado en *Vida de Apollonius de Tyana*, escrito por Philostratus. Sin embargo, sí tenía una base en otra obra, en una narración de la antigua Grecia, cuyo autor se llamaba Phlegon de Tralles. La novela trata de los "amores" entre una joven fallecida y su amado.

Se habla de ella como la primera narración europea sobre vampiros; y en la misma se puede observar, o por lo menos entrever y concluir grosso modo, parte de lo ya mencionado en el capítulo *Vestigios de vampirismo en la antigüedad.* Es decir, que el origen del vampirismo no sólo pudo estar iniciado por el común miedo a los muertos que los vivos siempre han sentido (entre otros motivos), sino también por el deseo de volver a estar con ellos. El anhelo del reencuentro hace que la muerta se levante de su tumba y busque a su amado. De tal forma que los muertos-vampiros no sólo regresan por venganza, sino también por amor (por ello Eros y Tanatos pueden tener mucho que ver con estos seres). Un relato en el que, aunque los protagonistas no se habían conocido (el joven ni siquiera sabía que su prometida había muerto), evidencia algo de ese motivo amoroso que impulsaba a los muertos a encontrarse con los vivos. Sin olvidarnos de que se trata de un relato ficticio, esta narración refleja en parte una dinámica interna, una de las muchas, que favorecía el aparente regreso de los muertos: el amor.

El relato no cambia la común creencia que tenía al fuego como el más potente y efectivo destructor de los vampiros.

> "*Oye madre, mi último deseo:*
> *Una gran hoguera has de encender.*
> *Abre mi pequeño mausoleo*
> *Y a los que aman déjalos arder...*

Y continúa con unas palabras que reflejan también la imagen del vampiro como un ser atrapado en una existencia en la que no descansa en paz, siendo el fuego no sólo el que acaba con sus manifestaciones póstumas sino el que por fin le da la paz eterna.

> "*Cuando el fuego ya*
> *Nos consuma acá,*
> *Volará a los dioses nuestro ser*".

Lord Byron —*The Giaour*

Nació el 22 de enero de 1788 en Londres. Su niñez transcurrió en las fértiles tierras de Escocia, concretamente en la localidad de Aberdeen, en compañía de su madre, mujer a la que detestaba el controvertido poeta. Le culpaba del mal que aquejaba uno de sus pies, motivo por el cual cojeó desde temprana edad.

Byron, a cuyo padre no conoció por haberse suicidado, hereda el título de Lord en 1798, año en el que fallece su tío. El título no le correspondía pero debido a la muerte de su padre (1791) y su primo (1794), le fue otorgado. Poco después de dicho nombramiento se traslada con su madre a Nottinghamsire.

En 1801 Byron ingresa en la Harrow School para, cuatro años después, hacerlo en la Universidad de Cambridge. Será durante su estancia allí cuando publica personalmente su primera colección de poemas, *Fugitive pieces* (1806). Aún transcurrirían dos años hasta su graduación.

En 1809 ocupa su asiento en la House of Lords, e inicia una nueva etapa en su vida dedicada a escribir y viajar. Como resultado de esta experiencia aparecen en 1812 *Cantos I and II of child Harolde.*

El Lord Byron que aclamaba el público inglés era el aristócrata de vida osada, en la que los devaneos sexuales y la conducta escandalosa estaban a la orden del día.

Su vida amorosa era en ocasiones cruel y apasionada, en otras, de ternura y devoción claras. Entre sus amantes se encontraban Lady Caroline Lamb, quien escribió una novela, *Glenarvon*, en la que satiriza a Byron representándolo en el personaje de Lord Ruthven.

Entre las particularidades del escritor destacan la de seguir una dieta vegetariana y cuidarse utilizando láudano y éter al caer enfermo. Además se debe destacar su gran habilidad y resistencia en el agua; la natación solía hacerle olvidar su tara de nacimiento y, llegó a ser tal la afición a la misma que en Venecia le pusieron los sobrenombres de *Diablo Marino* y *el Pez Inglés.*

Contrae matrimonio con Anabelle Milbanke en enero de 1814 y, en diciembre del mismo año, su esposa da a luz una niña que no evitaría, con su nacimiento, la separación de la pareja dos años después. La ruptura fue causada por las numerosas relaciones extraconyugales del poeta.

Será en 1816 cuando, junto a su médico personal Polidori, viaja hasta Ginebra, donde alquilará la Villa Diodati. Allí se les unirán los conocidos Percy y Mary Shelley, Mary Godwin y Claire Clairmont, entre otros invitados. Es allí donde deciden escribir, durante una velada, historias de terror. La única en tomar seriamente el asunto fue Mary Shelley, quien escribió Frankenstein, publicándolo con sólo 21 años. Polidori, en cambio, tomó notas de las ideas de Byron sobre un lord que resultaba ser un vampiro; más tarde desarrollaría la historia, dando lugar a la controvertida novela *El vampiro.*

Algunos meses después, Polidori regresará a Inglaterra. Byron, por el contrario, permanecerá fuera de Gran Bretaña hasta su muerte, el 19 de abril de 1824 en Missolonghi (Grecia). Ésta sobrevino cuando, recuperado de una enfermedad padecida durante aquel invierno, reanudó sus paseos a caballo. En una de dichas salidas fue sorprendido por un fuerte chaparrón y regresó a casa empapado, con escalofríos; no tardó en caer en cama con fiebre. En el transcurso de una semana su estado empeoró y los médicos pudieron convencerle para que aceptara someterse a una sangría; le aplicaron para ello 12 sanguijuelas en las sienes. Los médicos también le administraron aceite de ricino para provocarle diarrea (se pensaba por aquel entonces que con este método se "limpiaba" la fiebre). Pero todo ello no fue suficiente y Byron no mejoró. Se cuenta que la noche del 18 de abril dijo: "Ahora voy a dormir".

Durante el transcurso del año 1813 finalizó y publicó el único trabajo relacionado con el vampirismo de forma directa, *The Giaour* (aunque algunos críticos, como James Twitchell, señalan que otras composiciones del poeta inglés muestran alusiones al vampiro psíquico). Giaour significa *infiel, fuera de la fe* y con el poema muestra su conocimiento sobre los vrykolakas griegos como cadáveres que son reanimados por espíritus demoníacos:

Lord Byron

"(...) *pero primero, sobre la tierra como vampiro asentado,*
el cuerpo de su tumba es arrendado:
entonces horriblemente encantado el nativo lugar
y chupa la sangre de toda mi raza (...)".

John Keats —*Lamia*
Nació (como el que sería su amigo Byron), en Londres, en 1795. Keats queda huérfano de padre a la edad de 9 años. A esta muerte se sumaría la de su madre en 1810, causada por la tuberculosis.

Desde muy joven demostró cierta atracción por la poesía y los mitos griegos, materias que no tenían aparentemente relación alguna con su condición de aprendiz de cirujano. En 1814 estudia cirugía en su ciudad natal, obteniendo el título en 1816. Un año más tarde publicará un libro de versos que, aunque no recibe muy buenas críticas, no evita que Keats deje de ejercer en el quirófano. Transcurren dos fructíferos años en los que entre obra y obra enfermará de tuberculosis.

Entre sus trabajos encontramos *Endymion, to psyche* e *Hiperion*, aunque a continuación nos centraremos en una creación de tinte vampírico, *Lamia.*

Keats fallece el 23 de febrero de 1821 en la capital de Italia, Roma.

Durante 1819 escribió varios poemas, pero es en *Lamia* donde se denota el interés y aceptación del tema que había comenzado a adueñarse de Europa literariamente: el vampirismo. En esa obra encontramos una historia con una clara metáfora sobre el intercambio de energías dentro del campo de las relaciones humanas. En el señalado poema es el amor la esencia absorbida, junto a la de la vida, representadas ambas en la sangre.

La *Lamia* de Keats deriva de un antiguo cuento griego sobre un vampírico demonio, el *lamiai*, descrito por Philostratus en *su Vida de Apolonio*. Puesto que Keats no sabía leer griego y la citada obra no había sido traducida al inglés, éste dependió completamente de la versión ofrecida en *Anatomy of melancholy*, de Richard F. Burton.

La historia escrita por el poeta londinense trata de un hombre joven que sucumbe a los encantos de Lamia. La historia desembocará en un dramático final debido a la intervención de un amigo del "hechizado" a favor del mismo.

El crítico James Twitchell sugiere que el tema de *Lamia* aparece muy a menudo en el trabajo de Keats. Otros, como Edwin R. Clapp en 1948, sugirieron que la dama sin nombre de la obra *La belle dame sans merci* (1819), podía ser vista o entendida como un vampiro.

John William Polidori —*El vampiro*

Nació hacia 1795. Cursó estudios médicos en la Universidad de Edimburgo, donde a los 19 años recibió su graduado. Eligió para su disertación de fin de carrera a los temas del mesmerismo y el sonambulismo.

Su deseo era el de llegar a ser escritor, deseo que no se vio cumplido; lo único que le acercó a la literatura fue el trabajar como médico y secretario para el poeta Lord Byron y recorrer con él Europa en 1816.

Durante ese año, en Ginebra, se reunieron varios amigos y conocidos de Byron, entre ellos, Claire Clairmont, Percy Shelley y Mary Wollstonecraft (esposa de Shelley). Una de aquellas veladas en Villa Diodati, la noche del 18 de junio, se decidió dedicarla a la escritura, retándose unos a otros a terminar un relato para el día siguiente. El único material de valor fue el perteneciente a Mary Wollstonecraft, que dio vida al mítico monstruo de Frankenstein. Byron daría comienzo a una historia relacionada con un vampiro que pronto dejaría de lado.

Polidori guardaba un diario sobre sus vivencias del viaje por Europa, incluyendo notas sobre la mencionada velada del 18 de junio, junto con una sinopsis de la historia creada por Byron. Poco después, escribirá *The vampyre* y, tras la fracasada relación con el Lord, el cual se burla constantemente de él, regresará a Inglaterra.

Polidori se suicida, utilizando veneno, en 1821.

El médico personal de Byron, viendo una oportunidad para cumplir su deseo de ser reconocido como escritor, tomó el argumento del cuento del poeta inglés y lo desarrolló por cuenta propia; lo tituló *The vampyre*.

Dicha novela se publica en la *New Monthly Magazine* en abril de 1819 (casi al mismo tiempo era publicaba su otra novela *Ernestus Berchtold*, basada en el relato que había elaborado en la reunión de Villa Diodati) bajo la autoría de Lord Byron lo que, por supuesto, atrajo hacia la obra atención inmediata.

John Polidori

Lord Ruthven, el vampiro creado por Polidori y atribuido inicialmente a Byron, captó la admiración de lectores y escritores; quizás por ello, a pesar de que en el número de mayo de la citada revista Polidori explicó los acontecimientos relacionados con el escrito, además de aparecer una carta enviada por Byron negando la creación de la obra y exigiendo una retractación, el relato ya había conquistado Francia e Inglaterra.

Goethe afirmaba que era lo mejor que había escrito el lord inglés, y lo tradujo a su lengua nativa, el francés. El dueño de la *New Monthly Magazine* continuó afirmando que era una historia original de Byron, atreviéndose a difundirla por escrito fuera de su publicación, nuevamente bajo el nombre del poeta.

Hay quien ha escrito que Polidori, con su relato, hizo el primer bosquejo de lo que a partir de entonces sería la imagen clásica del vampiro. Para empezar, lo describe como un personaje que parece pertenecer y encajar en la nobleza. Enseguida habla de su mirada, de cómo "podía sofocar con la mirada". Continúa hablando de su palidez facial y deja claro que el sexo femenino se veía enormemente atraído por él.

Una peculiaridad de este vampiro, que no pareció calar en las posteriores representaciones del mismo, es que a todo aquel al que otorgaba un favor acababa, con el tiempo, "o en el patíbulo o en la más baja y abyecta degradación"; quizás dando a entender que todo aquello que "tocaba" era corrompido.

Encontramos también en este relato la común aceptación de la relación del vampiro con el diablo cuando hace referencia a los "marcados con el apetito de ese demonio" (los "mordidos" por el vampiro).

Se puede observar la creencia de que los vampiros sólo salen de noche cuando Ianthe le ruega a Aubrey que volviese de su viaje "antes de que la noche permitiese a esos seres [los vampiros] reanudar sus actividades"; aunque Lord Ruthven parece no verse afectado por la luz solar.

Los días tormentosos han estado algunas veces estrechamente ligados a las narraciones y producciones vampirescas (por lo general a la literatura gótica), y en el relato de Polidori la fatídica noche en la que muere la amada de Aubrey también se desencadenó este fenómeno atmosférico; no faltaron ni siquiera los truenos.

La fuerza física del vampiro, característica también perenne del no muerto, puede apreciarse en esta narración. Al igual que la descripción de las marcas en el cuello de la víctima.

Al vampiro de Polidori parecen afectarle las armas de fuego, pues "muere" de un disparo. Es éste un aspecto que no compartirán posteriores vampiros. Después sería resucitado por los rayos de la luna. Esto refleja, en parte, la creencia de algunas zonas, en las cuales se pensaba que los rayos lunares podían convertir al recién fallecido en un vampiro.

Lord Ruthven, el protagonista vampírico del relato, un aristócrata tan encantador como cruel, estaba inspirado, contaban, en el propio Byron; afirmación que parece confirmarse cuando el nombre de dicho personaje era el mismo que Lady Caroline Lamb, antigua amante de Byron, había creado para referirse a éste en su novela *Glenarvon.*

Además de la inicial confusión sobre quién fue realmente el autor de *The vampyre* (en 1830, en una edición francesa que recogía trabajos de Byron se incluyó esta narración), la obra trajo consigo la primera ola de importante interés por el vampiro literario, tomando a Lord Ruthven (como años después se haría con Drácula) como principal personaje en escritos e incluso óperas.

Hubo quienes, fascinados con Ruthven, se convirtieron en *fans* del mismo, llegando a escribir obras en las que dicho vampiro era uno de los protagonistas principales. Entre estos se encontraría Alexandre Dumas que, en 1852, narró las últimas aventuras de la creación de Polidori.

James Malcolm Rymer —*Varney el vampiro*

De origen escocés, nació en 1804, falleciendo ochenta años después. A los 38 años de edad edita la *Queen´s Magazine*, después de haber tenido varios trabajos; ingeniero civil y agrimensor entre otros. En 1843 toma el puesto de editor en *Lloyd´s Penny Weekly Miscellany*, tras el fracaso de la *Queen´s Magazine.*

Rymer solía escribir bajo pseudónimo (Malcolm J. Merry y Malcolm J. Errym, fueron los más populares), hecho que dificulta el conocer con claridad cuándo dio comienzo su trabajo en la ficción; pero lo que sí se conoce es que en 1841 había escrito la novela *The black monk.* Durante los años cuarenta aparece la obra que lo consagraría dentro del "género vampírico": *Varney the vampyre*, éxito que no le apartaría de su trabajo en el *Lloyd´s* hasta 1853, cuando es contratado por otra popular publicación, el *Penny dreadful* (359). Los años comprendidos entre 1858 a 1864 los dedica por entero a escribir para el *Reynold´s Miscellany*, y dos años más tarde lo haría para el *London Miscellany*.

Su obra más popular fue *Varney the vampyre; or a feast of blood: a romance*. Su aparición tuvo lugar a mediados de los años cuarenta, y al finalizar su publicación contó con 868 páginas y 220 capítulos.

Varney the vampyre incluye muchas de las opiniones que Polidori tenía acerca de los vampiros, opiniones que muestra en su relato *The vampyre*.

Sobre quién fue el autor real de la obra hubo diversas y encontradas conjeturas. La novela se publicaba, número tras número, de forma anónima, por lo que, algunos como Montague Summers creyeron que era Thomas P. Prest (autor de *Sweeny Todd*). Pero unos cuantos años después, en 1963, se encontraron evidencias de que Rymer había sido el creador de Varney. Louis James, quien había heredado algunos de los álbumes de recortes de Rymer, halló pruebas concluyentes de que éste era el autor de la mayor parte de la obra. Por lo visto, era común en este tipo de publicaciones (*Penny dreadful*) que varios escritores interviniesen en un mismo serial, lo que se percibe al encontrar estilos desiguales dentro del relato y afirmaciones contradictorias sobre el personaje principal.

Varney es, nuevamente, una porción del banquete sexual que ofrece el vampirismo a la literatura que, junto a Carmilla, Lord Ruthven y Drácula, representan un suculento manjar.

En una parte del relato, el reloj de la antigua catedral anuncia la media noche, considerada la "hora bruja" por excelencia, la hora en que más activas parecen estar las fuerzas del mal. Pero así como el miedo popular ha dado una relevancia especial a la medianoche para relacionarla con el despertar de fantasmas y espectros, no encontramos especial énfasis por parte de los escritores en hacer partícipe también a los vampiros de ese oscuro y tenebroso momento. Así como la sangre y el vampiro han sido un tándem inseparable en la literatura vampírica, no ha ocurrido así con las campanadas

(359) *Penny dreadful*: surge en Inglaterra en 1830; se denomina de tal manera a la ficción popular vendida a bajo precio. El *Penny dreadful* se dividía en dos clases básicas: revistas que costaban un penique y se especializaban en serializar novelas populares y novelas publicadas por capítulos o en varias partes que se vendían también por un penique cada una, siempre dirigidas a un público adulto. No es hasta veinte años después cuando este mercado es dirigido, en general, a los lectores infantiles.

de las doce de la noche, las cuales apenas se mencionan cuando se habla de vampiros.

Una noche tormentosa llena de truenos vuelve a hacer acto de presencia, continuando así con un ambiente atmosférico gótico, que será bastante característico ante la presencia y fatídica actuación del vampiro en las numerosas novelas escritas. Figura alta y delgada, manos huesudas... Y nuevamente una tez blanca, unos dientes colmilludos, unas largas uñas y una mirada hipnotizante. "¿Conseguirá apartar los ojos del intruso, y romper de ese modo el sortilegio?", se pregunta el relator. Una narración detalladamente descrita que hace del lector un espectador en el mismo lugar de los hechos.

En 1847 se recogen los capítulos en un solo volumen y la venta del libro se prolonga durante 15 largos años.

Edgar Allan Poe —*Berenice–Ligeia...*

Poe nace en Boston (Massachusetts), el 15 de enero de 1809. Con sólo dos años queda huérfano al morir sus progenitores, aquejados de tuberculosis (otras fuentes señalan que su padre había desaparecido antes de que viniese al mundo). Fue adoptado por John Allan (algunos biógrafos afirman que fue la esposa de éste la que lo crió como a un hijo), que le proporciona una buena educación académica.

En 1826 ingresa en la universidad de Virginia, pero debido a ciertas desavenencias con su protector deja los estudios y se incorpora al ejército. En 1830, y reconciliado con su padre adoptivo, Poe es enviado a la Academia Militar de West Point, lugar del que no tardaría en ser expulsado por desobediencia.

Retirada entonces la ayuda económica de John, el joven Poe vive de lo que le proporciona el empleo de periodista que ha conseguido. En 1831 descubre que tiene un tío en Baltimore, con cuya hija, Virginia Clemm, contrae matrimonio hacia 1836.

Poe tuvo una vida de escasez y miseria que, junto al exceso de alcohol y el fallecimiento de su mujer, lo condujeron a la muerte.

En 1827, casi 10 años antes de casarse, había escrito su primer libro de poemas. Entre sus narraciones hallamos *Los asesinatos de la calle Morgue*, *El pozo y el péndulo*, *El gato negro*, *El caso de M. Valdemar* o la fábula *Silencio.*

Se dice que en 1848 perseguía a las mujeres con pasión, incluso intentó convencer a una para que abandonase a su marido y se fuera con él. Se habla también de su intento de suicidio al ingerir una poción de opio que acto seguido vomitó en la acera.

Propuso matrimonio a Sarah Elmira Royster Shelton, que aceptó. Un día después dijo salir hacia Nueva York, prometiendo regresar enseguida. Seis días después, un impresor del *Sun* lo encontró tumbado en una calle de Baltimore. Fue llevado al hospital, en donde no fue capaz de explicar lo que le había ocurrido durante los seis días que había estado perdido. El sábado 7 de octubre de 1849 murió. Algunos achacan su muerte a una borrachera, otros a la ausencia de su primera esposa, fallecida años atrás, y los hay que afirman que su fallecimiento no fue corriente, sino tan extraño como los de sus relatos. Hay otros que hablan de la diabetes o de un tumor cerebral, enfermedades desconocidas en aquella época.

Se comenta que en el funeral del escritor sólo estuvieron presentes cuatro personas, pues sus parientes lo consideraban un despreciable alcohólico, y no querían saber nada de él.

Tras su muerte, en la nota necrológica que el *Journal of Commerce* publicó en sus páginas, se podía leer: "Esperamos que haya encontrado el descanso, porque lo necesitaba".

Algunos estudiosos del legado literario de este gran escritor aseguran que ciertas historias aludían a lamias, siendo el caso *Berenice*, *Ligeia* y *Morella*, tres mujeres cuya fascinante personalidad y belleza atravesaban el umbral de la muerte para regresar en cuerpo o espíritu. Mujeres que poseían el cuerpo de otras mujeres, renacían de su propia prole y regresaban con los que amaban.

En *The oval portrait* y *The fall of the house of usher* el hombre es el que se condena arrebatando la esencia vital a los que ama. El primer relato narra cómo, al tiempo que un pintor retrata a su amada, le va extirpando la vida, que concluye cuando la última pincelada es dada al cuadro. En la segunda historia se entierra con vida a una mujer cataléptica que regresa trayendo consigo la destrucción. Se dice que en estas obras Poe toma el vampirismo como base. Llegando a sobrepasar los límites de lo irreal y sumergiéndose en la mente humana consigue extraer, mediante desgarradores sentimientos, los más aferrados temores asentados en la misma.

Théophile Gautier —*La muerte amorosa*

Pierre Jules Théophile Gautier nace el 30 de agosto de 1811 en Tarbes (Francia), y con sólo 3 años se traslada junto a su familia a París. Allí sería donde cursaría estudios en el Liceo Louis-le-Grand de París. En junio de 1829, Pétrus Borel y Gérard de Nerval le presentan a Víctor Hugo. Años después traduciría *Fausto* a la lengua francesa, posiblemente debido a que su juventud se vio influenciada por Goethe y Hoffman. Se le asoció con el círculo de escritores en torno a Víctor Hugo, y acudió a numerosas reuniones literarias (sobre todo durante los años treinta), incluyendo una en el Hotel Pimodan, famoso por su indulgencia con el opio.

En 1831 publica su primer relato, *La cafétière*, en la revista *Le Cabinet de lecture*. Poco tiempo después, y debido a problemas económicos familiares, Gautier tuvo que tomar un empleo como periodista, realizando críticas de todo tipo relacionadas con el arte. Además de ejercer su profesión, le gustaba escribir románticos relatos.

Fallece del corazón el 23 de octubre de 1872 en Nevilly-Sur-Seine.

La morte amoureuse aparece en 1836 en dos entregas fechadas el 23 y 26 de junio en *La Chronique de Paris*. Esta historia cargada de fuerte erotismo, narra la experiencia de un sacerdote acosado por una voluptuosa vampira que le exige que dé la espalda a su Dios. Una traducción inglesa de la obra aparece en *The World of Theophile Gautier* (1907), y se publica por separado veinte años después en *The beautiful vampire*.

Los críticos han encontrado entre sus obras otras marcadas, aunque sutilmente, por el vampirismo; es el caso de *Aria Marcella*, inspirada directamente por el relato de Goethe *La novia de Corinto*; *The Mummy´s foot*, y *Spirite*. En *The Mummy´s foot* la momia posee la elasticidad de la carne viva y los ojos húmedos y brillantes del que no ha muerto, descripciones que, entre otras, provocaron la comparación con un vampiro yacente en la tumba.

Joseph Thomas Sheridan Le Fanu —*Carmilla*

Le Fanu nace el 28 de agosto de 1814 en Irlanda, concretamente en la capital, Dublín. A la edad de 14 años compuso el poema que impulsaría su carrera como escritor, que daría comienzo, formalmente, en 1838, cuando su escrito *The ghost and the bonesetter* era publicado en *la Dublin University Magazine*. Le Fanu se graduaría en el Trinity College. En 1858 fallece su esposa, lo que provocó en el escritor una reclusión, escribiendo, según cuentan, desde su cama, historias de horror. Debido a esta reclusión y su comportamiento huidizo, negando la visita incluso a sus amigos, se le llegó a considerar el "huraño invisible". Tres años más tarde, compra la citada *Dublin University Magazine*, editándola hasta el año 1869.

Le Fanu escribió varias novelas y relatos cortos, gozando de más popularidad los segundos que las primeras. Siete de sus historias cortas aparecen en la publicación de Charles Dickens *All the year round* (1866).

Sobre Le Fanu, que nunca sobresalió como escritor entre sus contemporáneos y que a menudo escribía de forma anónima, se ha dicho que su obra maestra es *El tío Silas* (1864), y parece ser que los críticos coinciden en señalar que los relatos publicados en su colección *In a glass darkly* (1872) son seleccionados como los mejores de entre todos los escritos por él.

Entre su *fans* se encontraban grandes literatos como Dorothy Sayers o Henry James; pero realmente se le comienza a reconocer en pleno siglo XX, cuando en 1964 E. F. Bleiler completó una edición del *Best ghost stories of J. S. Le Fanu.*

El escritor irlandés falleció en 1873, a la edad de 59 años.

Carmilla, considerada la tercera historia de vampiros escrita en inglés. Fue en un principio publicada en fragmentos, apareciendo en *la Dark blue magazine* (1871). El relato cuenta las experiencias de una familia con una mujer vampiro que, seduciendo, extrae la sangre de aquellos a los que enamora.

Carmilla, al igual que Drácula, muestra sutilmente una sexualidad condenada, considerada pecaminosa. En la citada obra, el lesbianismo está presente, aunque oculto. Y parece, como en Drácula, que el no muerto está encadenado al sexo, como lo está al deseo de sangre y vida eterna.

El lesbianismo se manifiesta sutilmente en frases pronunciadas por Carmilla y dirigidas hacia la relatora de los acontecimientos. "«Tu belleza me conquistó. Me pregunto si te sientes tan extrañamente atraída hacia mí como yo hacia ti». Suspiró y sus hermosos ojos negros me miraron apasionadamente (...). A veces me cogía de la mano (...) era como el ardor de un enamorado (...) luego me atraía hacia ella, recreándose en la mirada, y sus cálidos labios me recorrían las mejillas a besos (...). «Jamás he estado enamorada de nadie, y nunca lo estaré –susurró–. Salvo que lo esté de tí (...). Yo vivo en tí, y tú moriras en mí. Te amo tanto...»".

En este relato encontramos además un componente que no siempre está presente en las historias ficticias de vampiros; se trata del amuleto contra el vampiro. Un charlatán jorobado se lo vende a las dos principales protagonistas de los acontecimientos asegurando que "nunca falla".

La narradora se pregunta si Carmilla rezaría sus oraciones alguna vez; señalando además que nunca participaba de los rezos en familia, ni en los de la mañana, ni en los de la noche. También en esta narración se da a entender que los vampiros sólo salen de noche, pues en cierto apartado podemos leer que "ella [Carmilla] no baja nunca antes del atardecer".

El estacamiento se utilizaría como primer arma para acabar con Carmilla, la cual, al verse atravesada, soltaría "un chillido desgarrador, semejante en todo al estertor de un agonizante". Después se la decapitaría y echaría al fuego para, por último, esparcir sus cenizas al río. Como vemos, en este caso se utiliza el ritual completo; utilizando también varios términos para mencionar al vampiro: *upiros* y *revenants*.

Algo que no parece corresponder con la mayoría de las "verdaderas" historias de vampiros surge cuando abren la tumba de Carmilla (Mircalla), la cual no desprende ningún hedor a cadáver, aunque sí coincide con el folklore en la descripción del cuerpo, del cual se dice que está flexible, con el ataúd inundado de sangre y con una casi imperceptible respiración.

Algo nuevo que puede encontrarse en este relato y que no corresponde con la creencia que se tenía sobre los vampiros, es la limitación dada por el autor a Carmilla, de la cual dice que estaba sujeta a su nombre que, aun no utilizando realmente el suyo, debía de reproducir al menos todas las letras, como si de un anagrama se tratara. De tal forma que Carmilla adoptaba también el nombre de Mircalla.

Le Fanu escribió una segunda historia, menos conocida, titulada *The room in the Dragon volant* que, a opinión de ciertos críticos, trata de manera sutil el tema del vampirismo.

Alexander Konstantinovich Tolstói —*Upuir* y *La familia del Vurdalak*

Tolstói nació en San Petersburgo (Rusia) en 1817. Hijo de aristócratas, a los 16 años entra a trabajar para el gobierno. Viajó a Moscú, donde estudió en la universidad, graduándose en 1835.

Estudioso de las llamadas *ciencias ocultas*, tiene entre sus obras un amplio trabajo sobre el alquimista Ramon Llull. Sus escritos estuvieron influenciados en un principio por Ernst Theodor Hoffmann. Estas obras estaban dedicadas a lo fantástico y ultraterreno como *Upuir* (otros escriben *Upyr*, término utilizado para hacer referencia al vampiro) que introdujo el tema del vampirismo en Rusia. También escribió *The reunion after three-hundred years*, *The family of the Vurdalak* y *Amena*. Hacia finales de los cuarenta comenzó a escribir poesía.

1850 es un año en el que consigue llegar a su culminación como poeta, periodo consecutivo a su intervención en la guerra de Crimea (península del sur de Rusia, en el mar Negro) en 1855-1956. Once años después dejará su empleo en la corte imperial y se dedicará de lleno a la literatura, trasladándose a Ucrania. Como solitario que era seguirá sin participar, salvo en contadas ocasiones, en los círculos literarios de la época.

Fallece en 1875 a causa de una sobredosis de morfina, dejando tras de sí el traslado de la novela gótica al ambiente ruso.

Upuir fue la primera novela de vampiros escrita en Rusia, y tuvo que ser supervisada por la censura del país antes de publicarse en 1841 por Krasnorogsky (seudónimo utilizado por Tolstói). Otros afirman que la escribió en francés hacia 1840, pero que no sería publicada hasta 1884 por motivos de censura hacia lo extranjero.

La familia del Vurdalak, obra escrita en francés, trata la historia de un hombre que cuenta sus andanzas con una familia serbia cuyos miembros van sucumbiendo a un vampiro.

Vurdalak es otro término con el cual se conocía al vampiro. En esta historia enseguida aparece la estaca como método para acabar con el no muerto. El padre, cuando va a ir a la busca y captura de un salteador de caminos turco, ordena a sus hijos que si no regresa en un plazo de 10 días le claven una estaca de álamo cuando lo vean, a su vuelta. Pero no olvidemos que, en cuanto al tipo de madera empleada para el estacamiento, se utilizaba por regla general la del árbol más abundante en el lugar.

En este relato se dice que el vampiro ataca con preferencia a sus familiares y amigos más íntimos, "los cuales, al morir, se convierten en vampiros a su vez". Texto que refleja muy bien la opinión que, en realidad, se tenía de los mismos y que habla de la condición epidémica del vampirismo. De hecho, en un apartado, dice un ermitaño al relator que el vampirismo es contagioso, aspecto epidémico que también se dejará entrever en Carmilla.

Algo peculiar de esta narración y que no parece extenderse a la mayoría de los relatos vampirescos es el texto en el que se dice que "cuando sospechan que alguien es un vampiro evitan pronunciar su nombre..., porque creen que es llamarlo de la tumba". Desconocemos si esta creencia con respecto a los vampiros formaba en verdad parte del pueblo eslavo, pero es evidente que el no pronunciar el nombre del recién fallecido era una costumbre muy común en casi todos los pueblos primitivos (mirar capítulo *Vestigios de vampirismo en la antigüedad).*

El lector se queda sin saber a ciencia cierta si la razón por la que tanto ladra el perro a la llegada del padre es porque detecta que éste puede ser un vampiro o por la cabeza decapitada que llevaba envuelta sobre la espalda. Pero recuerda que, en algunas zonas, los perros y los lobos eran enemigos del vampiro.

En pocas novelas se hace mención del mal olor del aliento del vampiro, que en este caso se describe como un aliento de olor cadavérico.

Por otra parte, hay una clara referencia a la creencia de cómo los objetos sagrados hacen retroceder al vampiro: "(...) entreteniéndome en adornarla con todas sus joyas quise ponerle en el cuello el crucifijo de esmalte que había encontrado sobre su mesa. Al hacer yo ademán, Sdenka retrocedió con un estremecimiento (...). Al mirarla con atención observé que no tenía ya en el cuello, como antes, el montón de medallas, relicarios (...)".

Paul Féval —*La ciudad vampiro*

Paul Corentin Féval nació en la localidad francesa de Rennes durante el transcurso del año 1817. Este novelista francés tiene entre sus obras: *Los misterios de Londres* (1844), *El jorobado* (1858) o *Jean le diable* (1868).

Su hijo Paul también llegaría a escribir (*El hijo de d´Artagnan* y *El hijo de Legardère*).

Pero la novela que llama nuestra atención es *La ville vampire*, publicada en 1875.

La narración es una parodia del género gótico, tan apreciado por los escritores del siglo XIX. Concretamente, en la presente novela muchos ven que Féval aplica una magistral imitación burlesca sobre las novelas de la afamada escritora Ann Radcliffe (360).

La ciudad vampiro, además de ser un escrito humorístico dentro de la literatura de terror, es una obra bien documentada, en la que se conecta con el público a través del personaje femenino central, haciendo cómplice y partícipe al lector desde el primer capítulo de la historia.

La narración parece adentrarnos en un mundo onírico donde nada es lo que parece, además de mostrarnos un incontable número de temores que acechaban a los contemporáneos del siglo XIX. Un buen ejemplo sería el despertar de la mujer y su escapada del arrinconamiento social al que había estado sometida.

Bram Stoker —*Drácula*

Stoker, considerado por algunos el "padre" del vampiro literario, nació el 8 de noviembre de 1847 en la localidad de Clontarf (Irlanda); otros biógrafos señalan la propia Dublín como lugar de nacimiento del popular escritor.

Se dice que, ya a edad temprana, estuvo familiarizado con lo "oculto", y se argumenta que, principalmente, fue consecuencia de una grave enfermedad que sufrió y que le retuvo mucho tiempo en casa. Durante este tiempo su madre le entretendría contándole antiguas leyendas irlandesas que, la mayoría, trataban sobre criaturas y seres fantasmales.

Recuperado de la enfermedad que mermó su niñez ingresó, a la edad de 16 años, en el Trinity College de Dublín para cursar estudios universitarios. Durante este periodo consiguió un título de atletismo, se unió a la Philosophical Society, donde realizó su primer ensayo, *Sensationalism in Fiction and Society*, y tiempo después llegaría a ser presidente de la misma. En la

(360) Ann Radcliffe (1764-1823). Novelista inglesa entre cuyas obras se hallan *Los misterios de Udolfo* y *El bosque de la abadía de Santa Clara*.

Bram Stoker

universidad se graduaría en 1870 en Ciencias y Matemáticas.

Dejados los estudios y ya inmerso en el mundo laboral, tuvo empleos tan diversos como el de periodista, crítico teatral o abogado en el Dublin Castle.

La impresión que le causó el actor británico Henry Irving le motivó para ofrecerse como crítico dramático al *Dublin Evening Mail* sin recibir paga alguna por su cometido. Su trabajo realizando esta labor apareció en varias publicaciones y pronto fue recibido en los círculos sociales dublinenses.

En 1873 recibe la propuesta de ser director del *Irish Echo* (periódico que más tarde recibiría el nombre de *Halfpenny Press*); acepta, aunque una vez más no recibiría ningún tipo de beneficio monetario por el trabajo desarrollado. Tal publicación no tendría éxito con su nueva dirección y Stoker tuvo que presentar su dimisión un año después de haber recibido el cargo. A partir de entonces, Stoker se vuelca en el teatro, comenzando a escribir historias de ficción de corta duración que publica en diferentes periódicos locales. Su primera obra de horror, *The chain of destiny*, apareció en 1873, en el *Shamrock*, por entregas.

En 1878 Henry Irving (que llegaría a ser una renombrada estrella del teatro inglés) le brindó la oportunidad de llevar la administración del teatro Lyceum, en Londres. Allí también trabajaría como crítico teatral, agente y adaptador de las obras literarias que interpretaba Irving.

Se incorporó a las reuniones de un grupo de aficionados a las historias de lo sobrenatural, llamado Sublime Sociedad de los Bistecs, los cuales impulsarían su deseo de escribir; y ya en 1882 publicaría *Under the sunset*, su primer libro de ficción.

Una época oscura en la vida de Stoker fue aquella en la que se le relacionó directamente con la sociedad secreta de La Orden Hermética del Alba Dorada (la Golden Dawn). Esta sociedad fue fundada por W. W. Westcott, W. R. Woodman y S. L. Mathers sobre 1888. Se convirtió prontamente en el estereotipo de la sociedad mágica, realizando rituales de iniciación, ocultismo y magia. Entre sus adeptos se incluían personajes tan conocidos como Florence Farr (actriz), Arthur Machen (escritor ocultista) y el poeta W. B. Yeats (que más tarde recibiría el premio Nobel), entre otros.

Según algunos, es seguro, y por tanto una verdad histórica, que fue miembro de dicha orden, aunque otros no lo tienen tan claro. Es el caso de la presidenta de la Bram Stoker´s Society, Leslie Shepard, quien niega la afiliación del escritor a la Golden Dawn basándose en que no se ha encontrado ningún rastro de Stoker en los papeles "sagrados" de la orden.

Por otra parte, uno de los biógrafos de Stoker, Alain Pozzuoli, argumenta que el escritor irlandés contactó con la sociedad hermética en 1890, desconociéndose los motivos que le impulsaron a ello y, por motivos también desconocidos, rechazó el formar parte del seno de la orden, sin alcanzar por ello más que el grado de neófito.

Otros investigadores señalan que la Golden Dawn, habiendo recibido a Stoker como miembro, influyó de forma notable en las obras literarias del escritor, pues a través de la sociedad pudo adentrarse en el mundo del ocultismo y lo paranormal. Un claro ejemplo que exponen los que por esto abogan sería la novela *La guarida del gusano blanco.* En ella, uno de los personajes, Edgar Caswall, estaría inspirado, aseguran algunos, en la maléfica y extravagante personalidad del mago Aleister Crowley, miembro "superior" de la orden hermética.

Por fin llegaría la novela que marcaría un mito en la historia de la literatura: *Drácula.* Según el propio autor, escribió la novela a raíz de una pesadilla en la cual experimentó la sensación de un vampiro elevándose de la tumba. A esto se sumó una investigación personal y una "ayuda" literaria anterior (había leído tiempo atrás el también magistral relato *Carmilla*, de Sheridan Le Fanu). El resultado fue que, según parece, modeló el vampiro acorde a un príncipe transilvano llamado Vlad Draculea.

Ya en 1895 Stoker estaba trabajando en *Drácula*, cuestión que se deduce por la correspondencia que mantuvo con su hermana Charlotte. En dichas cartas se evidencia que la novela ya estaba adquiriendo forma, siendo el objetivo de Stoker el de "ofrecer una obra capaz de romper la falsa tranquilidad de nuestros hogares mentales".

Muchos de los lugares y tradiciones que, bien descritos, se aprecian en el relato, son fácilmente identificables con aquellos que en realidad existieron en su época; incluso hoy algunos se mantienen en pie y pueden ser visitados (algunos en Inglaterra y otros en tierras transilvanas). Se deduce que Stoker se documentó adecuadamente sobre aquellos parajes y creencias.

Concluida la obra, 1897, la envía a su hermana, la cual queda complacida con la novela y la considera "espléndida".

El libro fue un éxito, adaptándose algo más tarde al cine y al teatro. El famoso escritor Oscar Wilde llegó a elogiar la obra calificándola como "una de las mejores novelas de todos los tiempos".

No es de extrañar, debido al tema tratado en la novela, que haya quienes insistan en la relación que debió de haber entre la Golden Dawn y *Drácula.* Al parecer, en esta novela aparecen personajes que recogen ritos y enseñanzas que poseía la orden. Ritos y enseñanzas que se mostraban en el manuscrito de Abramelín el mago, un texto de lectura obligatoria para todos los miembros de la sociedad. Además, la orden hermética practicaba el culto a la sangre (culto relacionado con el símbolo del dragón; guardián de la sangre eterna).

El final de sus días no fue precisamente una época esplendorosa. En 1905 fallece su adorado amigo Henry Irving, y es a partir de ese año cuando su salud comienza a deteriorarse; a esto se le sumaron problemas de índole financiero y algunos fracasos con las representaciones. Stoker fallece el 12 de abril de 1912, a los 64 años.

Entre sus obras podemos encontrar *The duties of clerks in Petty Sessions in Ireland* (1879), *Under the sunset* (1981-1982), *The snake´s pass* (1989-1990), *Dracula* (1897), *Miss Betty* (1898), *The mystery of the sea* (1902), *The jewel of the seven stars* (1903), *The man* (1905), *The personal reminiscences of Herry Irving* (1906), *The lady of the shroud* (1909), *Famous impostors* (1909/10), *The lair of the white worm* (1911).

Frederick Thomas Saberhagen —*La voz de Dracula* y *El encuentro* (361)

Saberhagen nace en el año 1930. A los 32 años consigue alcanzar su objetivo principal, ser un escritor independiente. Pero no será hasta 1964 cuando edite su primera novela *The golden people.* Transcurridos tres años desde entonces, es contratado como asistente de editor con *Encyclopedia Britannica,* cargo que ocupará durante seis años. Después dedica todo su tiempo a escribir.

Entre sus libros más conocidos se encuentran las series *Beserker; Swords* y *Lost swords* (dentro del campo de la ciencia ficción). También llegaría a editar diversas antologías sobre ajedrez y arqueología.

The Dracula tape (1975), *The Holmes-Dracula file* (1978*), An old friend of the family* (1979), *Thorn* (1980), *Dominion* (1982), *A matter of taste* (1990)

(361) Los títulos originales son *The Dracula Tape* y *The Holmes-Dracula File.*

y *A question of time* (1992), son algunas de sus novelas dedicadas a la figura del vampiro.

El Drácula creado por Saberhagen, al contrario que otros vampiros contemporáneos como Lestat y Louis, de Anne Rice, entre otros, no tiene dilema por causa de su estado de no-muerte. Acepta su realidad, incluso aspira (y de hecho lo consigue) a alcanzar el título de héroe.

Según explica Saberhagen, al releer la novela de Stoker se dio cuenta de que la forma en que mataban a Drácula –con un cuchillo– no encajaba con la tradición. De esta manera pudo reanimar, abierta esta oportunidad, nuevamente al conde y convertirlo en el personaje central de una serie de novelas.

Sin embargo, Leonard Wolf, autor de *The annotated Dracula* y *A dream of Dracula*, le echa en cara el haber transformado al cruel y egoísta conde transilvano en "un tipo simpático y afable que se siente muy solo", tendencia adquirida por diversos escritores que ven en Drácula un héroe condenado en lugar de un ser realmente perverso, como lo retrató Stoker.

Francis Ford Coppola (director de cine) seleccionó a Saberhagen, junto a James V. Hart, para escribir la novelización del guión escrito por su propio puño para el film *Bram Stoker´s Dracula.*

Anne Rice —Crónicas vampíricas

Nació en Nueva Orleans, en 1941, en el seno de una familia católica asentada en la comunidad irlandesa. Su niñez transcurrió como la de cualquier niño pero al alcanzar la adolescencia se acrecentó su escepticismo en las enseñanzas de la Iglesia católica, incluyendo la existencia de Dios. Este vacío fue rellenado con un "sistema ético racional y un elemento integral en su trabajo de la tradición del vampiro".

Ha utilizado, y continúa haciéndolo, dos seudónimos para firmar sus libros: Anne Rambling y A. N. Roquelaure, con este último publicó una serie de novelas eróticas.

Sobre su vida privada siempre ha demostrado una discreción y un deseo de intimidad muy claros. Está casada con el poeta y pintor Stan Rice, y tuvo dos hijos, Christopher y Michelle (la segunda murió de leucemia).

Aparte de las famosas Crónicas Vampíricas, ha publicado novelas como *The feast of all saints, Melinda, The witching hour, Cry of heaven...*

En 1969, Rice escribe una historia corta llamada *Interview with the vampire.* Esta narración se convierte, en 1973, en novela, cuyo personaje principal, Louis, refleja el dolor que la autora ha sentido tras la muerte de su hija. El libro es rechazado por varias editoriales hasta que, finalmente, Alfred A. Knopf lo compra y publica en 1976, siendo un éxito rotundo.

Nueve años después publica el segundo volumen de la saga, *The vampire Lestat*, seguido por *The queen of the damned* (1988). En 1992 continúa con *The tale of the body thief.* Finalmente aparece, en 1996, *Memmnoch the Devil.*

Rice reconoce que sus vampiros, en especial Lestat y Louis, atraen al público y lo seducen. Este éxito, según ella misma, radica en que los lectores pueden identificarse con los personajes.

Su atracción por los vampiros también se plasmó en el *relato The master of Rambling Gate*, que aparecería en los libros *Redbook* (1984), y en *The ultimate Dracula* (1991) (libro recopilatorio de relatos de vampiros)

Katherine Ramsland, debido a la popularidad y éxito alcanzado por Rice, decide escribir la biografía de la misma, concluyéndola en 1991 bajo el título *Prism of the night.* Dos años más tarde, Ramsland publicaría *The vampire companion: the official guide to Anne Rice´s vampire chronicles*, una guía de las crónicas vampíricas de Rice.

Stephen King —*Salem´s Lot...*

King, cuya ciudad natal es Portland (Maine), nació el 21 de septiembre del año de 1947, y ya de niño escribía historias cortas de ficción. Una afición que más tarde lo llegaría a convertir en uno de los escritores más famosos de este siglo.

Cursó estudios universitarios en Maine, donde obtuvo su graduación en 1970. Antes de dejar la universidad ya había publicado algún escrito, siendo el primero *The glass floor*, que apareció en *Startling Mistery Stories* en 1967.

Finalizados los estudios y ante la imposibilidad de encontrar trabajo como profesor de inglés, terminó ocupando un puesto en una lavandería industrial. Mientras tanto, y a pesar de las dificultades de encontrar empleo, King no había dejado de escribir relatos breves, hasta que llegó la creación de su primer libro, *Carrie*, alcanzando un notable éxito.

En 1975 sale al mercado *Salem´s Lot*, uno de sus mayores logros comerciales, que será llevado a la pantalla, como otras muchas de sus novelas.

Lo que el público ha desconocido de este gran escritor hasta 1985 es que ha publicado otras obras bajo el seudónimo de Richard Bachman. Tampoco era muy conocido el hecho de que era un hombre casado y padre de varios niños.

Como no es de extrañar, King ha recibido varios premios de los que señalamos el especial World Fantasy Award por su labor dentro del campo de la ficción.

Salem´s Lot (1975), una historia de vampiros de corte clásico, incluye lúgubre mansión, un no muerto auténtico y desapariciones, así como remedios a la antigua: cruces, estacas y agua bendita. Originalmente se llamó *Second coming* y después pasó a titularse *Jerusalem´s Lot* hasta finalizar con el nombre actual.

Esta novela fue nominada, en 1976, para recibir el prestigioso premio Worl Fantasy Award en la categoría correspondiente a la mejor novela.

Otras novelas de marcado o sutil contenido vampíricoes *The Tommynockers* (1989), novela que cambia ostensiblemente de la anterior. No se trata del típico no muerto tipo Nosferatu, sino de una criatura de origen extraterrestre que se deleita con los seres humanos.

Pet Sematary es quizás una de las novelas que más claramente expresan aquella frase pronunciada en el film Drácula y que decía algo así como: "*Hay peores cosas que estar muerto*". Aquí se nos narra una historia tan cruel como intrigante, un cementerio devuelve la vida a quien se entierra en él. Pero el que regresa no es un ser vivo, ni una criatura muerta; vuelve con el propósito de vengarse, de hacer daño a aquellos que amó y continúan viviendo.

Sleepwalkers, criaturas diabólicas de aspecto humano que se alimentan de las energías de las personas, energía que absorben a través de la boca de sus víctimas y a las que dejan completamente momificadas, secas, sin fluidos, sin vida. ¿Vampirismo energético?...

Como apunte curioso recordar al lector que King escribió un relato corto en 1977 que parece ser una breve continuación de *Samlem´s Lot* y al que tituló *One for the road*. En él, un matrimonio y su hija quedan atrapados en su coche por causa de la nieve en Jerusalem´s Lot y... los vampiros todavía siguen ahí.

El vampiro en la música

¿Es posible conocer algo más del personaje del vampiro a través de la música, a través de aquellas composiciones que hacen mención de él? Tal vez, pero no será uno de los objetivos de este libro, pues su extenso estudio excede las intenciones de este volumen; de ser posible llevar a cabo tal empresa, es algo que todavía está pendiente.

En este apartado se pretende dar un breve repaso de aquellas obras, clásicas y contemporáneas, que tienen como protagonista o como fuente de inspiración al no muerto.

* * *

Podemos empezar por las óperas y composiciones clásicas que inicialmente aludieron al tema; tema que también dejó huella en la literatura y el teatro de la época (siglo XIX, en su mayor parte). En estas óperas se trata al vampiro desde un punto de vista prácticamente novelesco, señalado, generalmente, con la inequívoca presencia del drama.

De óperas y ballets el mundo occidental hacía gala en el siglo XIX; principalmente pasatiempo de las clases altas. Durante dicho siglo vieron la luz grandes obras que embellecieron un siglo prolífico en cuanto a ópera se refiere. *El anillo del nibelungo*, de Richard Wagner, o *La traviata*, de Giuseppe Verdi, son claros y conocidos ejemplos de ello.

La ópera, definida como "la representación en un teatro de algún tema, con la contribución de unos personajes que cantan en vez de hablar, una acción tal como sucede en el propio teatro, un escenario, una orquesta y unos coros", fue idónea para exponer unas historias relacionadas con un extraño y seductor ser, a cuyas fechorías, la Europa occidental comenzaba a prestar atención desde el punto de vista artístico (interés causado por novelas como *The vampire*, de John Polidori; *Carmilla*, de Sheridan Le Fanu; *Varney the vampyre*, de James Malcolm Rymer; y ciertos tratados y estudios). Encontrando en esa extravagante criatura novelesca y sus correrías un buen argumento para representar sobre cualquier escenario.

Entre estas obras operísticas que dedicaron su argumento al vampirismo se hallan *I vampiri*, que se remonta a 1800, de Silvestro de Palma; *Le vampire* (1826), de Martin Joseph Mengals; *The vampire or the bride of the isles* (1820), de J. R. Planché. Durante el año 1828 salieron a la luz dos óperas más: *Der Vampyr*, cuya música fue compuesta por P. Von Lindpainter y el libreto a cargo de C. M. Heigel; y *Der wampyr*, que corrió a cargo de Wilhelm August Wohlbrück (libreto) y Heinrich Marschner (música). Recordemos que algunas de éstas estaban basadas en novelas y tratados sobre los no muertos. Así pues, tenemos que la ópera *I wampiri* utilizó como apoyo el tratado (de no ficción) de vampiros que escribió Giuseppe Davanzati; o que Heigel y Lindpainter con *Der wampyr* y Marschner y Wohlbrück con *Der wampir* utilizaron la novela de Polidori *The Vampire* para crear sus composiciones operísticas.

Un siglo después, y a las puertas de un nuevo milenio, tanto la ópera como el musical se siguen interesando en la figura del vampiro y nos obsequian con algunas creaciones "innovadoras" dentro del género como *The Dracula diary and opera macabre*, *The vampyr a soap opera* (versión ésta de *Der Wampyr*) o la última que hizo un recorrido por España: *Drácula, el musical.*

Drácula, el musical, que se cierne en torno a la novela de Stoker (aunque variando considerablemente la esencia del relato original), se vuelca más hacia una historia de amor prohibido que hacia la lucha entre las fuerzas del bien, lo luminoso, contra el mal, lo oscuro. En ella, el conde cree encontrar en una dama británica un amor de antaño, por lo que intentará, por cualquier medio, reconquistar a la que pensaba que, fue su compañera en un tiempo atrás. Mientras esto ocurre, y la acción nos conduce desde tierras transilvanas a las costas inglesas, Drácula se inmiscuirá en la existencia tranquila y monótona de ciertos miembros de la burguesía. Quizás, lo más "novedoso" de la representación sea el "suicidio" (al dejarse atrapar por sus perseguidores) del propio conde ante la imposibilidad de compartir la eternidad con su amada. La dirección general de este musical correspondió a Pepe Cibrian Campoy, la producción a Moracio Renna Valdez y la música original a Ángel Mahler; el Conservatori del Liceu se hizo cargo de la orquesta.

Intérpretes:
Eles Alavedra —*Drácula*
Carles Alexandre —*Jonathan*
Karina K —*Lucy*
Saro Lorenzo —*Nani*
Xavier Mestres —*Dr. Van Helsing*
Mª Josep Villaroya —*Mina*

Quizás sea la obra de Robert Moran *The Dracula diary and opera macabre* (aunque prácticamente desconocida en España) una de las concepciones más actualizadas sobre el mítico per-

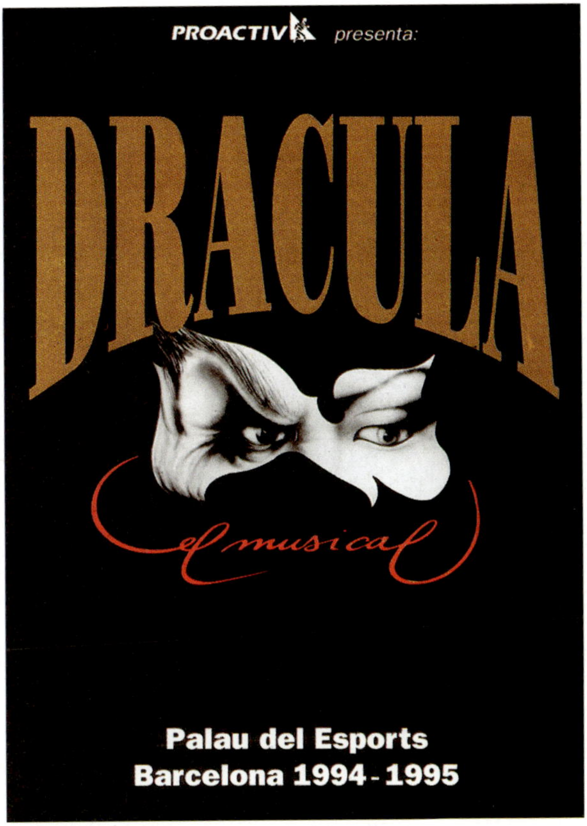

Cartel de *Drácula, el musical*. Entretenida escenificación de la ya mítica novela

sonaje del conde Drácula. La obra operística fue premiada el 18 de marzo de 1994 en el Lillie and Roy Cullen Theater, en el Wortham Center de Houston (Texas). Su música es del compositor Robert Moran, y el libreto de James Skofield; la dirección fue conducida por Ward Holmquist. Su historia nos sitúa ante un hombre elegante que se confiesa en una catedral (estamos a comienzos del siglo XVIII). Mientras se arrepiente de sus pecados narra unos acontecimientos por él vividos y que el espectador puede ya contemplar sobre el escenario. Todo comienza cuando, tiempo atrás, era un promotor de atracciones secundarias y descubre en una atractiva joven una voz impresionante y majestuosa. Entonces, toma la decisión de sacarla del convento en el que se encuentra y llevarla consigo. Conforme transcurre la narración Ángela, nombre con el que "bautiza" a la muchacha, bebe de la sangre de éste y da muestras de ser una no muerta; una vampira que pronto destacará en el mundo de la ópera y pronto, también, sustituirá al empresario por otro amante, un tenor, del que se alimentará igualmente. El empresario es avisado por una "hechicera" del peligro que corre al ser perseguido por los no muertos. Ella, sin dudarlo, le ofrece ayuda, dándole un libro antiguo que llegó a pertenecer al conde Drácula y del cual puede obtener remedios para protegerse de los vampiros. Él, guiado por los celos, asesina al tenor (al que considera el diablo) para proteger a Ángela de su fascinante atracción. Termina acudiendo al lugar donde ella está celebrando una gran fiesta y se postra, aún con la sangre de su víctima, a los pies de ella. Entonces, el tenor surge en la escena riéndose, al igual que todos los invitados. El joven huye y se dirige al confesionario, escena con la que comenzó la obra. El confesor le ordena que debe renunciar a Ángela. Poco más tarde, y tras dar al sacerdote el diario, se arrodilla ante la estatua de la Virgen para dar comienzo a su penitencia. En ese momento aparece Ángela acompañada de “señales” vampíricas. El confesionario no tarda en “explotar”, revelando la naturaleza vampírica de los presentes; del tenor, del confesor y de la criada de la propia Ángela. La secuencia final culmina cuando éstos rodean al aterrorizado empresario y se apagan... por última vez, las luces.

Los intérpretes de esta obra son la soprano Laura Knoop, los barítonos James Madsalena, Ray Very, James Scott Sikon, Jill Grove y Michael Chioldi.

Parece ser que *Nosferatu, the vampire* va a ser llevado a escena por D.G.M. junto con la Matthew Productions como musical, para el cual Bernard Taylor ha adaptado la historia, influenciado por el clásico film de 1922. Se tiene pensado que su estreno tenga lugar en Eastbourne, y que David Graham sea su director.

Con respecto al ballet no se conocen muchas producciones; algunas de ellas datan de mediados del siglo XIX. Tal es el caso de *Morgano,* de 1857, cuya música fue compuesta por J. Hertzel; o el titulado *Il Vampiro,* de 1861, creado por Paolo Giorza (música) y Rotta.

Ya en el presente siglo encontramos, en 1987, el ballet creado por Charles Bennett, *Dracula.*

* * *

Adentrándonos en la música actual, no nos quedará duda alguna del cambio que se ha producido a nivel artístico en relación estrecha e, incluso, directa, con el vampirismo. Incluso algunos de los intérpretes de las composiciones se han llegado a transformar en vampiros venerados por extraños y oscuros cultos.

Toda clase de músicos han incluido, de una forma u otra, al vampiro en sus interpretaciones; bien sea imitándole en su aspecto, mencionándolo en las letras de sus canciones, bautizándose con su nombre o exhibiendo su majestuosa estampa en sus costosos video-clips.

Grupos como Umbra et Imago, Pet Shop Boys, Faith No More, Z. Z. Top, The Cure, The Damned, Bauhaus... y solistas como Vlad, Spagna, Lenny Kravitz, o Annie Lennox, por nombrar sólo algunos de ellos, son un claro ejemplo de la diversidad de estilos musicales que han abarcado el tema. Skinny Puppy, una banda de lo que alguien ha llamado baile industrial, dedica muchas letras de sus canciones al vampiro, ya sea con claras referencias al mismo o de forma indirecta. Este grupo, como también en algunas ocasiones los miembros de Mötley Crüe, usan sangre falsa, muerden cápsulas con líquido de parecido color a la sangre para dejarlo correr y gotear por sus barbillas. También la banda Blood Feast ofrece su instrumental "Vampire" y su "Blood Lust". Helstar, un grupo de heavy-metal, ha sacado a la luz un albun titulado *Nosferatu*, basado por completo en la historia de Drácula. En este capítulo es imposible exponer a todos aquellos que han "homenajeado" al vampiro en sus creaciones; por ello hemos seleccionado algunos de los más representativos como muestra de la presencia del mismo en los diversos géneros musicales: pop, rock, gothic...

Quizás, uno de los grupos más significativos dentro de este "halo vampírico" sea The Damned (Los Condenados). No solamente por su música, sino también (o deberíamos decir, en especial) por "la voz" de la formación, Dave Vanian. Vanian, el fantasmagórico miembro del conjunto vestía, tanto en conciertos como en las sesiones fotográficas, como un "auténtico" vampiro (un vampiro desde el punto de vista del romanticismo) e, incluso, en alguna de sus actuaciones apareció caracterizado como el mismísimo Nosferatu de Murnau, luciendo una máscara que lo asemejaba al famoso no muerto, un traje negro y unas larguísimas uñas de color oscuro. En su vida privada, Vanian y su esposa Laurie (también aficionada a lo gótico y vampírico) intercambian regalos un tanto "especiales". Un buen ejemplo sería el coche fúnebre que Laurie regaló a su esposo para celebrar su enlace matrimonial. Según conocidos de ambos, se decía que para un medio-vampiro como Dave, Laurie era la mujer perfecta. De hecho, ella vestía al más puro estilo de la Hammer, y el negro, junto a los murciélagos, eran algo habitual en su vestuario.

Este grupo recibía unas peculiares cartas de algunos de sus seguidores. Varios de los textos de estas cartas se publicaron en el libro *The Damned, the official biography* bajo el título *The light at the end of the tunnel*, de Carol Clerk. Y entre los firmantes se encontraba *"an english Vampire in USA"* (un vampiro inglés en los Estados Unidos).

The Damned se formó en los setenta, y tomó la resolución de disolverse a mediados de los ochenta. Entre sus éxitos (algunos de ellos debidos a lo lúgubre y oscuro de la composición en la música y letras) destacan *New Rose, Disco Man, Help* o *Torture me.*

Alguien que también se adentró en el "mundo vampírico" fue Alice Cooper (cantante que mezcló el rock and roll con el teatro de horror), creando conciertos realmente "infernales"; escenificando sobre el escenario mutilaciones y demás orgías carnales. Suyos son los temas *Dangerous tonight* (L.P. *Hey stoopid) y Fresh blood* (L.P. *Da Da*), en los que hace alusión clara al vampirismo, siguiendo el estilo heavy-metal o rock duro.

El himno por excelencia que mejor parece rendir homenaje al prolífico (en todos los campos del arte) no-muerto es, la por siempre inmortalizada, *Bela Lugosi´s dead*, del grupo Bauhaus. Tema que también aparece en la banda sonora del film *El ansia* (*The hunger*), de Tonny Scott. Justamente es en la apertura de la película cuando, presentada de la mano del propio Peter Murphy (voz de Bauhaus), un Peter más propio del mundo de los no muertos que de los vivos, podemos deleitarnos con una melodía oscura y gótica; casi pudiéramos decir, de ultratumba, la *balada maldita* de Béla.

Pero Bauhaus se inclinaron por un estilo de música que ha marcado a una generación, y es por ello, y para conocer el porqué y el cómo de estas composiciones, que vamos a comentar la historia de este polémico grupo.

Bauhaus, es el nombre de un movimiento artístico, concretamente el Staatliche Bauhaus (Instituto para la Enseñanza e Investigación de las Artes Plásticas, fundado en 1919 por Walter Gropius). Tiempo después se diría que no tenía un significado tan profundo, aunque hay que señalar que el grupo, inicialmente, se autodenominó Bauhaus 1919.

La formación estaba integrada por Peter Murphy (voz), Daniel Ash (guitarra), David Jay Haskiris (bajista) y Kevin Haskiris (batería). Terminado el año 1978, seis semanas después de la creación de la banda, estaba lista la primera maqueta y se lanzó el primer maxi: *Bela Lugosi´s dead* (en la cara B, *Boys* y *Dark Entries*). Después de ser editado el maxi en 1979, en el mes de agosto, el tema de Béla llegó al *top* de las listas independientes, llegando a permanecer en las mismas durante dos largos años. Dicen que el grupo debe a éste, su "mejor tema", la fama de banda de *vampiros underground*.

Bauhaus, además de este tema, posee otra canción relacionada con el vampiro, y cuyo título es *Nosferatic Dark melodramatic voice*. En varios conciertos que ofrecieron, Peter Murphy hacía acto de aparición maquillado de blanco y envuelto en un mantón negro; un vampiro cuya ansia era extender la oscuridad.

Bauhaus se separó en 1983, el 11 de agosto, dejando tras de sí una carrera productiva y unas composiciones que los colocaron en la cima del movimiento gótico.

Bela Lugosi´s dead
(Béla Lugosi está muerto)

Blanco sobre traslúcido blanco en la capa negra
El regreso a permanecer echado
Béla Lugosi está muerto.
Los murciélagos han dejado el campanario
Las víctimas han sido sangradas
Rojas líneas de terciopelo en la caja negra
Béa Lugosi está muerto.
No muerto, no-muerto, no-muerto.
Las novias-vírgenes desfilan ante su tumba
Cubierta con las flores muertas del tiempo
Suspendido en una mortal floración
Solo en una oscura habitación.
El conde Béla Lugosi está muerto
No muerto, no muerto, no muerto.

Como hemos podido comprobar siguiendo brevemente la trayectoria de esta formación, el movimiento gótico parece estar unido a los temas oscuros y malditos, incluyendo entre ellos, por supuesto, el vampirismo. El movimiento gótico (también llamado *underground* o *siniestro*) se le define de muchas maneras cuando se refiere a la música, por ejeplo: "Estilo que se desarrolla desde finales de los 70 hasta nuestros días, como evolución del punk o punk-rock, pero con caracteres y elementos propios". Fueron, entre otros, los sobresalientes Bauhaus, seguidos por grupos como The Cult, Sisters of Mercy o Siouxie and the Banshees, los que crearon un nuevo estilo musical dado a conocer como Gothic Rock o Death rock. Esta nueva cultura articuló un claro estado no conformista, sobre todo en lo relacionado al sexo y las religiones establecidas. Había nacido un nuevo culto, un culto con uniformes vampíricos de color negro y rostros maquillados para imitar la palidez de la muerte. Durante los ochenta se extendió hasta América para, algún tiempo después, ser prácticamente imposible de encontrar; sobrevive en la actualidad marginalmente de mano de grupos como Rosetta Stone, Nosferatu o Christian Death.

Pero no solamente el movimiento gótico se iba a encargar del vampiro mayoritariamente; en la escena del rock, músicos como Tom Petty con *Zombie zoo* o *Free Fallin*; Faith No More con *Surprise! you´re dead* o Dark Theater (cuyo cantante cree ser descendiente de Vlad *el Empalador*), han dedicado varias composiciones a lo vamírico. Un buen ejemplo sería la banda Faith No More con su canción *¡Sorpresa! estás muerto*, de su álbum *The Real Thing*, que entra de lleno y de forma brutal en la "verdad vampírica".

La historia de Dark Theater es algo más "extraña", si aún cabe algo más extraño dentro del culto al vampiro, porque pocas, por no decir ninguna banda, tiene entre sus miembros a un "descendiente" del mismísimo Vlad *el Empalador*.

Surprise! you´re dead
(¡Sorpresa! estás muerto)

¡Sorpresa! ¡Tú estás muerto!
¡Ah, ah! abre tus ojos
mira el mundo como solía ser cuando solías estar en él
Cuando estabas vivo y enamorado
¡y cuando yo lo tomé de ti!
No ha acabado todavía
¿No recuerdas?
No te permitiré olvidar
el odio que otorgué sobre tu cuello
con un golpe fatal
de mis dientes y mi lengua.
Yo he bebido y tragado, pero esto acaba de comenzar.
Ahora tú eres mío.
Te seguiré matando hasta el final de los tiempos
¡Sorpresa! ¡Tú estás muerto!
¿Adivina qué?
Nunca termina...
El dolor, el tormento y la tortura,
profanación, náusea, sufrimiento, perversión, calamidad.
No puedes escapar.

Vlad, el líder del grupo, afirma ser descendiente no directo del ya mencionado Vlad *el Empalador*. Éste habría violado a una mujer, la cual sería uno de los ancestros del cantante, según su versión. También dice haber nacido en 1431 por vez primera. Al porqué de su existencia presente contesta que es debido a la capacidad que tiene el alma de cambiar de un cuerpo a otro tras la muerte, y que es gracias al acto de beber sangre cuando uno puede retener recuerdos y características de la vida anterior.

En 1983, Vlad planeó su propia banda y comenzó a escribir las letras de las que serían sus primeras canciones. Por fin, en 1988, fundó el Dark Theater, en donde además de liderar el grupo compone los temas y realiza los arreglos. Actualmente la banda la componen cuatro miembros, entre los que destaca, además de Vlad, su esposa Lynda, que aparte de tocar el órgano en el grupo se encarga de Screem Jams Productions, una compañía de marketing y promoción que ella misma fundó.

Para concluir este breve capítulo sobre la música y su relación con el vampiro nos vemos obligados, si no forzados, a hacer un conciso repaso de algunas bandas sonoras de películas del género. Puestos en ello, encontramos las de la saga de la Hammer como: *The Dracula Suite*, cuya banda sonora corrió a cargo de James Bernard, que también intervino en *Dracula has Risen from the grave.* Música, toda ella, de estilo clásico, muy utilizada en las películas de terror de los años sesenta y setenta.

Otra sería *Nosferatu*, del director Werner Herzog; algunas de las composiciones se inspiraron en mantras hindúes.

También *The hunger* (*El ansia*), de Tony Scott, que exhibió temas de Bauhaus *Bela Lugosis´s dead* o de los compositores clásicos Bach y F. Schubert. Y *Lost boys* (*Jóvenes ocultos*), dirigida por Joel Schumacher, también presentaría grupos de rock en su mayor parte como INXS (*Good times*), Tim Capell (*I still believe*) o *Echo and the Bunnymen* (*people are strange*).

Bram Stoker´s Dracula, de Ford Coppola, con una magnífica composición musical de Wojciech Kilar, y una preciosa balada (*Love song for a vampire*), de Annie Lenox (ex Eurythmics), sería otra muestra de banda sonora actual.

Y, finalmente, *Entrevista con el vampiro*, dirigida por Neil Jordan, y cuya música fue compuesta por Elliot Goldenthal y que incluye una versión del tema de los Rolling Stones (*Sympathy for the Devil*), reformada por el grupo de rock Guns n´ Roses.

El vampiro: un miembro de nuestra sombra

"El hombre hace a las divinidades, benéficas o maléficas, a su imagen y semejanza, y el resultado depende de la etapa de su desarrollo personal y de la época en la que vive".
Rusell Hope Robbins.

"El hombre no revela mejor su propio carácter que cuando describe el carácter de otro".
Jean Paul Richter.

"Nuestros verdaderos enemigos están en nosotros mismos".
Papa Bonifacio VIII.

"Dejamos de temer aquello que se ha aprendido a entender".
Marie Curie.

"Hay que dar de comer a los perros".
Axioma esotérico.

Hay una máxima esotérica que dice que "el exterior siempre es un reflejo de nuestro interior". Una máxima que más tarde ha sido la psicología quien, con algunos matices, la ha corroborado.

Partiendo de este aforismo, de esta afirmación, podríamos asegurar que el vampiro (un personaje exterior) es el reflejo de una serie de cuestiones muy concretas e íntimas de nuestra sociedad, de nosotros (de nuestro interior).

El esoterismo habla también del "principio de polaridad", entre otros. Este principio dice que todo es dual, que todo tiene dos polos, que todo tiene su par de opuestos, pero que éstos, los opuestos, son idénticos en naturaleza, aunque diferentes en grado; de esta forma todos los extremos se encuentran y todas las paradojas pueden ser reconciliadas.

Nosotros, cómo no, también somos polares; todas las cosas manifiestas tienen dos lados, dos aspectos, dos polos que, en el fondo, son realmente sólo los dos extremos de la misma cosa, con muchos grados variables entre ellos. Y es precisamente esa polaridad que mostramos ante todo, sin reconocer la unidad fundamental, la que nos provoca más quebraderos de cabeza.

Tendemos a cortar, a dividir, a separar todo en parejas de contrarios, por lo que nos vemos obligados a diferenciar y decidir, cuestión ésta que siempre revuelve la marea interna. Por ello decimos "sí" a una cosa, al tiempo que decimos "no" a su contrario, pues se piensa que los contrarios se excluyen mutuamente. Por ello, cuando decimos que algo es "bueno", aun sin saberlo, estamos diciendo que lo contrario es "malo".

Todos poseemos una "visión" del mundo polarizadora que nos hace concentrar la atención y el ánimo sólo en uno de los polos. Pero es importante tener en cuenta, tal y como lo afirman las antiguas enseñanzas que pretenden una elevación del hombre que, quizás, lo polar no es el mundo, sino el conocimiento que nuestra visión, nuestra conciencia, nos da de él. Y si observamos las leyes de la polaridad reconoceremos en ellas que un polo, para su existencia, depende del otro polo. Por lo que podríamos decir que aquello que llamamos "el bien", para su existencia, depende de aquello que llamamos "el mal", que los "seres de luz" no existirían si no hubiera "seres de oscuridad". David Bohn dice que los opuestos encajan el uno en el otro, que un opuesto refleja al otro, y que son idénticos entre sí, no absolutamente diferentes. También insiste en que podemos tratar a los opuestos como independientes, aunque enseguida nos daremos cuenta de que cada uno es el principio de movimiento del otro.

Esta absoluta dependencia recíproca de los contrarios nos indica que, en el fondo de cada polaridad, existe una unidad que, hasta el momento, nos es difícil de percibir. Actualmente nos mostramos incapaces de contemplar simultáneamente los dos aspectos de una unidad, por lo que nunca o casi nunca llegamos a comprender la totalidad de un asunto en concreto (en nuestro caso el personaje del vampiro). Sólo "abriendo" los ojos podremos afirmar totalmente convencidos que las polaridades son, en esencia, dos aspectos de una misma realidad, aunque nosotros la contemplemos sucesivamente.

El percibir las cosas como polares nos coloca en todo momento ante dos posibilidades de acción; nos obliga a decidir entre dos aspectos. Somos extremistas, somos polares y para nosotros siempre hay dos posibilidades, dos caminos, dos vías... diametralmente opuestas, contrarias e incompatibles entre sí, pensando que sólo podemos realizar y declinarnos por una, a la vez que rechazamos la otra basándonos, en tal elección, en unos cánones de valoración interesados.

Sin embargo, no nos damos cuenta de que cuando nos empeñamos en aceptar un único polo y combatir el otro, lo que estamos haciendo en realidad es combatir toda la unidad, porque cada parte contiene y forma parte, a su vez, del todo, de la unidad.

Y a raíz de todo esto, sentadas ya unas breves nociones que indiquen al lector qué es lo que pretendemos hacer entender con lo dicho hasta ahora, ¿tenemos derecho a juzgar y criticar de forma destructiva la figura del vampiro, tratándola como un ser maléfico, oscuro, con el cual no hay que tomar contacto y al que hay que destruir cuanto antes? ¿No es el exterior un reflejo de nuestro interior? ¿No será que la figura del vampiro es el reflejo del vampiro que todos llevamos dentro? ¿No será que todos somos un poco vampiros? ¿No es evidente que combatir uno de los polos es combatir, a la vez, toda la unidad? ¿Por qué entonces se ha combatido durante siglos al vampiro y a otros seres supuestamente malignos?

De sobra se sabe que el repudio de cualquier forma de manifestación (aunque ahora se esté cambiando, la sociedad siempre ha sentido repudio hacia el vampiro) es siempre señal de falta de identificación (aunque ahora se esté cambiando, nadie o casi nadie se ha identificado jamás con el vampiro, "el malo de la película"). Falta de identificación promovida, en muchas ocasiones, por las religiones como, por nombrar a una, el cristianismo, que ha expandido el modelo ideal de "ser una buena persona", pretendiendo con ello que nos identifiquemos única y exclusivamente con lo que ella llama "el bien"; pretendiendo echar la "maldad" fuera de nosotros cuanto antes, sin ni siquiera escuchar los argumentos de ésta que puedan justificar o aclararnos su presencia; dándole la espalda y procurando no acercarse a ella (procurando no ir por "el mal camino"). Sin embargo, siempre que nos identificamos sólo con la "luz" estamos descartando, negando y dando la espalda a nuestra parte oscura. "Ahora bien, todo lo que nosotros no queremos ser, lo que no queremos encontrar en nosotros, lo que no queremos vivir, lo que no queremos admitir en nuestra identidad, forma nuestro negativo, nuestra «sombra»" (362). Porque no vayamos a pensar que con la negación de aquello que no nos interesa lo eliminamos. De eso nada; el polo descartado, el polo no reconocido, vive a partir de entonces a la sombra de nuestra conciencia. Tal vez nos fastidie, pero no es posible librarnos de aquello que no nos gusta de nosotros mismos, de nuestra parte oscura, por la simple decisión de no reconocernos en ella.

Jung definió "la sombra" como la suma de todas las facetas de la realidad que el individuo no reconoce o no quiere reconocer en sí y que, por consiguiente, descarta. La sombra personal es como "el otro" en nosotros (el reverso del ego), el aspecto que nosotros, erróneamente, consideramos nega-

(362) Thorwald Dethlefsen y Rüdiger Dahlke. *La enfermedad como camino.* Ed. Plaza & Janés, 1990. Barcelona.

tivo de la personalidad, la suma de todas aquellas cualidades desagradables que desearíamos ocultar.

El dividir todo en opuestos de contrarios nos impide ser conscientes de nuestra totalidad, y hace que nos identifiquemos sólo con una parte del ser. Y esa parte con la que nos identificamos la llamamos Ego, o Yo. La otra parte, aquella que no vemos o no queremos ver en nosotros y, por tanto, desconocemos, es nuestra sombra.

El vampiro forma parte de nuestra sombra, personal y colectiva, y desarrollando lo anterior, sólo es negativo desde el punto de vista de la conciencia, la cual está estructurada basándose en una serie de valores que dejan mucho que desear. La sombra, y todas las características y personajes supuestamente "malignos" que alberga, como el vampiro, no es algo inmoral e incompatible con nuestra personalidad consciente sino que, por el contrario, contiene cualidades que poseen potencialmente una extraordinaria transcendencia moral.

La sombra es lo que una persona no desea ser (o lo que le gustaría ser y no se atreve, por lo que lo reprime). Uno se horroriza imaginando al vampiro que todos llevamos dentro atacando y mordiendo, viviendo sólo de noche...; sin embargo hay que advertir, hay que llamar la atención sobre el hecho de que "uno no se ilumina imaginando sólo figuras de luz, sino haciendo consciente la oscuridad, un procedimiento, no obstante, trabajoso y, por tanto, impopular" [363]. Hay que iniciar una reestructuración del pensamiento declarando legítimo lo que hemos negado durante tanto tiempo. Es muy posible que el trabajo constructivo con la sombra nos permita acceder a nuestra propia humanidad. Por ello no tenemos que negar nuestra sombra, ese gran "saco" donde se encuentran todos los aspectos que no vemos o no queremos ver de nosotros mismos, sino que tenemos que aceptarla, convivir y reconciliarla con nuestra parte consciente. De lo contrario no avanzamos.

Los cristianos católicos, por ejemplo, terminaron identificándose exclusivamente con el bien, intentando sacar de su interior únicamente lo bueno de sí mismos, tratando de ser exclusivamente "buenos". Pero lo único que se consiguió con esta actitud extremista, polar, fue perder rápidamente el contacto con la sombra que todos poseemos dentro y ésta, al ser ignorada, fue haciéndose cada vez más grande, pues más grande era el número de situaciones que aquellos cristianos empezaron a reprimir, a negar y a combatir para intentar "ser buenos" (como el sexo, por ejemplo). Sin embargo, la historia lo demuestra, con negar y combatir el mal uno no se convierte real-

(363) Varios autores. *Encuentro con la sombra*. Ed. Kairós, 1993. Barcelona.

mente en una buena persona. "Luchar por ser bueno no es más que una pose, una forma de engañarse a uno mismo" (364). De este modo levantamos una máscara de bondad tras la que intentamos encubrir la parte oscura que hay en todos nosotros. "Cuando nos negamos a aceptar una parte de nuestra personalidad ésta termina tornándose hostil. Casi podríamos afirmar que es como si se alejara y organizara un motín en contra de nosotros" (365). Y sí, está bien ser amables, generosos, condescendientes, caritativos... pero debemos tener presente, reconocer y asumir que también somos un poco (o un mucho) rencorosos, egoístas, violentos, agresivos, iracundos... debemos de reconocer y aceptar que también somos un poco diablillos y demonios y que, por no desviarnos del camino que este libro ha tomado, también tenemos algo de vampiros.

Y dado que nuestro "saco" está cerrado, dado que, generalmente, no somos conscientes de aquello de lo que está formada nuestra sombra, nuestra parte oscura, sólo podemos percatarnos de su contenido proyectándolo sobre nuestro exterior; haciendo realidad con ello la afirmación de que el exterior es un reflejo de nuestro interior. Es entonces cuando aparece la figura de un tal Satanás o Belcebú, o la figura del vampiro; personajes supuestamente llenos de maldad que han aparecido en nuestro exterior para revelarnos una parte de nuestras tendencias internas.

Pero "es importante comprender la diferencia crucial existente entre la sombra y la verdadera maldad" (366). La sombra no es el mal, "la sombra es únicamente lo opuesto al ego. Jung dijo que la sombra contiene un noventa por ciento de oro puro (...). Por más perturbadora que pueda parecer, la sombra no es intrínsecamente mala. Es más, perfectamente podríamos decir que la negativa del ego a comprender y aceptar la totalidad de nuestra personalidad [lo "bueno" y lo "malo" de ésta] es más responsable que la misma sombra en la etiología del mal (...). Como dijo en cierta ocasión Fritz Kunkel, el secreto es que el mal no hay que buscarlo en la sombra sino en el ego" (367).

¿Qué hacer entonces? Relacionarnos más con nuestra parte oscura, echar luz sobre nuestra oscuridad, establecer contacto más próximo con nuestra sombra, tomar conciencia de partes de nuestra sombra hasta ahora desconocidas e integrarlas a nuestra personalidad. ¿Y cómo se conecta con la sombra?

(364) Varios autores. *Encuentro con la sombra.* Ed. Kairós, 1993. Barcelona.

(365) Ibíd.

(366) Ibíd.

(367) Ibíd.

"Para ello debemos reconocer que hay ciertas facetas que normalmente consideramos extrañas y ajenas –aspectos que solemos aborrecer, desdeñar o rechazar en nosotros mismos– y aceptar que por más abominables que puedan parecernos forman parte de nosotros mismos" [368]. Nada cambiará mientras no reconozcamos que dentro de nosotros también existe una "parte siniestra", agazapada en el interior de nuestro psiquismo. "Este reconocimiento constituye así un acto de constricción que jalona el inicio del cambio psicológico. El trabajo con la sombra constituye una condición indispensable del camino de la integración psicológica" [369].

Pero, si no somos conscientes de los contenidos de nuestra sombra ¿Cómo descubrir a estos? ¿Cómo hacer consciente nuestra sombra? ¿Cómo podemos darnos cuenta de todos los aspectos que hay en ella para, poco a poco, ir reconciliándolos con nuestra parte consciente? Una de las formas consiste en examinar nuestras "proyecciones". "El fenómeno de la proyección consiste en advertir en el exterior nuestras propias tendencias inconscientes" [370]. "El ser humano proyecta hacia el mundo exterior que le rodea todas las manifestaciones que salen de su sombra" [371]. La proyección es un mecanismo inconsciente que se activa cuando no somos conscientes de alguna característica de nuestra personalidad. Y es entonces cuando aparece la figura del vampiro, por poner un ejemplo, o cualquier otro ser que encarne nuestras oscuras tendencias. En la proyección percibimos en los demás, por ejemplo en el personaje del vampiro, aquellos rasgos de conducta y de personalidad que no vemos o no aceptamos en nosotros mismos.

El vampiro (sin lugar a dudas, ha sido durante mucho tiempo un habitante de nuestra sombra) es una proyección, una figura que nuestro inconsciente ha exteriorizado para que veamos en ella algo que en realidad forma parte de nosotros mismos pero que no reconocemos como propio. Al rechazar en nosotros todas esas "oscuras tendencias" que poseemos ocurre que, cada vez que las encontramos en el exterior, en este caso bajo la figura del vampiro, se desencadenará en nosotros una reacción de angustia y repudio. Como la angustia y el repudio que los habitantes de la Europa medieval sentían hacia los no muertos. Podríamos haber titulado este capítulo algo así como: "El vampiro y las dos caras de la naturaleza humana". Y es que el vampiro es un miembro de nuestra sombra; no le demos la espalda.

---

(368) Varios autores. *Encuentro con la sombra.* Ed. Kairós, 1993. Barcelona.

(369) Ibíd.

(370) Ibíd.

(371) Thorwald Dethlefsen y Rüdiger Dahlke. *La enfermedad como camino.* Ed. Plaza & Janés, 1990. Barcelona.

El exterior es un reflejo de nuestro interior, por lo que sólo podemos encontrarnos con aquello con lo que estamos en resonancia, ya sea en resonancia "positiva" o "negativa". La figura del vampiro no hace más que cumplir la encarnación de todo aquello que no nos gusta de nosotros mismos. Y esto mismo que además rechazamos y negamos es lo que nos muerde en el cuello (el mordisco del vampiro, esa "bestia" que tanto molestaba en algunas zonas de Europa, habla de un momento en que nuestras "bestias internas" pueden llegar a hacernos daño si no las aceptamos y las asumimos en nuestra personalidad tal y como son; y que lo oscuro que hay en nosotros, eso que también llamamos "los bajos instintos" y que tanto luchamos por reprimir, pueden dejar su huella no sólo sobre la psique, sino también sobre el cuerpo, causando enfermedades). El vampiro es uno de los muchos personajes de nuestra sombra, por lo que la actitud más adecuada será la de afrontarlo y descubrir qué es y qué pretende. "La sombra-vampiro, a fin de cuentas, encarna dimensiones de nuestro ser que podrían ser conscientes y, por tanto, constituye un yacimiento muy provechoso para nuestro autoconocimiento... negar su existencia es perder otra oportunidad de conocernos a nosotros mismos" [(372)]. Porque esta extraña criatura que todos llevamos en nuestro interior y a la que proyectamos bajo la figura del vampiro es, según algunos iniciados, de la rama de Lucifer. Y Lucifer, aun siendo un ángel caído, es el portador de la luz, del conocimiento. Por ello es importante que aprendamos a establecer contacto consciente con él, ya que también es parte de la divinidad.

Conocer nuestra propia sombra, ser conscientes de ella y aprovechar lo que nos puede aportar, debería convertirse en una práctica habitual de nuestro comportamiento, ya que la moderna psicología ha redescubierto que resulta beneficioso enfrentarse cara a cara con los fantasmas que en ella se ocultan.

Tenemos que realizar un "trabajo" con la sombra-vampiro, es decir, realizar un proceso que exige nuestra voluntad y nuestra consciencia para asumir lo que hasta este momento hemos decidido ignorar y reprimir. Trabajar con la sombra-vampiro es un proceso que nos permite llegar a ser personas completas y únicas, para lo cual un requisito indispensable es abrazar simultáneamente la luz y la oscuridad. Y para esto es necesario, entre otras cosas, amar.

Amarse a uno mismo es imprescindible, aunque no por ello una tarea sencilla. Con amarse a uno mismo no estamos hablando de vanidad ni

(372) Varios autores. *Encuentro con la sombra.* Ed. Kairós, 1993. Barcelona.

arrogancia ni engreimiento, porque nada de eso es amor, sino más bien miedo. Amarse a uno mismo es tenerse respeto, es amar todo lo que hay en nosotros, hasta esa parte de la sombra que llamamos vampiro.

No amamos todo lo que hay en nosotros porque no dejamos de pensar en el bien y en el mal como términos absolutamente antagónicos. Y aquí reside parte del trabajo, es decir, entender que tanto "el bien" como "el mal" constituyen paradójicamente dos mitades de la misma realidad. Entender que el bien y el mal van de la mano (los fang de Gabón suelen decir a los misioneros que tenemos dos corazones, uno bueno y otro malo).

El vampiro, al ser tan perseguido, combatido y temido en su día, ya nos está indicando el interés de su estudio para la transcendencia del ser humano, pues los campos más interesantes e importantes para éste son aquellos que combate y repudia, como el vampiro, ya que forman parte de ese lado oscuro de sí mismo que no conoce, por lo que está incompleto. Aquello que nos molesta, el vampiro, sólo nos muestra aquello que no hemos asumido de nosotros mismos.

* * *

Para alcanzar la unidad no hay que huir de un polo, por parecernos negativo, y refugiarse nada más en el otro. "Esta postura es unilateral y termina conduciendo a una disociación entre la bondad consciente y la maldad inconsciente ya que, tanto «la bondad excesiva» –que fortalece la maldad interna– como «la falta de moral» terminan provocando una disociación entre el bien y el mal" (373). Debemos ser conscientes de la polaridad que existe en todo, asumiendo que todo tiene su otra cara de la moneda, otra cara que, de no existir, no tendríamos moneda. Tenemos que reconocer la conflictividad del ser, lo demoníaco y lo vampírico que tenemos, y también lo angélico; y darnos cuenta que todo ello forma parte de una única unidad. De esta forma podremos unificar los opuestos que hay en nosotros. Parece ser que la bondad se logra en presencia de la maldad y lo superior se consigue en presencia de lo inferior.

La aceptación de lo que consideramos "negativo" y llamamos "el mal", la aceptación de los vampiros como una proyección del ser humano, hubiera liberado del temor a aquellas gentes que en siglos precedentes creían en la existencia objetiva de los mismos. Si intentamos escapar de aquello que llamamos "el mal" y "la oscuridad", esforzándonos únicamente por hacer "el

(373) Varios autores. *Encuentro con la sombra.* Ed. Kairós, 1993. Barcelona.

bien", no nos quedará otro remedio que repudiar el polo del "mal". Es decir, repudiaremos una parte de la unidad, una parte de nuestra unidad, una parte del todo, y de esta forma no la alcanzaremos nunca.

Para dar comienzo a este proceso de reciclaje interno será necesario cuestionar una y otra vez la rigidez de nuestros sistemas de valoración y volver a planteamos qué es lo que verdaderamente es lo "bueno" y qué es lo que verdaderamente es lo "malo", qué es lo vampírico y qué es lo angélico. Y así hasta que logremos percibir con claridad que, por encima de toda polaridad (blanco-negro, sol-luna, masculino-femenino, día-noche, más-menos, vampiro-ángel...) está la unidad que llamamos "Dios".

Aun así, aunque no sea por la vía más adecuada, llega el período en el que gran parte de la sociedad se identificará y/o simpatizará con el personaje del vampiro y otros seres de la oscuridad [(374)]. Una de las muchas razones es que "el odio está destinado a ser amor". Llamamos odio al sentimiento opuesto al amor, por lo que amor-odio forman un eje inseparable; siendo el amor el polo "positivo" y el odio el polo "negativo". Las enseñanzas esotéricas dicen que la manifestación positiva de las cosas es la resultante de un proceso en el que esas mismas cosas empezaron por ser negativas, pero que con el tiempo se positivizaron. Se dice que esto es así porque todo lo que aparece por primera vez supone una amenaza hacia lo que ya está establecido y se le ve como malo. Con el tiempo, eso mismo que nos pareció negativo lo encontramos adecuado.

Como ya hemos dicho, "todo tiene dos polos, pero muchas veces estamos tan identificados con uno de ellos, que no tenemos ni la más remota conciencia de los valores operantes en el otro. Cuando esos valores se manifiestan, es evidente que constituyen una amenaza para aquello con lo cual estábamos identificados, y nuestra reacción natural es destruirlos" [(375)]. Fue esto lo que pasó con los vampiros. Surgieron como manifestación o representación de una serie de valores con los que los habitantes de entonces no se identificaban, por lo que se entabló una lucha para acabar con ellos, para no dejar que todos esos valores, ajenos a lo conocido hasta el momento, se manifestasen en la vida cotidiana. El vampiro fue un personaje odiado y, dicen los esoteristas, la meta del odio es el amor. Cuando el odio hacia algo se incrementa, crece, avanza y se hace poderoso, "llega un momento en que, habiendo recorrido la mitad del eje que lo separa del amor ¡zas!, se produci-

(374) Actualmente ya estamos viviendo ese periodo en el que parte de la sociedad se ve identificada con tales personajes.

(375) Kabaleb. *Interpretación esotérica de los Evangelios.* Ediciones de la Transcendentalista Universal Ecclesia, 1986. Barcelona.

rá un vuelco en el alma y el hombre empezará a amar lo que tanto ha odiado" (376). Parece ser una ley universal que los directores de cine, entre otros, desde siempre, han plasmado en sus producciones; en las cuales vemos a la típica pareja que nada más conocerse comienzan su relación tirándose los platos a la cabeza, a veces insultándose, pegándose o incluso disparándose con armas de fuego para, llegando el final de la película, acabar por descubrir que el uno está hecho para el otro y terminar siendo, después de tanto odio, una pareja de enamorados. Se argumenta que esto ocurre así porque cuando intentamos combatir contra lo que consideramos negativo (contra el vampiro y otros siniestros seres), el adversario (estos mismos seres) se fortalece a la vez que las fuerzas y los valores hasta entonces estabilizados en nosotros se debilitan. Por lo que, como metafóricamente enseñan los esoteristas, el odio es la antesala del amor y, por consiguiente, el enemigo, el oponente, el rival, el detestado, el vampiro, es aquel al que un día abriremos de par en par la puerta de nuestro corazón, integrándolo en nuestra personalidad.

* * *

Este capítulo no ha sido tratado de forma minuciosa y detallada. Una mayor profundización de lo que en este apartado se ha expuesto deberá aclarar muchos asuntos que aquí han quedado en el aire, sin concretizar. Un capítulo que falta ser completado en muchas de sus partes.

(376) Kabaleb. *Interpretación esotérica de los Evangelios.* Ediciones de la Transcendentalista Universal Ecclesia, 1986. Barcelona.

Índice analítico

Referencias iconográficas

Páginas

45 –Juan Gómez Alonso. *Los vampiros a la luz de la medicina.* Ed. Neuropress. Pág. 27.
79 –Juan Gómez Alonso. *Los vampiros a la luz de la medicina.* Ed. Neuropress. Pág. 41.
179 –Erberto Petoia. *Vampiros y hombres lobo.* Ed. Círculo de Lectores. Pág. 59
229 –*Vampires: the world of the undead.* Pág. 51.
235 –J. Gordon Melton. *The vampire book.* Ed. Visible Ink Press. Pág. 592.
251 –Richard Mónaco. *The Dracula syndrome.* Lámina central.
261 –Sumario del crimen, nº 87. Pág. 3110 y 3121.
291 –lámina de los autores.
297 –lámina de los autores.
299 –lámina de los autores.
301 –lámina de los autores.
313 –Valentine Penrose. *La condesa sangrienta.* Ed. Siruela. Pág. 8
319 –Valentine Penrose. *La condesa sangrienta.* Ed. Siruela.
325 –Ralf Peter Martin. *Los Drácula.* Ed. Tusquets.
327 –mapas extraídos del original en *In Search of Dracula.* Pág. 187.
328 –genealogía extraída del original en *In Search of Dracula.* Pág. 190.
335 –Ralf Peter Martin. *Los Drácula.* Ed. Tusquets. Pág. 194.
341 –fotografía de los autores.
391 –fotografía de los autores.
393 –fotografía de los autores.
397 –fotografía de los autores.
409 –*Noticias del mundo*, nº 7. Pág. 4
417 –lámina de los autores.
425 –fotografía de los autores.
451 –*Nosferatu*, nº 6. Pág. 66
455 –*Fotogramas.* Suplemento nº 1820. Pág. 68.
457 –J. Gordon Melton. *The vampire book.* Ed. Visible Ink Press. Pág. 207
475 –*Scream Qeens*, nº 10. Pág. 29
477 –fotografía de los autores.
479 –J. J. Plans. *Pasión de Drácula.* Ed. Nickel Odeon. Pág. 48
495 –*Vampires: the world of the undead.* Pág. 71
497 –J. Gordon Melton. *The vampire book.* Ed. Visible Ink Press. Pág. 72
507 –J. J. Plans. *Pasión de Drácula.* Ed. Nickel Odeon. Pág. 186
515 –lámina de los autores.